안개 속의 세 사람

조민식 장편소설

문학공원 소설선 34

안개 속의 세 사람

조민식 장편소설

인생도 대부분 한 치 앞을 내다볼 수 없는 짙은 안개 속이다.
하지만 안개가 걷히면 태양은 더욱 빛나듯 그 터널만 잘 벗어난다면
더 밝고 찬란한 삶이 기다리고 있다.

문학공원

책을 펴내며

살다 보면 원 하던, 원치 않던 많은 사람과 인연을 맺게 되는데, 좋은 인연도 있고 그렇지 않은 인연도 있다. 옷깃만 스쳐도 인연이라는데 한 사람에게 평생 스쳐 간 인연은 얼마나 될까?

신체발부수지부모(身體髮膚受之父母)라 했거늘 부모로부터 받은 소중한 몸을, 평생 간직한다는 것도 결코 쉬운 일이 아니다. 겉으로 멀쩡해 보여도 세세히 살펴보면 손가락 하나, 발가락 하나 없는 사람도 부지기수고, 팔 하나 다리 하나 없는 사람도 종종 눈에 띈다. 그 많은 사람 중에 장애를 가지지 않은 사람이 몇 이나 있겠는가? 그런데 사람들 대부분은 장애가 없는 척 살아간다.

사람이 살다 보면 서로 부딪치게 되고 종종 갈등을 일으키게 된다. 신이 아닌 사람이 어울려 사는 세상에서 서로 간의 갈등은 필연인데, 이 갈등을 어떻게 해결하느냐에 따라 인생이 즐거울 수도 있고 우울할 수도 있다.

갈등을 해결하는 방법도 가지가지다. 요즘 매스컴을 보면 갈등을 치유하는 프로그램도 많고, 전문가들도 많은데 어찌 보면 말장난에 불과하고 종종 눈살을 찌푸리게 한다. 점잖은 스님이 나와 고부갈등의 해결법을 설파하는가 하면, 결혼도 하지 않은 목사님이나 신부님이 나와 부부간의 갈등을 해결한다고 열변을 토한다. 평생 절에서 수양하던 스님이 어떻게 고부갈등을 알 것이며, 결혼도 하지 않은 목사님이나 신부님이 어떻게 부부 간의 갈등을 알겠는가? 심지어 어느 스님이나 목사님이나 신부님은 남녀 간의 애정 문제나 청소년의 성에 대한 문제를 해결한다고 난리법석을 떠는데 내 상식으로는 도무지 이해가 가지 않는다.

요즘은 만능 엔터테인먼트가 대세라, 어느 날 갑자기 가수가 그림 전시회를 하고, 운동선수가 무당 굿을 하는가 하면, 개그맨이 승복을 입고 이상한 행동을 한다. 어떤 프로그램에서 애완동물을 껴안고 혼자 웃고 떠드는 젊은이들을 보며, 제작자는 무슨 생각으로 저걸 만들었을까를 생각하면 가슴이 답답해진다. 사람은 혼자 동물을 데리고 사는 것이 아니고, 사람과 더불어 살아야 한다는 걸 뻔히 아는 사람일 텐데 그 프로그램을 만든 목적이 무엇일까?

저 혼자 제멋대로 사는 것을 굳이 내가 간섭할 필요는 없지만, 그래도 사람이라면 조금은 좌우를 돌아보며 사람이 꽃보다 아름답다는 것을 느끼며 살자. 아무리 금전 만능주의 시대라지만 돈만을 쫓아 사람이기를 포기하지 말자. 스님은 스님답게, 목사님은 목사님답게, 신부님은 신부님답게, 가수는 가수답게, 화가는 화가답게, 운동선수는 운동선수답게, 개그맨은 개그맨답게 본분에 충실하고 조금은 인류의 미래에 신경을 쓰자.

사람으로 태어나서 사람답게 사는 것이, 그리 쉬운 일은 아니다. 사람으로 태어난다는 건 원치 않는 임신이나 불륜으로 태어난 게 아닌, 정상적인 부부 사이에서 모든 사람의 축복을 받으며 탄생한 걸 말함이 아닐까? 사람답게 산다는 건 사람과 더불어 살며 최소한 남에게 피해 주지 않는, 사람의 도리를 다하며 사는 게 아닐까?

『안개 속의 세 사람』에서 나는 사람으로 태어나서 사람답게 사는 삶을 그려보고 싶었다. 안개 속에서는 대부분 안 좋은 일들이, 숨기고 싶은 일들이 마치 교통사고처럼 일어난다. 이중 추돌, 삼중 추돌, 심지어 몇십 중 추돌까지 벌어진다. 인생도 대부분 한 치 앞을 내다볼 수 없는 짙은 안개 속이다. 얽히고설킨 인연 속에서 사랑하고 미워하며 살다 보면 예상치 못한 일들이 수도 없이 일어난다. 하지만 안개가 걷히면 태양은 더욱 빛나듯 그 터널만 잘 벗어난다면 더 밝고 찬란한 삶이 기다리고 있다.

　사람은 혼자 살 수 없다. 요즘 사람들이 돈만 있다면 혼자서도 얼마든지 행복하고 즐겁게 살 수 있다고 착각하는 사람이 많은데 천만의 말씀이다. 당신이 이 세상 모든 돈을 가지고, 사람 하나 없는 지구에서 나 혼자 살아간다고 상상해보라. 무슨 즐거움이 있고 행복이 있겠는가?

　사람이 사는데 가족은 필수다. 나 홀로 애완동물이나 껴안고 자연을 벗 삼아 세계를 일주하며 멋진 절경에 취해본들 거기에 무슨 즐거움과 행복이 있겠는가? 사랑하는 가족이 없다면 삶에 희망이 없고 가면 갈수록 외로움만 더해진다.

　이 세상에서 가장 아름다운 건, 아기를 품에 안고 젖가슴을 훤히 드러낸 채 아기를 바라보고 있는 엄마의 모습이다. 엄마 품에 안겨 엄마 젖을 배불리 먹고, 엄마와 눈 맞추고 있는 아기에게 무슨 근심 걱정이 있으며, 열 달 동안 내 뱃속에서 내 피와 살을 먹고 자란 사랑스러운 내 아기를 바라보는 엄마의 눈에 무슨 미움과 갈등이 있겠는가? 가족의 소중함을 모르고, 순간의 쾌락을 따라 원치 않는 임신으로 원치 않는 아이를 낳아 쓰레기통에 버리는 어둠의 자식들이 과연 이 기쁨을 알겠는가? 아이들이 자라며 현실적인 여러 가지 걱정과 고통이 있겠지만, 제대로 된 가족의 사랑만 있다면 모든 게 행복이다. 제대로 된 가족의 사랑이 있으려면 제대로 된 가족을 구성해야 한다. 가족을 구성하려면 결혼과 출산은 당연지사다. 출산의 고통과 돈 때문에, 가족의 구성을 포기한다면 인류의 미래는 없다.

소설 속의 세 사람도 사랑과 미움으로 끝없는 갈등을 반복하다가 끝내는 해피엔딩으로 막을 내린다. 주인공과 두 여자가 안개 속을 벗어나 해피엔딩을 이룰 수 있었던 것도, 제대로 된 가족의 헌신적인 사랑이 있었기 때문이다.

현실에서는 매일 매일 수많은 비극이 일어나지만, 난 비극을 좋아하지 않는다. 그래서 내 소설에서만큼은 해피엔딩을 그린다. 독자들이 소설을 읽는 동안만이라도 행복했으면, 즐거워했으면 하는 게 나의 바람이다.

『안개 속의 세 사람』은 평범한 삼십 대 젊은이들의 삶이다. 어쩌면 내가 살아온 젊은 시절의 이야기일 수도 있고, 이 시대를 살아가고 있는 누군가의 삶을 모방한 것일 수도 있다. 난 사람으로 태어났으니 끝까지 사람답게 살고 싶다.

2024년 여름 청양에서

소설가 조 민 식

〈서문〉

긴장감 넘치는 서사와 서민적인 서정

김 순 진(문학평론가 · 한국문인협회 이사)

　사랑은 이 세상 모든 존재를 이어갈 수 있게 만드는 영원불변의 법칙이다. 인간의 삶에 있어 사랑을 제외하고는 아무런 의미도 존재의 이유도 없다. 이 세상에 해서는 안 될 사랑은 없다. 사람들은 서로 신분이 비슷한 사람끼리 만나야 큰 무리 없이 잘 산다고 하지만, 이 세상에는 장애자와 사는 사람도 부지기수고 동화나 소설에서 처음 본 거지 소녀와 사랑에 빠지는 경우도 허다하고, 국경과 나이, 신분을 뛰어 넘는 아름다운 사연의 사랑은 비일비재하다. 사랑은 신분으로 이루어지는 것이 아니라, 끊임없는 배려와 희생으로 이루어지는 것이다.
　다만 사회질서의 혼란이 야기될 수 있는 사랑을 법으로 제한하고 금한다. 우리나라는 1부1처제가 법으로 명시되어 있다. 최근에 불거진 세기의 이혼소송이라 하는 어느 재벌가의 소송에서 이혼위자료로 1조3,800억 원을 지급하라는 재판장의 판결은 아내가 재산형성에 기여했다는 부분도 참작되었지만, 1부1처제를 부인하고 이중으로 결혼생활을 했다는 점에 기인했다는 판결이다.

사랑에는 여러 가지 종류가 있다. 우선 젊은 남녀가 만나 결혼함으로써 우리 사회는 유지되고 영속할 수 있으니 남녀 간의 사랑은 세상 만물이 육체를 나눔으로써 영속적으로 자손을 퍼뜨려 멸망하지 않는 최선의 사랑이고 권장되어야 할 사랑이며 가슴 설레는 사랑이다. 그리고 부모님이 보내주시는 끊임없는 사랑이 사회의 근간을 이루는 사랑이다. 뱃속에서 10개월 동안 노심초사 기르시는 어머니의 사랑, 그리고 어린 핏덩이를 낳아 사회에 나아가 독립할 수 있도록 노심초사 기르시는 그 사랑은 아무리 감사함을 말해도 부족하지 않다. 또한 장애자나 노약자에 대한 사랑은 아름다운 사회를 유지시키고 확인하는 사랑으로 우리는 나보다 어려운 사람과 힘이 약한 사람에게 물질을 나누고 힘을 나누며, 마음을 나눔으로써 아름다운 사회를 가꾸어나가게 된다. 그밖에 직업에 대한 사랑, 지역에 대한 사랑, 단체에 대한 사랑, 동물에 대한 사랑, 자연환경에 대한 사랑, 음식에 대한 사랑, 학문에 대한 사랑, 예술에 대한 사랑 등은 사람이 태어나고 죽음에 대한 의미를 관철하고 사람 사이를 긴밀하고도 촘촘히 연결해서 아름다운 사회를 건설하는 밑거름이 되게 한다.

조민식 작가의 첫 장편소설 『안개 속의 세 사람』은 우연히 만나게 된 장애자 세희를 케어하고 책임지는 과정에서 생겨난 아가페적 사랑과 첫눈에 반해 결혼한다는 소식에 탈영까지 하는 목숨처럼 여기는 진실한 사랑에 대한 삼각관계를 순리대로 풀어가는 과정을 서민의 감정과 생활성을 섞어 그려낸 수작이다.

자기 일이 아니면 아무도 남의 일에 관심을 두지 않는 세상에서 주인공 태권이 우연히 떠맡게 된 장애자 세희를 스스로 살아갈 수 있도록 독려하고 응원하는 과정은 헌신적이고 아가페적이다. 그러나 세희가 옆에 있어서 원만한 결혼생활을 함께 할 수 없다는 판단으로 결혼식을 파기하고 절로 들어가 버린 미향에 대한 그리움은 지속된다.

결국 태권은 미향을 포기하고 세희와 결혼식을 올리고 살아가지만, 무엇인지 모를 아픔과 그리움을 안고 살아가던 태권은 갑자기 쳐들어온 세 명의 탈옥수들과의 대치 과정에서 반신불수가 된다. 그러는 사이 세희는 아들 은성을 낳게 되는데, 절에서 수양 생활을 유지하고 있던 미향은 우연히 본 TV 뉴스를 통해 태권의 소식을 듣고 돌아와 세희의 존재를 인정하고 태권과 미뤘던 결혼식을 올리기에 이른다.

그리고 태권과 미향, 세희는 셋이 행복하게 살면서 2세가 자주 태어나고, 반신불수가 된 태권은 분재를 새로운 직업으로 해 제2의 인생을 개척하고, 세희는 그림을 그리며 레슨을 시작한다. 그리고 어느 날 태권은 발에 감각이 있음을 깨닫고 끊임없는 노력으로 마침내 일어서는 데 성공을 하며, 세희도 정신박약 상태에서 온전한 사람으로 되돌아오는데, 거기에는 미향의 헌신적인 사랑이 매개로 작용한다.

이 소설은 평범한 이야기지만, 결코 평범하지 않은 이야기다. 모진 어려움 속에서도 최선을 다하면 행복을 찾을 수 있다는 것이 이 소설의 주제이다. 물론 태권의 젊은 삶의 과정에서 생겨나고 소멸되는 크고 작은 인연의 이야기는 우리들이 모두 겪어온 필부필부한 이야기로 큰 성을 바치는 조약돌이나 명사와 동사를 이어주는 조사 같은 이야기다. 어찌 세상이 진실한 사랑으로만 이루어질 수 있겠는가? 조민식 작가가 그러한 남자들의 소소한 치부를 드러내면서 그러한 과정을 기술해 낸 것은 원만한 가정을 이루지 못한 사랑은 모두 불장난에 불과하다는 교훈을 주기 위한 것으로 보인다.

가정이란 행복의 기본단위다. 행복이란 홀로 이루어지지 않는다. 이 소설 속에서 할아버지와 할머니, 아버지와 어머니, 장인어른과 장모님, 형제자매와 부부, 그리고 그 자녀들로 이루어지는 가정사에는 끊임없이 시련이 찾아오지만, 모두 믿어주고 응원하며 의지할 수 있도록 비빌 언덕이 되어주는 것만이 질풍노도와 같은 세상을 헤쳐 나갈 수 있는 유일한 방법임을 암시한다.

나는 이처럼 장면 장면마다 정감 어린 소설을 읽은 것이 언제인지 모른다. 매장마다 배려가 배어있고, 긍휼하고 그윽한 눈동자로 사회를 바라볼 수 있다는 것은 그동안 조민식 작가가 얼마나 올바른 삶을 살아오셨는지를 대변해준다. 마치 무라카미 하루키의 소설 『1Q84』을 읽는 듯한 긴장감 넘치는 서사와 존 스타인백의 소설 『통조림 공장 골목』을 읽는 듯한 서민적인 서정은 읽는 이로 하여금 손을 놓지 못하게 만든다.

조민식 소설가의 이 소설에서 우리가 눈여겨볼 것은 두 가지로 보인다. 우선 장애인에 대한 사랑의 표출이다. 누구든 장애인이 될 수 있고, 장애인을 낳을 수 있다. 조민식 작가는 장애인의 일을 남의 일로 방관하는 사회에 경종을 울리고 싶었을 것이다. 또 다른 한 가지는 사랑을 향한 일편단심과 지속적인 관심이다. 비록 잠시 서로 마음이 어긋난다고 할 지라도 지속적으로 사랑하고 갈망하면 행복을 이룰 수 있다는 것을 말하고 있다.

이처럼 아름다운 사랑 이야기를 펴내시는 조민식 작가님께 우레와 같은 박수를 보내드린다.

차례

4 …… 책을 펴내며
8 …… 서문 / 김순진 문학평론가

14 …… 칠갑산 연가
23 …… 큐피드 화살
67 …… 식스틴과 권총의 대결
88 …… 목숨을 건 정사
98 …… 천사의 추억
113 …… 탈영
142 …… 위장 자살
155 …… 내 사전에 불가능은 없다
168 …… 엉뚱한 인연
211 …… 이상한 동거
238 …… 사랑과 우정, 낭심필살법
253 …… 영원한 비밀
273 …… 여자와 여자 사이

301 ······ 할머니의 죽음

313 ······ 어쩔 수 없는 이별

329 ······ 천사도 때로는 악마가 된다

359 ······ 이별 여행, 그녀는 떠나고

369 ······ 그녀의 빈자리, 방황

388 ······ 슬픈 면사포

405 ······ 한밤의 혈투

419 ······ 진정한 사랑

468 ······ 사랑은 영원히

494 ······ 지상 최대의 마술

514 ······ 진징한 행복

칠갑산 연가

 아침 일찍 천장호를 향해 출발했다. 구름 한 점 없이 맑게 갠 하늘이 푸르다 못해 눈에 시리다. 출렁다리를 건너 둘레길을 한 바퀴 돌아본 후, 장곡사 계곡에서 점심을 먹기로 일정을 잡았다. 운전대를 잡은 태권의 얼굴이 세상을 다 가진 양 넉넉하고 푸근하다. 은철이를 안고 조수석에 앉아있는 미향이가 손에 잡힐 듯 바로 눈앞에 있는 아름다운 칠갑산 자락을 바라보며 연신 감탄사를 쏟아냈다. 운전석 바로 뒤에서 은혜를 안고 앉아 계신 아버지의 주름투성이의 얼굴이 고사리 같은 손으로 차창 밖을 손가락질하는 손녀를 바라보며 화회탈이 되셨다. 은비는 어머니 무릎 위에서, 바로 앞에 앉아있는 동생 은철이와 '까꿍'하며 연신 장난을 쳤다. 맨 뒷줄에 은성이와 함께 앉아있는 세희가 아침 햇살을 온몸으로 받으며, 마냥 행복한 미소를 짓는다. 초등학교에 들어간 은성이가 엄마의 손을 꼭 잡고 날아가는 산새들을 가리키며 환호성을 질러댔다. 스타렉스 9인승을 가득 채우고 봄나들이를 떠나는 태권의 가슴이 갑자기 울컥했다. 옆에 앉은 미향이가 손수건을 꺼내 태권의 눈가를 훔치며 다정하게 손등을 어루만졌다.
 뒤처진 겨울바람이 몇 장 남지 않은 참나무 이파리에 매달려 마지막 몸부림을 치고 있지만, 시냇가에 늘어진 버들강아지는 벌써 따스한 입김을 모락모락 내뿜고 있었다. 양달쪽 개나리는 그새를 참지 못하여 봄바람에 몸을 맡긴 채 방글방글 실웃음을 흘리고, 밭 자락에 줄지어 서 있는 산수유는 추위 따위는 아랑곳없다는 듯 함박웃음을 짓고 있었다. 양지 밭에 모여 앉아 톡톡 꽃망울을 터트리는 매화를 곁눈질하며, 여기저기 바위틈에 숨어있던 진달래가 살포시 고개를 들고 새파란 입술에 연분홍 립스틱을 찍어 바르기 시작했다.

 집을 출발한지 삼십여 분 만에 천장호 주차장에 도착했다. 은비와 은성이가 아버지와 어머니의 손을 잡고 출렁다리를 걸어가며 신이 났다. 세희와 미향이도 은혜와 은철이를 안고 함박웃음을 지으며 그들의 뒤를 따랐다. 어머니 손을 잡고 앞서가는 은성이가 연신 뒤돌아보며, 일행을 챙기는 모습이 제법 의젓하다.

 호수 위에 얇게 드리워져 있던 물안개가 산등성이에 걸려 있는 산안개의 꽁무니를 따라 서서히 자취를 감추고, 솔잎 사이로 햇살이 쏟아져 내리기 시작했다. 호수는 햇빛을 받아 은빛으로 반짝이고, 물가를 따라 물새들이 한가로이 헤엄치는 모습이 평화롭기 그지없다. 물속에서 유유자적하던 물고기들이 햇빛을 따라 하나둘 모습을 드러내기 시작했다. 어느새 인기척에 익숙해진 형형색색의 크고 작은 물고기 떼가 아이들이 던져주는 먹이를 따라 다리 밑으로 부산하게 움직였다. 호수 한가운데서 피라미들이 은빛 비늘을 반짝이며 마치 돌고래쇼를 하듯 수면 위로 치솟았다가 수직 낙하하는 모습이 장관이다. 호숫가에 앉아 느긋하게 주위를 둘러보던 수선화와 민들레가 밝은 태양을 보자 서로를 시샘하며 활짝 웃는다. 호수 주변에 올망졸망 서 있는 꽃나무들이 이따금 불어오는 봄바람에 심란한 가슴을 달래며, 꽃단장을 준비하느라 분주하게 움직이기 시작했다.

"할아버지! 이 출렁다리는 언제부터 있었던 거예요?"

"글쎄다. 니가 태어나기 훨씬 전에 만들어진 것 같은다…. 기억이 가물가물해서…."

"할아버지! 이 탑은 뭐예요?"

"청양고추와 구기자를 고추 도령과 구기 낭자로 재미있게 표현한 탑이지."

"그럼, 고추가 남자고 구기자가 여자예요?"

"글쎄…. 말인즉 그렇다는 것이지, 남자와 여자로 비유하는 것은 좀…."

호기심이 많은 은성이가 연신 할아버지에게 질문을 퍼부었다. 어린 시절 소풍 갈 때마다 칠갑산 주변, 특히 천장호 근처에서 뛰어놀곤 했는데, 수십 년이 흐른 지금 부모님을 모시고 두 아내와 아이들을 데리고 다시 이곳을 찾으니 지난 일들이 마치 눈앞에 펼쳐져 있는 것처럼 새록새록 떠올랐다. 출렁다리를 건너 청룡과 호랑이의 동상이 나타나자 은성이와 은비가 환호성을 질렀다. 은혜와 은철이도 고사리 같은 손으로 청룡과 호랑이를 가리키며 활짝 웃는다. 포토존에서 기념사진을 찍고 둘레길로 올라갔다. 모퉁이를 돌아서자 방부목으로 만든 나무계단이 나타났다. 계단 옆으로 오솔길이 나 있고, 그 안쪽에 방부목으로 만든 벤치가 보였다.

벤치에 둘러앉아 집에서 만들어 온 김밥을 먹었다. 부모님은 맛있게 김밥을 먹는 손주들을 바라보며 흐뭇한 표정을 지으셨다. 지난날 불효했던 순간들이 떠오르며, 이제 조금이나마 자식 된 도리를 한 것 같아 가슴이 뿌듯하다. 주차장으로 돌아와서, 다시 차를 타고 장곡사를 향해 출발했다.

나선형 도로를 지나 조금 달리다 보니 까치내 유원지가 보인다. 맑은 물을 자랑하는 까치내 유원지는 수심이 얕아 아이들을 동반한 가족 단위 피서객들에게 안성맞춤이다. 주변 냇가에는 참게와 다슬기, 가재, 피라미, 중태기 등 일급수에만 사는 물고기들이 즐비하다. 어린 시절 아버지와 종종 족대로 고기 잡던 일이 생각이 났다.

산 아래쪽으로 태어나서 자란 태권의 고향 집이 보인다. 고향 산천을 바라보니 어린 시절 함께 뛰어놀던 친구들이 떠올랐다. 병욱이, 석구, 현구, 진형이, 진북이, 석종이, 현자, 이자, 순복이, 순열이, 월영이⋯. 셀 수 없이 많은 다정했던 친구들의 얼굴이 파노라마처럼 스쳐 지나갔다. 많은 친구 중에서도 석구의 얼굴이 가장 먼저 떠올랐다.

석구는 아래윗집에 살며 어린 시절을 늘 함께했던 친구다. 석구는 아버지가 우체국에 다니고, 어머니가 학교 옆에서 구멍가게를 해서 따로 농사를 짓지 않았다. 그래서 항상 태권이와 같이 어울리며 농사일도 도와주고, 함께 뛰어노는 등 늘 붙어 다녔다. 석구는 아담한 체구와 번뜩이는 재주 때문에 청양고추로 불렸다. 덩치는 작지만, 영리한 머리로 자기보다 머리 하나는 더 큰 친구들을 항상 골탕 먹였다. 골목길을 바라보니 그 옛날이 생각났다.

"야, 태권아! 나 좀 숨겨줘라."

석구가 비 오듯 땀을 흘리며 스쳐 지나갔다. 석구가 사라지자 서너 명의 낯선 아이들이 달려왔다.

"야, 방금 이쪽으로 달려온 놈 못 봤냐?"

"못 봤는데."

"너 그 애 숨겨줬다간 가만 안 둔다."

중학교 모자를 쓴 키다리가 태권을 올러댔다.

"뭣 때문에 그 애를 찾냐?"
"그 자식이 내 동생 뒤통수 때리고 도망갔다. 잡히면 가만 안 둔다."
 키다리가 씩씩거리며 사방을 둘러보았다. 저만큼 국이자가 헉헉거리며 달려오는 모습이 보였다. 국이자는 발음 때문에, 항상 청양 특산물인 구기자로 친구들에게 놀림을 받았다. 하지만 예쁘고 상냥해서 항상 친구들에게 인기가 좋았다. 내일이 이자 할아버지 생신이라 아침부터 북적거렸는데 이자네 집에 손님 온 아이들인 모양이다.
"오빠, 집에 가자."
"잠깐만. 이 자식 이거 분명, 이 근처 어디에 숨어있을 거야."
 키다리가 또 한 번 사방을 두리번거렸다.
"태권아, 석구 못 봤니?"
 국이자가 태권을 쳐다보며 한눈을 찡끗했다. 왕소나무 뒤로 석구의 옷자락이 조금 보였다.
"석구, 지금쯤 칠갑산 꼭대기에 올라가 있을 거다."
 태권이 시치미를 떼고 이자를 쳐다보았다. 이자가 그거 보라는 듯 키다리의 손을 잡아끌었다.
"그런데 쟤는 몇 학년이냐?"
 키다리가 석구를 찾지 못한 분풀이를 하듯 태권을 노려보았다.
"나하고 같은 5학년이야."
"야, 너 초딩이 왜 말끝마다 반말이냐?"
 키다리가 태권에게 한 발짝 다가서며 두 눈을 부라렸다.
"그런 너는 몇 살이냐? 내가 초딩이라도 학교를 늦게 들어가서 그렇지, 나이는 너 못지않을 거다."

태권이 지지 않고 키다리를 노려봤다.

"오빠, 태권이 말이 맞아. 나보다 두 살이나 더 많아."

이자의 말을 들은 키다리가 슬그머니 꽁지를 내렸다. 이자가 사촌들을 데리고 돌아갔다. 석구가 낄낄거리며 왕소나무 뒤에서 모습을 나타냈다.

"너 또 장난쳤냐?"

"그래, 뒤통수 한 번 후려갈겼지."

"왜 이유도 없이 남의 뒤통수는 갈기냐? 그러다 잡히면 어쩌려고?"

"난 도시에서 온 뺀질이들 보면 그냥 한 대 때리고 싶어진다. 그리고 여기 확실한 보디가드가 있잖아."

석구가 태권의 손을 잡아 흔들었다. 석구는 체구는 작아도 날쌘돌이였다. 석구는 외모 때문에 손해를 보는 경우가 종종 있지만, 속이 깊고 의리 있는 좋은 친구였다. 태권과 석구는 그림자처럼 늘 붙어 다녔다. 초등학교에서 고등학교를 졸업할 때까지 모든 걸 함께 했다. 심지어 대학 진학까지 포기하고 태권을 따라 은행에 입사했다.

주정교 삼거리에서 장곡사 삼거리까지 시오리에 이르는 벚꽃길은, 드라이브 코스로 유명하다. 좌우에 도열 하듯 서 있는 벚나무 가지가 터널을 이룰 정도로 무성하여, 벚꽃이 만발하면 말 그대로 꽃의 궁전이 된다. 살랑살랑 불어오는 봄바람을 타고 화려한 꽃비가 쏟아지면, 누구라도 차에서 내리지 않고는 견뎌낼 수 없는 환상적인 분위기를 연출한다. 장곡사는 칠갑산 남쪽 기슭에 자리 잡은 천년고찰로, 우리나라 사찰 중에서 유일하게 상하 대웅전을 가지고 있다. 장곡사 주차장에서 장곡사까지 가는 길은 포장이 잘 돼 있고, 길가에 은행나무가 늘어서 있어서 뙤약볕 아래서도 시원한 그늘을 만들어 준다.

모두 차에서 내려 사찰로를 걸어갔다. 은철이와 은혜가 제 엄마 손을 잡고 아장아장 걷는 모습이 너무도 귀엽다. 할아버지 손을 잡고 걸어가는 은성이와 할머니 손을 잡고 걸어가는 은비가 어서 빨리 오라고 동생들을 채근했다. 대웅전을 둘러보고 다시 내려왔다. 점심때가 되었는지 맛있는 기름 냄새가 골짜기를 진동한다.

주차장 옆에 있는 식당가는 먹거리 골목처럼 활기가 넘쳐났다. 산채비빔밥을 비롯하여 능이백숙까지 없는 음식이 없다. 칠갑산 맛집에서 능이백숙을 먹었다. 능이의 쫀득쫀득한 식감과 부드러운 오리고기의 고소한 맛이 어우러져 정말 맛이 환상이었다. 후식처럼 나오는 눌은밥은 부모님과 아이들이 너무너무 좋아했다.

모든 일정을 끝마치고, 집을 향해 차를 몰았다. 모처럼의 나들이가 피곤했던지 모두 장곡교를 건너기도 전에 잠이 들었다. 손주들을 품에 안고 편안히 잠든 부모님의 주름투성이 얼굴을 바라보면서, 아이들의 손을 잡고 행복한 미소를 지으며 잠들어 있는 두 아내의 얼굴을 바라보면서, 태권은 두 줄기 뜨거운 눈물이 양 볼을 타고 하염없이 흘러내렸다. 오늘의 이 행복이 있기까지 얼마나 많은 고통과 절망 속에서 헤매었던가? 얼마나 많은 인내와 기다림의 연속이었던가? 짙은 안개가 걷히면 태양이 더욱 빛나듯 드디어 해냈다는 뿌듯함이 온몸을 뜨겁게 달구면서 고진감래(苦盡甘來)라는 사자성어가 떠올랐다.

큐피드 화살

　고등학교를 졸업한 태권과 석구는 조은은행에 입사했다. 지난해 경운기 사고로 척추를 크게 다친 작은아버지의 건강이 급격히 나빠져서, 아버지가 작은 집 농사일까지 도맡아 하는 바람에 집안 형편이 말이 아니었다. 태권은 어쩔 수 없이 대학 진학을 포기하고 취업을 결정했다. 석구도 대학에 진학하라는 부모님의 말씀을 뿌리치고 태권을 따라 취업을 결정했다. 때마침 조은은행에서 〈고졸취업자 특별채용시험〉을 실시하여 함께 응시해서 나란히 합격하였다. 부모님은 물론 대학 진학을 강요하던 석구 부모님도 어려운 시험에 합격했다고 좋아하셨다. 청양에는 조은은행 지점이 없어 석구의 형과 태권의 누나가 사는 인천지역을 희망했다. 태권은 부천지점으로, 석구는 부평지점으로 발령받았다.
　석구는 부평시장에 있는 형님 집에서 다니기로 했고, 태권은 도화동에 있는 누님 집에서 다니려고 했으나, 교통편이 너무 불편하여 부천지점 뒤편에 방 하나를 얻어 자취하기로 했다. 누님 내외가 나서서 모든 일을 처리해주었다. 내일 첫 출근이다. 그동안 부모님 품 안에서, 한 발짝도 벗어나지 못한 '우물 안 개구리'였다면, 이제는 이 넓은 세상을 나 혼자 헤엄쳐 나가야 한다. 출근 준비를 마치고 방바닥에 벌렁 드러누웠지만, 새로운 세계에 첫발을 내디딘다고 생각하니 좀처럼 흥분이 가라앉지 않는다. 저녁을 먹는 둥 마는 둥 간단히 해결하고, 일찍 쉬려고 자리를 펴고 있는데 석구가 찾아왔다.

"출근 준비해야지?"

"준비랄 게 뭐 있냐? 시간 맞춰 나가면 되는 거지."

"그래도 첫 출근인데 일찍 쉬어야지."

"그러려고 했는데 싱숭생숭하다."

"저녁은?"

"생각 없다. 물이나, 한 잔 줘라."

태권이 물 한 컵을 들고 석구 옆에 앉았다.

"너 아직도 배꼽으로 아기를 낳는다고 생각하는 건 아니겠지?"

석구가 목을 축이고, 태권의 어깨를 툭툭 치며 실실거렸다.

"뭐?, 배꼽이 아니면 어디로 아기를 낳는데?"

태권은 석구의 생뚱맞은 질문에 짐짓 시치미를 뗐다. 묘한 시선을 주고받던 둘은 그때 일을 떠올리며 배꼽을 움켜쥐고 자취방을 데굴데굴 굴렀다.

초등학교 6학년 여름이었다. 하굣길에 우연히 현자네 소가 송아지를 낳는 광경을 목격했다. 현자 아버지와 어머니가 소 곁에서 긴장된 표정으로, 땀을 뻘뻘 흘리고 계셨다. 모두 손에 땀을 쥐고 그 광경을 지켜보았다. 소는 왕방울만 한 눈을 하얗게 뜨고, 연신 머리를 흔들어 대며 무척 힘들어했다. 잠시 후 송아지의 머리가 조금씩 보이기 시작했다.

"아이고! 착하지. 그래 조금만 더 힘내자."

현자 엄마가 중얼거리며 어미 소를 쓰다듬어 주었다. 현자 아빠는 계속해서 어미 소의 배를 쓸어주었다. 어미 소가 땀을 뻘뻘 흘리며 금방이라도 숨이 넘어갈 것처럼 가쁜 숨을 몰아쉬었다. 하지만 송아지 머리만 조금 보일 뿐 좀처럼 나오지 않았다. 한참을 헐떡이던 어미 소가 네다리로 땅을 긁으며 다시 한번 힘을 쓰자 송아지의 머리가 드디어 모습을 드러냈다.

"그래, 조금만 조금만 더."

현자 엄마의 목소리에 맞춰 모두가 함께 아랫배에 힘을 주었다. 한동안 숨 고르기를 하며 잠잠하던 어미 소가 꼬리를 쭉 뻗으며 마지막 용틀임하자, '매에-' 날카로운 송아지의 울음소리와 함께 송아지가 쑤욱 빠져나왔다.

"와아! 만세!"

모두 다 함께 환호성을 질렀다. 현자 아빠가 소독한 가위로 탯줄을 자르고 끝을 실로 묶었다. 태반을 걷어내고 마른 수건으로 송아지의 몸을 깨끗이 닦았다. 갓 태어난 송아지가 일어서려다 쓰러지고 일어서려다 쓰러지고를 몇 번 반복했다. 어미 소가 긴 혀로 쉴 새 없이 송아지를 핥아주었다. 드디어 송아지가 홀로서기에 성공했다. 송아지가 넘어질 듯 넘어질 듯 비틀거리며 어미 소 곁으로 다가갔다. 젖을 찾아 이리저리 머리를 흔들던 송아지가 엄마 젖을 찾아 쪽쪽 소리를 내며 빨아먹기 시작했다. 모두 다 서로를 쳐다보며 만족한 표정을 지었다.

"아주머니! 소는 어떻게 송아지를 낳게 되나요?"

태권은 얼굴이 벌겋게 상기된 채 현자 엄마에게 여쭤보았다.

"응, 그건 어미 소의 엄청난 희생과 사랑으로 이루어지는 거란다."

태권은 현자 엄마의 자세한 설명을 들으며, 송아지의 탄생이 어미 소의 엄청난 고통과 희생이 동반된다는 사실을 새삼 알게 되었고, 새로운 생명의 탄생에 머리가 저절로 수그러졌다. 우연이 마주친 그 장면이 모두에게 깊은 감동을 주었다. 모두 숙연한 얼굴로 집을 향해 걸어갔다.

"야, 너희들 아기 낳는 것 봤냐?"

병욱이가 득의양양한 표정으로 침묵을 깼다.

"너는?"

현구가 호기심이 가득한 눈빛으로 병욱이를 쳐다보았다.

"엄마가 내 동생 날 때 난 전부 봤다."

"어떻게 낳는데?"

"방금 송아지 낳는 거 봤잖아. 아기도 똑같아."

병욱이의 가당찮은 한마디에 모두 서로의 얼굴을 쳐다봤다.

"말도 안 돼. 사람은 만물의 영장이야. 사람이 어떻게 동물과 똑같이 아기를 낳니? 그러면 사람도 동물이란 말이니?"

태권이 모범생답게 논리정연하게 병욱이의 말을 반박했다.

"그럼 너는 어디로 아기를 낳는다고 생각하니?"

병욱이가 두 눈을 부릅뜨고 태권을 노려보았다. 태권은 순간 당황했다.

"글쎄, 배꼽이 아닐까? 어쨌든 오줌 구멍은 아니라고 생각해."

"얀마! 어떻게 쪼그만 배꼽에서 아기가 나올 수 있니?"

병욱이가 두 눈을 부라렸다. 하지만 친구들은 반신반의하는 눈치였다.

"태권이 말이 맞는 것 같은데, 내 동생도 배꼽으로 나왔다고 할머니가 그러셨어."

지난해 여동생이 생긴 석구가 맞장구를 치며 태권이 편을 들었다. 모두 고개를 끄덕이며 석구의 말에 동조했다.

"에이 멍청이들! 방금 현자네 송아지 낳는 거 봤잖아. 사람도 똑같아."

친구들에게 외면당한 병욱이가 얼굴을 붉히며 집으로 달려갔다. 태권은 모든 친구 앞에서 항상 잘난체하는 병욱이의 코를 납작하게 해준 것이 무엇보다 기뻤다. 각자 자기 집으로 돌아가고 석구와 단둘이 남았다.

"병욱이 말이 맞아. 나 엄마가 내 동생 낳는 거 봤어."

석구의 입에서 힘들게 기어 나온 이 한마디는 태권이에게 엄청난 충격이었다. '사람이 동물과 똑같이…, 그렇다면 사람이 짐승과 다른 게 뭐가 있단 말인가?' 태권은 어린 시절 그 일로 인해 정서적으로 많은 혼란을 겪었다.

"야, 형님이 왔는데 술 한 잔도 없냐?"

석구가 보고 있던 만화책을 팽개치고 냉장고 안을 기웃거렸다. 냉장고는 누님이 채워놓은 물과 밑반찬뿐이었다.

"글쎄, 딱히 마실 게 없는데…. 참 요구르트 줄까?"

태권이가 석구의 허벅지를 툭 쳤다.

"너 이 자식! 또…."

석구가 잡아먹을 듯이 으르렁거렸다. 요구르트 얘기만 꺼내면 석구는 태권이에게 꼼짝을 못한다. 석구는 덩치는 작지만, 태권이보다 조숙했다. 중학교에 진학해서 석구와 자취할 때다. 하굣길에 설사가 나서 자취방에 도착하자마자 가방을 팽개치고 화장실 문을 벌컥 열었다. 석구가 얼굴이 벌겋게 상기된 채 고추를 잡고 흔들어 대다가 태권이를 보고는 난감한 표정을 지었다. 나중에 석구가 당황한 이유를 알 수 있었고, 어떻게 하면 요구르트가 나오는지도 난생처음 알게 되었다. 석구와 함께 뒹굴다 보니 장소만 바뀌었을 뿐, 학창 시절과 조금도 달라진 게 없다. 열 시쯤 석구가 돌아가고 자리에 누웠지만, 첫 출근에 대한 설렘 때문인지 쉽게 잠이 오지 않는다.

부천지점은 대로변에다 시장과 붙어 있어서 항상 시끌벅적했다. 정문 왼쪽으로 지하도가 있는데, 지하도를 따라 북쪽으로 걸어가면 곧바로 전철과 연결되고, 남쪽은 도로 건너편과 연결되어 있었다. 건물 좌우와 건너편 모두 점포들이 줄지어 있어 항상 인파로 북적댔다. 직원은 모두 47명인데 여직원이 삼분의 일가량 되었다. 처음 며칠은 모든 게 어색했으나 신입 행원 환영회를 거치고, 퇴근길에 선배들과 어울리며 조금씩 적응되어갔다.

첫 주말이다. 태권은 방을 청소하고 세탁기를 돌려 밀린 빨래를 했다. 간단히 라면으로 점심을 때우고 모처럼 느긋하게 토요일 오후를 즐겼다. 긴장이 풀린 탓인지 이내 졸음이 밀려왔다. 깜빡 잠이 들었다가 깨어보니 한밤중이었다. 화장실에 다녀온 다음 다시 깊은 잠에 빠져들었다.

아침에 일어나니 구름 한 점 없이 맑게 갠 푸른 하늘에 밝은 태양이 방긋 웃는다. 어젯밤 잠을 푹 잔 탓인지 기분이 상쾌하다. 점심을 먹고, 주변 지리도 익힐 겸 재래시장에 나가 구두약과 옷솔을 사고 시장을 구경했다.

"쇼핑 나왔어요?"

시장 골목을 빠져나오는데, 뒤쪽에서 낭랑한 목소리가 허락도 없이 귓속을 파고들었다. 획 돌아보니 연분홍 실크 블라우스에 보라색 스커트 차림의 멋진 아가씨가 고개를 까딱하며 쌩긋 웃지 않는가! 입행 동기인 한미향이였다. 일주일 전 함께 부천지점으로 발령받아 매일 얼굴을 마주하지만, 아직은 서먹서먹한 편이었다.
"예. 재래시장 구경도 할 겸 몇 가지 살 게 있어서…, 이쪽에 사세요?"
"네. 저기 저 교회 뒤쪽에…."
"저도 그쪽에서 자취하는데…."
태권이 머뭇거리는 사이 한미향이가 성큼 지나쳐 버렸다.
"저기요."
"네?"
뒤돌아보는 그녀의 미소 띤 얼굴에서 얼핏 보조개가 보였다.
"아니에요."
태권은 무슨 말을 하려다가 얼굴이 벌겋게 달아오르며, 갑자기 입이 얼어 붙어버렸다. 그녀가 가볍게 눈인사를 건네고 언덕길을 걸어갔다. 하얗고 긴 목선이 기름진 머리칼 아래서 반짝였고, 가는 허리와 타이트한 스커트에 드러난 탱탱한 히프가 쭉 뻗은 두 다리 위에서 걸음을 옮길 때마다 춤추듯이 출렁였다. 넋을 잃고 바라보던 태권은 그녀가 완전히 사라지고서야 정신이 번쩍 들었다. 꿈에 그리던 이상형이 바로 코앞에 있었다니….

그날 밤 뜬눈으로 밤을 지새웠다. 그녀의 예쁜 얼굴과 앙증맞은 보조개, 멋진 뒷모습이 클로즈업되면서, 무언지 모를 뭉클한 감정의 덩어리가 끊임없이 무의식 저편에서 치밀어 올라와 가슴을 답답하게 했다. 마치 열병에 걸린 사람처럼 온몸이 불덩어리가 되어 입이 바짝바짝 말라왔다. 난생처음 느껴보는 감정이었다. 냉장고를 열고 냉수를 벌컥벌컥 들이켰지만, 좀처럼 흥분이 가라앉지 않았다. 그녀에 대해 잘 알지도 못하면서 이렇게 한순간에 마음을 빼앗긴다는 것이 스스로도 이해되지 않았다. 밖이 환하게 밝아오기 시작했다. 밤을 꼬빡 새웠지만, 전혀 피곤하지 않았다.
"그래 넌 내 꺼야!"
태권이 미친 사람처럼 소리치며 벌떡 일어섰다. 어떤 액션을 바로 취하지 않으면, 미향은 태권의 존재도 모른 채 누군가에게 날아가 버릴 것만 같았다. 밥을 먹는 둥 마는 둥 은행으로 달려갔다. 세상이 모두 아름답게 보였다. 업무 준비하면서 연신 출입문 쪽으로 눈을 돌렸다. 직원들이 하나둘 출근하기 시작했다.
"안녕하세요?"
태권은 출근하는 직원들에게 큰 소리로 아침 인사를 건넸다. 벽시계가 30분 전 아홉 시를 가리키자, 미향이 나타났다. 언제나처럼 밝고 명랑한 얼굴이다. 태권은 서류를 가지러 가는 척 금고 쪽을 향해 걸음을 옮기며 가까이 다가갔다. 눈빛이 마주치자 미향이 고개를 까딱하며 쌩끗 웃는다. 자신도 모르게 미향의 볼우물에 풍당 빠져버린다. 인사도 제대로 건네지 못한 채 서둘러 자리로 돌아왔다.
그날부터 미향의 일거수일투족에 온 신경을 집중했다. 최대한 가까운 거리에서 미향의 주위를 맴돌았다. 퇴근길에 길목에서 기다렸다가 우연히 마주친 것처럼 나타나기도 하고, 미향의 출근 시간에 맞춰 골목을 기웃거렸다. 어쩌다 몇 발짝 함께 걷기라도 하는 날이면, 하늘을 날아갈 듯 상쾌한 기분이다.
다음 주 수요일에 본점 강당에서 신입 행원 연수가 있다는 전갈이 왔다. 이번에 입행한 행원은 남녀 통틀어 65명인데, 부천지점은 태권과 미향이 두 사람이다. 태권은 매일 밤, 잠을 설치며 수요일이 어서 빨리 오기를 학수고대했다. 연수이긴 하지만, 한 강의실에서 한미향과 하루 종일 함께 할 생각을 하니 마치 첫 데이트를 하는 양 마음이 설렜다.
 드디어 수요일이다. 새벽부터 일어나 면도를 하고 넥타이를 맨 다음 구두를 깨끗하게 닦아 신고 전철역으로 나갔다. 혹시나 해서 사방을 두리번거렸지만, 한미향은 보이지 않았다. 본점은 남대문에 있는데 인사 발령 때 한 번 다녀온 적이 있었다.
 "태권아!"
 강당에 들어서자 먼저 자리를 잡고 앉아있던 강석구가 손을 번쩍 들며 호들갑을 떨었다. 입행 이후 매일 전화 통화는 했지만, 이렇게 가까이서 마주하는 건 처음이다. 석구 옆에 자리를 잡았다. 석구는 무슨 할 말이 그렇게 많은지 연신 종알댔다. 그러나 태권은 건성으로 고개만 끄덕였다. 모든 관심은 온통 왼쪽 둘째 줄에 앉아있는 한미향에게 쏠려 있었다. 연수원장의 훈화가 끝나고 오전 내내 고객 응대법과 전산 운용에 대한 연수를 받았다.
 점심을 먹고 자기소개와 근무 소감을 발표하는 시간이 마련됐다. 왼쪽 여행원들부터 한 사람씩 나와 발표했다. 한미향의 차례가 됐다. '인천여고를 나왔고 무남독녀라는 것, 아버지가 개인 사업을 하신다는 것 등'을 낭랑한 목소리로 차분하게 얘기했다. 한미향의 예쁜 입술이 열릴 때마다 태권은 침을 꼴깍 삼켰다. 이따금 미소 지을 때 나타나는 보조개는 그의 마음을 송두리째 집어삼켰다.
 "야. 쟤, 부천지점에 근무하냐?"
 "…."
 "인마, 이 자식이 넋이 나갔나?"
 석구가 어깨를 툭 치는 바람에 정신이 번쩍 들었다.

"부천지점에 근무하냐고?"

"응? 으응."

태권이 고개를 끄덕였다.

"군계일학이다. 나 좀 소개해 줘라."

석구가 태권의 속마음도 모른 채 지껄여 댔다. '짜식, 보는 눈은 있어서…. 쟨 내 꺼야.' 태권은 속으로 코웃음을 쳤다.

여행원의 발표가 끝나고 남행원의 차례가 되었다. 조태권은 회심의 미소를 지었다. 웅변대회에 나가 입상한 경력도 있고, 이런 일은 둘째가라면 서러워할 조태권이다. 한미향에게 자신이 누구라는 걸 확실히 어필할 수 있는 천재일우의 기회다.

강석구가 먼저 단상에 올라가더니 말을 제대로 하지 못하고, 몸을 비비 꼬았다. 원래 내성적인 데다 수줍음을 많이 타는 성격인데, 여행원들이 있어 더욱더 당황하는 것 같았다. 시간이 흐르며 얼굴이 벌겋게 상기된 채 연신 연수원장만 쳐다봤다. 조태권은 수없이 보아 온 터라 무감각했지만, 여행원 쪽에서부터 낄낄거리는 소리가 들리기 시작하더니 장내가 뒤숭숭해졌다.

"부평지점에 근무하는 강석구구유, 그리고 청양고를 나왔슈, 형과 누나가 있구유, 아부지는 우체국 다녀유. 근무한 소감은…."

"아부지, 돌 굴러가유."

강석구가 다음 말을 하려고 멈칫거리는 사이, 누군가가 끼어드는 바람에 장내는 웃음바다가 되었다. 태권은 마치 자신이 단상에 서 있는 것처럼 얼굴이 화끈 달아올랐다. '저 멍청한 자식! 자신이 없으면 원고라도 써서 읽지. 그리고 촌놈 아니랄까 봐 사투리는 왜 그렇게 많이 써.' 만약 강석구가 옆에 있다면 한 대 콱 쥐어박고 싶었다.

"아무튼 좋아유."

강석구가 서둘러 마무리하고 도망치다시피 자리에 돌아와 앉았다. 조태권이 심호흡을 한 번 하고 씩씩하게 걸어 나갔다. 웅변할 때처럼 장내를 한 바퀴 둘러보았다. 한미향의 시선이 느껴졌다.

"부천지점에 근무하는 조태권입니다. 2남 2녀의 셋째고 부모님은 청양에 있는 칠갑산 근처에서 농사를 지으십니다. 책 읽기와 운동을 좋아합니다. 가정형편을 생각해서 진학을 포기하고, 취업을 결정했습니다. 대한민국 최고의 은행에서 열심히 근무하여 최고의 경영자가 되고 싶습니다. 부천지점은 지점장 이하 47명이 근무하고 있는데…, 이상입니다."

조태권이 발표를 마치고 자리로 돌아왔다.

"역시 태권이 넌…."

강석구가 엄지척했다. 네 시에 연수가 끝났다. 모두 집으로 돌아가기 위해 뿔뿔이 흩어졌다. 강석구가 모처럼 만났으니 술 한잔하자는 것을 뿌리치고 한미향과 함께 전철을 탔다. 퇴근 시간이 한참 남았는데도 전철은 이미 만원이었다. 태권은 한미향을 앞세우고 구석으로 들어갔다. 한미향의 어깨를 감싸듯 자리를 잡고 밀려드는 인파로부터 한미향을 보호했다. 전철이 덜컹거리며 어쩔 수 없이 한미향과 부딪칠 때는 전기가 흐르듯 찌릿찌릿했다. 한미향의 몸에서 상큼한 꽃향기가 났다.

"조태권, 부평지점 강석구와 같은 고향이야?"

남부역에서 내려 지하도를 걷는데 한미향이 생뚱맞은 소리를 했다.

"…."

무슨 뜻으로 묻는지 몰라 태권이 어물거리는 사이 한미향의 다음 말이

톡 튀어나왔다.
"너네 들 어쩌면 그렇게 말투가 똑같니?"
그 말을 듣는 순간 태권은 갑자기 눈앞이 노래졌다. 멋지게 보이려고, 얼마나 많이 노력했는데, 변변하지 못한 강석구와 동급으로 취급받고 나니 어깨가 축 늘어지고 말았다. 저녁 식사를 핑계로 자연스럽게 데이트 신청하려던 계획은, 식사하자는 말 한마디 꺼내지 못하고 흐지부지 헤어지고 말았다. 그날 이후 한미향과 마주치는 게 괜스레 두려워졌다. 영업장에서 업무적인 일로 마주칠 때는 어쩔 수 없었지만, 어쩌다 시장에서 한미향의 모습을 발견하면 저도 모르게 피해버렸다.
월말이 다가오자, 업무가 바빠지기 시작했다. 월말 결산을 위해 야근하는 일이 다반사가 되었다. 한미향은 모든 사람에게 선망의 대상이었다. 활달한 성격과 똑소리 나는 업무처리 덕분이기도 했지만, 특히 뛰어난 미모로 총각들의 인기를 독차지했다. 한미향이 스스럼없이 남자들과 웃고 떠드는 모습을 볼 때마다 조태권은 애가 탔다. 좀 더 가까이 다가가려고 하면 할수록 자꾸만 작아지는 자신을 보며, 한숨을 쉬었다.
'다음 주 일주일 동안 한미향과 새마을금고 파출수납을 나가라.'는 업무 지시가 떨어졌다. 담당업무 외의 추가 업무라 모두 기피 하는 일이었지만, 한미향과 함께하는 일이라는 생각에 태권은 또다시 마음이 설레기 시작했다. '그래, 이번에는 확실히 내 능력을 보여 주자.'라 단단히 마음을 먹고 한미향에게 점수 딸 궁리를 했다. 시장에 가서 넥타이도 하나 사고, 일주일에 한두 번 하던 샤워도 매일매일 하면서 조금이라도 더 멋진 모습을 보여 주기 위해 노력했다. 업무처리야 한미향 못지않게 인정받는 터라 걱정할 일이 아니지만, 어떻게 하면 남자로서 더 멋진 모습을 보여 줄 수 있을까가 문제였다. 자신도 모르게 튀어나오는 충청도 사투리를 고치기 위해 표준말 연습도 해보고 분위기 전환을 위한 유머도 생각해 뒀다.

　월요일 아침, 세탁한 양복을 입고 새로 사 온 넥타이를 매고 출근을 서둘렀다. 출근 도장을 찍자마자 지불창구에서 잔돈을 준비하고, 계산기와 수납 장부를 꼼꼼히 챙겨 가방에 넣는 등 파출수납 준비를 마쳤다. 대부분 여직원이 준비물을 챙기지만, 한미향을 위해 모든 일을 조태권이 도맡아 했다. 가방을 둘러메고 한미향과 함께 출입문을 나섰다. 새마을금고는 시장 뒤편에 있었다. 시장을 벗어나자 저만큼 새마을금고가 보였다. 갑자기 그녀가 멈춰서더니 고개를 갸웃했다.

　"계속 걸어가 봐. 아무래도 조 주임 걸음걸이가 이상하네."

　그녀의 목소리를 듣는 순간, 온몸에서 힘이 쭉 빠져나갔다. 구부정한 모습으로 제기를 차듯 걷는 습관은 집안 내력이었다. 그녀에게 멋지게 보이려고 나름 곧게 허리를 펴고 턱을 당기고 조심조심 걸었는데, 저 여우 같은 것이 벌써 눈치채다니…. 그녀의 지적을 받고 걸음걸이에 신경 쓰다 보니 다리가 후들후들 떨리며 스텝이 더 꼬였다. 새마을금고에 도착할 때까지 뒤에서 낄낄거리는 그녀의 웃음소리가 귓바퀴에 걸려 떨어질 줄을 몰랐다. 잔뜩 풀죽은 모습으로 오전을 보냈다. 그녀와 교대하고 식당에 갔지만 영 입맛이 없었다. 멍하니 밥알만 세다가 물 한 컵을 마시고 돌아왔다.

　오후가 되자 공과금을 내기 위한 고객들이 한꺼번에 밀려들기 시작했다. 허기진 배를 움켜쥐고 겨우겨우 마감했다. 그녀가 계산을 마치고 먼저 일어섰다. 전표와 돈을 챙겨 가방에 욱여넣고, 영업장으로 나왔다.

　"조 주임님. 오늘 컨디션이 안 좋은가 봐요?"

첫 대면부터 의미심장한 눈길을 건네던 새마을금고 미스 김이 커피를 건네며, 수작을 걸었다.

"아, 예…."

말대꾸할 힘도 없어 그저 커피만 마셔댔다.

"조 주임, 빨랑빨랑 와. 어음교환 하려면 늦었어."

그녀가 커피를 홀짝 마시고 계산기만 달랑 든 채, 뛰어나갔다.

'아이고, 저걸 그냥….' 태권은 무거운 돈 가방을 어깨에 둘러메고, 헉헉거리며 그녀의 엉덩이를 따라갔다. 다음 날부터 조태권은 한미향이 앞에 걸어가는 것도 신경이 쓰였다. 자꾸만 뒤처지는 조태권을 보고 한미향이 깔깔거렸지만, 조태권은 죽을 맛이었다. 첫날부터 걸음걸이가 꼬이기 시작하더니 모든 게 엉망진창이 되어버렸다. 멋지게 어필하기는커녕 일주일 내내 걸음마 연습만 하다가 아까운 시간만 죽이고 말았다.

'내가 이게 무슨 꼴이지?' 무심코 거울을 들여다보던 태권은 초췌한 자신의 몰골을 보고 깜짝 놀랐다. 모든 게 한미향 때문이었다. 평소 미향의 행동을 보면 자신을 좋아하는 것 같다가도, 어느 때는 찬 바람이 쌩쌩 불었다. 도대체 그녀의 마음을 알 수 없었다. '그래! 한번 부딪쳐 보는 거야.' 일단 데이트 신청해서 그녀의 마음을 떠보기로 마음을 굳혔다.

영업장이 한산한 틈을 타 화장실에 가려는지 그녀가 일어섰다. 태권도 볼일이 있다는 듯 잽싸게 뒤를 따랐다. 한미향이 화상실로 들어갔다. 잠시 망설이다가 문을 열고 들어가니, 거울 앞에 서 있는 그녀의 뒷모습이 보인다. 못 본 척 외면하고 바지 지퍼에 손이 가는데 그녀의 시선이 느껴졌다.

"조 주임!"

한미향의 고함치는 소리에 심장이 덜컥 내려앉았다. 엉거주춤한 자세로 멍하니 그녀를 바라보았다.

"여긴 여자 화장실이야."

'맙소사!' 그녀의 말이 끝나기도 전에 후다닥 튀어나왔다.

남자 화장실로 자리를 옮겼지만, 얼굴이 불에 덴 듯 화끈거린다. '병신! 머저리 같은 놈!' 좌변기에 걸터앉아 수없이 머리를 쥐어박았다.

"나한테 할 말 있어?"

화장실 문 앞에서 기다리고 있던 한미향이 팔짱을 낀 채 두 눈을 부라렸다.

"됐어."

퉁명스럽게 한마디 던지고는 도망치듯 자리로 돌아왔다. 벌써 낙엽이 떨어지기 시작한다. 벙어리, 냉가슴 앓듯 속만 태우고 이렇다 할 썸씽 한 번 제대로 만들지 못한 채, 아까운 시간만 하릴없이 흘러갔다.

금요일 저녁에 인천지역 동기 모임이 있어 퇴근 후 용현동으로 갔다. 모두 열여덟 명으로 남자 열하나, 여자 일곱이었다. 분기마다 한 번씩 모임 갖기로 약속해 이번이 두 번째 모임이었다. 첫 번째 모임 땐 모두 처음 본 친구들이라 서먹서먹했지만, 이제는 모두 낯이 익은 탓인지 분위기가 좋았다. 석구도 지난 모임 때 보고 처음이었다.

"잘 지냈냐?"

"그래. 별일 없지?"

석구와 반갑게 포옹했다.

네 사람당 물팀벙탕 1개씩 네 개를 주문하고 소주를 시켰다. 회장인 구재석이 간단한 인사와 함께 업무보고를 했다. 뒤이어 총무인 한미향이 회계를 보고하고 회비를 걷었다.
"야, 청양고추! 한 잔 따라봐라."
부평지점에서 석구와 같이 근무하는 김명창이 석구 앞에 술잔을 내밀었다. 석구가 벌레 씹은 얼굴로 말없이 술을 따랐다. 서로서로 술잔을 채웠다.
"사랑을 위하여!"
구재석의 건배사와 함께 모두 원 샷을 했다. 술잔이 몇 순배 돌아가자, 분위기가 달아오르며 왁자지껄했다. 그런데 강석구는 영 침울한 표정이다. 조태권이 술잔을 들고 강석구 옆에 앉았다.
"왜 업무가 힘드냐?"
"아니, 그건 아니고…."
"그럼, 왜 그렇게 힘이 없어? 벌써 이 형이 보고잡냐?"
"그래, 담배나 한 대 피우자."
석구가 일어섰다. 석구의 표정으로 보아 무언가 할 말이 있는 것 같아 태권도 뒤를 따랐다. 석구가 담배, 한 가치를 꺼내 주었다.
"저 자식 말이야."
석구가 담배 연기를 길게 내뿜으며, 턱으로 김명창을 가리켰다.
"저 자식이 왜?"
"쟤가 인고 출신인데 갑질이 심하나. 우리 지짐에 인고 출신들이 몇 명 있거든. 저희끼리 어울리면서 나를 따까리 취급하고…."
석구의 말투로 보아 많은 괴롭힘을 당하는 것 같았다.
"알았다. 내가 기회를 봐서 적당히 주의 줄게. 들어가자."
담배를 끄고 다시 방으로 들어왔다.

"야, 청양고추! 어디 갔었어? 술잔이 비었으면 바로바로 채워야지."
김명창이 술잔을 들며 석구의 머리를 툭 쳤다.
"김명창! 너는 손이 없냐? 네 술은 네가 따라 마셔라."
조태권이 김명창을 쏘아보며 점잖게 말했다.
"너 지금 뭐라고 했냐? 다시 한번 말해봐라."
김명창이 두 눈을 부릅뜨고 조태권을 노려봤다.
"술은 주량껏, 각자 따라 마시자고, 친구도 존중해주고."
"그게 무슨 말이냐? 말에 씨가 있는 것 같다."
"너는 내가 머리 툭툭 치면 기분 좋겠냐?"
"그래, 네가 강석구와 동창이라고 했지. 그래서 강석구 감싸주겠다고."
김명창이 자리에서 벌떡 일어났다.
"석구, 덩치는 작아도 외유내강(外柔內剛)형이다. 서로 예의는 지키자."
"그럼 너는 허우대냐?"
"나? 나는 외강내유(外剛內柔)형이지."
"이 새끼가, 지금 나하고 농담따먹기하냐?"
김명창이 술잔을 팽개치고 삿대질하며 분위기를 험악하게 만들었다.
"야, 동기끼리 왜 그래?"
구재석이 일어나 김명창을 끌어안았다. 모두 일어서서 우왕좌왕하며 분위기가 어수선해졌다.
"그래, 일단 모두 자리에 앉자. 명창이 너도 진정하고."
조태권이 다시 자리에 앉았다.
"이 새끼가!"
김명창이 구재석을 뿌리치고 달려들어 조태권을 걷어찼다. 기습받은 조

태권이 가슴을 움켜쥐고 그대로 꼬꾸라졌다. 동기들이 달려들어 김명창을 떼어냈다. 한참 동안 가쁜 숨을 몰아쉬던 조태권이 조용히 일어섰다.

 "야, 김명창! 분위기 깨지 말고 우리 둘이 나가서 해결하자. 너희들은 계속 술 마셔. 금방 들어올게."

 조태권이 가슴을 움켜쥐고 앞장서 걸어 나갔다.

 "조태권 쟤, 인고 짱이야. 조심해."

 한미향이 쪼르르 달려 나와 귓속말로 속삭였다. 식당 뒤편에 은행나무가 있었다. 겉옷을 벗어 나뭇가지에 걸쳤다. 자세를 잡자 김명창이 선빵을 날렸다. 태권이 그대로 주저앉으며 주먹을 피했다. 김명창이 그대로 날아오르며 이단옆차기를 했다. 태권이 왼쪽으로 돌며 그의 옆구리를 걷어찼다. 김명창이 허리를 감싸며 그대로 주저앉았다.

 "너 외유내강(外柔內剛)하고, 외강내유(外剛內柔)가 합쳐지면 뭐가 되는지 아냐? 천하무적(天下無敵)이다. 앞으로 석구 괴롭히지 마라."

 태권이 김명창의 어깨를 두드리며 점잖게 말했다. 태권이 옷을 걸치고 다시 방 안으로 들어왔다. 동기들이 모두 놀란 눈으로 태권을 쳐다보았다.

 "명창이는?"

 구재석이 태권에게 물었다.

 "글쎄, 훈계를 좀 했더니 삐져서 집에 간 모양이다."

 태권이 동기들을 바라보며 씩 웃었다.

 "미안하다. 우리 때문에, 식사도 제대로 못 하고…, 자 그 벌로 내가 한 잔 더 살게. 우리 나이트로 옮기자."

 조태권이 앞장서서 자리를 옮겼다. 강석구가 '어떻게 됐느냐?'는 표정으로 조태권을 쳐다봤다. 조태권이 걱정하지 말라는 듯 석구의 등을 두드렸다. 한미향은 총각들의 우상이었다. 그녀에게 관심을 가지는 건 남자 직원뿐만이 아니고, 거래처 남자들까지 난리법석을 떨었다. 다른 남자들과 쾌활하게 웃고 떠드는 그녀를 볼 때마다 조태권의 가슴은 타들어 갔다. 어쩌다 한미향이 다른 남자와 다정히 걸어가는 모습을 보는 날이면, 그날 밤은 잠을 설쳤다. 기회가 없었던 것은 아닌데, 막상 한미향의 앞에 서면 웬일인지 입이 떨어지지 않았다.

단풍이 만발하는가 싶더니 찬 바람이 불어왔다. 마음도 허전한데 날씨까지 쌀쌀해지니 더욱더 을씨년스럽다. 눈발이 날리기 시작하며 본격적인 겨울이 시작되었다. 연말연시가 다가오면서 송년회에 동기 모임에 주위가 온통 술렁거렸지만, 미향의 마음을 얻지 못한 태권은 도무지 흥이 나지 않았다.

이따금 석구를 만나 술잔을 기울였다. 그나마 석구가 있어 그 추운 겨울을 그럭저럭 버틸 수 있었다. 석구는 술 한 잔만 들어가면 개똥철학을 늘어놓으며 세상을 다 아는 것처럼 떠벌여댔지만, 미향에 꽂힌 태권은 자나 깨나 미향이 생각뿐이었다.

눈 속에 매화가 하나둘 꽃망울을 터뜨리자 산자락에 도열해 있던 산수유가 활짝 웃기 시작했다. 이에 뒤질세라 개나리가 만발하면서, 산속에 숨어 망설이고 있던 진달래가 하나둘 모습을 드러내기 시작했다. 겨우내 화단 위에서 외롭게 떨고 있던 목련이 새하얀 자태를 드러내며 어느새 봄이 성큼 다가왔다.

인사이동이 시작되었다. 정작 좋아한다는 말 한마디 제대로 못 한 채, 조태권은 인천지점으로, 한미향은 주안지점으로 발령이 났다. 아쉬운 마음으로 후일을 기약할 수밖에 별도리가 없었다. 다행히 강석구도 주안지점으로 발령이 나서 기회가 있을 때마다, 전화하여 넌지시 한미향의 근황을 알아볼 수 있었다. 하지만 강석구로부터 전해 듣는 한미향에 대한 정보는 조태권을 애타게 하는 것뿐이었다. 조태권은 퇴근 후 주안지점에 들르는 것이 하루 일과가 되었다. 한미향과 의례적인 인사를 하는 정도였지만, 그렇게라도 그녀의 얼굴을 보지 않으면 잠을 이룰 수가 없었다.

"야, 태권아. 너 좀 이상하다."

술잔을 기울이던 강석구가 조태권의 얼굴을 빤히 쳐다보았다. 처음엔 매일 찾아오는 태권이 반가워서, 나이를 먹더니 철이 들었다는 등 횡설수설하며 반겨주더니 아무래도 무슨 낌새를 챈 듯, 고개를 갸웃했다.

"뭐가 이상해? 내가 찾아오는 게 싫으냐?"

"아니…. 그게 아니고, 내가 보고 싶어서 오는 게 아닌 것 같다."

"너 아니면 내가 누구를 찾아왔겠냐?"

조태권이 얼렁뚱땅 넘어가려 했다.

"아냐, 아냐. 아무래도 뭐가 있긴 있는데…."

강석구가 지그시 눈을 감고 생각에 잠겼다.

"야, 술이나 마셔!"

조태권이 연거푸 술잔을 기울였다. 취하고 싶었다.

"너, 혹시 해바라기하냐?"

정곡을 찌르는 석구의 한마디에 태권은 하마터면 술잔을 놓칠 뻔했다. 강석구가 손뼉을 탁, 쳤다.

"맞아, 맞아! 이거 범생이인 줄만 알았더니…."

강석구가 조태권의 손을 덥석 잡았다.

"누구냐? 네 발길을 매일 이리로 이끌어 온 퀸카가?"

확실한 단서를 찾아낸 탐정처럼 강석구의 눈이 빛나기 시작했다.

"그런 거 아냐, 인마."

"아니긴…. 너하고 나하고 하루 이틀 살을 비비고 지낸 사이냐? 하늘은 속일지 몰라도 내 눈은 못 속인다. 자, 이 형님한테 이실직고해라."

석구가 태권의 가슴을 열어젖힐 것처럼 닦달했다.

"너 자꾸 이러면 나, 간다."

"야, 태권아. 친구 좋다는 게 뭐냐? 너하고 나 사이에 숨길 게 뭐 있어?"

석구가 태권의 여린 가슴을 뒤흔들었다. 태권이 한동안 망설이다가 체념한 듯 입을 열었다.

"그래, 맞아. 나 요즘 그녀 생각에 통 잠을 이룰 수가 없어. 내 마음 나도 모르겠다."

태권이 땅이 꺼져라, 한숨을 쉬었다.

"그래, 사랑은 다 그런 거야. 그런데 그녀도 네 맘을 알고 있니?"

"아니, 아마 모를 거야."

"왜?"

"한 번도 말하지 않았으니까."

"이런, 이런. 천하의 조태권이가 좋아하는 여자한테 말, 한마디 못하고 냉가슴을 앓다니…."

강석구가 혀를 끌끌 찼다.

"누구냐? 내가 당장 해결해 줄게."

"아직은…. 다음에 얘기할게."

조태권은 차마 한미향을 입에 올릴 수가 없었다.

"가만 있어라…. 네가 말 안 해도 다, 알 수가 있지. 자, 오늘은 술이나 마시자."

조태권은 그날 밤 만취 상태로 강석구의 등에 업혀서 자취방에 돌아왔다. 그날 이후 어쩐지 석구의 얼굴을 마주 볼 용기가 나지 않았다. 한미향의 얼굴이 미치도록 보고 싶었지만, 주안지점을 찾아가기가 어색했다. 한동안 골목에 숨어 그녀가 퇴근하는 모습을 훔쳐보곤 했다.

오늘은 반드시 데이트 신청해야지 굳게 결심하고 골목에서 그녀를 기다렸지만, 막상 그녀의 모습이 보이면 용기가 나지 않았다. 석구와 헤어진 지도 벌써 일주일이 지났다. 속마음을 들키고 나서 석구에게 전화하는 것도 망설여졌다. 퇴근하려고 준비 중인데 석구한테서 전화가 왔다.

"나다. 용현동 물텀벙집 알지? 총알같이 와라."

제 말만 하고 말대꾸할 틈도 없이 전화를 끊었다.

'짜식, 성질머리하고는…. 그런데 갑자기 무슨 일이지?' 택시를 잡아탔다.

"용현동 물텀벙집 아시죠?"

택시 기사가 무표정한 얼굴로 기아를 올리며 달려갔다. 삼십 분도 채 되지 않아 용현동에 도착했다.

"오랜만이네요."

카운터에 앉아있던 주인아주머니가 아는 체를 했다. 매번 동기 모임이 있을 때마다 찾는 단골집이었다.

"잘 되시죠? 혹시 제 친구 도착했나요?"

"예, 이 층으로 올라가세요."

강석구가 미리 귀띔해놓은 모양이었다. 아직 이른 시간이라 그런지 식당은 한산했다.

"여기야, 여기."

태권을 본 강석구가 오늘따라 호들갑을 떨었다.

"웬일이냐? 갑자기…."

어색한 표정으로 방 안으로 들어서려던 조태권이 그 자리에 얼어붙고 말았다. 석구는 혼자가 아니었다. 조태권의 넋을 빼놓았던 그때 그 옷차림의 그녀가 함께 있었다. 갑자기 현기증이 났다. 강석구가 조태권을 향해 한쪽 눈을 찡긋했다.

"오랜만이네."

그녀가 일어서면서 손을 내밀었다.

"응, 웬일로?"

조태권이 그녀의 손을 잡으며 허둥댔다.

"조 주임하고 술 한 잔 먹고 싶어서…."

그녀가 쌩끗 웃었다. 보조개를 보자 태권의 얼굴이 후끈 달아올랐다.

"들어와 인마. 이 자식 이거 중증이네."

홍당무가 된 조태권의 얼굴을 보고 강석구가 놀려댔다. 방안으로 들어서려니 다리가 후들거렸다.

"저리 앉아."

옆에 주저앉으려는 태권을 강석구가 그녀 쪽으로 떠밀었다.

"야, 왜 이래."

조태권이 비틀거리며 얼떨결에 버럭 소리를 질렀다.

"그래, 이쪽으로 앉아."

그녀가 쌩끗 웃으며 방석을 내밀었다.

"아냐, 난 여기 앉을게."

"왜? 내 옆에 앉는 게 싫어?"

"그런 게 아니고…."

"그럼, 이리와 앉아."

그녀가 명령하듯 말했다. 마지못해 그녀의 옆자리에 앉았다.

"자, 한 잔 받아."

그녀가 조태권의 술잔에 술을 따랐다.

"자, 다 같이 한 잔 하자고."

강석구가 건배했다.

"우리 모두의 행복을 위해서."

잔을 부딪쳤다. 태권은 아무 말도 못하고 술만 들이켰다. 분명 석구가 태권을 위해서 마련한 자리인데, 전혀 예상치 못한 일이었다. 미리 귀띔이라도 했더라면 이렇게 당황하진 않았을 텐데…. 석구의 마음 씀씀이가 고맙긴 했지만, 한편으로 얄미운 생각이 들었다. 태권은 분위기가 영 어색했다.

"조 주임이 짱이었다며?"

한미향이 발그레한 얼굴로 조태권을 빤히 쳐다봤다.

"짱은 무슨…."

조태권이 당황한 표정을 지으며 술잔을 잡았다.

"공부도 잘하고 싸움도 잘하고…. 참 지난번 동기 모임 때 김명창을 어떻게 한 거야? 걔, 인고 짱이라고 인천에서는 유명 인사인데."

"그래? 순딩이던데. 알아듣게 몇 마디 하고 어깨를 두드려 줬더니 고분고분 말을 잘 듣더라고."

조태권이 아무렇지도 않다는 듯 씨익 웃었다.

"김명창이 임자를 제대로 만났지. 촌놈이라고 무시했다가 큰코다친 거지. 그날 이후로 내 옆에 얼씬도 안 한다."

강석구가 태권의 어깨를 두드리며 싱글벙글했다.

"조태권이 그 정도야? 나도 조심해야겠다."

한미향이 바짝 다가앉았다. 태권은 몸 둘 바를 몰라 고개를 푹 숙였다.

한미향의 쭉 뻗은 다리가 불빛을 받아 반짝였다. 숨이 가빠왔다. 목이 답답해 넥타이를 잡아당겨 느슨하게 했다.

"짜식, 천하의 조태권이가 미향 씨 앞에서는 말까지 더듬고…. 고개 들고 어깨 좀 펴 인마."

강석구가 호기롭게 태권의 어깨를 '탁' 쳤다. 모든 게 꿈만 같았다. 일 년 내내 같은 지점에 근무하면서 말, 한마디 제대로 못 했는데 이렇게 한 자리에 앉아 술을 마시다니…. 새삼 강석구의 속 깊은 배려가 눈물겹도록 고마웠다.

"웬 강술만 그렇게 마셔? 안주도 먹어야지."

한미향이 술잔을 잡은 조태권의 손을 제지했다. 그녀의 손이 스치자 마치 감전이 된 듯 후끈 달아올랐다.

"아아! 부럽다. 누구는 챙겨주는 사람도 있고…."

강석구가 정말 부럽다는 표정으로 너스레를 떨었다. 손님이 왔는지 왁자지껄하는 소리가 들리더니 계단 올라오는 소리가 들렸다.

"화장실 좀 다녀올게."

강석구가 일어섰다. 둘이 남게 되자 가슴이 답답했다. 조태권은 연신 문 쪽으로 시선을 돌렸다. 술 한 병을 다 비워 가는데, 강석구는 함흥차사다.

"잠깐만…."

조태권은 도망치듯 방안을 나와서 화장실로 달려갔다. 그러나 석구는 그림자도 보이지 않았다. 카운터로 내려가 아주머니한테 물었다,

"혹시, 제 친구 못 봤어요?"

"급한 일이 있어서 먼저 간다며 계산하고 좀 전에 나갔는데…."

아주머니가 의미심장한 표정으로 쳐다봤다. 태권은 진퇴양난이 되었다. 한참을 서성이다가 방문을 열었다.

"어디 갔었어?"

"석구가 안 보여서…."

"갔을 거야."

미리 약속되어있는 듯 그녀는 태연했다.

"안 들어올 거야?"

조태권이 어정쩡한 자세로 맞은편에 앉았다.

"자, 한 잔 받아."

한미향이 술병을 들었다.

"으응."

조태권이 두 손으로 잔을 들었다.

"오늘부터 야자 트자. 우린 동기잖아. 어때 괜찮지?"

"으응."

"어머! 애 좀 봐. 뭘 그렇게 수줍어해. 한 손으로 받아."

한미향이 술을 따랐다. 어떻게 술을 마셨는지, 시간이 얼마나 흘렀는지 알 수가 없었다. 그녀가 많은 말을 한 것 같은데, 도무지 생각이 나지 않

았다.

"태권아, 우리 술 깨고 집에 가자."

한미향의 제안으로 수봉공원으로 올라갔다.

찬 바람을 쐬니 정신이 맑아졌다. 공원에는 많은 사람이 자리하고 있었다. 소나무 아래에 있는 벤치에 앉았다.

"태권아, 너 나한테 할 말 없어?"

"응? 으응. 별로…."

조태권이 말꼬리를 흐렸다.

"너 나 좋아한다며?"

그녀의 단도직입적인 물음에 조태권은 얼굴이 후끈 달아올랐다. 그동안 얼마나 하고 싶었던 말인가? 하지만 막상 한미향에게서 그 말을 듣고 나니, 머리가 하얘지는 게 아무 생각도 떠오르지 않았다.

"…."

"말해봐. 나 좋아해?"

미향이 두 눈을 동그랗게 뜨고 태권을 쳐다보았다. 태권이 아무 말도 못 하고 고개만 끄덕였다.

"나도 너 좋아해!"

미향의 고백을 듣는 순간, 태권은 바보처럼 눈물이 왈칵 쏟아졌다. 지나간 일들이 주마등처럼 눈앞을 스쳐 지나갔다. 한미향이 손수건을 내밀었다. 한동안 말없이 흐느끼던 조태권이 천천히 입을 열었다.

"미안해. 못난 꼴을 보여서…."

"괜찮아. 그만큼 네가 순수하단 뜻이잖아. 나는 그런 네가 더 좋아 보이는데…."

그녀가 한 손으로 조태권의 눈물을 닦아 주었다.
"사실 시장에서 너와 마주쳤던 그날 밤 난 한숨도 못 잤어. 본점에서 처음 너를 본 순간 멋진 여자라고 감탄했지만, 함께 근무하면서 동료 그 이상의 감정은 없었는데, 그날 네 모습을 보고 꿈에 그리던 내 이상형이란 느낌이 팍 왔거든. 그다음 날부터 너와 친해지려고 무척 애를 썼는데, 마땅한 기회가 오지 않아 애를 태웠어. 좋아한단 말도 못 하고 인사이동으로 헤어지고 난 후, 하루라도 너를 보지 못하면 잠을 잘 수가 없었어. 퇴근하면 으레 발길이 주안지점으로 달려갔고, 네 모습을 보지 못하는 날엔 골목에 숨어 퇴근하는 네 모습을 훔쳐보곤 했었어."
태권이 그녀의 두 손을 꼭 잡았다. 택시를 타고 부천으로 향했다. 오는 내내 태권은 마치 구름 위를 걷는 기분이었다.
"여기가 우리 집이야."
자취방에서 2킬로 정도를 더 올라가서 한미향이 파란 대문을 가리켰다.
"남자친구를 집 앞까지 데려온 건 네가 처음이다."
한미향이 약간은 수줍은 표정으로 조태권을 쳐다봤다.
"오늘 정말 고마웠어. 갈게."
한미향이 손을 흔들었다.
집에 돌아와 자리에 누웠지만, 도무지 잠이 오지 않았다. 오늘 벌어진 일들이 마치 꿈속인 양 믿어지지 않았다. '나도 너 좋아해.' 한미향의 한마디가 계속 귓속을 맴돌았다.
그날 이후 그녀와 단둘이 만나 커피도 마시고 영화도 봤다. 강석구의 도움으로 한미향에게 성큼 다가갔지만, 더 이상 진전이 없었다. 한미향은 태권을 좋은 친구로만 생각하는 것 같았다. 그러나 태권의 마음은 그게 아니었다. 이건 우정이 아니라 사랑이었다. 만날 때마다 사랑한다는 말을 하고 싶었지만, 한미향의 해맑은 얼굴을 보면 용기가 나지 않았다.

진달래가 온 산을 붉게 물들이자 어느새 세상이 온통 꽃동산이 되었다. 벚꽃이 하나둘 꽃망울을 터뜨리며 여기저기 벚꽃축제를 알리는 현수막이 걸렸다. 봄나들이를 나서는 사람들로 거리와 도로는 북적였고, 들녘에는 농사를 준비하는 농부들이 부산하게 움직였다.

입대 영장이 나왔다. 한 달 후면 입대해야 한다. 지난해 신체검사를 받고 어느 정도 예상된 일이었지만, 막상 영장을 받고 보니 마음이 심란하다. 특히 좋아지기 시작한 미향과의 관계가 불안하다. 서로 좋아하는 감정은 분명하지만, 연인 사이는 아니다. 입대하기 전 사랑을 고백하고 미향의 사랑을 확인해, 장래를 약속하기에는 시간이 너무 촉박하다. 마음이 조급했다. 무언가 확실한 계기가 있어야 하는데 진전이 없다. 이대로 헤어진다면 한미향이 영영 날아가 버릴 것만 같다. 미향은 태권의 전화를 받으면 언제나 달려 나온다. 데이트하며 의도적으로 손을 잡고 어깨를 감싸 안아도 오래된 친구처럼 아무런 반응이 없다. 인적이 뜸한 골목길에서 과도한 스킨십을 하며 진도를 나가보려 하지만, 그때마다 달아나 버린다. 이러지도 저러지도 못하는 태권은 애만 탔다.

입대일은 바짝바짝 다가왔다. 군대 간다는 소식을 듣고 고향 친구들이 태권을 위해 송별회를 열었다. 시간이 흐르면서 남자는 남자끼리 여자는 여자끼리 자연스레 나누어졌다. 여자들은 무엇이 그렇게 재미있는지 연신 깔깔댔다. 태권은 그녀 생각 때문에 도무지 흥이 나지 않았다.

"미향이랑은 잘 돼 가냐?"

석구가 게슴츠레한 눈으로 태권을 쳐다봤다.

"응, 그저 그래."
"왜? 무슨 문제라도 있냐?"
태권의 시큰둥한 대답에 석구가 바짝 다가앉았다.
"그런 건 아니고…."
태권이 말꼬리를 흐렸다.
"너, 군대 간다며?"
여자 이야기로 게거품을 물던 병욱이가 술잔을 들고 다가왔다.
"그래. 다음 달이다."
"얼굴이 왜 그 모양이냐? 무슨 고민이라도 있냐?"
병욱이가 한 잔 쭉 들이켜고 나서 태권의 잔에 술을 따랐다.
"고민은, 그저 입대하려니 조금은 마음이 착잡하다."
"군대 가면 애인이 고무신 거꾸로 신을까 봐, 걱정되는 모양이다."
태권의 속을 훤히 들여다보듯, 정곡을 찌르는 석구가 고맙기도 하고, 한편으론 얄밉기도 하다.
"그런 일이라면 나한테 상담해야지."
병욱이가 먹잇감을 확인한 독수리처럼 두 눈을 번득였다. 병욱이는 공부는 별로지만, 여자 후리는 데는 일가견이 있었다. 훤칠한 외모와 능숙한 말솜씨로 한창 시절에도 여학생들이 줄줄 따라다녔다. 하지만 심성이 곧고 의리가 있어서 친구들 사이에도 인기가 많았다. 지금은 세종에서 대기업에 다니며 안정된 생활을 하고 있다.
"자, 털어놔 봐라. 내가 간단히 해결해 줄게."
병욱이가 재촉했다.
"응, 그게 말이야…."

한참을 망설이던 태권이가 모든 걸 털어놨다.

"자식, 뭘 그런 걸 가지고 고민하냐?"

병욱이가 술잔을 비우면서 대수롭지 않다는 듯 주워 넘겼다.

"마, 여자들은 박력 있는 남자를 좋아한다."

병욱이가 한마디 주절거리고는 기분 좋게 술을 들이켰다.

"그러니까 너는 결혼까지 생각하는데, 그 여자는 너를 친구로만 대한다, 그거지? 그건 전적으로 네게 책임이 있어. 그녀에게 너는 남자로 느껴지지 않는 거야. 너같이 공부나 잘하고 샌님 같은 타입은, 평생 여자 뒤꽁무니나 따라다니다 볼 장 다 본다. 그 아가씨를 네 여자로 만들려면 남자의 힘을 보여줘야지. 남녀 사이에 친구는 무슨, 기회가 있을 때 인감을 팍 찍어야 되는 거야. 인마."

병욱이가 일장 연설을 시작했다.

"너 다음 달에 군대 가면 그날부로 그녀와는 끝이다. 제대할 때까지 기다려주는 여자가 요즘 어디 있냐? 여자들은 말로 상대하는 게 아니야. 오직 행동으로 보여줘야 하는 거야. 마, 요즘 여자들이 얼마나 계산적인데…. 인감을 팍 찍어도 일 년을 기다릴까 말깐데…."

갑자기 눈앞이 캄캄해졌다. 정말 병욱이 말대로 입대하는 즉시 미향이와는 끝이란 생각이 들면서, 입이 바짝바짝 타들어 갔다.

"친구 좋다는 게 뭐냐? 내가 시간을 내서 해결해 줄 테니까 술이나 실컷 사라."

병욱이가 호기롭게 큰 소리를 쳤다.

며칠이 지나자, 병욱이로부터 내일 올라가겠다는 전화가 왔다. 그때는 농담인 줄 알았는데 고맙기도 하고 한편으론 걱정도 됐다. 퇴근 후 석구와 머리를 맞댔다.

"정말 믿어도 될까?"

태권이 불안한 표정을 지으며 석구를 바라봤다.

"글쎄, 한번 만나나 보고 얘기하자."

석구가 어정쩡한 대답을 했다.

그날 밤 태권은 뜬눈으로 밤을 새웠다. 도대체 무슨 방법으로 어떻게 해결해 준다는 것인지. 만약 잘못되기라도 한다면, 우정마저 박살 나는 것이 아닌지 불안하기 짝이 없었다. 다음 날 저녁때 병욱이가 낯선 친구 둘을 데리고 올라왔다. 모두 험상궂은 얼굴이었다.

"인사해라. 이쪽은 내 불알친구고, 애들은 사회 친구다."

인사가 끝나고 병욱이가 작전을 설명했다.

"둘 다 그쪽 방면으로는 도사니까, 태권이 너는 아무 걱정하지 말고, 네 할 일이나 똑바로 해라."

병욱이 일행과 미향이네 집으로 가는 길을 답사했다. 내일 퇴근길에 인적이 뜸한 골목길에서 행동을 개시하기로 약속했다.

"석구야, 정말 잘될까? 이러다 사고 치는 거 아니냐?"

병욱이 일행을 모텔에 내려주고 돌아오는 길에, 태권은 불안한 심정을 석구에게 토로했다.

"글쎄, 고전적인 수법이지만 영화에서도 종종 그런 일로 전화위복이 되는 경우가 있지 않냐? 판단은 네가 알아서 해라."

명쾌한 대답은 아니지만 시도해 볼 가치가 충분히 있다는 투로 들렸다.

다음 날 태권은 하루 종일 석구와 전화 통화를 하며 미향이의 일거수일투족을 감시했다. 미향이 버스에 올라탔다는 연락을 받고, 태권은 서둘러 은행을 나섰다. 여기에 도착하려면 사십 분 정도가 걸린다. 거사 장소로 가서 병욱이에게 미향이의 차림새를 설명하고 태권은 시내버스정류장에서 기다리기로 했다.

온종일 비가 내려 밤공기가 쌀쌀했다. 여섯 번째 버스의 문이 열리면서 미향이의 모습이 나타났다. 아무것도 모르는 그녀가 골목길로 들어섰다. 병욱이에게 사인을 보냈다. 가슴이 뛰기 시작했다. 불안한 마음에 지금이라도 당장 그만두고 싶었다. 그녀가 성큼성큼 언덕을 올라왔다. 쌀쌀한 날씨 탓인지 다행히 지나가는 사람들이 없었다. 그녀가 가로등 밑을 지나치려는데, 갑자기 전신주 뒤에서 두 사나이가 나타나 앞길을 막아섰다. 그녀의 당황하는 표정이 멀리서도 역력하다. 두 사나이가 양쪽에서 그녀의 팔을 우악스럽게 잡았다. 한 사나이가 그녀의 얼굴에 칼을 들이댔다. 예리한 칼날이 어둠 속에서 반짝 빛났다. 미향이가 너무 놀라 비명도 지르지 못하고 전신주 뒤로 끌려갔다. 한 사나이가 우악스럽게 미향이의 블라우스를 잡아당겼다. 단추가 후드득 떨어지며, 찍 블라우스 찢어지는 소리가 들렸다. 태권이 뛰쳐나가려는데 병욱이가 팔을 잡았다. 한 사나이가 거칠게 그녀를 끌어안으며 가슴을 더듬었다.

"왜들 이러세요."

그제야 정신을 차린 미향이가 몸부림을 쳤다. 또 한 사나이가 억센 손으로 그녀의 입을 틀어막았다. 병욱이가 느릿느릿 걸어가더니 브래지어를 확 낚아챘다.

"엄마야!"

미향이의 날카로운 비명이 사나이의 손에서 퍼덕거렸다.

"야, 너희들 뭐야!"

태권이 후다닥 뛰쳐나갔다.
"어라, 이건 또 뭐야. 피 보고 싶지 않으면 조용히 꺼져!"
병욱이가 태권의 눈앞에 칼을 들이대며 한눈을 찔끔했다.
"이 자식들. 지금이 어느 세상인데 당장 그 아가씨 놔줘!"
태권이 큰 소리로 호통을 쳤다.
"이 자식이!"
병욱이가 태권의 얼굴에 펀치를 날렸다.
"어이쿠!"
태권이 비틀거렸다. 뒤이어 병욱이의 발길이 사정없이 옆구리를 걷어찼다. 태권이 나가떨어졌다. 입술이 터졌는지 얼굴에서 피가 흘렀다. 병욱이가 태권의 멱살을 잡고 일으키며 속삭였다.
"자식아. 빨리 나를 쳐."
또다시 병욱이의 주먹이 날아왔다. 잽싸게 병욱이의 주먹을 피하며 주먹을 날렸다. 병욱이가 비틀거렸다. 이단옆차기를 날렸다. 병욱이가 나가떨어졌다. 그녀를 잡고 있던 사나이들이 한꺼번에 달려들었다. 한 손으로 주먹을 뻗으며 옆차기를 날렸다. 두 사나이가 동시에 나가떨어졌다. 병욱이가 일어나며 잭나이프를 빙빙 돌렸다.
"너 오늘 잘못 걸렸어."
병욱이가 달려들었다. 태권이 칼을 피해 뒤로 물러섰다. 넘어졌던 두 사람도 칼을 빼 들고 합세했다. 혈투가 벌어졌다. 미향이가 전신주 아래서 오들오들 떨고 있었다. 그녀의 시선을 의식하면서 태권이 날뛰기 시작했다. 세 사나이가 점점 밀리기 시작했다. 사나이들이 더 이상 견디지 못하고 도망치기 시작했다. 태권이 그녀에게 달려갔다.

"아가씨, 다친 데는 없습니까? 아니, 미향 씨!"

그녀를 일으키던 태권이 깜짝 놀라는 표정을 짓는다. 블라우스가 찢어지고 상의가 거의 벗겨진 채, 공포에 떨고 있던 미향이 태권을 확인하고는 울음을 터뜨렸다. 태권이 웃옷을 벗어 그녀의 어깨를 감쌌다. 그녀의 울음소리는 좀처럼 끝날 줄을 몰랐다. 태권이 그녀를 꼭 끌어안았다. 그녀의 울음소리를 들으며, 태권은 가슴이 무너져 내렸다.

미향이가 울음을 그친 후에도 한참 동안 태권의 품 안에서 어깨를 들썩였다. 손수건을 꺼내 미향이의 얼굴을 닦았다. 그녀는 넋이 나간 표정으로 한마디 말도 하지 않았다. 추운 날씨에 너무 놀란 탓인지 미향이 심하게 떨기 시작했다. 미향이를 둘러업고 자취방으로 달려갔다. 자취방은 1킬로미터 남짓한 거리다. 그녀를 방에 내려놓고 보일러를 틀었다. 온몸을 떨고 있는 그녀를 꼭 끌어안고 이불 속으로 들어갔다. 팔베개하고, 그녀의 어깨를 감싸 안았다. 태권의 따뜻한 체온이 전달되며 그녀가 서서히 안정을 찾아갔다. 새근거리던 숨소리가 잠잠해지더니 이내 잠이 들었다.

태권은 살며시 일어나서 약국으로 달려갔다. 청심환을 사고 의류 가게에 들러 블라우스를 샀다. 죽 가게에 들러 전복죽과 잣죽을 샀다. 문을 열고 들어서니, 미향이 눈을 떴다. 태권이 조심조심 그녀의 머리를 손으로 바치고 청심환 한 알을 그녀의 입에 넣었다. 쌍화탕의 뚜껑을 열고 그녀의 입술에 흘려주었다. 그녀는 말 잘 듣는 아이처럼, 모든 걸 태권에게 의지한 채 몸을 맡겼다. 그녀의 참혹한 얼굴을 보며 태권의 마음은 천 갈래 만 갈래 찢어졌다. 아무리 미향이의 사랑을 얻기 위해 벌인 일이지만, 그녀가 고통스러워하는 모습을 보니 후회막심이었다.

"태권아, 정말 고마워. 너 아니었다면…."

미향이가 말끝을 맺지 못하고, 또다시 눈물을 흘렸다. 태권이 아무 말도 못 하고 손수건으로 눈물을 닦아 주었다. 방바닥이 따뜻해지기 시작했다.

"조금 더 누워있어."

태권이 미향을 눕히고 베개를 바쳐주었다. 미향이 두 눈을 깜빡이며 천정을 응시했다. 태권이 손바닥으로 미향의 눈을 감겨주었다. 미향이 손을 뻗어 태권의 손을 잡았다. 태권이 남은 손으로 미향의 볼을 쓰다듬었다. 미향의 숨소리가 잠잠해지더니 또다시 잠이 들었다.

밤이 깊어 가고 있었다. 너무 시간이 지체되면 부모님이 걱정하실 것 같아 미향을 흔들어 깨웠다.

"잘 맞을지 모르겠다."

태권이 블라우스를 꺼내자, 미향이 피식 웃었다.

"내가 입혀줄까?"

태권이 멈칫거리자, 미향이가 잠깐 망설이다가 고개를 끄덕였다. 찢어진 블라우스를 벗겨냈다. 브래지어만 걸친 미향이가 부끄러운 듯 몸을 움츠렸다. 블라우스를 입히고 일어서려는데 미향이가 태권을 와락 끌어안았다. 태권은 그녀의 달콤한 체취를 맡으며 그녀가 진정되기를 기다렸다.

"배고프겠다. 우리 죽 먹자."

태권이 쇼핑백을 열고 죽을 꺼냈다.

"뭐 먹을래?"

미향이가 빙그레 웃더니 잣죽을 집어 들었다. 잣죽을 맛있게 먹는 미향을 바라보고 있자니 마음이 놓였다. 태권도 전복죽을 열고 맛있게 먹었다.

"이제 집에 가야지. 부모님이 기다리시겠다."

미향이가 어느 정도 안정된 것을 확인하고 일으켜 세웠다. 그녀를 부축하여 집으로 데려갔다. 집 앞에 도착할 때까지 아무도 입을 열지 않았다. 대문을 열고 들어서려던 미향이가 되돌아 나오더니, 태권을 끌어안고 얼굴에 키스를 퍼부었다.

불안한 마음에 밤새 잠을 설친 태권은 평소보다 일찍 일어나, 골목길에 몸을 숨기고 미향이네 집 대문을 지켜봤다. 파란 대문은 좀처럼 열리지 않았다. '병이라도 난 게 아닐까?' 노심초사하는데, 대문이 열리며 승용차가 미끄러져 나왔다. 조수석에 앉아있는 미향이의 얼굴이 보였다. 승용차가 가까이 다가왔다. 그녀는 어제 태권이 입혀준 물방울무늬의 분홍색 블라우스를 입고, 밝은 표정이었다. 안도의 한숨이 절로 나왔다. 출근하고 업무 준비하는데, 그녀로부터 전화가 왔다.

"태권 씨! 어제는 정말 고마웠어. 퇴근 후에 시간 좀 내. 술 한 잔 살게."

미향의 말투부터 확 달라져 있었다. 태권은 그날 저녁, 난생처음으로 많은 술을 마셨다. 그러나 좀처럼 취하지 않았다. 하룻밤 사이 미향은 태권의 여자가 되어있었다. 태권을 진정한 남자로 받아들이며, 스스럼없이 몸을 기대왔다. 미향이와 함께하는 시간이 늘어났다. 업무가 끝나면 누가 먼저랄 것도 없이, 골목에서 기다렸다가 데이트했다. 헤어질 땐 자연스럽게 작별의 키스를 나누었다.

입대가 보름 앞으로 다가왔다. 태권의 입에서 콧노래가 절로 나왔다. 이제 인감만 제대로 찍으면 미향이는 영원한 내 여자다. 정말 꿈같은 나날이었다.

입대 전 마지막 동기 모임이 있던 날이다. 태권의 송별회도 겸한 자리였다. 인천지역에 근무하는 입행 동기들이 모두 모였다. 식사를 마치고 나이트로 갔다. 모두 신나게 춤을 춘다. 태권은 석구와 구석에 앉아 맥주를 마시고 있었다. 미향이 화장실을 가려는지 일행을 이탈하여 걸어왔다. 태권과 시선이 마주치자, 손을 흔들며 윙크했다. 태권도 손을 번쩍 들어 답례했다. 미향이 태권의 자리를 지나쳐 화장실로 걸어갔다.

"야, 태권아. 미향이 걔 유방이 빅사이즈라고 하더라. 너 만져 봤냐?"

그녀가 사라지자, 석구가 거슴츠레한 눈으로 뚱딴지같이 그때 일을 끄집어냈다.

"야, 인마. 너, 술 취했냐?"

태권이 저 가벼운 입에서 또 무슨 말이 나올지 몰라, 서둘러 입막음했다. 가장 친한 친구지만 석구의 가벼운 입 때문에, 수 없이 봉변당한 태권이다.

"야, 쓸데없는 소리 말고 기분 좋게 술이나 마시자."

태권이 연거푸 석구의 술잔에 술을 따르고 건배를 제의했다.

"너 아직 거기까지 진도 못 나간 모양이구나. 병욱이가 그러는데…"

"야, 야."

태권이 벌떡 일어나 황급히 석구의 입을 막았다. 그녀가 화장실에서 나와 이쪽으로 걸어오고 있었다.

"왜 그래, 인마. 그날 병욱이가 만져 보니까, 미향이 유방 죽여 주더라는데…"

그렇게 만류했는데도 불구하고, 석구가 태권의 손을 뿌리치며, 끝내 천기를 누설하고 말았다. 석구의 등 뒤에 멈춰 선 미향의 안색이 창백해지더니 부들부들 떨기 시작했다. '관세음보살!' 태권은 습관처럼 관세음보살을 찾으며 간절히 기도를 올렸다. '제발 이 상황이 무사히 끝나기를….'

"야, 너희들. 이리 나와 봐."

한동안 태권과 석구를 쨰려보던 미향이 두 사나이의 멱살을 움켜쥐었다. 그녀의 시퍼런 서슬에 태권과 석구가 개 끌려가듯 끌려 나갔다.

"태권 씨! 말해봐. 석구가 하는 말이 무슨 뜻이야?"

도대체 이 난국을 어떻게 헤쳐 나가지? 원망스러운 눈초리로 태권이 석구를 쏘아보았다.

"아이고, 요놈의 주둥이!"

석구가 뒤늦게 사태의 심각성을 알아채고, 죄 없는 제 입만 찰싹찰싹 때리며 후회했다. 술이 확, 달아났다. 태권은 고개를 푹 숙인 채 말이 없다.

"누가 내 유방을 만져 봤대? 병욱이는 누구고?"

펄펄 뛰는 미향의 태도에 태권이 눈을 감았다.

"우리 어디 조용한 곳으로 장소를 옮기자. 내가 모두 얘기할게."

한참 뜸을 들이던 태권이 마음을 굳힌 듯 떨리는 목소리로 말했다. 미향이 앞장서서 걸어갔다. 태권이 뒤를 따랐다.

"야, 어쩌려고 그래? 끝까지 오리발 내밀어야지."

석구가 종종걸음으로 태권의 뒤를 따라오며 안절부절못했다.

"이미 엎질러진 물이다. 쪽팔리지만 이실직고하고, 미향의 처분을 기다릴 수밖에…."

태권이 비통한 목소리로 말했다. 찻집에 들어가 자리를 잡았다. 아무도 입을 열지 않은 채 차만 마셨다.

"잠시 자리 좀 비켜 줘라."

태권이 작심한 듯 찻잔을 내려놓고 석구에게 말했다.

두 사람의 눈치를 살피던 석구가 이때다 싶어 슬금슬금 꼬리를 감췄다. 막상, 말하자니 입이 바싹바싹 타들어 갔다.

"미향 씨, 미안해. 먼저 사과부터 할게."

간신히 입을 뗀 태권의 눈에서 눈물이 왈칵 쏟아졌다.

"염치없는 말이지만, 내가 미향 씨를 얼마나 사랑하는지 알지?"

"그런데?"

그녀가 냉랭한 표정으로 재촉했다. 냉수를 한 잔 마시고, 태권이 고해성사하는 심정으로 모든 걸 털어놨다.

"그날 밤 일어났던 일은 모두…."

미향의 숨소리가 거칠어지기 시작했다.

"미안해. 정말로 미향 씨를 사랑했기 때문에, 무슨 방법을 써서라도 미향 씨를 내 여자로 만들고 싶었어."

그녀의 움직임이 느껴지는가 싶더니 번갯불이 번쩍했다. 얼마나 세게 맞았는지 입술에서 피가 줄줄 흘러내렸다. 그녀의 멀어져 가는 발소리를 들으며 태권은 천 길 낭떠러지로 떨어지는 느낌이었다. 문밖에서 가슴을 졸이던 석구가 달려와 입술의 피를 닦아주며 몸 둘 바를 몰라 허둥댔다.

"미안해, 나 때문에…."

"너를 믿은 내가 바보지. 어이구, 이 원수덩어리야!"

태권이 주먹을 쥐고 석구를 때릴 듯이 노려봤다.

그날 이후, 미향은 태권에게 눈길 한번 안 줬다. 입대를 일주일 앞두고, 휴직계를 내면서 미향을 다시 만났다.

"떠나기 전에 다시 한번 사과하고 싶었어. 미향 씨를 진심으로 사랑했기 때문에…. 이대로 그냥 헤어진다면, 영영 이별할 것 같아서…."

태권이 말을 맺지 못하고 눈물을 찍어냈다.

"그때 일을 생각하면 지금도 치가 떨려! 신고하지 않은 것만도 다행인 줄 알아."

미향의 얼굴이 일그러졌다.

"정말 미안하다. 너에게 커다란 상처를 줬지만, 지금도 너를 향한 내 마음은…."

더 이상 듣기도 싫다는 듯 그녀가 냉랭한 표정으로 벌떡 일어섰다. 태권이 다급히 그녀의 팔을 잡았다. 이대로 헤어진다면 미향과는 정말 끝이다. 결과가 어떻든 할 말은 해야 했다. 태권이 황급히 무릎을 꿇었다.

"미향아! 내가 널 진심으로 사랑한다는 걸 너도 알지?"

"그래서?"

"한 번만, 딱 한 번만 용서해 줄 수 없겠니?"

미향이 팔을 뿌리치고 걸어갔다.

"미향아, 제발…."

태권이 그녀의 스커트를 잡고 매달렸다. 후드득 스커트의 호크가 떨어지며 스커트가 흘러내렸다.

"어머나! 창피하게…."

미향이 흘러내리는 스커트를 잡으며 그대로 주저앉았다.

"난 너 없으면 하루도 못 산다. 나 없는 동안에 다른 놈 만나지 마라."

미향이 어이없다는 표정으로 픽 웃었다.

"웃지 마라. 나 심각하다."

"네가 뭔데, 누굴 만나라 마라 하냐?"
 "너하고 평생 한 이불 덮고 잘 사람!"
 "뭐? 너 참 뻔뻔하다. 난 너만 보면 그때 생각이 나서 치가 떨려!"
 "한 번만 용서해 줘라. 평생 너를 왕비처럼 모시며 살게. 나 제대할 때까지 기다려 줄 거지?"
 "쓸데없는 걱정 하지 말고, 군 생활이나 잘해."
 "미향 씨! 사랑해. 제발 기다린다고 한마디만 말해줘."
 태권이 미향의 손을 잡고 애원했다. 그러나 그녀는 한마디 말도 없이 냉정히 돌아섰다. 입대 전 확실히 인감을 찍어놓겠다던 계획은 인주도 제대로 묻히지 못한 채 기약 없는 이별을 해야 했다.
 태권은 참담한 심정으로 입대를 준비했다. 자취방은 석구가 사용하기로 하고 태권의 짐도 그대로 두기로 했다. 고향을 찾아 부모님께 하직 인사를 드렸다. 아버지는 태권이 늠름하게 자라 입대하게 된 걸 매우 자랑스럽게 생각하셨으나, 어머니는 걱정이 앞서 끝내 눈물을 보이셨다. 이발소에 들러 머리를 박박 밀었다.
 입대일이다. 동구 밖까지 따라나서는 어머니를 뒤로하고 버스를 탔다. 조치원역은 입대하는 장정들과 그들의 가족들로 뒤엉켜 아수라장을 방불케 했다. 이별이 아쉬워 부둥켜안고 떨어질 줄 모르는 연인들의 안타까움과 품 안의 아들을 전선으로 보내는 어머니의 슬픔이 어우러져, 눈물의 조치원역이 되고 말았다. 입영 열차를 타면서, 혹시나 하는 마음에 수없이 뒤를 돌아봤지만, 미향은 코빼기도 보이지 않았다.
 "태권아. 밥 잘 챙겨 먹고, 항상 건강관리 잘하고…."
 석구가 제 딴에는 섭섭한지 눈물을 질질 짰다.

"야, 자식아. 누가 죽으러 가냐? 신성한 국방의 의무를 수행하러 가는데, 사내자식이 재수 없게 왜 눈물을 짜고, 지랄이야."

태권은 신경질적으로 애꿎은 석구에게 화풀이했다. 정말이지 발걸음이 떨어지지 않았다. '제기랄! 이럴 줄 알았으면 진작 인감을 꽉 찍어 두는 건데….' 미향과 영영 이별이라는 방정맞은 생각이 뇌리를 스치면서, 무언지 모를 아쉬움이 밀물처럼 밀려왔다. 기차가 출발하기 시작했다. 이별을 아쉬워하는 연인들의 울부짖음 속에서, 태권은 석구의 전송을 받으며 참담한 심정으로 입대했다.

식스틴과 권총의 대결

　논산훈련소에 입소하여 6주간의 기본교육을 마치고, 050병과로 분류된 후, 육군종합행정학교에서 8주간의 지옥 훈련을 이가 갈리도록 받았다. MP(군인경찰)로서 필요한 군법과 체포술, 포승술, 폭동진압, 거수자 식별 요령 등의 학과 교육과, 교통정리와 총검술, 체력단련 등의 실전을 지겹도록 되풀이했다. 무엇보다도 의표 병과로서의 정신교육이 심신을 녹초로 만들었다. 간호, 부관, 한글 타자 등 타 병과의 교육생과 같은 공간을 사용했지만, 그들은 대부분 부사관이나 장교로서 순수한 훈련병은 아니고, 기관병 중에서 선발된 사람들이거나 여군이었다.

　훈련병들이 연병장에서, 개처럼 뒹굴며 땀과 먼지가 뒤범벅되어 혓바닥을 길게 빼물고 할딱거릴 때, 그들은 강의실에서 창밖을 내다보며 낄낄거렸다. 이따금 훈련병들도 강의실에서 학과 교육을 받았지만, 전문교육이 아닌 단순 암기 사항으로 무한 반복을 통한 세뇌 교육이었다. 부실한 짬밥에 혹독한 훈련으로 파김치가 된 상태에서, 그 많은 분량을 암기한다는 것은 애당초 불가능했다. 그나마 태권은 암기에 자신이 있지만, 혼자만 잘해서 해결될 문제가 아니었다. 한 사람이라도 헤매는 날이면, 부대원 전체가 단체로 기압을 받았다. 말이 단체기압이지, 사실은 최정예부대원을 만드는 혹독한 과정의 일환이었다.

부대장 고 대위는 도대체 해석이, 불가능한 인물이었다. 작달 만한 키에 뱁새눈을 하고 항상 꼬투리를 잡기 위해 사방을 두리번거렸다. 교육 차원에서 훈련병들을 관찰하는 것이 아니고, 자신의 불만을 해소하거나 화풀이하기 위해 훈련병들을 이용하는 것 같았다. 그의 눈에 띄는 날이면, 무슨 꼬투리라도 만들어 초죽음을 만들었다. 불상사를 피하기 위한 유일한 방법은 오직 하나, 그와 마주치지 않는 것이었다.

후반기 교육 중에서 그나마 한 가지 위안이 있다면, 야외수영장을 이용할 때였다. 훈련 중 휴식 시간이나 교육이 끝난 자유시간이면, 습관처럼 야외수영장으로 달려갔다. 땀과 흙먼지로 범벅이 된 몸을 씻어내고, 시원한 물속에 몸을 담그면, 하루의 피로가 봄눈 녹듯 사라졌다.

언제부터인가, 야외수영장에서 한 시 방향 500여 미터 위쪽 계곡에 훈련용 야외 텐트가 수십 개 들어서더니, 베레모를 쓴 여군 공수특전대원들이 훈련하기 시작했다. 그녀들은 모두 부사관 이상 간부들이었다. 학교 측과 타협되었는지 그들도 야외수영장을 훈련병들과 함께 사용했다. 그녀들은 주위를 의식하지 않고, 아무 데서나 훌렁훌렁 옷을 벗었다. 고된 훈련에 눈이 풀린 훈련병에게 그녀들의 나신은 한 줄기 광명이었다. 기상할 때마다 거충하는 피 끓는 청춘에게 뜻하지 않은 눈요기는 누적된 스트레스를 한 방에 날리는 청량제 역할을 했다. 하지만 그녀들은 계급을 앞세워 갑질하기 일쑤였다. 어쩌다 벌거벗은 그녀들과 눈이라도 마주치면, 그들에게 불려 가서 성희롱당하거나 개망신당했다.

"야, 시커먼스. 너, 이리 와 봐."

동료들과 몸을 담그고 땀을 식히고 있는데, 중사 계급장을 단 베레모가 태권을 보고 손가락질했다. 일행들을 돌아보며 어리둥절한 표정을 짓던 태권이 팬티를 걸치고, 잽싸게 달려가 부동자세를 취했다.
"어쭈! 너도 남자라고 여군을 깔보냐? 군대는 계급이야, 인마. 관등성명!"
"네, 훈병 조태권."
"복창 소리 봐라. 죽도 못 먹었나?"
"아닙니다. 훈병 조 태 권."
태권이 '목이 터져라.' 관등성명을 외쳤다. 여기저기서 여군들이 낄낄거리는 소리가 들렸다.
"그래, 너 눈깔 이쪽으로 돌렸지?"
"아닙니다. 안 돌렸습니다."
"이 자식 봐라. 또 오리발이네."
베레모가 손가락으로 태권의 젖꼭지를 콕콕 찔렀다. 그녀의 손길이 스칠 때마다 본인의 의지와는 상관없이 온몸이 짜릿짜릿했다. 태권의 얼굴이 벌겋게 달아오르기 시작했다. 그녀는 비록 까무잡잡한 피부였지만 늘씬한 키에 서구적 마스크를 한 글래머였다. 태권의 눈길이 그녀의 풍만한 가슴을 힐끗 스쳐보다 그녀의 눈과 딱 마주쳤다.
"어쭈! 너 지금 나를 여자로 보는 거냐?"
"아닙니다."
"아니긴…. 너 지금 내 가슴 쳐다봤잖아?"
"제가 본 게 아니고, 부사관님의 멋진 가슴이 제 눈에 들어왔습니다."
"자식, 그래도 보는 눈은 있어서…."
그녀가 싫지 않은 표정으로 싱긋 웃었다. 여군들이 킥킥거리며 태권을 아래위로 훑어보았다. 교대 시간이 되었는지 연병장 쪽에서 십여 명의 여군들이 이쪽으로 걸어왔다. 물속에 있던 여군들이 한꺼번에 우르르 몰려 나왔다. 태권은 본능적으로 그쪽을 향해 눈을 돌렸다. 모두 홀딱 벗은 알몸이었다. 태권의 두 눈이 번쩍 뜨였다. 길고 짧고, 크고 작고. 모양은 모두 제멋대로였지만, 갓 잡아 올린 생선처럼 싱싱한 그들의 나신이 햇빛에 번들거렸다. 자신의 의지와는 상관없이 꼬질대가 발딱 거총했다.

"이 자식 봐라. 이래도 안 봤다고 오리발이지."

베레모가 지휘봉으로 태권의 사타구니를 툭툭 쳤다. 그 바람에 탈출을 엿보던 꼬질대가 벌떡 화를 내며, 팬티 밖으로 튕겨 나왔다.

"와아! 대물이다!"

그녀들 사이에서 함성이 터져 나왔다. 뜻밖의 상황에 당황한 베레모가 한동안 머뭇거리더니 태권을 뚫어지게 쳐다보았다. 수영장에 도착한 여군들까지 우루루 몰려들어 태권을 에워쌌다.

"원위치!"

베레모가 버럭 고함을 질렀다. 태권이 꼬질대를 원위치시키려 했지만, 한번 화가 난 꼬질대가 말을 듣지 않았다. 팬티에 겨우 집어넣으면 튕겨 나오고 또 집어넣으면 튕겨 나왔다. 재수 옴 붙은 날이었다. 벌건 대낮에 노천수영장에서 홀딱 벗고 수영하는 그녀들이 문제지, 그걸 쳐다보았다고 기압을 받는 개 같은 경우가 어디 있단 말인가? 벌거벗은 여군들에 둘러싸여 원치 않은 스트립쇼를 한 태권은 온종일 기분이 찝찝했다. 하지만 기압을 받을 때 받을망정, 훈련병들의 시선은 항상 그녀들의 나신을 흘끔거렸다.

8주간의 지옥 훈련을 마친 동기생 135명은 모두 연병장에 집합하여, 이등병 계급장을 달고 자대배치를 받았다. 각 부대에서 나온 부사관들이 좀 더 나은 상품을 고르기 위해 안간힘을 쓰는 장사치처럼, 대열을 오가며 두 눈을 희번덕거렸다. 모두 어디에 팔려 가던, 빨리 이 생지옥을 빠져나가고 싶은 심정뿐이었다. 아무려면 여기보다 더 힘든 곳이 어디 있으랴!

"신장 175 이상, 갑종 합격, 고졸 이상, 무술 유단자, 해당이 되는 사람, 모두 앞으로 튀어나온다. 실시!"

맨 먼저, 방패 마크를 단 배불뚝이 주임상사가 큰 소리로 외쳤다. 여기저기서 훈련병들이 튀어 나갔다. 태권은 잠시 망설였다. '우선 선발하는 것을 보면 특수부대가 분명한데…' 신장이 0.5센티 모자랐다. 밑져봐야 본전이란 생각과 자격 미달이 들통났을 때의 고통이 머릿속에서 씨름했다. 순간의 선택이 3년을 좌우한다는 생각이 뇌리를 스치자 '에라, 한번 부딪쳐 보자.' 이를 악물고, 총알같이 튀어 나갔다. 그런데 나간다고 모두 선발되는 게 아니었다. 1차 선발이 시작되었다.

"너, 너, 너."

주임상사가 날카로운 눈으로 한 명, 한 명 훑어보더니 손가락으로 배를 쿡쿡 찔렀다. 배 찍기로 선발된 이십오 명이 따로 정렬했다. 다행히 태권은 지명을 받았다.

"야, 서울에 있는 ○○방위사령부야."

누군가가 나지막이 속삭였다. 태권은 가슴이 벌렁거리기 시작했다. 후방인 데다 그것도 꿈에 그리던 서울에 있다니….

"열중쉬어!"

"차렷!"

"일렬횡대로 헤쳐모여!"

인솔자인 김 중사가 고함을 질렀다.

"동작 봐라."

같이 온 박 하사가 뒤에서 우물쭈물하고 있는 훈병들을 사정없이 걷어찼다. 주임상사가 뒷짐을 지고 천천히 걸음을 옮기며, 한 명 한 명 아래위로 훑어보며 지나갔다. 태권은 조금이라도 더 크게 보일 양으로 발가락에 잔뜩 힘을 주고, 뒤꿈치를 살짝 들어 몸을 최대한 늘였다. 모두를 훑어본 주임상사가 만족한 표정으로 고개를 끄덕이며 대열 앞에 섰다.

"지금부터 선발되는 병사는 대한민국 최정예 부대인 ○○방위사령부에 배속된다. 자부심을 갖도록…."

이차 선발이 시작되었다. 주임상사가 천천히 대열 앞을 지나가며 한명 한명 지명했다.

"너."

"네, 이병 김오규."

"너."

"네, 이병 이용구."

"너."

"네, 이병 송병규."

지명받은 사병들이 힘차게 관등성명을 외치며 튀어 나갔다. 주임상사가 태권의 앞에 섰다.

"이 자식은 왜 입술이 이렇게 튀어나왔어!"

한마디 툭 던지고는 그대로 지나친다. 갑자기 다리가 후들거리며 온몸에 힘이 쭉 빠져나갔다. 잔뜩 부풀었던 가슴이 갑자기 뻥 뚫린 느낌이다. 그러잖아도 툭 튀어나온 입술 때문에 항상 열등감을 가졌었는데, 못생긴 입술이 앞길을 가로막는다고 생각하니, 자신을 만들 때 좀 더 세심한 배려를 하지 않은 부모님이 원망스러웠다.

"너."

"네, 이병 이천석."

모두 열세 명이 최종 선발되었다.

"나머지 병력은 모두 원위치하도록."

주임상사의 명령에 따라 모두 제자리로 돌아갔다. 하지만 태권은 꼼짝하지 않고 그 자리에 서 있었다.

"넌, 왜 안 들어가?"

김 중사가 잡아먹을 듯이 으르렁거렸다.

"대한민국 최정예 부대에서 복무하고 싶습니다."

태권이 씩씩하게 소리쳤다.

"이 새끼가…."

김 중사의 구둣발이 사정없이 태권의 조인트를 걷어찼다.

"군대가 네 맘대로 하는 곳인 줄 알아? 원위치!"

김 중사가 신경질적으로 내뱉으며 몸을 돌렸다.

"다시 한번 기회를 주십시오."

태권이 부동자세로 김 중사를 막아섰다.

"이 새끼가 정말."

눈에서 불이 번쩍했다. 김 중사의 솥뚜껑 같은 손이 사정없이 태권의 따귀를 올려붙였다.

"김 중사! 가만…"

주임상사가 끼어들었다. 입술이 터져 피를 흘리고 서 있는 태권을 날카롭게 쏘아보던 주임상사가 고개를 끄덕였다.

"됐어, 눈이 살아있고만. 너, 원위치."

최종 선발된 열세 명을 찬찬히 훑어보던 주임상사가 허우대 한 명을 지목했다. 태권이로 인해 탈락하게 된 허우대가 원망스러운 표정으로 태권을 잠시 노려보더니, 이내 사라졌다. 미안한 마음이 없는 것은 아니었지만, 도전하는 자만이 목표하는 바를 얻을 수 있는 게 아닌가! 드디어 고통의 날은 끝나고 영광의 새날이 시작되었다.

○○방위사령부에 배속된 후 일 주 일 만에 검문소 근무를 명받았다. 앞으로 6개월 동안은 검문소 근무다. 한곳에서 3개월 근무하고, 다른 검문소로 이동하여 또 3개월을 근무한다. 두 시간 반씩 3교대 근무다. 외견상 시간 여유가 많은 것 같지만 쫄다구는 항상 시간에 쫓긴다. 근무가 끝나면 고참 병의 구두를 닦고, 옷을 다림질하고, 내무반을 청소해야 한다. 또 삼십 분 전에 일어나서 근무 교대를 준비하고, 고참의 근무복까지 준비해야 한다. 그래서 실제로 잠자는 시간은 잘해야 두세 시간 정도다.

첫 근무지는 도봉검문소였다. 일개 소대가 파견 나가 3개월을 근무한다. 이곳은 전방에서 서울로 들어오는 관문으로 군사적 요충지였다. 왕복 6차선 도로가 뻥 뚫려있고, 도로와 인도 사이에 검문소가 위치 해 있다. 검문소 뒤편 이백여 미터 지점에 오륙십 호 됨직한, 제법 큰 마을이 있고, 북쪽으로 이십여 미터 올라가면, 버스정류장이 있다. 길 건너 버스정류장 남쪽 삼십여 미터 지점에 경비초소가 있고, 경비초소 뒤편으로 인도가 있다.

북동쪽 500여 미터 지점에 화신전자가 보이고, 동남쪽 1킬로미터 지점에 도봉 분초가 있어서, 일개 분대가 파견 나가 상주 근무했다. 상황실은 전면을 쉽게 관찰할 수 있도록, 지상 일 미터 높이에 통유리로 되어있고,

내무반은 상황실 아래 지하에 은폐되어 있다. 상황실 뒤편으로 식당과 미니훈련장이 있다. 근무는 3명 1개 조로 최고참이 상황실에 근무하고, 중고참이 경찰관 한 명과 함께 버스정류장에서 검문 검색하고, 쫄다구는 경비초소에서 경계근무를 한다. 경계근무자 만 M16 소총을 소지하고, 다른 근무자들은 45구경 권총을 찼다.

이곳에 온 지도 벌써 일주일이 지났다. 처음 접한 군대 생활은 똥, 오줌을 제대로 가릴 수 없을 정도로 정신이 없다. 제일 쫄다구인 태권은 층층시하에 줄방귀 참는 새댁처럼 자나 깨나 근무에, 고참들 눈치 보느라 제정신이 아니다. 특히 이곳은 서울을 지키는 최일선이기 때문에 별 판을 단 세단들이 주야를 가리지 않고 수도 없이 들락거린다. 경계근무에 들어가면 부동자세로 좌우 15도 각도만 고개를 돌릴 수 있다. 세단은 물론 군용 지프가 초소를 지나칠 때는 받들어총을 하고 구호를 외쳐야 한다.

"충성! 근무 중 이상 무!"

"충성! 계속 근무하겠음!"

두 시간 반 동안 뻗치기를 하며 구호를 외치다 보면, 목이 아파 숨쉬기도 어렵다. 근무가 끝나면 내무반을 정리하고 고참들이 벗어 놓은 군화와 장비를 정리해야 한다. 야간근무 시에 어리버리하다가는 잠 한숨 못 자고 다음 근무에 들어간다. 다행히 태권은 눕자마자 잠이 들어 부족한 잠을 최소화할 수 있었다. 주간 근무 시에는 잠자는 대신 제식훈련과 총검술 등 훈련을 반복하거나 주변과 식당, 내무반을 청소하고 고참들의 군화를 닦았다.

태권은 천 일병과 함께 취사 당번이어서, 재빨리 아침을 먹고 주방으로 들어가 부지런히 설거지했다. 초소 쪽에서 왁자지껄 떠드는 소리가 들리더니 우수 사병으로 선발된 최 병장과 문 일병이 식당으로 들어섰다. 사령관 표창과 함께 사박 오일 포상 휴가도 있어, 그들을 대하는 모든 초소원이 부러워 죽겠다는 표정들이다.

잠시 후 소대장이 최 병장과 문 일병을 데리고 사령부로 출발했다. 부초소장인 신 상사가 부사관들을 식당으로 호출했다. 두 명의 결원이 생긴 분초에 누구를 파견할 것인지에 대해 이야기를 주고받았다. 모두가 들뜬 표정으로 초소 분위기가 어수선했다. 평소 같으면 침상에 누워있을 고참들도, 빨리 내무반 청소하라고 성화를 대던 중고참들도, 모두 서성이며 식당을 들락거렸다. 태권은 설거지를 마치고, 고참들을 피해 화장실로 들어갔다. 화장실이야말로 쫄다구에게는 지상낙원이다. 변기에 턱 걸터앉아 어느 놈 눈치 볼 것 없이, 담배 한 모금 깊숙이 빨아들이면, 머리가 몽롱해지는 게 세상 부러울 게 없다. 태권은 두 눈을 지그시 감고 담배를 연신 빨아댔다.

"조 이병!"
"조 이병!"

천 일병의 다급한 목소리가 화장실 밖에서 들려왔다. 아직 두어 모금은 더 빨아야 하는데, 아쉽지만 담배를 변기에 던져 넣고 후다닥 뛰어나갔다.

"부르셨습니까?"
"그래. 지금 즉시 상황실로 가봐."

천 일병이 볼멘소리를 내뱉었다.

"무슨 일로…?"
"짜샤, 내가 알아. 빨리 가봐."

천 일병이 짜증을 냈다. 태권은 잔뜩 겁먹은 표정으로 상황실로 달려갔다. 상황실에는 신 상사와 이 병장이 앉아있고, 상황병인 어 병장이 서성이고 있었다.

"충성! 이병 조태권, 부름을 받고 왔습니다."

태권이 큰 소리로 관등성명을 외치며 부동자세를 취했다.

"쉬어."

신 상사가 나지막하게 말했다.

"조 이병은 좋겠다."

어 병장이 태권의 어깨를 툭 쳤다. 태권은 영문을 몰라 두 눈을 껌뻑였다.

"지금 즉시 완전군장을 꾸려서 이 병장과 함께 도봉 분초로 간다. 실시!"

신 상사가 엄숙한 얼굴로 명령했다.

"네, 이병 조태권. 즉시 거행하겠습니다. 충성!"

이 병장과 함께 내무반에 돌아오니 모두 벌레 씹은 표정으로 태권을 외면했다. 이 병장과 함께 완전군장을 꾸려서 신 상사에게 출발 신고했다. 부러운 눈초리로 쳐다보는 소대원을 뒤로하고, 태권은 이 병장과 함께 분초를 향해 걸어갔다. 잠시 후 도봉 분초에 도착해서 분초 장인 탁 중사에게 배치신고를 했다.

이곳은 도봉검문소를 피해 서울로 잠입하는 불순분자나, 군무 이탈자를 저지하는 길목이기 때문에, 경찰관과 검문병이 없고, 상황실 근무자와 경계 근무자가 2인 1조로 근무하고 있었다.

이곳은 도봉검문소와는 모든 게 사뭇 달랐다. 우선 인원이 적어 가족 같은 분위기에다 분초 장인 탁 중사도 수다분한 인상이고, 이 병장 역시 소대에서 제일 좋아하는 고참이라 긴장감이 훨씬 덜했다. 특히 정 일병이 고참만 모시다가 제 밑으로 쫄따구 하나가 들어오니까, 신바람이 나는지 모든 것을 챙겨주며 반겨주었다. 초소는 도봉검문소와 일 킬로미터 정도 떨어져 있는 좁은 산길에 있어서, 자동차 소리도 잘 들리지 않았다. 주변이 온통 산뿐이라 출퇴근 시간을 제외하면 개미 새끼 한 마리도 얼씬거리지 않는다. 그날 밤 입대 후 처음으로 깊은 잠을 잤다.

처음 며칠은 낯선 사람과 환경에 적응하느라 조금 신경이 쓰였지만, 일주일 정도 지나자 모든 게 익숙해졌다. 이따금 소대장이나 중대장이 순찰을 나왔지만, 그 외에는 별다른 점검이 없어 만고강산이었다. 주간 근무가 끝나면 정 일병과 고참들의 군화를 닦고 내무반과 주변을 청소하지만, 인원이 적고 범위가 작아서 금방 끝이 났다. 야간근무는 휴식 시간이나 마찬가지였다. 인적이 끊기면 사방이 컴컴한 어둠 속이라 신경 쓸 일이 전혀 없었다.

22:00시 근무를 위해 이 병장과 함께 상황실로 올라갔다. 이 병장은 최 상병과 교대하고, 태권은 정 일병과 교대했다. 경비초소는 상황실에서 이십여 미터 전방에 있어서 상황실 내부가 훤히 보였다. 근무를 마친 최 상병이 곧바로 내무반으로 내려가지 않고 이 병장과 무언가를 심각하게 주고받았다. 최 상병이 금방 사라졌다가 정 일병과 함께 다시 상황실에 나타났다. 이 병장이 무언가를 확인하는 듯 정 일병을 쳐다보며 말을 했다. 유리창이 닫혀 있어서 목소리는 정확히 들리지 않았지만, 부동자세를 취하고 있는 정 일병의 모습이 무척 긴장하고 있는 것처럼 보였다. 잠시 후 최 상병과 정 일병이 사라지고 이 병장이 무언가를 골똘히 생각하는 듯 상황실을 서성였다. 한밤중 아무도 없는 컴컴한 산길에서, 두 시간 반

동안 뻗치기를 한다는 게 조금은 따분했지만, 이곳 분위기가 기대 이상으로 좋아 저절로 콧노래가 흘러나왔다.

"조 이병, 니는 행운아다."

파견 나온 다음 날 고참들의 구두를 닦을 때, 정 일병이 얼굴에 침 튀기며 떠들던 말이 갑자기 생각났다.

"인마야, 여기는 천국이다. 이런 군대가 어디 있노? 니는 내가 시키는 대로만 하거라. 그럼, 아무런 문제 없다. 그리고 니도 들었제?"

정 일병이 갑자기 목소리를 낮추고, 태권의 턱밑에 거무튀튀한 얼굴을 들이댔다.

"무슨 말씀인지?"

태권이 영문을 몰라 머리를 긁적였다.

"인마, 이거 아무것도 모르는 모양이구마."

정 일병이 주머니에서 담배를 꺼내 한 가치를 빼물었다.

"여기."

태권이 잽싸게 지프라이터를 켜서 불을 붙였다.

"온야, 온야."

정 일병이 맛있게 한 모금을 빨아들이더니, 후하고 태권의 얼굴에 연기를 내뿜으며 의미심장한 미소를 지었다.

"잘 듣거라이. 조위에 화신전자가 있다는 건 니도 알제? 그런데 그기는 공장이고 요 밑에 있는 건 여직원기숙사다. 여직원이 몇 명인지 아나? 모두 오십 명이 넘는다. 그리고 하나같이 미스코리아 뺨치는 기라. 그 아들이 출퇴근 시간에 모두 이 초소 앞을 지나가는 기라."

정 일병이 지그시 눈을 감았다. '아하! 그렇구나. 그래서 소대원들이 모두 이곳에 오려고 안달했구나.' 태권은 부러운 표정으로 쳐다보던 그들의 얼굴이 생각나서 빙긋 웃었다.

"그렇게 멋쟁이예요?"

태권이 정 일병의 기분에 맞춰 맞장구를 쳤다.

"하모 하모. 모두들 여기에 오려고 난리 아이가. 첫 검문소 파견에 이런 천국에 오는 놈이 어디 있노?"

정 일병이 마치 자기가 태권을 이곳으로 데려온 양 의기양양한 표정을 지었다. 태권도 피 끓는 청춘인데, 멋진 아가씨들이 매일 초소 앞을 지나친다는데, 싫어할 이유가 없다. 눈요기하는 것만으로도 횡재한 것이나 진배없다.

"더 중요한 건, 여기를 거쳐 간 사람치고, 애인 없는 사람이 없다는 기다."

정 일병이 말을 마치고 입맛을 쩍쩍 다셨다. 한동안 잊고 지내던 미향의 사랑스러운 얼굴이 갑자기 떠올랐다.

"우리 이 병장님도 기똥찬 애인이 있다."

"그래요?"

태권이 구두를 닦다 말고, 호기심 어린 눈빛으로 정 일병을 쳐다봤다.

"내가 알려주꾸마. 이 병장님도 일병 때 이곳에 근무 나왔다가 맹글었다 아이가. 박영심 씨라고, 키도 크고 늘씬한 게 미스코리아 뺨친다. 면회도 자주 온다. 제대하면 곧 결혼할 모양이드라."

정 일병이 부러운 표정으로 하늘을 쳐다봤다.

"정 일병님은 애인 있습니까?"

"나아? 아직 엄따. 하나 찜해놓고 작업 중이다. 니는 애인 있나?"

"아뇨. 없습니다."

미향의 해맑은 얼굴이 스쳐 지나갔다.

"걱정 말거라. 내 작업만 끝나면, 니도 하나 맹글어 줄게."

정 일병의 순박한 얼굴이 떠오르며 피식 웃음이 흘러나왔다. 비가 오려는지 하늘에 구름이 잔뜩 끼어 있다. 하지만 기분은 상쾌했다. '꽃 피는 봄이 오면 내 곁으로 온다고 말했지. 노래하는 제비처럼….' 태권은 들뜬 표정으로 윤승희의 '제비처럼'을 흥얼거렸다. 갑자기 인기척이 나는가 했는데, 이 병장이 마치 바람처럼 초소 곁을 스쳐 지나갔다. 태권은 혼비백산했다.

"충성! 근무 중 이상 무."

미처 부동자세를 취할 틈도 없이, 이 병장의 뒤통수를 향해 목청껏 소리쳤다. 그러나 이 병장은 어느새 그림자도 보이지 않았다. 이마에서 식은땀이 흐르기 시작했다. 경계근무를 하던 입초근무자가 조장이 지나가는 것도 못 보다니…. 아무리 사람 좋은 이 병장이라도 그대로 지나칠 것 같지 않았다. 태권은 불안한 마음에 이 병장이 사라진 컴컴한 산길을 주시했다. 그런데 무슨 일일까? 저렇게 헐레벌떡 달려가는 것을 보면 순찰을 나온 것은 아닌 것 같은데….

벌써 영시를 지나 기숙사도 불이 꺼졌으니, 애인을 만나러 가는 것도 아닐 테고, 설사 애인을 만나러 간다고 하더라도, 상황실까지 비워가며 저렇게 허겁지겁 달려가진 않을 텐데…. 수많은 생각이 꼬리에 꼬리를 물고 끝없이 이어졌다.

이런 때 소대장이 순찰을 나온다면…. 아무리 통박 굴려 봐도 답이 나오지 않는다. 시간이 흐르며 초조해지기 시작했다. 냉정한 성격인 이 병장이 말 한마디 없이 근무지를 이탈한 것을 보면 분명 무슨 일이 있는 것은 분명한데…. 갑자기 어둠 속에서 이 병장의 긴장된 얼굴이 불쑥 나타났다.

"충성! 근무 중 이상 무."

태권은 반사적으로 부동자세를 취하며 받들어총을 했다. 이 병장이 천천히 태권에게 다가왔다. 태권 앞에 다가선 이 병장이 화이바를 벗고 똑바로 태권을 쳐다보았다. 순간 태권은 온몸에 소름이 돋았다. 평소의 침착한 얼굴이 아니었다. 땀으로 범벅이 된 얼굴에 두 눈은 핏발이 서 있고, 어금니를 꽉 깨문 모습이 마치 저승사자 같았다. '죽었다.' 태권은 마음속으로 복창하며, 잔뜩 겁을 먹었다.

갑자기 이 병장이 손을 뻗어 식스틴을 낚아챘다. 태권은 얼떨결에 총을 빼앗겼다. 이 병장이 탄창을 빼서 삽탄을 확인하더니, 뚜벅뚜벅 상황실로 걸어갔다. 태권은 두세 걸음 따라가다 멈춰 섰다. '어떻게 해야 하나?' 도무지 감이 잡히지 않았다. 경계 근무자가 총을 빼앗긴다는 것은 있을 수 없는 일이었다. 더구나 삽탄이 되어있는 상태인데 아무리 조장이라 해도…. 태권은 이 병장을 향해 달려갔다.

"가서 근무해!"

상황실 계단을 올라가던 이 병장이 위엄 있는 목소리로 명령했다.

"총은?"

태권은 기어들어 가는 목소리로 이 병장을 쳐다보았다.

이 병장은 들은 체도 안 하고 상황실로 들어갔다. 태권은 안절부절못하며, 초소 주위를 맴돌았다. 경계 근무자가 조장이 지나치는 것도 모르고 한눈을 팔았다고 화가 난 것일까? 그런데 총은 왜 빼앗아 갔지? 경계 근무자는 설사 참모총장이 총을 달라고 해도 줘서는 안 된다는 것을, 귀에 박히도록 교육받지 않았던가? 그리고 이 병장은 총을 달라고 한 게 아니고, 강제로 빼앗아 가지 않았는가? 도대체 무슨 일일까?

작전에 실패한 지휘관은 용서할 수 있어도, 경계에 실패한 지휘관은 용서할 수 없다던 롬멜 원수의 말이 갑자기 떠올랐다. 그만큼 경계근무가 중요하다는 말이 아닌가? 만약 지금 누군가 순찰을 나온다면…. 생각만 해도 끔찍한 일이었다. 하필 제일 좋아하는 이 병장과의 근무 때 이런 일이 벌어지다니…. 때늦은 후회가 밀물처럼 밀려왔다. '와장창!' 유리창 부서지는 소리가 태권의 상념을 깨뜨렸다. 내무반에 불이 켜지며 웅성웅성하는 소리가 들렸다.

"야! 탁 중사 나와."

이 병장의 고함치는 소리가 들렸다. '쨍그랑!' 몸싸움이 벌어졌는지 무엇인가 박살 나는 소리가 들렸다. 태권은 상황실로 달려갔다. 탁 중사가 팬티 바람에 쓰러져 있고, 이 병장이 개머리판으로 내려치고 있었다. 잠에서 깨어난 분대원들이 돌발적인 상황에 모두 어쩔 줄을 모르고 엉거주춤한 상태로 바라만 보고 있었다.

탁 중사는 잠자다 끌려 나왔는지 무방비 상태로 당하고 있었다. 도대체 무슨 일이길래…. 저건 분명 하극상으로 군법상 중죄다. 전시 상황이라면 총살감이다. 탁 중사는 피투성이가 된 채 꼼짝도 하지 않았다. 한동안 날뛰던 이 병장이 제풀에 지쳐 씩씩거리더니 충혈된 눈으로 주위를 둘러보았다.

"모두 들어가!"

이 병장이 두 눈을 부릅뜨고 싸늘하게 말했다.

"왜 이러십니까?"

그제야 정신을 차린 김 상병이 이 병장에게 다가갔다.

"모두 들어가라니까, 내 말 안 들려?"

이 병장이 씩스틴을 집어 들었다. 말을 듣지 않으면 당장이라도 난사할 기세였다.

"이 병장님! 고정하시고."

김 상병이 떨리는 손으로 담배 한 개비에 불을 붙여 이 병장에게 건넸다.

"도대체 무슨 일입니까?"

"아무 말 하지 마라. 오늘 저 새끼 죽이고 나도 자결할 거다."

이 병장이 이빨을 부득 갈았다.

"일단 한 대 피우시고…."

김 상병이 이 병장을 진정시키기 위해 억지로 담배를 입에 물렸다. 담배 연기를 내뿜는 이 병장의 눈에서 눈물이 주르륵 흘러내렸다.

"글쎄, 저 개새끼가 내 애인을…."

이 병장이 피를 토하듯 절규했다. 김 상병이 의자를 당겨 이 병장을 주저앉혔다. 그때까지 죽은 듯이 쓰러져 있던 탁 중사가 벌떡 일어서더니 초소장실로 달아났다.

"너, 이 새끼. 당장 안 나와?"

이 병장이 벌떡 일어서며 소초장실을 향해 총을 겨눴다.

"이 병장님!"

김 상병이 이 병장을 껴안았다.

"김 상병, 저리 비켜!"

다시 나타난 탁 중사의 손에는 권총이 들려 있었다. 김 상병이 겁먹은 눈초리로 주춤주춤 뒷걸음질을 쳤다.

"모두 내무반에 들어가 문을 닫아라. 명령이다."

탁 중사가 차갑게 내뱉었다.

"너도 가서 근무해! 그리고 아무도 접근시키지 마라."

태권과 눈이 마주치자 탁 중사가 명령했다.

"아. 예."

태권은 경비초소로 달려갔다.

상황실에선 탁 중사와 이 병장이, 서로 총을 겨누고 대치하고 있었다. 마치 서부활극의 총잡이처럼, 서로를 노려본 채 미동도 하지 않았다. 씩스틴과 권총이 맞붙는다면 누가 이길까? 얼토당토않은 생각이 갑자기 머리를 스쳐 지나갔다. 도대체 이 상황이 언제 종료될까? 그리고 어떻게 끝이 날까? 온몸이 사시나무처럼 떨려오기 시작했다.

"야, 이 병장! 내가 잘못했다. 총 내려놓고 말로 하자."

이 병장을 노려보던 탁 중사가 꼬리를 내리고, 애걸하는 목소리가 들려왔다.

"내 인생은 이미 끝장났어, 이 개새끼야! 사람의 탈을 쓰고 어떻게 그런 행동을 할 수 있어?"

이 병장의 울부짖는 목소리가 들려왔다. 탁 중사가 털썩 무릎을 꿇었다.

"일어나 개새끼야! 모든 게 끝장났단 말이야."

이 병장이 탁 중사를 걷어찼다. 도대체 무슨 잘못을 저질렀기에… '이 병장의 애인 때문에 생긴 일은 분명한데, 이 병장이 저렇게 흥분하는 것과 탁 중사가 무릎을 꿇고 저렇게 애걸하는 걸 보면…. 혹시 탁 중사가 이 병장의 애인을…. 맞아! 정 일병의 말로는 결혼까지 약속한 사이라 했지.' '타다다다당!' 갑자기 씩스틴이 불을 뿜기 시작했다. 태권은 초소에 납작 엎드려 머리를 감쌌다.

"이 개새끼야! 내 인생은 이미 끝장났단 말이야."

이 병장이 울부짖으며 또 한 번 씩스틴을 난사했다. '탕!', 한 발의 총성을 마지막으로 갑자기 온 천지가 쥐 죽은 듯 조용해졌다. '먼저 이 병장이 식스틴을 난사했고 마지막 총성은 권총 소리였는데….' 태권은 머리를 땅바닥에 처박은 채 입속으로 중얼거렸다.

'웨에에엥!' 도봉검문소 쪽에서 요란한 사이렌 소리가 들려왔다. 지프차 한 대와 트럭 한 대가 쌍라이트를 켜고 달려오더니 초소 앞에서 멈춰 섰다. 태권은 오금이 저려 꼼짝할 수가 없었다. 권총을 든 소대장이 지프차에서 뛰어내리고, 완전군장을 한 소대원들이 재빠른 동작으로 초소를 에워싸고 사주경계를 했다.

"조 이병, 어떻게 된 거야?"

경비초소로 달려온 소대장이 호통을 쳤지만, 태권은 넋 나간 표정으로 한마디 말도 못 하고, 상황실을 손가락질했다. 잠에서 깨어난 동네 사람들이 모여들기 시작했다. 소대원들이 민간인의 접근을 막았다. 한동안 상황실을 살펴보던 소대장이 뛰어 들어갔다. 무전병이 어디론가 무전을 쳤다. 조금 있자 앰뷸런스가 도착했다. 누군가가 앰뷸런스에 실려 가고, 김 중사와 어 병장만 상황실에 남고 모두 철수했다. 조금 있자 정 일병이 근무 교대를 나왔다.

상황실은 난장판이었다. 초소원들이 바닥의 피를 닦고 깨진 유리를 치웠다. 청소를 끝내고 잠자리에 누웠지만, 좀처럼 잠이 오지 않았다. 초소원 모두 뒤척이며 잠을 이루지 못하는 게 분명했다. 날이 밝아오면서 사람들의 모습이 하나둘 눈에 띄기 시작했다. 아무도 그 사건에 대해 입을 열지 않았다. 그날 이후 민간인, 특히 아가씨들과의 접촉이 금지되었다.

목숨을 건 정사

이곳에서의 생활도 벌써 삼 개월째 접어들었다. 그 사건이 있고 난 후, 시도 때도 없이 소대장과 중대장이 번갈아 순찰을 나오는 바람에 한동안 분위기가 살벌해졌다. 하지만 찬 바람이 불어오면서 초소 분위기도 서서히 정상을 되찾아 갔다. 그동안 정 일병이 상병으로 진급하고, 태권도 일병으로 진급하였다. 또 지 이병이 보충되어 어느 정도 안정된 군 생활이 계속되었다. 정 상병은 아직도 작업하느라 근무 시간이 아닌데도, 출퇴근 시간이면 어김없이 잔뜩 어깨에 힘을 주며 초소 앞을 서성거렸다.

내 사랑 그녀를 만들기 위해 이곳에 있는 동안 단 하루도 빠지지 않고 모든 정열을 불태웠지만, 정 상병이 하는 작업은 어떻게든 그녀와 시선을 마주치고 씩 웃어주는 일뿐이었다. 정 상병은 우락부락한 생김새와는 딴판으로 무척 소심하고 순박한 사람이었다. 태권이 퇴근하는 그녀를 만나 정 상병의 마음을 전달하고 데이트를 주선했다. 그녀와 데이트하고 돌아온 날 밤, 태권은 정 상병과 함께 초소를 살짝 빠져나와 치킨집에서 맥주를 마셨다. 고마움의 표시로 정 상병이 마련한 자리였다. 그날 이후 정 상병은 태권의 일이라면 발 벗고 나서서 도와주었다.

앞으로 일주일 후면 검문소 이동이 있다는 정보가 고참들로부터 흘러나왔다. 한 번 데이트를 한 후, 한발 다가선 정 상병이 부쩍 열을 올렸다. 밤새 편지를 써서 그녀에게 전달하고 그녀가 퇴근하기를 기다리는 정 상병의 초조한 모습이 안쓰럽다. 다음 날 아침 정 상병의 표정이 연신 싱글벙글이다.

"좋은 아침!"

근무 교대를 나온 정 상병의 목소리가 경쾌하다.

"잘 마무리했습니까?"

"하모, 키스까지 했다 아이가."

정 상병이 태권의 어깨를 두드리며 잔뜩 목소리에 힘을 주었다. 총기 사건을 제외하면 태권은 그런대로 즐거운 나날을 보냈다. 며칠 남지 않은 이곳 생활 때문인지 조금은 어수선하다. 22:00시 근무를 위해 근무 시작 십 분 전에 어 병장과 함께 상황실에 올라가서, 교대 신고하고 태권은 경비초소로 나갔다.

정 상병과 교대하고 주위를 둘러보니, 빽빽하게 들어찼던 어둠이 산등성이를 타고 서서히 걷혀가고 있었다. 덩달아 구름 속에 숨어 게으름을 피던 달이, 슬며시 얼굴을 드러냈다. 소슬바람이 얼굴을 스치며 지나가자, 한층 몸피가 가벼워진 나뭇잎들이 바스락바스락 옛날이야기를 주고받았. 어느새 둥근달이 졸음을 털어내고, 푸른 하늘 한복판에서 활짝 웃고 있었다. 이따금 불어오는 바람에 우수수 낙엽이 졌다. 밤꽃 향기가 아직도 느껴지는 것 같은데 어느새, 가을이다. 갑자기 미향의 얼굴이 떠올랐다. 그동안 쫄다구 생활에 미향의 얼굴도 생각할 겨를이 없었는데 조금 여유가 생기니 사무치게 미향이 그리워진다. 미향은 지금 무얼 하고 있을까? 아직도 내게 화를 내고 있을까?

석구의 가벼운 입만 아니었다면 지금쯤 미향은 완전한 내 여자가 되어 있을 텐데…. 혹시 나를 잊고 다른 남자를 만나고 있는 건 아닐까? 아닐 거야. 태권은 미향을 믿고 싶었다. 하지만 한편으로 '여자는 믿지 마라.'던 병욱이의 말이 떠올랐다. 없는 시간을 억지로 내어 몇 번 미향에게 편지를 보냈지만 단, 한 번도 답장이 오지 않았다. 왠지 모를 불안감이 머리를 엄습하기 시작했다. 미향의 침묵은 긍정일까? 부정일까? 긍정일 거야. 태권은 자의적으로 결론을 내렸다. 하지만 꿈에서조차 미향은 한 번도 나타나지 않았다.
　'꿈속에 뵈는 임은 신의 없다 하건마는
　때때로 그리울 때 꿈 아니면 어이보리
　임이여 꿈이라 말고 자주자주 오소서'
　태권은 언젠가 화장실 벽에서 보았던 어느 병사의 시 한 수가 생각났다.
　"저, 죄송하지만…."
　갑자기 컴컴한 어둠 속에서 낭랑한 목소리가 귓속을 파고들었다.
　"누, 누구요?"
　태권은 본능적으로 총구를 소리 나는 쪽으로 겨누었다.
　"여쭤볼 게 있어서…."
　숲속에서 불쑥 아가씨 하나가 튀어나왔다. 태권은 당황하여 그저 멍하니 그녀를 바라보았다. 늘씬한 키에 긴 머리를 한 아가씨가 사뿐사뿐 태권을 향해 걸어왔다. 여성 특유의 달콤한 체취가 코끝을 찔렀다. 불빛에 드러난 아가씨의 얼굴은 창백했다.
　"혹시 이 병장님의 소식을…."
　'아!' 태권은 짚이는 데가 있었다. 언젠가 정 상병이 알려줬던 이 병장의 애인이 분명했다.

"박영심 씨 되십니까?"

"어떻게 제 이름을?"

"이 초소에서 박영심 씨를 모르는 사람은 간첩입니다."

"아무튼, 고맙습니다."

박영심이 어설픈 미소를 지었다. 태권은 본능적으로 상황실 쪽을 살펴보았다. 어 병장이 의자에 기대어 졸고 있었다. 하기야 이 시간쯤이면 중대장 순찰은 물 건너갔고, 소대장은 새벽녘에나 순찰을 나온다. 짬밥이 늘면서 태권도 이제 어느 정도 통박 굴릴 줄을 알았다.

"잠시 이리로…."

태권이 초소 옆에 있는 플라타너스 밑의 나무 벤치로 걸음을 옮겼다. 박영심이 다소곳이 태권의 옆에 앉았다. 금방 샤워했는지, 물기가 마르지 않은 머리에서 상큼한 샴푸 냄새가 났다. 태권은 물끄러미 박영심을 바라보았다. 화장기 없는 얼굴에 이목구비가 뚜렷한 미인형으로 헐렁한 블라우스와 검정 스커트가 잘 어울렸다. 나무 그늘이었지만, 스커트 아래로 스타킹도 신지 않고 가지런히 모은 쭉 뻗은 두 다리가 멋진 각선미를 연출했다. 양말을 신지 않은 맨발이 회색 슬리퍼 위에서 더욱더 새하얗게 도드라져 보인다. 깊은 밤 밝은 달빛 아래 호젓한 나무 벤치에서 멋진 아가씨와 단둘이 앉아있자니, 근무 중이란 것도 깜빡 잊은 채, 마치 데이트를 즐기는 것 같은 착각에 빠져들었다. 이 아가씨가 미향이라면….

"죄송합니다. 늦은 시간에, 더구나 근무 중인데…."

박영심이 기어들어 가는 목소리로 말했다.

"괜찮습니다. 그런데 이 병장님과는…?"

"그날 이후 소식을 몰라요. 혹시 여기 오면 소식을 들을까 해서…."

박영심이 고개를 떨어뜨렸다. 사실 사건 현장에 있었으면서도, 태권은 그 사건에 대해 아는 게 별로 없었다. 누가 총에 맞았는지, 살았는지, 죽었는지 어떻게 처리되었는지…. 이따금 고참들이 수군거리는 소리는 들었지만, 물어볼 만한 위치에 있지도 않았고, 그렇다고 그 일에 대해 입을 여는 사람도 없었다. 그날 이후 탁 중사와 이 병장은 그림자도 볼 수가 없었다.

"글쎄, 저도 이 병장님을 좋아하지만, 자세한 소식은 알지 못합니다."

태권은 죄지은 사람처럼 몸을 움츠렸다. 그녀의 얼굴에 어두운 그림자가 스치는가 싶더니 고개를 푹 숙였다. 무릎 사이에 얼굴을 파묻고 한동안 괴로워하던 박영심의 가냘픈 어깨가 들썩이기 시작했다.

"모두가 저 때문이에요. 그날 초소에 찾아가지만 않았어도…."

박영심이 소리 내어 울음을 터뜨렸다. 태권은 마땅히 위로할 말이 없어 그저 안타까운 표정으로 그녀를 바라보았다. 그녀의 울음소리가 점점 커져 갔다. 태권은 행여 어 병장이 잠에서 깨어날까 봐, 상황실 쪽을 연신 두리번거렸다. 다행히 깊은 잠에 떨어졌는지 어 병장은 의자에 기댄 채 꼼짝도 하지 않았다. 이대로 둔다면 울음소리는 영원히 끝날 것 같지 않았다.

"아가씨, 진정하세요."

태권이 박영심의 어깨를 잡아 일으켰다. 커다란 두 눈이 마치 구멍이라도 뚫린 듯 눈물이 하염없이 흘러내렸다. 태권은 주머니에서 손수건을 꺼내 그녀에게 건넸다.

"너무 걱정하지 마세요. 곧 좋은 소식이 있을 겁니다."

"고마워요."

박영심이 손수건으로 눈물을 훔치고 잠깐 진정하는 듯싶더니, 털썩 주저앉아 또다시 울음을 터뜨렸다. 태권이 그녀를 감싸 안았다. 한동안 태권의 가슴 속에서 어깨를 들썩이던 박영심이 조용히 빠져나왔다.
"실례가 많았어요. 전 그만…."
그녀가 몸을 일으켰다.
"괜찮겠어요? 제가 부축해 드릴까요?"
"아닙니다. 괜찮습니다."
박영심이 금방이라도 쓰러질 듯 비틀비틀 걸음을 옮겼다. 이대로는 무사히 돌아갈 것 같지 않았다. 태권이 쫓아가 그녀의 팔을 잡고 부축했다. 박영심의 촉촉한 눈망울이 말없이 태권을 쳐다보았다.
"제가 부축해 드릴게요."
그녀의 시선을 피하며 박영심의 어깨를 감싸 안았다. 박영심이 몸을 기대왔다. 그런데 몇 발짝을 옮기지 못하고 그녀가 축 늘어졌다.
"아가씨, 정신 차려요."
몸을 흔들어 보았지만 마치 죽은 사람처럼 꼼짝도 하지 않았다. 혹시…? 태권은 불길한 예감에, 무심코 가슴에 손을 얹어 보았다. 뭉클하는 느낌에 화들짝 놀라 얼른 손을 떼었다. 코에 손을 대보니 가느다란 숨결이 느껴졌다. 기절했나? 박영심을 번쩍 들어 벤치에 눕혔다. 손발이 차가웠다. 파카를 벗어 몸을 덮었다. 정신없이 손발을 주물렀다. 창백하던 얼굴에 화색이 돌기 시작했다. 손목시계를 보니 영 시였다. 삼십 분 후면 근무를 교대해야 하는데…. 어찌해야 하나. 갑자기 조급해지기 시작했다.
"아가씨! 정신 차려요."
손바닥으로 얼굴을 찰싹찰싹 때려 보았지만 반응이 없다. 박영심은 축 늘어진 채, 마치 깊은 잠에 빠진 숲속의 공주처럼 평온한 모습이었다. 그 모습을 보니 그날 태권의 이불 속에서 평온하게 잠든 미향이 떠올랐다. 태권의 손이 저도 모르게 그녀의 얼굴을 쓰다듬었다. 오뚝한 콧날이 느껴졌다. 뽀송뽀송하고 탄력 있는 그녀의 피부에서 뿜어져 나오는 달콤한 향기에 취해 태권은 숨을 깊이 들여 마셨다.

다시 한번 시계를 보았다. 영 시 십오 분을 넘어서고 있었다. 지금쯤이면 다음 근무조가 기상해서 근무를 준비하고 있을 터였다. 그녀를 번쩍 들어 둘러업었다. 기숙사를 향해 무작정 달려갔다. 자꾸만 박영심의 몸이 아래로 처졌다. 스커트가 말려 올라가며 맨살이 손에 느껴졌지만, 그런 걸 따질 때가 아니었다. 저만큼 기숙사의 불빛이 보였다. 잠시 걸음을 멈췄다. 이대로 가서 사감에게 무어라고 할 것인가? 생각을 정리하기 위해 박영심을 벤치에 내려놓았다.

박영심은 축 늘어져 미동도 하지 않았다. 블라우스 단추가 모두 풀어져 브래지어가 모습을 드러냈다. 비틀어진 브래지어 밖으로, 균형을 잃은 한쪽 가슴이 삐죽이 보였다. 스커트는 제멋대로 말려 올라가서 손바닥만 한 핑크색 팬티가 겨우겨우 치부를 가린 아슬아슬한 모습이었다. 태권은 서둘러 스커트를 내리고 가슴을 브래지어 속으로 밀어 넣은 다음 블라우스 단추를 잠갔다. 어쩔 수 없는 상황이긴 하지만, 그녀의 향기가 느껴질 때마다 말초신경이 예민하게 반응하여 보통 고역이 아니었다. 가까스로 옷매무새를 고치고 후하고 한숨을 내쉬는 순간, 축 늘어져 있던 박영심이 갑자기 태권의 목을 끌어안았다.

"어, 깨어 나셨…."

말을 끝내기도 전에 박영심의 달콤한 입술이 태권의 입을 덮쳤다.

"음, 음, 음."

태권은 입술을 빼앗긴 채 빠져나오려 했지만, 어느새 박영심의 끈적끈적한 혀가 태권의 입속으로 쏘옥 파고들었다. 눈 깜짝할 사이의 일이었다. 태권은 미친 듯이 달려드는 그녀에게 완전히 제압당한 채 정신을 차릴 수가 없었다. 바스락 무언가 움직이는 소리가 설핏 귓속을 파고들었다. 정신이 번쩍 들었다. 씩스틴을 난사하던 이 병장의 모습이 떠오르며, 당장이라도 어둠 속에서 튀어나와 자신에게 총을 난사할 것만 같았다. '이래서는 안 돼.' 태권은 그녀를 벌컥 떠밀었다. 그러나 어디서 갑자기 그런 힘이 솟아났는지, 두 손을 태권의 목에 감고 두 다리로 허리를 감은 채 꼼짝도 하지 않았다. 뱀같이 부드러운 혀가 쉴 새 없이 태권의 혀와 입술을 애무했다. 물씬 풍겨 나오는 여인의 체취에 태권의 젊음이 서서히 고개를 들기 시작했다. 태권이 벌떡 일어섰다. 그녀의 몸이 아래로 처지면서 거총하고 있는 태권의 남성을 내리눌렀다. 팬티를 사이에 두고, 그녀의 그곳과 태권의 그곳이 밀착한 참으로 민망한 자세가 되었다. 태권은 사력을 다해 그녀를 떼어 놓았다. 거친 숨을 몰아쉬며 호흡을 고르고 있는 사이, 그녀의 손이 바지 지퍼를 내리는가 싶더니 어느새 태권의 성난 남성을 움켜쥐었다. 이 뜻밖의 행동에 애써 참았던 태권의 젊음이 폭발하고 말았다. 브래지어를 낚아채자, 풍만한 가슴이 튕겨 나왔다. 박영심이 태권의 바지를 끌어 내렸다. 스커트를 잡아당기자 후드득 호크가 떨어져 나가며, 눈부신 박영심의 알몸이 드러났다. 태권이 그녀의 알몸을 으스러지게 끌어안았다. 잠시 숨을 고르던 태권이 그녀를 끌어안고 벤치 위로 무너져 내렸다. 격렬한 입맞춤이 시작되었다. 뜨거운 열기를 온몸으로 느끼며 태권은 하체에 온 힘을 쏟아붓기 시작했다.

'끼이익' 근무 교대를 나오는지 상황실 문이 열리는 마찰음이 들렸다. 빨리 돌아가야 하는데…. 머리에서 다급하게 외치고 있었지만, 몸은 브레이크가 파열된 기관차처럼 앞으로, 앞으로 질주하고 있었다. 태권의 몸은 이미 이성의 영역을 벗어나, 통제 불능이었다. 뜨거운 액체가 서로의 깊은 곳에서 분수처럼 뿜어져 나오며, 한줄기 소나기가 지나간 것처럼, 시원한 느낌이 들었지만, 둘은 실타래처럼 뒤엉켜 한동안 떨어질 줄 몰랐다.

"조 일병님!"

경비초소 쪽에서 지 이병의 목소리가 들려왔다. 태권은 마지막 힘을 다해 박영심의 허리를 끌어안았다. 희열에 몸부림치던 박영심의 몸이 축 늘어졌다. '저벅저벅.' 발걸음 소리가 점점 가까워졌다. 태권은 팬티를 올리고 바지춤을 움켜쥔 채 달려갔다. 지 이병이 손전등을 비추며 다가오고 있었다.

"벌써, 교대 시간인가? 설사가 나서…."

태권이 얼버무리며 지 이병의 어깨를 툭 쳤다.

"어디 갔었어?"

상황실에 들어가니 교대한 엄 병장이 두 눈을 부라렸다.

"죄송합니다. 설사가 나서…."

태권은 머리를 긁적이며 엄 병장의 눈치를 살폈다. 엄 병장은 잠이 덜 깬 모습으로 어서 들어가라는 듯 손을 흔들었다. 옷을 벗고 잠자리에 누웠지만, 도저히 잠을 이룰 수가 없었다. 얼떨결에 동정을 빼앗긴 아쉬움과 황홀했던 그 짧은 순간이 교차하면서, 그저 꿈을 꾸는 것처럼 몽롱한 기분이었다.

도봉 분초에서 마지막 근무를 마치고, 태권은 조심스레 화신전자 기숙사를 찾아갔다. 정문에서 면회 신청했지만, 박영심은 이미 직장을 그만둔 후였다. 돌아오는 길에 텅 빈 나무 벤치를 보니, 그날 밤 그녀와의 목숨 건 정사가 떠올랐다.

천사의 추억

　구파발 검문소로 이동했다. 푸르름을 뽐내던 거리의 가로수는 이미 낙엽이 지고, 앙상한 줄기만 남아 있었다. 야간을 통해 1개 소대가 배치되었다. 이곳은 통일로가 시작되는 관문으로 판문점을 가는 길목이었다. 하루에도 수십 개의 별 판을 단 세단이 이곳을 통과하여, 항상 긴장하지 않으면 안 되었다. 3명 일개 조로 한 명은 경계근무를 서고, 한 명은 경찰과 함께 검문하고, 제일 고참은 상황실 근무를 맡았다. 비록 변두리지만, 항상 인적이 끊이지 않았고, 전방으로 향하는 길목이라 군인들의 왕래가 빈번했다. 태권의 밑으로 이 일병과 지 이병이 있었지만, 아직 졸병 신세를 면하지 못했기 때문에, 비번일 때는 고참들의 구두를 닦고 근무복을 다림질하는 게 하루 일과였다. 하지만 이제는 통박 굴려 어느 정도 자유시간을 만들 수 있을 만큼 군 생활에 익숙해졌다.
　검문소는 진관내동 삼거리에 있었다. 검문소 정면에는 시내로 진입하는 6차선 도로가 쭉 뻗어 있고, 우측은 판문점으로 향하는 직선도로로 일명 통일로였고, 좌측은 의정부로 통하는 2차선 도로가 있었다. 검문소 뒤편에 내무반과 식당 건물이 있고, 그 뒤로 조성이 끝나지 않은 공원이 있었다. 검문소 우측으로 횡단보도를 건너면 버스정류장이 있고, 그곳에서 모든 차량을 검문했다. 버스정류장에서 시내 쪽으로 십여 미터 올라가면 삼거리슈퍼와 중국집이 있어서, 이따금 사 먹었다. 검문소 좌측의 횡단보도를 건너서 십여 미터 시내 쪽으로 올라가면 경비초소가 나오고 뒤편에 부동산이 있었다. 도로 건너편으로 여인숙과 교회가 보이고 도로 곁으로 상점이 줄지어 있었다. 상황실에서 경비초소가 한눈에 보이기 때문에 경계근무 시에는 고참에게 찍히지 않기 위해서 항상 긴장하지 않을 수 없었다.

엄 병장과 정 병장이 동시에 휴가를 가는 바람에 홍 상병과 김 상병이 그 자리를 메우느라 요즘은 눈코 뜰 사이 없이 바빠졌다. 태권과 이 일병과 지 이병, 이렇게 셋이 번갈아 가며 경계근무를 섰다.

첫눈이 내려 천지가 온통 흰 눈으로 뒤덮였다. 오늘따라 미향이 사무치게 그리워진다. 요즘은 거의 매일 미향에게 편지를 썼다. 그런데 답장은 한 통도 오지 않았다. 오늘도 중대장이 순찰차 검문소를 방문하여 편지를 한 아름 놓고 갔다. 혹시나 하는 마음에 내무반을 두리번거렸지만, 태권에게 온 편지는 한 통도 없었다. 제설작업을 하면서도 마음은 미향에게 달려가고 있었다.

저녁을 먹고 야간 경계근무에 들어갔다. 잠을 제대로 못 자 피곤하긴 했지만, 흰 눈을 바라보니 머리가 맑아졌다. 상황실에서 어 병장이 태권을 바라보며 손을 흔들고 있었다. 태권도 손을 번쩍 들어 답례했다. 어 병장은 무골호인이었다. 도대체 화를 내는 적이 없었다. 뻐드렁니에 찐빵가게 아저씨 같은 포근한 인상으로 남을 배려할 줄 알았다. 사방이 컴컴해지며 인적이 하나둘 끊기기 시작했다. 찬 바람이 불어왔다. 버스에서 내리는 사람들이 옷깃을 여미며 걸음을 재촉했다. 태권은 우울한 마음을 달래기 위해 하남석의 '밤차로 떠난 여인'을 흥얼거렸다.

'하얀 손을 흔들며 입가에는 예쁜 미소 짓지만…. / (생략) /언제 다시 만날 수 있나. 기약도 할 수 없는 이별 내 맘에 내 몸에 오-면.'

'짝 짝 짝 짝.' 갑자기 등 뒤에서 박수가 터져 나왔다. 한참 기분을 내느라 인기척도 느끼지 못했던 태권은 깜짝 놀라 뒤를 돌아보았다. 새하얀 털외투에 빨간 목도리를 두르고, 새하얀 털모자를 쓴 예쁜 소녀 하나가 방긋 웃으며 손뼉을 치고 있었다. 또다시 함박눈이 내리기 시작했다. 함박눈이 빨간 목도리를 하얗게 덮어버리자, 발그레 상기된 얼굴과 반짝이는 까만 눈동자를 빼면 소녀는 눈사람 그 자체였다.

태권은 천천히 소녀를 바라보았다. 처음 보는 소녀였지만, 어딘지 모르게 무척 낯이 익었다. 어디서 보았지? 태권은 소녀의 얼굴을 뚫어져라 쳐다보았다. 소녀가 수줍은 표정으로 쌩긋 웃었다. 얼굴 한복판에 앙증맞은 보조개가 살짝 모습을 드러냈다가 이내 숨어버렸다. '맞아! 저 보조개!'

초등학교 5학년 여름방학 때였다. 학교에서 돌아온 태권은 누렁이에게 줄 꼴을 한 짐 베어 바지게에 짊어지고, 끙끙거리며 집으로 돌아오고 있었다.

"엄마야!"

마을회관을 지나치는데 날카로운 계집아이의 비명이 들렸다.

"아이고, 이놈의 소가 사람 잡네."

뒤이어 논 가운데 집 할머니의 숨넘어가는 목소리가 귓속을 파고들었다. 태권은 순간적으로 위급함을 느꼈다. 꼴지게를 벗어 던졌다. 작대기를 들고 소리 나는 쪽으로 지체없이 달려갔다. 느티나무에 매여있던 현구네 소가, 입에 거품을 물고 꼬리를 하늘로 치켜세운 채 씩씩거리며 날뛰고 있었고, 논 가운데 집 할머니가 얼굴에 피를 흘리며 그 옆에 쓰러져 있었다.

"할머니!"

태권이 한걸음에 달려가 할머니를 부축했다.

"저기, 저기. 우리 손녀…."

할머니가 말을 잇지 못하고 손가락질했다. 미쳐 날뛰는 소의 발굽 아래, 대여섯 살 되어 보이는 빨간 원피스를 입은 깜찍한 여자아이가 쓰러진 채로 겁에 질려 오들오들 떨고 있었다. 참으로 위기일발의 상황이었다. 현구네 소는 평소에도 사납기로 소문이 나 있어, 어른들도 쉽게 접근하지 못했다. 무엇에 흥분했는지 소는 아직도 펄쩍펄쩍 뛰어오르며 씩씩대고 있었다. 작대기를 번쩍 치켜들었다. 소가 거친 콧바람을 불어내며 태권을 노려봤다. 만약 소가 더 흥분해 날뛰다가 소녀를 발로 밟기라도 한다면…. 태권은 똑바로 소의 눈동자를 쳐다보았다. 시뻘겋게 충혈된 왕방울 같은 눈이 뒤집혀 흰자위가 허옇게 드러나 있었다.

태권은 소와 눈을 맞춘 채 가만히 주저앉아 작대기로 땅을 두드렸다. 예상했던 대로 소가 머리를 낮게 내리고 뿔을 세우며 여차하면 달려들 태세를 보였다. 태권은 소와 눈을 맞춘 채 계속해서 땅을 두드렸다. 소가 태권을 쳐다보며 코를 벌름거리기 시작했다. 태권이 땅바닥에 납작 엎드렸다. 소가 꼬리를 내리며 두어 번 머리를 흔들었다. 태권이 살금살금 기어가서 소에게 가만히 손을 뻗었다. 소의 거친 숨소리가 점점 잦아들더니 긴 혀를 내밀어 태권의 손을 핥았다. 한동안 엎드려 있던 태권이 코뚜레를 살짝 잡고, 뿔 사이를 긁어 주자 소가 온순해졌다.

"할머니, 빨리."

오금이 저려 꼼짝하지 못하고, 태권이 하는 양을 넋을 놓고 바라보던 할머니가, 잽싸게 손녀를 끌어냈다.

"어때요? 다친 데는 없어요?"

태권이 할머니한테 달려갔다.

"그래, 좀 놀란 것 빼고는 괜찮은 것 같다."

소녀가 할머니의 품 안에서 태권을 올려다보며, 까만 눈망울을 반짝였다. 태권이 소녀를 받아 등에 업자, 소녀가 착 달라붙었다. 할머니를 부축해 논 가운데 집으로 들어갔다. 소녀를 마루에 내려놓고, 우물에 가서 냉수 한 바가지를 떠서, 아직도 가쁜 숨을 몰아쉬고 있는 할머니에게 내밀었다. 할머니가 바가지를 받아들고 벌컥벌컥 냉수를 들이켰다. 태권이 다시 소녀의 입에 물바가지를 대주자 소녀가 몇 모금 홀짝거리더니 벌떡 일어나 태권의 등을 올라탔다.

"원, 녀석도…. 이제 오빠 집에 가야지."

할머니가 그제야 후유 하고 안도의 한숨을 내쉬었다. 하지만 소녀는 떨어지려고 하지 않았다. 태권이 소녀를 등에 업고, 마당을 몇 바퀴 돌았다. 어느새 소녀는 쌔근쌔근 잠이 들었다. 소녀를 방에 눕히고 마당으로 나왔다.

"고맙다. 네가 아니었다면 큰일 날 뻔했다. 어린 녀석이 담도 크구나."

할머니가 태권의 머리를 쓰다듬었다. 저녁을 먹으려고 온 가족이 밥상에 둘러앉았는데, 논 가운데 집 할머니가 태권을 찾았다.

"어서 오세요. 태권인 무슨 일로…?"

어머니가 걱정스러운 눈빛으로 논 가운데 집 할머니를 쳐다보았다.

"아, 글쎄, 저 어린 녀석이…."

할머니가 낮에 있었던 일을 어머니에게 소상히 얘기했다.

"어린 녀석이 얼마나 담대한지, 그 사납던 소가 꼬랑지를 내리고, 꼼짝 못 하더라니까, 저 녀석 크면 언젠가는 큰일을 할 놈이야."

할머니가 침이 마르도록 태권을 칭찬했다.

"할머니 오셨어요? 그 애는 괜찮아요?"

"그럼, 그럼. 모두가 네 덕분이다. 너 저녁 안 먹었지? 나하고 같이 우리 집에 가자. 너 주려고 맛있는 것 많이 해놨다."

할머니가 태권의 손을 잡아끌었다. 무슨 잘못이라도 저지른 줄 알고 걱정하던 어머니가 빙그레 웃으시며 태권의 등을 떠밀었다.

"그런 일이 있었으면서 말 한마디 안 하다니…. 그래 할머니 댁에 가서 맛있는 거 많이 먹고 오너라."

어머니가 만면에 웃음을 띠고 태권의 등을 떠밀었다.

"오빠, 나도 따라갈래."

인숙이가 맛있는 거 많이 해놓았다는 말에 냉큼 달려 나왔다. 태권은 인숙이의 손을 잡고 할머니를 따라갔다. 소녀가 태권을 보고 쪼르르 달려 왔다. 밥을 먹고 있는 내내 소녀는 태권의 무릎에 앉아 태권을 쳐다보았다. 그날 이후 태권은 시간 있을 때마다, 논 가운데 집에 들러 소녀와 함께 놀다 집으로 돌아왔다. 소녀는 논 가운데 집 할머니의 손녀로 아버지는 할머니의 큰아들이었다. 할머니의 큰아들은 서울에서 대학을 나오고, 동대문시장에서 큰 포목점을 운영하여 많은 돈을 벌었다고 동네에 소문이 자자했다.

 소녀는 특히 볼우물이 무척 예뻤다. 태권은 그 애가 웃을 때마다 볼우물에 퐁당 빠졌다. 태권은 그 애를 천사라고 불렀다. 이듬해 봄, 소녀는 학교에 들어간다고 까만 승용차를 타고 서울로 갔다. 떠나기 전날, 할머니 손을 잡고 태권을 찾아온 소녀는 민들레꽃 한 송이를 내밀었다.

"너 여기 사니?"
 소녀가 말없이 고개를 끄덕였다.
"몇 살?"
"열다섯 살."
"너 이 오빠 생각 안 나?"
 소녀가 고개를 갸웃하며 태권을 쳐다봤다.
"너 소 무서워하지?"
 소녀가 까만 눈망울을 반짝이며 고개를 끄덕였다.
"너 시골 할머니 집에 있을 때, 소한테 놀란 적 있지?"
 소녀의 눈이 점점 커지더니 바짝 다가와서, 태권의 얼굴을 빤히 쳐다보았다.
"그래, 이제 생각난 모양이구나. 그때 너를 구해 준 까까머리 오빠야. 내가 너를 천사라고 불렀었지?"
 소녀의 얼굴이 발그레 상기되더니 태권의 품속으로 폴짝 뛰어들었다.
"조 일병! 근무 시간에 아가씨와 노닥거리면 안 돼요."
 인터폰을 타고 어 병장의 굵직한 목소리가 들려왔다. 상황실을 쳐다보니 어 병장이 경비초소를 바라보며 뻐드렁이를 드러냈다.

"천사야! 오빠 근무 중이라 더 이상 데이트할 수 없어요. 또 놀러 와요."

태권이 아쉬운 표정으로 말하자, 소녀가 고개를 끄덕이며 손을 놓았다.

"조태권이 대단한데! 벌써 아가씨 하나 꼬셨어?"

근무 교대하고 상황실로 들어가니 어 병장이 싱글싱글 웃으며 태권을 놀려댔다.

"어 병장님도, 그 앤 열다섯 살짜리 꼬마예요."

태권이 정색했다. 참으로 묘한 인연이었다. 민들레 한 송이를 주고 떠나갔던 천사를 여기서 만나다니…. 그날 이후 태권의 근무 때면 항상 천사가 나타나 함께 시간을 보내곤 했다. 깜찍한 얼굴은 그때와 별반 다르지 않았지만, 훌쩍 자라버린 키와 성숙해진 몸매가 처녀티를 풍겼다. 항상 명랑한 얼굴로 인사를 했지만, 어딘지 모르게 그늘이 드리워져 있었다. 천사는 살며시 다가와 말없이 태권의 손을 만지작거리다 돌아가곤 했다. 태권이 무엇을 물어봐도 그저 빙그레 웃기만 했다.

어느덧 가을이 끝나고 겨울의 문턱에 접어들었다. 시도 때도 없이 폭설이 내리는 바람에 제설작업을 하느라 눈코 뜰 사이 없이 바빠졌다. 천사는 언제나 태권의 근무 때면 어김없이 나타났다. 때때로 근무가 끝나고 삼거리슈퍼에 가서 따끈한 호빵과 콜라 한 병을 사서 함께 먹었다. 늘 함께 나타나는 태권과 세희를 보고 주인아주머니가 빙그레 미소를 지었다.

천사 덕분에 태권은 잠시나마 미향을 잊을 수 있었다. 거의 매일 편지를 보내지만, 단 한 번도 오지 않는 미향의 편지 때문에 화도 나고 걱정도 되었다. 무소식이 희소식이라고는 하지만, 마무리를 제대로 하지 못하고 떠나온 태권은 늘 가슴 한구석이 허전했다. 하루라도 빨리 미향을 만나 다시 한번 사과하고 용서받고 싶지만, 내 마음대로 움직일 수도 없다. 미향에 대한 여러 가지 생각 때문에 태권은 늘 우울했지만, 천사의 얼굴을 보면 모든 걸 잊을 수 있었다.

이곳에서의 근무도 어느덧 삼 개월이 지나갔다. 내일이면 이곳에서의 근무도 끝이다. 주간 근무를 나가니 천사가 나와 있었다. 천사도 이별이 아쉬운지 근무 시간 내내 태권의 손을 꼭 잡고 시무룩한 표정이다.

"천사야, 걱정하지 마. 오빠가 외출 나오면 꼭 놀러 올게. 그리고 너도 오빠 보고 싶을 때 면회를 오면 되잖아."

태권이 슬픈 얼굴의 천사를 달래보았지만, 끝끝내 말이 없다. 뚫어지게 태권의 얼굴을 쳐다보던 천사의 까만 눈에서 눈물이 한 방울 떨어졌다.

"천사야, 이따 저녁 먹고 공원으로 나와. 오빠 근무 끝나고 나올게."

마지막 근무를 마치고 살짝 내무반을 빠져나왔다. 공원에 가보니 천사가 서성이고 있었다. 천사의 손을 잡고 통일로를 따라 걸어갔다. 겨울바람이 제법 쌀쌀했다. 파카를 벗어 천사의 어깨에 걸쳤다. 천사는 태권의 손을 꼭 잡고 영원히 놓아주지 않겠다는 듯 마구 흔들었.

횡단보도를 건너 시내 쪽으로 방향을 바꿨다. 삼거리슈퍼에 들러 따끈한 호빵과 콜라를 샀다. 경비초소를 지나 한참을 걸어가다 교회가 있는 골목으로 들어갔다. 교회 뒤쪽으로 작은 언덕이 나오고, 묘지가 하나 보였다. 잔디밭에 파카를 펴고 천사와 함께 앉았다. 따끈한 호빵을 집어 천사에게 주었다. 호빵을 먹는 천사의 입술이 너무도 예쁘다.

"오빠! 언제 올 건데?"

말없이 호빵을 먹던 천사가 드디어 입을 열었다.

"글쎄, 내 마음대로 나올 수가 없어서…."

태권이 말끝을 흐렸다.

"오빠 올 때까지 기다릴 거야."

천사가 까만 눈을 깜빡이며 힘주어 말했다. 이럴 땐 마치 천사가 다 큰 숙녀처럼 느껴졌다.

"어디서?"

"…."

"그것 봐. 오빠는 아직 네 이름도, 주소도 모른다. 전화번호를 알려 주든지, 집이라도 알려줘야 오빠가 너를 만나러 오지."

"삼거리슈퍼로 오면 나를 만날 수 있을 거야."

천사가 입술을 꼭 깨물었다.

"알았다. 빨리 못 나오면 오빠가 편지를 쓸게. 삼거리슈퍼로."

천사가 고개를 끄덕였다. 천사의 까만 눈이 태권의 얼굴을 뚫어지게 바라보았다. 참으로 신비한 눈이다. 마치 잔잔한 호수처럼 맑고 깨끗하다. 태권이 가만히 천사의 볼을 잡았다. 천사가 눈을 감았다. 태권이 천사의 이마에 키스했다. 천사의 작은 어깨가 들먹였다. 태권이 천사를 꼬옥 껴안았다. 검문소 근무를 마치고 사령부에 복귀하면서 삼거리슈퍼 주소와 전화번호를 수첩에 적어 놓았다.

6개월간의 검문소 근무를 무사히 마치고 사령부로 돌아왔다. 사령부 내에서의 생활은 따분했다. 아침 식사를 끝내면 한 시간 정도 중대장 아니면 소대장의 정신교육이 있고, 나머지 시간은 부사관들에 의한 체력단련이나 전투력훈련을 했다. 말이 체력단련이지 축구나 족구, 배구 등 소대간 경기를 해서 이기는 쪽은 휴식을 취하고, 지는 쪽은 봉체조를 하거나 연병장을 돌았다. 전투력훈련은 폭동진압훈련이나 총검술 훈련이 주를 이루었는데, 이따금 고문관이 한 명씩 나와서 한번 제대로 해서 끝낼 일을 하루 종일 반복훈련에 매달리는 경우도 종종 있었다.

저녁 식사를 끝내면 다시 정신교육이 시작되었다. 매일 똑같은 시간에 똑같은 내용이었다. 정신교육이 끝나면 침상 삼선에 정렬해서 고참들의 군기 잡기가 시작된다. 경기에서 패해 기압을 받은 날은 더욱더 심했다. 사령부에서 생활하다 보니 비록 잠이 부족하고 육체는 피곤하지만, 매일 집체교육에 스트레스를 받는 것보다는 그래도 맑은 공기 마시면서 주변을 돌아볼 수 있는 검문소 근무가 백번 낫다는 생각이 들었다. 다행히 특수부대라 식사가 잘 나왔고 자유 배식이어서 마음껏 먹을 수 있었다. 주말에는 외출 외박이 비교적 자유로웠지만, 위수지역 이탈을 할 수 없어 서울 시내 외에는 어느 곳도 갈 수 없었다.

첫 외출 때 구파발 검문소 옆 삼거리슈퍼로 천사를 찾아갔다.

"이를 어째. 요즘 통 얼굴을 볼 수가 없는데…. 조 일병이 떠난 후 그이튿날 잠시 들르고는 오지를 않아. 조 일병이 보내 준 편지도 아직 전해 주지 못했는데…."

아주머니가 자기 탓인 양 미안한 표정을 지었다.

"괜찮습니다. 무슨 사정이 있겠죠."

태권은 애써 태연한 표정을 지었지만, 서운한 마음을 감출 수가 없었다. 메모를 남기고 돌아오는 길에 남산에 올라갔다. 케이블카를 타고 전망대에 올라 시간을 보내다가 부대로 복귀했다.

천사와 다시 만난 것은 한 달이 지난 후였다. 슈퍼를 통해 몇 번 편지를 주고받고, 전화 통화를 한 후 어렵게 천사를 만났다. 검문소를 지나 버스정류장에서 내리자, 기다리고 있던 천사가 품속에 파고들었다. 한 달여 만인데 벌써 몇 년이 흐른 것처럼 천사의 모습이 몰라보게 달라져 있었다. 단발머리에 깜찍한 소녀였던 천사는 머리를 기르고 얼굴에 옅은 화장을 하고, 롱부츠를 신은 탓인지 세련된 아가씨처럼 느껴졌다.

"잘 지냈어?"

태권이 천사의 달라진 모습에 놀라며 천사의 손을 잡았다. 천사가 말없이 고개를 끄덕였다. 외모와는 달리 어딘지 모르게 천사의 얼굴이 우울해 보였다.

"우리 뭐하고 시간을 보낼까? 영화 볼까?"

천사가 또다시 고개를 끄덕였다. 시내버스를 타고 홍제동으로 나갔다. 막상 극장에 도착하니 천사가 여의도에 가자고 했다. 지하철을 타고 여의나루역에서 내려 한강공원으로 갔다. 쌀쌀한 날씨인데도 어린이놀이터에는 많은 어린이가 놀이 기구를 타며 즐기고 있었다. 잔디광장은 아직 녹지 않은 눈들이 군데군데 남아 있었다. 아직 이른 시간이라 그런지 선착장에는 유람선 한 척이 출항을 준비하고 있었다.

천사의 손을 잡고 원효대교를 향해 걸어갔다. 천사는 이따금 걸음을 멈추고 물끄러미 태권의 얼굴을 쳐다보았다. 원효대교 밑을 지나서 십여 분 정도 걸어가니 파크골프장이 나왔다. 골프를 즐기는 사람들이 의외로 많이 보였다. 자전거 도로에는 커플인 듯한 젊은이들이 레이스를 즐기고 있었다. 여기저기 데이트를 즐기는 연인들이 보였다. 강물을 바라보며 말없이 걸어가던 천사가 우뚝 멈춰서더니 똑바로 태권을 쳐다보았다.

"오빠, 몇 살이야?"

천사가 뜬금없이 태권의 나이를 물었다.

"왜? 스물둘."

"일곱 살 차이는, 서로 사랑하면 안 돼?"
"안 되긴…, 그런데 갑자기 그건 왜 물어?"
"나, 오빠하고 사랑하고 싶어."
"넌, 지금 미성년자야. 어린애라고. 사랑이 뭔지나 알아?"
"나도 다 알아. 오빠 애인 있어?"
"그럼, 이래 봬도 오빠 여자들한테 인기 많다."
"나도 오빠 애인 될 거야."

천사가 입술을 꼭 깨물며 태권을 쳐다보았다. 공원길을 벗어나자 길옆에 분식집이 보였다. 분식집으로 들어가 떡볶이를 주문했다.

"사랑은 네가 좀 더 자란 다음에 해도 늦지 않아. 너는 지금 어린애야. 좀 더 자라면 진짜 너를 사랑하는 사람을 만날 수 있을 거야."
"오빠는 내가 싫어?"
"오빠도 천사 좋아해. 하지만 사랑은 아냐."
"왜? 내가 너무 어려서…?"
"그래. 그리고 오빠 애인 있다고 했잖아."
"싫어, 나도 오빠 애인 될 거야."

천사가 막무가내로 지껄였다. 분식집을 나와 지하철을 탔다. 구파발역에서 내려 만남의 광장 쪽으로 걸어갔다. 날씨 탓인지 사람들이 별로 눈에 띄지 않았다. 천사가 뾰로통한 얼굴로 말없이 걷기만 했다. 인공폭포가 나왔다. 물이 흐르다 얼어붙어 고드름처럼 매달려 있는 모습이 시원한 느낌을 주었다. 귀대시간이 가까워졌다. 태권이 천사의 맑은 눈을 뚫어지게 바라보다가 코를 잡아 살짝 비틀었다.

"나 이제 부대로 돌아가야 해. 다음에 또 만나자."

태권이 천사의 어깨를 감싸 안으며 등을 두드려 주었다.

"오빠! 조금 더 있다 가면 안 돼?"

천사의 애절한 눈빛이 태권의 발을 잡았다.

"알았어. 삼십 분만 더 있다가 갈게."

태권이 천사의 손을 잡고 벤치에 주저앉았다. 천사가 태권의 가슴을 파고들었다. 태권이 천사를 꼭 끌어안았다. 천사의 심장 뛰는 소리가 들려왔다.

"이제 가야 해."

태권이 떨어지지 않으려 하는 천사를 밀어냈다.

"오빠! 키스해줘."

천사가 고개를 발딱 들고 눈을 감았다. 태권이 고개를 숙여 천사의 이마에 키스했다.

탈영

 사령부에 들어온 지도 벌써 두 달이 훌쩍 지나갔다. 파견근무로 그동안 미뤄왔던 전투력측정의 일정이 잡히면서 눈코 뜰 사이 없이 바빠졌다. 뭐니 뭐니 해도 사격점수가 전투력측정을 좌우한다. 대부분의 훈련 시간을 사격 연습에 집중했다. 사로에서의 안전사고는 생사와 직결되기 때문에 항상 긴장의 끈을 놓을 수가 없었다. 피가 배고 알이 배고 이가 갈린다는 P.R.I(사격 준비훈련) 교육을 자그만치 일주일이나 계속하고서야 사격 준비를 마쳤다. 월요일부터 연습 사격이 시작된다.
 일요예배를 보고 휴식을 취하고 있는데 면회실에서 연락이 왔다. 선임하사한테 신고하고, 면회실로 내려가 보니 석구였다. 막상 석구의 얼굴을 대하고 보니, 미치도록 미향이 보고 싶다. 한동안 그녀 때문에 얼마나 괴로운 나날을 보냈던가. 그동안 수없이 편지를 보냈지만, 단 한 번도 답장이 오지 않았다. 언젠간 그녀의 마음이 열리겠지, 마음을 잡고 기다린 것이 벌써 해가 바뀌었다. 어느 땐, 이미 내 곁을 떠난 여자라고 마음을 다 잡아 보지만, 그러면 그럴수록 그리움만 더했다.
 오랜만에 석구의 얼굴을 보니 정말 반가웠다. 쉴 새 없이 떠들어대는 석구의 입을 통해 여러 가지 궁금증을 해소할 수 있었지만, 정말 듣고 싶은 미향에 관한 얘기는 한마디도 없었다. 석구가 태권의 심정을 모를 리 만무한데 엉뚱한 쪽으로 자꾸만 화제를 돌린다.

"잘 지내. 면회 또 올게."

작별 인사를 하고 면회실을 나가며 멈칫거리던 석구가 아무래도 안 되겠는지 뒤돌아서서 심각한 표정을 짓는다.

"참, 미향이가 신 대리와 결혼한다더라."

석구가 남의 말처럼 한마디 툭 던지고는 이내 등을 돌렸다. 그러잖아도 문득문득 미향이의 얼굴이 떠오를 때면 당장 탈영이라도 하고 싶은 심정인데…. 신 대리와 결혼한다니…. 태권은 그 말을 듣는 순간 눈앞이 캄캄했다. 평소답지 않은 석구의 신중한 태도로 보아 모든 게 사실인 듯했다. 신 대리는 태권도 잘 아는 친구였다. 중견 행원으로 입행해 인천지점에 근무했는데 훤칠한 외모에 곱상한 얼굴로 귀공자 타입이었다. 어쩌면 '미향을 위해 더 잘된 일'이라고, '나보다 더 잘난 남자를 만나 다행'이라고 자위도 해보지만, 사람의 마음이 왜 이리 간사한지 석구가 다녀간 날 밤새도록 잠을 이루지 못했다. 아침에 일어나니 온몸이 불덩어리다.

월요일부터 연습 사격이 시작됐다. 아침 식사를 끝내고 북악산 사격장으로 출동했다. 오전 내내 뺑뺑이를 돌고 피알아이를 했다. 평소 피티체조를 할 때마다 삑사리를 내는 병사들을 비웃던 태권이 오늘은 제정신이 아니었다. 태권은 피티체조를 하면서 중대원들에게 공공의 적이 되고 말았다.

"자, 지금부터 피티체조를 실시한다. 제대로 끝내면 바로 휴식에 들어간다. 알겠나?"

짙은 선글라스를 끼고 어깨에 잔뜩 바람을 넣은 신 상사가 큰 소리로 말했다.

"예."

휴식이라는 말에 모든 중대원이 목이 터지라고 합창했다.

"좋아. 피티체조를 20회 실시한다. 마지막 구호는 없다. 실시!"

"하나, 둘, 셋, 하나! 하나, 둘, 셋, 둘! 하나, 둘, 셋, 셋! … 하나, 둘, 셋, 열여덟! 하나, 둘, 셋, 열아홉…!"

한 번에 끝내겠다는 일념으로, 지금까지 모든 병사가 한 치의 오차도 없이 달려왔다. 이제 마지막 한 번만 제대로 하면 휴식이다.

"하나, 둘, 셋…! 스물!"

누군가 한 명이 삑사리를 냈다. 모든 중대원이 망연자실한 표정으로 소리 난 곳을, 쳐다보았다. 태권이 쥐구멍이라도 있으면 숨고 싶은 심정으로 땅바닥만 쳐다보았다. 중대원들의 두 눈에서 태권을 향해 불화살이 날아왔다.

"자, 자. 정신 똑바로 차려라."

신 상사가 실실거리며 중대원을 둘러보았다.

"다시 20회 실시한다. 시작!"

"하나, 둘, 셋, 하나! 하나, 둘, 셋, 둘! 하나, 둘, 셋, 셋! … 하나, 둘, 셋, 열여덟! 하나, 둘, 셋, 열아홉! 하나, 둘, 셋, 스물!"

또 한 번 삑사리를 냈다.

"저 빙신 같은 새끼가…."

드디어 열받은 김 병장의 입에서 욕지거리가 터져 나왔다.

"다시 20회 실시한다. 시작!"

태권은 마치 넋이 나간 듯 실수를 반복했다. 무려 일곱 번을 반복하고 드디어 피티체조가 끝이 났다. 피티체조가 끝나자마자 고참들이 몰려나와 태권을 샌드백 치듯이 걷어찼다. '미향이가 신 대리와 결혼한다더라.' 태권은 고참들에게 걷어차이면서도 고통을 느끼지 못한 채 석구의 마지막 말만 생각이 났다.

오후가 되자 연습 사격이 시작됐다. 이동표적을 맞히는 연습이다. 모두 열 단계로 25미터 전방에서 과녁이 나타나면 10초 이내에 사격 자세를 취하고 사격을 한 다음 원위치로 돌아와야 했다. 줄지어 사로에 올라가서 단계별로 사격이 끝나면, 표적 확인하고 다음 단계로 이동했다.

1소대, 2소대가 먼저 끝나고 3소대가 사격했다. 1분대에 이어 2분대, 3분대가 줄을 이었다. 남 일병 다음이 태권의 차례다. 남 일병은 온양이 고향으로 태권보다 2기 선배다. 곱상한 얼굴에 여자들에게 인기가 많았지만, 사격은 젬병이다. 그래도 동향이라고 항상 태권을 감쌌다. 사로에 올라서자 하 중사가 통제했다. 첫 단계는 엎드려쏴 자세였다.

"준비됐습니까?"

"네, 일병 조태권."

"복창 소리 봐라. 준비됐습니까?"

"네, 일병 조 태 권."

태권이 목이 터져라, 관등성명을 외친다.

"애인 있습니까?"

태권이 잠시 망설이다가 큰 소리로 외쳤다.

"네, 있습니다."

한미향의 얼굴이 떠올랐다. '신 대리와 결혼한다더라.' 석구의 마지막 말이 귓속을 뱅뱅 돌았다.

"애인 이름을 세 번 복창한다. 실시."

"한미향, 한미향, 한미향!"

태권은 목이 터져라, 외쳐 댔다. 한줄기 눈물이 주르르 흘러내렸다.

"좋아, 전체 사격 준비!"

"사격!"

"탕, 탕, 탕…."

열 개의 총구가 일제히 불을 뿜었다. 8개 사로에서 일제히 빨간 기가 올라가는데 태권과 남 일병의 사로만 하얀 기가 얼굴을 치밀었다. '염병할!' 태권의 표정이 일그러진다. '신 대리와 결혼한다더라.' 석구의 목소리가 또다시 귓가를 맴돈다. 태권이 두 번째 단계로 이동하고 첫 번째 단계에 지 이병이 올라왔다. 두 번째 단계는 무릎쏴 자세였다.

"준비됐습니까?"

"네, 이병 지윤석."

"명중할 자신 있습니까?"

"네, 자신 있습니다."

"좋아. 전체 사격 준비!"

"사격!"

"탕, 탕, 탕…."

소대 사격을 마치고 종합점검을 해보니, 불합격자가 8명, 그중에서 올백이 두 명이 나왔다. 소대원 중에 충청도 병력이 둘 뿐인데, 약속이나 한 듯이 남 일병과 태권이 한발도 못 맞춘 것이다.

"남용필, 조태권, 앞으로 나와."

소대장의 심상치 않은 목소리가 귓전을 때린다.

"네, 일병 남용필."

"네, 일병 조태권."

큰 소리로 관등성명을 외치며 총알같이 튀어 나갔다.

"이 멍청도 새끼들! 한 발도, 명중 못 시켜!"

소대장이 남 일병의 조인트를 걷어찼다.

"아이고!"

남 일병의 입에서 곡소리가 흘러나온다. 소대장이 태권 앞으로 자리를 옮겼다. 소대장의 오른발이 들리는 순간, 태권이 알아서 고꾸라진다.

"이 새끼, 똑바로 못 서!"

헛발질을 한 소대장이 악을 쓴다. 피해서 끝날 문제가 아니다. 태권이 다시 부동자세를 취한다. 조인트를 맞기는 맞은 것 같은데, 도무지 감각이 없다. 갑자기 이마가 시원한 느낌이 들면서 식은땀이 주르륵 흘러내렸다. 주인을 잘못 만나 고생하는 다리가 안쓰럽다는 엉뚱한 생각이 순간적으로 뇌리를 스친다. 뒤이어 신 상사의 번개 따귀가 한 차례 지나갔다. 번개 따귀는 050병과의 전매특허다. '따딱, 따딱, 따딱, 따딱.' 한번은 세게, 한번은 약하게, 경력을 말해주듯 신 상사의 두 손이 남 일병의 얼굴에서 태권의 얼굴로 춤추듯이 날아다닌다. 머리가 쇠뭉치로 얻어맞은 듯 멍하고 얼굴에 감각이 없다. 태권은 오늘은 죽었다고 마음속으로 복창했다.

"따라와."

하 중사가 게거품을 물었다. 합격한 소대원이 그늘에서 쉬는 동안 불합격한 사람들은 영점사격을 다시 하고 특별훈련을 받았다. 잠시 후 7발 이하를 맞춘 8명의 재사격이 시작됐다. 남 일병에 이어 태권이 사로에 올라섰다. 첫 단계에서 하얀 기가 올라오자, 미향이 하얀 드레스를 입고 새하얀 면사포를 쓴 모습이 아른거렸다. 둘째 단계가 끝나자 너무도 당연하다는 듯, 하얀 기가 힘차게 펄럭였다. 재사격이 끝났다. 결과는 참담했다. 모두 합격하고 둘만 남았다. 태권이 두 발, 남 일병이 한 발 명중이었다. 소대장의 보고를 받고, 보리 문딩이가 드디어 열을 받았다.

"이 빙신 새끼들! 그걸 총이라고 쏘고 있어? 눈을 감고 쏴도 절반은 맞히겠다."

중대장의 입에서 험악한 말들이 마구 쏟아져 나왔다. 갑자기 소대 분위기가 한겨울에 찬물 바가지를 뒤집어쓴 듯 싸늘해졌다. 생각해 보면 너무도 지당한 말씀이었다. 대한민국 최정예 부대를 자처하는 ○○방위사령부인데, 이동 사격에서 절반 이상이 빗나간다는 것은 상상도 할 수 없는 일이었다.

"하 중사! 정신 봉 가져와."

중대장의 불호령이 떨어졌다.

하 중사가 만면에 미소를 띠고, 생나무로 만든 아카시아 몽둥이를 가져온다. 말이 정신 봉이지, 2미터 남짓한 길이에 어린아이 팔뚝 굵기는 됨직한 살인 무기였다.

"엎드려뻗쳐!"

중대장의 호통이 떨어졌다. 아카시아 몽둥이가 남 일병 엉덩이에서 춤을 추기 시작한다. 두 대를 용케 버틴 남 일병이 세 대째에서 벌떡 일어서더니, 중대장의 팔을 잡고 매달린다.

"중대장님! 한 번만 용서해주십시오."

남 일병의 커다란 눈에서 닭똥 같은 눈물이 줄줄 흘러내린다.

"엎드려뻗쳐!"

다시 한번 중대장의 호통이 떨어졌다. 중대장의 팔에 필사적으로 매달리는 남 일병을 하 중사는 무엇이 그렇게 신이 나는지 연신 싱글벙글하며, 억지로 잡아떼서 엎드려뻗쳐를 시켰다. 똑같은 상황이 계속 되풀이됐다. 한 대를 맞고 중대장 팔에 매달리고, 하 중사가 떼어 놓고…. 옆에 서 있는 태권의 얼굴이 사색이 되어 간다. 온몸이 덜덜 떨리기 시작하더니, 마치 턱에 자동 모터를 단 것처럼 이빨이 '다다다다다.' 합창하기 시작했다. 태권이 생각해도 민망할 정도로, 온몸이 사시나무 떨듯 떨린다. 열대를 채운 남 일병이 엉금엉금 기며 일어서는 모습이, 영화의 한 장면처럼 흐릿하게 시야에 들어왔다. 태권이 알아서 엎드려뻗쳐를 했다. 무지막지한 몽둥이가 엉덩이에 떨어지며 철썩 파도 소리를 낸다.

'관세음보살!'

태권은 습관처럼 관세음보살을 찾았다.

'철썩.'

'관세음보살!'

'철썩.'

'관세음보살!'

'철썩.'

'관세음보살!'

하 중사가 태권을 부축하여 일으켰다. 태권이 무슨 일이 있었냐는 듯, 완전히 풀린 눈으로 하 중사를 바라보았다. 열대를 다 맞았는지, 아니면 중간에 끝이 났는지 생각이 나지 않는다. 관세음보살을 네 번인가, 다섯 번인가를 중얼거린 기억밖에 없다. 그저 하얀 드레스를 걸친 미향의 모습이 눈앞에 아른거릴 뿐이다.

"신 상사, 이 자식들 무슨 수를 쓰더라도 오늘 중으로 합격시켜!"

얼굴이 시뻘게진 중대장이 신경질적으로 지프에 올라탔다. 합격한 소대원은 총검술 훈련하고, 태권과 남 일병은 신 상사를 따라 다시 사격을 연습했다. 엉덩이에서 피가 흐르고 조인트가 부어오르며 연습은 고사하고, 발자국조차 떨어지지 않는다. 다시 재 재사격이 시작됐다. 그러나 결과는 뻔하다. 과녁이 보일 리 없다.

"야, 느그들 와 그라노? 으이?"

눈이 풀려 비틀거리는 남 일병과 태권을 보고 소대장이 안쓰러운 표정을 지었다.

"안 되겠다. 좀 쉬거라. 긴장이 풀리거든 다시 하자."

소대장이 사라지자, 태권과 남 일병은 철모를 벗었다. 고통이 엄습하기 시작했다.

"야, 조 일병. 여기 좀 봐라. 어떠냐?"

엉거주춤한 자세로 남 일병이 바지를 내렸다. 남 일병의 엉덩이는 차마 눈 뜨고 볼 수 없을 지경이다. 엉덩이는 난도 당한 북어 대가리 마냥 짓이겨져 피범벅이 되었고, 허벅지와 종아리는 시커먼 피가 뭉쳐 먹구렁이가 칭칭 감은 것 같이 울룩불룩했다.

"야, 너도 좀 보자"

태권이 바지를 내렸다.

"개새끼들!"

태권의 엉덩이를 살펴보던 남 일병이 얼굴을 찡그리며 이를 부득 갈았다. 누가 먼저랄 것도 없이 눈물이 두 볼을 타고 흘러내리기 시작했다. 어느새 두 사내가 부둥켜안고 소리죽여 통곡한다. 남 일병의 심정이야 어떤지 모르지만, 태권은 아파서가 아니었다. 사격 때문도 아니었다. 그까짓 사격이야 마음만 먹으면, 열 발이 아니라 백발이라도 명중시킬 자신이 있다. 양궁대회에서 우승한 경력도 있는 태권이 아니던가? 하얀 면사포를 쓰고 자꾸만 멀어져 가는 미향이를 그저 바라만 봐야 하는 처지가 너무도 슬퍼서였다.

한동안 침묵이 흘렀다. 눈물도 더 이상 흐르지 않는다. 합격한 중대원들이 한자리에 모여 휴식 시간을 갖는지 왁자지껄 떠드는 소리가 들린다. '진짜 사나이'를 시작으로 군가를 몇 곡 부르더니 '산 아가씨'를 부르며 모두 흥이 났다.

'울적한 마음 달래려고 산길로 들어섰다가

나는 정말 반했다네. 정말 멋있는 산 아가씨

머리엔 빨간 모자…'

산 아가씨를 끝으로 합창이 끝나고 자유시간이 시작된 모양이다. 고참들이 졸병들을 모아놓고 '영자 송'을 불렀다.

'영자야 영자야 사랑하는 영자야

오늘 밤은 어디에서 이밤을 지새우나

군고구마 싹 나고 모래알이 움틀 때

온다 하던 내 사랑은 돌아올 줄 모르네.

영자야 영자야……'

영자 송이 끝나고, 중대 통틀어 제일 쫄다구인, 지 이병이 불려 나왔다.

"네, 이병 지윤석."

지 이병의 기압이 바짝 든 쇳소리가 골짜기를 울렸다.

"니, '성냥공장 아가씨' 알제?"

무섭기로 소문난 김 병장의 걸걸한 목소리가 바람을 타고 들려왔다.
"네, 압니다."
"그래? 그럼, 한번 불러본나."
김 병장의 목소리가 사라지고 지 이병의 악쓰는 목소리가 골짜기를 진동하기 시작했다.
'인천에 성냥공장, 성냥공장 아가씨
하루에 한 갑 두 갑 다달이 서른 갑
치마 밑에 감추고서 정문을 나설 때
치마 밑에 불이 붙어 OOO이 다 탔네
인천에 성냥공장 아가씨는 OOO, OOO!'
지 이병의 노래가 끝나자, 우레와 같은 박수 소리와 함께 여기저기서 앵콜이 터져 나왔다.
"씨팔 새끼들! 누구 약 올리나."
남 일병이 돌멩이를 집어 던지며, 입에 거품을 물었다. 한동안 어깨를 들썩이던 남 일병이 벌떡 일어서더니 탄띠를 풀어 총 옆에 내려놓았다.
"조 일병, 부탁 좀 하자. 난 도저히 군대 생활 못하겠다. 탈영할 테니까 30분쯤 기다렸다가 보고해라."
하늘 같은 선배의 목소리가 오늘따라 처량하기 짝이 없다. 말릴 사이도 없이 남 일병이 산 아래로 쏜살같이 내달리기 시작한다. 순간 태권은 망설여졌다. '이건 아닌데….' 미향이의 결혼식 장면이 스쳐 지나간다. 피아노 반주에 맞춰 새하얀 드레스를 입은 미향이가 아버님의 팔에 매달려 한 걸음, 한 걸음 걸어가기 시작한다. 주례사 앞에서 신 대리가 만면에 웃음을 띠고 서 있다.

'안 돼.' 태권이 벌떡 일어섰다.

호주머니에서 메모지를 꺼내서 떨리는 손으로 갈겨 댔다.

〈소대장님! 부천에 있는 애인이, 고무신을 거꾸로 신으려 합니다. 바로 잡아 놓고 반드시 돌아와서, 처벌받겠습니다. 일병 조태권〉

추신 : 남 일병의 탈영은 저와 전혀 관계가 없습니다.

탄띠와 M16을 철모 옆에 놓고, 메모지를 말아 총구에 끼워 놨다. 순간 아버지의 얼굴이 떠올랐다. 입대하던 날 나라를 지키러 떠나는 늠름한 아들의 어깨를 두드려 주며, 잘 다녀오라고 격려해주시던 아버지였다. 동구 밖까지 따라오시며 옷소매로 눈물을 훔치던 어머니의 주름투성이 얼굴이 떠올랐다. 태권은 심호흡을 한 번 하고 잠시 하늘을 쳐다보았다.

"죄송합니다. 아버지, 어머니! 하지만 내 여자 하나 지키지 못하는 놈이 어떻게 나라를 지키겠습니까?"

태권은 이빨을 악물고 산 아래쪽으로 무조건 달리기 시작했다. 앞서간 남 일병의 모습은 그림자도 보이지 않았다. 국민대 앞에서 버스를 타고 서울역에서 내려 인천 가는 전철로 갈아탔다. 부천역에 도착하니 밤 열 시가 막 넘어서고 있었다. 무작정 석구의 자취방을 찾아갔다.

"야, 태권아. 너…."

"탈영했다. 자세한 것은 나중에 얘기하고 미향이를 좀 불러줘라."

"도대체 무슨 일이냐? 이 시간에 미향이는 왜?"

"설명할 시간 없다. 전국에 수배령이 내렸을 거다. 잡혀가기 전에 미향이를 꼭 좀 봐야겠다."

영문을 몰라 입을 벌리고 서 있는 석구를, 억지로 떠밀어 내보내고 태권은 거울을 바라보았다. 정말 가관이다. 때 국물이 줄줄 흐르는 얼굴에, 움푹 들어간 눈, 흙투성이가 된 군복…, 이런 몰골로 무임승차를 하고 여기까지 달려왔으니…. 보나 마나 전국에 수배령이 내려졌을 게 불 보듯 하다. 잡히는 건 시간문제다.

벽시계가 열 시 반을 넘어서고 있었다. 잡히기 전에 꼭 미향을 만나봐야 하는데 석구는 아직 소식이 없다. 초조해지기 시작했다. 만나서 뭘 어떻게 한다는 계획도 없이 무작정 달려 나온 자신이 원망스럽다. 잡혀갈 생각 하면 걱정이 태산이지만, 까짓거 몸으로 때우면 그만이다. 설마 죽기야 하겠는가? 그보다 만약 이런 사실을 부모님이 아신다면 얼마나 실망이 크시겠는가? 하지만, 이제 어쩔 수 없다. 일단 부딪쳐 보자. 석구를 따라 방안으로 들어서던 미향이가 태권의 험악한 모습을 보고 입을 딱 벌렸다.

"석구야, 너 잠시 나가서 망 좀 봐줘라. 나 스스로 나가기 전에 누구라도 이곳에 접근하면, 난 여기서 죽는다."

"야, 태권아!"

석구가 겁먹은 표정으로 밖으로 나갔다. 태권이 미향의 두 팔을 움켜잡았다. 핏발 선 눈이 당장이라도 잡아먹을 듯이 그녀를 쏘아보았다.

"왜 그래? 태권 씨!"

미향의 말이 떨려 나왔다.

"두 번 다시 묻지 않을 테니까, 지금부터 내가 묻는 말에 똑바로 대답해!"

태권이 팔을 움켜쥔 손에 힘을 가하자, 미향이 고개를 끄덕였다.

"너 결혼한다며?"

"결혼? 누구랑?"

"신 대리."

"누가 그래?"

"그건 알 것 없고, 사실이냐?"

"아냐. 차장님이 소개해서, 마지못해 맞선을 본 적은 있지만 싫다고 했어."

"정말이지?"

"누가 헛소문을 퍼트려, 남의 혼사 길을 막으려고 그래?"

"그럼 됐다. 난 널 믿는다."

태권이 잡았던 팔을 놓았다.

"그런데 무슨 일이야? 왜 그래? 태권 씨 사고 쳤어?"

"그래. 너 결혼한다는 소식 듣고 탈영했다."

그제야 긴장이 풀린 미향이 어이가 없는지, 잡혔던 팔을 문지르며 피식 웃는다.

"내가 누구하고 결혼하든, 태권 씨하고 무슨 상관인데?"

"넌 내 여자다. 내 허락 없이는 누구하고도 결혼할 수 없어."

"어째서 내가 태권 씨 여자야? 난 약속한 적 없어."

미향이 입을 삐쭉 내밀었다.

"내가 약속했다. 하느님하고…. 기다려 줄 거지? 제대할 때까지?"

"결혼 안 한다니까."

"고맙다. 너만 믿는다."

"맘대로 해석해."

기다려 주겠다는 확실한 말은 아니었지만, 그것만으로도 마음이 놓였다.

"군대 가더니 씩씩해졌네. 내 앞에서 제대로 말도 못 하더니…."

미향이 싱긋 웃었다. 보조개가 오늘따라 더욱 예쁘다. 미향이 웃는 모습을 보자 긴장이 풀리며 방안이 빙빙 돈다. 태권이 비틀거리더니 정신을 잃고 푹 쓰러졌다.

"엄마야! 석구야, 빨리 들어와 봐."

미향이 비명을 질렀다. 밖에서, 사방을 두리번거리며 안절부절못하던 석구가 후다닥 달려왔다.

"무슨 일이냐? 아니 태권이 왜 그러니?"

"몰라, 기절했나 봐. 빨리 나가서 물 좀 떠와."

미향이 태권을 끌어안았다. 석구가 태권의 얼굴에 물을 뿌렸다.

"석구야, 이 피, 피 좀 봐."

손발을 주무르던 미향이 몸서리를 치며 바지를 가리켰다.

"피라니? 아니…."

검붉은 피가 바지 밖으로 흘러나와 흙먼지와 엉겨 붙어 있었다. 석구가 떨리는 손으로 태권의 바지를 벗겼다. 엉덩이에서 허벅지까지 피와 살이 엉겨 붙어 잘 떨어지지 않았다. 찌지직 살인지 바진지가 찢어지는 날카로운 소리가 방안을 뒤흔들었다. 미향이 부르르 몸을 떨었다.

간신이 바지를 벗겨냈다. 차마 눈 뜨고 볼 수 없을 정도로 처참한 광경이다. 석구가 사시나무 떨듯 온몸을 떨며 태권의 엉덩이를 들었다. 흰색 면 팬티가 선혈이 낭자한 채 달라붙어 있었고, 허벅지는 짓이겨진 채 피범벅이었다. 바지를 벗기면서 생긴 듯한 상처에서 피와 함께 진물이 흘러내렸다. 태권이 온몸을 부르르 떨며 비 오듯 땀을 흘렸다.

"석구야, 어쩌면 좋니? 태권이 혹시 죽는 거 아니니?"

"얘는 방정맞게."

석구가 태권이의 얼굴을 찰싹찰싹 때렸다.

"야 인마, 태권아. 정신 차려!"

머리를 바로 하고, 반드시 눕힌 다음 상의 단추를 모조리 풀어 가슴을 열어젖혔다. 석구가 물 한 컵을 태권의 얼굴에 확 끼얹는다. 태권이 머리를 꿈틀대더니 한참 만에 눈을 떴다. 동공이 풀린 눈으로 방안을 둘러본다. 안색이 창백하다 못해 백지장 같다. 입술이 바르르 경련을 일으켰다.

"태권 씨, 정신이 좀 들어?"

미향이 태권의 머리를 무릎에 올리고, 물컵으로 입을 적신다. 손수건을 물에 적셔 이마를 닦는다. 태권이 스르르 눈을 감았다. 그녀가 손으로 태권의 볼을 쓰다듬었다. 태권의 창백한 얼굴이 핏기가 돌기 시작했다. 한참 만에 태권이 입을 열었다.

"이게 다 미향이 너 때문이다."

태권이 그녀의 손을 힘없이 잡았다.

정신을 차린 태권이 더듬더듬 자초지종을 설명했다.

"난 정말 죽고 싶은 심정이었어! 네가 다른 남자와 결혼한다면…."

태권의 눈까풀이 바르르 떨리며, 힘없이 미향을 쏘아보았다.

"또 한 번 그런 소리 들리면 총 들고, 나올 거다."

갑자기 어디서 그런 힘이 나는지 태권이 그녀의 손을 으스러지도록 꽉 잡았다.

"내가 그렇게 좋아?"

미향이 사랑스러운 눈빛으로 태권을 내려다보았다.

"미향아. 넌 내 심장이야. 넌 항상 내 가슴 속에 있어. 난 너 없으면 단 하루도 살 수가 없어."

태권이 주먹으로 가슴을 치며 단호한 표정으로 힘주어 말했다. 미향이 태권의 머리를 끌어안았다. '이 바보야! 나도 죽도록 너를 좋아한단 말이야.' 뜨거운 눈물이 태권의 이마 위로 흘러내렸다. 한동안 무거운 침묵이 방안을 감쌌다.

"그렇다고 사람을 이 지경으로 만드냐?"

옆에서 지켜보던 석구가 벌컥 화를 냈다.

"안 되겠다. 빨리 병원으로 가자"

"괜찮아. 이 정도는 약과다. 연고나 발라줘라."

태권이 걱정하지 말라는 듯, 엷은 미소를 지었다.

"연고가 어디 있냐? 약국도 문을 닫았을 텐데…."

"잠깐 기다려, 집에 가서 약 가져올게."

미향이 서둘러 나가고, 석구가 팬티를 벗기려 했지만, 피가 말라붙어 떨어지지 않는다. 가위로 팬티를 잘라냈다. 팬티 조각에서 짓무른 엉덩이의 살점이 묻어났다.

"많이, 아프지?"

석구가 얼굴을 찡그리며 울상을 지었다.

"견딜만해."

"어떡할 거야?"

"뭘 어떡해. 곧 잡으러 들이닥칠 텐데."

"야, 잡혀가면 어떻게 되는 거냐?"

"어떻게 되긴 죽었다고 복창해야지."

"야, 무서워서 군대 가겠냐? 난 어떻게 해서든 보충역으로 빠져야겠다."

석구가 겁먹은 표정으로 얼굴을 찌푸렸다. 잠시 후 약통을 들고 돌아온 미향은 혼자가 아니었다. 소대장과 인사계, 미향이 어머니가 잇달아 들이닥쳤다.

"충성!"

누워있던 태권이 아랫도리를 모두 드러낸 채, 벌떡 일어나 거수경례했다.

미향이 얼른 고개를 돌렸다.

"됐어. 쉬어."

인사계가 달려들어 태권을 부축해서 방바닥에 눕혔다.

"아니, 이게 무슨 날벼락이냐!"

피범벅이 된 태권을 보고, 미향이 어머니가 털썩 주저앉는다.

"어디 보자. 세상에…!"

엉덩이를 살피던 미향이 어머니가 말을 잇지 못했다.

"아니, 아직도 사람을 이렇게 패는 군대가 있어요? 아이고, 이를 어째!"

미향이 어머니가 소대장과 인사계를 원망의 눈초리로 쏘아보며 부들부들 몸을 떨었다.

"죄송합니다. 어머님!"

소대장이 두 손을 비비며 몸 둘 바를 몰라 허둥댔다.

"괜찮습니다, 어머님. 조금 까졌을 뿐입니다."

태권이 소대장을 바라보며 난처한 표정을 지었다.

"조금 까지다니…, 엉덩이가 문드러졌는데…. 뼈는 괜찮은지 모르겠다.

남의 귀한 자식 데려다가…, 너희 부모가 아시면….."

미향이 어머니가 혀를 끌끌 찼다.

"얘, 약통 이리 내라. 소독부터 해야겠다."

미향이 어머니가 가제에 소독약을 발라 엉덩이를 문질렀다.

"도대체 무슨 죽을죄를 지었기에, 남의 귀한 자식을 이 지경으로 만든단 말이냐? 그 사람들은 자식도 없다 더냐?"

미향이 어머니가 핏자국을 닦아내면서 연속 푸념했다.

"죄송합니다. 어머님! 다시는 이런 일이 없도록 하겠습니다."

소대장과 인사계가 연신 허리를 굽실거렸다.

"안 되겠다. 병원에 가야지. 잘못하다가는 큰일 나겠다."

미향이 어머니가 태권을 잡아끌었다.

"괜찮습니다. 다 나았습니다."

태권이 정말 괜찮다는 표정으로 벌떡 일어나 바지를 걸쳤다. 소대장이 자초지종을 얘기하며 허리가 땅에 닿도록 고개를 숙여 사과했다.

"조금도 걱정하지 마십시오. 태권 군은 저희가 데리고 가서 잘 치료하겠습니다."

인사계가 걱정하는 미향이 어머니께 귀대 즉시 군 병원에 데려가 잘 치료하겠다고 부연했다. 미향이 어머니가 태권을 당신의 아들인 양 안타까운 표정으로 연신 상처를 어루만졌다.

"이 메모 때문에 큰 문제 없이 쉽게 찾을 수 있었습니다."

인사계가 태권이 총구에 꽂아놓았던 메모를 주머니에서 꺼내 미향이 어머니에게 보여주었다.

"아니, 그럼 이 난리가 모두 너 때문에…. 그런데 이게 무슨 소리냐? 고무신을 거꾸로 신다니…?"

"아냐, 엄마. 그건…."

미향이 차마 말을 잇지 못하고, 태권을 쳐다보았다.

"어머님! 미향이 잘못이 아닙니다. 제가 오해했습니다."

태권이 큰 소리로 미향을 감쌌다. 잠시 어색한 침묵이 흘렀다.

"따님이 참 미인입니다. 이 아가씨가, 애인?"

인사계가 침묵을 깨며 태권을 쳐다보았다.

"네, 그렇습니다."

태권이 부동자세로 힘차게 대답했다.

"아니에요. 그냥 친구예요."

미향이 입을 삐죽 내밀며, 태권을 향해 예쁜 눈을 흘겼다. 어머니가 미향과 태권을 번갈아 바라보며 흐뭇한 표정으로 미향의 손을 잡았다. 어머니의 얼굴에 미소가 스쳐 지나갔다.

"어머니! 이런 모습 보여서 정말 죄송합니다. 씩씩하게 군 복무 마치고 돌아와 미향과 결혼하겠습니다. 충성!"

태권이 어머니를 향해 힘차게 거수경례했다.

"그래, 군 생활 잘하고 다음에 웃는 모습으로 보자."

미향의 어머니가 태권의 등을 두드려 주었다.

소대장을 따라 부대에 복귀한 태권은 즉시 의무대에 들러 치료받았다. 이틀 뒤 남 일병이 잡혀 왔다. 자대 영창 3일이란 경징계로 사건이 마무리됐다. 구타 사건이 외부에 알려질까 봐, 더 이상 확대하지 않았다. 그 사건이 전화위복이 됐다. 무모한 행동이었지만, 미향과의 관계를 복원하는 계기가 됐다.

상처가 나을 무렵 그녀가 면회를 왔다. 인사계로부터 연락받은 태권은 한걸음에 면회실로 달려갔다. '미향이 면회를 오다니!' 꿈만 같았다. 면회실로 들어서자 미향의 예쁜 얼굴이 시야에 확 들어온다. 한걸음에 달려갔다. 그녀가 태권의 손을 반갑게 잡는다.

"잘 있었어? 다친 데는 다 나았어? 또 맞지 않았어?"

미향이 걱정스러운 표정으로 속사포처럼 쏘아댔다.

"괜찮아. 다 나았어. 너만 생각하면 난 모든 걸, 참을 수 있어."

진심으로 자신을 걱정하는 미향의 표정을 보니 눈물이 핑 돌았다. 손을 잡고 테이블에 앉았다. 미향이 가져온 보따리를 풀었다.

"이거 먹어봐. 엄마가 싸주신 거야"

어린아이를 챙기듯이 이것저것 집어 들고 태권의 입에 넣어주었다.

"천천히 먹어, 체하겠다."

그녀가 음료수를 따라 태권에게 내민다. 갑자기 목이 메어 울컥 눈물이 나왔다.

"미향아, 고맙다. 정말 사랑해!"

주위도 아랑곳하지 않고 덥석 그녀를 껴안았다. 미향의 체온을 느끼며 한동안 그대로 앉아있었다. '이대로 시간이 멈춰진다면 얼마나 좋을까!' 태권이 상기된 표정으로 미향의 까만 눈을 들여다본다. 미향이 가만히 어깨를 빼냈다. 면회가 끝나고 미향이 일어섰다.

"엄마도 태권 씨 씩씩해서 마음에 든대. 나, 그동안 태권 씨 보고 싶어서 죽는 줄 알았어. 사랑해!"

그녀가 돌아가면서 어렵게 고백했다.

하루가 멀다고 미향의 편지가 날아왔다. 외박을 나갈 때면 태권의 발길은 으레 그녀를 향했고, 시간 있을 때마다 미향이 면회를 왔다. 사령부에서의 따분한 생활도 미향이로 인해 활기가 넘쳤다. 아무리 힘든 훈련도 미향을 생각하면 전혀 힘들지 않았다.

오늘은 미향과 선착장에서 만나기로 약속한 날이다. 여덟 시에 외박 신고를 마치자마자 서울역으로 달려갔다. 한시라도 빨리 미향을 보고 싶었다. 전철에 자리를 잡았지만, 마음은 벌써 미향과 유람선을 타고 있었다. 선임하사로부터 특별보너스를 받았다. 원칙대로라면 내일 아침 여덟 시까지 귀대해야 하지만, 10시간 연장하기로 승낙받아 오후 여섯 시까지 귀대하면 된다. 요즘은 전투력측정과 유격 훈련이 모두 끝나 특별히 할 일이 없었고, 날씨가 더워 대부분 내무반에서 휴식을 취했다. 검문소 파견 전에 외출 외박을 권장하는 분위기였기 때문에 귀대시간에 관대했다.

전화를 받는 미향의 목소리가 들떠있었다. 평소 외박을 나가면 미향이 밤 열 시까지는 귀가하기로 부모님과 약속해서, 오가는 시간과 밥 먹는 시간을 빼면 실제 데이트 시간이 얼마 되지 않는다. 그런데 이번에는 다음 날도 함께 할 수 있어서 너무 좋아했다. 태권도 미향을 데려다주고 사우나에서 잠시 자는 둥 마는 둥 하다가 새벽에 귀대할 때는 항상 아쉬움이 남았었는데, 비록 밤에 함께 하지는 못하지만, 열 시간을 더 미향을 볼 수 있어서 너무 좋았다.

유람선을 타고 월미도를 한 바퀴 돌아 작약도에서 내렸다. 약간 덥긴 했지만, 이따금 불어오는 바닷바람이 너무도 시원하다. 물이 빠진 갯벌에서 많은 사람이 조개와 게를 잡느라 와자지껄했다. 선착장 주변의 포장마차에서 술 한 병과 모듬회를 시켰다. 발그레해진 미향의 얼굴이 깨물어주고 싶도록 예쁘다. 해변을 한 바퀴 돌아 다시 유람선을 탔다. 뱃머리에 부딪히는 바닷물이 새하얀 포말을 일으키며 옷깃을 적셨다.

택시를 타고 동인천역 앞에서 내려 짜장면을 먹고 애관극장에 들어갔다. 낮이라 관객이 그리 많지 않았다. 오드리 햅번 주연의 '티파니에서 아침을'이란 영화를 상영하고 있었는데 뉴욕 5번가에 있는 티파니란 보석상을 세계적인 상점으로 만든 유명한 영화였다. 오래전 개봉해서 히트 치고 재개봉해서, 인기몰이를 하는 중이었다. 오드리 햅번이 자유분방한 홀리 역을 맡았고, 조지 퍼파드가 가난한 작가 폴 역을 맡아 열연한 로맨스 영화였다. 꿈같은 상류사회를 동경하는 홀리와 윗 층에 사는 가난한 작가 폴이 서로 사랑을 나누는 내용이었는데, 사실 영화에는 별 관심이 없었고 미향과의 스킨십이 주목적이었다.

자리에 앉자마자 미향이 가슴을 파고들었다. 태권이 미향을 으스러지도록 끌어안았다. 미향의 달콤한 입술이 태권의 가슴을 뜨겁게 달궜다. 스크린에서는 폴이 홀리에게 승마를 가르쳐 주는 장면이 지나가고 있었다. 홀리로 분한 오드리 햅번의 상큼한 미소와 뛰어난 미모가 압권이었다. 미향의 뜨거운 입김이 얼굴에 닿자 태권이 미향의 얼굴을 두 손으로 감싸고, 미향의 혀를 찾았다.

극장에서 나와 배다리에서 지하상가로 들어가 아이쇼핑을 했다. 미향의 손을 잡고 걸어가는 것만으로도 태권은 마냥 행복했다. 장난감 가게 앞에서 젊은 부부가 아이에게 장난감을 사주며 즐거워하는 모습이 보였다. 미향이 쪼르르 달려가더니 아이를 연신 쳐다보며 너무 예쁘다고 감탄사를 연발하며 부러워했다. 어서 빨리 제대해서 미향과 결혼식을 올리고 아이를 낳아 그들처럼 행복한 가정을 꾸리고 싶었다.

문학경기장 앞에서 지하도를 나와 택시를 잡아탔다. 거리의 네온사인이 대낮처럼 환하게 도시를 밝혔다. 도당공원에서 열리는 '백만 송이 장미축제'를 구경하기로 했다. 도당동 복지센터 앞에서 내려 저녁을 간단히 먹고 '백만 송이 장미원'으로 걸어갔다. 입구에서부터 구경나온 사람이 인산인해를 이루었다. 좌우 어디를 돌아봐도 화사한 장미의 물결이 출렁였다. 대부분 빨간 장미였는데 이따금 핑크빛과 흑장미, 백장미가 군데군데 섞여 있었다. 수천수만의 장미 송이를 보니 꽃의 여왕이라는 말이 실감이 났다.

미향이 이따금 걸음을 멈추고 장미 송이에 파묻혀 활짝 웃는다. 하얀 치아를 드러내고 활짝 웃는 미향이 장미보다 예쁘다. 이럴 줄 알았으면 카메라를 가져올 걸 많은 아쉬움이 남는다. 장미 향기에 취해 미향과 한없이 걷다 보니 어느덧 열 시가 다 되어간다. 서둘러 택시를 잡아탔다. 미향의 집에 도착하니 열 시 반이 넘어섰다. 대문 앞에 미향의 아버지가 나와 계셨다.

"충성! 죄송합니다. 아버님! 조금 늦었습니다."

"괜찮아. 즐겁게 놀았어?"

"네. 무척 즐거웠습니다."

"그럼 됐네."

미향의 아버지가 빙그레 미소를 지었다.

"안녕히 계십시오. 아침에 따님을 데리러 오겠습니다. 충성!"

태권이 거수경례하고 발을 돌렸다.

"잠깐."

미향의 아버지가 태권을 돌려세웠다.

"자넨 지금 어디 가서 잘 건가?"

"사우나로 가려고 합니다."

"그러지 말고 우리 집으로 들어가세. 조금 불편하겠지만 사우나보다 낫겠지."

미향의 아버지가 태권의 손을 잡아끌었다.

"감사합니다. 아버님!"

태권이 아버님을 따라 성큼 대문으로 들어섰다.

"어서 오게."

마당에 서 계시던 미향의 어머니가 반갑게 맞이했다.

"충성! 안녕히 지내셨습니까?"

태권이 황급히 거수경례했다.

"그래, 자네도 잘 지냈어?"

미향의 어머니가 등을 두드려 주었다.

"네. 염려해주시는 덕분에 잘 지냈습니다."

미향의 손을 잡고 방으로 들어갔다.

"어머님! 아버님! 절받으십시오."

미향의 부모님이 좌정하시기를 기다려 태권이 모자를 벗었다.

"앉아, 앉아. 좀 전에 인사하지 않았나."

아버님이 웃으시며 손을 흔들었다.

"아닙니다. 친구 집에 가서도 항상 부모님께 큰절을 올리고 친구를 만납니다."

태권이 넙죽 큰절을 올렸다. 어머님이 만면에 웃음을 띠고 일어나 냉장고에서 수박을 꺼내 오셨다. 미향이 쟁반을 받치고 수박을 잘랐다.

"어서 먹게."

어머님이 수박 한쪽을 집어 주셨다.
"감사합니다."
태권이 냉큼 수박을 받아들었다.
"그래, 자네 그때 벌 받지 않았어?"
어머님이 걱정스러운 눈빛으로 태권을 쳐다보았다.
"자대 영창 3일 살았습니다."
태권이 겸연쩍은 얼굴로 머리를 긁적였다.
"나라를 지키는 군인이 여자 때문에 탈영해서야 쓰나."
아버님이 태권을 쳐다보며 빙그레 웃으셨다.
"죄송합니다. 하지만 아버님! 자기 여자 하나 지키지 못하는 사람이 어떻게 나라를 지키겠습니까? 오해가 풀렸지만, 그때는 벌을 받더라도 미향을 만나 확인해야 했습니다."
태권이 힘주어 말했다.
"그래, 지금은 군대 생활 잘하고?"
"그럼요. 저 모범 사병입니다. 상관들로부터 절대적인 신임을 받고 있습니다. 방공 웅변대회에 중대 대표로 나가 우승했고, 사령부 체육대회에 중대 대표로 나가 완전군장 구보에서 1등을 했습니다. 축구, 배구, 달리기, 씨름 등 모든 종목에서 중대 대표로 뛰고 있습니다. 지금 중대 방송기자로 활동하고 있습니다."
태권이 자랑을 늘어놓았다. 어머님이 태권을 바라보며 흐뭇한 표정을 지으셨다.
"그래, 미향이 어디가 그렇게 좋던가?"
아버님이 미향을 사랑스러운 눈빛으로 쳐다보며 물으셨다.

"아빠, 별걸 다 물어보셔."

미향이 아버지를 바라보며 얼굴을 붉혔다.

"첫째, 예쁘고요. 둘째, 똑똑하고 마음이 착합니다."

태권이 자신 있게 말했다.

"우리 미향이를 이쁘게 봐줘서 고맙네."

어머님이 만족한 표정으로 빙그레 웃으셨다. 아버님은 처음 뵈었지만, 풍채가 좋고, 인자해 보였다. 미향이 아버지의 성품을 닮은 것 같았다. 방 한편에 바둑판이 놓여 있고 기보를 연구 중이었는지 바둑돌이 놓여 있었다.

"아버님, 바둑 좋아하십니까?"

"자네도 바둑 둘 줄 아는가?"

아버님이 귀가 번쩍 띄는지 바짝 다가앉았다.

"네, 제가 중대에서 가장 고수입니다. 휴식 시간에 가끔 중대장님과도 바둑을 둡니다."

"그래? 얼마나 두는데?"

"군대 3급입니다."

"잘됐네. 우리 바둑 한 판 두세."

아버님이 바둑판을 잡아당겼다.

"이 이는…. 씻고 자야 할 시간인데…."

어머님이 바둑판을 밀쳤다.

"괜찮습니다. 어머님! 밤새도 끄떡없습니다."

태권이 아버님을 따라 바둑돌을 통에 담았다. 아버님과 바둑을 두다 새벽 세 시가 되어서야 잠이 들었다. 바둑은 아버님이 조금 센 편이었다.

겨우 잠이 들었는가 싶었는데 날이 밝았다. 식탁에 둘러앉아 아침을 맛있게 먹었다.

"외박 나오면 자주 놀러 오게. 잠은 우리 집에서 자고."

"아빠, 바둑 두고 싶어 그러지? 그럼 난 언제 데이트하라고?"

"데이트는 낮에 하고, 밤엔 잠을 자야 할 거 아니니."

아버님이 궁색한 변명을 늘어놓았다.

"그래, 아들같이 생각할 테니까 미향과 같이 집으로 와."

어머님이 웃으시면서 태권의 손을 잡았다.

"그렇게 하겠습니다. 오늘은 미향과 함께 시간을 보내다가 시간 되면 그곳에서 바로 귀대하겠습니다. 충성!"

미향의 부모님께 인사를 드리고 미향과 함께 집을 나섰다. 미향의 손을 잡고 걸어가면서 태권은 날아갈 듯 상쾌한 기분이다. 그날 이후 외박을 나가면 미향과 데이트를 하고 미향의 집에서 잠을 잤다. 부모님도 아들처럼 편하게 대했다. 자기 전에 아버님과 바둑을 두곤 했는데 어느 때는 새벽까지 바둑을 두다가 어머님께 야단을 맞은 적도 있었다.

다음 주면 검문소 파견이다. 태권은 상병으로 진급하였다. 이제 졸병 신세를 면하고 중고참 반열에 올라섰다. 진급한 만큼 책임도 무거워졌다. 졸병의 군기를 잡는 것은 중고참의 몫이었다. 왕고참인 김 병장이 제대하고 유 이병이 보충되었다.

위장 자살

두 번째 가을을 여의도 검문소에서 맞이했다. 이곳은 중부 이남 지역에서 서울로 진입하는 중요한 관문 중 하나로, 검문소는 광장 쪽에서 마포대교가 시작되는 곳에 자리 잡고 있었다. 상황실은 보도 위에 노출되어 있지만, 내무반과 식당 등 기타시설은 다리 아래에 은폐되어 있다. 상황실에서 좌측 50여 미터 지점에 버스정류장이 있는데, 검문병은 경찰관과 함께 이곳에서 검문하고 경비병은 버스정류장 좌측 10여 미터 지점에 있는 경비초소에서 경계근무를 섰다. 1개 소대가 파견되어 3개월간 이곳에서 근무한다.

태권은 이제 고참보다 졸병이 더 많은 중고참으로 졸병과 고참 사이에서 가교역할을 하며 실질적인 내무반 생활을 주도하는 실세가 되었다. 하루의 일과를 끝내면 아홉 시에 당직사관의 저녁점호가 끝나고 열 시에 취침하는데, 특별한 일이 없으면 점호는 대부분 삼십 분 이내에 끝이 나고 삼십 분 정도의 공백이 생긴다. 이 삼십 분의 공백이 사실은 군기 잡는 시간이다. 평일에는 대부분 왕고참이 말로써 훈계하고 마무리하지만, 주말에는 제대로 된 군기 잡기가 시작된다. 왕고참이 당직사관에게 사전 보고하면 당직사관도 가능한 점호를 일찍 끝내고 자리를 피해준다.

태권이 졸병 시절엔 기수빠따나, 번개따귀가 대부분이었는데, 지금은 체벌이 전면 금지되어 얼차려로 대신한다. 근무는 3교대로 타이트하게 돌아가지만, 주마다 근무조와 대기조가 교대하기 때문에 그리 피곤하지는 않았다. 대기조는 근무하지 않는 대신 정신교육을 받고 제식훈련과 총검술 등의 기초훈련을 했다. 사령부 생활과 비슷했지만, 훈련의 강도가 높지 않았다.

아침과 점심은 식당 아주머니가 해주고, 저녁과 밤참은 아주머니가 과 반찬을 만들어 놓고 가면, 저녁은 식사 당번이 배식하고, 밤참은 근무자가 알아서 챙겨 먹었다. 새벽 근무를 마치고 아침 식사하러 식당에 갔는데, 모두 식사가 끝났는지 유 이병만 구석에서 혼자 밥을 먹고 있었다.

"조 상병, 쟤 얼굴이 왜 저 모양이냐?"

왕고참인 정 병장이 유 이병을 건너다보며 인상을 썼다.

"네?"

태권이 뒤돌아서 유 이병을 쳐다보았다. 고개를 숙이고 있어서 잘 보이지는 않았지만 유 이병의 옆얼굴이 벌겋게 부어있었다.

"유 이병! 무슨 일 있냐?"

태권이 수저를 든 채로 유 이병에게 다가갔다.

"아닙니다. 별일 없습니다."

유 이병이 시선을 피한 채 고개를 더욱더 수그렸다.

"고개 들어봐라."

태권이 긴장된 목소리로 말했다. 마지못해 고개를 든 유 이병의 얼굴은 엉망이었다. 입술이 터지고 얼굴 전체가 멍투성이였다.

"누가 이랬냐?"

태권이 유 이병의 얼굴을 살펴보며 다그쳤다.

"아닙니다. 괜찮습니다."

유 이병이 겨우 한마디하고 눈물을 떨어뜨렸다.

"진정하고 식사해라."

태권이 유 이병을 다독이고 심각한 얼굴로 자리에 돌아와 앉았다.

"정 병장님, 아무래도 누구에게 맞은 것, 같습니다. 제가 상황 파악해서 보고드리겠습니다."

"이노마들! 웬만큼 하지. 그리고 얼굴을 저렇게 엉망으로 맹글먼 모두 다 알게 되는디…"

정 병장이 얼굴을 찌푸리며 툴툴거렸다. 식사가 끝나자마자 태권이 아래 기수 들을 집합시켰다.

"유 이병! 이리 나와봐라."

태권이 유 이병을 불러냈다. 유 이병이 엉거주춤 나와 섰다.

"누가 이랬냐?"

태권이 두 눈을 부라리며 일행을 둘러봤다. 모두 시선을 피하며 아무도 입을 열지 않았다.

"모두 엎드려뻗쳐."

태권이 명령했다.

"아는 놈 나올 때까지 그대로 있어."

태권이 의자에 주저앉았다. 30여 분이 지났는데도 아무도 입을 열지 않았다. 정 병장이 지나가다가 혀를 끌끌 찼다. 화장실 쪽에서 담배를 꼬나문 안 상병이 느릿느릿 걸어왔다. 태권과 동기였다.

"내가 군기 좀 잡았다. 애들 고생시키지 말고 모두 들여보내라."

안 상병이 유 이병을 힐끗 쳐다보며 말했다.

"저건 군기 잡은 게 아니고 폭행이다. 영창 가고 싶냐?"

태권이 안 상병을 노려보았다.

"야! 애들 군기 한 번 잡은 걸 가지고 그렇게 유난을 떠냐?"

안 상병이 태권을 보고 으르렁거렸다.

"체벌을 금지한 게 언제인데…, 군기 잡으려면 얼차려를 주든지…."

태권이 안 상병을 힐난했다.

"씨발놈! 우리는 졸병 때 안 맞았냐?"

안 상병이 두 눈을 부라리며 태권에게 대들었다. 태권이 졸병들을 모두 내무반으로 들어가게 했다.

"우리가 맞았다고 …, 보상심리냐?"

"대학원이나 다닌 놈이 어리바리해 가지고…."

"너 혹시 지방대 출신이라고 열등감 느끼냐?"

"씨발, 저는 고졸이면서…."

안 상병이 태권의 약점을 들먹였다.

"그래. 나는 고졸이지만 학력 가지고 기죽지는 않는다. 그런데 넌 열등감 느끼는 것 같다."

태권이 피식 웃으며 안 상병을 쳐다보았다.

"일류대 나온 놈이 분위기 파악도 못 하고…."

안 상병이 끝까지 잘못을 인정하지 않고 주절거렸다. 유 이병은 K대 법대 출신이다. 대학원에 진학하느라 입대가 늦어져 이병이지만, 나이는 태권보다 네 살이나 많았다. 범생이들이 그렇듯이 동작이 느리고 어리바리한 편이다.

"그래도 올챙이 적 생각해야지. 너도 졸병 때 고문관이었다."

태권이 안 상병의 아픈 데를 찔렀다. 사실 안 상병은 꼴통이었다. 병의 책무 하나 제대로 암기하지 못하는 안 상병 때문에, 동기들이 여러 번 단체기압을 받았다.

"얀마! 그 얘기가 여기서 왜 나오냐?"

"그러니까 상병이면 상병답게 처신하라고. 분위기 파악 못하는 건 유 이병이 아니고 너다. 얼굴을 그 지경으로 만들어 놓으면 소대장이 보고 뭐라고 하겠냐? 너 하나 때문에 초소 분위기 엉망으로 만들지 말고 처신 똑바로 해라."

태권이 분을 삭이며 점잖게 훈계했다.

"씨발놈! 네 일이나 잘해라. 설쳐대지 말고."

안 상병이 실실거리며 끝까지 빈정댔다.

"말조심해라. 너 사회 같았으면 벌써 시궁창에 처박혔다. 그리고 사람 좀 돼라. 아무리 군대라지만 유 이병 우리보다 네 살 위다."

태권이 안 상병을 한동안 쨰려보다가 내무반으로 들어왔다. 유 이병이 내무반에서 긴장한 표정으로 안절부절못하고 있었다.

"정 병장님! 문제를 일으켜서 죄송합니다. 아무래도 소대장님이 알게 되면 그냥 넘어갈 것 같지 않습니다."

"조 상병이 잘못한 것도, 아니고…, 안 상병 저노마 끝까지 정신 못 차리네."

정 병장이 얼굴을 찌푸리며 혀를 끌끌 찼다.

"정 병장님! 유 이병 데리고 잠깐 약국에 다녀오겠습니다."

"그래, 다녀온나."

태권은 망설이는 유 이병을 데리고 밖으로 나왔다. 약국에 들러 치료하고, 돌아오는 길에 유 이병과 잠시 광장 벤치에 앉았다.

"유 이병이 이해해라. 사회 같으면 형님뻘인데…, 군대는 세월이 약이다. 마음 잘 다스리고 애로 사항 있으면 개인적으로 얘기해라. 내가 힘닿는 데까지 도와주마."

태권이 유 이병의 어깨를 두드렸다.

다음 날 유 이병의 얼굴을 본 소대장이 펄펄 뛰었다. 영시에 근무자를 제외한 전 대원이 완전군장을 꾸려 여의도 광장을 밤새도록 돌았다. 이튿날부터 유 이병을 근무에서 제외했다.

여의도 광장은 항상 사람들로 넘쳐났다. 아침저녁으로 마포대교를 산책하거나 조깅을 하는 사람도 꽤 많았다. 특히 주말에는 밤낮을 가리지 않고 마치 콩나물시루처럼 사람들로 인산인해를 이루었다.

토요일 오후에 미향이 면회를 왔다. 정 병장에게 보고하고 광장으로 나갔다. 검문소 파견 중에는 공식적으로 외출, 외박과 면회가 금지된다. 하지만 통제가 쉽지 않기 때문에, 비번 때 면회는 묵인했다. 잔디광장의 벤치에 앉아 미향이 들고 온 보따리를 풀었다. 어머님의 정성이 보따리 안에 가득하다.

"아버지가 언제 외박 나오냐며 나보다 더 태권 씨 기다려."

미향이 말은 그렇게 하면서도 싫지 않은 표정이다.

"이거 큰일인데…, 이제 외박 나가면 아버님하고 데이트해야겠다."

태권이 싱글벙글했다. 그만큼 자신을 인정해주는 미향의 부모님이 고맙기 짝이 없다. 미향의 베이지색 원피스 차림이 너무도 세련돼 보인다.

"서울 올 때는 치마 입지 말고 바지 입고 다녀."

태권이 미향의 아래위를 훑어보며 퉁명스레 말했다.

"왜? 이 원피스 맘에 안 들어?"

미향이 눈을 동그랗게 뜨고 태권을 쳐다보았다.

"그게 아니고, 서울에는 늑대가 너무 많아. 미향 씨가 너무 예쁘니까 어느 놈이 물어갈까 봐 걱정돼서 그렇지."

태권이 심각한 표정으로 말했다. 사실 갈수록 예뻐지는 미향이 걱정된다. 미향이 쌩끗 웃으며 태권의 어깨를 두드렸다.

"참, 한 달 있으면 나 휴가야. 휴가 때 아버님하고 원 없이 바둑두겠다고 말씀드려."

"난?"

"미향 씨가 휴가 계획 세워봐. 가능하면 우리 집에도 함께 다녀오고."

"우리 아빠가 너무 좋아하시겠다. 알았어. 태권 씨 부모님께 인사드릴 겸 함께 시골에 내려갈게. 그리고 내 여름휴가도 그때로 맞춰놓을게."

미향이 신이 나서 떠들어댔다. 유람선 한 척이 원효대교 쪽에서 하얀 연기를 내뿜으며 미끄러지듯 흘러오고 있었다. 강변에 있는 사람들이 일제히 손을 흔들며 유람선을 바라보았다. 한 무리 백로 떼가 밤섬에 내려앉는 모습이 너무 예쁘다. 미향의 손을 잡고 잔디마당을 한 바퀴 돌아 시간을 보낸 후, 여의나루역에서 미향과 아쉬운 작별을 하고 초소로 돌아왔다. 미향이 사 준 피자와 음료수를 초소원들과 맛있게 나눠 먹었다.

열대야가 시작됐다. 한낮은 물론 밤중에도 30도를 오르내린다. 내무반은 강바람이 불어와 시원한 편이었지만, 근무 장소인 상황실이나 버스정류장은 가만히 있어도 땀이 줄줄 흐른다. 특히 한낮에 파라솔 밑에서 근무하는 경계병은 죽을 맛이다. 이따금 초소 곁을 지나는 시민들이 근무자에게 고생한다고 시원한 음료수를 주지만 함부로 마실 수 없다.

영시 반에 근무를 마치고 겨우 잠이 들었는데 비상이 걸렸다. 근무자를 제외한 전 소대원이 군복을 착용하고 내무반에 집결했다. 소대장 이하 부사관들의 표정이 심각하다. 자다 일어난 병사들이 영문을 몰라 서로를 쳐다보며 웅성거렸다.

"자, 지금부터 분대별로 흩어져서 분대장 통솔하에 유 이병을 찾는다. 먼저 발견한 병사가 호루라기를 짧게 세 번 불도록. 실시!"

소대장의 착 가라앉은 목소리가 귓속을 파고들었다. 태권은 성 하사의 인솔 아래 분대원들과 함께 마포대교 주변을 수색했다. 마포대교에서 공덕동 로터리까지 전 구간이 확인 대상이었다. 모두 손전등을 들고 다리 위를 살피며 천천히 걸어갔다. 유 이병은 태권의 전 조에 속해 있었다. 지금이 한 시 반이니까 유 이병이 사라진 것은, 서너 시간 전이었다. 야간 근무자가 초소원이 이탈하는 걸 발견하지 못한 건 심각한 문제였다.

앞서가던 지 일병이 호루라기를 불었다. 사방으로 흩어져 유 이병을 찾던 초소원들이 모두 달려왔다. 마포대교 중간쯤 유 이병의 것으로 보이는 군화 한 켤레가 가지런히 놓여 있었다. 마치 강물로 뛰어든 것을, 암시하는 것처럼 앞굽이 강물 쪽을 바라보고 있었다. 모두 불안한 얼굴로 난간에 기대 강물을 바라보았다. 원효대교 쪽에서 양화대교 쪽으로 흐르는 강물이 이따금 하얀 이빨을 드러내며 소리 없이 흘러가고 있었다. 보고받고 달려 온 소대장의 얼굴이 흙빛으로 변했다. 부사관들이 군화가 놓여 있는 곳에, 표시하고 일회용 카메라로 사진을 찍었다. 김 중사가 군화를 집어 들고 안쪽을 살펴본 다음 소대장에게 유 이병의 군화라고 보고했다.

모두 초소로 돌아와 초소원은 내무반에 대기하고, 소대장 이하 간부들이 심각한 얼굴로 머리를 맞댔다. 잠시 후 신 상사의 인솔 아래 모든 소대원이 다리 밑으로 내려가 강변을 따라 수색을 시작했다. 검불이라도 잡아보자는 심정으로 수색을 시작했지만, 모래밭에서 바늘 찾기였다.

 태권은 모든 정황을 종합해 보았을 때 유 이병이 한강에 투신한 건 아닐 거란 확신이 들었다. 어눌한 행동으로 군 생활에 잘 적응하지 못하지만, 폭행 사건 이후 개인적인 면담을 통해 여러 가지 정보를 알 수 있었다. 유 이병은 아버지가 일찍 돌아가시고 어머니가 시장에서 채소 장사하며 어렵게 자신과 여동생을 뒷바라지하느라 고생하신다며 늘 괴로워했다. 빨리 고시에 합격해서 어머니를 기쁘게 해드려야 하는데 몇 번 낙방하고 나니, 어머니 뵐 면목이 없어서 입대하게 됐다며 면담 때마다 울먹이곤 했다. 나이가 많고 행동이 느리다 보니 동료로부터 괴롭힘까지 당해 힘들어하기는 하지만, 책임감이 강하고 효성이 지극해서 섣불리 경솔한 행동을 할 사람으로는 보이지 않았다.

 잠시 망설이던 태권이 신 상사에게 유 이병에 대한 생각을 얘기하고 소대장 면담을 신청했다. 신 상사가 무전으로 소대장과 통화를 한 후 신 상사와 함께 소대장실로 들어갔다.

 "말해봐."

 얼굴이 벌겋게 상기되어 안절부절못하고 있던 소대장이 바짝 다가앉았다.

 "유 이병은 강물에 투신하지 않은 것으로 판단됩니다."

 "어째서?"

 소대장이 두 귀를 쫑긋 세우고 태권의 입을 쳐다보았다.

 "유 이병은 겉으로 유약해 보이지만, 책임감이 강해서 경솔한 행동을 할 사람이 아닙니다. 빨리 사법 고시에 패스해서 고생하는 어머님과 여동생을 보살펴야 한다고 늘 입버릇처럼 말했습니다."

태권이 그동안 내무반 생활에서 벌어졌던 일과, 그 일을 조정하는 과정에서 알게 된 유 이병에 관한 정보를 소대장에게 자세하게 얘기했다.

"그렇다면 자네 생각은?"

"이런저런 고민 끝에 자살로 위장하고 집에 갔을 것으로 생각됩니다. 설사 집에 없다고 해도 어머니를 뵈면 유 이병을 찾을 수 있을 것 같습니다."

"신 상사! 유 이병 인적사항기록부 가져와 봐."

"소대장님! 제가 유 이병 집을 압니다."

검문소 파견 전 외출 나갔을 때, 유 이병의 부탁으로 집을 찾아가 어머니에게 편지를 전해 준 적이 있었다.

"그래? 그럼 즉시 신 상사와 같이 유 이병 집에 가봐."

몸이 단 소대장이 지프차를 내어주며 재촉했다. 유 이병의 집은 답십리 현대시장 뒤편에 있었다. 한강대교를 건너 삼십여 분만에 현대시장에 도착했다. 골목에 차를 대기 시키고 신 상사와 함께 유 이병 집을 찾아갔다. 주택가가 밀집해 있는 지하 1층이었다. 현관문을 두드리자 한참 만에 불이 켜지고 어머니가 눈을 비비며 문을 열었다. 어머니가 태권을 알아보고 눈인사를 건넨 후 불안한 표정을 지었다.

"아드님 집에 있죠?"

태권의 물음에 어머니가 이러지도 저러지도 못하고 안절부절못했다.

"어머니! 숨겨서 될 일이 아닙니다. 사령부에 보고되기 전에 저와 함께 빨리 귀대해야 합니다."

태권이 어머니를 설득했다. 삐죽 열린 문으로 여동생이 불안한 표정으로 얼굴을 내밀었다.

"잠시 실례하겠습니다."

태권이 문을 밀치고 현관으로 들어섰다. 작은 방에서 어머니와 실랑이 하는 유 이병의 모습이 보였다. 태권이 군화를 벗고 방안으로 들어섰다. 유 이병은 술에 취해 인사불성이었다.

"유 이병! 정신 차려! 나야, 조태권이…, 어머니와 동생을 생각해야지. 형이 이렇게 나약한 모습을 보이면 어떡해?"

태권이 유 이병의 어깨를 마구 흔들어 댔다.

"어머니, 냉수 좀 한 잔 가져오세요."

태권이 안타까운 모습으로 곁에서 지켜보고 있는 어머니에게 말했다. 냉수를 한 잔 들이켠 유 이병이 실눈을 뜨고 태권을 바라보았다.

"원동 형, 난 그동안 형이 효자라고 생각했는데…, 자 눈을 크게 뜨고 어머니를 쳐다봐. 보따리 장사하면서 형 공부시키려고 고생하신 어머니의 모습을 쳐다보라고…."

어머니가 옷소매로 눈물을 훔치고 있었다. 유 이병이 어머니를 감싸 안고 울음을 터뜨렸다.

"자, 정신 차리고 옷 입어. 사령부에 보고되기 전에 지금 나하고 귀대해야 해. 신 상사님! 지금 귀대한다고 소대장님께 보고하십시오."

태권이 상황을 수습하기 위해 동분서주했다. 여동생이 군복을 입히느라고 오빠와 씨름하고 있었다.

"어머니, 지금 귀대하면 아무 일 없을 겁니다. 너무 걱정하지 마시고 내일 시간 있을 때 초소에 오셔서 소대장을 만나 뵙고 선처를 부탁하십시오."

　태권이 어머니에게 당부하고 유 이병을 부축해 차에 올랐다.

　이튿날 아침 일찍 유 이병의 어머니가 찾아와 소대장을 면담했다. 눈물로 유 이병의 선처를 호소한 어머니의 정성이 소대장의 마음을 움직여 사건이 조용히 일단락되었다.

　어머니가 돌아간 후 소대장이 신 상사와 태권을 초소장실로 불렀다. 학군장교로 중위 진급을 앞둔 소대장이 매사를 신중하게 처신하고 있었는데, 만약 병영 내 괴롭힘으로 병사가 투신하는 일이 벌어졌다면, 진급은 커녕 불명예제대를 할 수 있는 생각 만해도 아찔한 일이었다. 태권의 정확한 판단으로 쉽게 수습이 돼서, 소대장은 태권에게 무척 고마워하는 표정이었다. 초소장실 탁자 위에 양주 한 병과 간단한 다과가 준비되어 있었다.

　"수고했다. 술 한잔하자."

　소대장이 기분 좋은 얼굴로 신 상사와 태권을 맞이했다. 소대장이 따라주는 술을 마시면서 태권도 기분이 좋아졌다. 하지만 이번 일은 그럭저럭 넘어갔다고 해도, 앞으로 유 이병이 잘 버텨줄지 걱정되어 술맛이 나지 않았다. 태권이 소대장에게 유 이병을 태권의 조로 변경해달라고 요청했다. 소대장도 태권의 마음을 알고 즉시 유 이병을 태권의 조로 바꿔주었다. 같은 조인 권 일병에게도 유 이병을 특별히 배려해 달라고 부탁했다. 근무가 끝나면 모든 걸 함께하며 유 이병을 다독였다. 태권과 권 일병의 배려로 유 이병도 서서히 안정을 찾아갔다.

내 사전에 불가능은 없다

입대 후 진달래가 세 번째 꽃망울을 터트릴 무렵, 공릉 검문소에서 마지막 파견근무를 했다. 2개 분대가 파견되어 3개월간 근무하는데 신 상사가 초소장이고 태권은 왕고참이었다. 검문소 바로 뒤편에 장순왕후가 묻혀 있는 공릉이 있고, 정면에 공릉1동 주민센터가 보였다. 좌측으로 퇴계원과 남양주로 이어지는 6차선 도로가 뻗어 있고, 육군사관학교와 태릉국제사격장이 인근에 있어 사람들의 왕래가 빈번했다. 우측으로 멀리 공릉역이 보이고 의정부로 향하는 도로가 검문소 뒤편으로 길게 이어 있었다.

오전 여섯 시가 되면 어김없이 육사 생도들이 단체 조깅을 하느라 초소 앞을 지나갔다. 태릉 국제사격장에서 사격대회가 있는 기간에는 검문소 앞의 도로가 매우 혼잡했다. 육사 행사 때문에, 이따금 별 판을 단 세단들이 검문소 앞을 지나가서 신경이 쓰였지만, 근무에 큰 어려움은 없었다.

그곳에서 제대 특명을 받았다. 맨 먼저 미향에게 연락했다. 이튿날 저녁 무렵 미향이 바바리코트를 걸치고 털목도리를 두른 멋진 모습으로 검문소를 찾아왔다. 초소장에게 보고하고 외출을 허락받았다. 밖은 아직 쌀쌀했다. 식사를 마치자마자 모텔로 들어갔다.

"태권 씨, 사랑해!"

그녀가 안겨 왔다.

"사랑해, 미향 씨! 영원토록 변치 않을 거야."

뜨거운 입맞춤이 시작됐다. 얼마나 기다렸던 이 순간이었던가! 태권은 더 이상 망설일 시간이 없었다. 미향의 숨결이 가빠지기 시작한다. 서둘러 미향의 옷을 벗긴다. 미향의 뽀얀 살결이 눈이 부시다. 군복을 벗으며 태권의 마음은 조급했다. 다시 미향을 껴안는다. 그녀의 따스한 체온이 전달되며 태권의 남성이 힘차게 일어섰다. 브래지어를 벗겼다. 그녀의 멋진 가슴이 수줍게 모습을 드러냈다.

"태권 씨, 부끄러워!"

그녀가 두 손으로 가슴을 감쌌다. 지글지글 불타는 눈으로 미향을 바라보던 태권이 더 이상 참지 못하고 미향을 번쩍 들어 침대에 던졌다. 두 사람의 뜨거운 열기가 방안을 가득 채웠다. 태권이 미향의 몸으로 올라가는 순간 미향이 황급히 태권의 손을 잡았다.

"태권 씨, 사랑해! 하지만 오늘은 여기까지만."

그녀가 태권의 귀에 대고 속삭였다. 온몸이 용광로처럼 달아오른 태권이 미향을 으스러지도록 껴안았다. 한동안 거친 숨을 몰아쉬던 태권이 미향의 사랑을 확인하고, 미향의 몸에서 내려왔다. 모텔에서 나온 태권은 한 달 후를 기약하며 미향과 아쉬운 작별을 했다.

오늘은 오후 두 시에 사령부 연병장에서 전역 신고가 있는 날이다. 12시 30분에 공릉 검문소에서 마지막 근무를 마쳤다. 제대 특명을 받으면 대부분 근무에서 열외를 시키는 것이, 관례다. 그런데 열외는커녕 권 병장의 특별 외박 때문에 전역 신고 두 시간 전까지 상황실 근무를 섰다.

근무를 마치자마자 신 상사와 함께 상황실을 나왔다. 검문소 좌우로 도열해 있는 초소원들과 일일이 포옹하고 공릉검문소를 나섰다. 태권의 더블백을 들고 따라오던 유 일병이 끝내 눈물을 훔쳤다.

"원동 형! 제대하고 술 한잔합시다. 그땐 내가 형이라고 부를게."

태권이 더블백을 받아들며 유 일병의 어깨를 두드렸다.

"충성! 그동안 고마웠습니다."

유 일병이 말을 잇지 못하고 끝내 울먹였다. 시간이 촉박하여 점심도 못 먹은 상태에서 신 상사와 함께 허겁지겁 사령부로 출발했다. 모퉁이를 돌아서며 태권이 뒤를 돌아보았다. 유 일병이 검문소 앞에서 손을 흔들고 있었다. 사령부 정문에 들어서니 시계탑이 십 분 전 두 시를 가리키고 있었다. 연병장 한가운데 전역자들이 집합해 있는 모습이 보였다. 지프차에서 내리자마자 연병장으로 달려갔다. 헐레벌떡 대열에 합류하니 비상호출로 사령관이 청와대로 들어가, 전역 신고가 내일로 미루어졌다고 모두 풀이 죽은 모습으로 서성대고 있었다. 제기랄! 후다닥 뚜껑이 열렸지만, 누구를 탓하랴! 모든 게 특수부대 좋아한 잘난 조태권이 때문인 것을…. 여태껏 33개월 이십일을 참았는데, 그까짓 하루쯤이야.

술이나 한잔하자며 모두 밖으로 나갔지만, 태권은 홀로 내무반에 남았다. 눈 빠지게 기다리고 있을 미향에게 전화해서 상황을 설명했다. 갑자기 허기가 졌다. 피엑스에서 빵과 우유로 간단히 허기를 메우고, 텅 빈 내무반에 자리를 펴고 벌렁 드러누웠다. 지난 삼 년이 파노라마처럼 눈앞에 아른거렸다.

입대하던 날 동구 밖까지 따라 나오며 옷소매로 눈물을 훔치던 어머님의 모습이 떠올랐다. 기다리겠다는 미향의 확답을 받지 못한 채 참담한 심정으로 입대하던 그날이 떠 올랐다. 무작정 탈영하여 미향을 찾아갔던, 그날 밤이 생각났다. 가스실에서 '울려고 내가 왔던가'를 목이 터지라고 외치면서 눈물 콧물을 흘리던 일들이 떠올랐다. 뒤돌아보면 아찔한 순간도 많았지만 이렇게 무사히 군 복무를 마치고, 당당하게 가족의 품으로, 사랑하는 미향에게로 돌아간다는 게 스스로 생각해도 대견했다. 식당에 가서 간단히 저녁을 때우고, 텔레비전 앞에 자리를 잡았다. 눈은 화면을 응시하지만, 마음은 벌써 고향을 달려가고 있었다. 열 시가 넘어가자 외출했던 동기들이 하나둘 복귀하기 시작했다. 까만 밤을 하얗게 지새우고, 아침을 뜨는 둥 마는 둥 모두 초조한 표정으로 연신 내무반을 들락거렸다. 시계가 열 시를 향해 줄달음치고 있었다.

'전역자는 지금 즉시 사령부 앞으로 집합하십시오.'라는 주임상사의 심드렁한 목소리가 스피커에서 흘러나온다. '어제 연기된 게 미안해서, 오전에 전역 신고를 마칠 모양이구나.' 반가운 마음으로 부리나케 달려가 보니, 전역 신고는 오후 두 시인데 예행연습을 한다는 것이었다.

'이런 개○○들! 삼 년 내내 신고로 시작해서, 신고로 끝났는데 연습은 무슨…. 참자, 참아.' 어찌 되었든 정문을 나설 때까지는 현역이다. 겨우겨우 마음을 추스르고 전역 신고 연습을 마쳤다. 점심을 먹고 일찍감치 사령부 연병장에 집합했다. 한시가 되자, 주임상사가 계면쩍은 표정으로 얼굴을 드러내더니, 대단히 미안한데 전역 신고가 또 내일로 연기됐다고 주절거렸다. 전역병들이 망연자실한 표정으로 그 자리에 털썩 주저앉았다.

"좆 같은 새끼들!"

누군가의 입에서 쌍소리가 흘러나왔다.

"어떤 놈이야?"

주임상사의 눈꼬리가 치켜 올라갔다.

"씨팔! 지금 장난하는 거야 뭐야?"

정 병장이 벌떡 일어서더니 모자를 벗어 땅바닥에 팽개쳤다. 평소 불같던 성격이 끝내 폭발하고 말았다.

"이 새끼가, 지금 반항하는 거야?"

주임상사가 손을 번쩍 치켜들었다.

"이거 왜 이래, 원칙대로 했으면 나 어제부터 민간인이라고."

정 병장이 주임상사의 두 팔을 움켜잡았다.

"어, 어!"

주임상사가 정 병장에게 두 팔을 잡힌 채 버둥거리며 얼굴이 빨개졌다. 부사관들이 우루루 달려들어 정 병장을 에워쌌다. 전역병들이 벌떡 일어나 그들을 겹겹이 에워쌌다. 여차하면 백병전이 벌어질 험악한 분위기였다. 군대에서 상상도 못 할 하극상이지만, 정 병장의 말이 아주, 틀린 것은 아니었다. 제대 특명에는 분명히 어제 두 시에 전역 신고를 하는 것으로 명시되어 있었다. 예정대로 전역 신고가 진행되었다면, 지금은 민간인의 신분 임이 분명하다.

"왜들 그래?"

사령부로 들어서던 정훈장교가 이 광경을 보고 달려 나왔다.

"아니 이 새끼가…."

주임상사가 정훈장교에게 거품을 품으며 상황을 설명했다.

"모두 주목! 부득이한 사정으로 전역 신고가 또 연기됐으니, 하루만 더 참아라. 내일은 반드시 전역할 수 있으니까 모두 이해해주기 바란다. 그리고 전역 신고를 마칠 때까지 여러분은 군인이다. 두 번 다시 이런 일이 벌어진다면 용서하지 않겠다. 그 대신 내일 전역 신고 한 시간 전까지 외박을 허락하겠다."

정훈장교가 사건을 무마하고 부사관들을 데리고 사라졌다. 모두 벌레씹은 얼굴이었지만, 그래도 외박을 허락한다는 말에 뿔뿔이 흩어졌다. 태권은 특별히 갈 곳도 없어서 내무반에 남기로 마음을 먹었다. 먼저 손꼽아 기다리고 있을 부모 형제에게 전화하고, 미향에게 다시 다이얼을 돌렸다.

"무슨 군대가 그래? 고향에 들렀다가 오늘 우리 집으로 오는 것으로 알고, 부모님도 잔뜩 기다리고 계신 데…."

미향의 짜증 섞인 목소리가 귀청을 때렸다.

"그렇게 됐어. 하루만 더 참아. 내일은 확실히 전역시켜 준다고 했으니까."

태권이 미향을 달랬다. 이틀 동안이 마치 삼 년처럼 길게 느껴졌다. 공릉 검문소에서 마지막 근무를 마치고, 지금까지 만 48시간을 얼마나 가슴 졸이며 애를 태웠던가! 예정대로 전역 신고를 마쳤다면, 부모 형제의 열렬한 환영 속에 귀향하여, 가족의 따스한 품속에서 일박하고, 지금쯤 사랑스러운 미향과…. 수많은 일이 주마등처럼 스쳐 지나갔다. 어려운 일들이 생길 때마다 미향을 생각하며 오직 하나 제대날짜만을 손꼽아 기다려 왔는데, 전역 신고하는데, 이틀이나 소비하다니….

화창한 날씨다. 구름 한 점 없이 맑게 갠 하늘, 따가운 햇볕, 신선한 바람…. 폼나게 개구리복을 다려 입은 태권은 보무도 당당하게 사령부 정문을 나섰다. 야호! 얼마나 기다렸던 오늘이었던가! 뺑뺑이를 돌며, 유격 훈련을 받으며 가스실에서 '울려고 내가 왔던가.'를 부르며, 왜 그리 시간이 안 가는지, 혹시 시계가 고장 난 것이 아닐까? 불안한 눈초리로 연신 벽시계를 바라보는 쫄다구에게 그래도 국방부 시계는 돌아간다던 선배들의 하늘 같은 말씀이 비로소 실감 났다.

파란 하늘, 지저귀는 새소리, 파릇파릇한 나무들, 눈 속을 헤치고 활짝 웃는 매화! 이 모든 게 오직 태권을 위해 존재하는 것 같다. 같은 하늘, 같은 공기이면서 철조망을 사이에 두고 이렇게 다른 것일까? '세상아, 기다려라. 내가 간다.' 태권은 하늘을 향해 마음껏 외쳤다. 개구리가 팔짝 뛰는 이유를 이제야 알 것 같다. 정류장을 향한 태권의 발걸음이 한껏 경쾌하다. 훈련소에서 눈물을 찍어내며 부르던 '고향 열차'가 갑자기 생각나며 피식 웃음이 흘러나왔다.

'고향으로 달려가는 부산행 완행열차야
달빛 어린 내무반에 꿈 실은 밤아
언제나 집에 가나 휴가를 가나
그리운 짝순이에게로 편지야 잘이잘이 가거라.'

'별을 보고 시작되는 오십사 훈련병 시절
호통치는 내무반장의 선착순 구호에
이 몸이 다 늙어야 제대를 하나
이러다간 짝순이마저도 선착순에 빼앗기고 말겠네.'

훈련병 시절을 멋지게 표현한 애잔한 가사의 그 노래를 부르면서, 왜 그리 눈물이 나던지…. 노랫말대로 다 늙어서 제대하는 게 아닌지, 또 미향을 선착순에 빼앗기는 게 아닌지, 얼마나 노심초사했던가! 그런데 이렇게 멀쩡한 몸으로, 미향의 곁으로 달려가고 있지 않은가! 지금은 그 노래를 불러도 전혀 눈물이 나올 것 같지 않다.

"태권 씨…이!"

"아니, 이게 누구야?"

"누구긴, 평생 한 이불 덮고 잘 사람이지."

미향이 활짝 웃는 얼굴로 태권의 품에 안겼다. 예상치 못한 미향의 출현에 어정쩡한 표정을 짓던 태권이, 으스러지도록 미향을 끌어 않는다. 감격의 눈물이 두 볼을 타고 끝없이 흘러내렸다.

"미향 씨, 기다려 줘서 정말 고마워. 사랑해! 사랑해! 사랑해!…"

태권은 눈물범벅이 되어 미향을 끌어안고 키스 세례를 퍼부었다. 갑자기 입대할 때의 참담했던 모습이 주마등처럼 스쳐 지나갔다. '한 이불 덮고 잘 사람'이라고…. 그러면 그렇지. 네가 오매불망, '서방님 제대할 날만 손꼽아 기다렸다.' 이거지? 태권의 입이 귀까지 찢어졌다. 미향의 까칠한 얼굴이 어젯밤 태권이 못지않게 노심초사하며 잠 못 이뤘음을 대변해주고 있었다. 한시라도 빨리 내가 보고 싶어 날이 새자마자 달려왔겠다.

"그런데 웬일이냐? 은행은 어떡하고?"

태권이 짐짓 여유를 부렸다.

"생휴 냈어."

"생휴? 넌 중순쯤이잖아?"

"어머, 별걸 다 기억하네!"

미향이 상큼한 미소를 지으며 살짝 눈을 흘겼다. 콩알만큼 쏙 들어가는 보조개가 태권의 가슴을 뒤흔들었다. 태권이 쑥스러운 표정을 지었다.

내 사전에 불가능은 없다 · 163

"이런 맹꽁이, 자기 올 때까지 기다릴 수 없어서 거짓말했지."

미향이 또다시 품에 안겼다. 뜨거운 입김이 가슴을 녹일 듯이 파고들었다. 하얀 블라우스에 검은 스커트를 입고, 푸른 스카프를 목에 두른 미향의 모습이 오늘따라 더 예쁘다.

"너 이뻐졌다."

"정말!"

미향이 활짝 웃으며 팔짱을 꼈다. 걸음을 옮길 때마다 몽실몽실한 젖가슴이 태권의 팔을 자극했다. 얇은 블라우스 밖으로 새까만 브래지어 끈이 비치면서, 단추 사이사이 벌어진 틈으로 풍만한 가슴이 탈출을 엿보는 죄수처럼, 브래지어를 비집고 삐쭉삐쭉 둥그런 얼굴을 드러냈다. 어제까지만 해도 때 묻은 군복에 새까만 군바리만 보다가, 미향의 뽀얀 속살을 대하는 태권의 눈이 반짝인다. 그녀는 힐끗힐끗 훔쳐보는 태권의 시선이 싫지 않은 표정이다.

"조 선배님! 전역을 축하합니다. 충성!"

외박을 다녀오던 권 병장이 힘차게 거수경례했다. 권 병장은 태권의 분대원으로 J대를 휴학하고 입대했는데, 평소 태권을 친형처럼 잘 따랐다.

"음, 쉬어. 잘 다녀왔냐?"

"예. 잘 다녀왔습니다."

"수고해라. 나, 간다."

"선배님! 애인, 이십니까?"

"마 애인은, 형수님이시다. 인사드려."

"충성! 정말 미인이십니다."

권 병장이 부러운 표정으로 씩씩하게 인사를 했다.

"안녕하세요."

인사를 받는 미향의 얼굴이 환한 보름달이 됐다. 태권이 어깨를 으쓱했다.

"얼마 남았냐?"

"두 달 남았습니다."

"뼁이쳐라. 내가 너라면 자살하겠다."

태권이 홀가분한 표정으로 농담을 건넸다.

"너무 그러지 마십시오. 곧 뒤따라갑니다. 충성!"

버스정류장엔 오가는 사람들로 북적였다. 태권처럼 개구리복을 입고 싱글벙글하는 전역병들과 마중 나온 사람들, 휴가를 떠나는 병사들과 귀대하는 병사들, 아들 면회를 온 시골 아저씨 아주머니, 모두 활기가 넘쳤다.

"너, 섹시해 보인다."

미향을 바라보던 태권의 입에서 자신도 모르게 감탄사가 흘러나왔다. 기다란 목덜미, 균형 잡힌 어깨에 오똑 솟은 젖가슴, 늘씬한 허리, 탱탱한 엉덩이가 쭉 뻗은 다리 위로 알맞게 조화를 이루고, 착 달라붙은 블라우스와 타이트한 스커트 위로 풍만한 육체가 새삼스럽게 섹시해 보였다. 미향이 눈웃음을 치며 태권의 허벅지를 꼬집는다. 콩알만 한 볼우물이 꽉 깨물어 주고 싶도록 예쁘다. 조걸 그냥, 매력적인 미향의 모습이 태권을 더욱 애타게 했다.

"아야, 너 조심해라. 온몸이 성감대다."

태권이 짐짓 너스레를 떨었다. 생기발랄한 미향의 모습이 눈에 넣어도 아프지 않을 만큼 귀엽고 사랑스럽다.

"너, 혹시 다른 놈 생긴 것 아니냐?"

"그랬다간 총 맞아 죽으려고?"

미향이 몸을 밀착하면서 태권을 올려다본다. 촉촉이 젖은 눈가에서 이슬이 반짝했다.

"나, 이제 무장해제 됐다."

태권이 여유를 부렸다.

"아 참, 그렇지. 이제 맘 놓고 다른 남자 만나도 되겠네."

미향이 볼우물을 파며 예쁜 눈을 살짝 흘긴다. 볼우물만 봐도 태권은 온몸이 후끈 달아올랐다.

버스가 도착했다. 자리에 앉자마자 한 손을 미향의 어깨에 걸친 채 으스러지도록 끌어안는다. 미향이 상기된 표정으로 가슴을 파고들었다. 그녀의 보드라운 살결이 느껴지자 지난 일들이 주마등처럼 스쳐 지나갔다.

부천에 도착했다. 택시를 타고 시내를 질주하며, 마치 개선장군이 된 듯한 착각에 빠져든다. 낯익은 풍경이 시야에 들어올 때마다 모든 감회가 새롭다. 손을 잡고 골목길에 접어들자, 그때 일이 떠올랐다. 태권이 미향을 쳐다보며 어색한 웃음을 짓는다. 미향이 찰싹 안겨 왔다.

"사랑해, 태권 씨!"

미향이 태권의 허리가 부러져라, 끌어안고 한동안 떨어질 줄을 몰랐다. 미향의 부모를 찾아뵙고 큰절을 올렸다. 저녁 식사가 나왔다. 어머님의 정성이 상위에 그득하다.

"이거 먹어봐. 어때? 맛있지?"

미향이 밥 먹을 생각도 안 하고, 태권을 챙기느라 여념이 없다.

"원, 계집애 두. 그렇게 좋니?"

어머님이 미향에게 살짝 눈을 흘겼다. 저녁 식사를 마치고 미향의 따뜻한 전송을 받으며, 청양행 버스에 몸을 실었다. 멀어져 가는 미향의 뒷모습을 바라보며, 내 사전에 불가능은 없다고 목이 터지도록 소리높이 외쳤다.

엉뚱한 인연

태권은 인천지점으로 복직하여, 미향과 함께 외환계에 배치되었다. 석구도 봄철 인사이동 때, 이곳으로 발령받아 지불을 담당한다. 오랜만에 같은 지점에서 매일 그들의 얼굴을 마주할 생각을 하니 웃음이 절로 나온다. 자취방을 옮겼다. 석구와 같이 지낼까 생각해 보았지만, 방도 좁고 출퇴근하기도 불편해 인천지점 뒤쪽으로 방을 얻었다. 석구는 계약기간까지 그곳에서 지내고 추후 합류하기로 했다.

3월 19일! 복직 후 첫 근무일이자 50회째 맞는 창립 기념일이다. 어제 마감 후 늦게까지 전 직원이 남아 대청소했다. 남자들은 유리창과 출입문 등 주로 외부를 청소했고 여자들은 내부를 맡았다. 태권과 석구는 젊음을 바탕으로 힘든 일을 도맡아 했다. 쓰레기를 소각하고 의자와 책상 부서진 것 등 폐품을 모아 주차장 뒤편에 있는 폐품 보관창고에 옮겨 놓았다. 묵은 때를 모두 뺀 영업장은 한결 산뜻하고 상쾌하다. 깨끗이 청소된 타일 바닥과 뱅크 대가 눈부시게 반짝인다. 필기 대 위에 가지런히 정돈된 집기와 팸플릿이 손님 맞을 준비에 살아 움직이는 것처럼 생기가 넘친다. 뱅크 대 중간중간에 활짝 핀 봄꽃들이 놓여 있고, 화분 사이사이에는 하트 모양의 은 접시에 초콜릿과 알사탕이 듬뿍 담겨 있다. 산뜻하게 차려

입은 여직원들의 유니폼이 오늘따라 더욱더 화사하다.

9시 30분! 드디어 정문 셔터가 올라가고 영업이 개시됐다. 태권은 오랜만에 걸친 양복과 넥타이가 어색하긴 했지만 기분은 상쾌했다. 어깨띠를 두르고 영업장으로 나갔다. 복직 첫날부터 영업장 안내를 맡게 돼서 찜찜하긴 했지만, 군복을 벗은 태권의 어깨는 날아갈 듯 가벼웠다.

"부장님! 잘 부탁드립니다."

"오늘 영업장 안내야? 첫날부터 고생 좀 해야겠네."

사람 좋은 경비아저씨가 태권의 등을 툭툭 두드렸다.

"조 주임!"

미향이 왼손으로 입을 가리고, 오른손으로 아래를 가리켰다.

"…?"

눈을 동그랗게 뜨고 태권이 바라보자, 미향이 다시 한번 손가락질했다.

"남대문!"

"뭐?"

"남대문!"

아침부터 웬 남대문…. 아차! 태권은 옆문을 통해 급히 밖으로 나갔다. '아침부터 재수 옴 붙었군.' 아침에 볼일을 보고, 바지 지퍼를 올리지 않았던 모양이다. 계면쩍은 표정으로 영업장에 들어서니, 미향이 옆자리의 미스 김과 입을 가리고 낄낄거리고 있다. 어느새 영업장 안은 고객들로 붐비고 있었다. 복덕방 아저씨의 예금 청구서를 대필해주고 일어서니, 길다방 미스 안이 동전을 바꾸러 왔다가 태권을 보고 한쪽 눈을 찔끔했다.

"계집애. 사람 볼 줄은 알아서, 꿈 깨라 꿈 깨. 이 몸은 임자가 있는 몸이다."

고개를 돌리니 사랑스러운 미향의 모습이 보인다. 지점에서 그들의 관계를 알만한 사람은 거의 다 알고 있지만, 그래도 아직은 모든 게 조심스럽다. 오늘 시 공과금 마감일이라 공과금 창구가 분주했다. 비교적 창구가 한산한 예금계와 서무계 쪽으로 고객들을 분산시켰다.

"조 주임, 제대했구나."

이따금 아는 얼굴들이 반갑게 인사를 했다.

"예. 무사히 마치고 복직했습니다."

태권이 씩씩한 목소리로 화답했다. 흐트러진 팸플릿을 정리하고, 고객을 안내하다 보니 오전은 그럭저럭 흘러갔다.

"조 주임, 먼저 식사하지."

경비아저씨의 권유에 따라 태권은 식당으로 갔다. 식당 문을 막 들어서려는데 화장실에서 나오는 이 차장과 마주쳤다.

"야, 조 주임! 젊은 사람이 칠칠치 못하게 바지 지퍼 하나 제대로 못 올리냐? 그래서 군 생활은 어떻게 했는지 모르겠다."

이 차장이 뜬금없이 핏대를 올린다. '미향이 미스 김과 낄낄거리더니 저 너구리가 눈치챈 모양이군. 주는 것 없이 미운 참인데 또 찍히게 생겼구나!'

"차장님, 저 모범 사병이었어요. 제 화려했던, 군 생활을 모독하지 마세요."

태권이 어깨에 잔뜩 힘을 주고 말대꾸했다. '어라 저건 또 뭐야!'

"그런데 차장님, 지퍼 고장 났나 봐요."

"뭐?"

고개 숙인 이 차장의 얼굴이 고장 난 지퍼를 보고 벌겋게 달아올랐다.

"아니 이게 언제 또 벌어졌나? 이 여편네를 그냥, 지퍼 바꿔 달라고 한 지가 언젠데….”

고장 난 지퍼와 씨름하고 있는 이 차장을 보고, 식당에 들어서던 여직원들이 웃음을 참느라 모두 입을 가렸다. 오후의 영업장은 한산했다. 흐트러진 필기 대와 창구를 정리하고, 태권은 사탕 하나를 입에 넣었다. 지불계 앞에서 할아버지 한 분이 손주 용돈을 줄 모양인지 신권을 교환하느라 분주했고, 대부계에서는 배 사장이 뱅크 대에 턱을 괸 채 구 대리와 대출을 상담하고 있었다. 소파엔 노란색 원피스 차림의 소녀 하나가 앉아 있을 뿐, 영업장은 개미 새끼 한 마리 없는 것처럼 고요했다.

"아 함."

그럼 그렇지! 여태 잘 참더라 싶더니, 석구가 마치 먹이를 무는 돌고래처럼 등을 뒤로 젖히고, 입을 쩍 벌리며 목젖을 들어낸다. 순간 영업장을 둘러보던 이 차장 눈에 팍 찍히고 말았다.

"저, 저저저저….”

이 차장의 눈꼬리가 치켜 올라갔다.

'안 됐다. 그러게, 이차에서 끝냈어야지.' 마감 후 벌 받고 있을, 석구의 모습이 눈에 선하다. 하기야 지금까지 참은 것만도 용하지.

어젯밤 대청소를 끝내고 태권의 복직환영회가 있었다. 저녁 식사하고 나이트로 갔다. 시간이 흐르면서 하나둘 꽁무니를 빼고 미향이와 석구, 태권이 이렇게 셋만 남게 되었다. 나이트를 나온 석구가 눈치도 없이 3차를 가자고 고집을 부렸다. 단 둘이 오붓한 시간을 보내려던 미향이 아쉬운 얼굴로 먼저 일어섰다. 호프집에 들어가서 맥주 한 박스를 죽였다. '자식, 3년간 체력 단련한 나하고 사제 밥 먹은 네가 같으냐!' 태권은 석구를 향해 의미심장한 미소를 보냈다. 세 시를 넘어서자 서서히 피곤이 엄습했다. 자꾸만 하품이 나왔다.

"조 주임, 왜 그래?"

경비아저씨가 어깨를 툭 치는 바람에, 필기 대에 기대서 깜빡 졸던 태권은 정신이 번쩍 들었다. 석구를 괴롭히던 잠 귀신이, 어느새 태권의 머리에 둥지를 튼 모양이다.

"어제 밤샘한 모양이군. 손님도 없으니, 휴게실에 가서 잠시 쉬다 와."

경비아저씨가 등을 떠밀었다.

"감사합니다. 그럼, 커피 한 잔 하고 올게요."

태권은 자판기에서 커피 한 잔을 빼 들고 옆문으로 나왔다. 역시 잠깐이나마 눈을 붙이는 건데…. 꼬빡 밤을 새우고 근무한다는 것은 아무래도 무리다. 화단의 매화가 막 꽃망울을 터트리고 있었다. 상긋한 꽃내음이 주변을 진동한다. 정신이 맑아지는 듯하다. 화단을 한 바퀴 돌아 머리를 식히고 영업장으로 돌아왔다. 경비아저씨가 뒷짐을 지고, 영업장을 배회하며 무료함을 달래고 있었다.

"부장님! 좀 쉬었다 오세요."

"그럴까?"

경비아저씨가 나가고, 영업장 안은 원피스 소녀와 태권이 둘만 남았다. 모두 마감 준비하느라 계산기가 불을 튀겼고, 벌써 마감을 끝낸 여직원 서넛이, 정면에 걸린 커다란 벽시계에 최면을 걸고 있었다.

"시계야, 시계야, 어서 빨리 네 시 반을 보여주렴."

그러나 벽시계는 겨우겨우 네 시를 넘어서며 한껏 게으름을 피우고 있었다.

"돈 찾으러 왔어요?"

고개를 숙여 발끝을 바라보고 앉아있는 소녀에게 태권이 말을 걸었다. 소녀가 고개를 들고 아무 말 없이 태권을 바라보았다. '이쁘다!' 태권은 저도 모르게 감탄사가 흘러나왔다. 갸름한 얼굴에 까만 눈망울, 우수 어린 눈빛에 알 듯 모를 듯한 신비한 미소가 입가에 스치는가 싶더니 이내 고개를 숙인다. 깜찍한 소녀다. 태권이 머쓱한 표정으로 진열대의 팸플릿을 뽑았다 꽂았다 반복했다.

벽시계가 네 시 반을 향해 마지막 가쁜 숨을 몰아쉬고 있었다. 슬슬 안내를 마치고 일계표를 작성해야 하는데, 경비아저씨는 함흥차사다. 소녀는 미동도 하지 않은 채, 마치 동화 속의 신비한 나라에 날아온 요정처럼 까만 눈망울을 굴리며 연신 두리번거린다. 노란 원피스에 빨간 스카프를 목에 건 모습이 앳돼 보였으나, 봉긋한 가슴과 원피스 아래로 쭉 뻗은 다리가 성숙한 처녀티를 풍겼다.

"일이 아직 안 끝났어요?"

정문 셔터를 내리고 태권이 다시 소녀에게 물었다. 소녀의 두 눈이 빠르게 태권의 온몸을 훑고 지나갔다.

"…"

"이제 마감해야 하는데…."

"…"

소녀는 끝내 대답이 없다. 언어 장애인인가? 태권은 고개를 갸웃했다.

"조 주임, 아직 안 들어갔어?"

선잠을 자다 막 깨어난 사람처럼, 경비아저씨가 두 눈을 비비며 들어왔다.

"부장님! 저 아이 아세요?"

"누구? 아니 아직도 안 갔어?"

경비아저씨가 태권을 바라보며, 머리 위에서 손가락으로 빙빙 원을 그렸다.

"예?"

"할머니가 오늘은 늦으시는 모양이네. 산동반점 뒷집에 할머니와 함께 사는데, 좀 모자란 아이야. 할머니가 데리러 올 거야."

지나가는 말처럼 경비아저씨가 심드렁하게 설명했다.

"이거 먹을래요?"

태권이 안쓰러운 표정으로, 소녀에게 과자 접시를 내밀었다. 소녀가 접시를 냉큼 받아 과자 하나를 입에 넣고 오물거렸다. 안내띠를 풀러 서무계에 반납하고, 서둘러 일계표를 작성했다. 모두 마감 준비하느라, 영업장은 쥐 죽은 듯 조용하다.

"강 주임, 어젯밤에 뭐 했어?"

이 차장의 굵직한 목소리가 정적을 깨뜨렸다.

"근무 시간에 하품이나 해대고…. 어휴, 이 술 냄새. 아주 절었고 만. 왜 인생을 그렇게 살아? 앞날이 구만리같이 젊은 사람이…."

드디어 마감 후의 업무가 시작됐다. 이 차장 앞에 서 있는 석구의 모습이 가관이다. 교수대에 매달린 사형수처럼 고개를 길게 늘인 채, '어서 내리쳐 주십시오.'하는 표정으로 두 눈만 껌뻑거렸다.

"왜 대답이 없어? 지금 반항하는 거야?"

"…."

"옷 좀 똑바로 입고, 넥타이 좀 제대로 매, 이게 뭐야?"

이 차장이 넥타이를 잡고 이리저리 흔든다. 넥타이가 당겨지는 대로 석구의 몸이 허수아비처럼 흔들거린다. 석구의 입에서는 끝내 한마디 말이 없다.

"가서 일 봐. 꼴도 보기 싫어!"

이 차장이 제풀에 지쳐서 버럭 고함을 지른다. 석구가 돌아서서 터벅터벅 제자리로 돌아갔다. 모든 직원의 시선이 석구의 뒷모습을 따라가며 키득거렸다.

"조 주임, 이리 와 봐!"

총구 끝이 방향을 바꾸어 태권을 정조준했다. 지퍼 논란 때부터 태권은 총 맞을 준비를 하고 있었다.

"충성!"

기다렸다는 듯이 태권이 이 차장 앞으로 달려가 거수경례하고 부동자세를 취했다. 여기저기서 킥킥 웃음을 참는 소리가 들렸다.

"자네 안내하라고 내보냈더니 그 태도가 뭐야? 아직도 여기가 군대인 줄 알아? 왜 그렇게 건들거려? 오후엔 어디 갔었어? 그리고 그 머리가 뭐야. 좀 단정하게 할 수 없어?"

이 차장의 입에서 기관총이 난사됐다.

"시정하겠습니다."

태권이 큰 소리로 씩씩하게 대답한다. 여기저기서 킥킥거리는 여직원의 웃음소리가 들렸다.

"앞으로 일주일 동안 영업장 안내를 맡아."

"네, 열심히 하겠습니다."

"가 봐."

시원시원한 목소리에 김이 빠졌는지 예상보다 일찍 끝이 났다.
"충성!"
태권이 절도있게 거수경례를 하고 이 차장을 쳐다보았다. '이 사람 싱겁기는' 이 차장이 끝내 웃음을 참지 못하고 싱긋 웃으며 손가락을 까딱했다.
"호프집으로 와."
강 주임이 태권의 히프를 툭 치며 지나갔다.
"찻집에서 기다릴게."
미향의 메모가 책상 위에서 파닥거린다. 책상 위를 정리하고 서랍을 잠갔다. 쪽문을 나서려는데, 경비아저씨가 영업장을 서성이고 있었다.
"부장님, 퇴근하셔야죠?"
"글쎄, 저 아이 때문에 큰일이네."
"아니, 아직도 안 갔어요?"
"그러게. 할머니가 무슨 일이 있나 봐. 내쫓을 수도 없고…."
"산동반점 뒷집이라고 했죠? 제가 데려다줄까요?"
"그래? 그럼, 수고 좀 해."
경비아저씨가 이때다 싶어 잽싸게 꽁무니를 뺐다.
"할머니가 아직 안 오셨나 봐요?"
소녀는 말없이 발끝만 쳐다보고 있다.
"내가 집에 데려다줄게요. 자, 일어나요."
소녀가 태권을 빤히 올려다보더니, 발딱 일어나 덥석 손을 잡는다. 반대편 손에서 먹다 남은 사탕 몇 개가 바스락거리며 몸부림을 친다. 소녀와 마주 잡은 손에 땀이 배기 시작했다. 앉아있을 때는 몰랐는데 함께 걸어가다 보니 키가 제법 늘씬했다. '이렇게 예쁜 소녀가 어쩌다…?' 소녀의 옆모습을 흘끔거리며 태권이 혀를 찼다. 소녀는 마치 엄마 따라 소풍 나온 아이같이, 아무런 거리낌 없이 태권의 손을 흔들며 앞서거니 뒤서거니 걸음을 옮겼다. 산동반점은 인천지점에서 일 킬로 남짓한 거리로 자취하는 곳과 같은 방향이다. 길 다방 모퉁이를 돌아 고갯길로 접어들면 소방도로 좌우편으로 교회가 나오고 산동반점 간판이 보인다.

소녀를 집에 데려다주고, 석구를 만날까? 아니면 미향을 먼저 만날까? 태권은 잠깐 망설였다. 산동반점을 돌아서니 기와집 들이 빽빽하다. 소녀가 빨간 대문 앞에서 서성였다.

"이 집이니?"

소녀가 고개를 끄덕인다. 대문 옆에 초인종이 보였다. 여러 번 눌러 보았지만, 아무런 인기척이 없다.

"할머니가 아직 안 돌아오신 모양이다. 좀 기다려야겠다. 우리 저기에서 좀 앉을까?"

태권은 소녀와 함께 대문 앞에 쪼그려 앉았다.

"너 몇 살이니?"

"…."

"이름이 뭐야?"

"…."

"말할 줄 몰라?"

"…."

소녀는 태권의 얼굴을 뚫어지게 쳐다만 볼 뿐 말이 없다. 남의 집 앞에서 낯선 여자아이의 손을 잡고 덩그러니 앉아있자니 기분이 이상했다. 소녀의 옆얼굴이 잘 익은 복숭아처럼 발그레하니 탐스럽다. 소녀의 긴 머리가 바람에 날려 태권의 목을 간지럽힌다. 소녀의 몸에서 상큼한 풋과일 냄새가 난다. 그렇게 태권과 소녀는 말없이 한동안 앉아있었다.

"오빠!"

갑자기 소녀의 카랑카랑한 목소리가 침묵을 갈랐다.

"어라, 너 말할 줄 아는구나. 왜?"

소녀가 얼굴을 찌푸리며 몸을 비틀었다.

"말을 해야지, 왜 그래?"

소녀가 벌떡 일어서더니 어린아이처럼 발을 동동 굴렀다.

"왜 그래? 어디 아프니?"

소녀가 다리를 비비 꼬며 어깨를 흔들었다.

"너 혹시…, 화장실 가고 싶니?"

소녀가 격하게 고개를 끄덕였다.

"이걸 어쩌지…."

소녀가 진땀을 흘리며, 안절부절못하고 울상을 지었다. 주위를 둘러보았지만, 마땅한 장소가 눈에 띄지 않는다.

"우리 집으로 가자."

소녀의 손을 잡아끌었다. 자취 집은 1킬로 정도 더 가야 한다. 건널목을 건너면서 소녀의 얼굴이 흙빛으로 변했다.

"다 왔다. 조금만 참아."

소녀를 잡아끌며 대문으로 들어섰다. 다행히 저녁 식사하는지 아무도 눈에 띄지 않았다.

"자, 저기가 화장실…."

태권의 말이 끝나기도 전에, 소녀가 털썩 주저앉으며 '으앙!'하고 어린 아이처럼 울음을 터뜨렸다.

"이런…!"

소녀의 노란 원피스 사이로 오줌이 새어 나왔다. 지릿한 냄새가 코를 찔렀다. 의외의 상황에 당황한 태권이 어쩔 줄을 몰랐다. 소녀는 계속 눈물을 흘리며 오줌을 흘렸다. 한참을 주저앉아있던 소녀가 엉거주춤 일어섰다.

"괜찮아. 울지 마. 일단 방으로 들어가자."

소녀를 데리고 방으로 들어갔다. 벗어 놓은 구두 속은 오줌이 질펀했다. 노란 원피스에서 금방 널어놓은 빨래처럼 오줌 방울이 뚝뚝 계속 떨어진다. 아직도 볼일이 남았는지 스타킹 사이로 오줌이 계속 흘러내렸다.

"아니, 너."

순간적으로 태권의 손이 소녀의 얼굴로 올라가다가 소녀의 눈과 마주치자 멈칫 멈추어 버렸다. 눈가에 방울방울 이슬이 맺힌 채 '나는 아무 잘못 없어요.' 하는 표정으로 말없이 바라보는 까만 눈망울! 태권은 소녀를 끌어 않고 등을 토닥여 주었다.

"괜찮아, 괜찮아. 내가 잘못했다."

그제야 안심이 되는지 소녀가 옷소매로 눈물을 훔쳤다. 갑자기 등줄기로 식은땀이 흘렀다. '냉정해지자.' 태권은 심호흡을 한 번 하고, 걸레로 방바닥을 대강 훔쳤다. 옷장을 열어 운동복을 꺼냈다.

"이걸로 갈아입고 이불 속에 들어가 있어, 알았지?"

태권은 밖으로 나와 담배를 꺼내 물었다. 외모는 다 큰 아가씨인데 하는 행동은 어린아이가 아닌가! 방안에서는 아무런 기척이 없다. 담배를 비벼 끄고 살며시 방문을 열어보았다. 소녀가 그 자리서 꼼짝도 하지 않은 채 물끄러미 태권을 쳐다보았다.
"아니, 여태 옷도 안 갈아입고 뭐 하고 있어?"
"…."
"너 정말 대책 없는 아이로구나!"
소녀는 예쁜 눈만 깜빡거리며 꼼짝하지 않고 그대로 서 있다. 배뇨 후의 시원함이랄까, 언제 무슨 일이 있었냐는 듯 천진난만한 표정이다.
"너 옷 갈아입을 줄도 몰라?"
소녀가 말없이 고개를 끄덕였다.
"하느님 맙소사!"
한동안 소녀만 바라봤다.
'이 노릇을 어떻게 하지!' 잠시 망설이던 태권이 방 안으로 들어갔다. 소녀를 돌려세우고 단추를 풀어 원피스를 벗겼다. 소녀는 첫날밤의 새색시처럼 다소곳이 태권이 하는 대로 몸을 맡겼다. 분홍색 속치마가 드러나고 엉덩이 밑이 축축이 젖어 있다. 허연 허벅지에 흠씬 젖은 보라색 스타킹이 껌처럼 달라붙어 있다. 스타킹을 말아 내렸다. 소녀답지 않은 늘씬한 각선미가 눈이 부시다. 분홍색 속치마를 벗기자, 흰색 팬티가 흠뻑 젖은 채 엉덩이에 앙증맞게 걸려 있다. 브래지어와 팬티만 걸친 소녀의 뒷모습이 늘씬한 몸매를 과시했다. 운동복 상의를 입혔다. 심호흡을 한 번 하고 젖은 팬티를 말아 내렸다. 방바닥에 던져진 팬티에서 김이 모락모락 솟아오른다. 하얀 허벅지와 종아리에서 물기가 번들거렸다. 물수건으로 오줌을 닦아내고 깨끗이 빨아 엉덩이 아래를 한 번 더 닦은 다음, 마른 수건으로 물기를 깨끗이 닦았다. 운동복 하의를 입혔다. 태권의 이마에서 땀방울이 흘렀다.

"자, 이불 속에 들어가서, 꼼짝 말고 있어. 오빠가 할머니한테 갔다 올 테니까. 알았지?"

소녀가 고개를 끄덕였다. 밖으로 나와 방문을 닫았다. 오줌이 가득 들어있는 소녀의 구두를 수돗가에 가서 몇 번 헹구어 내고, 담벼락에 기대어 놓았다. 기가 찰 노릇이다. 어느새 태권은 낯모르는 여자아이의 보호자가 되어있었다. 아무 생각도 나지 않았다. 빨리 이 상황에서 벗어나고픈 심정뿐이다. 태권은 소녀의 집을 향해 달려갔다. 설상가상이라더니 대문은 아직도 요지부동이다.

할머니는 아직도 안 돌아왔단 말인가! 이러지도 저러지도 못하고 대문 앞을 서성였다. 골목길은 어느새 시커먼 어둠으로 채워져 가고 있었다. 소녀가 걱정됐다. 그동안 또 무슨 일이 벌어진 것은 아닌지…. 집을 향해 발바닥에서 땀이 나도록 달렸다. 방문을 열어보니 소녀는 곤히 잠들어 있다. 이미 오래전부터 잠들어 있는 숲속의 공주처럼….

하늘에 별이 총총했다. 태권은 다시 소녀의 집으로 발길을 향했다. 그러나 대문은 여전히 잠겨 있었다. 태권은 하릴없이 수문장이 되어 소녀의 집 앞을 지키며 할머니를 기다렸다. 밤바람이 서늘했다. 대문에 기대앉아 있으려니 졸음이 밀려왔다.

"이봐요. 젊은이. 괜찮아요?"

지나가던 아주머니 한 분이 어깨를 두드리며 걱정스러운 눈빛으로 바라보았다.

"아, 예. 괜찮습니다."

"정신 차려야지. 날도 추운데 이런 데서 잠들면 큰일 나요."

취객인 줄 알았던지 아주머니가 혀를 끌끌 찼다.

"아니, 지금 몇 시야!"

후다닥 일어났다.

"소녀는?"

태권은 또 집을 향해 달려갔다. 소녀는 태권의 이불 속에서 쌔근쌔근 잠들어 있었다. 온몸에 힘이 쭉 빠졌다. 갑자기 허기가 느껴진다. 그러고 보니 '아무것도 먹지 않았구나.' 새삼스레 생각이 났다. 라면 물을 올리고 옷을 갈아입었다. 잠자는 소녀의 얼굴은 천사 모습 그대로였다. 마치 길 잃은 어린양이 산골짜기를 헤매다 방금 엄마 품에 뛰어든 것처럼 포근히 잠들어 있다. 기다란 속눈썹이 가늘게 떨린다. 꿈을 꾸는지 소녀의 입술 이 미소를 띠는듯하더니 무어라 중얼거렸다. 살며시 소녀의 어깨를 흔들 었다. 소녀가 부스스 눈을 떴다. 잠시 두리번거리더니 '오빠!'하고 달려들 며 두 팔로 태권의 목을 감는다. 소녀의 더운 입김이 태권의 목덜미를 간 지럽혔다.

"배고프지? 라면 먹자."

소녀는 마치 기다렸다는 듯 게걸스럽게 라면을 먹기 시작했다. 소녀의 작은 입이 오물거리는 모습이 너무 예쁘다. 그릇을 대강 채우고 소녀와 같이 누웠다. 소녀가 고개를 반짝 들고, 태권의 얼굴을 똑바로, 쳐다보며 두 눈을 반짝였다. 태권이 팔을 뻗자 냉큼 팔베개하고 품속으로 파고들었 다. 아직 방안을 빠져나가지 못한 지린내가 후각을 자극했다. 소녀는 이 내 잠이 들었다. 평화로이 잠든 소녀의 얼굴을 바라보면서 태권은 뜬눈으 로 밤을 새웠다. 이틀 밤을 꼬박 새웠지만, 정신은 더욱 말짱해졌다. 어젯 밤 있었던 일들이 주마등처럼 스쳐 지나갔다.

주인집 내외가 일하러 나가는지 대문 여는 소리가 들린다. 소녀는 아직도 곤히 잠자고 있다. 낯선 곳, 낯선 사람 옆에서 어쩌면 저렇게 편안히 잠잘 수 있을까? 소녀의 한 손이 이불 밖으로 삐져나왔다. 가만히 소녀의 손을 잡아 이불 속으로 넣어 주었다. 새벽 버스의 육중한 바퀴 굴러가는 소리가 들린다. 잠든 소녀를 남겨두고, 일단 할머니를 만나기로 하고 집을 나섰다. 어찌 된 영문인지 대문은 아직도 요지부동이다. 불길한 예감이 든다. 소녀의 할머니는 어떻게 된 것일까? 무슨 사고가 있는 건 아닐까? 출근도 해야 하고…, 소녀를 어떻게 할까?

머리가 어지럽다. 저 애는 누구인가? 이름은? 나이는? 소변도 못 가리는 어처구니없는 행동! 오빠라는 말 외에는 한마디도 하지 않는 답답한 아이! 의문이 꼬리를 문 채 꼼짝도 할 수가 없다. 마치 도깨비에 홀린 것 같다. '파출소에 데려다줄까?' 그러나 다음 순간, 태권은 세차게 고개를 흔들었다. 어쩐지 이대로 보내기가 싫다. 마치 전생에 저 애와 나는 어떤 특별한 인연이 있는 것처럼 느껴졌다. 은행에 전화해서 병가를 냈다. '복직한 지 하루 만에 무슨 병가냐고 펄펄 뛸 이 차장의 모습이 눈에 선했지만, 달리 방도가 없다. 일단은 가슴이 하라는 대로 따르기로 했다. 소녀가 입을 팬티와 스타킹, 원피스를 사려고 옷 가게를 찾았지만, 이른 시간이라서 인지 모두 문이 닫혀 있었다. 지하도로 달려갔다. 금방 잠이 깼는지 부스스한 머리를 한 아주머니가 셔터를 올리고 옷 가게에서 나왔다.

"저, 아주머니. 속옷 좀 사려고 하는데…."

"들어오세요."

아주머니가 가게 안으로 들어가 스위치를 올렸다. 난생처음 들어간 여성용 코너는 보기만 해도 얼굴이 붉어졌다.

"여동생 생일이라 속옷을 선물할까 하는데…, 일단 팬티하고 스타킹 그리고 원피스 한 벌 주세요."

태권이 얼굴을 붉히며, 기어들어 가는 목소리로 말했다.

"어떤 걸 찾으세요?"

레이스가 달린 분홍색 팬티와 야하게 뵈는 까만색 망사팬티를 양손에 들고, 아주머니가 모든 걸 알고 있다는 듯 살짝 미소를 짓는다.

"저기요, 15-6세 된 아인데 키가 좀 큰 편이에요. 한 160정도…."

태권이 손짓, 발짓해가며 설명했다.

"아주머니가 알아서 골라 주세요. 맞지 않으면 바꾸러 올게요."

횡설수설하는 태권을 의미심장한 눈빛으로 바라보던 아주머니가 팬티와 스타킹, 연분홍 원피스 한 벌을 가져와 포장해주었다.

"여기 있습니다. 맞지 않으면 교환하러 오세요."

태권은 쇼핑백을 받아 들고 집으로 달려갔다. 미인은 잠꾸러기라던가, 소녀는 아직도 꿈나라에 있었다. 마치 태권의 밀린 잠까지 해결하려는 듯 일어날 기미가 보이지 않는다.

"자, 일어나. 이제 할머니한테 가야지."

태권이 소녀의 어깨를 흔들었다. 소녀가 부스스 눈을 뜬다. 태권이 어깨를 안아 일으켰다. 소녀가 만세를 부르며 기지개를 켰다. 방문을 반쯤 열고 바깥 동정을 살펴보았다. 집안은 텅 비어 있는 것처럼 조용하다. 소녀를 데리고 욕실로 들어갔다. 운동복을 모두 벗겼다. 브래지어만 걸친 뽀얀 알몸이 드러났다. 호크를 풀고 브래지어마저 벗겨냈다. 우윳빛으로 빛나는 그녀의 나신은 눈이 부셨다. 검고 윤기 나는 긴 머릿결, 가느다란 목덜미, 가냘픈 어깨선을 따라 미끄러지면서 오똑 솟은 젖가슴, 늘씬한 허리, 갑자기 타원형을 그리면서 떡 버티고 선 탄력 있는 엉덩이, 쭉 뻗은 두 다리…. 소녀의 몸은 조금 빈약하기는 했지만, 이미 어린아이가 아니었다.

싱그러운 살 내음이 코를 찌른다. 소녀는 알몸을 적나라하게 드러낸 채, '엄마 나, 이만큼 컸어요.' 자랑이라도 하듯, 태권의 눈앞에 당당히 서 있다. 태권은 충혈된 눈으로 천천히 그녀의 알몸을 바라보았다. 조각품을 감상하듯 구석구석을 훑어 내려가던 태권이, 호흡이 가빠지면서 자신도 모르게 온몸이 달아오르기 시작했다. 온몸이 덜덜 떨린다. 마치 중풍이라도 걸린 사람처럼….

욕조에 온수를 받고 소녀를 들여보냈다. 얼굴에 비누칠하고, 정성스럽게 닦았다. 오뚝한 콧날, 앙증맞은 입술, 시원한 이마, 동그란 턱이 잘 다듬어진 조각처럼 예쁘다. 머리에 샴푸를 듬뿍 바르고, 두 손으로 문지른 다음 잘 헹궈냈다. 소녀를 일으켜 세우고, 위에서부터 천천히 비누칠했다. 마치 도자기를 빚는 도공처럼 혼신의 힘을, 다하는 태권의 손길이 엄숙함을 자아냈다. 양어깨를 지나 가슴을 스치고, 겨드랑이에 손길이 닿자, 소녀가 까르르 웃는다.

태권은 차마 더 이상 내려가지 못하고, 비누를 소녀의 손에 들려주었다. 소녀가 비누칠을 끝내고 다시 태권의 코앞에 내밀었다. 소녀를 돌려세우고 등에 비누칠했다. 소녀의 엉덩이에 손길이 닿자, 저도 모르게 온몸이 부르르 떨렸다. 태권의 이마에 땀방울이 맺힌다. 욕실의 열기로 태권의 몸이 끈적끈적해졌다. 웃옷을 모두 벗었다.

샤워기 앞에 소녀를 세우고 물을 틀었다. 머리에 쏟아진 물이 얼굴을 타고 기다란 목을 지나 소녀의 가슴에서 한바탕 소용돌이를 치더니, 아래로 흘러내린다. 소녀가 두 손을 들어 흘러내린 긴 머리를 쓸어 올렸다. 소녀의 팔과 함께 앙증맞은 젖가슴이 고개를 반짝 들고 태권을 바라본다. '멋지다!' 순간 태권의 호흡이 멈춰버렸다.

비누 거품이 소녀의 몸을 타고 끊임없이 흘러내린다. 젖가슴에서 시작된 거품이 늘씬한 허리를 지나 속도가 빨라지더니, 움푹 들어간 배꼽에서 자그마한 소용돌이를 일으킨다. 소녀가 손가락으로 배꼽을 문지른다. 배꼽 아래로 쏟아져 내린 비누 거품이, 비너스 언덕을 지나 수풀에 스치면서 잠깐 주춤하는가 싶더니, 폭포처럼 언덕 아래로 쏟아져 내리며 물안개를 일으켰다. 태권은 이 멋진 광경에 그만 넋을 잃었다. 이미 자랄 대로 자란 여자의 알몸 앞에서 태권은 수건을 손에 든 채 멍하니 바라만 보고 있었다.

"오빠아!"

소녀의 외침 소리에 정신이 번쩍 들었다.

"으응, 이제 물기를 닦아내야지."

마른 수건으로 소중한 보물을 다루듯이 소녀의 몸을 조심스레 닦아냈다. 깨끗이 닦아낸 소녀의 몸에서 광채가 나면서 수증기가 모락모락 피어났다. 먼저 레이스가 달린 팬티를 입혔다. 브래지어와 블라우스를 입히고 스타킹을 신겼다. 마지막으로, 새로 사 온 연분홍 원피스를 입혔다. 모든 게 그런대로 잘 맞았다. 샤워하고 새 옷을 갈아입으니, 기분이 좋은지 소녀가 연신 생글생글 웃는다. 욕실로 들어가 옷을 벗고 샤워기를 틀었다. 소녀의 알몸이 떠오르면서 좀처럼 흥분이 가라앉지 않는다. 냉수를 틀었다. 찬물이 몸에 닿자 온몸이 오들오들 떨린다. 마음을 진정하고 욕실에서 나왔다.

"오빠!"

소녀가 쌩끗 웃으며 반갑게 손을 잡았다. 소녀와 함께 집으로 갔다. 대문은 아직도 요지부동이었다. 산동반점 주인아저씨가 식당 앞을 쓸고 있었다.

"실례합니다. 아저씨, 혹시 이 아이 아세요?"

아저씨가 빗자루를 든 채 고개를 돌렸다.

"뒷집에 사는 아인데 무슨 일이지?"

"들어가야 하는데 문이 잠겨서요. 혹시 할머니가 어디 가셨는지 모르세요?"

"글쎄, 항상 집에 계셨었는데…."

아저씨가 말꼬리를 흐린다. 마냥 기다릴 수도 없어 소녀를 데리고 배다리로 향했다. 일단 아침 식사를 해결하고 다음 일을 걱정하기로 했다. 식당으로 들어가 국밥을 두 그릇 시켰다.

"네 이름이 뭐지?"

"…."

"우리 정식으로 인사하자. 난 조태권이야. 넌?"

"…."

끝내 말이 없다.

"안 되겠다. 우선 네 이름부터 지어야겠다."

"음…. 애리, 나 애리가 어떠니?"

"…."

태권의 가슴 깊은 곳에 새겨져 있는 천사의 이름이 생각났다. 소녀는 긍정도 부정도 아닌 얼굴로 태권을 빤히 올려다보았다. 식당을 나와 애리의 손을 잡고 마냥 걸었다. 애리는 무엇이 그리 즐거운지 시종일관 싱글벙글이다. 정말 희한한 일이다. 잠 한숨 못 자면서 그 난리를 겪었는데도 전혀 피곤하지 않다. 애리와 함께 길을 걷고 있자니, 마치 미향과 데이트 하는 것처럼 야릇한 흥분마저 일었다.

바람을 맞고 삐쳐있을 미향이의 모습과 기다리다 지쳐 술만 마시다 돌아갔을 석구의 화난 얼굴이 문득문득 떠올랐지만, 그때마다 도리질을 쳤다. 내일 벌어질 일은 내일 걱정하자. 배다리 주변을 배회하다 떡볶이로 점심을 때우고, 동인천역을 지나 어느새 발길은 자유공원을 오르고 있다. 이따금 '뿌우'하고 뱃고동 소리가 들려왔다. 맥아더 동상 주변으로 몇몇 관광객이 사진 촬영을 하는 모습이 보였다. 비둘기집 앞에는 모이를 든 어린아이 하나가 비둘기 떼에 둘러싸여 함박웃음을 터트리고 있었다. 포장마차 옆에 있는 솜사탕 아저씨를 보자 애리가 태권의 손을 잡아끌었다.

"먹고 싶어?"

애리가 고개를 끄덕였다. 솜사탕을 한 개 사서 애리의 손에 들려주었다. 솜사탕을 핥는 애리의 입술이 빨갛게 변했다. 저 멀리 월미도가 보였다. '내가 지금 뭐 하는 거지?' 출근도 빼먹어 가며 이름도 모르는 백치 소녀의 손을 잡고 자유공원을 배회하는 자신을 발견한 태권이 쓴웃음을 지었다. 솜사탕을 들고 마냥 즐거워하는 애리의 모습을 보니 저절로 웃음이 나왔다. 애리의 까만 눈망울이 태권을 쏘아보았다. 참으로 신비한 눈이다. 마치 깊이를 알 수 없는 호수처럼 잔잔한 그녀의 까만 눈망울과 마주치면, 순식간에 태권의 모든 걸 빨아들인다. 무언가 골똘히 생각하다가도, 애리의 눈만 마주치면 최면에 걸린 듯 아무것도 떠오르지 않는다. 정말 희한한 일이다.

눈 앞에 펼쳐진 인천 앞바다는 한가롭기 그지없었다. 이따금 밀려오는 바람결에 비릿한 미역 냄새가 났다. 잔디밭 가장자리에 활짝 핀 개나리를 발견하고 애리가 달려간다. 노란 꽃 사이로 꿀벌들이 분주히 날아다닌다. 신기한 듯 꿀벌들의 날갯짓을 따라 애리의 눈동자가 분주하게 움직였다.
"애리야, 우리 저기서 잠시 쉬어가자."
애리의 손을 잡고 아름드리 느티나무 아래 놓여 있는 벤치로 갔다. 벤치에 앉자마자 애리가 태권의 어깨 위에 살포시 머리를 기대왔다.
"그러지 말고 오빠 무릎 베고 잠시 누웠다 가자."
태권이 애리의 머리를 들어 무릎 위에 올려놓았다. 태권의 무릎을 베고 누운 애리가 예쁜 눈을 몇 번 깜빡이더니 살며시 눈을 감았다. 따스한 햇볕 아래에서 태권의 무릎을 베고 새근새근 잠자는 그녀의 모습은 천사였다. 잠든 애리의 얼굴을 바라보노라니 만감이 교차한다. 태권이 애리의 보드라운 귓불을 만지작거렸다.
"뿌우우…."
뱃고동 소리에 화들짝 잠이 깼다.
"아니 벌써…."
머리 위에서 따가운 햇볕을 쏟아붓던 태양은 어느새 사라지고, 빨갛게 물든 저녁노을이 수평선 너머로 떨어지고 있었다. 애리를 흔들어 깨웠다. 선잠을 깬 듯 애리가 두 팔을 들고 기지개를 켠다. '아이고 요 귀여운 것!' 태권이 애리의 오뚝한 코를 잡고 살짝 비틀었다. 공원을 내려오며 애리가 비틀거렸다. 등을 내밀자 기다렸다는 듯 체중을 실어 온다. 애리의 보드라운 살결이 태권의 등을 감쌌다.
공원 입구에서 택시를 잡아탔다. 애리네 집에 도착하니 가로등이 골목을 훤히 비치고 있었다. 대문은 누구의 침입도 허락하지 않으려는 듯 아직도 굳게 잠겨 있다. 할머니에게 무슨 사고가 생긴 게 분명하다. 내일까지 기다려보고 아무래도 파출소에 데려다줘야 할 것 같다.

'애리를 데리고 있다'고 간단히 메모하고 이름과 연락처를 적어 손잡이에 끼워놓았다.

"우리 치킨 먹을까?"

태권이 통닭집 앞에서 애리를 쳐다보았다. 애리가 고개를 끄덕이며 침을 꼴깍 삼켰다. 프라이드와 양념치킨을 반반 섞어 한 마리 사고 콜라 한 병을 샀다. 자연스럽게 애리의 손을 잡고 자취방으로 향한다. 만 하루가 지났을 뿐인데, 벌써 여러 해 동안 반복해왔던 것처럼 모든 게 익숙하다. 식탁에 마주 앉아 치킨을 먹었다. 배가 고팠던지 애리가 허겁지겁 치킨을 뜯어 먹는다. 태권은 애리가 체할까 봐 콜라를 한 잔 따라 건넸다.

방바닥을 걸레로 훔치고 잠자리를 준비했다. 애리의 원피스를 벗기고 운동복으로 갈아입혔다. 세면대에서 애리의 얼굴과 손, 발을 씻기고 자리에 눕혔다. 잠이 오지 않는지 애리의 두 눈이 깜빡거린다. 물끄러미 애리를 바라보던 태권의 머리가 천천히 떨어졌다. 이마에 가볍게 키스하고 곁에 누웠다. 애리가 태권의 품으로 파고들었다. 애리의 고른 숨소리를 들으며 태권도 잠이 들었다.

태권은 가파른 절벽을 기어오르고 있었다. 태권은 사력을 다해 절벽을 올라갔다. 그러나 마지막 순간에 항상 미끄러졌다. 조금만, 조금만 더, 젖먹던 힘을 다해서 마지막 돌부리를 잡았다. 이제 여기만 올라서면 지상낙원이다. 형형색색 이름도 모르는 아름다운 꽃들이 온 천지를 뒤덮고, 여기저기 과일나무엔 맛있는 과일이 주렁주렁 달려 있다. 화사한 꽃 사이로 나비가 하늘하늘 날아다니고 다람쥐와 사슴이 뛰어다니는 모습이 바로 코 앞에 보인다. 많은 사람과 동물들이 하나가 되어 웃고 떠들고 있는 정말 행복한 모습이다.

그런데 태권은 번번이 마지막 문턱을 넘어서지 못한다. 수없이 도전했지만, 신천지를 코앞에 두고 항상 눈물을 머금어야 했다. 오늘은 기필코 오르리라! 이빨을 악물었다. 하지만 어찌 된 영문인지 더 이상 나아갈 수가 없다. 매달려 있는 두 팔에 점점 힘이 빠진다. 내려다보니 아래는 천길 낭떠러지다. '오, 하느님!' 간절한 기도에도 아랑곳없이 사지가 풀리기 시작했다. '악!' 비명을 지르다 벌떡 일어섰다. 이마에 식은땀이 줄줄 흐른다. 모든 게 꿈이었다.

"조 군 집에 있어?"

주인집 아저씨의 퉁명스러운 목소리가 들려왔다.

"웬일이세요?"

부스스한 눈으로 전등 스위치를 올리고 방문을 여는 순간, 건장한 사나이들이 들이닥쳤다. 태권은 옷도 제대로 걸치지 못한 채 끌려 나갔다.

경찰서 취조실이다. 태권은 수갑을 차고, 아직도 잠이 덜 깬 모습으로 책상 앞에 앉아 멍한 눈으로 사방을 둘러본다. 책상 위에는 전화기 한 대와 구닥다리 타자기 한 대가 올려져 있고, 어지럽게 서류가 널려 있다. 태권이 말고도 많은 사람들이 보호실 또는 책상 앞에 앉아 웅성거리고 있었다. 놀란 눈으로 조수석에 앉아있던 애리가 보이지 않는다.

"네가 조태권이야?"

담당 형사인 듯, 뱁새눈을 한 가죽 잠바가 책상 건너편에 털썩 주저앉으며 태권을 노려보았다.

"그런데요?"

태권이 불만이 가득한 얼굴로 가죽 잠바를 바라보았다.

"이 자식이, 아직 상황 파악이 안 되는 모양이군."

타자기를 당기며 가죽 잠바가 묘한 미소를 지었다. '따르릉' 갑자기 책상 위에 아무렇게나 놓여 있는 전화기가 제멋대로 울렸다.

"예, 정 형삽니다. 잡았습니다. 지금 조서를 꾸미는 중입니다."

수화기를 내려놓은 가죽 잠바가 타자기에 손을 올렸다.

"왜 그랬어?"

"무얼 말입니까?"

"왜 납치했냐고?"

"납치라뇨?"

"돈 때문이야?"

"무슨 돈 말입니까?"

대화가 자꾸 평행선을 달린다. 가죽 잠바가 담배를 꺼내 물었다.

"한 대, 필래?"

담뱃갑을 집어넣던 정 형사가 무슨 생각을 했는지 담배, 한 까치를 내밀었다. 태권이 입을 벌려 담배를 받아 물었다.

"자, 피차 피곤한데 한 대 피우면서 빨리 끝내자고."

정 형사가 라이터를 켜서 불을 붙이고, 태권에게 내밀었다.

"무얼 빨리 끝내자는 겁니까? 영문을 알아야…."

태권이 '후유.'하고 담배 연기를 내뿜었다. 사실 상황 파악이 안 됐다. '아닌 밤중에 홍두깨'라더니. 주인집 아저씨의 목소리에 문을 여는 순간 갑자기 들이닥쳐 수갑 채우고, 지프차 뒷좌석에 짐짝처럼 처박더니 여기까지 끌려 온 것이 아닌가! 몇 번 항의하다가 맞은 옆구리가 아직도 불에 덴 듯 쑤셔댔다.

분명 애리 때문에 벌어진 일인 것 같은데…. 뭔가 좋지 않은 예감이 뇌리를 스친다. 가죽 잠바 말대로 빨리 이 상황을 끝내고 싶었다. '당신을 형법 몇 조에 의거 무슨 죄목으로 체포하겠습니다. 당신은 묵비권을 행사할 수 있으며…, 갑자기 멋진 제복을 입고 범인을 체포하는 영화 속 형사의 모습이 떠올랐다. '나도 비록 군경이었지만 범인을 체포할 때 이렇게 막무가내는 아니었는데, 최소한 이유라도 알려줘야….' 태권이 가죽 잠바를 노려봤다. 태권의 태도가 만만치 않았던지 가죽 잠바가 한 옥타브 낮췄다.

"당신 지금, 김세희 납치범으로 체포된 거야. 자, 이제 상황 파악이 돼."

"김세희가 누굽니까?"

"이 자식이, 너하고 같이 누워있던 아가씨가 김세희잖아?"

가죽 잠바가 쾅 하고 책상을 내리쳤다. 그 소리에 모든 시선이 이쪽으로 쏠렸다.

"아, 아. 그 애 이름이 김세흽니까?"

태권은 애리의 이름이 김세희라는 사실을 비로소 알았다.

"잡아뗀다고 해결될 문제가 아니야."

가죽 잠바가 허리를 숙여 바닥에 떨어진 서류들을 주어 가지런히 모았다.

"납치라뇨? 뭔가 오해가 있는 거 같습니다. 그 애를 보호하고 있다고 손잡이에 메모까지 남겼는데…."

"무슨 메모?"

"확인해 보십시오. 이름과 연락처를 적어서…."

"자, 자. 그러지 말고."

가죽 잠바가 태권의 말을 잘랐다.

"이제 상황 파악도 다 됐으니 조서를 작성하자구."

가죽 잠바가 부드러운 목소리로 태권을 달랬다.

"이름이 조태권 맞지? 직업은? 조은은행 인천지점 외환계에서 근무하고, 제대하고 어저께 복직했구먼. 헌병대 근무했어? 이거 우리 같은 병과 출신이네."

가죽 잠바가 씩 웃으며 반가운 표정을 지었다. 어디서 정보를 수집했는지 가죽 잠바는 혼자서 북치고, 장구치고, 연신 타자기를 두드렸다.

"3월 19일 18시 30분경, 반항하는 김세희를 강제로 끌고…."

가죽 잠바가 구닥다리 타자기를 가지고 소설을 쓰고 있었다. 그것도 독수리타법으로…. 태권은 지그시 눈을 감았다. 아무리 변명을 해봐야 통할 것 같지도 않고…. 그나저나 애리, 아니 세희는 어떻게 되었을까?

"수성교회 앞에서 너희들을 본 목격자가 둘이나 있어. 자 이제 속 시원히 털어놔 보라구."

가죽 잠바가 은근한 목소리로 자백을 유도하려고 애를 썼다.

"자네 자취하는 곳이, 경동 375번지 2/4반이고…. 옷을 벗기고, 반항하지 않던가? 몸매 죽이던데 기분 좋았어? 우리 남자끼리 한 번 털어놓고 얘기해 보자구."

가죽 잠바가 야릇한 표정으로 태권을 쳐다보았다. 태권은 할 말이 없었다.

"돈 때문은 아닌 것 같고…. 그래, 우발적인…."

가죽 잠바가 타자기의 용지를 바꿔 끼우면서 태권의 얼굴을 힐끗 쳐다봤다. 태권이 눈을 감았다. 어젯밤의 일들이 떠올랐다. '파출소에 데려갔어야 하는 건데…. 상황이 이상하게 꼬여간다.'는 생각이 스치면서, 뭔가 불길한 예감에 태권이 미간을 찌푸렸다.

"충분히 있을 수 있는 일이야. 자네는 아직 젊잖아. 전과도 없고 우발적인 범행으로 적었으니까 큰 문제는 없을 거야. 자, 서명하라구."

타자를 마친 가죽 잠바가 큰 배려나 하는 듯이 태권이 앞으로 조서를 내밀었다.

"정 형사님, 지금 소설 쓰십니까? 나도 말 좀 합시다."

태권이 수갑 찬 손을 책상에 올려놓으며 상체를 앞으로 당겼다.

"뻔한 거 아냐? 빨리 넘겨줄 테니까 검찰에서 잘 얘기하라구. 자, 자."

정 형사가 들어보나 마나라는 듯 사인을 재촉했다. 도대체 말이 통하지 않는 친구였다. 세희를 집에 데려간 건 사실이지만, 일이 이렇게 꼬일 줄은 정말 몰랐다. 태권은 어느새 '아가씨를 납치하여 성폭행한 흉악범'으로 몰려 있었다. 태권은 입을 닫고 눈을 감았다. 누적된 피로가 엄습하기 시작했다.

"정 형사, 한 건 했다며?"

걸걸한 목소리에 설핏 잠이 들었던 태권이 눈을 떴다. 날이 밝았는지 새로운 얼굴들이 실내를 가득 채우고 있었다. 가죽 잠바가 낯선 사나이와 태권의 등 뒤에서 얘기하고 있었다. 태권은 책상에 엎드려 눈을 감았다.

"아, 예. 그런데 골치가 아픕니다."

"왜? 불지를 않아?"

"예, 김세희와 함께 이불 속에 누워있는 현장에서 체포했고, 목격자도

둘이나 있는데 인정을 안 합니다."

"다 그렇지. 순순히 불겠어?"

말투로 보아 정 형사의 상관인 듯했다.

"저 친구야? 천하태평이군."

"반장님이 한번 얘기해 보겠습니까?"

"아니야. 회의 들어가야 해. 일단 보호실에 대기시켜."

반장이란 남자가 문을 열고 밖으로 나갔다. 정 형사가 태권의 팔을 잡고 보호실을 향해 걸어갔다.

"정 형사님! 전화 좀 한 번 쓰겠습니다."

태권이 전화기 앞에서 걸음을 멈추고 정 형사를 쳐다보았다. 정 형사가 잠시 멈칫하더니 수화기를 들어 건네줬다.

"작은아버지, 저 태권입니다. 어저께 제대했습니다. 주말에 한 번 찾아뵙겠습니다. 태창이 형님 지금 어디 근무하세요? 제가 지금 곤란한 일로 경찰서에 와서 조사받는데…, 아닙니다. 네? 인천경찰서요? 여기 인천경찰서 형사계인데…, 형한테 연락 좀…. 아버지한테는 연락하지 마세요. 괜히 걱정…, 알겠습니다."

"조태창 씨가 사촌 형이야?"

"네, 형이 여기 근무합니까?"

"그래, 우리 담당 과장인데…."

정 형사가 말꼬리를 흐리며 난처한 표정을 지었다. 태창이 형은 태권보다 열 살이나 위였다. 어렸을 때는 자주 어울려 놀기도 했지만, 엄청 무서운 형이었다. 하지만 동생들을 잘 보살피고 공부도 잘했다. 서울에 있는 명문 중학교에 합격하면서 작은 집은 아예 서울로 이사해버렸다. 경찰대에 들어간 후 웬만한 집안일에는 발길을 끊었다. 경위에 임명되던 날 온 가족이 아버지를 따라 서울로 가서 사촌 형을 축하해주었다. 경찰 제복을 입고 어깨에 말똥을 단 형의 모습은 정말 멋이 있었다.

"정 형사, 전화 받아."

구석에서 서류를 들춰보던 안경 쓴 남자가 수화기를 흔들었다.

"네, 사무실에 저와 같이 있습니다. 알겠습니다."

정 형사가 전화기를 내려놓더니 태권을 데리고 다시 사무실로 올라갔다. 자리에 앉자마자 사촌 형이 헐레벌떡 사무실로 들어섰다.

"어저께 제대했다며? 무슨 일이야?"

"네. 좀 오해가 있는 것 같은데…."

"정 형사! 조서 이리 줘봐."

정 형사가 사촌 형 앞에 조서를 펼쳐놓았다. 한동안 조서를 살펴보던 사촌 형이 태권을 날카롭게 쏘아보았다.

"어떻게 된 거냐?"

"글쎄 난 그냥 그 애를 보호한 것뿐인데…."

태권이 그동안 있었던 일을 자세하게 설명했다.

"진짜 아무 일 없었던 거지?"

사촌 형이 다시 한번 다그쳐 물었다.

"형도 참, 그 앤 지적장애인이에요. 덩치만 컸지, 어린애란 말입니다. 확인해 보면 알 거 아니에요?"

"그래도 그렇지. 경찰에 신고했어야지. 이틀 동안이나 데리고 있었으니 그런 오해를 샀지."

사촌 형이 태권을 보고 혀를 끌끌 찼다.

"데리고 있다고 메모 남겨놓았다니까요."
"정 형사 확인해봤어?"
"아직…."
"무슨 일을 그따위로 처리해. 확인하고 조서를 작성해야 할 거 아냐?"
사촌 형이 짜증을 냈다. 정 형사가 어쩔 줄 몰라 머리만 긁적였다.
"정 형사, 신고인은 연락이 됐나?"
"아, 예. 곧 이리 오기로 했습니다."
정 형사가 손바닥을 비비며 굽실굽실했다. 정 형사가 사촌 형의 눈을 피해 슬그머니 태권의 수갑을 풀었다. 출입문 쪽에서 애리가 할머니의 손을 잡고 중년 남자와 함께 들어섰다.
"오빠!"
애리, 아니 세희가 태권을 발견하고 달려왔다. 주위의 시선도 아랑곳하지 않고 태권의 무릎에 털썩 앉았다. 할머니가 경계의 눈초리로 태권을 한 번 훑어보고는 정 형사가 권해주는 의자에 앉았다. 같이 온 중년 남자가 세희 외삼촌이라고 자기를 소개하고 옆자리에 앉았다. 세희 할머니는 기품이 있어 보였으나 병약해 보였고, 외삼촌이라는 사람은 중키에 서글서글한 타입이었다. 사촌 형이 정 형사와 '이 사건의 담당자'라고 인사를 하고 맞은편에 앉았다. 세희는 잠시도 가만히 있지 않고 태권의 볼을 쓰다듬고 손을 잡아 흔들었다. 세희의 행동을 지켜보던 주위 사람들의 표정이 누그러졌다.
"여러 가지로 걱정이 많으셨을 텐데 세희 양을 빨리 찾아서 천만다행입니다."
사촌 형이 세희 할머니와 외삼촌의 눈치를 살피며 입을 열었다.

"제가 메모를 제대로 남겨 놓았더라면 이렇게 걱정하지 않으셨을 텐데…."

태권이 머리를 긁적이며 고개를 숙였다. 태권이 그간의 경위를 자세히 설명했다. 김 순경이 메모지 한 장을 정 형사에게 건네주었다. 정 형사가 겸연쩍은 얼굴로 사촌 형에게 메모지를 건네주었다. 태권이 대문에 꽂아 놓았던 메모지를 확인한 사촌 형의 긴장된 얼굴이 풀렸다.

"할머니, 이거….".

세희가 태권이 사 준 원피스를 만지며 할머니에게 자랑했다.

"오빠, 오빠!"

세희가 태권의 목을 껴안고 등에 업혀 볼을 비벼댔다.

"저 청년이 세희 양을 보호하고 있었습니다. 은행에 근무하는 아주 성실한 청년입니다."

정 형사가 180도 달라진 태도로 태권을 힐긋거리며 열을 올렸다.

"정말 훌륭한 청년입니다. 세희 양을 데려다주려고 집에 갔는데, 아무도 없어서 밤새 기다리다가 할 수 없이 자취방에서 재우고, 이튿날 여러 번 다시 찾아갔는데 문이 잠겨 있어 어쩔 수 없이 손잡이에 아이를 보호하고 있다고 메모지를 남기고 지금까지 보호하고 있었던 겁니다. 경찰에 신고하지 않은 것은 단골이고 집도 아는데 자신이 직접 해결하려고 한 것이 그만…. 이런 모든 사실은 저희가 목격자를 통해 모두 확인했습니다."

정 형사가 옆에 있는 사촌 형을 의식한 듯 있지도 않은 사실까지 끌어다 대며 태권을 적극적으로 변호해주었다. 세희의 너무도 자연스러운 태도에 굳은 표정으로 앉아있던 할머니도 마음을 열었다.

"고마워요. 젊은이에게 큰 신세를 졌어요. 낯선 사람한텐 절대로 마음을 열지 않는 아인데, 어쩌면 저렇게 젊은이를 좋아할까? 나보다 더 좋아하는 것 같아요."

"조 군과 식사라도 같이했으면 좋겠는데, 그래도 되겠죠?"

묵묵히 지켜보던 세희 외삼촌이 자리에서 일어섰다.

"그럼요."

사촌 형이 홀가분한 표정으로 일행을 배웅했다. 큰 곤욕을 치를 뻔했던 일이 스스럼없이 태권을 대하는 세희의 태도 때문에 의외로 쉽게 풀렸다.

"다음에 연락해라. 술 한잔하자."

사촌 형이 태권의 등을 두드렸다.

"죄송하게 됐습니다. 다음에 제가 술 한 잔 사겠습니다."

정 형사가 미안한 표정을 지었다.

"그럴 것까지는 없고요. 다음에 파스 한 장만 사주십시오. 얻어맞은 옆구리가 아직도 결립니다."

"아이고, 그럼 병원에라도 한번…."

"괜찮습니다."

태권이 서둘러 할머니를 쫓아갔다. 경찰서 맞은편에 있는 찻집으로 들어갔다. 식사하자는 걸 시간이 없어서, 차 한 잔만 사 달라고 했다. 차를 마시며 할머니가 연신 고맙다고 고개를 숙였다. 시계가 아홉 시를 넘어서고 있었다.

"퇴근 후 잠시 들르겠습니다. 제가 출근을 해야 할 시간이라…."

태권이 시계를 보면서 일어섰다.

"아이고, 그렇지. 우리 생각만 했고 만. 퇴근 후 꼭 들려주게."

세희 외삼촌이 신신당부했다.

엉뚱한 인연 · 201

"예. 꼭 들르겠습니다."

세희가 태권의 손을 잡고 놓아주지 않는다.

"세희야, 오빠 출근해야 해. 이따가 은행으로 놀러 와."

태권이 억지로 세희를 떼어놓았다.

"잠깐, 우리 세희 때문에 돈을 많이 쓴 것 같은데 얼마 안 되지만…."

세희 외삼촌이 수표 한 장을 내밀었다.

"아닙니다. 괜찮습니다."

태권이 손을 뿌리치고 은행을 향해 달려갔다. 은행 문을 들어서자 제일 먼저 이 차장의 모습이 눈에 들어왔다. 잽싸게 달려가 허리를 구십도 숙이고 인사를 했다.

"차장님, 죄송합니다. 몸살이 나서…."

"젊은 사람이 몸살은 무슨…. 술 좀 그만 퍼먹어!"

이 차장이 안 봐도 비디오라는 듯 소리를 버럭 질렀다. 꾸뻑 고개를 숙이고 서둘러 자리에 앉았다.

"어찌 된 거야?"

미향이 초췌한 얼굴로 다가와 따져 물었다.

"그럴 일이 좀 있었어."

"집에도 없던데…."

"이따가 자세히 얘기해 줄게."

얼렁뚱땅 입막음했다. 석구가 궁금해 죽겠다는 듯 연신 시선을 던졌지만 못 본 척 외면했다. 업무가 시작됐다. 안내띠를 두르고 영업장에 나갔다.

"충성!"

"쉬어, 술병 났어?"

경비아저씨가 빙그레 웃는다.

"아, 예."

태권이 얼버무렸다. 영업장은 한산했다. 갑자기 피로가 엄습하기 시작한다. 아무리 정신을 차리려 해도 눈까풀이 찍어눌러 눈을 뜰 수가 없었다.

"부장님 저 잠깐만…."

커피 한 잔을 뽑아 바치고 한쪽 눈을 찔끔했다. 식당에 엎드려 설핏 잠이 들었다.

"조 주임, 할머니가 찾으셔."

경비아저씨가 어깨를 흔들었다. 정신을 차리고 영업장에 돌아왔다.

"오빠!"

세희가 호들갑을 떨며 품 안으로 달려들었다.

"세희 왔구나."

태권은 얼떨결에 세희와 포옹했다.

"아이고, 이거 자꾸 귀찮게 해서 어쩌누."

소파에 앉아 계시던 세희 할머니가 인사를 했다.

"오셨어요? 차 한 잔 드릴까요?"

"괜찮아요. 저 녀석이 하도 오빠한테 가자고 성화를 대서…."

"잠깐 쉬었다 가세요."

"쉬긴, 근무 중일 텐데…. 저녁때 잊지 말고…."

"네. 꼭 들를게요. 세희 안녕!"

떨어지지 않으려는 세희를 할머니가 억지로 끌고 문을 나섰다.

정문 셔터가 내려가자마자 미향이 다가오더니 따라오라는 눈짓을 했다. 휴게실로 들어서자 자판기에서 커피를 뽑아 태권에게 내밀었다.

"아빠 출장에서 돌아오셨어. 퇴근 후 같이 오래."

미향이 뾰로통한 얼굴로 태권의 시선을 피하며 말을 했다. 지난번 찾아 뵈었을 때 사업관계로 장기 출장 중이었는데 돌아오신 모양이다.

"그래? 당연히 찾아가 뵈어야지. 아버님 호출인데. 참, 오늘 선약이 있는데…."

태권이 난처한 표정을 지었다.

"선약? 태권 씨 많이 컸다. 맘대로 해."

미향이 화난 얼굴로 휙 돌아 나갔다. 이걸 어쩐다. 세희네 집에 가기로 했는데…. 태권의 두뇌가 비상이 걸렸다. 습관처럼 두 손으로 머리를 감싸고 관세음보살을 찾았다.

"관세음보살, 관세음보살!"

그렇다고 아버님 호출인데 안 갈 수도 없고…. 미향이한테 해명할 일도 있고…. 일계표를 작성하면서도 계속 머리를 굴렸다.

"야, 어떻게 된 거야?"

석구의 얼굴이 불쑥 눈앞에 나타났다.

"으응. 내일 얘기하자. 나 오늘 무척 바쁘거든."

미적거리는 석구를 떠밀어내고 퇴근 준비를 서둘렀다. 미향이 탈의실에서 나왔다. 태권이 어정쩡한 자세로 망설이고 서 있는데 미향이 조인트를 걷어찼다.

"어이쿠!"

태권이 그 자리에 털썩 주저앉았다. '쉬익' 미향의 옷깃 스치는 소리가 들린다. 미향은 뒤도 돌아보지 않고 걸어 나갔다.

"야, 야. 그냥 가면 어떡해?"

태권이 서둘러 책상 서랍을 잠그고 총알같이 뛰어나갔다. 길 건너에서 택시에 올라타는 미향의 뒷모습이 보였다.

"잠깐만!"

쏜살같이 달려가 택시를 가로막고 급정거시켰다. '끼이익' 막 속력을 내려던 택시가 기우뚱하며 멈춰 섰다. 잽싸게 미향의 옆에 올라탔다.

"당신 죽으려고 환장했어?"

택시 기사가 얼굴에 핏대를 세우며 두 눈을 부라렸다.

"죄송합니다. 워낙 다급해서…. 진정하시고 출발하시죠."

태권이 사과했다. 한참을 씩씩거리던 기사가 약삭빠르게 변신했다.

"손님, 합승해도 괜찮겠습니까?"

택시 기사가 주판알을 튕기며 미향의 눈치를 살폈다. 그녀는 창밖을 내다보며 한마디도 하지 않는다.

"걱정하지 마시고 출발하세요. 한 이불 덮고 잘 사람입니다."

"한 이불 좋아하네."

미향이 태권의 허벅지를 사정없이 잡아 비틀었다.

"아야야!"

태권이 허벅지를 감싸고 비명을 질렀다. 그제야 상황 파악이 되는지 택시 기사가 씩 웃더니 출발했다.

"자기야! 오늘 거래처와 저녁 약속이 있거든. 꼭 참석해야 해."

"거래처 어디?"

"이따가 얘기할게. 저녁만 먹고, 곧바로 갈 테니까 아버님께 잘 말씀드려, 응?"
 대꾸가 없다. 태권이 미향의 손을 잡았다.
 "나 내린다. 아저씨, 파출소 앞에서 잠깐 세워주세요."
 파출소 앞에서 택시가 멈춰 섰다.
 "요금 더블로 드려. 이따 보자."
 태권이 후다닥 택시에서 내렸다.
 "빨리 와야 해."
 택시가 출발하자 미향이 차창 밖으로 고개를 내밀고 소리쳤다. 산동반점 모퉁이를 돌아서자 세희가 달려 나왔다.
 "오빠!"
 "응, 많이 기다렸니? 들어가자."
 세희의 손을 잡고 대문을 들어섰다.
 "좀 늦었어요. 죄송합니다."
 "원, 별말씀을…. 어서 오세요."
 세희 할머니가 앞치마에 손을 씻으며 반가워했다. 집안은 할머니 성격만큼이나 정갈하게 정리되어 있었다. 거실 한가운데 진수성찬이 준비되어 있었다.
 "입에 맞을지 모르겠네. 시장한데 어서 들어요."
 세희 할머니가 깍듯하게 예의를 갖췄다.
 "할머니, 말씀 낮추세요. 제가 더 불편해요."
 "그럴까?"
 할머니가 빙그레 웃으셨다.
 "맛있겠다. 세희야, 밥 먹자."

세희가 쪼르르 태권의 옆으로 다가왔다. 오누이처럼 다정하게 밥을 먹는 세희와 태권을 할머니는 흐뭇한 표정으로 바라보셨다.

"참 별일도 다 있네. 얘가 이렇게 된 후로 아무에게도 마음을 열지 않았는데, 어쩌면 저렇게 조 주임을 좋아할까!"

할머니가 혼잣말처럼 중얼거렸다.

"참, 할머니! 세희 옷 가져와야 하는데, 내일 출근할 때 가져다드릴게요."

"옷이야 천천히 가져와도 돼."

식사를 마치고 과일을 먹었다.

"얘 아비가 그렇게 훌쩍 떠나지만 않았어도, 누구 못지않게 사랑받고 자랐을 아인데…. 불쌍한 것!"

할머니가 앞치마로 눈물을 훔쳤다.

"얘가 세 살 때, 아비가 암으로 세상을 훌쩍 떠났어. 제 어미는 적당한 혼처가 있어서 내가 억지로 세희를 떼버리고 재혼시켰고, 사위가 사고무친이라 얘는 내가 맡아 길렀는데…"

할머니는 목이 메는지 더 이상 말씀을 잇지 못했다. 그러니까 엄밀히 따지면 외할머니다. 세희 할머니가 한동안 천정을 바라보시더니 넋두리처럼 늘어놓기 시작했다. 세희는 엄마와 생이별하고 한동안 말 없는 아이가 되고 말았다. 아이들과 잘 어울리지도 않고 늘 외톨이로 지냈다. 초등학교에 들어가서 친구들이 생기고 그들과 어울리며 조금씩 밝아지기 시작했다. 그런데 고등학교 1학년 때부터 갑자기 자폐증이 나타났다. 말수가 적어지고 사람을 피해 다녔다. 학교에 갔다 오면 자기 방에 틀어박혀 꼼짝도 하지 않았다. 어느 날부터인지 말을 더듬기 시작하더니 실어증이 왔다. 병원에서 외부 충격에 의한 정신질환을 앓고 있다며 입원을 권유했다. 즉시 입원시켰지만, 상태가 호전되지 않았다. 끝내 학업도 포기했다.

"벌써 3년이 지났어. 똑똑한 아이였는데…."

할머니가 눈물을 찍어냈다.

"천만다행으로 밥도 잘 먹고 몸은 건강한 편인데 갈수록 지능이 떨어지는 것 같아. 겨우 한다는 말이 아빠, 엄마, 할머니, 언니, 오빠 정도고 이제는 대소변도 제대로 못 가리는 철부지가 되었어."

할머니가 가슴이 답답한지, 가슴을 쓸어내렸다.

"내가 얘 때문에 생병을 얻었어. 그래서 약을 달고 사는데…. 그날도 약을 타오려고 세희를 잠깐 은행에 데려다 놓고 역 앞에 있는 단골약국에 갔었는데, 문을 나오다가 갑자기 현기증이 나서 쓰러지며 정신을 잃고 말았어."

할머니가 냉수 한 컵을 들이켰다.

"정신을 차려보니 병원 침대였어. 벌써 하루하고도 한나절이 지난 뒤였지. 세희가 걱정돼서 아들을 불러 찾아보라 했지. 여기저기 찾아다녔지만, 찾을 수가 없었어. 그래서 아들이 경찰서에 실종신고를 한 게 그만…."

그날 일이 떠오르는지 할머니가 잠시 말을 멈췄다.

"조 주임이 잘 데리고 있는지도 모르고, 얼마나 걱정했는지…."

할머니가 세희의 머리를 쓰다듬는다.

"제가 경솔했어요. 제대로 메모를 남겨놓았더라면…."

"아냐, 일이 꼬이느라고 그렇게 된 거지. 세희를 잘 돌봐줘서 정말 고마워. 세희 때문에 결근까지 했다며?"

"아, 예. 저도 세희 덕분에 즐거웠어요. 세희가 얼마나 저를 잘 따르는지, 진짜 동생 같았어요."

태권이 머리를 긁적였다.

"글쎄, 나도 놀랐다니까…. 세희가 조 주임을 좋아하는 걸 보고…."

"할머니, 저녁 맛있게 잘 먹었습니다. 앞으로 종종 들를게요."

집을 나서며 비록 곤욕은 치렀지만, 좋은 사람들과 인연이 된 것 같아 가슴이 뿌듯했다. 세희와 할머니의 아쉬운 표정을 뒤로한 채, 태권은 서둘러 밖으로 나와 택시를 타고 미향의 집으로 향했다. 집에 도착하니 미향이가 문밖에서 서성이고 있었다.

"아버님 화나셨어?"

"아니, 오늘 키 당번이라고 말씀드렸어."

예상외로 그녀가 명랑했다.

"아버님, 어머님. 저 왔습니다."

"어서 오게. 저녁은?"

"먹었습니다."

"같이 먹으면 더 좋았을걸. 자네 주려고 특별히 시장을 다녀왔는데."

"고맙습니다. 어머님! 자고 갈 거예요. 아침에 맛있게 먹죠."

"참 그러면 되겠네."

그녀가 과일을 들고나왔다.

"아버님, 하실 말씀이라도…."

"그래. 먹으면서 얘기하세. 이제 자네도 제대하고 복직도 했으니, 자네 부모님을 한번 뵈어야 하지 않겠나?"

"예. 그렇지 않아도 지난번 집에 갔을 때 아버님께서 말씀하셨습니다. 조만간 한 번 뵈었으면 좋겠다고요."

"그래? 잘 됐군. 미향이와 상의해서 날짜를 잡아보게. 자네 부모님이 연로하시니까 우리가 그쪽으로 가지."

"예, 그렇게 하겠습니다."

이튿날 아침을 맛있게 먹고 미향이와 함께 출근했다. 그녀의 손을 잡고 걸어가는 태권의 발걸음이 날아갈 것 같았다.

이상한 동거

이튿날 정문 셔터가 올라가자, 세희가 나타났다. 태권이 사준 연분홍 원피스를 입고 빨간 구두를 신고 있었다.

"오빠!"

세희가 큰 소리로 외치며 거울 앞에서 안내띠를 두르고 있는 태권에게 달려왔다.

"응, 어서 와."

태권이 반가운 얼굴로 세희를 맞았다. 주위의 시선도 아랑곳하지 않고, 다짜고짜 태권의 허리를 껴안고 품에 안긴다. 싱그런 살냄새가 후각을 파고들자, 그때 일이 생각나며 얼굴이 붉어졌다. 할머니가 막 계단을 올라오고 계셨다.

"어서 오세요, 할머니!"

태권이 씩씩한 목소리로 인사를 하며 할머니를 부축했다.

"세희가 오빠 만나러 가자고, 얼마나 성화를 부리는지…."

"이쪽으로 앉으세요."

자판기 옆으로 모시고 가서 율무차를 한 잔 빼 드리고, 세희는 주스를 뽑아 주었다. 아침 시간은 비교적 한가했다. 필기대를 정리하고 할머니

옆에 앉았다. 세희가 쪼르르 태권의 곁으로 자리를 옮겼다.
"원, 저런. 그렇게 좋을까! 그나저나 번번이 조 주임을 귀찮게 해서 어쩌지?"
할머니가 미안한 표정을 지으셨다.
"귀찮다니요? 이렇게 예쁜 여동생이 생겨서 얼마나 좋은데…."
태권이 세희의 윤기 나는 머리칼을 쓰다듬는다. 주스를 마시는 세희의 입술이 노랗게 물들었다. 한 손은 여전히 태권의 손을 꼭 잡은 채다.
"이제, 그만 가자. 오빠 근무해야지."
빈 컵을 쓰레기통에 넣으며 할머니가 일어서셨다.
"왜 벌써 가세요? 좀 더 계시지 않고…."
"자네도 근무해야지. 차까지 얻어 마셨는데…."
세희가 할머니 손에 억지로 끌려 나가며 연신 뒤를 돌아보았다.
"세희, 안녕. 내일 또 와. 할머니 안녕히 가세요."
도로 앞까지 배웅하고 영업장으로 돌아왔다. 다음 날도 정문 셔터가 올라가며 어김없이 세희가 나타났다.
"오빠!"
세희의 맑은 목소리가 영업장 안을 울린다. 세희는 태권을 만나는 것이 커다란 즐거움인 듯했다. '얼마나 외로웠으면 저렇게 할까' 싶은 생각에 태권은 되도록 오랫동안 세희와 시간을 보냈다. 처음 며칠은 할머니와 함께였는데, 이제는 혼자서도 곧잘 온다. 한가할 때는 함께 시간을 보내다가 혹시 길을 잃을까 봐 집에 데려다주고 돌아온다. 때때로 퇴근길에 들러 저녁을 함께 먹곤 했다.
"태권 씨, 그 아가씨 누구야?"

미향이 세희에게 관심을 보인 건, 세희가 혼자 은행을 찾으면서부터 일주일쯤 지난 후였다. 매일 아침 찾아와 서슴없이 품에 안기는 세희의 모습이 호기심을 자극한 모양이다.
"애인!"
태권이 능청을 떨자, 미향이 팔을 꼬집었다.
"아야! 미향 씨, 질투하네."
태권이 재미있다는 듯 싱글벙글했다.
"누구냐니까?"
미향의 눈꼬리가 치켜 올라간다. 궁금해 죽겠다는 표정이다.
"미향 씨, 기억나? 복직 첫날 소파에 하루 종일 앉아있던 애⋯. 내가 그 애 때문에 경찰서까지 끌려가서 조사받았잖아."
"그래서?"
미향이 생각난 듯 고개를 끄덕였다.
"바로 그 애야. 할머니와 사는데 지능이 좀 모자라. 내가 친절히 대해 줬더니 나를 오빠라고 부르며 잘 따라."
이제야 안심이 됐는지 미향의 표정이 풀렸다.
"한눈팔면 가만 안 둘 거야."
"걱정하지 마. 내 사랑은 오직 미향 씨뿐이야."
태권이 미향의 허리를 감싸 안으며 볼에 키스했다. 미향이네 집에 들러 저녁을 먹고 집으로 돌아왔다.
복직한 지 벌써 3개월이 지나갔다. 어느새 여름의 문턱에 들어섰다. 그동안 계 이동이 있었다. 태권은 대부계로 이동했고, 미향은 선인학원에 파견됐다. 오전에 세희가 다녀간 후 태권은 인하대학교에 파출수납을 나갔다가 다섯 시가 돼서 지점에 돌아왔다. 뜻밖에 세희 할머니가 기다리고 계셨다.

"어쩐 일이세요. 할머니?"

"저녁이나 같이 먹을까 하고, 퇴근길에 잠깐 들릴 수 있지?"

"그럼요. 그런데 오늘 무슨 날이에요?"

"응, 오늘이 세희 생일이야."

"그래요? 꼭 들를게요. 한 시간쯤이면 모두 끝날 거예요. 곧바로 갈게요."

"그래, 그럼…."

"참, 깜빡했네. 세희가 몇 살이죠?"

"스물이야."

"예? 스물요? 난 서너 살 더 어린 줄 알았는데…. 케이크는 제가 준비해 갈게요."

할머니를 보내고 빵집에서 생일 케이크를 하나 맞췄다. 입출금이 잘 맞지 않아 생각보다 시간이 꽤 걸렸다. 스카프를 하나 사고 케이크를 찾아 세희네 집에 도착하니, 상을 차려 놓은 채 기다리고 있었다. 세희가 만세를 부르듯 달려 나왔다.

"할머니 좀 늦었어요. 먼저 드실 걸 그랬어요."

"이제 막 요리가 끝난 걸, 시장할 테니 어서 먹어."

케이크를 풀러 상 한가운데 놓았다.

"세희야, 스무 번째 생일을 진심으로 축하해! 우리 축하 노래 부르자."

"생일 축하합니다. 생일 축하합니다. 사랑하는 우리 세희 생일 축하합니다."

"자, 촛불을 꺼야지."

세희가 어린아이처럼 신이 나서 촛불을 끄고 두 눈을 반짝였다.

"자, 이건 오빠가 주는 선물!"

태권이 스카프를 꺼내 세희의 목에 걸어줬다. 스카프를 목에 건 세희가 거울 앞에 서서 깡충깡충 뛰었다. 식사하고 할머니가 설거지하는 동안, 태권은 세희 방으로 갔다. 창문 쪽으로 싱글침대가 하나 있고, 구석에 작은 옷장이 있었다. 침대 맞은편에 책상과 이단 책꽂이가 보이고, 책꽂이에는 동화책 몇 권과 앨범이 꽂혀 있었다. 벽면에 그림이 세 개 걸려 있는데, 모두 동물화였다.

"이거 세희가 그린 거니?"

세희가 고개를 끄덕였다.

"그림 잘 그리는구나. 세희 화가 해도 되겠네."

책꽂이에서 앨범을 꺼냈다.

"우리 사진 볼까?"

태권이 책상 의자에 앉자, 세희가 태권의 무릎 위에 걸터앉았다. 세희의 어릴 적 사진과 학창 시절의 사진이 잘 정돈되어 있었다. 맨 앞장에 큼지막한 백일사진이 있고, 다음 장에 돌 사진, 그다음이 가족사진 등의 순서로 꽂혀 있다.

"이게 누구지?"

부모님이 세희를 안고 찍은 가족사진 속에서, 방긋 웃고 있는 아이를 손가락으로 가리켰다.

"나."

세희가 쌩끗 웃었다.

"이건?"
"엄마."
"이건?"
"아빠."
할머니가 음료수를 가져왔다.
"참 자취한다고 했지?"
"네."
"결혼 전 아들이 살던 방이 비어 있는데, 우리 집으로 이사하면 안 될까? 식사도 우리랑 같이 먹고…."
할머니가 조심스럽게 말씀하시며 태권을 쳐다보았다.
"정말요? 저야 좋죠. 직장도 가깝고, 세희도 매일 보고. 하지만…."
태권이 잠시 머뭇거렸다.
"걱정할 것 없어. 방은 어차피 비어 있는 거고, 식사도 우리 먹는데 숟가락 하나 더 놓으면 되는 거니까…. 정 부담되면 매달 쌀만 사."
할머니가 편하게 말씀하셨다.
"감사합니다. 할머니! 그렇게 할게요."
태권이 신이 나서 바로 승낙했다. 할머니가 일어나서 건넌방 문을 열었다.
"이 방이야. 오래 비워둬서 곰팡이가 슬었지만, 깨끗이 청소하고 도배만 새로 하면, 지낼만할 거야."
방이 꽤 넓었다. 아들이 쓰던 것인지 옷장과 책상이 그대로 있었다. 장판도 비교적 깨끗했다.
"할머니! 너무 좋은데요. 당장 옮겨야겠어요."

"마음에 들었다니 다행이네. 내일이라도 도배해놓을 테니까 바로 이사해."

할머니도 기분이 좋아져서 태권을 재촉했다. 세희가 말귀를 알아듣는지 귀를 쫑긋 세웠다.

"도배지만 사다 놓으세요. 내일 퇴근 후에 제가 와서 도배할게요."

"그래, 잘됐네. 내가 준비해놓을 테니까 끝나는 대로 와."

할머니가 흐뭇한 표정이다. 이튿날 서둘러 업무를 마치고 세희네 집으로 갔다. 할머니는 벌써 방 청소를 깨끗이 해놓고 도배할 준비를 하고 계셨다.

"할머니, 저 왔어요. 세희 안녕!"

"오빠!"

세희가 달려 나왔다. 할머니를 도와 방을 청소했는지, 얼굴이 얼룩덜룩하고 이마에 땀방울이 송골송골 맺혀 있었다.

"어서 와, 식사부터 해야지."

할머니가 상을 차려왔다.

"언제쯤 옮기려고?"

"이번 주말에 옮기죠. 짐도 없어요. 몸만 빠져나오면 돼요."

"그래? 하루라도 빨리 오면 더 좋지."

식사를 끝내고 도배를 시작했다. 길이를 재고 재단을 한 뒤, 할머니가 풀을 바르면 태권이 도배지를 붙였다. 빗자루로 골고루 문지르며 주름을 폈다. 세희가 제가 하겠다고 빗자루를 빼앗았다. 천장을 바르는 데 조금 애를 먹었지만, 벽면은 쉬웠다. 세희가 신이 나서 온몸에 풀을 묻히고 오두방정을 떨었다.

"우리 세희가 일도 참 잘하는구나. 도배 끝나면 아이스크림 사줄게."

세희의 이마에 송골송골 땀방울이 맺혀 있다. 태권이 손수건으로 이마를 닦아 준다. 세희가 수건을 빼앗더니 태권의 이마를 닦아주었다.

"할머니도 닦아 드려야지."

세희가 쪼르르 달려가서 할머니의 땀을 닦아드렸다. 금방 도배가 끝났다. 도배지 조각을 쓰레기통에 담고 물걸레로 방바닥을 닦았다. 방안이 훤해졌다.

"세희야, 잠깐 기다려. 오빠가 아이스크림 사 올게."

태권이 겉옷을 걸치며 마당으로 내려섰다.

"오빠!"

세희가 부리나케 신을 신고 달려 나온다. 세희의 손을 잡고 구멍가게로 갔다. 콜라 한 병과 아이스크림을 샀다.

"뭘 이런 걸 다 사와?"

할머니가 컵을 들고나오며 걱정하셨다. 콜라를 한 잔씩 마시고 아이스크림을 뜯었다. 세희의 숟가락에서 쪽쪽 소리가 났다.

"세희야, 두 밤만 자면 오빠가 이리로 올 거야. 어때 좋지?"

세희가 고개를 끄덕이면서 손뼉을 쳤다. 일요일에 이사를 했다. 짐이래야 이부자리와 옷 보따리, 취사도구, 책 몇 권이 전부다. 석구와 미향이가 와서 도와줬다. 세희가 제일 좋아했다. 태권이 가는 대로 성가실 정도로 졸졸 따라다닌다. 처음에 언짢은 기색을 보이던 미향도 세희의 천진난만한 행동을 보고 마음을 열었다.

"세희야, 언니랑 가방 들자."

세희와 함께 짐을 옮기며 미향도 마냥 즐거운 표정이다. 짐을 들여놓고 방 청소를 끝내니 어느새 점심시간이다. 짜장면과 탕수육을 시켰다. 잠시 후 주문한 음식이 도착했다. 포장을 벗기니 김이 모락모락 나면서 맛있는 냄새가 진동한다. 세희가 짜장면을 들고 태권의 옆으로 쪼르르 달려온다. 그 광경을 보고 석구가 미향을 쿡 찔렀다.

"미향 씨, 신경 써야겠다. 잘못하면 태권이 세희한테 뺏기겠다."

미향이 대수롭지 않다는 듯 싱긋 웃는다. 미향과 석구, 세희까지 짐을 나르는 바람에 예상보다 일찍 이사가 끝났다. 짐을 대강 정리하고 포장마차로 갔다. 태권과 석구는 골뱅이무침에 소주를 마시고 미향은 맥주를 마셨다.

"수고들 했어, 일찍 들어가 샤워하고 푹 쉬어."

"태권이는 좋겠다. 방도 넓고, 직장도 코 앞이고…."

석구가 부러운 표정을 짓는다. 석구와 미향이를 보내고 집으로 돌아왔다. 간단히 샤워를 하고 옷을 갈아입는데, 할머니가 저녁을 차려왔다. 세희가 쪼르르 달려와서 태권의 곁에 앉는다.

"세희야, 이쪽에 앉아. 오빠 불편하잖아."

할머니가 세희의 팔을 잡아당긴다. 그러나 세희는 요지부동이었다.

"괜찮아요, 할머니. 세희야 어서 밥 먹자."

저녁을 먹고 나니 눈이 스르르 감긴다. 일찍 잠자리에 들었다. 막 잠이 들려는데 살며시 방문이 열렸다. 세희가 베개를 들고 이불 속으로 쏙 들어왔다. 세희의 몸에서 상큼한 풋과일 냄새가 풍겨 나왔다.

"세희는 네 침대에서 자야지."

태권이 말했지만, 세희가 들은 체도 하지 않은 채 품속으로 파고들었다. 태권은 난처했다. 아무리 어린아이 같다고는 하나, 스무 살이나 먹은 아가씨다. 세희를 번쩍 않고 세희 방으로 갔다. 침대에 눕히고 나오려는데 또 따라 나왔다.

"그래, 오늘은 첫날이니까 오빠랑 같이 자자. 오늘 하루만이다."

할 수 없이 세희와 나란히 이불 속에 누웠다. 세희가 팔베개하고, 가슴 속으로 파고들었다. 피곤이 몰려와 이내 잠이 들었다. 아침에 눈을 떠 보니 세희가 목을 끌어안고 잠들어 있었다. 살며시 목을 풀고 일어났다. 어느새 일어나셨는지 할머니가 아침 식사를 준비하고 계셨다.

"할머니, 안녕히 주무셨어요?"

태권이 씩씩한 목소리로 아침 인사를 했다.

"그래, 잘 잤어? 세수하고 어서 식탁에 앉아."

할머니가 물걸레로 식탁을 닦으며 빙그레 웃었다. 정말 오랜만에 받아보는 아침 밥상이다. 할머니는 옆에 앉아 태권의 밥 먹는 모습을 흐뭇한 표정으로 바라보셨다. 세희는 아직도 꿈속이었다.

"할머니, 어젯밤 세희가 제방에 와서 함께 잤어요."

"아이고, 다 큰 애가 오빠 불편하게…."

할머니가 민망한 표정을 짓는다.

"걱정하지 마세요. 제가 잘 타이를게요. 할머니, 다녀오겠습니다."

출근하는 태권의 발걸음이 한결 가벼웠다.

세희는 계속 은행을 찾아왔다. 이제 세희를 모르는 직원이 없었다. 세희네 집으로 이사 온 후부터 태권은 많은 여유가 생겼다. 출퇴근 시간이 반으로 줄어들었고, 식사 준비와 빨래하는 번거로움도 없어졌다. 할머니가 모든 걸 챙겨 주셨다. 또 한사코 방세를 받지 않아 금전적인 여유도 생겼다. 할머니도 태권을 가족처럼 생각했고, 태권도 친할머니처럼 대했다.

"요 녀석, 오빠 말 안 들을 거야? 그럼, 오빠 화낸다."

오늘도 잠자리 문제로 세희와 실랑이한다. 겨우겨우 세희가 침대에서 잠드는 모습을 보고 방으로 돌아왔는데, 어느새 쪼르르 달려와 이불 속으로 파고들었다. 철모르는 세희야 오빠가 좋아서 그렇다지만, 태권은 난처했다. 태권은 세희가 잠이 들 때까지 침대에 함께 누워 등을 토닥여 주고, 세희가 잠들면 자기 방으로 건너와 잠을 잤다. 매일 밤 세희와 잠자리 문제로 씨름한다. 할머니도 눈치를 채시고 매번 세희에게 주의를 주지만, 세희는 이해하지 못했다. 분명히 잠을 재우고 건너왔는데 일어나 보면 늘 옆에서 자고 있었다.

세희는 '할머니', '오빠' 등 단순한 낱말 외에는 모두 잊어버린 듯했다. 그리고 간단한 일도 스스로 하려고 하지 않는다. 밥 먹는 일 외에는 모두 할머니가 챙겨 주어야 했다. 심지어 화장실까지 할머니가 데리고 다닌다. 태권은 골똘히 생각했다. 언제까지 이럴 수는 없다. 언젠가는 할머니도 돌아가시고 혼자가 될 텐데…. 그 후로 태권은 세희에게 관심을 쏟기 시작했다. 틈나는 대로 세수하기, 손발 닦기, 화장실 가기, 양치질하기, 옷 갈아입기, 혼자 잠자기 등 혼자 할 수 있는 일들을 스스로 하게 만들었다. 하지만 쉽게 고쳐지지 않았다. 며칠 지나면 또다시 옛날로 돌아갔다. 할머니 말씀대로 점점 더 지능이 떨어지는 것 같아 안타깝기 짝이 없다. 태권은 포기하지 않고 계속 반복했다. 처음에 안쓰러운 표정으로 지켜보던 할머니도 이제 세희에 관한 일은 모두 태권에게 맡겼다. 태권은 세희를 데리고 정신과 상담도 받아보고, 시간을 내어 의학서적도 뒤져 보았다. 어린 시절 부모의 사랑을 받지 못하고 자란 아이들이 자폐증을 보이는 경향이 많다고 했다. 사춘기에 이르면 외톨이가 되기 쉽고, 오래 지속이 되면 정신 분열을 일으켜 정신병으로 발전하는 경우가 종종 있다고 한다.

또 정신병은 선천적인 경우와 후천적인 경우가 있는데 매우 복잡하고 다양했다. 세희와 같이 정상적인 지능을 유지하던 아이들이 외부 충격으로 정신박약에 이르는 경우가 있는데, 정신박약에도 경우, 치우, 백치 삼 단계가 있는데, 세희의 경우는 거의 백치 수준에 이르렀다는 사실도 알게 되었다. 다행히 신체 발육에 지장이 없고 표현을 잘하지 못할 뿐, 감정도 느끼고 생각도 하며 어떤 분야에서는 천재성을 발휘하는 사례도 간혹 있었다. '대부분 유아기 때부터 이런 증상이 나타나지만, 세희의 경우는 정상적인 지능을 유지하다 외부 충격으로 백치가 됐기 때문에 가능성은 희박하지만, 어떤 계기에 의해 정상을 회복할 수도 있다는 희망 섞인 얘기도 들었다. 하지만 대부분 좋아지기보다는 갈수록 나빠지는 경우가 많아 세희를 대할 때마다 안타깝기 짝이 없었다.

세희는 미술에 소질이 있었다. 벽에 걸려 있는 동물화도 상당한 수준이었다. 중학교 때 그린 나비는 살아 움직이는 것 같이 생동감이 있었다. 퇴근길에 스케치북과 그림책을 샀다.

"세희야, 우리 그림 그릴까?"

책상에 마주 앉았으나 세희는 관심을 보이지 않는다. 그러나 태권은 희망을 버리지 않고 계속 정성을 쏟았다. 모든 일이 인내가 필요하지만, 세희의 경우는 더 심했다. 무슨 일을 시작해도 전혀 집중하지 못했다. 잠결에 가슴이 답답해서 깨어보면, 어느새 세희가 태권의 품속에서 잠들어 있다. 세희의 침대에 함께 누워 잠든 모습을 확인하고 건너왔는데, 일어나 보면 세희는 항상 곁에 있었다. 천진난만한 얼굴로 포근히 잠들어 있는 세희의 모습을 보면 차마 깨울 수 없다. 그렇다고 방문을 걸어 잠그고 잘 수도 없다. 방법을 찾아야 하는데 묘안이 떠오르지 않는다.

온 산에 단풍이 물들기 시작했다. 세희네 집으로 이사를 한 지도 벌써 석 달이 넘었다. 오랜만에 석구와 만나 술을 마셨다. 늦은 밤 도착해 보니 세희가 기다리다 지쳐 태권의 방에서 잠들어 있다. 세희가 깨지 않게 가만히 들어 세희의 침대에 눕히고 방으로 돌아와 잠이 들었다. 새벽녘에 갈증이 나서 깨어보니 언제 건너왔는지 세희가 태권의 품 안에 잠들어 있다. 세희를 밀치고 일어나려니 더욱더 가슴속으로 파고든다. 잠옷 위로 드러난 세희의 몸매가 미향이 못지않다. 갑자기 세희가 여자로 느껴진다. 태권은 세희를 끌어당겨 살포시 안아보았다. 세희의 보송보송한 살결에서 뿜어져 나오는 향긋한 살 내음이 태권의 후각을 자극하며 자신도 모르게 온몸이 뻐근해졌다. '내가 지금 무슨 상상을 하고 있지.' 태권이 벌떡 일어나 냉수를 들이켰다. '세희는 철모르는 어린아이다. 세희는 내 동생이다.'

"나무 관세음보살! 나무 관세음보살! 나무 관세음보살!"

태권은 습관처럼 관세음보살을 찾았다.

토요일이다. 근무를 마치고 미향과 함께 고향을 찾았다. 휴가 때와 지난번 양가 상견례 때 다녀간 후 이번이 세 번째다. 다음 주 수요일이 아버지 생신인데, 온 가족이 함께하기 위해 내일로 날짜를 당겼다. 서둘러 출발했는데도 해가 진 뒤에야 고향에 도착했다. 시골 버스가 하루에 세 번밖에 들어가지 않아, 공주에서 한 시간 반을 기다리다 막차를 타야 했다. 집에 도착하니 형님 내외와 누님 내외, 인숙이가 이미 도착해서 기다리고 있었다.

"언니, 어서 와. 산골짜기까지 오느라 힘들었지?"

인숙이가 미향의 팔을 잡고 반겨 주었다. 미향과 함께 부모님께 큰절을 올렸다.

"오느라 고생들 했다. 부모님은 두 분 다 건강하시고?"

아버지가 만면에 웃음을 띠고 미향을 쳐다보았다.

"네, 두 분 다 건강하세요. 이건 부모님 드리라고 어머니가 싸 주셨어요."

미향이 들고 온 보따리를 풀어놓았다. 스티로폼 박스에 굴비가 가득 얼음에 재워 있었다.

"뭘 이런 귀한 걸 다 보내셨어. 잘 먹겠다고 말씀드려라."

어머니가 굴비 박스를 냉장고에 넣었다.

"언니, 더 예뻐졌네."

인숙이가 미향을 바라보며 웃는다.

"아가씨도 더 예뻐졌는데요."

미향이 얼굴을 붉히며 화답했다. 형수가 저녁을 차려왔다. 온 가족이 둘러앉아 저녁을 먹었다.

"많이 먹어라. 반찬이 입에 맞을지 모르겠다."

어머니가 미향에게 특별히 신경을 쓰셨다.

"어머님이 해주시는 음식은 다 맛있어요. 어머님도 어서 드세요."

미향이 스스럼없이 달려들어 맛있게 식사했다. 식사가 끝나고 형수와 함께 미향이 설거지했다. 몇 번 만나지 않았는데 벌써 한 가족이 된 느낌이다. 형수가 복숭아를 쟁반 그득히 담아왔다.

"저 자취방 옮겼어요. 할머니가 손녀를 데리고 사시는데 방도 넓고 식사도 할머니가 차려주시고 너무 좋아요."

태권이 그간의 경위를 대강 설명했다.

"고마운 분이구나! 언제 시간 날 때 인사라도 드려야겠다."

어머니도 무척 좋아하셨다. 이튿날 아침, 준비해 온 생일 케이크를 자르고 아버지의 생신을 축하했다. 식사 후 곧바로 출발했다. 공주까지 형님 트럭을 타고 와 버스터미널에서 인천행 시외버스로 갈아탔다. 미향의 집에 도착하니 점심때가 좀 지났다. 어머니가 싸주신 채소 보따리를 보시고, 어머님이 환호성을 질렀다.

"아이고, 되로 주고 말로 받는다더니, 우린 조금밖에 안 보냈는데…."

"엄마, 그거 들고 오느라 팔 빠지는 줄 알았어. 직접 농사지으신 거라고 얼마나 많이 싸 주시는 지…."

미향이 팔을 만지며 엄살을 부렸다.

"이 싱싱한 상추 좀 봐. 풋고추도 있고, 쑥갓, 아욱…. 골고루도 챙겨 주셨네."

어머님이 연신 감탄사를 내뱉었다.

"그래, 자네 부모님 별고 없으시고?"

"네, 모두 건강하십니다."

"자, 그럼, 우리는 건너가서 바둑이나 한 수 하세."

아버님이 바둑판을 들고 앞장서셨다. 미향이 무남독녀이다 보니 아버님은 태권을 아들처럼 생각하셨다. 하룻밤을 지내고 미향과 함께 출근했다.

본격적인 여름휴가가 시작되었다. 주말에 세희 외삼촌 가족과 함께 우성에 있는 우목저수지로 야유회를 가기로 약속했다. 우성은 외숙모의 고향으로 물이 맑고 계곡이 깊어 자연경관이 뛰어나다. 공주에서 청양 방면으로 십여 분 달리다가 용봉교차로에서 모덕사 방향으로 우회전하여 이 킬로미터 정도 들어가면 우목저수지가 있다. 1박 2일 일정으로 토요일 일찍 출발하여 텐트에서 일박하고, 일요일 점심을 먹고 돌아오기로 계획을 잡았다. 텐트와 먹을 것은 모두 외삼촌이 준비하기로 했다. 어제 퇴근 후 세희를 데리고 백화점에 가서 수영복을 샀다. 돌아오는 길에 길옆에서 튜브도 두 개 준비했다. 세희의 들뜬 모습이 꼭 어린아이 같다.

금요일 저녁, 퇴근해 돌아오니 벌써 외삼촌 내외와 초등학교에 다니는 범석이가 도착하여 태권을 기다리고 있었다. 모처럼 집안이 북적북적했다. 세희도 범석이와 함께 장난을 치며 신이 났다. 외숙모가 준비해 온 반찬으로 맛있게 저녁을 먹고 일찍 잠자리에 들었다.

토요일 아침 일찍 외삼촌의 승합차를 타고 출발했다. 수인 산업도로를 타고 수원과 천안을 경유하며 두 시간쯤 달리다가 소정 삼거리에서 공주 방면으로 우회전한 다음, 삼십여 분을 더 달려갔다. 우성 삼거리에서 청양 방향으로 십여 분을 달리면 용봉교차로가 나온다. 모덕사 방향으로 가는 길은 벌써 놀러 가는 차량 들로 거북이걸음을 했다. 저만큼 저수지 끝자락이 보였다. 목적지에 도착하니 점심때가 되어서인지 고기 굽는 냄새가 골짜기를 진동했다. 여기저기 울긋불긋한 텐트들이 장사진을 이룬 모습을 보니 야유회가 실감이 났다. 아이들이 물놀이하며 웃고 떠드는 소리가 시끌벅적하다.

서둘러 승합차에서 짐을 내리고, 태권과 외삼촌이 텐트를 쳤다. 커다란 소나무 아래 5인용 텐트를 치고, 조금 위쪽으로 3인용 텐트가 나란히 자리를 잡았다. 지글지글 불타던 태양은 구름 속에 자취를 감추었지만, 아직도 열기가 후끈후끈하다. 이따금 계곡 아래서 불어오는 바람이 서늘했다. 짐을 풀고 식사를 준비했다.

"누나! 빨리 수영하자."

범석이가 세희를 잡아끌며 성화를 부렸다.

"세희야, 수영복 갈아입고 범석이와 물놀이하자."

태권이 세희를 데리고 텐트로 들어갔다. 옷을 벗기고 수영복을 갈아입혔다. 수영복 차림의 늘씬한 세희의 모습에 태권도 깜짝 놀랐다. 세희가 조금은 부끄러운 듯 두 손을 깍지 끼고 몸을 비비 틀었다.

"범석아, 누나와 같이 물놀이해. 깊은데 들어가면 절대 안 돼."

태권이 세희와 범석이를 물속으로 들여보냈다. 할머니와 외숙모가 요리할 준비를 하고, 외삼촌은 배낭에서 버너와 코펠을 꺼내 불을 붙였다.

"저도 도와드릴게요."

"아냐, 아냐. 자넨 아무 걱정하지 말고 아이들과 재미있게 놀아."

외삼촌이 태권의 등을 떠밀었다. 반바지로 갈아입고 물가로 내려왔다. 범석이가 세희에게 물을 끼얹으며 장난을 치고 있다. 물에 젖은 수영복 차림의 세희가 한결 더 여성스럽다. 모처럼 야외에 나오니 머리가 맑아졌다. 주변을 한번 둘러보았다. 계곡에서 흘러내린 물이 산자락을 돌아 나오며 시내를 만들고, 반대편에 운동장만 한 백사장을 만들었다. 몇 무리의 사람들이 백사장에서 공놀이하고 있었다. 물은 허리 깊이로 물놀이하기에 안성맞춤이다. 대부분 가족인데 이따금 연인인 듯한 젊은 축들도 끼어 있었다. 백사장이 끝나는 지점에서 내리막이 시작된다. 100미터가량 급경사에서 유속이 빨라지다가 완만한 경사가 200미터가량 이어지며 속도가 점점 줄어든다. 경사가 끝나는 지점에서 졸졸 흐르다가 그대로 저수지로 흘러 들어갔다. 저수지는 농업용수로 사용하기 위해 제방을 쌓아 물을 가둬놓은 곳인데, 제법 깊어 보였다. '물이 깊으니 들어가지 마시오.'라고 빨간색으로 써진 경고판이 입구에 세워져 있었다. 내리막에서 보트를 타는 아이들이 여러 명 보였다.

저녁 식사는 삼계탕이었다. 한여름 야외에서 먹는 삼계탕은 집에서 먹는 삼계탕과는 비교할 바가 아니었다. 인삼과 대추와 밤과 잣을 영계의 뱃속에 다져 넣고 오랫동안 우려낸 깊은 맛은, 외숙모의 정성이 그대로 우러난 천하일미였다. 태권은 외삼촌과 함께 반주로 구기주를 마셨다. 이 지방에서 생산된 구기자로 만들어진 구기주는 발그레한 색깔이 포도주를 연상시켰고, 달콤한 맛이 입안을 부드럽게 감쌌다.

밤이 깊어지자, 요란한 폭죽 터지는 소리와 함께 백사장에서 캠프파이어가 시작됐다. 할머니를 모시고 모두 백사장으로 나갔다. 타오르는 불꽃을 바라보며 모두 환호성을 질렀다. 몇몇 아이들이 찬물에도 아랑곳하지 않고 물속에 뛰어들어 물장난을 치고 있었다. 하늘로 치솟던 불꽃이 서서히 사그라지면서 하나둘 텐트로 돌아갔다. 외삼촌 내외가 자리에서 일어나자 할머니가 범석이를 데리고 뒤를 따랐다. 세희는 처음 보는 캠프파이어가 신기했던지 두 눈을 반짝이며 일어날 생각을 하지 않는다. 성경학교 아이들이 쌍을 이뤄 캉캉 춤을 추기 시작했다. 주변에 둘러앉아 있던 사람들이 하나둘 그들을 따라 함께 춤을 추었다. 세희가 호기심 어린 눈으로 쳐다보며 손뼉을 쳤다.

"우리도 춤출까?"

태권이 세희의 허리를 잡았다. 아이들과 어울려 무조건 깡충깡충 뛰었다. 이마에 땀이 흐르기 시작했다. 세희가 숨을 헐떡이더니 태권의 손을 잡아끈다. 태권은 세희가 잡아끄는 대로 백사장을 지나 저수지 쪽으로 걸어갔다. 오늘따라 세희가 생각이 많은 듯 새침한 표정이다. 민소매에 반바지 차림의 세희의 모습이 추워 보인다. 태권이 재킷을 벗어 세희의 어깨에 걸쳤다.

제방이 나왔다. 저수지에서 흘러넘친 물이 콘크리트 구조물을 타고 흐르다 마지막 순간에 폭포처럼 쏟아져 내렸다. 제방을 따라 천천히 걸어갔다. 제방 끝에 수량을 조절하는 수문이 설치되어 있고, 도구를 넣은 조그만 창고가 보였다. 언제부터 닫혀 있었는지 문에는 녹이 잔뜩 슨 자물통이 채워져 있었다. 평평한 콘크리트 바닥에 세희와 나란히 앉았다. 한낮의 열기로 데워진 탓인지 아직도 온기가 남아 따뜻했다. 세희가 살며시 어깨를 기대왔다. 태권이 세희의 어깨를 감싸 안았다.

오늘따라 달이 유난히 밝다. 아마도 보름이 가까워진 것 같다. 세희가 말없이 물속에 있는 달을 손가락질했다. 물끄러미 물속에 잠겨 있는 달을 바라보며 무언가 골똘히 생각하는 모습이다. 이런 때는 꼭 감수성이 예민한 사춘기 소녀 같다. 세희가 우수 깃든 눈으로 조용히 태권을 쳐다본다. 무언가를 갈망하듯이 간절한 눈빛으로 입을 달싹거린다. 태권이 두 손을 들어 세희의 볼을 움켜잡았다. 세희가 조용히 눈을 감았다.

저수지를 비치던 밝은 달이 갑자기 구름 속에 숨어버렸다. 하늘이 캄캄해지는가 싶더니 빗방울이 떨어지기 시작했다. 세희의 손을 잡고 텐트를 향해 달려갔다. 빗줄기가 점점 굵어지기 시작했다. 할머니는 이미 잠이 드셨는지 조용하다. 세희와 함께 할머니 옆에 누웠다. 세희가 태권의 손을 만지작거렸다. 태권이 팔을 뻗자 세희가 기다렸다는 듯 팔을 베고 태권의 품에 안긴다. 평화스러운 세희의 얼굴을 바라보며 태권도 잠이 들었다.

태권은 팔이 아파 잠에서 깨어났다. 세희가 태권의 목에 팔을 감은 채 세상모르고 잠들어 있다. 살며시 팔을 뺐다. 할머니가 벌써 일어나 아침을 준비하는지 밖에서 덜그럭거리는 소리가 들린다. 문을 열고 밖으로 나왔다.

"안녕히 주무셨어요?"

"응, 왜 벌써 일어나. 피곤할 텐데 더 자지 않고…."

할머니가 밝은 표정으로 태권을 바라보았다.

"푹 잤어요. 아침 공기가 상쾌하네요."

밤새 요란스럽게 내리던 비는 이미 그치고, 하늘이 활짝 개어있었다. 물가로 내려갔다. 밤새 내린 비로, 물이 많이 불어나 있었다. 몇몇 개구쟁이들이 벌써 물놀이를 즐기며 신이 났다. 그들의 모습을 보니 어릴 적 시냇가에서 물놀이하던 모습이 떠오른다. 백사장을 지나자 물살이 점점 빨라진다. 어제와는 비교도 되지 않을 정도로 물보라를 튕기며 쏜살같이 흘러갔다. 중학생은 됨직한 사내아이 둘이 보트를 타며 스릴을 만끽하고 있었다. 태권은 저수지를 향해 걸어갔다.

"오빠!"

어느새 따라왔는지 세희가 팔짱을 꼈다.

"우리 천사님, 잘 잤어?"

태권이 세희의 오똑 솟은 코를 살짝 비틀었다. 세희의 표정이 어젯밤과는 딴판으로 밝아졌다. 세희의 환한 얼굴을 보니 태권도 덩달아 기분이 좋아졌다. 저수지는 흙탕물로 가득했다. 수문을 타고 폭포처럼 쏟아져 내리는 물소리가 골짜기를 울렸다. 미처 수문으로 빠져나가지 못한 흙탕물이 제방 둑을 타고 흘러넘쳤다. 저수지를 넘쳐흐르는 흙탕물을 바라보니 갑자기 물이 두려워졌다. 저만큼 범석이가 빨리 오라고 손짓했다. 세희의 손을 잡고 달려갔다. 아침을 먹기 위해 모두 둘러앉아 있었다. 태양이 불타오르며 더위를 피해 하나둘 물속으로 들어가기 시작한다. 범석이와 세희는 튜브를 허리에 끼고 수영했다. 할머니가 물가에 발을 담그고 흐뭇한 표정으로 손주들을 바라보신다.

"형, 보트 타러 가자."

범석이가 태권의 손을 잡아끌었다. 세희와 함께 보트를 들고 경사로로 갔다. 벌써 많은 사람이 보트를 타느라 와자지껄했다. 밤새 내린 비로 물이 불어나 유속이 무척 빨랐다. 아이들은 스릴을 만끽하며 더욱더 신이 났다. 범석이와 세희가 보트를 즐기고, 태권은 경사가 끝난 지점에서 아이들이 저수지에 빠지지 않도록 안전요원 역할을 했다. 오전 내내 보트를 타고 텐트에 돌아와서 삼겹살을 구워 먹었다. 태권은 외삼촌과 함께 반주를 곁들였다.

수저를 놓기가 무섭게 범석이가 물속에 뛰어들었다. 세희가 태권의 손을 잡아끌었다. 수영을 배우기 시작한 세희가 신이 나는지 물가에서 어설프게 발장구를 친다. 태권이 세희의 손을 잡고 물 가운데로 들어갔다. 점심때 마신 반주 때문인지 자꾸만 눈이 감겼다.

"범석아, 형 좀 쉬고 올 테니까 그동안 여기서 누나하고 놀아. 보트 타러 가면 안 돼. 물살이 빨라 위험하니까 보트는 이따가 형이랑 같이 타. 누나 곁에 꼭 붙어있어야 해. 알았지?"

범석이에게 신신당부하고, 텐트로 돌아왔다. 한낮의 태양이 이글거렸다.

"피곤하지? 그늘에서 좀 쉬어."

소나무 그늘에서, 부채질하고 계시던 할머니가 태권을 보고 말씀하셨다.

"외삼촌은 어디 가셨나 봐요?"

"아니야. 걔도 피곤한지 저쪽에서 쉬고 있어."

할머니가 부채로 계곡 쪽을 가리켰다. 태권은 나무 아래에 그늘을 찾아 자리를 잡고 벌렁 드러누웠다. 피곤이 누적된 탓인지 눕자마자 스르르 잠이 들었다.

"세희야, 위험해. 거기는 물이 깊단 말이야."

태권이 세희를 보고 소리를 질렀다. 오늘따라 세희가 말을 듣지 않는다. 자꾸만 저수지 쪽으로 걸어갔다.

"세희야, 빨리 이쪽으로 나와!"

태권이 또다시 큰 소리로 외쳤다. 그러나 세희는 들은 체도 안 하고 저수지를 향해 걸어갔다. 태권이 세희의 뒷모습을 바라보며 안절부절못했다. 세희가 멈추지 않고 저수지 속으로 걸어 들어갔다. 어깨가 잠기는가 싶더니 이내 물속으로 모습을 감춰버렸다.

"세희야! 세희야!"

태권은 세희를 부르다가 소스라쳐 잠이 깼다. 꿈이었다. 이마가 서늘하다. 주위를 둘러봤다. 아무도 보이지 않는다. 이상하다. 벌떡 일어나 다시 한번 주위를 둘러본다. 저수지 쪽에서 사람들이 웅성거리는 소리가 들려온다. '웬일이지?' 태권이 저수지를 향해 달려갔다. 사람들이 저수지 가장자리에 빙 둘러서서 우왕좌왕하고 있고, 그 한가운데 할머니가 주저앉아 몸부림을 치고 계셨다. 순간 꿈속에서의 세희 모습이 스쳐 지나간다. 태권은 사람들을 헤치고 할머니 곁으로 다가갔다. 범석이가 울고 있는 모습이 보였다. 외삼촌 내외가 부둥켜안은 채, 새파래진 얼굴로 저수지를 바라보며 오들오들 떨고 있다. 세희가 보이지 않는다.

"무슨 일이에요? 할머니?"

"세희가…, 세희가…."

할머니가 저수지를 가리키며 말을 잇지 못한다. 순간 태권이 저수지를 향해 달려갔다. 옆에 있는 사람들이 달려들어 태권을 막아섰다.

"안 돼! 위험해! 119에 연락했으니까 기다려!"

누군가 소리쳤다. 태권이 사람들을 거세게 뿌리쳤다. 심호흡하고 물속에 첨벙 뛰어들었다. 흙탕물로 채워진 물속은 캄캄했다. 아무것도 보이지 않는다. 무작정 아래로 내려갔다. 바닥이 손에 닿는다. 바닥을 더듬었다. 찐득찐득한 진흙이 느껴지면서 고약한 냄새를 풍긴다. '세희를 찾아야 한다.' 저만치서 세희가 오빠를 부르며 허우적대는 것 같다. '세희야, 조금만 기다려. 오빠가 구해 줄게.' 바닥을 더듬으며 앞으로, 앞으로 나아갔다. 그러나 세희의 모습은 아무 데도 없다. 엉켜있는 물풀들이 태권의 몸을 가로막는다. 거칠게 떼어 냈다. 물이 콧속으로 들어온다. 심장이 터질 것 같다.

어릴 때 동무들과 '물속에서 누가 오래 견디나.' 내기하던 생각이 났다. 모두 다 태권이 이겼지만, 석종이는 아무리 해도 당해낼 재간이 없었다. 그날 이후 태권은 세숫대야에 물을 가득 채우고 오래 버티기 훈련을 계속했다. 초등학교를 졸업하던 해 여름, 드디어 태권은 석종이를 이겼다.

'그래, 난 할 수 있어. 이까짓 것 얼마든지 버틸 수 있어. 반드시 세희를 구해내고 말 거야.' 다시 힘이 나는 듯했다. 그러나 손가락 하나 까딱할 수가 없었다. 안간힘을 다해 바닥을 차고 올라왔다. 사람들의 모습이 어렴풋이 보였다.

　한 번, 두 번…. 심호흡하고 또다시 물속에 처박혔다. '이번엔 반드시 세희를 구해낼 거야.' 이빨을 악물고 바닥을 헤매고 또 헤맸다. 몇 시간을 헤맨듯한데 세희는 어디에서도 찾을 수가 없었다. 정신이 혼미해지기 시작했다. 절망감이 머리를 엄습한다. 또다시 수면 위로 고개를 내밀었다. 따가운 태양이 느껴질 뿐 아무것도 보이지 않는다. 다시 한번 심호흡하고 태권은 지체하지 않고 물속으로 곤두박질쳤다. 물고기가 헤엄치는 모습이 보이는 것 같다.

　"오빠!"

　어디선가 세희의 목소리가 들리는 듯하다. '세희야, 기다려! 오빠가 꼭 너를 구해 줄게!' 태권은 이를 악물고 헤매고 또 헤맸다. 그러나 세희는 끝내 찾을 수가 없었다. 온몸이 천근만근 무겁다. 손 하나 까딱할 수가 없다. '이래서는 안 돼, 정신 차려야 해' 태권은 고개를 세차게 흔들었다. 그러나 의지와는 상관없이 태권의 몸은 점점 더 진흙 속으로 빠져들었다. 갑자기 온몸이 편안해지며 정신이 맑아진다. 어젯밤 세희의 모습이 떠오른다. 우수에 잠긴 눈빛으로 물속의 달을 바라보던 바로 그 모습이…. '그렇지! 세희는 분명 달을 따라 갔을 거야.' 다시 힘이 솟는 듯했다. 태권은 달을 찾아 헤맸다. 달만 찾으면 세희가 틀림없이 거기에 있을 것 같았다. 발끝에 뭔가 걸리는 느낌이다. 잽싸게 몸을 돌렸다. 세희의 살냄새다. 세희가 틀림없다.

　"세희야! 여기서 잠들면 안 돼. 자, 오빠 손을 잡아."

　세희의 손을 잡고 몸을 솟구쳤다. 그런데 꼼짝도 하지 않는다. 다시 한 번 솟구친다. 조금 움직여지는 것 같다. 세희의 등 밑에 두 손을 받치고,

태권은 젖 먹던 힘을 다해 다시 한번 용을 썼다. 몸이 붕 뜨는 느낌이다. 갑자기 세희의 몸이 새털처럼 가볍다. 햇빛이 보이는 듯하다.

"이보게. 조 주임. 정신이 드는가?"

어디선가 외삼촌의 목소리가 들린다. 누군가 어깨를 흔드는 바람에 눈을 떴다. 낯익은 얼굴들이 하나둘 시야에 들어온다. 초췌한 할머니의 얼굴, 눈물로 뒤범벅이 된 범석의 얼굴, 공포에 질린 외삼촌과 외숙모의 얼굴…. 그런데 세희의 얼굴이 보이지 않는다.

"세희는? 세희야!"

태권이 벌떡 일어선다. 그러나 마음뿐, 몸이 꼼짝하지 않는다. 마치 술 취한 것처럼 머리가 빙빙 돈다. 외삼촌이 태권을 부축하여 일으켜 앉혔다.

"걱정하지 말게, 세희도 곧 깨어날 걸세."

외삼촌이 태권의 손을 잡고 눈물을 흘렸다. 태권이 사방을 두리번거렸다. 병원이다. 의사가 보이고 하얀 가운을 입은 간호사가 보인다. 침대 위에 세희가 죽은 듯이 누워있다.

"어찌 된 일입니까?"

태권이 비틀거리며 세희에게 달려갔다.

"위험한 고비는 넘겼으니까 곧 깨어날 겁니다."

의사가 맥박을 재면서 고개를 끄덕였다. 태권이 세희의 손을 잡았다. 갑자기 슬픔이 밀물처럼 밀려왔다.

"세희야 정신 차려! 오빠가 여기 있잖아!"

태권의 뜨거운 눈물이 세희의 이마 위로 쏟아져 내렸다.

"형, 죄송해요. 나 때문에…."

범석이가 겁에 질린 표정으로 울음을 터뜨렸다.

"자네 정말, 뭐라고 고맙다는 인사를 해야 할지…."

외삼촌이 태권의 손을 잡고 울먹였다.

"이 녀석의 보트가 뒤집혀 저수지로 휩쓸려 가는 바람에 그만…, 세희가 범석이를 구하려다가…."

외삼촌이 주먹으로 눈물을 훔쳤다.

"자넨 정말 우리의 은인일세. 자네가 세희를 구했어. 외삼촌인 나도 두려워서 하지 못한 일을 자네가 해냈어. 정말 고맙네."

"이 사람아! 어쩌자고 거길 뛰어들어. 까딱하면 자네까지 죽을 뻔했어."

할머니가 태권을 부둥켜안고 통곡한다. 병원이 울음바다가 됐다. 태권의 눈에서도 뜨거운 눈물이 하염없이 흘러내렸다. 이제야 생각난다. 꿈에서 깨보니…. 저수지에 사람들이 빙 둘러서 있고, 그 속에서 할머니가 통곡하던 모습, 저수지에 뛰어들던 순간들…. '그래, 내가 해냈구나. 세희를 살려냈어.'

"오, 오빠!"

세희가 깨어났다.

"그래! 세희야. 오빠 여기 있어!"

태권이 으스러지라 하고 세희를 끌어안았다. 두 볼을 마구 비벼댔다. 세희의 눈에서 한줄기 눈물이 주르륵 흘러내렸다. 태권이 주먹으로 세희의 눈물을 훔쳤다. 병원에 있던 모든 사람이 감격의 눈물을 흘리며 손뼉을 쳤다. 안정제를 맞고 병원을 나왔다. 돌아오는 차 속에서 세희는 태권의 무릎을 베고 잠이 들었다. 태권의 손을 꼭 잡은 채로….

인천에 도착하니 날이 밝아오기 시작했다.

사랑과 우정, 낭심팔살법

 태권이 복직한 지도 벌써 일 년이 넘었다. 봄철 인사이동 때 석구는 주안지점으로 가고 미향은 부평지점으로 발령받았다. 그동안 미향과는 거의 매일 얼굴을 부딪쳤지만, 석구는 얼굴 보기가 힘들었다. 오랜만에 시민회관 앞에서 석구를 만났다.
 "오랜만이다."
 석구는 이미 자리를 잡고 술잔을 기울이고 있었다.
 "그래, 좋아 보인다."
 태권이 말을 받으며 맞은편 자리에 앉았다.
 "미향 씨는?"
 태권의 잔에 술을 따르며 석구가 묻는다.
 "곧 도착할 거야. 오는 중이란 연락 받았다."
 호프집은 비교적 한산했다. 아직 퇴근길이라 그런지 건너편 테이블에 남녀 한 쌍을 제외하고는, 태권이네뿐이다.
 "사장님 잠깐만."
 석구가 호프집 사장을 불렀다. 주방에서 일하던 태권이 또래의 젊은 남자가 손을 씻으며 걸어왔다.

"태권아, 인사해라. 이분이 여기 사장님이고, 여기는 내 죽마고우고."
"안녕하세요, 조태권입니다."
"말씀 많이 들었습니다. 김용상입니다."
명함을 건네고 손을 마주 잡았다.
"아직 바쁘지 않은 것 같은데 같이 한잔하시죠?"
태권이 술잔을 비우고 술을 따랐다.
"어이구 감사합니다."
김 사장이 쭉 들이키더니 태권에게 술잔을 건넸다.
"야, 태권아. 여기가 내 단골이다. 김 사장님도 전직 은행원이고. 우리보다 조금 빠르지만."
"그렇습니까? 선배 되시는군요."
"선배는 무슨, 친구라고 생각하십시오."
김 사장이 얼굴을 붉히며 손을 저었다. 출입문이 열리며 미향이 들어섰다.
"안녕하세요, 석구 씨."
미향이 태권의 곁에 앉으며 인사를 했다.
"미향 씨가 들어오니까 홀이 훤해지는 것 같습니다."
석구가 그녀를 아래위로 훑어보며 덕담했다. 오늘따라 미향의 옷차림이 화사하다. 연두색 블라우스에 니트를 걸치고 검은색 스커트를 입었다. 김 사장이 잔 하나를 가져오더니 미향의 앞에 놓는다.
"그럼, 말씀 나누십시오."
"아, 예. 종종 들리겠습니다."
인사를 마치고 김 사장이 주방으로 걸어갔다.

"태권이가 잘해주죠?"

술잔을 기울이며 석구가 어정쩡하게 말을 건넸다.

"글쎄요?"

미향이 싱긋 미소를 띠며, 애매모호한 태도로 태권을 쳐다보았다.

"미향 씨 얼굴을 보니 사랑 전선엔 이상이 없는 것 같고…. 태권이 이 자식, 참 좋은 놈입니다. 의리 있고, 배짱 있고, 여자 위할 줄 알고…. 정말 멋진 놈입니다. 내 친구지만 난 항상 태권이를 존경합니다."

석구가 진지한 표정으로 태권을 쳐다봤다.

"이거, 분위기가 좀 이상하네. 석구 너 벌써 술 취한 건 아니겠지? 어째 바늘방석에 앉은 느낌이다."

태권이 석구를 쳐다보며 어색한 표정을 짓는다.

"알아요. 난 첫눈에 알아봤어요."

미향이 사랑스러운 눈빛으로 태권을 바라보았다.

"정말? 그런데 그렇게 내 속을 썩였어? 난 미향 씨 때문에 가슴이 시커먼 데."

태권이 그동안 고생한 게 억울하다는 듯, 이마를 찌푸리며 그녀를 쳐다보았다.

"그러니까 남자들은 다 바보라니까."

미향이 즐거운 표정으로 술잔을 들었다.

"미향 씨도 그만한 대가를 치를 만큼 멋진 여자야. 예쁘고, 상냥하고, 능력 있고…."

오늘따라 석구의 표정이 진지하다.

"미향 씨, 얘가 봄을 타나 봐. 아무래도 안 되겠어. 석구 애인 하나 있어야겠는데? 주변에 마음씨 좋고, 예쁜 아가씨 하나 없어?"

"맞아요, 앞으로 제가 신경 좀 쓸게요."

미향이 맞장구를 쳤다.

"나같이 못난 놈을 누가 좋아하겠습니까?"

술잔을 비우며 석구의 입에서 한숨이 새어 나왔다.

"어머, 석구 씨가 어때서요."

미향이 정색한다. 사실 체격이 좀 왜소해서 그렇지, 석구만 한 친구도 드물다. 인정 많고, 의리 있고, 사려 깊고, 대인관계 좋고…. 사람이 죽을 때 생각나는 친구 하나만 있어도 성공한 인생이라고 하는데 석구는 그 이상이다. 친구가 좋아 대학 진학도 포기하고 태권이를 따라 함께 입사하지 않았던가. 가끔 입이 가벼워서 태권이 골탕을 먹긴 하지만, 석구는 가족과 다름없는 진정한 친구다. 태권은 유년 시절 석구의 도움을 많이 받았다. 석구네는 아버지가 우체국에 다니고 어머니가 학교 앞에서 구멍가게를 하여 가정형편이 좀 넉넉한 편이었고, 태권이네는 땅 한 마지기 없이 칠갑산에서 약초를 캐서 팔거나 남의 집 소작해서 근근이 입에 풀칠했다. 부모님은 매우 성실했지만, 할아버지가 해수 기침으로 오랫동안 고생하시는 바람에 가정형편이 말이 아니었다. 형과 누나도 중학교에 진학하지 못하고 초등학교를 졸업한 후 아버지를 도와 농사일을 했다. 제때 수업료를 내는 건 고사하고, 준비물을 빼먹기가 다반사였다.

미술 시간에 크레파스가 없어 다른 친구들이 그림을 그리는 동안 태권은 복도에서 손을 들고 벌서곤 했다. 선생님도 태권의 가정형편을 알았지만, 수업을 진행하기 위해서는 어쩔 수 없는 일이었다. 미술 수업이 있는 날이면 태권은 늘 우울했다. 그날 2교시에 미술 수업이 있었다. 태권은 1

교시 국어 수업이 끝나고 책을 넣기 위해 가방을 열었다. 그런데 가방 속에는 못 보던 스케치북과 크레파스가 들어있었다. 더구나 스케치북과 크레파스에는 조태권의 이름이 쓰여있었다. 태권은 앞줄에 앉아있는 석구를 쳐다보았다. 태권과 눈이 마주치자 석구가 빙그레 웃어주었다. 석구가 몸이 약해 친구들에게 놀림을 당할 때면 항상 태권이 나서 아이들을 혼내줬다. 이렇게 중학교와 고등학교를 함께 다니며 둘은 친형제처럼 지냈다.

빈 병이 쌓이기 시작했다. 술기운이 오르며 석구의 기분도 좋아졌다. 어느새 학창 시절 이야기로 돌아가서 석구가 거품을 물기 시작했다.

"태권이 쟤, 성질 더러운 놈입니다. 한번 고집을 부리면 아무도 못 말립니다."

석구가 연거푸 술을 마시며 이야기를 이어갔다.

"이거, 무슨 폭탄 발언이 나올 것 같다. 난 자리 좀 피해야겠다."

태권이 화장실을 향해 걸어갔다. 석구가 학창 시절 있었던 무용담을 전부 까발리는지 미향의 웃음소리가 요란하다.

"태권이 주특기가 뭔지 아십니까?"

석구가 빙그레 웃으며 화장실 쪽을 바라보았다. 미향이 궁금해 죽겠다는 듯, 허리를 굽히고 석구의 입을 쳐다보았다.

"태권이 주특기가 두 가지인데, 하나는 까만 운동화고, 또 하나는…."

"야, 석구야."

화장실서 돌아오던 태권이 손으로 석구의 입을 틀어막는다.

"왜 그래요? 난 재미있는데…."

미향이 태권을 잡아당겨 자리에 앉혔다.

"어릴 때 태권이 별명이 까만 운동화였어요. 동네 아이들치고 태권이에게 까만 운동화로 안 맞아 본 사람이 없어요."
 석구가 신이 나서 떠들어 댔다.
 사실 그랬다. 모두 메이커 운동화를 신었는데, 가정형편이 어려웠던 태권은 항상 이름 없는 까만 운동화를 신었다. 어쩌다 싸움이 벌어지면 까만 운동화를 양손에 들고 칼처럼 휘둘러서 한번 맞아 본 애들은 까만 운동화만 벗어들어도 줄행랑을 쳤다. 미향이 석구의 얘기를 듣고 배꼽을 쥐며 웃는다.
 "또 하나는요?"
 미향이 석구의 얘기에 완전히 빠져들었다.
 "낭심필살법!"
 "예?"
 미향이 두 눈을 휘둥그레 뜨고 석구를 쳐다본다. 태권은 두 손 들었다는 표정으로 술만 들이켰다.
 "태권이 저 녀석 때문에 고자 된 사람 많을 겁니다. 한번 잡혔다 하면…."
 미향이 배꼽을 쥐고 데굴데굴 굴렀다. 태권은 싸움을 싫어했지만, 지는 건 더 싫어했다. 어쩌다 힘이 센 친구와 싸움이 벌어져 자신이 밀리게 되면, 항상 상대방의 급소를 쥐어 굴복시켰다. 미향의 얼굴도 붉게 물들기 시작했다.
 "우리 이차로 옮기지."
 태권이 그녀의 얼굴을 쳐다보며 동의를 구한다. 석구와 간단히 한잔하고 연안부두에서 데이트를 즐기기로 했지만, 석구가 우울해하는 것 같아 기분을 풀어주자는 생각에서였다.

"좋아요."

미향이가 흔쾌히 동의해서 클럽 '오! 인천'으로 자리를 옮겼다. 좌석은 이미 꽉 들어차 있었다. 무대에서는 러시아 무희들이 반라의 모습으로 신나게 흔들어 대고, 플로어에는 술에 취한 젊은이들이 뒤엉켜 아수라장이 되어있었다.

"우리도 나가자."

맥주를 한 잔씩 들이켜고 플로어로 나갔다. 태권은 군바리 춤으로, 석구는 이판사판 춤으로 마구 흔든다. 미향이가 두 사람 사이에서 멋진 몸매를 과시하며 춤 솜씨를 뽐냈다. 온몸이 땀으로 범벅이 됐다. 자리에 돌아와 시원한 맥주로 몸을 식혔다. 유명 가수가 나와 한 타임을 때우고, 스트립쇼가 시작됐다. 미향이의 존재도 잠시 잊은 채 태권과 석구가 무대로 빨려 들어갔다.

"이봐요, 아저씨들 정신 차려요."

미향이가 태권과 석구의 귀를 잡아당겼다.

"어이구, 이 침 흘리는 것 좀 봐!"

미향이가 밉지 않게 눈을 흘긴다. 상황은 어느 테이블이나 비슷했다. 한동안 홀 안에 정적이 흐른다. 모두 숨을 죽이고 스트립걸의 움직임에 시선을 집중했다.

"정말 끝내주는데!"

스트립쇼가 끝나자 석구가 아쉬운 표정으로 한마디 내뱉는다. 이어서 뱀 춤이 시작됐다. 늘씬한 러시아 미녀가 온몸에 비단구렁이를 칭칭 감고 춤을 춘다. 구렁이가 혓바닥을 날름거릴 때마다 탄성과 비명이 교차한다. 이미터도 넘어 보이는 비단구렁이가 미녀의 몸을 미끄러져 내려올 때면 온몸에 소름이 끼친다. 뱀 춤이 끝나고 요란한 디스코 리듬이 흘러나왔다. 모두 일어나 플로어로 나갔다. 리듬에 따라 태권과 석구가 제멋대로 흔들어 댔다. 석구의 기분을 풀어주기 위해, 미향이 석구와 어울려 멋지게 춤을 췄다. 몸을 흔들 때마다 그녀의 멋진 몸매가 부드러운 곡선을 그렸다. 석구도 흥이 나는지 흐느적거리면서 미향과 보조를 맞춘다. 태권이 슬그머니 자리를 벗어나서 화장실로 갔다. 볼일을 끝내고 담배 한 대를 꺼내 물었다.

석구도 즐거워하는 것 같아 마음이 놓였다. 블루스타임으로 음악이 바뀌고 쌍쌍이 부둥켜안고 돌아가기 시작한다. 태권은 둘이 어울릴 시간을 주기 위해서, 좀 더 시간을 지체하다가 자리로 돌아왔다. 맥주 한 잔을 마시고 플로어로 눈을 돌렸지만, 둘의 모습이 보이지 않는다. 홀 안을 한 바퀴 둘러보았다.

"태권 씨!"

미향이 다급한 모습으로 출입구 쪽에서 헐레벌떡 뛰어왔다.

"석구 씨가…. 맞고 있어요!"

"뭐?"

태권이 총알같이 튀어 나갔다. 구경꾼이 빙 둘러서 있는 가운데에, 20대로 보이는 덩치 서너 명이 석구를 짓밟고 있었다.

"무슨 일이야?"

태권이 사나이들 틈에 끼어들어 석구를 감쌌다.

"이 새끼, 넌 뭐야!"

한 남자가 태권의 멱살을 잡았다. 미향이 발을 동동 굴렀다.

"이거 놓고 얘기합시다. 난 이 사람 친굽니다. 무슨 일로 이러십니까?"

"그래? 친구고 나발이고 저리 꺼져! 난 이 새끼 손 좀 봐야겠어."
와이셔츠가 미향의 부축을 받고 서 있는 석구를 걷어찼다.
"말로 합시다."
태권이 석구를 가로막았다.
"이 새끼가!"
갑자기 태권의 얼굴로 주먹이 날아왔다. 태권이 피할 사이도 없이 정통으로 얼굴을 맞았다. 입술에서 피가 흘렀다.
"어머!"
미향이 달려들어 손수건으로 피를 닦았다. 태권이 와이셔츠를 보고 씩 웃으며 석구를 바라보았다.
"어떻게 된 거야?"
"저 새끼들이 미향 씨한테 행패를 부리기에…."
"이 자식이…."
와이셔츠가 또다시 석구에게 주먹을 날린다. 태권이 잽싸게 몸을 피하며 와이셔츠의 팔을 낚아챘다. 와이셔츠가 중심을 잃고 비틀거렸다.
"말로 하자니까."
"어, 이 자식 봐라."
와이셔츠가 중심을 잡고 태권에게 달려든다. 태권이 앞발을 내디디며 그대로 와이셔츠의 면상을 들이받았다.
"어이쿠!"
와이셔츠가 비명을 지르며 주저앉았다. 일행이 한꺼번에 달려들었다.
"잠깐!"
태권이 뒤로 물러서며 양손으로 일행을 막아섰다.

"이유나 들어 봅시다."

"야, 이 새끼야. 같이 춤 한번 추자는데 뭐 잘못된 거 있어?"

사나이들이 당장이라도 달려들 태세다. 태권이 경계를 늦추지 않고 '어찌 된 거냐?'는 듯 미향을 쳐다보았다.

"우리가 춤을 추는데, 저 사람이 끼어들어 행패를 부리니까 석구 씨가 '그러지 말라'고 좋게 얘기했는데…."

미향이가 키다리를 바라보며 상황을 설명했다.

"야, 엉덩이 한번 스친 걸 가지고…."

"스쳐? 노골적으로 만지던데."

석구가 키다리를 노려보며 콧방귀를 뀌었다.

"뭐, 엉덩이를 만져?"

태권의 표정이 험악하게 일그러졌다.

"태권 씨, 그만둬."

미향이 싸움을 말리려고 태권의 팔을 잡아끌었다.

"어떤 놈이 감히 내 여자 엉덩이를 만져?"

태권이 윗도리를 벗어 미향에게 건네고 한 발짝 다가섰다.

"그래서 어쩔 건데?"

뱁새눈을 한 키다리가 태권 앞에 다가섰다.

"너야? 이 새끼가 감히 내 여자를!"

태권이 발을 들어 그대로 키다리의 배를 걷어찼다. 키다리가 '윽' 하고 비명을 지르며 나가떨어졌다.

"태권 씨, 참아. 응?"

미향이 울상을 지으며 애원했다.

"미향 씨, 뒤로 물러서 있어. 난 여기서 죽는 한이 있어도 더 이상 못 참아! 어느 놈이 감히 내 여자를 건드려?"

태권이 날뛰기 시작했다. 순식간에 세 명의 사나이가 나가떨어졌다.

"야, 인마! 당장 내 여자에게 사과해!"

태권이 키다리의 멱살을 잡고 일으켜 세웠다.

"어디야? 어디?"

출입문 쪽에서 사나이 네 명이 와이셔츠를 앞세우고 달려 나왔다. 또다시 난투극이 벌어졌다. 시간이 흐를수록 태권이 몰리기 시작한다. 석구가 비틀거리며 달려들다가 와이셔츠에 걸어차여 힘없이 나뒹굴었다. 옆구리를 걷어차인 태권이 쓰러지자, 사나이들의 구둣발이 사정없이 태권의 몸을 짓밟는다. 미향이 비명을 지르며 발을 동동 구른다. 한동안 죽은 듯이 쓰러져 방어만 하고 있던 태권이 벌떡 일어서더니 뒤에서 와이셔츠를 껴안았다.

"아아아!"

와이셔츠의 입에서 단말마의 비명이 흘러나왔다.

"모두 물러서!"

태권이 차갑게 내뱉는다. 달려들던 사나이들이 영문을 몰라 엉거주춤한 모습으로 서 있다. 태권이 와이셔츠의 허리를 한 손으로 껴안고 나머지 한 손으로 사타구니를 움켜쥐고 있다. 태권의 전매특허인 낭심필살법이다. 와이셔츠의 얼굴이 고통으로 일그러졌다.

"한 놈이라도 까딱하면 이 자식은 이대로 죽을 줄 알아! 미향 씨! 빨리 경찰에 신고해!"

태권이 단호하게 말했다. 사내들이 태권을 빙 둘러선 채 어쩔 줄을 몰라 서로의 얼굴을 쳐다보았다.

"잠깐만, 기다려 주세요."

사나이들을 비집고 사십 대로 보이는 남자가 얼굴을 나타냈다.

"죄송합니다. 애들이 실수한 것 같은데 제가 사과하겠습니다."

뒤늦게 나타난 남자가 태권과 시선을 맞추기 위해 허리를 숙인 채 명함을 내밀었다.

"저희 직원들인데 오늘 회식하러 왔다가 술김에 실수한 것 같습니다. 모두 제가 책임지겠습니다. 정말 죄송합니다."

사장이란 남자가 연신 허리를 숙였다. 한참 동안 사나이를 쩨려보던 태권이 손을 놓고 일어섰다. 와이셔츠가 사타구니를 움켜쥐고 잽싸게 달아났다. 모두 사장을 보고 정신이 들었는지 머리를 긁적였다.

"빨리, 사과하지 못해!"

사장이란 남자가 고함을 질렀다.

"죄송합니다. 술기운에 그만."

사나이들이 일제히 고개를 숙였다. 태권이 석구를 쳐다봤다.

"괜찮다. 부러진 데는 없는 것 같다."

이번엔 미향을 쳐다본다. 미향이 놀란 가슴을 쓸어내리며 고개를 끄덕였다.

"크게 다친 데는 없는 것 같으니까, 이쯤에서 끝내죠. 사장님이 직원 교육에 신경 좀 써야겠습니다."

계속 굽실거리는 사장을 뒤로 하고 태권이 돌아섰다. 길 건너에서 경찰관이 순찰차에서 내리는 모습이 보였다. 재빨리 택시를 잡아탔다. 다 끝난 마당에 경찰서까지 갈 필요가 없다.

"맞은 데는 괜찮아?"

미향이 태권의 얼굴을 만지며 걱정스러운 얼굴이다.

"이 정도쯤이야! 자식들 감히 내 여자의 엉덩이를 함부로 만져!"

태권이 어깨를 으쓱하며 미향의 엉덩이를 두드렸다. 미향이 태권에게 키스를 퍼부으며 가슴에 안겼다.

"석구야 한 잔 더, 해야지?"

택시에서 내려 포장마차로 들어갔다. 술잔이 돌아가자 미향이 입을 열었다.

"고맙긴 하지만 석구 씨는 감당할 능력도 없으면서 왜 자꾸 일을 만들어?"

"태권이가 있잖아!"

"태권 씨가 무슨 슈퍼맨이라도 돼? 그러다 다치기라도 하면?"

미향이 석구를 나무랐다.

"너무 그러지 마. 석구 의리 빼면 시체다. 그리고 석구가 아니라도 내 허락 없이 내 여자에게 손을 대는 놈은 누구라도 절대 용서 못 해!"

태권이 미향의 어깨를 힘주어 안았다.

"그리고 사실 오늘 일은 모두 미향 씨 책임이야."

"내가 왜?"

"미향 씨가 너무 섹시하니까 걔들을 자극한 거지."

"피….”

미향이 태권을 향해 예쁜 눈을 흘겼다.

"태권이 너, 그 솜씨는 여전하구나!"

석구가 손으로 사타구니를 움켜쥐는 흉내를 냈다. 한바탕 웃음바다가 되었다.

영원한 비밀

 오늘은 인천지역 동기 모임이 있는 날이다. 언제나처럼 용현동 물텀벙이 집에서 모였다. 지점에 한두 명씩 흩어져 있다 보니, 한자리에 모이기가 쉽지 않다.
 "오랜만이다."
 "반갑다."
 업무상 수시로 얼굴을 마주하지만, 이렇게 홀가분한 자리에서 얼굴을 보니 반갑기 그지없다.
 "너희들 결혼한다며?"
 "축하한다."
 술잔이 돌아가면서 자연히 태권과 미향의 결혼이 화제에 올랐다.
 "고맙다. 그렇게 됐다."
 "언제냐?"
 "내년 가을쯤 계획하고 있다."
 "자식, 성공했구나."
 인천지점에 있는 구 대리가 어깨를 툭 쳤다.
 "미향 씨! 이 자식 이거 완전히 날강도입니다."

태권의 옆에 앉아있는 미향에게 술잔을 권하며 구 대리가 볼멘소리했다.

"나도 미향 씨를 무척 좋아했거든요. 그런데 자기가 미향 씨를 먼저 찍었다며 미향 씨 근처에도 얼씬거리지 못하게 협박했습니다."

"그런 일이 있었어요?"

미향이 싫지 않은 표정으로 태권을 쳐다보았다.

"야, 구 대리. 너한테도 협박했냐? 나도 태권이에게 맞아 죽을 뻔했다."

남자 동기들이 이구동성으로 태권을 성토했다.

"야, 야. 미안하다. 너희들은 미향 씨 없어도 살 수 있지만, 난 미향 씨 없으면 시체. 사과하는 의미로 2차는 내가 쏠 테니까 용서 좀 해줘라."

태권이 호탕하게 껄껄 웃었다. 저녁을 먹고 나이트로 자리를 옮겼다. 모두들 신나게 춤을 췄다. 태권과 석구는 원래 춤과는 거리가 멀었다. 흥겨워하는 친구들을 바라보면서 술잔을 들이키던 석구가 태권의 등을 떠밀었다.

"야, 나가봐라. 미향 씨, 심심해하잖아?"

"괜찮아, 잘 노는데 뭘. 오랜만인데 친구들하고도 어울려야지."

태권이 석구의 잔에 술을 따랐다.

"요즘 어떠냐?"

"항상 그렇지 뭐. 행돌이 생활 뻔하지 않냐?"

석구가 단숨에 잔을 비우고 태권에게 잔을 내밀었다. 주안지점으로 간 후 자주 만나지 못했다.

"넌 어떠냐? 별문제 없지?"

"그래, 이제 좀 적응이 된다."

"미향 씨완 잘 진행되고?"

"응, 지난번에 양가 상견례 했다. 아버지 생신 때도 함께 다녀오고…."

"잘 됐다. 그 난리를 친 게 엊그제 같은데…."

"너도 이제 술 좀 줄이고 여자 문제에 신경을 써야지."

"글쎄, 지금까지는 술이 더 좋다."

"무슨 말들을 그렇게 재미있게 하세요."

미향이 땀을 훔치며 태권의 옆자리에 앉았다. 술기운이 올라 미향의 얼굴이 발그레했다.

"미향 씨, 더 예뻐졌네. 사랑하면 예뻐진다더니…."

"어머, 석구 씨도 농담할 줄 아네."

미향이 수줍은 표정을 지었다.

"내 눈에도 그렇게 보여."

태권이 다정하게 미향의 어깨를 껴안았다.

"우리 먼저 나가, 응."

미향이 달콤한 목소리로 태권의 귀에 속삭였다.

"야, 이거 솔로 앞에 두고 너무 하는 거 아냐?"

석구가 말은 그렇게 하면서도 기분 나쁘지 않은 표정이다.

"인마, 그러니까 너도 빨리 참한 아가씨 하나 잡아. 내가 술값 계산하고 먼저 나갈 테니까 얘기 좀 잘 해줘라."

석구가 알았다는 듯 손을 들어 흔들었다. 거리엔 술에 취한 사람들로 시끌벅적했다.

"우리 어디 가서 오붓하게 한 잔 더해, 응."

미향이 태권의 손을 흔들며 애교를 부렸다.

오늘따라 미향이 무척 들뜬 표정이다. 술기운 탓인지 두 볼이 발그레한 게 잘 익은 복숭아처럼 탐스럽다.

택시를 잡아타고 수봉공원으로 올라갔다. 공원 입구에서 내려 길옆에 있는 포장마차에서, 소주 두 병과 안주를 샀다. 여기저기 더위를 피해 피서를 나온 사람들로 북적였다. 어둠 속에서 밀어를 나누는 연인들의 정다운 모습도 종종 눈에 띄었다.

"우리 저 솔밭 속으로 가요."

미향이 사람들의 눈길을 피해 소나무 숲으로 태권의 손을 잡아끌었다. 오래된 소나무가 병풍처럼 둘러서 있어, 밀어를 즐기기엔 그만이다. 웃옷을 벗어 바닥에 깔고, 그 위에 미향을 앉게 했다. 종이컵에 술을 따르고 건배했다.

"우리의 영원한 사랑을 위하여!"

싱그러운 솔 향기를 맡으며 술잔을 기울이다 보니 어느새 소주 두 병이 금방 바닥이 났다.

"태권 씨, 우리 신혼여행은 제주도로 가요."

미향이 신혼여행 후보지를 몇 군데 얘기하더니 제주도를 찍었다.

"알았어. 제주도로 가자."

미향이 슬며시 기대왔다. 태권이 손가락으로 미향의 귓불을 만지작거렸다.

"사랑해요!"

미향이 달콤하게 속삭이며, 그윽한 눈빛으로 태권을 쳐다보았다. 미향의 상큼한 입술이 촉촉이 젖어 있다. 태권이 천천히 입술을 포갰다. 기다렸다는 듯 미향의 달콤한 혀가 쏘옥 입속을 파고든다. 한동안 입속에서 밀고 밀리는 자리싸움이 벌어졌다. 미향의 강렬한 눈빛이 태권을 더욱더 흥분시켰다. 으스러지도록 미향을 껴안았다. 미향의 상큼한 체취가 태권의 오감을 자극하자 태권이 후끈 달아올랐다.

"사랑해!"

누가 먼저랄 것도 없이 부둥켜안은 채 무너져 내렸다. 낯선 방문객에게 짓눌린 솔잎들이 빠져나오려고 등을 찔러 댔지만, 오히려 그것이 오감을 더 자극했다. 미향이 미친 듯이 태권의 얼굴을 핥았다. 모세혈관이 터질 듯 부풀어 오르면서 날을 세웠다. 미향의 긴 머리가 태권의 목을 간지럽힌다. 호흡이 가빠지기 시작했다. 이대로 조금 더 시간이 흐른다면 아마도 질식할 것 같다.

미향을 껴안은 채 일어섰다. 땀으로 범벅이 되어 번들거리는 미향의 얼굴을 보는 순간 또다시 격렬한 키스가 시작됐다. 온 신경이 아래로 쏠리면서 하체가 뻐근하다. 미향을 돌려세우고 뒤에서 으스러지도록 껴안았다. 미향의 탱탱한 히프가 서서히 원을 그리며 흥분을 고조시켰다. 미향이 태권의 히프를 단단히 잡고 잡아당겼다. 태권의 화난 남성이 미향의 탱탱한 히프에 박히면서 바위라도 뚫을 기세다. 미향이 태권의 남성을 움켜잡았다. 온몸의 피가 거꾸로 역류한다. '조금만, 조금만 더' 미향의 강렬한 눈빛이 애원했다. 미향의 두 손이 태권의 바지 벨트를 풀기 시작했다.

"잠깐만!"

태권이 미향의 두 손을 잡았다.

"미향 씨. 오늘은 여기까지. 우리의 멋진 첫날 밤을 위해서."

미향이 아쉬운 표정으로 온몸을 흔들어 댔다. 한동안 꼼짝 안 하고 서 있던 두 사람이 서서히 입맞춤했다. 솔숲을 나와 언덕을 내려오는 동안 뜨거운 열기에 취한 듯 아무도 입을 열지 않았다.

택시를 잡아탔다. 거리의 네온사인이 눈이 부시다. 미향이 살며시 기대 왔다. 뜨거운 입김이 태권의 몸을 달궜다. 태권이 미향의 어깨를 감싸 안고 부드럽게 쓸어내렸다. 미향의 지글지글 불타는 눈동자가 태권을 집어 삼킬 듯 쏘아보았다. 태권이 미향의 이마에 가볍게 키스했다. 교회 앞에서 택시를 내렸다. 집 앞에 도착하자 미향의 촉촉한 입술이 또다시 태권의 입술을 찾았다. 미향이 대문 안으로 들어가는 것을 확인하고, 태권은 아쉬움을 뒤로한 채 발길을 돌렸다.

저만큼 택시가 멈춰 서며 손님이 내렸다. 택시를 잡아타고 집으로 돌아왔다. 대문은 열려있었다. 모두 잠든 듯 조용하다. 살금살금 방문을 열고 방으로 들어왔다. 이불을 펴고 자리에 누우니 술기운이 온몸을 휩쓸었다. 아직도 미향의 달콤한 체취가 온몸을 휘감았다. 마지막 순간 자제력을 발휘한 것을, 대견해하며 태권은 깊은 잠에 빠져들었다.

보드라운 촉감에 태권이 설핏 잠에서 깨어났다. 어둠 속에서 미향이 살며시 태권의 품속을 파고들었다. 어젯밤 수봉공원에서 아쉬웠던 순간이 밀물처럼 밀려오면서 순식간에 태권의 모든 감각이 되살아났다. 으스러지도록 미향을 끌어안고 입술을 덮쳤다. 미향의 촉촉한 입술이 벌어지며 태권의 혀를 집어삼켰다. 거칠게 잠옷을 벗겨냈다. 미향의 알몸이 멋진 능선을 그리며 희미하게 드러났다. 태권의 오감이 한꺼번에 발진을 시작했다. 브래지어를 벗겼다. 풍만한 가슴이 당장이라도 터져 버릴 듯 잔뜩 부풀어 있다. 태권의 눈이 이글이글 불타오르기 시작했다. 혀끝으로 살짝 유두를 건드리자 미향의 몸이 용수철처럼 튀어 올라왔다. 양손으로 가슴을 부드럽게 감싸 쥔 채 혀끝으로 구석구석을 음미하기 시작했다. 미향의 몸이 예민하게 반응했다. 살갗이 촉촉해지며 싱그러운 살냄새를 풍긴다. 태권의 손이 능선을 따라 깊은 계곡 속으로 내려갔다. 무성한 숲을 겨우 가린 조그만 팬티가 앙증맞게 엉덩이에 걸려 있다. 태권의 남성이 불끈 고개를 들었다. 팬티를 밀어 내렸다. 베일에 가려있던 숲속의 궁전이 희미한 수면 등 아래 드디어 모습을 드러냈다. 쭉 뻗은 두 다리 사이로 원시림이 보인다. 계곡이 끝나는 곳에 기름진 삼각지가 있고, 무성한 숲 한가운데에 오아시스가 있었다. 수줍게 모습을 드러낸 오아시스에서 예쁜 꽃잎이 살짝 미소를 짓는다.

태권은 서둘러 옷을 벗었다. 미향의 보드라운 손이 태권의 등을 어루만졌다. 미향의 두 다리를 잡아 살짝 벌리자, 미향의 허벅지 근육이 힘차게 조여왔다. 태권의 뱀같이 부드러운 혀가 미향의 움푹 들어간 배꼽 안에서 서서히 맴을 돌았다. 누구의 침입도 허락하지 않으려는 듯, 굳게 잠겨 있던 비밀의 궁전이 서서히 열리기 시작한다. 오아시스에서 달콤한 샘물이 스며 나오는가 싶더니, 생명수가 분수처럼 솟구치며 어느새 방바닥을 흥건히 적셨다. 태권의 부드러운 혀가 다시 배꼽을 지나 가슴으로 올라갔다. 잘 익은 복숭아처럼 탐스러운 유방 한가운데 오뚝 솟아오른 앙증맞은 유두가 발딱 고개를 들고 태권을 유혹했다. 태권의 입이 덥석 유두를 베어 물었다. 미향의 탱탱한 엉덩이가 부르르 떨리더니, 어느새 만발한 한 송이 꽃 속에서 생명수가 넘실거렸다. 태권이 조심스럽게 미향의 몸 위로 올라갔다. 미향이 두 팔로 태권의 목을 감았다. 망설임 없이 태권의 남성이 미향의 궁전을 정조준했다.

"아… 악!"

태권의 긴 창이 정확히 성문을 관통하자 미향이 비명을 질렀다. 격렬한 전투가 벌어졌다. 예리한 창끝이 깊숙이 꽂힐 때마다 미향의 온몸이 부르르 떨린다. 순식간에 태권의 온몸이 땀에 젖어 범벅이 되었다. 미향의 두 다리가 태권의 허리를 감으며 강하게 조여 온다. 사력을 다해 태권의 창이 심장부를 관통하자, 둑이 무너지면서 뜨거운 액체가 왈칵 쏟아져 나왔다. 미향의 두 팔이 태권의 목을 으스러지도록 끌어안았다. 태권이 미향의 몸 위에 엎드린 채, 가쁜 숨을 몰아쉰다. 끈적끈적하던 몸이 열기가 식으며 한기가 느껴졌다. 태권은 드디어 미향과 한 몸이 되었다는 뿌듯함에 취해 미향의 입술을 찾았다.

"오빠!"

익숙한 목소리에 덜컥하고 심장이 내려앉았다. 후다닥 일어나 전등 스위치를 올렸다.

"아니, 너…."

정신이 번쩍 들었다. 실오라기 하나 걸치지 않은 알몸으로 누워있는 건 미향이 아니라 세희였다. 태권은 할 말을 잃고 망연자실한 표정으로 세희를 내려다보았다. 세희가 태권의 얼굴을 쳐다보며 두 눈을 반짝였다. 양전기와 음전기가 머릿속을 교차하며 머리가 빙빙 돈다. '도대체 내가 무슨 짓을 저지른 것인가!' 머릿속에서 수많은 생각이 뒤엉키면서, 태권은 손가락 하나 까딱할 수가 없었다. 그저 넋 나간 얼굴로 벌거벗은 세희의 몸을 바라보며 멍하니 서 있을 뿐이었다. 격렬했던 순간을 말해주듯 세희의 나신이 땀에 젖어 번들거리며 벗겨져 나간 속옷들이 여기저기 나뒹굴고 있었다. 태권의 초점 없는 눈동자가 세희의 눈과 마주친다. 세희는 두 눈을 깜빡이며 가쁜 숨을 몰아쉬었다. '세상에, 어떻게 이런 일이….' 태권은 무엇을 어떻게 해야 할지 몰라 그저 멍하니 세희만 바라보았다. 세희가 손을 뻗어 태권의 손을 만지작거린다. 아직도 흥분이 가라앉지 않았는지 미세한 근육의 떨림이 세희의 손을 통해 여진처럼 전해왔다. 순간 알 수 없는 분노가 머리끝까지 치솟았다.

"너 언제 여기 왔어? 네 방에서 자야 한다고 했잖아!"

그러나 목구멍에서만 맴돌 뿐 목소리가 밖으로 나오지 않는다. 벌건 피로 얼룩진 세희의 허벅지가 수면 등의 불빛을 받아 번득였다. 태권이 털썩 주저앉아 그녀의 알몸을 어루만졌다.

"괜찮아? 아프지 않았어?"

태권은 저도 모르게 세희의 두 볼을 감싸 안고 조용히 속삭였다. 세희가 고개를 끄덕이며 손가락으로 태권의 입술을 쓰다듬었다. 태권의 시선이 힘없이 세희의 온몸을 훑고 지나간다. 이불을 끌어당겨 세희의 몸을 덮었다.

"정말 아프지 않았어?"

태권이 혼잣말처럼 지껄이며 세희의 얼굴을 뚫어져라 바라보았다. 세희의 얼굴에서 알 듯 모를 듯한 미소가 스쳐 지나간다. 태권이 세희의 촉촉이 젖은 입술에 부드럽게 입맞춤했다. 호수처럼 맑은 세희의 눈에서 주르륵 눈물이 흘러내렸다. 태권이 이불 속으로 들어가 세희의 알몸을 힘차게 끌어안았다.

"여태 잠, 안자?"

언제 오셨는지 할머니의 목소리가 문밖에서 들렸다.

"아, 예. 화장실 다녀왔어요."

이불을 뒤집어쓰고 황급히 세희의 입을 막았다. '만약 할머니가 문을 여신다면?' 태권의 맥박이 빨라지기 시작했다. 얼굴이 사색이 된 채 문 쪽으로 시선을 고정했다. '할머니, 제발….' 태권은 간절히 기도를 올렸다. 발소리가 점점 멀어져 간다. 화장실 문을 여는 소리가 들렸다.

태권이 벌떡 일어섰다. 속옷을 모아 이불 속에 쑤셔 넣고 전등 스위치를 내렸다. 세희를 끌어안고 이불을 뒤집어썼다. 세희의 가쁜 숨소리가 기적소리처럼 크게 들렸다. 두 귀를 확성기처럼 키워 문틈에 걸어놓고, 온 신경을 할머니의 일거수일투족에 곤두세웠다. 물 내리는 소리가 들리고 할머니가 화장실에서 나와 건넌방으로 걸어가는 소리가 들렸다. 방문 여닫는 소리가 들리고 잠시 부스럭거리는 소리가 들리더니 이내 조용해졌다.

세희는 어느새 아무 일도 없었던 것처럼 태권의 품 안에서 쌔근쌔근 잠이 들었다. 태권은 도저히 잠을 이룰 수가 없었다. '세희는 어디까지 알고 있을까?' '처음부터 깨어 있었던 걸까?' 분명 세희는 아무런 저항 없이 태권을 받아들였다. 비록 술에 취했고 잠결이라고는 하지만, 모든 걸 온몸으로 느낄 수 있었다. 애무가 시작되자 신음이 흘러나왔고, 몸 위로 올라가자 두 팔을 목에 감고, 절정의 순간 두 다리로 허리를 죄어 오지 않았던가!

처음 태권의 남성이 몸속에 박히는 순간 비명을 지르긴 했지만, 시간이 흐르면서 적극적으로 호응했고, 관계가 계속되는 동안 엉덩이를 움직이며 완벽하게 몰입하지 않았던가? 하지만 세희의 지능은 어린아이에 불과한데, 방금 한 행위는 오직 육체적 본능이었단 말인가? 지금 내가 무슨 생각을 하고 있는 것인가? 설사 세희가 정상인이고 세희가 원했다고 하더라도, 이건 도저히 정당화될 수 없다. 만약 미향이 이 사실을 안다면….' '아냐 그럴 리 없어. 이건 사고일 뿐이야.' 태권은 세차게 고개를 흔들었다.

차라리 어젯밤 수봉공원에서 미향과 한 몸이 되었더라면…. 뒤늦은 후회가 물밀듯이 밀려왔다. '앞으로 어떻게 세희를 대해야 하나? 세희는 어떤 반응을 보일까? 별다른 충격은 없을까?

할머니가 모든 걸 아신 게 아닐까? 만약 할머니가 아셨다면…?' 생각은 꼬리에 꼬리를 물고 멈출 줄을 모른다. 태권은 뜬눈으로 밤을 새웠다. 동녘이 밝아오고 있었다. 세희는 깊은 잠에 빠져 꼼짝도 하지 않는다. 태권은 살그머니 일어나 밖의 동정을 살폈다. 할머니가 일어나시기 전에 모든 걸 정리해야 했다. 세희 방에 들어가 속옷을 꺼내고, 물수건을 만들어 방으로 돌아왔다. 세희의 몸을 깨끗이 닦고 속옷을 갈아입혔다. 세희는 잠깐 눈을 뜨고, 태권을 바라보며 싱긋 미소 짓고는 다시 깊은 잠에 빠졌.

잠옷을 입힌 세희를 들쳐 안고 세희의 방에 들어가 침대에 눕혔다. 세희는 마치 죽은 사람처럼 축 늘어진 채 미동도 하지 않았다. '세희야, 정말 미안해. 네가 원한다면 어떠한 벌이라도 달게 받을게.' 그저 세희가 아무런 고통 없이, 이 일을 잊어주기를 간절히 기도하면서 방을 나왔다. 피묻은 속옷을 둘둘 말아 비닐봉지에 싸서 출근 가방에 넣고 모든 흔적을 지웠다. 미향의 얼굴이 스쳐 지나갔다.

할머니가 아침을 차려왔다. 밥상 앞에 앉으면서 태권은 안절부절못했다. 세희는 아직도 잠들어 있는지 보이지 않았다.

"세희가 피곤한 모양이네. 늦잠을 다 자고…. 어서 먹고 출근해야지."

할머니는 여느 때처럼 다정다감했다. 밥을 먹는 둥 마는 둥 입속에 욱여넣고 도망치듯 서둘러 은행으로 향했다. 대로변에 있는 쓰레기통에 비닐봉지를 버렸다. '내가 지금 무슨 짓을 하는 건가!' 태권은 자신이 정말 미웠다. 누구를 붙잡고 하소연할 수도 없고 정말 답답하기 짝이 없었다.

은행에 도착하여 책상에 앉자마자 전화가 걸려 왔다. 가슴이 덜컹한다. 떨리는 손으로 수화기를 들었다. 미향이었다.

"어젯밤 고마웠어. 태권 씨! 사랑해!"

머뭇거리는 사이 벌써 전화가 끊겼다. 태권은 울고 싶었다. 셔터 올라갈 시간이 가까워질수록 태권은 초조해지기 시작했다. 이윽고 정문 셔터가 올라가고 업무가 시작됐다. 아무리 기다려도 세희의 모습은 보이지 않는다. 지금쯤 오빠를 부르며 들어서야 정상인데…. 입술이 타들어 가기 시작했다. '세희가 어젯밤의 일로 충격을 받은 게 아닐까?' '틀림없어! 그렇지 않다면 지금쯤 세희가 나타나지 않을 리가 없어!' '그렇다면 세희를 어떻게 대해야 하지? 할머니껜 뭐라고….'

태권은 어떻게 하루 업무가 끝났는지 몰랐다.

"조 계장, 퇴근 안 해?"

김 대리의 목소리를 듣고서야 정신이 번쩍 들었다.

"예, 해야죠."

퇴근 준비를 서둘렀다. 막 일어서려는데 전화벨이 울렸다.

"여기 찻집이야."

미향이 기다리고 있었다. 수봉공원에서의 일 때문인지 조금은 쑥스러운 표정으로 쌩끗 웃었다.

"어젯밤 고마웠어?"

"뭐가?"

"순결을 지켜줘서…."

미향의 명랑한 얼굴을 보며 태권은 그저 울고 싶은 심정이었다. '어젯밤의 상대가 미향이었다면…, 차라리 수봉공원에서 미향을….'

"무슨 생각을 그렇게 골똘히 해?"

"응? 아냐. 아무것도 아냐."

"굉장히 피곤해 보이네? 일찍 들어가서 쉬어야겠다."

미향이 아무것도 모른 채 태권을 걱정했다.

"글쎄, 그래야 할까 봐. 무척 피곤하네."

찻집에서 나와 미향을 택시 태워 보내고 집으로 향했지만, 발걸음이 무거웠다. 교수대로 향하는 사형수처럼 고개를 푹 숙이고 어깨를 축 늘어트린 채 터벅터벅 발걸음을 옮겼다. 마치 일 킬로 남짓한 거리가 천릿길처럼 느껴졌다. 일단은 부딪혀 보자. 태권은 침착하게 심호흡하고 대문을 열었다.

"어서 와, 피곤하지?"

할머니가 평상시와 같이 반갑게 맞이했다.

"다녀왔습니다."

건성으로 대답하면서 할머니의 눈치를 살폈지만, 특별한 느낌은 없었다. 그런데 세희가 보이지 않는다. 하지만 물어볼 용기가 나지 않았다.

"세희야, 오빠 왔다. 저 애가 갑자기 몸살이 났나 봐. 아침부터 꼼짝을 못하네."

"네? 세희가 아파요?"

마루에 올라서자마자 세희의 방문을 열어젖혔다. 세희는 침대 위에 깊이 잠들어 있었다. 세희의 얼굴이 하루 동안 몰라보게 초췌해 보였다.

"세희야!"

태권이 침대로 다가가서 세희의 손을 잡았다. 눈물이 핑 돌았다.

"이런 일이 없었는데…."

뒤따라 들어온 할머니의 얼굴에 수심이 그득했다. 세희는 깊은 잠에 빠졌는지 꼼짝도 하지 않았다.
"뭘 좀 먹었어요?"
"점심때 미음을 좀 먹긴 먹었는데…. 어제저녁 때까지, 멀쩡하던 아이가 갑자기 저러네."
할머니가 고개를 갸우뚱했다. 죄책감이 엄습해 왔다. '내가 아무것도 모르는, 순진한 세희에게 무슨 짓을 저지른 것인가!' 가슴이 찢어지는 것 같다. 식탁에 앉았지만, 밥맛이 나지 않는다. 숟가락을 드는 둥 마는 둥 식사를 마쳤다.
"할머니 먼저 주무세요. 제가 세희 곁을 지킬게요."
"아니야, 자네도 피곤할 텐데, 쉬어야지. 몸살이 난 걸게야. 오늘 밤 지내보고 내일 병원에 가봐야겠어."
"괜찮아요. 제가 지켜볼게요."
억지로 할머니를 들여보내고 침대 곁을 지켰다. 태권은 두 손을 모으고 간절히 기도를 올렸다. '세희야, 제발 오빠를 용서해 줘. 하느님. 세희를 지켜 주세요. 세희의 고통을 제가 짊어지게 해주세요.' 세희는 간절한 기도도 보람없이, 영원히 깨어나지 않을 것처럼 꼼짝도 하지 않았다. 태권은 세희의 손을 꼭 잡은 채 하염없이 눈물을 흘렸다.
"오빠! 오빠!"
세희가 태권을 찾았다.
"그래, 오빠 여기 있어."
태권은 반가운 마음에 세희를 끌어안고, 얼굴을 마구 비벼댔다. 그러나 세희는 눈을 감은 채 헛소리하고 있었다. 비 오듯 땀을 흘리며 온몸이 불덩어리가 되었다.

"할머니, 할머니!"

태권이 할머니를 깨웠다.

"아무래도 안 되겠어요. 병원에 데려가야겠어요."

태권이 세희를 들쳐 안고 병원으로 달려갔다.

"어떻습니까?"

태권이 응급실에서 나오는 의사에게 다그쳐 물었다.

"쇼크로 인한, 혼수상태에요. 절대 안정이 필요합니다."

"괜찮겠죠?"

할머니가 울먹이며 말했다.

"상태를 지켜봐야 할 것 같습니다. 안정제를 놓았으니까 곧 잠이 들 것입니다."

응급조치가 끝나고 일반병실로 옮겨졌다. 할머니는 세희의 손을 잡고 하염없이 눈물을 흘렸다. 안정제 탓인지 세희는 이내 잠이 들었다. 병실을 나왔다. 날이 밝아오고 있었다. 할머니가 뒤따라 나왔다.

"여보게 자네 출근해야지?"

"아직 시간이 있습니다. 그보다 뭘 좀 드셔야죠?"

마다하는 할머니를 모시고 식당으로 갔다.

"갑자기 웬일일까? 저런 적이 없었는데…. 저러다 영영 깨어나지 못하면 불쌍해서 어쩌나!"

할머니가 연신 손수건으로 눈물을 찍어냈다.

"걱정하지 마세요. 세희는 꼭 깨어날 겁니다."

할머니를 안심시키려 큰 소리쳤지만, 태권의 심정도 할머니와 똑같았다.

　온종일 세희 생각에 괴로웠다. 마치 정신 나간 사람처럼 근무하는 둥 마는 둥 연신 시계만 바라보았다. 누구한테 탁 털어놓고 하소연할 수도 없고 그저 가슴이 답답할 뿐이었다. '바보 같은 놈. 병신 같은 놈!' 태권은 자기 머리를 수없이 쥐어뜯었다. 퇴근하자마자 병원으로 달려갔다. 그러나 세희는 아직도 혼수상태였다. 다음 날에도, 그다음 날에도…. 일손이 잡히지 않았다. 태권은 휴가를 내고, 하루 내내 세희 곁을 지켰다.

　"정말 이상하네요. 열도 내리고 맥박도 정상이고…. 지금쯤 깨어나야 하는데…, 무언가 정신적으로 큰 충격을 받은 것 같기도 하고…."

　의사가 세희의 상태를 살피며, 연신 고개를 갸웃거렸다. 벌써 나흘째 혼수상태가 계속됐다. 할머니가 눈물을 훔칠 때마다 태권의 가슴은 메여졌다. 그렇다고 할머니에게 속 시원히 털어놓을 수도 없었다.

　"세희야, 제발, 제발…."

　태권은 세희의 손을 잡고 죄책감에 몸부림쳤다. 할머니의 건강을 생각해서 집에서 편히 쉬도록 모셔다드리고 태권은 병실을 지켰다. 인적이 끊기고 이따금 택시 굴러가는 소리가 들린다. 태권은 침대 곁에서 꼬빡 밤을 새우다가 새벽녘에서야 설핏 잠이 들었다.

　"오빠, 물. 물!"

　잠결에 세희의 목소리가 들리는 듯했다. 누군가 어깨를 흔드는 바람에 태권은 화들짝 잠에서 깨어났다.

　"오빠, 물 좀 줘."

　세희가 갈증이 나는지 물을 찾았다.

　"응, 물? 잠깐 기다려."

태권은 떨리는 손으로 물을 따라 세희의 입에 가져갔다.

"자, 물 먹자."

벌컥벌컥 물을 마시는 세희의 예쁜 입을 바라보며, 태권은 하느님께 감사의 기도를 드렸다.

"오빠, 고마워."

세희가 빈 컵을 내밀었다. 태권은 감격에 겨워 세희를 끌어안았다. 눈에서 뜨거운 눈물이 하염없이 흘러내렸다.

"고맙다. 세희야. 이렇게 깨어나 줘서 정말 고맙다."

"오빠, 나 숨 막혀!"

세희가 태권의 손등을 꼬집으며 눈을 흘겼다.

"아야! 그래 알았어."

태권이 손을 풀고 미안한 표정을 지었다. 그런데 다음 순간, 태권은 제 귀를 의심했다. 세희가…, 세희가 정상적으로 말하지 않는가? 물을 찾을 때만 해도 깨어나 준 게 너무도 고마워서 의식하지 못했는데….

"세희야, 너 뭐라고 했니? 다시 한번 말해봐. 세희야, 다시 한번 말해봐."

태권이 세희의 어깨를 잡고 흔들어 댔다.

"오빠, 왜 그래? 마치 유령을 본 사람처럼…."

세상에…, 뭐? 유령? 세희의 예쁜 입술이 마치 누에가 실을 뽑아내 한 마디, 한 마디 쏟아낼 때마다 태권은 환호성을 질렀다. 도저히 믿어지지 않았다. 침대에 이마를 부딪쳐 보았다. 한 번, 두 번, 세 번…. 태권의 이마가 벌겋게 부풀어 올랐다. 분명 꿈이 아니었다.

"오빠, 바보야? 이마로 침대를 박는 사람이 어디 있어? 아프겠다."

세희가 태권의 이마를 쓰다듬었다.

"그래, 난 바보다. 이마로 침대를 박는 바보다."

태권은 세희의 말하는 모습이 너무도 귀여워서 방안을 빙빙 돌았다.

"오빠, 나 화장실 갈래."

세희가 침대에서 내려왔다.

"그래, 화장실 가자."

태권은 너무 기뻐서 세희의 얼굴에 뽀뽀를 퍼부었다. 세희를 부축하여 화장실 문을 열고, 안으로 들이민 후, 바지를 내리려고 끈을 풀었다.

"오빠! 창피하게…. 내가 어린애인 줄 알아? 빨리 문 닫아."

세희가 태권의 등을 떠밀었다. '야호!' 세희가 말을 하고 정상적인 행동을 한다. 세희가 정상으로 돌아왔다. 태권은 감격에 겨워 병원 침대에 머리를 처박고 흐느꼈다. 밖이 훤히 밝았다. 햇살이 커튼을 비집고 실내를 훤하게 비쳐왔다.

"아니, 자네 왜 그래?"

병실에 들어서던 할머니가 태권이 흐느끼는 모습을 보고 달려왔다.

"할머니! 엉, 엉, 엉."

태권이 어린아이처럼 할머니 품에 안겨 큰 소리로 울음을 터뜨렸다.

"아니, 자네…? 무슨 일이야? 세희는?"

세희가 누워있던 침대는 이불이 흐트러진 채 텅 비어 있었다. 다음 순간 할머니가 털퍼덕 주저앉아 아이고 댐을 놓았다.

"아이고, 불쌍한 것, 아이고 불쌍한 것!"

할머니가 방바닥을 내리치며 몸부림을 쳤다. 태권이 할머니를 끌어안고 함께 통곡했다.

"할머니, 고정하세요. 세희는…."

태권이 눈물을 훔치며 할머니를 달랬다. 하지만 할머니는 땅을 치며 통곡하다가 끝내 혼절하고 말았다. 의사를 불러왔다. 할머니를 응급실에 모시고, 외삼촌에게 연락했다. 외삼촌이 달려왔다. 할머니는 자정이 돼서야 정신이 돌아왔다.

"할머니! 괜찮아?"

화장실에 다녀온 후 혼절한 할머니를 보고, 하루 내내 눈물을 글썽이던 세희가 걱정스러운 표정으로 할머니의 손을 잡았다. 건조한 눈으로 멀뚱멀뚱 세희를 바라보던 할머니가 두 눈을 깜빡거리며 주위를 두리번거렸다.

"여기가 어디냐? 아무래도 내가 저승 문턱을 넘어선 모양이구나!"

할머니가 상황 파악을 제대로 못 하고, 세희를 바라보며 두 눈을 껌뻑였다.

"어머니! 정신이 좀 드세요? 경사가 났는데 어머니가 이렇게 누워계시면 어떡해요?"

외삼촌이 할머니를 부축해 일으켜 앉혔다.

"경사라니? 여기가 어디냐?"

할머니가 사방을 두리번거렸다.

"할머니, 여기 병원이에요. 세희가 정상으로 돌아왔어요."

태권이 세희를 바라보며 환한 웃음을 지었다.

"할머니 많이, 아파?"

세희가 걱정스러운 눈빛으로 할머니의 손을 잡았다.

"보세요. 할머니, 세희가 정상으로 돌아왔어요."

태권이 세희가 달라진 모습을 확인시키려고 세희의 손을 잡아 흔들었다.

"할머니, 이제 집에 가자."

세희가 할머니 손을 잡아끌었다. 어리둥절한 표정으로 눈만 껌뻑이던 할머니가 그제야 세희가 달라진 것을 알아보고 벌떡 일어섰다.

"아이고! 내 새끼. 정말 정신이 돌아왔구나. 그래 집에 가자."

할머니가 세희와 태권을 끌어안았다. 서둘러 퇴원을 준비했다. 며칠 더 몸을 추슬러야 한다고 의사가 만류했지만, 세희가 막무가내로 가자고 해서 집으로 돌아왔다.

"고맙네, 고마워. 모두가 자네 덕분일세."

할머니는 세희가 회복된 게 모두 태권이 덕분이라며, 입이 닳도록 칭찬했다. 태권은 몸 둘 바를 몰랐다. 전화위복이 되긴 했지만, 그렇다고 그날 밤의 큰 실수가 지워지는 것은 아니다. 하지만 달라진 세희를 보면서 무거운 짐을 벗어 던진 듯 날아갈 것 같았다. 마치 용궁에 갔다 온 기분이다. 그날 이후 모든 게 새로워졌다. 태권의 생활은 매일매일 활기에 넘쳤다. 가만히 있어도 저절로 웃음이 실실 나왔다.

세희가 달라졌다. 서터 올라가기가 무섭게 '오빠'하고 부르며 달려오던 모습이 자취를 감췄다. 옷 갈아입기, 세수하기, 화장실 가기, 방 청소하기, 이불 개기 등을 직접 했다. 그리고 그림을 그리기 시작했다. 시간 있을 때마다 책상에 앉아 스케치북과 씨름을 했다. 무엇보다 섬세한 감정을 되찾았다. 완벽하진 않지만 수줍음을 탔고, 이따금 사색에 잠기곤 했다.

자연스럽게 태권의 고민이 사라지고 퇴근 시간이 기다려졌다. 할머니와 상의하여 미술학원 성인반에 등록했다.

여자와 여자 사이

 본격적인 여름이다. 올여름은 유난히 덥다. 낮 기온이 30도를 오르내리기가 다반사다. 열대야 현상으로 밤잠을 설치고 입맛도 깔깔하다. 퇴근 후 미향과 연안부두에 갔다. 동기 모임 이후, 세희의 일로 미향과 마주 앉을 시간이 없었다. 일주일도 안 됐는데, 오랜 세월이 흐른 양 모든 게 어색하다. 해변에 줄지어 서 있는 포장마차에 자리를 잡았다. 밀물을 타고 불어오는 바닷바람이 더위를 식혀줬다. 멍게 한 접시에 소주를 시켰다. 섭섭한 감정 때문인지, 미향이 술잔만 기울였다. 태권이 조심스럽게 그간의 일들을 미향에게 털어놨다. 물론 모든 걸 다 말할 수는 없었지만….
 "몸살을 앓고 난 후 많은 기억을 되찾았어. 오히려 전화위복이 된 거지."
 "다행이네. 세희가 좋아졌다니…."
 심드렁한 표정으로 미향이 말을 받았다.
 "그동안 미안해. 세희 때문에 정신이 없었어."
 사실 미향에게 면목이 없다.
 결혼을 약속한 사이인데 세희 일로 미향에게 거의 신경 쓰지 못했다. 더구나 대형 사고를 저지르지 않았던가! 오늘따라 미향의 얼굴이 수척해 보인다. 아마도 속앓이가 심했던 모양이다.

"미향 씨, 사랑해!"

태권이 그녀의 어깨를 감싸 안았다.

"사실 그동안 태권 씨 생각으로 가슴 아팠어."

미향이 소주잔을 들어 쭉 들이켰다.

"그런 일이 있었다면 내게 전화로라도 귀띔해 줬어야지. 평생을 약속한 사이인데 며칠씩 결근까지 하면서 내겐 말 한마디 없고, 과연 내 인생을 이 남자에게 맡겨도 될까? 하는 생각도 들고…. 정말 섭섭하더라."

미향이 원망하는 눈빛으로 쏘아봤다. 할 말이 없었다.

"이제 태권 씨와 나는 한배를 탄 거야. 앞으로는 어떤 일이든 나와 상의해 줬으면 좋겠어."

태권이 고개를 끄덕였다.

"알았어. 정말 미안해. 다시는 이런 일 없을 거야."

포장마차에서 일어나 미향의 손을 잡고 연안부두를 거닐었다. 시간이 흐르며 하나둘 인파가 늘어나더니, 어느새 바닷가는 더위를 피해 몰려든 사람들로 북적거렸다. 선착장에서 유람선을 타고 월미도로 향했다. 하얀 물보라를 일으키며 물방울이 팅겨 올라왔다. 해변을 따라 전등불이 대낮처럼 밝다.

시원한 바닷바람이 얼굴에 스친다. 미향이 태권의 어깨에 머리를 기대 왔다. 태권이 미향의 어깨를 살며시 감싸 안았다. 미향과 데이트를 하면서도 태권의 마음은 내내 착잡했다. 혼자만의 비밀을 간직해야 한다는 사실이 정말 괴로웠다. 더구나 평생을 함께해야 할, 미향에게까지 말할 수 없는 비밀이 있다는 것에 가슴이 미어졌다. 미향은 데이트 내내 말이 없었다. 태권은 미향의 기분을 풀어주기 위해 스킨십을 많이 했지만, 미향은 무덤덤한 표정이었다. 유람선에서 내려 회덮밥을 먹었다.

미향과 헤어져서 집에 돌아오니 세희가 기다리고 있었다.

"오빠, 이제 와."

"응, 왜 자지 않고?"

"오빠 기다렸어. 오빠 술 마셨구나?"

"그래 친구와 만나서 한잔했어."

"여자친구?"

"어떻게 알았어? 우리 세희 점쟁이 해도 되겠네."

"집에 왔던 그 언니?"

"그래."

태권이 대답하며 세희를 뚫어질 듯이 쳐다보았다. 누에가 실을 뽑아내듯 예쁜 입을 달싹거리며 한마디, 한마디 뱉어내는 것이 너무도 신기하기도 했지만, 꼬치꼬치 캐묻는 것 같아 당혹스럽다.

"오빠, 이거 먹어."

세희가 냉장고에서 수박을 꺼내 왔다.

"그래, 같이 먹자."

수박을 꺼내 칼로 자르는 모습이 너무도 대견스럽다.

"오빠한테 보여 줄 게 있는데…."

"그래? 그게 뭔데?"

"잠깐만 기다려."

세희가 쪼르르 제방에 건너가더니 스케치북을 가져왔다.

"오늘 학원에서 인물화 스케치가 있었는데 오빠 얼굴 그렸다."

"그랬어. 어디 보자."

스케치북에는 태권의 얼굴이 사진처럼 생생하게 박혀 있었다.

"야, 정말 잘 그렸구나. 오빠가 이렇게 잘 생겼어?"

"오빠, 맘에 들면 가져도 돼."

"그래? 그럼, 이 그림 오빠가 가질게."

태권이 스케치북을 뜯어 책상 위에 올려놓았다.

"나중에 액자 하나 사서 보관해야겠다."

태권이 만족한 얼굴로 세희의 어깨를 두드려 주었다. 세희는 그림에 특별한 소질이 있었다. 학원 선생님도 칭찬이 대단했다. 무엇보다 그림에 취미를 붙인 게 천만다행이다.

"오빠, 오늘 여기서 오빠랑 자면 안 돼?"

세희가 수줍은 표정을 지으며 태권을 쳐다봤다. 그 말을 듣는 순간 태권은 술기운이 확 달아났다.

"안 돼."

태권이 저도 모르게 큰 소리로 외쳤다. 퇴원 후 여태까지 혼자서 잘 자던 세희가 갑자기 왜 그런 말을 할까? 그때도 미향을 만나고 술에 취해 돌아와서, 엄청난 실수를 저지르지 않았던가! 오늘 세희의 태도가 좀 이상하다. 태권의 얼굴을 그린 것도, 그렇고 집에 돌아왔을 때 꼬치꼬치 캐묻는 것 같은 인상도 받았고…. 태권은 세희의 두 눈을 똑바로, 쳐다보았다. 세희의 맑은 눈동자에 그늘이 지며, 실망하는 표정이 역력하다.

"세희는 어린애가 아니잖아. 네 침대에서 자야지. 그 대신 세희가 잠들 때까지 오빠가 같이 있어 줄게."

태권이 세희를 달래어 침대에 눕히고 침대 곁에 걸터앉았다. 세희가 눈을 말똥말똥 뜨고, 태권을 바라보았다.

"자, 우리 예쁜 공주님. 이제 꿈나라에 가야지."

세희의 눈을 감기고 양 볼에 뽀뽀를 해줬다. 태권의 손을 잡고 세희는 이내 잠이 들었다. 잠자는 세희의 모습은 천사였다. 건강을 되찾고 다시 명랑해진 것이, 태권은 너무도 고마웠다.

일요일이다. 아침 식사가 끝나고 모처럼 스케줄도 없어서, 방바닥에 벌렁 드러누워 잠을 청했다. 요즈음 이런저런 일로 신경을 많이 쓴 탓인지 어깨가 뻐근하다.

"조 계장, 손님 왔어."

설핏 잠이 들었는데 할머니의 목소리가 들렸다. 선잠 깬 태권이 눈을 비비며 방문을 열었다.

"아니, 갑자기 웬일이야? 오늘 주안에서 여고 동창생 만난다고 했잖아?"

"응, 지금 나가는 길이야. 엄마가 태권 씨 좋아한다고 갖다주라고 해서 잠깐 들렀어."

미향이 보따리를 흔들며 미소를 지었다. 구수한 냄새가 콧속을 파고들었다.

"역시 어머님이 최고라니까!"

태권이 벌떡 일어나 보따리를 받아 방바닥에 내려놓았다.

"그런데 이 아가씨는 누구야?"

방으로 들어서던 미향이 두 눈을 동그랗게 뜨고 태권을 쳐다봤다.

"아가씨라니? 아니…."

언제 왔는지, 세희가 태권의 이불 속에 잠들어 있었다. 잠시 분위기가 어색했다. 식사가 끝나고 자리에 누울 때까지도 분명 혼자였는데….

"내가 두 사람 잠자는 거 방해한 거 아냐?"

미향이 뽀로통한 얼굴로 말했다.

"세희야, 어서 일어나."

세희가 부스스 눈을 떴다.

"언제 여기에 왔어? 다 큰 녀석이 네 방에서 자야지."

세희를 깨워 제 방으로 보내고 미향과 마주 앉았다.

"태권 씨, 밤마다 세희 끌어안고 자는 것 아냐?"

"무슨 말을 그렇게 해."

태권이 벌컥 화를 냈다.

"어머, 그냥 해본 소린데, 화를 내니까 더 수상하네."

미향의 말에 가시가 있다.

"세희를 잘 알잖아? 세희는 어린애야. 피곤해서 세희가 방에 들어오는 줄도 몰랐어."

태권이 애써 태연하게 말했다. 보따리를 펴니 일회용 도시락에 만두가 그득하다. 금방 만들었는지 김이 모락모락 올라왔다.

"역시 사위 사랑은 장모님이야!"

태권이 손으로 덥석 만두 하나를 집어, 입에 넣었다.

"나, 갈게. 천천히 먹어."

"맛있게 먹을게. 재미있게 놀다 와. 저녁때 집으로 갈게."

미향이 돌아간 후 벌렁 자리에 누웠다. 영 기분이 찜찜하다. 미향이 한 마디 툭 던진 걸 너무 예민하게 반응한 것 같아 후회된다. 세희가 살며시 방문을 열었다.

"오빠, 언니 갔어?"

"그래. 우리 할머니랑 만두 먹자."

만두를 들고 마루로 나갔다.

"할머니, 만두 드세요."

모두 둘러앉아 만두를 먹었다. 고기만두와 비슷했지만 여러 가지 재료를 넣어 독특한 향이 나는 게 쫄깃쫄깃하고 맛이 있었다.

"언니가 가져온 거야?"

"그래, 맛있지?"

"응."

"조 계장 먹으라고 가져온 걸 우리가 다 뺏어 먹었나 봐."

할머니가 음료수를 따랐다.

"할머니와 세희 몫까지 가져온 거예요. 점심은 따로 안 먹어도 되겠어요."

음료수를 들고, 방으로 들어오자, 세희도 잽싸게 따라왔다.

"오빠, 저 언니 사랑해?"

음료수를 마시려던 태권은 하마터면 잔을 놓칠 뻔했다.

"세희가 사랑이 뭔지 알아?"

"오빠는 내가 어린애인 줄 아나 봐."

세희가 입을 삐쭉 내밀었다. 태권은 천천히 세희의 눈을 들여다보았다.

"나도 스물한 살이야. 어린애가 아니라구."

"그래도 오빠 눈에는 어린애로 보이는데…."

태권이 장난치듯 세희의 이마를 콕콕 찔렀다.

"오빠, 저 언니 사랑하지?"

세희가 확인하듯 또다시 물었다. 태권은 잠시 생각에 잠겼다. 세희의 발그레 상기된 얼굴을 보면서 미향과의 관계를 분명히 해두어야 할 것 같았다.

"그래, 언니 사랑해. 많이, 많이…."

순간 세희의 표정이 어두워졌다.

"나도 오빠 사랑하는데…."

잠자코 앉아있던 세희가 한마디 내뱉고는 쏜살같이 뛰어나갔다. 쇠뭉치로 뒤통수를 한 대 얻어맞은 것처럼 갑자기 머리가 멍해졌다. '세희가 이성에 눈을 뜬 것일까? 세희가 말하는 사랑이란 어떤 것일까? 세희는 남녀관계에 대해서 어디까지 알고 있는 것일까? 세희가 여자가 되어 가는 것인가!' 세희의 눈빛에서 여자의 질투를 본 것 같아 섬뜩하다. 잠이나 실컷 자려고 했던 태권의 계획은 수포가 되고, 하루 내내 두 여자의 생각으로 머리가 어지러웠다.

지겹던 더위도 한풀 꺾이고 아침저녁으로 선선한 바람이 불어왔다. 하지만 한낮은 아직도 찜통을 방불케 한다. 막바지 여름휴가로 듬성듬성 자리가 비어 있어 사무실 분위기도 어수선하고, 또 휴가 간 직원들의 업무까지 대신하느라 모두가 분주하다. 그나마 다행인 것은 냉방이 잘 돼 있어 한낮에도 땀을 흘리지 않아도 된다. 어떤 얌체족들은 아예 은행으로 피서를 와서 온종일 죽치는 경우도 종종 있었다. 태권은 휴가를 아꼈다가 가을에 미향과 설악산 단풍놀이 가기로 약속했다.

팔월 마지막 주말이다. 마감을 준비하는데 석구한테서 전화가 왔다.

"내일 뭐 하냐?"

심심해 죽겠다는 듯 석구의 건조한 목소리가 전화선을 타고 들려왔다.

"미향 씨와 외식하고, 영화나 한 편 보려고 하는데…. 왜?"

"삼복더위에 영화는…. 송추계곡이나 갔다 오자. 거기 물도 깨끗하고, 수영도 할 수 있어서 끝내준다더라. 늘씬한 아가씨들 눈요기하며, 술이나 한잔하자."

"글쎄…, 난 혼자가 아니라서…."

태권이 망설인다. 미향이 주말을 함께 보내자고 할 게 뻔하고, 또 저 지겨운 석구의 얼굴을 보며 술이나 마시자고, 송추계곡까지 간다는 게 선뜻 내키지 않는다. 군에 있을 때 지정휴양지가 송추계곡이었다. 민간인 휴양지와 조금 떨어져 있긴 했지만, 여름마다 송추계곡을 다녀와서 추억도 많고 사연도 많은 곳이다.

"자식, 뭘 망설이냐? 술은 내가 살게. 미향 씨 때문이라면 같이 가도 좋고…."

"알았다. 저녁때 미향 씨 만나서 상의해 보고 연락할게."

업무를 마치고 은행을 나섰다. 수박 한 통을 사 들고 미향이네로 갔다. 그녀는 아직 퇴근 전이고, 아버님도 아직 안 돌아오셨는지 어머님만 계셨다.

"어머님, 저 왔습니다."

"어서 오게, 미향인?"

"어머님이 보고 싶어서 혼자 왔습니다. 미향이에겐 연락 안 했습니다."

"그래? 빈말이라도 고맙네. 어서 올라와. 미향이도 곧 돌아오겠지."

어머님이 시원한 얼음을 듬뿍 넣고 타 준 미숫가루를 마시고 있는데, 미향이 땀을 뻘뻘 흘리며 들어섰다.

"언제 왔어? 그렇지 않아도 전화했더니, 퇴근했다고 해서 집에 들를까, 했었는데…."

미향이 옷을 갈아입고 마주 앉았다.

"아빠는 아직 안 오셨어요?"

"그래, 좀 늦으시나 보다."

어머님이 수박을 잘라 오셨다.

"웬일이야? 나한테 연락도 없이…."

별일도 다 있다는 듯 미향이 눈을 동그랗게 떴다.

"어머님이 보고 싶어서…."
"그럼 난…?"
"당연히 보고 싶지, 하지만 오늘은 아니야."
'피!' 미향이 입을 삐쭉 내밀며 눈을 흘긴다. 때마침 아버님이 돌아오셨다.
"안녕하세요. 저 왔습니다."
태권이 벌떡 일어섰다.
"왔어? 앉아, 앉아. 그렇지 않아도 자네를 불러 바둑이나 한 판 할까, 했는데 마침 잘 왔네."
아버님이 무척 반가워하시는 표정이다. 술 잘 먹고 바둑도 좋아하는 등 취미가 비슷해서 태권을 굉장히 좋아하셨다.
"우선 한 판 해야지."
자리에 앉자마자 바둑판부터 찾으셨다.
"에이, 아빠는 바둑밖에 몰라."
미향이 뾰로통한 얼굴로 바둑판을 가져왔다. 실력은 둘 다 3급으로 급수는 같지만, 아버님이 좀 센 편이다. 하지만 승률은 태권이 앞섰다. 체력 때문에 가끔 깜빡 수를 잘 두시기 때문이다.
"오늘은 무슨 내기를 할까?"
아버님은 바둑도 두기 전에 벌써 즐거운 표정이다.
"이긴 사람 소원을 한 가지 들어주기로 하는 게 어떨까요? 아버님!"
태권이 색다른 제안을 했다.
"그거 좋지. 삼세판이야."
바둑이 시작됐다. 첫판은 아버님이 불계승했다. 중앙에서 흑대마가 죽는 바람에 태권이 일찍 돌을 던졌다.

"자네 요즘 실력이 준 것 같아. 이번엔 이거 보게. 두 판으로 끝나면 재미가 없거든."

아버님이 자신만만한 표정으로 태권을 격려했다. 사실 아버님은 승부엔 관심이 없었다. 승부를 떠나 바둑 자체를 즐기는 분이다.

"아버님도 이번 판으로 끝내는 게 좋으실 겁니다. 다음 판까지 끌고 가면 반드시 제가 이길 겁니다."

태권이 자리를 고쳐 앉으며 큰 소리를 쳤다.

"태권 씨, 오늘은 꼭 이겨야 하는데, 정말 자신 있어? 오늘은 아빠 컨디션이 굉장히 좋은 거 같아."

미향이 태권의 어깨에 손을 걸치며 걱정스러운 표정을 지었다.

"요놈 봐라. 너는 조 계장 편이다 이거지. 딸자식은 다 소용없다니까."

아버님이 연신 싱글벙글하신다. 이제는 돌을 바꿔 태권이 백을 잡았다.

"그럼, 이번 판으로 결정을 낼까…"

아버님이 처음부터 공격적인 행마를 하신다. 태권은 지구전으로 맞섰다. 태권의 기풍은 싸움 바둑이었지만, 이번 판을 반드시 이기기 위해 철저히 실리를 챙기고 계가까지 끌고 갈 심산이다.

처음부터 만만치 않았다. 실리를 챙기고 기회를 보기로 마음을 먹고 출발했지만, 좌하 귀에서 흑의 페이스에 말리고 말았다. 흑의 저돌적인 공격에 맞받아치다가 백의 대마가 위태로워졌다. 대마를 살리자니 쌈지를 떠야 하고, 그러다 보면 온통 싸 발림을 당해 집 부족에 걸릴 텐데…. 태권이 장고에 장고를 거듭했다.

"어허, 바둑 두는 사람 어디 갔나?"

아버님이 갑갑해 죽겠다는 듯 일어서서 세면실로 들어가셨다. 태권의 이마에서 땀이 비 오듯 쏟아졌다. 어머님이 시원한 물수건을 만들어서 태권에게 건넸다.
"땀 좀 닦고 힘을 내게. 나도 자네, 편이야."
"이런, 이런. 모두가 적, 뿐이군. 내 편은 하나도 없어."
아버님이 수건으로 얼굴을 훔치며 너털웃음을 터뜨렸다. 출혈을 최소한으로 줄이면서, 대마를 살리고 계가로 끌고 갔다. 세 시간을 소비하고서야 둘째 판이 끝났다. 좀 민망할 정도로 태권이 장고했다. 지는 것은 별 문제가 아니었지만, 아버님의 성격상 승부가 결정된 뒤에도 한 판 더 하자고 할 게 틀림없다. 승부가 결정된 후의 한 판은 김이 빠질 게 분명하다. 태권은 사력을 다했다. 계가에 들어갔다. 돌을 메우면서도 태권은 자신이 없었다. 끝내기에 들어가기 전 가집계한 결과, 한 집 아니면 반 집이 부족한 것으로 판단됐다. 아버님도 당연히 당신이 이기신 것으로 생각하시는지 손놀림이 경쾌했다.
"어?"
마지막 백 돌 하나를 메우시며 아버님의 안색이 달라졌다.
"내가 분명 이긴 줄 알았는데…. 반 집이 부족하잖아."
계가를 끝내보니 백 집이 마흔일곱, 흑 집이 쉰둘, 반면으로 흑이 다섯 집 이겼으나, 덤 다섯 집 반을 제하니 백의 반집 승이었다.
"분명히 내가 이긴 줄 알았는데…."
아버님이 뭔가 미심쩍은 듯 고개를 갸웃했다. 미향이 태권에게 한눈을 찡긋했다. 어머님이 만들어 온 수박, 화채를 먹고 결승이 시작됐다.
"자기가 이기면 어떤 소원을 얘기할 건데?"
미향이 바짝 다가앉았다.

"글쎄, 그건 비밀이야."

"태권 씨, 아빠한테 아파트 한 채 사달라고 하자 응?"

미향이 신경전을 폈다.

"요놈 봐라. 아주 협박해라."

아버님이 말은 그렇게 하면서도 여전히 싱글벙글하셨다.

"에게! 겨우 아파트 한 채? 내 소원은 훨씬 더 큰 거야."

태권이 맞장구를 쳤다.

"요 녀석들 봐라, 너희들 그러다 큰코다친다."

아버님이 바둑판에서 눈을 떼지 않은 채, 장고하셨다. 포석을 마치고 중반전에 돌입했다. 그러나 결승은 너무 싱겁게 끝이 났다. 중반 전투에서 아버님이 깜빡 수를 두는 바람에 대마가 몰살했다. 바둑은 그걸로 끝이었다.

"허, 이것 참…."

힘 한 번 제대로 못 쓰고, 바둑이 일찍 끝나는 바람에 아버님이 허탈한 표정을 지었다.

"죄송합니다. 아버님!"

"태권 씨 이겼으니까, 소원을 얘기해야지."

미향이 신이 나서 호들갑을 떨었다.

"말해 보게. 약속은 약속이니까."

아버님이 조금은 걱정스러운 표정으로 태권을 바라보았다.

"일단 밖으로 나가시지요. 식사가 끝난 후에 말씀드리겠습니다."

태권과 미향이 부모님을 모시고 밖으로 나왔다.

"당신 큰일 났어요."

어머님이 미향의 손을 잡고 대문을 나서며 태권에게 한눈을 찡끗했다. 택시를 타고 월미도로 향했다.

"어디 가는 거야?"

미향이 궁금해 죽겠다는 듯 태권을 쳐다보았다.

"아파트 사달라며?"

태권이 시침을 뚝 떼고 미향을 쳐다봤다.

"정말! 아빠 큰일 나셨네. 이곳은 엄청 비쌀 텐데…."

미향이 신이 나서 마구 떠들었다. 저만큼 월미도가 시야에 들어왔다.

"아저씨, 다음 신호등에서 우회전하고 조금 가시다 원조삼계탕 집에서 세워주세요."

"에게, 겨우 삼계탕?"

미향이 눈을 흘겼다.

"아냐, 일단 삼계탕 먹고 그 후에 소원을 말씀드릴 거야. 아버님, 어머님, 삼계탕 괜찮으시죠?"

"그럼, 복더위엔 삼계탕이 그만이지."

아버님이 고개를 끄덕이셨다.

식당 안은 발 디딜 틈 없이 손님으로 꽉 들어차 있었다. 줄을 서서 이십여 분을 기다려서야 겨우 자리에 앉을 수 있었다. 삼계탕을 맛있게 먹고 해변으로 나왔다. 파도가 밀려오며 시원한 바람이 불어왔다. 갈매기 떼가 파도를 타고 물속을 들락날락했다.

유람선을 타고 월미도를 한 바퀴 돌아 본 후 집으로 돌아왔다. 모두가 상쾌한 기분이다. 어머님이 음료수를 내왔다.

"태권 씨, 빨리 소원을 얘기해 봐."

미향이 자리에 앉자마자 닦달했다.

"아버님, 어머님. 제 소원은 딱 한 가지입니다. 두 분이 건강하게 오래오래 사셔서, 저희들이 아들딸 낳고 행복하게 사는 모습을 끝까지 지켜봐 주시는 겁니다."

태권이 진지한 표정으로 말했다.

"이 사람, 싱겁기는…."

아버님이 흐뭇한 표정을 지었다.

"자넨 어쩜 말도 그렇게 이쁘게 하나. 고맙네, 고마워."

어머님이 만면에 함박웃음을 지으며 태권의 등을 두드렸다.

"아빠! 비밀이 한 가지 있는데…."

미향이 명랑한 얼굴로 주머니에서 백 돌 한 개를 꺼내서 흔들었다.

"아까 둘째 판 둘 때, 아빠가 태권 씨 돌 잡은 거 내가 숨겼다."

"어쩐지, 내가 분명 이긴 바둑이었는데…."

아버님이 서운하신 듯 미향에게 눈을 흘겼다.

"죄송합니다. 아버님. 오늘은 아버님이 이기셨습니다. 약속대로…."

태권이 뒤통수를 긁적였다.

"됐네, 결국 자네가 저녁을 사지 않았나. 자네 덕분에 즐거웠어."

아버님이 손사래를 쳤다.

"아버님, 다음부터는 문을 걸어 잠그고 두어야 하겠습니다. 그럼 전…."

"그래, 자주 들르게."

두 분에게 인사를 드리고 미향의 전송을 받으며 대문을 나섰다.

"오늘 고마웠어."

그녀가 명랑한 얼굴로 태권의 얼굴에 키스했다.

"뭐가?"

"우리 아빠 엄마를 즐겁게 해드려서."

"미향 씨 부모님은 내게도 똑같은 부모님이야."

태권이 미향을 끌어안았다.

"참, 내일 석구와 송추계곡에 가기로 했는데, 미향 씨는?"

"바늘 가는데, 실이 가야지. 새삼스럽게…."

"수영도 할 거야. 아침에 데리러 올게."

미향과 작별을 하고 집에 돌아오니 세희가 기다리고 있었다.

"오빠, 이제 와?"

"세희 여태 잠 안 잤어?"

태권이 세희의 볼을 톡톡 두드렸다.

"석구 오빠한테서 여러 번 전화 왔었어."

세희가 조금은 짜증 섞인 목소리로 말했다.

"아이고 우리 예쁜 세희. 그 말 전해주려고 여태 안 잤어?"

태권이 세희의 오뚝한 코를 비트는 시늉을 했다.

"자, 이제 잠자러 가야지."

세희를 들여보내고 석구에게 전화했다.

"자식, 빨리도 전화한다. 여태껏 어디를 쏘다녔냐?"

석구의 볼멘소리가 들려왔다.

"미향 씨와 부모님 모시고 월미도에 갔었어. 내일 아침에 우리 집으로 와라."

"미향 씨도 간대?"

"그래."

"알았어. 내일 아침에 보자."

날이 밝았다. 예정보다 일찍 석구가 들이닥쳤다.

"야, 빨리 출발하자. 늦으면 길 막혀."

석구가 재촉했다.

"할머니, 다녀오겠습니다."

할머니께 인사를 여쭙고 문을 나서려는데, 세희가 쪼르르 달려 나왔다.

"오빠, 오늘도 나가?"

"그래, 오빠 나갔다 올게."

"어디 가는데?"

"송추계곡."

"나도 갈래."

"수영할 건데, 세희 수영 싫어하잖아?"

태권이 세희를 쳐다보았다.

"그래도 갈래."

세희가 떼를 쓴다. 태권이 난처한 얼굴로 석구를 바라보았다.

"세희도 같이 가지. 나 혼자 심심한데 잘, 됐네."

석구가 적극적으로 찬성했다.

"그럼 빨리 들어가서 옷 갈아입고 나와. 수영복 잘 챙기고."

택시를 타고 시외버스터미널에 가는 길에 미향을 태웠다. 민소매에 흰색 반바지를 입고, 챙이 큰 모자를 쓴 미향의 모습이 시원한 느낌이다. 불광동 시외버스터미널에서 문산 가는 버스를 탔다. 태권과 미향이 함께 앉고, 석구와 세희가 옆자리에 앉았다. 피서 차량 들로 도로가 혼잡했다. 미향이 기대왔다. 태권이 미향의 어깨를 감싸 안았다. 석구가 세희의 관심을 끌려고 계속 떠들어 댔지만, 세희는 자꾸만 태권을 힐끔거리며 불만스러운 표정이다. 서울 시내에 접어들자 도로정체가 극에 달했다. 연신내를 벗어나 진관동에 들어서자 교통 혼잡이 조금씩 풀리기 시작했다. 구파발 검문소를 지나며 통일로라고 쓰여 있는 돌비석을 보자 애리가 생각났다.

"오빠! 내 이름, 애리야."

외출을 나와 두 번째 천사를 만나고 헤어질 때, 천사가 등 뒤에서 소리쳤다. 천사는 정말 순수하고 예쁜 소녀였다. 태권은 그녀를 볼 때마다 동화 속에 나오는 천사가 생각났다. 천사는 항상 밝고, 명랑한 얼굴이었지만, 절대로 자신의 속내를 보이지 않았다. 구파발 검문소에서 재회하고 많은 시간을 함께 보내면서도, 자신의 가족관계나 사생활에 대해서는 한마디도 하지 않았다. 심지어 이름조차도 알려 주지 않아 태권은 천사라고 불렀었다.

"아빠 엄마가 이혼했다나 봐. 지금 사는 곳은 외할머니 집이고…."

처음 외출을 나와 삼거리슈퍼에 들렀을 때, 아주머니가 지나가는 말처럼 한마디 했다. 부대 주소와 메모를 남기고 귀대하여 일주일이 지났을 때, 천사한테서 편지가 왔다. 편지를 주고받은 끝에 검문소에서 철수한 후, 한 달여 만에 천사를 만났다. 그때는 천사가 애인이 되겠다고 막무가내로 달려드는 바람에 달래느라 애를 먹었다. 그렇게 헤어진 후 한동안 잠잠하다가 들녘에 코스모스가 하나둘 꽃망울을 터트릴 무렵, 또다시 천사한테서 편지가 왔다. 이달 말쯤 서울을 떠난다며 떠나기 전에 꼭 한번 오빠를 만나고 싶다는 사연이었다. 마지막 줄에 시간과 장소가 적혀있었고, 한 시간 정도 기다리다 만나지 못하면 돌아가겠다는 일방적인 통보였다.

태권은 며칠 동안 망설이다가 외출을 신청했다. 시간에 맞춰 약속 장소에 도착하니, 천사가 나무 벤치에 앉아 무언가를 골똘히 생각하는 표정으로 먼 산을 바라보고 있었다.

"일찍 왔구나."

태권이 다가가자, 천사가 발딱 일어나 태권의 품에 안겼다. 천사의 손을 잡고 길가를 따라 걸어갔다. 길가엔 어느새 코스모스가 만발해 있었다. 수많은 꿀벌이 꽃 속을 날아다니며 꿀을 채집하느라 분주했다. 천사는 이따금 걸음을 멈추고, 물끄러미 태권을 쳐다보다가 다시 걸어가곤 했다. 무언가 말을 할 듯 망설이다가 끝내 아무 말도 하지 않았다.

천사가 산길로 태권을 잡아끌었다. 길옆에는 오래된 소나무들이 병풍처럼 둘러서 있었다. 숲속으로 들어서자 향긋한 솔 내음이 콧속을 파고들었다. 따스한 햇볕이 솔잎 사이로 스며들었다. 울창한 소나무 숲이 끝나자 작은 언덕이 나타났다. 언덕 끝에 커다란 바위가 있었다. 천사가 손수건을 깔고 바위에 걸터앉았다. 태권도 천사 옆에 앉았다. 바람 한 점 없는 숲속은 새소리 하나 없이 고요했다.

천사가 무언가를 갈망하는 듯 간절한 눈빛으로 태권을 쏘아보았다. 까만 두 눈에서 금방이라도 눈물이 쏟아져 내릴 것만 같았다. 태권이 살며시 천사의 어깨를 끌어안았다. 천사의 작은 가슴이 콩닥콩닥 뛰고 있었다. 촉촉하게 젖은 입술에서 뜨거운 입김이 쏟아져나왔다. 태권이 고개를 숙여 천사의 이마에 키스했다. 천사가 태권의 목에 냉큼 매달리며 얼굴을 비벼댔다. 태권이 천사를 끌어안은 채 바위 위로 벌렁 넘어졌다. 천사가 태권의 얼굴을 핥으며 온몸이 불덩어리가 되었다. 태권은 천사를 끌어안은 채 천사가 하는 대로 가만히 누워있었다.

"오빠! 나 사랑받고 싶어."

천사가 한마디 던지고는 갑자기 울음을 터뜨렸다. 태권이 손수건을 꺼내 눈물을 닦아주었다. 하지만 천사의 눈물은 그칠 줄을 몰랐다.

"알았어. 울지 말고 말해봐. 오빠가 어떻게 해줬으면 좋겠니?"

태권이 눈물을 닦아주며 천사를 달랬다. 천사가 번쩍 고개를 들더니 태권의 입에 입술을 포갰다. 한동안 입맞춤이 계속됐다. 천사의 앙증맞은 입술이 끝없이 태권의 얼굴을 핥았다. 태권은 천사가 하는 대로 몸을 맡겼다. 어느 순간 천사의 달콤한 혀가 입속을 파고들었다. 태권이 으스러지도록 천사를 껴안았다.

"오빠! 사랑해 줘. 나 오빠 여자 되고 싶어."

천사가 나이답지 않게 끝없이 사랑을 요구했다. 그러나 태권은 차마 그럴 수가 없었다.

"천사야. 오빠도 천사 무척 사랑해. 하지만 남녀 간의 사랑은 네가 좀 더 자란 후에 그리고 서로를 충분히 알고 난 후에 해도 늦지 않아. 넌 오빠에 대해 뭘 알고 있니? 나도 천사에 대해서 알고 있는 게 하나도 없어. 오빠가 하는 말 이해하지?"

"난 그런 거 몰라. 오늘은 그냥 오빠의 사랑을 받고 싶어. 내 모든 걸 오빠에게 주고 싶어."

천사가 또다시 키스를 퍼부었다. 태권의 의지와는 상관없이 온몸이 서서히 달아오르기 시작했다. 온몸이 땀으로 범벅이 되었다. 격정의 순간이 지나자, 시원한 바람이 불어왔다. 천사는 태권의 몸 위에 엎드려 꼼짝도 하지 않았다. 서산에 빼알간 노을이 지고 있었.

그날 그렇게 헤어진 게 애리와의 마지막 만남이었다. 그해 겨울이 가고 대지에 새싹이 파릇파릇 돋아날 무렵 애리한테서 편지 한 통이 날아왔다.

"오빠! 나 오빠 사랑한 거 후회 안 해. 그동안 모든 게 고마웠어. 여기 부산이야. 나 이모 미장원에서 일해."

세 시간여가 지나서 송추계곡에 도착했다. 송추계곡은 마지막 피서를 즐기려는 사람들로 발 디딜 틈이 없었다. 야외수영장은 청춘남녀들로 가득했다. 비키니 차림의 아가씨들을 보자 석구의 입이 귀에까지 찢어졌다.

"역시 물 좋고…."

"석구 씨!"

미향이 눈을 흘긴다. 태권은 석구와 함께 서둘러 수영복으로 갈아입고, 물속으로 텀벙 뛰어들었다. 조금 있자 늘씬한 두 미녀가 여자탈의실에서 나왔다. 미향과 세희였다.

"와아!"

석구가 함성을 질러댔다. 미향이 날렵한 몸놀림으로 수영 실력을 뽐냈다. 세희가 물가에서 서성인다. 아마도 작년 여름 우목저수지에서의 악몽이 되살아나는 모양이다. 태권이 세희의 손을 잡았다.

"자, 이곳은 깊지 않아. 오빠하고 같이 들어가자."

얕은 물에 발을 담그고, 세희를 안심시켰다. 미향과 석구는, 신나게 수영했다. 물이 점점 깊어지자, 세희가 자꾸 뒷걸음질을 쳤다.

"괜찮아, 오빠가 있잖아."

하지만 세희가 겁먹은 표정을 지으며, 아예 태권을 끌어안는다. 아무래도 수영은 무리인 것 같다. 세희를 데리고 물 밖으로 나왔다. 물가를 따라 상류로 올라갔다.

재인폭포가 나타났다. 물이 많지 않아서인지 옛날처럼 요란한 소리가 나지 않았다. 폭포 위로 올라갔다. 납작한 돌을 찾아 세희와 나란히 앉았다. 수영복 차림의 세희 모습이 한 마리 인어처럼 예쁘다.

자대배치 후 첫 하계휴양을 왔을 때였다.

군 지정 휴양소는 여기에서 500여 미터 상류에 있다. 아침을 먹고 모두 물속에 들어가 수영을 즐기고 있었는데, 동기인 이 일병이 태권을 잡아끌었다. 재인폭포 100여 미터 가까이 내려와서 물가에 있는 버드나무 아래 몸을 숨기고 폭포 위를 지켜보았다.

"야, 저기…."

이 일병이 가리키는 곳에 비키니 차림의 늘씬한 미녀가 폭포 위에서 야릇한 포즈를 취하고 서 있고, 사진기를 둘러맨 서너 명의 사람들이 연신 셔터를 눌러 댔다. 아마도 화보 촬영을 하는 모양이었다.

태권은 순간 숨을 멈췄다. 난생처음 보는 늘씬한 미녀가 그것도 거의 알몸으로 몸을 비틀어 대며 포즈를 취하는 모습을 바라보니, 마치 동화 속에서나 볼 수 있는 하늘에서 내려온 선녀 같았다.

물에 젖은 쭉 뻗은 다리가 아침 햇살을 받아 반짝였고, 중요 부위만 겨우 가린 비키니 차림의 풍만한 몸매가 숨을 멈추게 했다. 버드나무에 몸을 숨기고 그녀를 훔쳐보다가 시간 가는 줄 몰랐다. 아차! 싶어 돌아와 보니 모두 중식을 준비하느라 정신이 없었다.

"쫄따구 새끼들이 기압이 빠져서…."

그날, 점심을 먹고 고참들로부터 눈요기한 대가를 톡톡히 치렀다.

세희의 몸매가 그때 그녀 못지않다. 한낮의 태양이 이글거린다. 어느새 수영복도 바짝 말랐고 깔고 앉은 돌이 달아올라 뜨거웠다. 세희와 함께 수영장에 돌아오니 미향이 석구와 물가에서 음료수를 마시고 있다.

"어디 갔다가 오는 거야?"

미향이 사이다를 내밀면서 묻는다.

"세희가 물을 싫어해서 재인폭포에 갔다 왔어."

태권이 종이컵에 사이다를 따라 세희에게 건넸다.

"야, 세희도 수영복 입으니까 몸매 끝내주네!"

석구가 세희를 아래위로 훑어보며 입에 거품을 물었다.

"난?"

미향이 시샘했다.

"미향 씨야 팔등신이고, 세희도 만만치 않은데…."

석구가 거침없이 지껄여 댄다. 태권이 생각해도 난형난제다. 키는 엇비슷하고 미향이 활짝 핀 꽃이라면 세희는 아직 소녀티를 풍긴다. 전체적인 볼륨에선 미향이 단연 뛰어나지만, 세희는 상큼한 매력이 있다.

"우리가 음식 준비할 테니까 두 미녀는 물놀이나 즐기세요."

태권이 버너에 불을 붙이고 코펠을 꺼내 식사를 준비했다.

"야 인마, 뭘 그렇게 뚫어지게 쳐다봐? 빨리 찌개 끓일 준비나 해."

수영장에 시선을 빼앗긴 석구에게 태권이 소리쳤다.

"야, 여기까지 와서 꼭 밥을 먹어야 하냐? 난 밥 안 먹어도 배부르다."

석구가 눈요기에 정신이 팔려있다.

"야, 태권아. 쟤네 들 정말 군계일학이다. 미향 씨야 말할 것도 없고 세희 몸매도 끝내준다."

석구가 움직일 생각을 안 했다.

"쓸데없는 소리 말고 빨리 찌개나 끓여!"

태권이 다그친다. 음식이 다 돼, 한자리에 둘러앉았다. 세희가 숟가락을 들고 쪼르르 태권의 곁에 앉는다. 미향이 태권을 보고 싱긋 웃는다. 하얀 쌀밥에 반찬도 없이, 찌개 한 가지뿐이었지만 그런대로 맛이 있었다. 식사가 끝나고 후식으로 수박을 먹었다. 미향이 수박, 한쪽을 집어 태권에게 내밀었다.

"오빠, 이거 먹어."

세희도 한쪽을 집어 태권에게 내민다. 태권이 어느 걸 집어야 할지 잠깐 망설였다.

"나도 신경 좀 써 줘라. 같은 남잔데 이거 서러워 살겠냐?"

석구가 부럽다는 듯 심통을 부린다. 미향이 멋쩍은 표정으로 석구에게 수박을 내밀었다.

"석구 씨는 손이 없어? 발이 없어?"

미향이 석구를 쳐다보며 툴툴거렸다.

"누구는 서로 집어 주려고 난리더니 이거야 원…."

석구가 정말 섭섭하다는 얼굴로 태권을 쳐다보았다.

"그러니까 인마, 빨리 여친 하나 만들어 이런데 함께 오면 좀 좋냐?"

태권이 싱글거리며 핀잔한다. 해가 중천에 떠오르며 푹푹 찌기 시작했다. 서둘러 물속에 들어갔다. 미향이 태권과 달콤한 시간을 보내려 했지만, 세희가 태권의 곁을 떠나지 않아 내색도 못하고, 짜증스러운 표정이다. 태권도 난처했다. 미향과 색다른 추억을 남기려고, 인파를 피해 한적한 곳으로 자리를 잡으면, 세희가 어느새 달려와 옆에 앉는다. 두 여자의 묘한 신경전 속에, 태권은 물놀이는커녕 눈치 보기에 바쁘다. 기념사진 몇 장을 찍고 일찍 출발했다. 버스에 오르니 세희가 넙죽 태권의 옆에 앉는다. 미향이 할 수 없이 석구와 앉았다.

조금 일찍 출발해서인지 올 때만큼 차가 밀리지 않았다. 버스가 서울을 벗어나 수인 산업도로를 경쾌하게 달린다. 터미널에 도착하니 다섯 시가 좀 지났다.

"한 잔 더하고 가야지?"

석구가 아쉬운 표정이다. 호프집으로 들어갔다. 맥주를 주문하고 세희를 위해 콜라 한 병을 따로 주문했다.

"재미있었어?"

술잔을 들어 건배하며 태권이 미향을 쳐다보았다.

"아니, 별로 재미없었어."

미향이 샐쭉한 얼굴로 맥주를 들이켰다.

"세희 피곤하지?"

태권이 세희를 바라보며 빙긋이 웃었다.

"아니, 재미있어서 하나도 안 피곤해."

세희가 미향을 곁눈질하며 쌩끗 웃는다.

"언니는 재미없었는데, 너는 재미있었어?"

미향이 세희를 바라보며 눈을 흘겼다.

"응, 나는 무지무지 재미있었어."

두 여자의 묘한 신경전이 계속됐다.

"화장실 좀 갔다 올게."

태권이 어색한 표정으로 일어섰다.

"같이 가자."

석구가 따라 일어섰다.

"야, 태권아. 세희의 눈빛이 아무래도 이상하다. 너를 사랑하는 눈치야."
석구가 소변기 앞에서 걱정스러운 표정으로 태권을 쳐다봤다.
"마, 사랑은…. 세희는 어린아이야."
태권이 말도 안 된다는 듯 대꾸했다.
"아냐, 예전 같지 않아. 이거 두 여자 사이에서 골치 좀 아프겠는데…."
석구가 심각한 얼굴로 고개를 절레절레 흔들었다.

아닌 게 아니라 요즈음 하루하루 달라지는 세희의 태도가 걱정스럽다. 오늘도 의식적으로 미향을 경계하는 것 같아 여간 신경이 쓰이는 게 아니다. 미향도 자꾸만 세희의 존재를 의식하는 것 같다. 모처럼의 야외나들이가 두 여자의 신경전으로 머리가 복잡했다.

요즈음 들어 미향이 집을 찾아오는 횟수가 부쩍 늘었다. 세희가 곁에 있을 때면 의식적으로 다정한 모습을 보이려고 애를 쓰는 것 같아 신경이 쓰인다. 미향이 다녀간 날이면 세희의 태도도 평상시와 다르다. 미향에 대해서 꼬치꼬치 묻는가 하면 잠시도 떨어져 있으려 하지 않는다. 태권은 두 여자 사이에 샌드위치가 되어 양쪽의 눈치를 보느라 불편하기 짝이 없다. 아무래도 서로 갈등의 골이 깊어지기 전에 두 여자 사이에 교통정리가 필요할 것 같다.

할머니의 죽음

　무더위가 한풀 꺾이고 이따금 서늘한 바람이 불어왔다. 길가에 코스모스가 하나둘 고개를 숙이기 시작한다. 토요일 근무를 마치고, 미향과 함께 고향 열차를 탔다. 결혼식 문제를 상의하기 위해 오래전부터 계획된 일정이었다. 차창 밖으로 보이는 들녘은 어수선하기 짝이 없다. 황금물결이 출렁이는 광활한 들판에는, 수확기를 앞둔 농부들이 마지막 갈무리하느라 비지땀을 흘리고 있었다. 사람들을 피해 이리저리 날아오르는 참새 떼가 군무를 하듯 하늘을 수 놓는다. 옆자리에 앉은 미향의 표정도 덩달아 들떠 있다.
　조치원역에서 내려 청양 가는 시외버스로 갈아탔다. 공주 터미널에서 승객들이 내리고 나니 미향과 태권만 남았다. 코앞에 공산성이 보인다. 신성을 따라 짙푸른 녹음을 자랑하던 고목들이 어느새 꽃단장을 준비하느라 알록달록한 색깔을 덧씌우고 있었다. 성질 급한 단풍나무가 어느새 색동옷으로 갈아입고 강 쪽에서 불어오는 훈풍에 잔가지를 흔들며 흥타령을 하고 있었다. 금강철교를 건너 좌회전하니, 연미산이 막아섰다. 왼쪽 옆구리를 타고 경사로에 들어서자 오래된 시골 버스가 힘에 겨운지 해수 기침하듯 갈갈거렸다. 발아래 유유히 흘러가는 금강이 보인다. 저만큼 고마나루 전설이 깃든 금강의 허리 끝에 금강송이 어우러진 소나무 숲이 보였다. 그 뒤로 무령왕릉이 자리 잡은 정지산, 산자락이 스쳐 지나갔다.

비록 시골 버스이지만, 호젓한 시골길을 달리며 멋진 풍경을 구경하다 보니 마치 신혼여행을 하는듯한 착각에 빠져들었다. 미향이 들뜬 표정으로 바짝 다가앉는다. 미향의 따스한 체온을 느끼며 태권이 그녀를 꼭 끌어안았다. 행복해하는 미향의 표정을 보자 가슴이 뿌듯하다. 석양 무렵이 되어서야 마을에 도착했다. 버스에서 내리니 마을회관 앞에 동네 어른 서너 명이 앉아있었다.

"안녕하세요?"

태권이 다가가서 인사를 했다.

"응 태권이구나. 어서 오느라."

동네 어른들이 당신의 자식처럼 반가워하셨다.

"미향 씨, 인사드려."

"안녕하세요?"

미향이 미소 띤 얼굴로 인사를 했다.

"태권이 색시인 모양이구나."

"네."

"어쩜, 이쁘게도 생겼네. 어서 올라가거라. 어머님이 좋아하시겠다."

어른들이 이구동성으로 미향을 칭찬하셨다. 대문을 들어서니 어머니가 달려 나왔다.

"어서 오느라. 먼 길 오느라 고생했다."

어머니가 미향의 손을 덥석 잡는다.

"안녕하셨어요? 어머니!"

미향이 어머니 손을 마주 잡으며 밝은 얼굴로 인사를 했다.
"아버지는요?"
"응, 들에서 아직 안 오셨다. 곧 오실 거다."
"저희가 가서 모시고 올게요."
미향의 손을 잡고 집을 나섰다.

가을 들판이 눈부시게 풍성하다. 논에서는 벼들이 추수를 기다리며 예배 중이고 여기저기 감, 밤, 대추가 주렁주렁 달려 있다. 길가에 이름 모를 들꽃들이 아름다운 자태를 자랑하며 하늘거리고, 고개 숙인 해바라기가 내일 아침을 준비하느라 옷깃을 여미고 있었다. 논둑 길로 들어서자 메뚜기들이 낯선 침입자를 피해 이리저리 뛰었다.

"어머, 메뚜기잖아!"

도시 생활만 했던 미향이 너무도 신기한 듯 호들갑을 떨었다. 아버지는 논에서 물꼬를 파고 계셨다. 추수를 위해 물을 빼는 중이었다.

"아버지, 저희 왔어요."

"아버님, 안녕하세요?"

태권과 미향이 큰 소리로 인사드렸다.

"너희들 왔구나. 뭐 하러 나왔어, 곧 들어갈 텐데."

아버지가 구부렸던 허리를 펴면서 반가워하신다. 저녁노을이 지고 있었다.

"태권 씨, 저기 좀 봐. 너무 예쁘다!"

미향이 감탄사를 연발한다. 칠갑산 정상에서 오색찬란한 광선을 내뿜으며 벌어지는 일몰은 그야말로 장관이었다.

"어머, 코스모스잖아!"

그녀의 눈에는 모든 게 신기한 듯 어린애처럼 좋아했다. 아버지와 함께 집으로 돌아왔다.

"시장할 텐데 많이들 먹어라."

어머니가 밥상을 내려놓으시며 말씀하셨다. 미향과 태권이 맛있게 식사했다. 저녁 식사가 끝나고 과일이 나왔다.

"그동안 더 예뻐졌구나."

참외를 깎으면서 어머니가 미향 씨를 칭찬했다. 미향이 밝은 얼굴로 생긋 웃었다.

"이제 끝물이라 맛이 좀 덜할 게다."

어머니가 참외 한 조각을 집어 미향의 손에 들려주었다.

"아버님, 참외 드세요."

미향이가 어머니한테 받은 참외를 아버지에게 드렸다.

"응, 어서들 먹어."

아버지가 참외를 잡수시며 흐뭇한 표정으로 바라보셨다.

"이제 너희들도 식을 올려야지. 다음 달이면 가을걷이가 거의 끝날 게다. 부모님과 상의해서 날짜를 잡아보아라."

"알겠습니다. 제가 찾아뵙고 말씀드리겠습니다."

설거지를 끝내고 소화도 시킬 겸 산책을 나왔다. 서늘한 밤공기가 옷 속을 파고든다. 밤하늘은 손에 잡힐 듯 바로 머리 위에 내려와 있었다. 은하수를 건너온 별들이 당장이라도 머리 위로 쏟아질 것 같다. 뒷동산 뫼 바위에 나란히 앉았다. 태권의 손때가 묻어 있는 바위였다. 어릴 적 추억들이 한꺼번에 주마등처럼 스쳐 지나간다. 코흘리개 시절 동네 친구들과 병정놀이하며 먼 하늘을 바라보던 곳이다. 언젠간 나도 칭기즈 칸처럼 말을 타고 광활한 벌판을 달리며 천하를 호령하겠다는 호연지기를 키우던 바로 그곳이었다.

"태권 씨. 너무 행복해!"

미향이 들뜬 표정으로 품에 안긴다. 부모님의 승낙도 얻었고, 결혼식만 올리면 미향은 평생 나와 함께 살아갈 것이다. 맨 처음 그녀를 가슴 깊이 새기고, 오늘이 오기를 얼마나 노심초사하였던가! 태권은 미향을 꼭 끌어안고 그때처럼 먼 하늘을 바라보았다. 별똥별 하나가 노란빛을 발산하며 남쪽 하늘로 떨어졌다.

이튿날 아침을 먹고 아쉬움을 뒤로한 채, 일찍 집을 나섰다. 하루빨리 결혼식을 올리고 싶었다. 부천에 도착하니 점심때가 다 되었다.

"어서 와. 부모님은 건강하시고?"

"네"

태권이 미향의 부모님께 큰절을 올렸다.

"편히 앉게."

아버님이 흐뭇해하셨다.

"결혼 날짜는 다음 달 이후, 아무 때나 괜찮다고 말씀하셨습니다."

"그래? 알겠네. 택일해서 알려 주겠네."

점심을 먹고 아버님과 바둑을 두다가 저녁까지 먹은 후, 해가 진 뒤에야 집에 돌아왔다.

집안이 캄캄했다. '어디 가셨나? 벌써 주무시는 건 아닐 텐데…'

"할머니 저 왔습니다. 세희야!"

인기척이 없다. 방문을 열어보았지만, 모두 빈방이다. 세희 방문을 열었다. 마찬가지였다. 세희의 책상 위에 메모지가 보였다.

"오빠, 할머니가 아파 병원에 간다. 길병원이야."

세희가 남긴 메모였다. 갑자기 서늘한 기운이 정수리를 때렸다. 할머니는 심장이 좋지 않아 항상 약을 달고 살았다. 할머니의 가장 큰 걱정거리는 세희였다. 평소에도 문득문득 세희를 바라보며 '내가 좀 더 오래 살아야 할 텐데…. 내가 죽으면 저 불쌍한 것이….' 항상 세희를 걱정하며 눈물을 훔치곤 하셨다. 세희의 갑작스러운 입원 때문에 건강이 나빠지셨지만, 세희가 말문이 트인 이후 최근까지는 비교적 건강한 편이었다. 하루하루 달라지는 세희를 보고 너무도 기뻐하셨고, 머지않아 정상으로 돌아올 것을 굳게 믿었다.

"내가 좀 더 살아야지. 암! 저것이 제짝을 만날 때까지는 어떻게 하든 내가 버티고 있어야지!"

스스로 다짐하며, 삶에 대한 강한 애착을 보이셨던 할머니다. 이따금 당신의 건강이 좋지 않을 땐, 태권을 불러 세희를 보살펴 달라고 당부하셨다.

"세희가 저만큼 좋아진 것도 모두가 자네 덕분이야. 만에 하나 내가 먼저 가더라도…."

"할머니! 왜 그런 약한 말씀을 하세요. 오래오래 사셔서 세희가 아들딸 낳고 잘 사는 모습을 보셔야지요."

"그러면 얼마나 좋겠나. 하지만 난 살 만큼 살았어. 내가 없더라도 지금처럼 자네가 세희를 잘 보살펴 주게."

"할머니, 걱정하지 마세요. 할머니가 제게 해주신 것처럼, 저도 세희를 혈육으로 생각하고 끝까지 돌봐 줄 거예요."

태권이 할머니의 손을 잡고 다짐했다. 원무과에서 병실을 확인하고 4층

중환자실로 들어섰다. 두 눈이 잔뜩 부은 모습으로 세희가 달려와 눈물을 글썽였다.

"어서 오게."

세희 외삼촌이 태권을 보고 힘없는 목소리로 인사를 했다.

"할머니는 좀 어떻습니까?"

태권이 병상에 누워계신 할머니를 걱정스러운 얼굴로 쳐다보았다.

"잠시 나가세."

외삼촌이 앞장서서 휴게실로 들어갔다.

"아무래도 이번 고비를 못 넘길 것 같네."

외삼촌이 어금니를 깨물면서 침통하게 말했다.

"워낙 병약하신 데다. 연세가 많아서…."

"그렇게 위중하십니까?"

"그래, 담당 의사도 마지막을 준비하라고 하네."

외삼촌이 말을 마치고 한숨을 쉬었다. 한동안 침묵이 흘렀다. 태권이 천정을 바라보며 눈물을 글썽였다.

"차차 얘기하겠지만, 그동안 어머니한테 잘해줘서 정말 고마웠네. 내가 미처 하지 못한 효도를 자네가 대신했어. 어머니는 혈육인, 나보다도 자네를 더 좋아하셨네. 세희가 문제인데…, 아닐세. 다음에 얘기하세."

외삼촌이 말꼬리를 흐렸다. 소식을 듣고 친지들이 몰려왔다.

"세희를 데리고 집으로 먼저 들어가게."

외삼촌이 태권에게 세희를 당부했다.

할머니 곁을 떠나지 않으려는 세희를 억지로 끌고 집으로 돌아왔다. 갑자기 슬픔이 밀려왔다. '할머니가 돌아가신다면 세희가 큰 충격을 받을 텐데….' 할머니의 주검도 안타까운 일이지만, 무엇보다 좋아지기 시작한 세희가 고통을 받는 게 제일 두려웠다. 세희의 표정이 어두웠다. 그 까만 눈에서 당장이라도 닭똥 같은 눈물이 쏟아져 내릴 것만 같았다. 집에 돌아와서도 침대에 걸터앉은 채 말 한마디 없다.
"할머니가 걱정돼서 그러는구나. 걱정하지 마. 내일이면 다 나을 거야."
태권이 세희를 위로하며 어깨를 감싸 안았다.
"자, 이제 옷 갈아입고 자야지."
잠옷을 갈아입히고 침대에 눕혔다. 혼자 옷을 갈아입기 시작한 후 어쩌다 태권이 보면 '오빠, 창피해.'하며 부끄러워하던 세희가 오늘은 태권이 하는 대로 가만히 있었다. 잠이 안 오는지 세희가 두 눈을 깜빡이며 태권을 바라보았다.
"오늘은 오빠랑 같이 잘까?"
세희가 말없이 고개를 끄덕이며, 베개를 들고 일어섰다. 세희를 데리고 태권의 방으로 와서 함께 누웠다. 세희가 뭔지 모를 불안감에 잠이 오지 않는지 뒤척인다. 태권이 베개를 빼고 팔을 바쳤다. 세희가 태권의 품으로 파고든다. 세희의 어깨가 불규칙적으로 들썩인다. 태권이 세희의 어깨를 감싸 안았다. 세희가 통통 부은 눈으로 태권을 쳐다본다. 온 세상의 슬픔을 모두 짊어진 참으로 슬픈 눈이다. 태권의 손이 세희의 슬픈 눈을 억지로 감겼다.
세희의 숨소리가 점점 안정을 찾아갔다. 태권이 세희의 귓불을 만지작거렸다. 세희는 이내 잠이 들었다. 하지만 태권은 밤새 잠을 이룰 수가 없었다. 곤히 잠든 세희를 안타까이 바라보면서 세희의 앞날이 걱정됐다.
'세희가 짝을 찾을 때까지 버티겠다고 입버릇처럼 말씀하셨는데…. 만약

할머니가 돌아가신다면…'

이튿날 아침 일찍 세희를 병원에 데려다주고 출근했다. 파출수납하려고, 지불계에서 동전을 준비하여 선인학원으로 갔다. 등록금 마감일이라 온종일 커피 한 잔 마실 사이 없이 바빴다. 점심도 거른 채 수납을 계속했다.

"조 계장님, 전화 왔어요."

김 주임이 전화를 건네주었다.

"고맙습니다. 조태권입니다."

"아, 조 계장. 날세. 어머님이 꼭 뵙자고 하시네. 지금 바쁜가?"

외삼촌의 침통한 목소리가 수화기 저편에서 들려온다. 끝내 올 것이 오려나 보다. 불길한 예감이 머리를 스쳤다.

"아, 예. 곧 찾아뵙겠습니다."

이 주임을 불러 뒷일을 부탁하고 택시를 잡아탔다.

'끝내 운명하시려나 보다.' 택시 안에서도 태권은 할머니보다, 세희의 걱정에 안절부절못했다. 병실 안은 적막감이 감돌았다. 모두 침통한 얼굴로 말이 없다.

"오빠, 할머니가…."

구석에 쪼그려 앉아있던 세희가 태권에게 달려오며 울음을 터뜨렸다. 세희를 끌어안고 등을 두드려 주었다.

"어머니, 조 계장 왔어요."

외삼촌이 할머니의 귀에 대고 몇 번을 말씀드린 후에야 할머니가 힘들게 눈을 떴다. 태권이 할머니의 손을 잡았다.

"할머니, 저예요. 태권이에요."

할머니가 태권을 알아보고 천천히 고개를 끄덕였다.
"세, 세희를 좀…."
할머니가 세희를 찾았다. 세희가 태권의 곁에 다가와서, 울먹이며 할머니를 쳐다보았다. '모두 나가라.'는 듯 할머니가 어렵게 손짓했다. 할머니가 세희의 손을 잡아당겨 태권의 손에 얹어놓았다.
"나 대신 세희를…. 세희를 부, 탁, 해."
어렵게 말을 마친 할머니가 스르르 눈을 감았다. 세희가 울음을 터뜨리며 할머니를 끌어안았다. 여기저기서 흐느끼는 소리가 들려왔다. 할머니의 유해는 부평에 있는 공원묘지에 안장했다. 장례를 치르는 동안, 태권은 휴가를 내고 세희를 돌봤다. 할머니를 잃은 슬픔에 몸부림치는 세희의 모습은 모두를 안타깝게 했다. 식음을 전폐하고 밤낮으로 눈물만 흘렸다. 태권은 잠시도 세희 곁을 떠나지 않았다. 할머니가 없는 집은 텅 빈 것 같았다. 함께 잠을 자고, 세희를 데리고 출근했다. 근무하는 동안 세희는 영업장에 앉아 멍하니 태권만 바라보았다.
삼우제가 끝나고 외삼촌이 찾아왔다.
"이거, 집문서야. 자네 앞으로 등기 이전하게."
외삼촌이 서류 봉투를 내밀었다.
"생전에도 여러 번 말씀하셨어. 당신이 죽거든 꼭 자네한테 주라고…."
"말씀은 고맙지만 전 받을 수 없습니다."
"아닐세. 자넨 우리 가족이야. 어머니도 생전에 자네를 자식으로 생각하셨어. 나도 자네를 늘 동생같이 생각했고. 또, 어머님의 마지막 유언일세. 날 불효자로 만들지 말게."
외삼촌이 단호한 표정으로 말씀하셨다.

"언젠가도 말한 적이 있는 것 같네만, 어머님은 나보다도 자네를 더 좋아하셨어. 자식인 내가, 샘이 날 정도로…."

외삼촌이 서류 봉투를 태권의 손에 들려주며 물끄러미 천장을 바라보았다.

"자네는 우리 가족이야. 그동안 정말 고마웠네. 내가 미처 하지 못한 효도를, 자네가 대신해 줘서…."

외삼촌이 또다시 고맙다는 인사를 했다. 한동안 침묵이 이어졌다.

"그리고 세희 말인데, 당분간 자네가 데리고 있었으면 좋겠네. 내가 조만간 누님을 찾아뵙고 세희 문제를 매듭짓겠네."

외삼촌이 돌아간 후, 세희를 데리고 밖으로 나왔다. 외식도 하고 공원에도 올라가 보았지만, 세희는 끝내 말 한마디 없이 그저 태권의 손을 꼭 잡고 인형처럼 따라올 뿐이었다. 태권은 그런 세희를 볼 때마다 가슴이 미어졌다. '이러다 다시 옛날로 돌아가는 것이 아닌가?'하고 걱정돼서 잠시도 마음을 놓을 수가 없었다. 할머니의 빈자리를 메우기 위해서 태권은 세심한 배려를 했다. 가능하면 할머니의 생각을 하지 못하도록, 시간 날 때마다 세희를 데리고 공원엘 올라갔다. 하루 24시간을 세희와 함께하며, 할머니를 잊도록 노력했다. 태권의 정성 때문이었는지 세희가 차차 웃음을 되찾기 시작했다.

어쩔 수 없는 이별

퇴근 무렵, 외삼촌이 은행을 찾아왔다.
"잘 지냈나. 좀 나가세."
"예. 퇴근하려던 참이었습니다. 세희가 식당에서 기다리고 있는데, 가서 데려오겠습니다."
"아닐세, 따로 얘기할 게 있어서…. 좀 기다리게 하면 안 될까?"
"그럼, 세희한테 얘기하고 오겠습니다. 잠시만 기다리십시오."
당직인 차 주임에게 세희를 부탁하고, 외삼촌과 함께 다방으로 갔다. 중년의 여인이 기다리고 있었다. 할머니의 장례식 때 잠깐 보고 짐작은 하고 있었지만, 이렇게 마주 앉는 건 처음이었다.
"누님일세. 이 사람이 조 계장입니다."
외삼촌이 태권을 소개했다.
"안녕하세요. 조태권입니다."
"앉아요. 한번 만나보고 싶었어요."
중년 여인이 살짝 미소를 띠며 태권을 건너다보았다.
"뭘 마실까?"
"커피로 하겠습니다."

무거운 침묵이 실내를 꽉 채우고 있었다. 아무도 먼저 입을 열지 않았다. 모두가 침통한 표정으로 서로의 시선을 피하며 테이블을 응시하고 있었다. 커피잔을 내려놓고 땅이 꺼질 것처럼 한숨만 쉬던 외삼촌이 어렵게 입을 뗐다.

"짐작했겠지만, 이분이 세희 생모일세. 내겐 하나밖에 없는 혈육이고…."

태권이 말없이 고개를 끄덕였다.

"얘한테 얘기 많이 들었어요. 고마워요. 세희를 아껴줘서…."

중년 여인이 잠시 말을 멈추더니 길게 한숨을 쉬었다.

"자식을 버린 매정한 여자라고 욕할지 모르지만, 그땐 세상 물정을 모르는 철부지로 선택의 여지가 없었어요."

중년 여인이 어렵게 과거를 털어놓으며 변명 아닌 변명을 했다. 태권은 조용히 듣기만 했다.

"얘하고 나를 제외하고 아무도 세희에 관한 내막을 몰라요. 그저 어머니만 믿고 잘 자라주기만을 빌었는데…. 언젠가는 이런 날이 올 것을 알았지만, 막상 닥치고 나니…. 내가 데리고 있을 처지도 아니고…."

세희 생모가 끝내 말을 맺지 못하고 눈물을 훔쳤다. 어색한 분위기가 가슴을 답답하게 했다. 태권은 멍하니 창밖을 바라보았다.

"세희를 재활원에 보내기로, 결정했네."

외삼촌의 한마디가 정수리를 때렸다.

"재활원요? 그건 안 됩니다. 세희가 이제 막 좋아지기 시작했는데…."

태권이 뭔가 다음 말을 이어가려 했지만, 마땅한 단어가 떠오르지 않았다. 무언지 모를 분노가 가슴 저편에서 치밀고 올라왔다. 모두가 책임회

피를 하고 있다는 인상을 지울 수가 없다. 어머니가 멀쩡히 살아있으면서, 외삼촌이 있으면서…. 태권의 호흡이 가빠지며 얼굴이 시뻘겋게 변해가고 있었다.

"자네가 흥분하는 이유를 나도 알아. 하지만 냉정하게 생각해 보게. 누님이 나설 입장도 아니고, 그렇다고 내가 당장 데리고 있을 처지도 아니고…. 자네도 언제까지 세희 곁에 머물 수만은 없지 않은가?"

"이해를 못 하는 건 아닙니다. 하지만 이제 점차 좋아지기 시작했는데…, 어쩌면 조금만 더 노력하면 세희가 정상으로 돌아와 혼자 독립할 수도 있는데…. 재활원에 들어간다면…. 세희의 처지를 생각하니, 부아가 치미는군요."

태권이 물을 벌컥벌컥 들이켰다.

"우리 이렇게 하세. 일단은 세희를 재활원에 보내고, 적응하는 것을 봐 가며, 차차 좋은 방도를 찾아보기로…."

아무리 생각해도 뾰족한 방법이 없었다.

"그럼, 언제…?"

"가능한 한 빠른, 시일 안에 있을 곳을 알아보겠네."

"그건 안 됩니다. 할머니를 잃은 슬픔이 이제 겨우 가셨는데…. 조금만 더 시간을 주시죠. 그동안 제가 마음의 준비를 시키겠습니다."

"그럼 그렇게 하세. 준비되면 자네가 나한테 연락을 주게."

드디어 올 것이, 오고 말았다. 외삼촌과 헤어진 후, 세희의 손을 잡고 은행 문을 나서며 세희를 똑바로, 쳐다볼 수가 없었다. '나 대신 세희를 부탁해.' 할머니의 마지막 말씀이 귓가에 맴돌았다. 아무리 생각해도 묘안이 떠오르지 않는다. '미향 씨에게 함께 살자고 얘기해 볼까?' 다음 순간 태권은 세차게 고개를 흔들었다. 미향과는 아무런 관계가 없다. 하루 이틀도 아니고, 어쩌면 평생을 같이해야 할지도 모르는데, 미향에게 무거운 짐을 떠맡기는 것 같아 선뜻 내키지 않았다. 이별의 순간이 시시각각 다가오고 있었다. 그러나 태권은 세희를 위해 아무것도 할 수 없었다. '정말 헤어져야 하나! 무슨 방법이 없을까?' 고민에 고민을 거듭해 보았지만, 뾰족한 방법이 없다. 재활원에 보내겠다는 얘기를 들었을 때, 그들을 비난했던 태권이다.

나는 세희에게 어떤 존재란 말인가! 그토록 세희를 잘 알고, 누구보다 세희를 아낀다고 자부했는데, 막상 일이 닥치고 나니, 그들과 똑같이 세희에게 아무것도 해줄 수가 없지 않은가? 시간이 흐르면서 현실과 타협하는 쪽으로 가닥을 잡아갔다. '재활원에 간다고 세희가 더 불행해진다는 생각은 지나친 편견일지 모른다. 어쩌면 혼자 독립할 수 있는, 좋은 기회가 될지도 모른다. 그래, 일단은 외삼촌 말씀대로 재활원에 보내자.' 마음의 결정은 내렸지만, 세희의 해맑은 얼굴을 바라보면 차마 입이 떨어지지 않는다.

결혼식 날짜가 잡혔다. 한 달 후 청양웨딩홀에서 결혼식을 올리기로 했다. 미향은 요즘 들어 부쩍 짜증을 냈다. 둘이 할 일도 많은데 세희가 항상 껌딱지처럼 태권의 곁에 붙어있기 때문이었다.

"언제까지 이럴 거야! 할 일이 태산 같은데!"

"미안해. 조금만 더 참아줘."

"세희는 혼자 있으면 안 돼?"

"미향 씨가 이해해 줘, 할머니를 잃고 세희가 무척 힘들어해. 며칠만 더 데리고 있다가 재활원에 보낼 거야."

"이해는 하지만 사실이 그렇잖아. 예복도 맞추고, 패물도 준비하고, 웨딩 화보 촬영도 해야 하고…."

미향이 조바심을 나타냈다. 아무것도 모른 채 태권을 졸졸 따라다니는 세희를 보면서 태권의 가슴은 천 갈래 만 갈래 찢어졌다. 언제까지 미룰 수는 없었다. 벌써 여러 번 외삼촌한테서 전화가 왔다. 안부를 묻는 전화였지만, 이별을 독촉하는 메시지였다. 세희를 보내기로 작정했다. 저녁 식사를 마치고 세희와 마주 앉았다. 태권의 심각한 얼굴에 세희가 두 눈을 똥그랗게 뜨고 불안한 표정으로 바라보았다.

"세희야, 너 오빠 좋아하지?"

"응."

세희가 멈칫거리며 고개를 끄덕였다.

"그래, 오빠도 이 세상에서 우리 세희가 제일 좋다."

태권이 어금니를 깨물고, 세희의 볼을 쓰다듬는다.

"세희 지금 몇 살이지?"

"스물하나."

"벌써 그렇게 됐구나."

태권의 말이 핵심을 벗어나 자꾸만 겉을 맴돌았다. 세희가 바짝 다가앉는다. 차마 세희의 얼굴을 똑바로 쳐다볼 수가 없다. 머리를 푹 숙인 채 방바닥만 내려다보았다. 세희의 까만 스타킹이 눈에 들어왔다. 어제 백화점에서 태권이 사준 것이다. 가만히 손을 뻗어 스타킹을 쓰다듬었다. 따스한 세희의 체온이 손바닥을 통해 가슴 깊은 곳으로 파고들었다. 주르륵 눈물방울이 방바닥에 떨어졌다. 이래서는 안 되는데…. 태권은 세희가 볼까 봐, 얼른 옷소매로 눈물을 훔쳤다.

"오빠? 왜 그래?"

세희가 불안한 표정으로 태권을 쳐다보았다. 태권이 고개를 번쩍 들었다.

"지금부터 오빠가 하는 말 잘 들어."

태권의 긴장된 얼굴을 보고 세희가 침을 꼴깍 삼켰다.

"세희, 화가가 되고 싶다고 했지?"

"응."

"훌륭한 화가가 되려면 어떻게 해야 해?"

세희가 머뭇거렸다.

"그림 공부 열심히 해야 한다고 했지?"

"응, 알았어. 내일부터 미술학원에 나갈게."

세희가 그림 공부 때문에 그런 줄 알고 앞서 나갔다.

"미술학원은 나갈 필요 없어. 세희는 이제 학교에 가야 해."

잠시 말을 멈추고 세희의 표정을 살폈다. 세희가 까만 눈망울을 굴리며 태권의 입을 쳐다보았다.

"학원처럼 조그만 곳이 아니고, 아주 큰 학교에 가는 거야. 거기에 가면 기숙사도 있고, 훌륭한 선생님도 많아. 학교에 가서 열심히 공부하여, 훌륭한 화가가 되는 거야. 알았지?"

"오빠는?"

"오빠는 여기서 은행에 출근해야지."

"그럼, 오빠와 헤어지는 거잖아?"

"바보같이. 열심히 공부하고 있으면 오빠가 주말마다 학교로 세희 만나러 갈게. 맛있는 거 많이 준비해서…."

"싫어, 나 여기서 오빠랑 살 거야."

세희가 바짝 다가앉는다.

"세희, 바보구나. 여기는 훌륭한 미술 선생님이 없어. 훌륭한 화가가 되려면 잠시 떨어져 있을 줄도 알아야지. 네가 훌륭한 화가가 되면, 그때 오빠랑 함께 사는 거야."

태권이 세희를 부둥켜안았다. 세희의 어깨가 들썩인다. 태권의 눈에서 하염없이 눈물이 흘러내렸다.

"오빠, 여기서 공부하면 안 돼? 나 오빠 말 잘 듣고 열심히 공부할게."

세희의 애처로운 눈빛이 다시 한번 태권의 가슴을 후벼팠다. 할머니의 마지막 말씀이 귓속을 파고들며 태권의 가슴에 폭풍우가 몰아쳤다.

"여기엔 훌륭한 선생님이 없다고 했잖아. 네가 어린애야? 왜 그렇게 오빠 말을 못 알아들어!"

태권이 버럭 소리를 질렀다. 태권의 화난 얼굴을 보고 세희가 일어서서 주춤주춤 뒷걸음질을 쳤다. 애써 참았던 눈물이 한여름 봇물 터지듯 와락 쏟아져 내렸다. 세희가 제방으로 들어가 문을 걸어 잠갔다. 사방에 어둠이 내리고 있었다. 세희가 이불을 뒤집어쓰고 소리죽여 흐느끼는 소리가 태권의 귓속을 파고들었다. 태권이 세희의 방문 앞에 다가섰지만, 차마 방문을 열 수 없었다. 태권은 방문 앞에서 세희의 울음소리를 들으며 꼬빡 밤을 새웠다. 날이 밝아오고 있었다.

태권은 전화기를 들고 외삼촌에게 전화했다. 내일이면 세희가 집을 떠난다. 어쩌면 오늘이 세희와 함께하는 마지막 날이 될지도 모른다. 몸이 아프다는 핑계를 대고, 오전에 조퇴했다.

세희와 함께 배를 타고 작약도에 갔다. 아직 이른 시간이라 그런지 주위는 한산했다. 세희의 손을 잡고 섬을 한 바퀴 돌았다. 할머니와 함께 이곳에 놀러 왔던 생각이 떠올랐다. 돌멩이를 들치며 꽃게를 잡던 그때가 생각났다. 바닷가에서 조약돌로 물수제비를 뜨며 신나 하던 세희의 명랑한 얼굴이 떠올랐다.

점심으로 세희가 좋아하는 광어회를 먹었다. 하지만 세희는 젓가락을 들 생각도 없이 멍하니 바다만 쳐다보았다. 태권이 상추쌈을 싸서 세희의 입에 넣었다. 세희가 상추쌈을 억지로 삼키며 눈물을 흘렸다. 태권이 손수건을 꺼내 눈물을 닦아주었다. 다시 광어회 한 조각을 집어 초장을 찍고 세희의 입에 넣었다. 세희가 삼키지 못하고 끝내 토해냈다. 태권이 세희를 끌어안고 어깨를 들썩였다.

돌아오는 길에 백화점에 들러 세희의 옷가지를 샀다. 속옷과 스타킹, 갈아입을 옷과 세면도구, 생리대와 화장품…. 마치 딸을 시집보내는 엄마처럼 꼼꼼히 챙겼다. 세희는 하루 내내 한마디도 하지 않았다. 퉁퉁 부은 눈으로 태권이 곁을 졸졸 따라다닐 뿐이었다. 집으로 돌아와서 세희의 물건을 모두 챙겨 가방에 넣었다.

저녁을 먹은 후, 욕조에 뜨거운 물을 받고 세희를 욕실에 들여보냈다. 한참이 지났는데도 욕실에서 아무 소리도 들리지 않았다. 욕실 문을 열어보니 세희가 그대로 서 있었다. 태권이 욕실로 들어갔다. 세희를 돌려세우고 하나하나 옷을 벗겼다. 정신이 돌아온 후, 단추만 풀어도 부끄럼을 타던 세희가 오늘은 속옷을 벗기는 데도 가만히 있었다. 머리를 감기고 깨끗이 몸을 씻겼다. 옷을 갈아입히고 일찍 잠자리에 들었다.

내일 날이 밝으면 세희와 작별해야 한다. 어쩌면 영영 이별일지 모른다. 태권이 떨리는 손으로 세희의 얼굴을 쓰다듬었다. 오똑한 코가 손바닥을 찔렀다. 세희가 두 눈을 동그랗게 뜨고 태권을 쳐다보았다. 앙증맞은 입술이 무언가 말하려는 듯 가벼운 경련을 일으키며 움찔거린다. 태권이 손가락으로 세희의 입술을 지그시 눌렀다. 시원한 이마가 불빛에 반짝인다. 태권이 한 손을 들어 세희의 머리를 쓰다듬었다. 기름진 머릿결의 촉감이 너무도 좋다.

세희의 가쁜 숨결이 태권의 볼을 뜨겁게 달군다. 태권이 모든 걸 각인이라도 하려는 듯 세희의 몸 구석구석을 더듬어 본다. 세희의 까만 눈망울이 촉촉이 젖으며 눈썹이 바르르 떨렸다. 태권이 부드럽게 이마에 키스했다. 세희가 몸을 돌려 태권의 가슴 속을 파고든다. 태권이 두 손을 벌려 세희를 부둥켜안았다. 태권의 눈에서 닭똥 같은 눈물이 하염없이 쏟아져 내렸다.

아침 일찍 외삼촌이 왔다. 생모는 끝내 모습을 드러내지 않았다. 아무말 없이 세희의 짐을 트렁크에 실었다. 세희의 시선을 외면한 채 억지로 미소를 지으며, 세희를 차에 태웠다. 세희가 마치 팔려 가는 당나귀처럼 창밖으로 고개를 길게 빼고 자꾸만 태권을 돌아보았다. 부르릉 시동이 걸리는가 싶더니 자동차가 미끄러지기 시작한다. 멀어져 가는 자동차를 바라보면서 태권은 참았던 울음을 터뜨렸다.

"오빠아…!"

세희의 울부짖는 목소리가 바람결에 들려왔다. 태권은 미친 사람처럼 자동차를 향해 달려갔다. 그러나 세희를 실은 차는 저만큼 꽁무니를 빼고, 수많은 차량 속으로 모습을 감추어버렸다. 태권은 그 자리에 주저앉아 통곡하고 말았다.

세희가 떠나고, 미향이 거의 매일 집으로 찾아왔다. 세희가 없는 집은 태권에게 무덤 속 같았지만, 미향은 홀가분한 표정이 역력했다.

"태권 씨, 비행기 표 예약했어."

미향이 신이 나서 떠들었다. 신혼여행은 일찌감치 제주도로 결정됐고, 새나라여행사가 거래처라 쉽게 예약이 됐다.

"아파트로 이사하자."

미향이 태권의 목에 매달렸다.

"미향 씨, 당분간 이 집에서 생활하자."

태권이 미향을 달랬다.

"자기야, 이 집은 세를 놓으면 되잖아. 재래식 부엌도 그렇고 욕실도 없잖아. 또 우리 둘이 살면서 이렇게 큰집은 필요 없어. 난 아파트에서 살고 싶어."

미향이 계속 보챘다. 태권도 아파트가 싫은 게 아니다. 미향의 심정을 모르는 것도 아니다. 하지만 이 집은 할머니와 세희의 추억이 소중히 간직된 곳이다.

"미향 씨, 나도 무척 힘들어. 집 문제는 내 뜻에 따라 줘. 그 대신 현대식으로 리모델링을 할게. 주방도 고치고 욕실도 만들게."

태권의 단호한 태도에 마지못해 미향이 양보했다. 업자를 시켜 집수리를 시작했다. 실내를 개조하고 보일러도 새것으로 교체했다. 화장실도 모두 뜯어고치고, 말끔하게 타일을 붙였다. 세희가 쓰던 방은 침대며 책상 등을 그대로 둔 채 열쇠로 잠갔다. 토요일 오후 침대가 들어왔다.

"어머, 완전히 새집이 됐네. 너무 좋다."

아파트를 고집하던 미향도 수리가 끝난 집이 마음에 드는지 환한 얼굴이다. 어린애처럼 좋아하는 미향을 보고 태권도 기분이 좋아졌다.

"신부님 잠자리에 들 시간입니다."

태권이 미향을 번쩍 들어 침대에 눕혔다. 미향이 태권의 목을 끌어안았다. 입맞춤이 시작됐다. 미향이 흥분하기 시작한다. 태권이 벌떡 일어섰다.

"미향 씨, 진정하세요. 첫날밤을 위해서…."

아쉬워하는 미향을 태권이 으스러지도록 껴안았다.

이튿날 아침 태권은 용인으로 가는 버스를 탔다. 세희를 만나러 재활원에 가는 길이다. 차창 밖을 내다보며 태권은 세희 생각뿐이다. '잘 적응하고 있을까?' 괜스레 걱정이 앞선다. 헤어진 지 일주일 밖에, 안 됐는데 오랜 세월이 흐른 양 가슴이 뛰고 조바심이 났다. 버스를 내려 세희에게 줄 김밥과 피자, 스케치북을 샀다.

택시를 타고 재활원으로 향했다. 재활원은 도심을 벗어난 외곽지역 산등성이에 있었다. 벽돌로 지은 단층 건물로 흰색 페인트칠이 되어있었다. 빨간 벽돌로 높은 담장이 둘러쳐 있고, 육중한 철문이 막혀 있어 어쩐지 외부와 단절된 삭막한 느낌을 받았다.

경비실에서 출입자를 일일이 통제했다. 아마도 원생들 모두가 장애인이기 때문에, 엄격히 관리하는 것 같았다. 경비실을 거쳐 내부로 들어서니, 잘 가꾸어진 잔디밭 위에 커다란 소나무들이 듬성듬성 서 있고, 나무 아래 벤치가 놓여 있었다. 때마침 점심시간이라 식당 앞에 배식받기 위해 길게 줄을 서 있는 원생들이 보였다.

먼저 담당 선생님을 만났다. 경비실에서 연락이 있었는지 작달막한 키에 30대 중반쯤 되어 보이는 여선생이 태권을 맞이했다.

"어서 오세요. 오빠 되신다고요? 찾아와 주셔서 감사합니다."

"수고하십니다. 조태권입니다."

간단히 인사를 마치고 접대용 소파에 마주 앉았다.

"어떻습니까? 선생님이 보시기엔 세희가 잘 적응하고 있는 것 같습니까?"

자리에 앉자마자 태권이 물었다.

"글쎄요, 아직은 무어라 말씀드릴 수는 없고, 워낙 말이 없어서…."

좀 더 지내봐야 하지 않겠느냐 하는 표정이다.

"부모님이 안 계시다 구요? 오빠 얘기만 하더군요."

"예, 두 분 다 돌아가셨어요. 할머님이 계셨는데 얼마 전 돌아가셔서…."

"네, 그랬군요."

"제가 데리고 있어야 하는데, 직장 때문에…. 세희가 그림 그리기를 좋아합니다. 미술에 소질도 있는 것 같고요. 화가가 되는 것이 꿈인데, 화가가 되려면 여기에서 공부해야 한다고 설득해서 겨우 보냈습니다. 금전적인 부분은 신경 쓰지 마시고, 특별히 관심 가져 주시기를 부탁드리겠습니다."

"너무 걱정하지 마세요. 이곳 시설은 완벽합니다. 원생들을 세밀히 관찰해서 원생들의 수준에 맞는 방법으로 지도합니다. 곧 적응이 될 겁니다."

"세희를 만나 봐도 되겠지요?"

"그럼요. 아무 때나, 면회가 가능합니다. 세희를 데려올까요?"

"아닙니다. 제가 세희를 만나보겠습니다."

"지금 식사 중이라 식당에 있을 거예요."

시설은 비교적 깨끗했다. 원생들이 식사를 마치고 하나, 둘 밖으로 나왔다. 남녀 구분 없이 어린아이에서 어른까지 천차만별이었다. 아이들 틈으로 세희의 모습이 보였다.

"세희야, 잘 있었니?"

"오빠!"

세희가 태권을 발견하고 달려왔다. 좀 야윈 모습이었지만 외견상 달라진 건 없는 것 같았다.

"잘 있었어?"

세희의 손을 잡고 느티나무 아래 있는 원탁에 자리를 잡았다.

"오빠 보고 싶었어?"

세희의 눈을 바라보며 태권이 물었다. 세희가 말없이 고개를 끄덕였다.

"밥은 잘 먹고?"

"…"

"그림 열심히 그리고?"

"…"

태권이 질문을 퍼부었지만, 세희는 한마디 말도 없이 고개만 끄덕였다.

"우리 김밥 먹자."

세희의 표정이 어둡다. 자꾸만 태권의 시선을 피했다.

"이건 피자야, 친구하고 나누어 먹고. 이건 스케치북이야, 그림 열심히 그리고. 무엇이든 필요한 것이 있으면 선생님께 말씀드려. 오빠가 얘기해 놨으니까 사주실 거야."

세희는 태권의 손을 꼭 잡고 고개를 숙인 채 땅만 바라보았다. 세희는 끝내 한마디도 하지 않았다.

"주말마다 오빠가 세희 보러 올 테니까 선생님 말씀 잘 듣고, 공부 열심히 하고 있어. 또 올게."

쓸쓸히 서 있는 세희를 뒤로 하고 태권은 도망치듯 재활원을 빠져나왔다. 언덕길을 내려오며 하염없이 눈물이 흘렀다. 세희가 또다시 옛날의 어두웠던 그 모습으로 되돌아간 것 같아 가슴이 아프다. 생각 같아선 당장 세희를 데려오고 싶지만, 그럴 수 없는 자신의 처지가 너무 싫었다. 돌아오는 차 안에서 태권의 마음은 내내 착잡했다. 그렇게 명랑하던 세희가 모든 걸 체념한 듯 자신의 시선을 자꾸만 외면하던 모습이 떠올랐다. 말이 재활원이지 사실상 집단수용소 같은 느낌이 들었다.

천사도 때로는 악마가 된다

계 이동을 해서 태권은 지불계로 배정됐다. 업무를 끝내고 회식이 있었다. 식사를 마친 후 모두 이차를 갔다. 자리를 옮기는 도중에 태권은 슬며시 빠져나와 자유공원에 올라갔다. 공원 입구에서 미향이 기다리고 있었다.

"생각보다 일찍 왔네."

반가운 표정으로 미향이가 팔짱을 꼈다.

"우리 색시가 기다리는데, 빨리 와야지."

태권이 그녀의 엉덩이를 톡톡 두드렸다.

미향의 손을 잡고 공원을 향해 올라갔다. 길옆의 포장마차에서 맛있는 냄새가 후각을 자극하며 내장을 유혹했다. 공원에 들어서니 쌍안경을 목에 걸고 인천 앞바다를 주시하는 맥아더 농상의 모습이 첫눈에 들어왔다. '노병은 죽지 않고 사라질 뿐이다.' 던 맥아더의 당당한 기개가 느껴졌다. 공원 벤치에는 데이트를 즐기는 연인들의 모습이 종종 눈에 띄었다. 환한 불빛에 비둘기들이 잠자기를 포기하고 사람들 사이를 걸어 다니며 부산하게 움직이고 있었다. 이따금 먹을 것을 던져주는 사람들 앞에 수십 마리의 비둘기 떼가 몰려 장사진을 이뤘다.

석정루에 오르니 탁 트인 시야에 가슴이 뻥 뚫린 느낌이다. 인천항과 월미도 북성포구가 손에 잡힐 듯 코앞에 있다. 끝없이 펼쳐진 바다를 바라보니 자연의 위대함에 새삼 옷깃을 여민다. 인천역에 정차한 화물열차가 가쁜 숨을 몰아쉬며 하얀 연기를 내뿜었다. 뒤를 돌아보니 인천시가지가 한눈에 들어온다. 신포국제시장을 비롯하여 제물포고, 인성여고, 인천여고 등 학교며 만석동, 화수동, 송림동, 숭의동, 도원동, 경동… 등의 시내가 그림처럼 아름답게 펼쳐져 있다.

발아래 펼쳐진 야경이 장관이다. 대로변을 따라 끝없이 줄지어 서 있는 가로등이 은하수처럼 빛났고, 자동차가 그 사이를 뚫고 달리는 모습이 마치 불꽃놀이를 하는 것 같았다. 고층 빌딩들이 밀집해 있는 시내 한복판은 대낮처럼 환하다. 월미도와 연안부두를 오가는 연락선이 조명을 환히 밝힌 채 바다 위를 미끄러지듯 흘러간다. 소음과 혼잡으로 짜증만 나던 도시가 이렇게 멋진 광경을 연출할 줄이야!

미향이 야경에 취해 살며시 품에 안겼다. 태권이 미향의 얼굴을 잡고 입맞춤했다. 미향의 새근거리는 숨소리가 귓불을 달군다. 바람이 부는가 싶더니 후두두 빗방울이 기왓장을 때렸다. 환상적인 야경을 연출하기 위해 시커먼 장막을 쳤던 하늘이 힘에 겨운 듯 땀방울을 흘리기 시작했다.

"태권 씨, 우리 포장마차로 들어가요."

미향의 감미로운 목소리가 귓속을 파고든다. 미향의 손을 잡고 포장마차로 들어갔다. 곰장어를 안주로 소주 두 병을 마시고 일어나니 어느새 빗방울은 장대비가 되어있었다. 아무래도 비가 그치기는 그른 것 같았다. 모처럼 자유공원에 올랐는데 미향이 아쉬워하는 표정이 역력하다.

"오늘은 아무래도 일찍 들어가 푹 쉬어야겠네."

택시를 잡아탔다. 미향을 데려다주고 집으로 돌아왔다. 술기운 탓인지 온몸이 으스스했다. 젖은 옷을 벗고 샤워하는데 전화벨이 울렸다.
"여보세요?"
"여보세요. 용인경찰서인데요. 조태권 씨 계십니까?"
태권은 용인경찰서라는 말에 가슴이 철렁 내려앉는다.
"예, 제가 조태권인데요."
"그러세요. 혹시 김세희라는 아가씨를 아십니까?"
"세희요? 제 동생인데요. 무슨 일입니까?"
불길한 예감이 머리를 스쳐 지나갔다.
"세희 씨를 저희가 보호하고 있습니다. 경찰서에 오셔서 데리고 가시기 바랍니다."
경찰관이 말을 마치고 전화를 끊으려 했다.
"잠깐만요. 다친 데는 없습니까?"
"글쎄요, 옷이 다 젖었는데 갈아입을 옷을 가져오세요."
수화기를 내려놓고 태권이 허둥대기 시작했다.
이 밤중에 재활원에 있어야 할 세희가 경찰서에 있다니…. 머릿속에서 양전기와 음전기가 연신 스파크를 일으켰다. 대강 물기를 닦고 서둘러 옷을 걸쳤다. 자꾸만 몸이 떨린다. '별다른 일이 없어야 할 텐데…. 세희의 속옷과 원피스를 챙겨 택시를 잡아탔다. 용인경찰서에 도착하니 새벽 세 시가 막 넘어서고 있었다. 세희는 옷이 흠뻑 젖은 채로 보호실 나무 의자에 웅크리고 앉아 떨고 있었다.
"세희야!"
태권이 달려갔다. 태권의 얼굴을 알아본 세희가 울음을 터뜨렸다.

"자, 이제 울지 마. 오빠가 왔잖아."

태권이 세희를 끌어안고 등을 두드려 주었다. 세희는 한참 만에야 울음을 그쳤다. 가냘픈 어깨가 계속 들썩거렸다.

"무슨 일이니? 네가 왜 여기에 있어?"

"…."

세희의 표정이 영 낯설다. 무언가 두려워하는 듯 자꾸만 주변을 두리번거렸다. 태권이 담당 경찰관에게 다가갔다.

"어떻게 된 일입니까? 동생이 지적장애자라 재활원에 있었는데…."

태권이 담당 경찰관에게 물었다.

"아, 그랬군요. 어쩐지 이상하더라니…. 순찰 중에 비를 맞고 길옆에 쪼그려 앉아있는 것을 발견하고 저희들이 데려왔습니다. 그대로 놔두면 안 될 것 같아서…. 그런데 통 말을 하지 않아 애를 먹었습니다."

경찰관이 경위를 설명했다.

"수고하셨습니다. 동생은 정신적인 장애가 좀 있습니다."

이제야 수긍 간다는 듯 경찰관이 고개를 끄덕였다.

"소지품 검사를 하니 수첩이 있어서 연락을 드린 겁니다."

경찰관과 얘기하는 동안에도 세희가 심하게 떨고 있었다.

"먼저 옷부터 갈아입혀야겠습니다."

세희를 데리고 탈의실로 들어갔다. 얼마나 빗속에 떨었는지 입술이 새파랬다. 서둘러 옷을 벗겼다. 속옷까지 흠뻑 젖어 있었다.

"아니, 너…."

세희의 옷을 벗기던 태권의 손이 부들부들 떨리기 시작했다. 그렇게 곱던 세희의 온몸이 상처투성이였고, 젖가슴이며 사타구니가 시퍼렇게 멍들어 있었다. 태권의 얼굴이 분노로 일그러지기 시작했다.

"누가 그랬니? 누가 그랬어?"

태권의 화난 모습을 보고 세희가 또다시 울음을 터뜨렸다. 세희를 끌어안았다.

"자, 이제 괜찮아. 울지 마."

세희의 등을 두드려 진정시킨 후 담당 경찰관을 만나 상황을 설명했다. 잠시 후 여자 경찰관이 들어와 세희의 몸을 살펴보았다. 성추행당한 흔적이 역력했다. 경찰관을 따라 병원에 가서 진단서를 뗐다. 진술서를 작성하고 연락처를 남긴 후 인천으로 데리고 와 입원시켰다.

먼동이 터오고 있었다. 진정제를 맞고 잠이든 세희를 뒤로 하고 출근했다. 서무계 고 과장에게 상황을 설명하고 조퇴했다. 병원에 도착하니 태권의 연락을 받은 세희 외삼촌이 기다리고 있었다.

"의사에게 대강 설명을 들었네. 큰 충격이 없어야 할 텐데…."

외삼촌과 마주 앉았지만, 할 말이 없었다. 오후가 되자 재활원 원장이 헐레벌떡 들어섰다. 키가 작고 통통한 60대 할머니였다.

"죄송합니다. 무어라 드릴 말씀이 없군요."

원장이 손바닥을 비비며 연신 고개를 숙였다.

"도대체 당신들은 뭐 하는 사람들입니까? 아이를 보호하라고 시설에 맡겼더니 보호는커녕…."

태권이 흥분하여 원장의 멱살을 잡고 흔들었다.

"죄송합니다. 정말 죄송합니다."

원장이 머리를 조아렸다.

"죄송하다고 해결될 문젭니까? 도대체 당신들은 아이가 저 지경이 되도록 뭘 했습니까? 몸도 성치 않은 애를 어떻게 관리하기에 그 빗속에서 길거리를 헤매게 합니까. 그러다 얼어 죽기라도 한다면….”

태권이 끔찍한 광경이 떠오르자 더 이상 말을 잇지 못했다.

“여보게. 진정하게. 이런다고 해결되는 게 아니잖은가?”

세희 외삼촌이 태권의 손을 떼어 놨다.

“만약 세희가 잘못된다면 절대로 가만두지 않겠어!”

태권이 분을 삭이지 못해 이를 부드득 갈았다.

“저도 아침에야 경찰의 연락을 받고 알았습니다. 아시겠지만 원생들은 모두 정신적으로 문제가 있는 사람들입니다. 남자와 여자를 분리 수용하고 감시를 철저히 하는데, 그날 밤 당직자들이 잠깐 졸았던 모양입니다. 그 틈에 남자 원생들이 여자수용시설에 침입해서…. 정말 죄송합니다.”

원장이 식은땀을 흘리며 연신 허리를 숙였다.

“철저히 진상을 조사해서 당직자들을 엄중하게 문책하고, 다시는 이런 일이 일어나지 않도록 특별 조치하겠습니다.”

원장이 다시 한번 사죄하며 머리를 조아렸다. 밀폐된 공간에서 남자들이 세희를 성추행하는 모습이 떠올랐다. 오빠를 부르며 울부짖는 세희의 애처로운 모습이 눈에 아른거린다. 공포에 질린 얼굴로 세희가 재활원을 탈출하여 억수같이 쏟아지는 빗속을 무작정 달린다. 갈가리 찢겨 진 몸으로 아무도 없는 캄캄한 산길을 헤매다 탈진하여 쓰러졌다.

“오빠!”

구원을 기다리는 애처로운 목소리가 들리는 듯하다. 태권이 벌떡 일어섰다. 다시 원장의 멱살을 움켜쥐었다. 당장이라도 무슨 일이 벌어질 것 같은 험악한 분위기다. 외삼촌이 필사적으로 태권을 떼어 논다. 태권이 흥분을 가라앉히지 못하고 씩씩거린다. 원장이 치료비에 보태 쓰라며 봉투를 놓고 도망치듯 사라졌다.

"세희는 제가 데리고 있겠습니다. 절대로 다른 곳에 보내지 않겠습니다."

외삼촌에게 태권이 못을 박았다. 저녁때 퇴원해서 집으로 돌아왔다. 외상은 시간이 지나면 낫겠지만, 정신적 충격이 문제다. 세희가 굳게 입을 다물어 얼마나 충격을 받았는지 가늠하기가 어려웠다. 병원에서 준 약으로 상처를 소독하고 연고를 바르면서 태권은 간절히 기도를 올렸다.

"세희야, 제발 모든 걸 훌훌 털고 일어나! 이제 두 번 다시 헤어지지 않을게."

오후에 용인경찰서에서 전화가 왔다. 원장을 입건하고 당직자들을 구속했으며, 가해자들은 모두 정신장애자라서 형사책임이 없다는 내용이었다.

퇴근 후 미향이 찾아왔다. 세희를 보더니 안색이 싹 변한다. 태권이 그동안의 경위를 설명했다.

"어쩔 수가 없었어."

태권이 침통한 표정으로 말했다.

"그렇다고 이리로 데려오면 어떡해? 엄마도 있다며?"

"미안해 미향 씨, 오늘은 아무 말도 하고 싶지 않아. 상태가 좋아지면 그때 얘기해."

태권의 단호한 태도에 미향이 화난 표정으로 돌아갔다. 또다시 세희를 데리고 출근을 시작했다. 멍하니 앉아있는 세희를 볼 때마다 태권은 가슴이 아팠다. 외상은 나아가지만, 세희는 매일 밤 악몽에 시달렸다. 잠자면서 계속 헛소리하고, 잠꼬대하다 벌떡 일어서곤 했다. 그럴 때마다 태권은 세희를 꼭 껴안고 등을 두드려 주었다.

"세희야, 괜찮아. 오빠 여기 있어."

결혼식 문제를 상의하기 위해 퇴근 후 미향이 수시로 찾아왔다. 세희를 보는 미향의 시선이 싸늘하다. 미향의 입장을 이해하지 못하는 건 아니었지만, 그런 미향의 태도에 태권은 불쾌감을 감출 수가 없었다. 세희도 미향이 오면 미향을 피해 제방으로 들어가 숨어버린다. 언제까지 이렇게 지낼 수는 없다. 커피를 들고 미향과 마주 앉았다.

"미향 씨, 식을 올린 후 당분간 세희와 함께 지내면 안 될까? 나는 이 상태로 세희를 또다시 다른 곳으로 보낼 수가 없어."

태권이 무겁게 입을 열었다.

"난 싫어. 태권 씨가 구세주라도 돼? 엄마도 있고 외삼촌도 있다며. 왜 태권 씨가 떠맡으려고 해?"

미향이 강한 거부감을 보인다. 한동안 무거운 침묵이 흘렀다.

"난, 이해할 수 없어. 세희가 태권 씨를 잘 따르는 것도 알고 할머니와의 특별한 관계도 알아. 하지만 그것만으로는 태권 씨의 태도가 이해가 안 돼. 엄밀히 따지면 세희는 남남이야. 왜 무슨 일이 있을 때마다 태권 씨가 앞장을 서?"

사실 미향의 말이 틀린 건 아니다. 태권이 멍하니 천장을 바라보았다.

"그래, 맞아. 세희는 남남이야. 하지만 나는 피가 섞여야만 가족이라고 생각하지 않아. 세희는 내 동생이야. 할머니의 유언도 있었고 나도 세희를 돌보아 준다고 약속했어. 세희가 자기 혼자서 생활할 수 있다면 이렇게 고민하지 않아. 내가 나서지 않는다면 외삼촌이나 생모 모두 세희를 다시 재활원에 보낼 거야. 만약 또다시 재활원에 보내진다면 세희는 영원히 사람 구실을 제대로 못하고 망가져 버릴 거야. 세희가 그렇게 되면 나는 두고두고 괴로워하면서 평생을 후회할 거야."

태권이 괴로운 심정을 토로했다.

"그건 세희 씨 운명이야. 그것까지 태권 씨가 책임질 이유는 없어."

미향의 한마디가 태권의 가슴을 도려낸다. 태권이 실망하는 표정이 역력하다. 태권이 말없이 미향을 쏘아보았다.

"난 미향 씨가 그렇게 옹졸한 여자인 줄 몰랐어! 나를 사랑한다면 최소한 나와 같이 고민해줄 줄 알았어."

태권이 깊은 신음을 토해냈다.

"이건 옹졸하고 안 하고와는 별개의 문제야. 길을 막고 사람들에게 물어봐. 내 말이 틀렸나. 난 도저히 태권 씨를 이해할 수 없어. 왜 그렇게 세희를 싸고도는지, 또 다른 이유가 있는 거 아냐?"

미향이 언성을 높였다.

"또 다른 이유라니?"

태권의 목소리도 덩달아 높아졌다.

"태권 씨, 혹시 세희를 사랑하는 거 아냐?"

미향의 단도직입적인 말에 태권의 말문이 막혔다. 태권이 고개를 떨어뜨리고 멍하니 방바닥을 내려다보았다.

"정말, 그런 거야?"

미향이 다그쳤다.

"미향 씨, 우리 흥분하지 말고 냉정하게 생각하자. 내가 다 말할게."

태권은 그동안 세희와 있었던 일을 차근차근 얘기했다. 처음 만나게 된 날부터 지금까지 지내왔던 일, 태권과 지내면서 기억을 되찾고 이만큼이라도 좋아진 것, 세희가 생각하는 태권의 존재. 태권의 세희에 대한 감정의 변화, 세희를 치유할 수 있는 유일한 길은 끝없는 사랑으로 보살펴 주어야 한다는 것, 정상인으로 회복될 수 있다는 담당 의사의 얘기 등…. 물론 그날 밤의 실수는 차마 입 밖에 낼 수 없었다.

"미향 씨 말대로 난 세희를 사랑해. 하지만 세희를 사랑하는 건 이성 간의 사랑이 아니야. 설명하기 곤란하지만, 미향 씨를 사랑하는 것과는 근본적으로 달라."

미향은 입을 꼭 다문 채 말이 없다.

"미향 씨, 한 번 더 생각해 줘. 이대로 세희를 재활원에 보내면 영원히 회복하지 못할 거야. 함께 지내면서 좀 더 보살펴 주다가 세희가 회복되면 그때는 더 이상 집착하지 않을게. 지금은 세희 곁에 내가 필요해."

태권이 애원했다.

"그때가 언제야? 영원히 회복하지 않으면? 난 세희가 우리 삶에 끼어드는 게 싫어."

미향의 태도가 완강하다. 태권은 미향을 바라보며 할 말을 잃었다.

"저 애와 나 둘 중에 하나를 선택해."

한동안 말이 없던 미향이 싸늘한 표정으로 최후통첩을 하고 일어섰다. 미향이 돌아가고 밤새 고민했지만, 세희를 또다시 재활원으로 돌려보낼 수는 없었다. 고통의 나날이 계속되었다. 미향은 태권을 외면했다.

세희는 점점 웃음을 잃고 바보가 되어가는 것 같았다. 밥을 먹여줘야 하고 화장실도 데리고 다녀야 하고 손발도 씻겨줘야 했다. 항상 사방을 두리번거리고 사람을 무서워했다. 세희는 잠시도 태권의 곁을 떨어지지 않으려 했다. 영업장에서 태권을 기다리는 동안에도 누가 곁에 앉는 것조차 싫어했다. 세희의 대인기피증이 갈수록 심각해지는 것 같아 안타까웠다. 세희는 재활원에 다녀온 후 마음의 문이 완전히 닫혀 버린 듯 태권과도 말을 하지 않으려 했다. 고개를 끄덕이거나 고개를 좌우로 흔들어 의사표시만 할 뿐 더 이상 본인의 생각을 말로 표현하지 않았다. 또다시 실어증이 반복될까 봐 태권은 노심초사했다.

결혼식 날짜가 시시각각 다가왔다. 퇴근 후 미향과 함께 웨딩샵에 들러 일정을 협의하고 예복을 맞췄다. 식당을 예약하고 예단을 준비했다. 미향이 불편해했지만 어쩔 수 없이 세희를 데리고 다녔다. 미향은 세희를 거들떠보지도 않았다. 세희도 미향의 눈치를 보며 곁에 가지 않으려 했다. 일정을 끝마치고 식당에 들어가 설렁탕을 주문했다. 미향이 화장실로 들어갔다.

"세희 화장실 갈래?"

세희가 고개를 좌우로 흔들었다.

"그럼 잠깐 기다려. 오빠 화장실 갔다 올게."

태권이 자리에서 일어나 화장실로 걸어갔다. 소변을 보고 돌아오니, 설렁탕이 식탁에 놓여 있었다. 잠시 후 미향이 돌아와 자리에 앉았다.

"사장님! 잠깐 이리 와 보세요."

국물을 한 숟갈 떠서 맛을 보던 미향이 오만상을 찌푸리며 사장을 호출했다. 사장이 놀란 눈으로 달려왔다.

"사장님! 한 번 맛 좀 보세요."

사장이 국물을 떠서 혀끝에 대보더니 얼굴을 찌푸렸다.

"이럴 리가 없는데…. 죄송합니다. 다시 가져오겠습니다."

태권이 세희의 설렁탕을 한 숟갈 떠서 맛을 보았다. 괜찮았다. 태권이 세희를 쳐다보며 고개를 갸웃했다. 세희가 불안한 표정으로 태권의 시선을 피했다. 잠시 후 사장이 설렁탕 한 그릇을 다시 가져왔다. 식사하고 있는데 여종업원 하나가 세희를 가리키며 무언가를 사장에게 얘기하며 이쪽을 흘끔거렸다. 사장이 이쪽을 향해 걸어왔다. 세희가 잔뜩 겁먹은 얼굴로 손을 떨었다. 태권이 잽싸게 일어나 사장의 팔을 잡고 창가로 걸어갔다.

"종업원 말로는 왼쪽에 앉아있는 아가씨가 소금 한 숟갈을 퍼서…."
"알겠습니다. 네 그릇 값을 계산할 테니까 아무 말씀 말아주십시오."
태권이 사장에게 사정했다. 식사 후 미향을 데려다주고 세희와 함께 집으로 돌아왔다. 세희의 손발을 씻기고 잠옷으로 갈아입혔다. 세희가 침대에 누워서 두 눈을 말똥말똥 뜨고 천정을 바라보았다. 태권이 침대에 걸터앉았다.

"왜 그랬니? 언니 국그릇에 왜 소금을 넣었어?"
"언니 미워서. 언니가 오빠를 뺏어가려 하잖아."
세희가 소리치며 입술을 꼭 깨물었다.
"그런 거 아냐. 결혼하면 우리 다 같이 이 집에서 살 거야. 세희는 오빠가 제일 좋아하는 예쁜 동생이고, 언니는 오빠가 이 세상에서 가장 사랑하는 사람이야. 네가 언니한테 그런 행동을 하는 것은 오빠한테 하는 것과 똑같은 거야. 또다시 그런 나쁜 짓 하면 안 돼. 알았지?"
태권이 세희를 다독였다. 그러나 세희는 한마디 말도 없이 얼굴을 이불 속에 파묻어 버렸다. 태권은 착하기만 하던 세희의 돌발적인 행동을 보고 은근히 걱정되었다. 요즘은 하루하루가 너무 바쁘다. 은행 업무하랴, 결혼식 준비하랴, 몸이 열 개라도 감당하지 못할 만큼 정신이 하나도 없다.

다행히 세희는 요즘 출근길에 따라나서지 않는다. 장시간 집을 비우는 일이 아니면 세희를 집에 두고 볼일을 본다. 웬만한 일은 혼자서 처리했다. 완전하지는 않지만, 옷을 갈아입고 식사도 혼자 챙겨 먹는다. 가끔 라면도 혼자 끓여 먹고 설거지도 한다. 그래도 태권은 외출할 때 항상 대문을 잠근다.

"오빠! 나랑 결혼하면 안 돼?"

저녁을 먹다 말고 세희가 심각한 표정으로 말했다. 세희의 생뚱맞은 말에 태권은 한동안 세희의 얼굴을 물끄러미 바라보았다.

"오빠하고 동생이 결혼하는 법이 어디 있어?"

태권은 더 이상 적당한 말이 떠오르지 않아 얼버무리고 말았다.

"왜 안돼?"

"그건 우리가 한 가족이기 때문이지. 가족끼리는 결혼하는 거 아냐."

세희가 두 눈을 말똥말똥 뜨고 태권을 쳐다보았다.

"오빠는 그 언니와 결혼해서 이 집에서 살 거잖아?"

"그래, 결혼하면 한 가족이 되니까 한집에 같이 사는 거지."

"그럼 언니와 나도 한 가족이 되는 건데 왜 언니는 나를 쫓아내려 해?"

"왜 쫓아내? 언니가 세희를 얼마나 좋아하는데…."

"나도 알건 다 알아. 언니가 나 내쫓고 오빠하고만 살려고 하는 거…."

세희의 눈에서 분노의 불길이 지글지글 불타올랐다.

"아니야. 언니도 세희 무척 좋아해. 지금은 결혼식 준비 때문에 여러 가지 문제로 머리가 아파서 조금 짜증을 내는 거야."

태권은 세희를 달래면서도 세희가 두려워졌다. 이런 때는 세희가 정상인과 조금도 다를 바 없이 생각하고 상황판단을 하는 거 같다. 태권은 세희를 바라보며 머리가 복잡해졌다. 이따금 세희의 눈에서 스쳐 지나가는 분노의 불길을 보며 가슴이 섬찟했다. 결혼식 문제로 수시로 미향이 집을 찾아왔지만, 그때마다 세희는 미향을 외면하고 제방으로 들어갔다. 미향은 무관심으로 일관했지만, 세희는 무관심을 넘어 적개심을 불태우는 거 같아 항상 걱정되었다.

주말에 웨딩 화보 촬영이 있었다. 하얀 드레스를 걸친 미향은 눈이 부실 정도로 아름다웠다. 태권은 미향을 바라보는 것만으로도 그저 행복했다. 연안부두에서 유람선을 타고 월미도를 거쳐 작약도로 건너갔다. 촬영기사의 요청에 따라 태권과 미향은 수시로 다양한 포즈를 취하며 수십 장의 사진을 찍었다. 관광객들도 발길을 멈추고 화보 촬영을 구경했다. 오늘따라 세희가 밝은 얼굴로 촬영 도우미를 따라다니며 신부 들러리 역할을 톡톡히 했다. 장소를 옮길 때는 도우미와 같이 뒤에서 미향의 드레스도 들어주고 살갑게 굴었다. 애써 세희를 외면하던 미향의 태도도 조금은 누그러진 것 같아 태권은 기분이 좋아졌다.

바닷가 절벽 위로 장소를 옮겨 푸른 바다를 배경으로 여러 장의 사진을 찍었다. 거친 파도가 밀려와 절벽에 부딪히며 하얀 물기둥을 만들었다. 이따금 물방울이 튕겨 나와 옷이 젖기도 했지만 그만큼 스릴이 있었다. 신랑 신부가 소나무를 껴안고 하트를 만드는 스킬 사진과 키스하는 장면, 신부를 업고 활짝 웃는 모습 등 촬영기사의 연출에 따라 태권과 미향은 부지런히 움직였다.

마지막 컨셉은 '하늘을 나는 신부'였다. 촬영을 위해 이동하는 과정에서 돌풍이 불어 촬영기사의 모자가 절벽 쪽으로 날아갔다. 당황한 촬영기사가 모자를 잡기 위해 달려갔지만, 모자는 이미 절벽 아래로 떨어져 흔적조차 찾을 수 없었다. 깎아지른 듯한 절벽은 생각만큼 높지는 않았으나 바람이 거세게 불면서 파도 소리가 요란했다. 촬영기사는 머리에 풀 한 포기 없는 완전 대머리였다. 물에 빠진 생쥐 꼴의 촬영기사 모습에 모두 웃음을 참느라 여간 고역이 아니었다. 신부가 양손을 하늘로 펼치고 점프하는 모습은 마치 선녀가 하늘을 나는 것 같았다. 그런데 긴 드레스 때문에 여러 번 엔지를 냈다. 촬영기사의 수신호에 따라 신부가 하늘로 점프할 때 신부 뒤에 있는 도우미와 세희가 동시에 드레스를 들어주어야 하는데 동작을 맞추기가 쉽지 않았다. 여러 번 연습하고 마지막 촬영을 시도했다.

"자, 이번에 끝냅시다. 신부님! 셋에 최대한 높이 뛰어오르세요. 자. 시작합니다. 하나, 둘, 셋."

"아악!"

촬영기사의 구호에 맞춰 힘껏 뛰어오르던 미향이 무언가에 중심을 잃으며 절벽 아래로 떨어졌다. 모두 혼비백산하여 절벽 끝으로 달려갔다. 미향이 파도에 휩쓸려 물속으로 사라졌다. 태권이 바다를 향해 다이빙했다. 밀려오는 파도에 미향이 하늘로 솟구쳤다가 다시 사라졌다. 태권이 미향을 향해 헤엄쳐 갔으나 파도 때문에 쉽지 않았다. 다시 파도가 밀려오면서 미향이 솟구쳐 올라왔다. 태권이 사력을 다해 미향의 드레스를 움켜잡았다. 여러 사람의 도움을 받아 가까스로 건져 올려진 미향이 한참 만에 정신을 차렸다. 물을 먹긴 했으나 다행히 크게 다친 곳은 없었다. 절벽이 생각만큼 높지 않았고, 때마침 밀려온 파도가 스펀지 역할을 하여 충격을 완화해 준 덕분이었다.

"병원에 안 가도 괜찮겠어?"

태권이 걱정스러운 얼굴로 미향을 쳐다보았다. 한동안 어리둥절한 얼굴로 사방을 두리번거리던 미향이 태권의 손을 잡고 일어섰다.

"조금 어지럽긴 한데 괜찮은 것 같아."

미향이 머리를 만지며 얼굴을 찌푸렸다. 탈의실에 들어가 젖은 옷을 갈아입고 선착장으로 갔다. 약국에서 청심환을 사서 미향에게 먹였다. 미향이 태연한 척 행동했지만, 무척 놀란 표정이 역력했다. 추후 추가 촬영을 진행하기로 약속하고 촬영팀과 헤어졌다.

미향과 세희를 데리고 택시를 잡아탔다. 부천으로 가는 도중에도 미향이 심하게 몸을 떨었다.

"미향 씨, 병원에 잠깐 들렀다 가자."

아무래도 미향이 걱정돼서 태권이 미향의 어깨를 감싸 안고 불안한 모습으로 미향을 쳐다보았다.

"괜찮아. 빨리 집에 가서 쉬고 싶어."

미향이 고개를 저었다. 미향을 데려다주고 세희와 함께 집으로 돌아왔다. 그 일이 있고 난 후 미향은 며칠 동안 심하게 몸살을 앓았다.

오전에 인쇄소에서 초대장이 만들어졌다고 전화가 왔다. 퇴근길에 인쇄소에 들러 결혼식 초대장을 찾아왔다. 잠시 후 미향이 김밥과 피자를 사 들고 대문을 들어섰다.

"세희야, 건너와 피자 먹자."

"싫어. 나 피자 먹기 싫어."

세희가 뾰로통한 얼굴로 제방으로 들어가서 문을 닫았다.

미향이 가져온 하객명단과 태권의 하객명단을 비교해서 겹치는 하객을 골라내어 여자는 신부 측 하객으로, 남자는 신랑 측 하객으로 분류했다.

겉봉투에 주소를 쓰고 우표를 붙여 쇼핑백에 담았다. 일일이 주소를 적다 보니 꽤 많은 시간이 흘렀다. 작업을 끝내고 태권이 일어나 옷을 걸쳤다.
"내가 가다가 우체통에 넣을게."
미향이 쇼핑백을 들고 일어섰다. 태권이 따라나섰다.
"나오지 마, 바로 택시 타면 돼."
미향이 따라나서는 태권을 제지하며 대문을 닫았다. 미향을 보내고 피자와 김밥을 들고 세희의 방으로 들어갔다. 세희는 침대에서 이불을 뒤집어쓰고 자는 척했다.
"얼른 일어나 김밥 먹자."
"싫어, 언니가 사 온 거잖아."
"너 자꾸 왜 그러니? 언니 왔는데 인사도 안 하고…."
"나, 언니 싫어."
"왜 싫어? 결혼식 끝나면 여기에서 함께 살아야 하는데…."
"여긴 우리 집이야. 언니 오는 거 싫어."
"그럼 너 혼자 여기서 살래? 오빠는 나가서 언니하고 아파트에서 살게."
"오빠! 나하고 결혼해서 우리끼리 살면 안 돼?"
세희가 이불을 제치고 울상을 지었다.
"가족끼리 결혼하는 거 아니라고 했잖아."
세희가 한동안 말없이 두 눈만 깜빡거렸다.
"그러니까 세희가 언니에게 잘해야지. 그럼 우리 셋이서 즐겁게 살 수 있잖아."
"아니야. 언니는 나를 쫓아낼 거야."

"왜 그런 생각을 해? 오빠가 같이 있는데…."

"언니가 그랬잖아. 오빠보고 둘 중에서 하나를 선택하라고. 난 언니가 죽어 없어졌으면 좋겠어. 그럼 오빠랑 단둘이 살 수 있잖아."

"세희 못됐구나. 그런 말 함부로 하는 거 아냐."

태권이 두 눈을 부릅뜨고 세희를 나무랐다.

"그날 바다에 빠져 죽었어야 했는데…."

세희가 앙칼지게 소리치며 이빨을 뿌드득 갈았다.

'털썩' 무언가 떨어지는 소리가 들리며 '끼이익' 대문 닫히는 소리가 들렸다. 태권이 방문을 열었다. 대문 밖으로 황급히 사라지는 여자의 뒷모습이 보였다. 슬리퍼를 걸치고 달려 나갔지만 이미 사라지고 그림자도 보이지 않았다. 마당 한가운데 좀 전에 미향이 들고 간 쇼핑백이 떨어져 있었다.

이튿날 미향의 전화를 받고 퇴근하자마자 찻집으로 달려갔다.

"설마! 그럴 리가…."

세희가 미향을 미워하긴 했지만 그런 짓을 할 정도로 악독한 사람이라고는 도저히 믿을 수가 없었다.

"그날 밤 택시를 타려다가 깜빡한 게 있어서 다시 집에 갔다가 우연히 세희의 말을 엿듣고 온몸에 소름이 돋았어. 혹시나 하는 생각에 그날 사고를 곱씹어 보았어. 마지막 촬영 때 내가 펄쩍 뛰는데 누군가 뒤에서 드레스를 확 잡아당기는 느낌이 들었었거든. 그때는 당황해서 아무 생각도 안 났는데, 아무래도 미심쩍어서 도우미를 찾아갔더니…. 그때 생각하면 지금도 소름이 끼쳐. 도우미의 얘기를 듣기 전까지는 나는 그래도 내 생각이 기우이기를 진심으로 기도했었어. 그런데 세희가 뒤에서 내 드레스를 낚아챘다는 말을 듣고….”

미향이 말을 맺지 못하고 몸을 부들부들 떨었다. 그날 경황이 없어서 생각할 겨를도 없었지만, 미향의 말을 듣고 나니 태권은 갑자기 몸서리가 쳐졌다. 그날 돌풍이 간혹 불기는 했지만, 사람이 날아갈 정도는 아니었고….

“도우미 아가씨를 만나볼 수 있을까?”

“내가 전화해 볼게.”

미향이 어딘가로 다이얼을 돌렸다.

“동암역 앞에서 만나기로 했어.”

미향이 침통한 표정으로 말했다. 택시를 타고 미향과 함께 동암역으로 갔다. 택시 승강장 앞에서 그녀가 서성이고 있었다. 찻집으로 들어갔다.

“이런 일로 만나자고 해서 대단히 죄송합니다. 하지만 워낙 중요한 일이라서….”

태권이 물 한 모금을 마시고 이야기를 이어갔다.

“이 사람은 내 아내가 될 사람이고 그 애는 내 동생인데…, 아가씨는 신경 쓰지 마시고 사실대로만 얘기해주시면….”

태권이 심각한 표정으로 아가씨를 쳐다보았다. 그녀의 말을 들으며 태권은 온몸이 부들부들 떨렸다. 절벽이 그리 높지는 않았지만, 절벽 아래는 바위투성이고 파도가 거셌다. 만약 잘못되어 미향이 큰 사고라도 당했다면…. 생각만 해도 온몸에 소름이 돋았다. 세희는 정말 미향을…, 그날 세희가 미향에게 살갑게 대했던 것은 모두 계획적이었단 말인가?

“사실대로 얘기해주셔서 감사합니다. 이 얘기는 우리끼리만 알고 있는 것으로 해주셨으면 고맙겠습니다.”

태권이 그녀에게 입단속을 부탁했다. 그녀가 돌아간 후 태권은 미향을 바라보며 할 말이 없었다. 천사로만 알았던 세희가 어쩌다 저렇게 악독한 악마로 변할 수 있는 것인지 믿을 수가 없었다.

"미향 씨! 정말 미안해. 정말 큰일 날 뻔했어. 그때 내가 좀 더 심각하게 생각했어야 하는 건데…."

태권이 미향에게 설렁탕 사건을 털어놓았다.

"우리가 세희를 너무 어린애로 생각하고 무시했었나 봐. 우리 얘기를 엿듣고 세희는 미향 씨가 자기한테서 나를 뺏어가는 나쁜 사람으로 생각하고 있는 것 같아. 그래서 세희가 자기를 미워하는 걸 난 알고 있었는데…. 그렇다고 이렇게까지 증오할 줄은 정말 몰랐어."

태권이 말을 마치고 한숨을 쉬었다.

"미향 씨! 내가 방법을 찾아볼게."

태권이 축 늘어진 미향의 어깨를 감싸 안았다. 미향을 데려다주고 태권은 집으로 돌아왔다. 피자집에서 피자를 한 판 사 들고 대문을 열었다. 대문을 들어서니 세희가 기다리고 있었다.

"세희, 배고팠지? 피자 먹자."

세희가 쪼르르 달려와 식탁에 마주 앉았다. 태권이 피자 한 쪽을 집어 세희 손에 올려주었다. 피자를 들고 맛있게 먹는 세희를 바라보며 태권은 가슴이 답답했다. 이런 때는 그냥 천진난만한 어린아이인데 어떻게 그런 짓을…. 도무지 믿을 수가 없었다. 뭔가 방법을 찾아야 하는데…. 마땅한 방법이 생각나지 않는다. 미향은 이제 집에 찾아오는 것은 물론이고 세희와 마주치는 것도 두려워했다.

태권은 혼자 술 마시는 시간이 점점 늘어갔다. 어떤 식으로든 세희와 한번 부딪쳐야 하는데 입이 떨어지지 않는다. 어떤 방식으로든 세희와 미향의 관계를 해결해야 하는데 묘안이 떠오르지 않는다.

다음 주 말이면 결혼식이다. 더 이상 미룰 수 없다. 퇴근길에 치킨과 소주를 사 들고 집으로 돌아왔다. 세희가 쪼르르 달려 나와 치킨을 받아 들었다. 식탁에 펼쳐놓고 치킨을 같이 먹었다. 세희는 콜라를, 태권은 소주를 마셨다. 맛있게 치킨을 먹고 있는 세희를 바라보며 태권은 마음을 단단히 먹고 숨을 깊이 들여 마셨다. 무슨 일이 있어도 오늘은 세희의 진심을 확인하고 세희를 설득해야 한다. 만약 세희를 설득하지 못하면 모든 게 엉망진창이 된다.

"세희 치킨 잘 먹는구나. 세희는 프라이드가 맛있어? 양념이 맛있어?"

"난 둘 다 맛있어. 오빠도 먹어."

세희가 다리 하나를 집어 태권에게 내밀었다.

"고마워. 콜라 마셔가면서 천천히 먹어. 모자라면 더 사다 줄게."

태권이 세희의 컵에 콜라를 따랐다. 세희가 콜라를 한 모금 마시고 다시 치킨을 뜯었다. 오도독거리며 뼈까지 씹어먹는 세희의 모습이 너무도 귀엽다. 태권이 술 한 잔을 따랐다. 벌써 두 병이 바닥나고 세 병째다. 세희는 배가 부른지 손가락을 쪽쪽 빨며 휴지로 손을 닦았다.

"다 먹었어? 아직 많이 남았는데…."

"배불러. 나머지는 오빠가 다 먹어."

세희가 일어서서 세면장으로 가더니 손을 씻고 나왔다.

"세희야, 이리와 앉아 봐. 오빠가 세희에게 할 말 있어."

세희가 두 눈을 똥그랗게 뜨고 멈칫거리며 자리에 앉았다. 태권이 술잔을 들어 원샷하고 세희 앞에 잔을 내밀었다.

"세희야, 술 한 잔 따라 봐. 세희가 주는 술 먹고 싶다."
세희가 소주병을 들어 술 한 잔을 따랐다. 태권이 다시 원샷을 했다.
"야! 세희가 따라주니까 술맛이 더 좋은데."
태권이 술잔을 내려놓으며 세희의 손을 잡았다.
"세희야, 난 이 세상에서 세희가 제일 좋다."
"나도 이 세상에서 오빠가 제일 좋아."
세희가 두 눈을 깜빡이며 태권을 쳐다보았다.
"그래. 우리 서로 아끼고 사랑하며 행복하게 살자. 알았지?"
세희가 고개를 끄덕이며 눈을 깜빡였다.
"다음 주말이면 오빠랑 언니랑 결혼하는 거 세희도 알지?"
또다시 세희가 고개를 끄덕였다.
"결혼하면 오빠랑 언니랑 함께 살아야 하는데, 이 집에서 세희랑 같이 살까? 아니면 세희 혼자 여기서 살고, 오빠랑 언니랑 나가서 따로 살까?"
태권이 말을 마치고 세희를 뚫어져라 하고 쳐다보았다.
"나, 오빠랑 같이 살 거야."
"그럼 세희랑 오빠랑 언니랑 셋이서 이 집에서 살까?"
"나, 언니 싫어."
"그럼 어떡해? 결혼하면 오빠는 언니와 같이 살아야 하는데…."
세희가 말을 하지 못하고 태권의 얼굴만 쳐다보았다.
"그럼 이렇게 하자. 은행 옆에 높은 아파트 알지? 오빠랑 언니랑 거기서 살 테니까 시간 있을 때 세희가 놀러 오고, 또 오빠도 네가 보고 싶을 때 여기로 놀러 오고…."
"싫어! 나 오빠랑 이 집에서 살 거야."

세희가 울음을 터트리며 제방으로 들어갔다. 참으로 가슴이 답답했다. 오빠랑 살겠다면서도 언니랑 함께 사는 것은 막무가내로 안 된다고 떼를 쓰는 세희를 보고, 태권은 이러지도 저러지도 못하고 술잔만 기울였다. 태권은 냉장고에서 소주 두 병을 더 꺼냈다. 두 여자가 무슨 '철천지원수'처럼 서로를 배척하는데, 그렇다고 결혼을 안 할 수도 없고 세희를 혼자 남겨 둘 수도 없다. 태권은 술잔만 기울였다. 태권은 술병을 다 비우고 그 자리에 벌렁 드러누웠다.

"자네가 어떻게 그럴 수가 있어? 자네 하나만 믿고 사는 불쌍한 아이를…."

할머니가 노발대발하셨다. 평소에 말 한마디 함부로 하지 않으시던 할머니가 그렇게 화난 모습은 처음이었다.

"할머니, 그게 아니라…."

"더 이상 듣기 싫네. 그럴 거면 이 집에서 썩 나가!"

할머니가 방망이를 치켜들고 태권의 머리를 내리쳤다.

"할머니!"

태권이 비명을 지르며 벌떡 일어섰다. 그런데 마음뿐 몸이 꼼짝을 하지 않는다. 마치 가위눌린 것처럼 아무리 발버둥 쳐도 몸이 움직이기는커녕 눈조차 떠지지 않는다. 이마에서 비 오듯 땀이 흘러내렸다. 한참을 버둥거린 끝에 겨우 눈을 떠보니 큰방에서 불길이 치솟으며 거실이 대낮처럼 밝다.

"아니…."

태권이 황급히 일어서려 했으나 꼼짝할 수가 없었다. '타다닥타다닥' 무언가 타는 소리와 함께 매캐한 냄새가 코를 찔렀다. 불길이 커튼에 옮겨

붙으며 플라스틱 문틀이 지글지글 녹아내렸다. 사방을 둘러보니 등 뒤로 쓰러져 있는 세희의 모습이 설핏 보였다.

"세희야! 세희야!"

태권이 큰 소리로 세희를 부르며 다가가려 했으나 웬일인지 두 손이 등 뒤로 단단히 묶여 있고, 발목이 묶여 있어 움직일 수가 없었다. 세희가 콜록거리며 등 뒤에서 태권을 끌어안았다. 화염이 점점 거세지며 천정으로 옮겨붙었다. 유독가스와 함께 시커먼 연기가 거실을 꽉 메웠다. 태권이 젖 먹던 힘을 다해 용틀임했으나 한 발자국도 움직일 수 없었다.

"불이야! 불이야!"

태권이 콜록콜록 기침하며 큰 소리로 외쳤다. '웨에에엥' 어디선가 들려오는 소방차 소리를 들으며 태권은 정신을 잃었다.

눈을 뜨니 미향의 얼굴이 보인다. 태권이 휑한 눈으로 주위를 두리번거렸다. 가운을 걸친 간호사가 주사기를 들고 다가왔다.

"정신이 들어? 여기 병원이야."

미향이 걱정스러운 얼굴로 태권의 손을 잡았다. 몽롱한 기억 속에 어젯밤의 화재가 어렴풋이 떠올랐다.

"세희는?"

태권이 벌떡 몸을 일으켰다.

"여기 있어. 괜찮을 거야."

미향이 시큰둥하게 대답했다. 바로 옆 침대에 산소마스크를 쓴 세희가 누워있었다. 모포가 규칙적으로 오르내리는 걸 보니 생명에는 지장이 없는 것 같았다. 머리가 빠개지게 아팠다. 어젯밤 거실에서 술을 먹다가 쓰러져 잠이 든 것 같은데…, 꿈속에서 할머니가 방망이를 내리치는 바람에 꿈에서 깨어났고, 화염이 점점 거세지며 천정으로 옮겨붙는 모습을 보고 소리소리 지르다가 정신을 잃은 거 같은데….

"어떻게 된 거야?"

"큰일 날 뻔했어. 집에 불이 나서 우리 침대 다 탔어. TV 속보 보고 깜짝 놀라서 달려왔어. 그나마 다친 사람 없이 일찍 진화돼서 천만다행이야."

미향이 그동안의 경위를 설명하며 몸을 떨었다. 세희도 곧바로 깨어나서 저녁때쯤 퇴원했다. 뜻밖의 화재로 신혼생활을 위해 준비했던 더블침대와 화장대가 전소되고 창틀과 천장 일부가 타서 집안 꼴이 엉망이었다. 유독가스와 연기 때문에 도저히 잠을 잘 수가 없어서 미향과 함께 세희를 데리고 호텔에 가서 하룻밤을 보냈다. 아침 일찍 소방서에서 화재 원인과 피해조사를 위해 현장 조사를 나왔다. 화재 원인을 조사하던 소방관이 여러 가지 정황상 방화로 추정된다며 꼬치꼬치 캐물었지만, 태권은 술을 마시다가 잠이 든 것 외에는 아무것도 기억하지 못했다. 오후에 경찰관이 다녀갔다.

이튿날 오전 태권은 세희와 함께 인천경찰서에 들러 참고인 조사를 받았다. 발견 당시 태권은 손이 등 뒤로 묶여 있었고, 발목은 세희와 함께 묶여 있었다는 출동소방관의 보고서 때문에 범죄 여부를 확인하기 위한 조사였다. 인테리어 업자를 불러 화재 복구를 위한 견적을 받고 침대와 화장대를 주문했다. 청소부를 불러 하루 종일 화재 흔적을 지웠다.

퇴근 후 미향이 찾아왔다.

"몸은 괜찮아?"

"응, 괜찮아."

"세희는?"

"좀 놀란 것 같아."

"그만해서 다행이다."

미향이 말을 마치고 세희 방을 흘깃거리며 나가자는 사인을 했다.

"세희야, 오빠 잠깐 나갔다 올게."

태권이 세희 방문을 열고 말했다. 세희는 이불을 머리까지 뒤집어쓰고 아무런 대답이 없다. 미향과 함께 찻집으로 들어갔다.

"세희 짓이지?"

자리에 앉자마자 미향이 태권을 다그쳤다.

"뭐가?"

"화재 말이야. 전기 누전도 아니고 누군가 일부러 불을 지른 거라며?"

"누가 그런 말을 해?"

"언론에 이미 보도 다 됐어."

미향이 벌떡 일어서더니 카운터에서 신문을 가져와 사회면을 펼쳐 보였다. '방화 살인미수? 동반자살?' 제목부터 자극적으로 경찰서에서 참고인 조사받던 내용들이 도배되어 있었다.

"세상 참 무섭네. 화재 원인도 밝혀지지 않았는데 하루 만에 이런 추측성 기사를 확정된 것처럼 보도하고…."

태권이 혀를 끌끌 찼다.

"기사 문제가 아니잖아. 외부에서 침입한 흔적도 없고 태권 씨는 손이 등 뒤로 묶여 있고, 발목은 세희와 같이 묶여 있었다며? 화재도 우리가 사용할 신혼 방에서 시작되었고. 누가 봐도 세희 짓이라고."

미향이 말을 마치고 치를 떨었다.

"미향 씨. 단정적으로 말하지 마."

"자꾸 감싸준다고 해결될 문제가 아냐. 냉정히 생각해 봐. 자기가 술 취한 걸 알고 꼼짝 못 하게 손발을 다 묶고 불을 질러 함께 죽으려 한 거라고. 이번엔 운이 좋아서 미수에 그쳤지만, 내일 또 무슨 일을 저지를지 아무도 모른다고. 걘 미쳤어. 정신병원에 처넣어야 한다고."

미향이 흥분해서 마구 지껄여 댔다. 태권이 긍정도 부정도 못하고 창밖을 바라보았다. 생각만 해도 정말 아찔한 일이었다. 불길이 치솟는 그 절박한 상황에 손발이 다 묶인 채 그저 불길을 바라만 봐야 했던 그 순간을 생각하면 지금도 몸서리가 쳐진다. 태권이 생각해도 세희 짓이 분명한데, 그렇다고 뭘 어떻게 할 수 있겠는가? 오죽하면 그랬을까? 세희의 입장에서 생각하면 태권과 헤어지는 것은 모든 것을 잃는 것인데…. 발목을 묶은 걸 보면 죽더라도 함께 있고 싶어서가 아니겠는가?

"자기야, 정신 차려. 세희, 걔 천사 탈을 쓴 악마야. 나도 태권 씨도 죽이려 했던 악마야. 그냥 놔두면 앞으로 무슨 일을 또 저지를지 모른다고."

미향이 태권의 어깨를 마구 흔들었다.

"미향 씨, 제발. 사실이 그렇다고 쳐. 그런데 세희가 왜 그랬을까? 생각해 본 적 있어? 세희 입장에서는 나와 헤어진다는 건 하늘이 무너지는 일이야. 얼마나 절박하면 함께 죽으려 했을까? 죽는 게 무섭지 않은 사람이 어디 있어? 천사도 궁지에 몰리면 악마가 될 수 있는 거라고. 미향 씨, 세희는 지금 정신적으로 환자야. 멀쩡한 우리가 세희가 나을 때까지 좀 도와주면 안 될까?"

태권이 미향에게 애원했다. 결혼식이 코 앞이다.

"미향 씨, 우리 냉정하게 생각하자. 이런 상태에서 결혼식을 올릴 수는 없어. 일단 결혼식을 연기하고 해결책을 모색해 보자. 아마 좋은 방법이 있을 거야."

태권이 한숨을 내쉬었다. 미향이 흐느끼기 시작했다. 태권이 그녀를 감싸 안았다.

"미향 씨, 미안해. 누구보다 행복하게 해준다고 맹세했는데, 이런 일로 가슴 아프게 해서…."

태권의 눈에서도 눈물이 흘렀다. 미향의 흐느낌은 그칠 줄을 몰랐다. 얼마나 지났을까! 미향이 퉁퉁 부은 눈으로 비틀거리며 일어섰다.

"난 태권 씨의 사랑을 어떤 형태로든 다른 사람과 나눠 가질 수는 없어."

돌아서는 미향의 축 처진 어깨를 바라보면서 태권은 가슴이 미어졌다. 결혼식을 사흘 앞두고 미향이 찾아왔다. 미향의 초췌한 얼굴이 그동안의 고통을 말해주고 있었다.

"태권 씨 제안대로 할게. 결혼식은 연기해."

미향의 눈에서 눈물이 흐르기 시작했다.

"그 대신 신혼여행은 예정대로 가."

한참 만에 입을 연, 미향의 엉뚱한 제안에 태권이 두 눈을 멈뚱거렸다.

"어차피 티켓도 예약돼 있고, 그것까지 취소하면 내가 못 버텨. 며칠만이라도 태권 씨와 단둘이 있고 싶어."

미향이 침착하게 말했다.

"무슨 뜻인지 알겠어. 그렇게 하자."

미향과 사전에 말을 맞춘 후 결혼식 전날 미향의 집을 찾아갔다. 어머니가 갑자기 쓰러져 부득이 결혼식을 연기해야겠다고 거짓말을 했다. '혼사를 앞두고 이 무슨 날벼락이냐?'며 걱정하시는 미향의 부모님을 뒤로하고 미향과 함께 집을 나섰다. 형님에게 전화해서 똑같은 거짓말을 했다. 하루 내내 전화통과 씨름을 하며 하객들에게 결혼식 연기를 알렸다. 은행에 결혼휴가 대신 청원 휴가를 냈다. 결혼식을 연기하고 영등포에서, 옷가게를 하는 동생 인숙이에게 전화했다.

"오빠, 웬일이야? 정신없을 텐데."

"너 며칠 동안만 우리 집에서 세희 좀 돌봐줘라."

"그게 무슨 소리야?"

"미향 씨랑 여행을 가기로 했다. 세희를 혼자 둘 수가 없어서…."

"부모님이 입원해서 결혼식까지 연기한 사람들이 여행을 가다니…."

인숙이가 도저히 이해가 안 된다는 듯 따져 물었다.

"자세한 건 만나서 얘기하고 퇴근 후에 우리 집으로 와라."

퇴근 후 인숙이가 집으로 찾아왔다.

"오빠 도대체 무슨 일이야?"

인숙이가 다짜고짜 따져 묻는다. 태권이 자초지종을 설명했다.

"그렇게 됐다. 너만 알고 있어라. 그리고 세희가 정신적으로 무척 예민한 상태야. 절대 혼자 두지 말고 가능하면 가게도 데리고 다녀."

"알았어. 내가 잘 보살필게. 걱정하지 말고 다녀 와."

이별 여행, 그녀는 떠나고

　예정대로 김포공항에 가서 비행기에 몸을 실었다. 제주도에 도착한 후, 어머님이 위독해서 며칠 동안 병원에 있어야 한다고 미향이 또다시 거짓말을 했다. 전화를 마친 미향은 마치 다른 사람처럼 명랑했다. 아니 명랑해지려고 애를 썼다. 미향의 그런 모습을 볼 때마다 태권은 가슴이 아팠다. 천신만고 끝에 얻은 사랑인데 이렇게 할 수밖에 없는 자신이 정말 미웠다.
　"자기야, 다른 생각하지 말자. 우리는 예정대로 신혼여행을 온 거야."
　호텔에 여장을 풀자마자 미향이 매달렸다.
　"태권 씨, 사랑해! 정말 사랑해!"
　"미향 씨, 미안해."
　"태권 씨, 제발 그런 말은 하지 말자."
　미향이 태권의 입을 막았다.
　"태권 씨, 우리 멋진 추억을 남기자."
　미향이 평소답지 않게 침착성을 잃고 무엇에 쫓기는 사람처럼 서둘렀다.
　"태권 씨! 사랑해 줘."

미향이 태권을 끌어안고 키스를 퍼부었다. 뜨거운 입김이 태권의 몸을 달군다. 미향의 저돌적인 공격에 태권도 적극적으로 호응했다.

"미향 씨! 사랑해!"

한동안 미향을 끌어안고 뒹굴던 태권이 흥분을 가라앉혔다.

"미향 씨, 드라이브 먼저 하자."

"싫어, 나 사랑받고 싶어."

미향이 사랑에 굶주린 야수처럼 거칠게 덤벼들었다. 미향이 태권의 몸 위로 올라갔다. 넥타이를 잡아당기며 격렬한 입맞춤이 시작됐다. 미향의 혀가 태권의 혀를 뽑아버리기라도 할 것처럼 잡아당긴다. 수동적이던 태권의 혀가 반격을 시작했다. 입속에서 밀고 밀리는 치열한 공방전이 벌어졌다. 이마에 땀방울이 돋아나기 시작했다. 미향이 태권의 웃옷을 벗기고 넥타이를 풀었다. 태권이 두 손으로 미향의 터질듯한 가슴을 움켜쥐었다. 미향이 태권의 벨트를 풀고 바지를 밀어 내렸다. 태권의 남성이 꿈틀했다. 미향이 태권의 속내의를 벗기자 태권의 까만 젖꼭지가 드러났다. 미향의 뱀같이 부드러운 혀가 젖꼭지를 애무하자 태권이 더 이상 견디지 못하고 미향을 밀어 넘어뜨렸다. 태권은 더욱 격렬해지기 시작했다. 미향의 저고리를 벗기고 치마를 잡아당겼다. 속옷 사이로 미향의 백옥같은 살결이 드디어 모습을 드러냈다. 미향의 풍만한 가슴이 브래지어 밖으로 뛰쳐나오려고 몸부림친다. 태권의 근육이 꿈틀하며 두 눈이 지글지글 불타오르기 시작했다. 미향의 보름달같이 둥근 가슴을 말없이 지켜보던 태권이 떨리는 손으로 미향의 어깨를 감싸고 브래지어 호크를 풀었다.

"태권 씨, 사랑해! 태권 씨, 사랑해!"

미향이 가쁜 숨을 몰아쉬며 태권의 몸 위로 무너져 내렸다. 태권이 미향의 허리를 으스러지도록 끌어안고 마지막 남은 미향의 팬티를 벗겼다. 오늘 이 순간을 위해 얼마나 많은 날을 노심초사하였던가! 태권은 지글지글 불타는 눈으로 미향의 알몸을 구석구석 바라보았다. 미향이 수줍다는 듯 두 손으로 얼굴을 감쌌다. 미향의 탱탱한 피부에서 뜨거운 김이 모락모락 올라왔다. 태권이 크게 심호흡하고 부드러운 혀로 미향의 온몸을 애무하기 시작했다. 미향의 고무공처럼 탄력 있는 피부에서 굵은 땀방울이 송송 솟아 나왔다. 미향의 가슴을 끌어안으며 몸 위로 올라갔다. 미향이 더 이상 참지 못하고 두 다리로 태권의 허리를 감았다.

"태권 씨, 태권 씨!"

미향이 울부짖으며 절정에 이르는 순간 태권의 몸도 함께 폭발했다.

"태권 씨 사랑해! 오래전부터 태권 씨에게 내 모든 걸 주고 싶었어."

미향의 들뜬 목소리가 태권의 귓속을 파고들었다.

"미향 씨, 사랑해!"

태권은 드디어 하나가 되었다는 행복감에 뜨거운 눈물이 하염없이 흘러내렸다. 마지막 한 방울까지 다 태워버린 미향이 태권을 꼭 껴안은 채 스르르 눈을 감았다. 평화로운 모습으로 쌔근쌔근 잠자는 미향의 얼굴을 바라보며 태권은 이 행복이 영원하기를 간절히 빌었다.

어느새 날이 밝았다. 밝은 햇살이 커튼을 비집고 침대 가득히 쏟아진다. 미향은 아직도 태권의 품에서 곤히 잠들어 있다. 태권이 살그머니 일어나 목욕 가운을 걸쳤다.

"자기야, 일어났어?"

미향이 실눈을 뜨고 기지개를 켰다.

"응, 잘 잤어?"

태권이 다정하게 미향의 볼에 키스했다.

"좀 더 누워있어. 내가 먼저 샤워할게."

태권이 욕실로 들어갔다. 어젯밤 얼마나 격렬한 정사를 치렀는지 온몸이 뻐근하고 구석구석이 멍투성이다. 황홀했던 그 순간을 떠올리며 태권은 느긋하게 욕조에 몸을 담갔다. 뜨거운 물에 몸을 담그니 뭉쳤던 근육이 모두 풀린다. 태권은 상쾌한 기분으로 휘파람을 불며 욕실에서 나왔다.

"다했어?"

그때까지 침대에서 게으름을 피우던 미향이 몸을 일으키다 화들짝 놀라 시트로 몸을 가린다. 얼마나 피곤했던지 미향은 아직도 알몸상태 그대로였다.

"자기야, 나 가운 좀 가져다줘."

미향이 얼굴을 붉히며 코맹맹이 소리를 했다.

"가운 저기 있잖아. 가서 가져가."

태권이 가운을 방 한가운데로 던지며 짓궂은 장난을 쳤다.

"정말 못됐어."

미향이 시트로 몸을 칭칭 감싸고 종종걸음으로 내려왔다. 태권이 달려들어 미향을 번쩍 안았다.

"멋지게 그렸는데…."

태권이 침대를 바라보며 미향을 놀렸다.

"어머!"

시트에 묻어 있는 혈흔을 확인한 미향이 태권의 눈을 가렸다. 태권이 미향을 안고 욕실로 들어갔다. 시트를 벗겨내자 눈부신 미향의 알몸이 드러났다. 미향이 잽싸게 욕조에 몸을 담갔다.

"내가 등 밀어줄까?"

태권이 욕조에 기대어 미향의 알몸을 어루만졌다. 탱탱한 피부가 서서히 달아오르며 향긋한 살냄새가 태권을 취하게 했다. 미향의 달콤한 입술이 태권의 입속을 파고들었다.

간단히 아침 식사하고 호텔을 나섰다. 향긋한 밀감 향기가 온천지에 그득했다. 해변은 여기저기 신혼여행을 온 청춘 남녀들로 북새통을 이뤘다. 바닷가를 따라 걸어갔다. 바위 절벽 아래 검은 파도가 밀려왔다가 밀려가면서 새하얀 물기둥을 만들었다. 바다를 배경으로 새하얀 면사포를 쓰고 사진 촬영에 여념이 없는 다정한 한 쌍이 보였다. 순간 미향의 시선이 그곳에 멈춰 움직일 줄을 몰랐다. 이내 이슬 같은 물방울이 눈가에 맺힌다. 태권이 미향을 끌어안았다.

"태권 씨, 호텔로 돌아가자."

미향이 앞장서 걸어갔다. 태권이 말없이 뒤를 따랐다. 미향의 축 처진 어깨가 태권을 괴롭힌다. 미향이 방안에 들어서자마자 침대에 쓰러져 흐느낀다. 태권이 미향을 끌어안았다. 여행 내내 미향은 밖으로 나가지 않았다. 태권의 품으로 파고들며 끝없이 사랑을 요구했다. 마지막 날 저녁 식사가 끝나고 호텔 바에서 술을 마셨다. 말없이 술잔을 기울이던 미향이 또다시 흐느끼기 시작했다.

"미향 씨, 사랑해! 그리고 정말 미안해. 비 온 뒤에 땅이 굳어지듯이 이 순간만 잘 넘기면 우리는 영원히 행복할 수 있을 거야."

"아니야, 태권 씨. 난 지금도 행복해!"

미향이 태권의 품으로 파고들었다. 애써 행복한 표정을 짓는 미향을 보면서 태권은 가슴이 미어졌다. 비틀거리는 미향을 부축해서 호텔로 돌아왔다.

어느새 제주도에서의 모든 일정이 끝났다. 사진 한 장 제대로 찍지 못하고 공항으로 돌아왔다. 돌아오는 비행기 안에서 미향이 속삭였다.

"그동안 행복했어. 태권 씨, 사랑해! 영원히 사랑할 거야."

부천역에 도착하니 저녁때가 다 되었다.
"우리 저녁 먹고 갈까?"
"아냐, 우리 여기서 헤어져. 나 잠시 들릴 곳이 있어."
함께 저녁을 먹은 후, 미향의 부모님을 찾아뵙고 인사드리려 했지만, 그녀가 들릴 데가 있다고 해서 역 앞에서 헤어졌다. 미향이 시내 쪽으로 사라지는 모습을 보고 택시를 잡아탔다. 그녀가 곁에 없자 무언지 모를 허전함이 물밀듯이 밀려왔다.

"잘 다녀왔어? 언니는?"
"집에 갔어. 세희는 자니?"
"응, 언니랑 얘기가 잘 됐어?"
"잘되겠지. 어쨌든 그동안 수고했다."
이튿날 아침, 인숙은 집으로 돌아갔다. 태권은 다시 무거운 마음으로 출근했다. 대출 상담을 끝내고 품의서를 작성하는데, 부평지점 구 대리한테서 전화가 왔다.

"미향 씨, 함께 안 왔어?"
"왜? 어제저녁 함께 돌아왔는데…."
"오늘 결근이야. 지금까지 연락도 없고…."

이별 여행, 그녀는 떠나고 · 365

"그래? 내가 한번 알아볼게."

태권이 서둘러 미향의 집으로 전화했다.

"여보세요?"

어머님의 목소리였다.

"어머님. 저 태권입니다."

"그래, 조 서방. 웬일인가?"

"미향 씨, 집에 있습니까?"

"아니, 자네랑 함께 병원에 있었잖아."

"다행히 어머니가 회복돼서 퇴원하셨어요. 어제저녁 함께 돌아와서 찾아뵈려고 했는데, 미향이가 잠시 들를 데가 있다고 해서 부천역 앞에서 헤어졌어요."

"아니, 이게 무슨 소린가!"

'덜커덕' 수화기 떨어지는 소리가 들려온다. 태권은 택시를 타고 미향의 집으로 달려갔다. 어머님이 태권을 보더니 울부짖는다.

"대체 무슨 일이야. 어제저녁에 헤어졌다니…!"

어머님의 연락을 받고 아버님이 헐레벌떡 들어서셨다.

"아니, 어떻게 된 거야?"

태권이 어젯밤의 일을 소상히 얘기했다.

"제가 부모님께 그간의 경위도 설명할 겸 함께 오려 했는데, 잠시 들릴 데가 있다고 해서 역 앞에서 헤어졌습니다."

미향의 아버지가 털썩 주저앉는다. 혹시나 하는 마음에서 경찰서에 전화했다. 어제저녁 이후 교통사고에 대해 알아봤지만, 미향의 이름은 없었다. 일단 경찰서에 실종신고를 냈다. 다음 날에도 그다음 날에도 미향은 돌아오지 않았다. 사흘째 되는 날 태권의 앞으로 등기우편이 한 통 도착했다.

　　　　　　태권 씨에게

　먼저 이렇게 할 수밖에 없는 못난 나를 용서하여 주기 바랍니다.
　그동안 태권 씨의 사랑을 받고 무척 행복했습니다. 특히 제주도에서 있었던 시간은 두고두고 잊지 못할 거예요. 태권 씨를 진정으로 사랑하기에 이렇게 떠납니다. 부디 세희 씨와 오래오래 행복하세요. 영원히 당신을 사랑합니다.

　　　　　　　　　　　　　　　　　　　　　　　　　미향 드림

　추신 : 사직서를 동봉합니다. 대신 제출해 주세요. 부모님께도 편지를 보냈지만, 상심이 클 거예요. 잘 말씀드려 주시고 어려우시겠지만, 가끔 부모님을 찾아 주셨으면 합니다.
　편지를 읽어 내려가는 태권의 두 손이 떨린다. 미향의 사랑이 차갑게 식어 있었다. 제주도에서 평소답지 않은 행동이 이상했지만, 이렇게 떠나리라고는 상상조차 하지 못했다. 미향의 집을 찾아갔다. 미향의 집은 이미 초상집이었다. 부모님 앞에 무릎을 꿇었다.
　"아버님, 어머님. 정말 죄송합니다."
　"아니, 이 사람아. 미향일 찾아내. 어떻게 이럴 수가 있어!"
　어머님이 태권의 멱살을 잡고 몸부림을 쳤다.
　"어머님, 죽여주십시오."

태권이 방바닥에 엎드려 통곡했다.

"자네, 미향이와 무슨 일 있었지? 갑자기 부모님을 핑계로 결혼식을 연기할 때부터 이상하단 생각이 들었어."

아버님이 다그친다. 태권이 자초지종을 얘기하고 미향의 편지를 내보였다.

"그동안 세희 때문에 미향 씨와 갈등이 있었습니다. 그렇지만 미향 씨가 이렇게 떠날 줄은 정말 몰랐습니다."

"나도 미향이 편지를 받긴 했네만…. 못난 것!"

아버님이 한숨을 내쉬며 혀를 끌끌 찼다.

"너무 걱정하지 마십시오. 마음이 정리되면 꼭 돌아올 겁니다."

태권이 닭똥 같은 눈물을 훔치며 부모님을 위로했다.

"그래, 기다려보세. 죽으러 간 건 아닌 것 같으니 언젠간 돌아오겠지."

아버님이 천정을 바라보며 가슴을 쓸어내렸다.

그녀의 빈자리, 방황

한 해가 저물어 간다. 점포마다 크리스마스트리가 반짝이고 거리에는 구세군 자선냄비가 요란하다. 도시는 온통 들뜬 분위기였지만, 태권의 겨울은 쓸쓸하기만 하다. 미향이 없는 도시는 암흑이다. '마음이 정리되면 돌아오겠지, 잠깐 화가 난 걸 거야.' 스스로 위로하면서 기다리던 하루하루가 한 해가 바뀌려 한다. 태권의 가슴은 찢어졌지만 그렇다고 어찌할 방도도 없다. 직장도 나가야 하고 세희도 돌봐야 하고…. 다행히 세희는 하루하루가 다르게 회복돼 갔다. 마음의 상처도 어느 정도 치유된 듯 점차 밝은 모습을 되찾아 간다. 화재 사건 이후 극심한 외로움과 두려움으로 잠을 설치더니 요즈음은 잘 잔다. 아침에 일어나 세수도 하고 옷도 챙겨 입는다. 서서히 옛날 모습을 되찾아 가서 천만다행이다.

하지만 태권은 점점 말을 잃어 가고 사람들 만나기가 싫어졌다. 미향이 없는 삶이란 공허하기 그지없다. 때로는 말없이 떠난 미향이 원망스럽다가도 그녀가 그리울 때면 거의 제정신이 아니다. 처음 미향이 사라지고 난 이후, 누가 미향에 관해 물으면 적당히 얼버무렸다. 사표를 대신 제출할 때만 해도 돌아올 것을 믿어 의심치 않았기 때문에 구 대리한테만 귀띔하고 사표 수리를 보류해 달라고 요청했다.

하루가 한 달이 되고 두 달째 접어들면서 사표가 수리되고, 여기저기 직원들이 모이면 미향에 관해 수군거렸다. 태권을 비난하는 소리가 노골적으로 귀에까지 들려왔다. 미향의 부모마저 태권을 냉대하기 시작하자 태권은 돌아버릴 지경이었다. 석구를 찾아갔다. 그동안 석구한테서 여러 번 만나자는 전화가 왔지만 만나지 않았다. 미향이 곧 돌아올 것으로 생각했다가 해를 넘기자, 모든 사람이 자신을 손가락질하는 것 같아 사람 만나기가 두려워졌다. 호프집에 마주 앉았다. 한동안 술잔만 기울였다.

"태권아…. 혹시, 미향 씨 부모님은 그녀가 있는 곳을 알지 않을까?"

석구가 한참 만에 입을 열었다. 태권도 그런 생각을 안 해 본 건 아니다. 태권의 일로 낳아준 부모한테까지 소식을 끊는다는 건 상식적으로 이해가 안 된다. 그래서 어머님으로부터 모진 수모를 당하면서도 수시로 미향의 집을 찾아갔었다.

"아니야, 모르시는 게 확실해. 부모님께도 연락을 안 한 게 확실해."

태권이 어머님의 행동을 떠올리며 벌컥벌컥 맥주를 들이켰다.

"태권아, 흥분하지 말고 솔직히 말해봐. 세희 때문에 갈등이 있었던 것은 알지만 그런 일로 미향 씨가 잠적한다는 게 말이 되냐? 너희들 사이에 내가 모르는 뭔가가 있는 게 아니냐?"

석구가 의심의 눈초리로 태권의 가슴을 파고들었다. 태권이 말없이 석구를 쏘아보았다.

"알아, 알아. 네가 나한테까지 숨길 리야 없겠지만, 남녀관계는 당사자 외에는 모르는 거잖아. 이를테면 미향 씨의 결정적인 약점을 알게 되어 심하게 다퉜다든가…. 너희들 그동안 아무런 문제 없었잖아. 제주도 여행 갔다 와서 갑자기 이런 일이 벌어진 거잖아. 혹시 미향 씨 숫처녀가 아니…. 아냐, 아냐. 내가 아는 넌 그런 시시한 일로 싸울 사람이 아니야. 미향 씨 과거에 문제가 있었냐? 미향 씨의 고백을 듣고 심하게 다퉈서 미향 씨가 그 충격으로 잠적했다? 이것도 미향 씨의 활달한 성격으로 봐서는 말이 안 되고…. 미향 씨한테 말하지 못할 신체적 비밀이 있었냐? 예를 들면 아이를 낳을 수 없는 석녀라든가…. 모든 사실을 정확히 알아야 해결책이 나오는 거 아니냐?"

석구가 집요하게 물고 늘어진다. 말없이 술잔을 기울이며 앉아있던 태권이 마침내 입을 열었다.

"이제 다 끝났냐? 다 아니야. 미향 씨는 과거도 없었고, 신체적으로 아무런 문제가 없는 건강한 여자였어. 다툰 적도 없었고 여행 내내 행복한 표정이었어. 다만 갑작스러운 세희 문제로 결혼식을 못 올린 걸 무척 아쉬워하는 눈치였지만…."

태권이 잠시 말을 멈췄다.

"아마 미향 씨는 출발하기 전부터 내 곁을 떠나기로 결심했었나 봐. 그러니까 일종의 이별 여행을 계획한 거지. 아 왜 영화에서도 가끔 등장하잖아? 그러니까 역에서 나를 따돌리고 바로 잠적한 거지."

태권이 말을 마치고 술을 마셔댔다.

"네 말대로라면 미향 씨 굉장히 무서운 여자네. 어떻게 그 오랜 사랑을 무 자르듯 단칼에 잘라버릴 수가 있지? 정말 여자란 알 수가 없어."

석구가 허탈한 표정으로 자기 일처럼 가슴 아파했다.

"미향 씨는 반드시 돌아올 거야. 잠시 현실에서 도망을 친 걸 거야."

태권이 석구에게 미향의 편지를 보여주었다.

"편지 내용으로 봐선 네 말이 맞는 것 같기는 한데…. 세희 문제를 어떻게 정리해달라는 의미인 것 같기도 하고, 또 부모님을 가끔 찾아달라는 건 너와 인연을 계속 이어가겠다는 의미고….”

더 할 말이 없었다. 둘은 밤새도록 술만 마시다 헤어졌다. 마냥 기다리고만 있을 수가 없었다. 어떻게 하든 미향을 찾아 마음을 돌려야 했다. 그 오랫동안 얼마나 많은 고통을 인내하고, 모든 걸 바쳐 이룬 사랑이었던가. 태권은 직접 미향을 찾아 나서기로 결심했다. 인숙이에게 전화를 돌렸다.

“나다. 퇴근 후 여기 좀 들러라. 상의할 게 있어.”

저녁때 인숙이 집으로 찾아왔다. 태권의 몰골을 보고 깜짝 놀랐다.

“오빠, 왜 그래? 어디 아파?”

태권이 미향에 대해 솔직하게 털어놓았다.

“내가 찾아 나서야겠다. 네가 여기서 출퇴근하면서 세희 좀 보살펴 줘라.”

“그거야 어렵지 않지만…. 언니 정말 독하네. 그렇다고 이렇게 사라져. 어쩐지 이상했었어. 여자로서 언니 입장 이해 못하는 거 아니지만, 이런다고 해결되는 것도 아닌데….”

“우선 퇴근 후 가까운 곳부터 뒤져 봐야겠다. 그리고 주말엔 다른 곳도 찾아보고….”

이튿날부터 태권은 미향을 찾아 나섰다. 가까운 친구들을 만나보고 미향과 조금이라도 연관이 있는 사람은 모두 찾아보았다. 그러나 미향은 아무 곳에도 흔적을 남기지 않았다. 주말이면 평소 미향이 좋아하던 절이나 강가를 헤맸다. 아무런 단서도 찾지 못하고 돌아오는 태권의 마음은 미칠 것만 같았다. 몇 달 동안 전국을 헤맸지만, 미향의 그림자도 찾을 수가 없었다. 술에 취하면 미향이네를 찾아가서 행패도 부려봤다.

"어머님, 미향 씨를 한 번만 딱 한 번만 만나게 해주세요. 전 이대로 끝낼 수가 없습니다. 어머님은 아시잖아요? 한번 만나보고 미향 씨가 싫다고 하면 두 번 다시 찾아오지 않겠습니다. 어머님, 제발…."

그러나 어머님의 태도로 봐서 정말 모르는 모양이었다.

"당분간 부모님껜 알리지 마라."

"알았어. 오빠도 정신 차려! 때가 되면 연락이 오겠지."

마음을 단단히 먹고 인숙이를 돌려보냈다.

그 추운 겨울도 자취를 감추고 봄이 오기 시작했다. 대지엔 다시 새싹이 돋아나건만 미향의 소식은 바람결에도 들려오지 않았다. 시간이 지나면서 문득문득 미향이 이미 이 세상 사람이 아닐지도 모른다는 불길한 생각이 머리를 파고들었다. 그때마다 태권은 거칠게 머리를 흔들었다. '아냐 아냐. 미향 씨는 반드시 돌아올 거야.' 당분간 미향을 잊기로 했다. 그녀가 생각이 날 때마다 세희에게 매달렸다. 어떻게 하든 세희가 자립할 수 있도록 만들어야 했다. 세희가 독립하는 것만이 미향이 돌아올 수 있는 유일한 방법이라고 생각했다. 한동안 미향을 찾느라 떨어져 있어서인지, 세희가 태권의 눈치를 많이 보는 것 같다. 인숙이가 성의껏 돌봐주긴 했지만, 세희의 속마음까지 살필 수는 없다.

처음부터 다시 시작했다. 혼자서 할 수 있는 일부터 스스로 하도록 가르쳤다. 잠잘 때는 무슨 일이 있어도 혼자 자도록 철저히 습관을 들였다. 처음에 달라진 태권의 태도에 당황해하던 세희도 태권의 마음을 읽었는지 서서히 자립심을 키워나갔다. 그림 공부를 다시 시작했다. 전에 다니던 미술학원에 다시 들여보냈다. 출근하면서 데려다주고 끝나면 혼자 집에 돌아오도록 했다. 처음 몇 번은 학원 선생님이 동행하기도 했다. 얼마 후 혼자 다니기 시작했다. 때로는 은행에 찾아오기도 했지만, 태권의 얼굴만 보고 곧장 돌아갔다. 태권이 술에 취해 늦게 들어오는 날이면 세희가 태권을 나무랐다.

"오빠. 술 좀 그만 먹어. 그리고 일찍일찍 집에 들어와."

뾰로통한 얼굴로 잔소리할 때면 세희가 대견했다.

"이게 뭐야, 옷 벗고 자야지."

태권이 술에 취해 입은 채로 침대에 쓰러지면 옷을 벗겨 주었다. 그런 세희의 모습을 대할 때마다 태권은 흐뭇했다.

"그래, 세희야. 미안하다. 오빠가 잘못했다. 다시는 안 그럴게."

그러나 마음대로 몸이 따라주지 못했다. 술을 마시지 않고는 하루도 잠을 이룰 수가 없다. 세희의 얼굴을 보며 '내가 이래서는 안 돼.' 다짐하면서도 뜻대로 되지 않는다. 미향의 빈자리는 너무 컸다. 희미해져 가는 그녀의 뒷모습을 따라가면서 태권은 밤마다 베갯잇을 적셨다. 태권이 점점 황폐해져 갔다. 눈을 감고 있어도 미향의 모습이 항상 눈앞에 아른거렸다.

신기지점으로 발령이 났다. 지불계로 배정이 되어 시제 관리를 맡게 됐다. 어제 송별식 때 마신 술 때문에 아직도 머리가 어지럽다. 금고를 열어 시제를 배분하고 동전을 꺼내 업무 준비를 서둘렀다.

"잔돈 좀 바꿔주세요."

아직 업무를 시작하려면 30분이나 남았는데, 쪽문으로 들어왔는지 아가씨 하나가 만 원짜리 지폐를 불쑥 들이밀었다. 태권이 고개를 드니 생머리의 늘씬한 아가씨가 고개를 까딱하며 눈인사를 건넸다. 태권은 저도 모르게 고개를 숙여 답례했다. 동전을 건네주며 다시 한번 아가씨를 쳐다봤다. 낯설지 않은 얼굴이다. 동전을 받아들고 아가씨가 아까처럼 고개를 까딱하고는 돌아서 걸어갔다. 늘씬한 키에 검은색 긴치마가 잘 어울렸다. 셔터가 올라가자 지불창구가 소란스러워지기 시작했다.

"오빠, 이리로 왔어!"

지폐를 세고 있는데 귀익은 목소리가 들렸다. 고개를 돌려보니 길다방에 있던 미스 안이 반가운 표정으로 쌩끗 웃는다.

"나, 저기에 있어."

미스 안이 가리키는 손가락을 따라가니 이 층에 목장 다방 간판이 보였다.

"시간 날 때 들려."

동전을 바꿔가면서 한눈을 찔끔했다. 미스 안은 외박을 나와 미향을 만나러 인천지점에 갔을 때 알게 된 아가씨다. 미향을 기다리느라 다방에 들어갔는데, 그때 차 주문받던 아가씨가 미스 안이다. 복스러운 얼굴에 글래머로 빨간 미니스커트를 입은 모습이 매력적이었다. 커피를 시키자 '오빠, 나 쌍화차 마셔도 되지?' 제멋대로 바가지를 씌우고 옆자리에 와 털썩 주저앉는다.

"미스 안이에요."

그녀가 자기를 소개하며 고개를 까딱했다.

"나이도 얼마 안 되어 보이는데 미스가 아니라니, 결혼을 일찍 했나 보네."

태권이 실없이 농담을 던진 것이 계기가 되어 종종 옆자리에 앉았다.

"오빠, 유머 있다."

그녀가 손뼉을 치며 호들갑을 떨던 모습이 백치미가 있었다. 그 후 미향을 기다릴 때마다 길다방에 들러 그녀와 실없는 농담으로 시간을 죽이곤 했었다. 그때는 앳된 모습이었는데, 이제는 성숙한 여인의 냄새가 물씬 풍겼다. 퇴근길에 목장 다방에 들렀다. 다방 안은 한산했다. 테이블에서 성냥개비를 쌓고 있던 미스 안이 태권을 발견하고 반가운 얼굴을 했다. 쌍화차 두 잔을 들고 쪼르르 태권의 옆에 앉는다. 예나 지금이나 빨간 미니스커트는 변함이 없다.

"오빠, 잘 지냈어?"

미스 안이 통통한 엉덩이를 밀착해 왔다. 허벅지 사이로 까만 스타킹의 매듭이 보이며 태권을 유혹했다.

"빨간 팬티?"

"오빠, 귀신이다."

확인이라도 시켜주려는 듯, 미스 안이 몸을 비틀자 빨간 팬티가 살짝 얼굴을 드러낸다. 빨간색을 어지간히 좋아하는 아가씨다. 네댓 명의 손님들이 와자지껄하며 다방 안으로 들어섰다. 태권이 서둘러 쌍화차를 마시고 자리에서 일어났다.

"자주 놀러 와."

미스 안이 요염한 웃음을 흘리며 한눈을 찡긋했다. 점심시간에 가끔 다방에 들러 커피를 마셨다. 요즘 며칠간은 눈코 뜰 사이 없이 바빴다. 항상 하는 일이었지만, 낯선 얼굴과 환경에 적응하려면 시간이 필요했다.

오랜만에 목장 다방에 들렀다. 미스 안은 보이지 않고 카운터에 앉아있던 여자가 물컵을 들고 왔다. 첫날 동전을 바꾸러 왔던 그 아가씨였다.

그녀의 빈자리, 방황 · 377

"쌍화차 한 잔 주세요."

태권은 차를 주문하고 카운터 바로 앞의 의자에 앉았다. 테이블 위에 있는 신문을 집어 들며 그녀의 뒷모습을 물끄러미 바라보았다. 어딘지 모르게 낯설지 않은 분위기가 느껴진다. 잠시 후 그녀가 쌍화차를 가져왔다.

"미스 안은 배달 갔나 봐요?"

태권이 지나가는 말로 안부를 물었다.

"네."

그녀가 주방으로 돌아가며 심드렁하게 말했다. 태권이 쌍화차를 마시며 실내를 둘러보았다. 오십여 평 되어 보이는 홀에 테이블 여덟 개가 있고 테이블마다 4개의 의자가 있는데, 조금은 비좁은 느낌이 들었다. 창문 옆으로 난 화분이 서너 개 놓여 있었다. 그녀가 카운터에 앉아 무언가를 열심히 적으며 이따금 고개를 들어 출입문을 바라보았다. 그녀의 오른쪽 머리 위로 액자에 담긴 영업허가증이 시야에 들어왔다. 무심코 바라보던 태권이 찻잔을 내려놓고 일어섰다. 그녀가 의아한 눈빛으로 태권을 쳐다보았다.

"박영심 씨가…, 사장님인가요?"

태권이 대표자 이름을 확인하며 그녀에게 물었다.

"왜요?"

그녀가 다시 고개를 숙이고 하던 일을 계속하며 대꾸했다.

"혹시, 옛날에 도봉검문소 옆에 있던 화신전자…."

"네?"

그녀가 벌떡 일어서더니 태권을 뚫어지게 쳐다보았다. 그녀의 발갛게 상기된 얼굴을 보자 그날 밤 그녀의 모습이 희미하게 떠올랐다.

"저를 기억하시겠습니까? 그날 밤 도봉 분초에서 이 병장님 일로…."

"아!"

그녀가 낮게 신음하며 그 자리에 털썩 주저앉았다.

"오빠, 언제 왔어?"

배달을 끝내고 돌아온 미스 안이 반가운 얼굴로 호들갑을 떨었다.

"나 먼저 퇴근할 테니까 시간 되면 셔터 내리고 퇴근해."

그녀가 외투를 걸치고 의자에서 일어섰다. 태권이 말없이 그녀의 꽁무니를 따라갔다. 미스 안이 두 눈을 똥그랗게 뜨고 그들의 뒷모습을 바라보았다. 골목을 나와 상가건물 앞에서 그녀가 택시를 세웠다. 태권이 말없이 그녀의 옆자리에 올라탔다.

"월미도로 가시죠."

그녀가 착 가라앉은 목소리로 말했다. 태권은 그녀의 옆모습을 바라보며 그날 밤 뜨거웠던 그녀와의 목숨을 건 정사를 떠올렸다.

"며칠 후 화신전자를 방문하여 박영심 씨 면회 신청했는데…."

"이튿날 사직했어요. 그리고 바로 그곳을 떠났어요."

그녀가 담담하게 말했다. 택시에서 내려 횟집으로 들어갔다. 그녀가 애써 태권의 시선을 피하고 말없이 술잔만 기울였다. 이따금 창 너머로 갈매기가 스쳐 지나갔다. 수평선 끝자락에서 검붉은 해가 마지막 몸부림을 치고 있었다. 그녀의 얼굴이 발그레 붉어지며 눈가가 촉촉이 젖어 들었다.

"제겐 박영심 씨가 첫 여자였어요."

"그래요? 죄송합니다."

그녀가 얼굴을 붉히며 빙그레 미소를 지었다.

"그날 밤 처음 본 여성에게 동정을 빼앗기고 얼마나 당황했는지…, 화도 나고 박영심 씨가 걱정도 되고…, 혼자 고민하다가 며칠 후 면회 갔는데…."

"그랬군요. 정말 죄송합니다. 모든 걸 잊으려고 그곳을 떠났어요."

그녀가 태권을 바라보며 술잔을 들어 단숨에 들이켰다. 태권이 술병을 들어 그녀의 잔에 술을 따랐다.

"혹시 이 병장님과는…."

"제대하고 몇 번 찾아왔었어요. 지금은 완전히 헤어졌지만…."

그녀가 다시 술 한 병을 시켰다. 해를 삼킨 바다가 조금씩 출렁이기 시작했다. 해변에 조명이 밝아지면서 사람들이 하나둘 늘어났다.

"그거 아세요? 탁 중사가 내겐 첫 남자였어요."

그녀가 창밖을 바라보며 무표정한 얼굴로 심드렁하게 말했다. 저 멀리 여객선 한 척이 물결을 가르며 지나갔다.

"그럼, 이 병장님과는…."

"이 병장님은 탁 중사와의 관계를 몰랐죠. 이 병장님을 만나기 전 탁 중사가 분초 장으로 오면서, 그분한테 강제로 첫 순결을 잃었어요. 나뿐 아니라 여러 명의 여직원이 그분한테 당했어요. 그땐 매일 그 검문소 앞으로 출퇴근해야 했기 때문에, 무서워서 아무도 말을 하지 못했어요. 다음 해 이 병장님이 그곳에 파견 나오면서 알게 됐고, 우린 서로 사랑하게 되었어요. 제대 후 결혼까지 약속했는데…, 운명의 장난이죠. 탁 중사와 이 병장이 한 검문소에 함께 근무하게 된 것은…. 이 병장님이 업무차 사령부에 들어간 걸 모르고 이 병장님을 면회하러 갔다가, 탁 중사와 마주

쳤고 내무반으로 끌려가서 강제로 또 당했어요. 이 병장님이 그 일을 알게 돼서 그 사건이 벌어진 거고…. 제대 후 이 병장님이 이곳까지 찾아와서 옛날로 돌아가자고 했지만, 내가 거절했어요. 난 아무래도 한 남자와 살 팔자는 아닌가 봐요. 그날 밤도 뜨거운 몸을 주체하지 못하여 그만…. 어쨌든 동정을 뺏어서 죄송해요."

그녀가 말을 마치고 탁자에 얼굴을 파묻었다. 그녀의 긴 머리가 술잔을 밀어냈다. 태권이 조용히 그녀의 머리칼을 잡아 탁자 아래로 가지런히 내려놓았다. 그녀의 부드러운 머릿결에서 그날 밤의 느낌이 되살아났다.

"박영심 씨에게 동정을 빼앗기긴 했지만, 기분 나쁜 추억은 아니었어요."

태권이 그날 밤 그녀와의 뜨거웠던 정사를 떠올리며 빙그레 웃었다. 그녀는 이미 만취 상태였다. 태권이 그녀를 부축하여 택시를 잡아탔다. 자리에 앉자마자 그녀의 몸이 축 늘어졌다. 모텔 앞에 차를 세우고 그날 밤처럼 그녀를 둘러업고 모텔로 들어갔다. 침대에 내려놓고 나오려는데 그녀가 물을 찾았다. 냉장고에서 물 한 컵을 따라 그녀에게 건넸다.

"나 먼저 들어갈 테니까 자고 가세요."

태권이 돌아섰다.

"함께 있어 줘요."

그녀의 애절한 목소리가 태권을 돌려세웠다. 태권이 잠시 망설이다가 침대에 걸터앉았다. 그녀가 태권의 목에 매달렸다. 뜨거운 입김이 태권의 온몸을 휘감았다. 한차례 폭풍이 지나가고 그녀는 이내 잠이 들었다. 태권은 그녀가 잠든 걸 확인하고 집으로 돌아왔다. 그녀는 역시 뜨거운 여자였다. 그녀와의 재회 후 이따금 그녀와 만나 시간을 보냈다.

"오빠, 요즘 왜 안 들려?"

동전을 바꿔가면서 미스 안이 투정을 부렸다. 점심시간에 잠깐 들러 차 한 잔을 마셨다. 카운터에 앉아있던 그녀가 입가에 미소를 띠며 태권에게 눈인사를 건넸다.

"내일 나 쉬는 날이야. 오빠 우리 연안부두로 놀러 가자."

미스 안이 그녀를 곁눈질하며 큰 소리로 말했다.

"근무는 어떡하고?"

"토요일이잖아. 끝나는 대로 가면 되지."

"글쎄, 일찍 들어가 잠이나 푹 자려 했는데…."

"그러지 말고 같이 가자. 유람선도 타고, 회도 먹고…. 저녁에 내가 특별 서비스할게."

미스 안이 태권의 손을 잡아당기며 유혹했다. 그녀가 빙그레 웃으며 미스 안을 향해 눈을 흘겼다.

이튿날 점심을 먹고 습관처럼 다방엘 갔다. 현관에 '정기휴무'라는 팻말이 걸려 있었다. 그때 서야 미스 안이 일방적으로 하던 말이 생각났다. '어디라고 했더라, 연안부두? 월미도?' 갑자기 머리가 아프다. 약국에 들러 두통약을 사서 입안에 털어 넣고 은행으로 돌아왔다. 오늘따라 시계가 맞지 않아 짜증이 났다. 당좌계를 끝으로 수납을 마치고 금고 문을 닫았다.

택시에 몸을 실었다. 선착장에 도착하니 벌써 네 시가 넘었다.

"오빠, 왜 이렇게 늦었어?"

미스 안이 태권을 먼저 발견하고 다가와 팔짱을 꼈다.

"오래 기다렸지? 시계가 안 맞아서…."

"한 시간 동안이나 서 있었어. 어휴 다리 아파."

미스 안이 이맛살을 찌푸리며 엄살을 떨었다.

"어디로 갈까?"

"다리부터 쉬어야겠어. 중국집으로 가자."

"회 먹자며?"

"회는 저녁에 먹고…."

중국집에 가서 탕수육과 짜장면을 주문했다.

방안에 들어서자마자 '어휴 다리 아파.' 미스 안이 다리를 쩍 벌리고 벌렁 드러눕는다. 미니스커트 아래 빨간 망사팬티가 훤히 드러났다. 중국집으로 가자고 할 때부터 계산된 노골적인 유혹이다. 태권이 못 본 체 외면하고 멍하니 창밖을 바라보았다.

"오빠, 뭐해. 오빠 기다리느라고 한 시간 동안이나 서 있었단 말이야. 다리나 주물러 줘."

미스 안이 태권을 보고 볼멘소리했다. 태권이 잠깐 망설였다.

"오빠아!"

미스 안이 벌떡 일어서며 눈을 흘겼다.

"알았어, 주물러 줄게."

태권이 마지못해 다리를 주무르기 시작했다. 종아리를 지나 허벅지를 주무르자 미스 안의 호흡이 거칠어지며, 가슴을 크게 들썩인다. 미스 안이 태권의 바지를 벗기려는데 노크 소리가 났다. 태권이 황급히 일어나 방문을 열었다. 요리가 나왔다. 서비스로 빼갈 한 병이 나왔다. 미스 안이 아쉬운 표정으로 눈을 흘기며 술을 따랐다. 한 잔을 마시자 뱃속이 짜르르하다.

"오빠, 마담 언니와는 어떤 관계야?"

미스 안이 궁금해 죽겠다는 얼굴로 바짝 호기심을 드러냈다.
"첫사랑!"
"정말?"
"술이나 먹자."
태권이 연거푸 술잔을 기울였다. 금방 취기가 올랐다. 중국집에서 나와 유람선을 타고, 월미도를 한 바퀴 돌았지만, 머리가 멍멍할 뿐 아무런 느낌이 없다. 미스 안은 신이 나서 연신 좋알댔다.
"넌 천천히 놀다 와라. 나 먼저 갈게."
선착장에서 아쉬워하는 그녀에게 수표 한 장을 찔러 주고 택시를 잡아탔다. 집에 도착하니 세희가 문을 열어주었다.
"어이구, 우리 세희. 여태 안 잤구나. 밥은 먹었어?"
태권이 세희의 볼을 톡톡 두드렸다.
"어휴, 술 냄새. 오빠, 술 좀 그만 먹어!"
세희가 또다시 투정을 부렸다.
"알았어. 세희야 미안하다."
태권이 그대로 침대에 쓰러졌다.
"그리고 일찍 일찍 다녀. 지금이 몇 시인데…."
세희가 태권의 옷을 벗기며 연신 잔소리했다. 태권은 세희의 잔소리를 들으며 잠 속에 빠져들었다. 다행히 세희는 잘 적응을 해줬다. 혼자 학원에 다니고 집에 돌아오면 밥을 챙겨 먹었다. 웬만한 일은 모두 혼자 해결하고 날이 갈수록 좋아지는 모습을 보였다. 요즘 태권은 목장 다방에 들르는 것이 하루, 일과가 되었다. 업무가 끝나면 발길이 저절로 다방으로 향한다.

"이따 끝나고 내려와라. 포장마차에 있을 거니까."

다방에 들어서니 오늘따라 손님이 가득하다. 혼자 앉아있기도 멋쩍어서 곧바로 다방을 나와 포장마차로 갔다. 소주 두 병을 마시고, 또 한 병을 시키는데 미스 안이 들어섰다.

"벌써 끝났어?"

"아니, 손님이 없어서 언니한테 얘기하고 일찍 나왔어."

미스 안이 태권의 허벅지에 엉덩이를 비비며 쌩끗 웃는다.

"오빠, 나 낙지 먹고 싶어."

태권이 '알아서 하라'는 듯 고개를 끄덕이며 연신 술잔을 기울인다. 낙지볶음에 소주 세 병을 더 먹고 태권이 비틀거리며 일어섰다. 미스 안이 잽싸게 태권을 부축하며 따라나섰다.

"오빠, 우리 집에 가자."

"너희 집이 어딘데?"

"시민회관 옆이야."

미스 안이 지나가는 택시를 세웠다. 담배 한 대참도 안되어, 택시가 시민회관 앞에 도착했다.

"들어가라. 난, 이 택시로 그냥 집에 갈 테니까."

"왜 그래? 잠깐 들어가서 커피 한잔하고 가."

미스 안이 강제로 태권을 끌어내렸다. 그녀가 멈칫거리는 태권의 등을 떠밀며 골목길 끝에 있는 건물로 들어갔다.

"오빠, 여기야."

2층 첫 번째 문을 가리키며 그녀가 계단을 올라갔다. 핸드백에서 열쇠를 꺼내 문을 열었다. 방 한 칸에 주방과 욕실이 딸린 원룸이었다. 생각보다는 방이 깨끗이 정돈되어 있었다. 술기운이 오르며 머리가 쑤셔대기 시작했다. 태권이 방바닥에 벌렁 드러누웠다.

"커피 한 잔 줄까?"

미스 안이 태권의 시선도 아랑곳하지 않고 홀러덩 블라우스를 벗어 던지며 물었다. 핑크빛 브래지어가 겨우 유두를 가린 채 풍만한 가슴을 고스란히 드러냈다.

"냉수나 한 잔 줘라."

미스 안이 냉수를 가져왔다.

"오빠, 그럼 잠깐, 누워있어. 나 샤워 좀 할게."

그녀가 윙크하며 콧노래를 흥얼거렸다. 태권은 냉수를 마시고 그 자리에 다시 드러누워 눈을 감았다. 미스 안이 베개를 꺼내 머리에 바쳐주었다. 시원한 냉수를 마시니 머리가 맑아지는 것 같다. 물컵을 제자리에 갖다 놓는지 발소리가 주방 쪽을 향하더니, 이내 돌아와 태권의 머리맡에 멈춰 선다. 그리고 한동안 잠잠하다. 호기심에 살짝 눈을 떠봤다. 미스 안이 거울 앞에 서서, 제 몸매를 감상이라도 하는 듯 양손으로 유방을 받쳐 들고 이리저리 어깨를 흔들었다.

미니스커트 속의 적나라한 모습이 한눈에 들어왔다. 태권의 호흡이 가빠지기 시작했다. 스커트가 '툭'하고 태권의 머리맡에 떨어졌다. 살 속에 파고 들어간 빨간 망사팬티가 묘한 분위기를 연출했다. 미스 안이 허리를 숙이고 까만 스타킹을 말아 내렸다. 풍만한 젖가슴이 당장이라도 쏟아질 것처럼 눈앞에서 출렁였다. 태권은 후하고 깊은숨을 내뿜었다. 브래지어를 벗어 던졌다. 갑자기 눈앞이 환해지는 느낌이다. 멋진 가슴이다. 미스 안이 힐끗 거울 속으로 태권을 쳐다봤다. 태권이 잽싸게 눈을 감았다. 이윽고 팬티를 말아 내리기 시작했다. 남산만 한 엉덩이가 눈앞에서 출렁였다. 팬티가 항문 속으로 파고든 듯 잠시 머뭇거리는가 싶더니 다리를 들어 발을 빼냈다. 태권이 더, 이상 참지 못하고 벌떡 일어나 미스 안을 쓰러뜨렸다.

"오빠, 샤워 좀 하고…."

미스 안이 태권을 밀쳤다. 그러나 기다릴 상황이 아니었다. 두 번이나 미스 안의 실팍한 몸뚱이에 욕망의 찌꺼기를 배설하고서 태권이 옷을 걸쳤다.

"왜? 지금 가려고? 오빠, 자고 가."

미스 안이 매달렸다. 태권은 미스 안을 뿌리치고 일어섰다. 지갑에서 잡히는 대로 지폐 몇 장을 꺼내 방바닥에 던져놓고 방을 나왔다. 택시에 올라탔다. 만취한 태권을 보고 세희가 또다시 잔소리했다.

오늘은 일찍 퇴근해서 세희와 시간을 보내야지, 마음을 굳게 먹고 은행 문을 나서지만, 발길은 항상 포장마차로 향한다. 포장마차에서 취해 일어서면 어느새 발길은 목장 다방을 향해 걸어간다. 이따금 박영심이 눈길을 주면, 태권은 말없이 그녀를 따라갔다. 횟집에 가서 적당히 술을 마시고 모텔에 가서 살을 섞는다. 그녀와의 관계를 눈치채고 미스 안이 질투 아닌 질투를 했다. 태권이 다방에 들어서면 두 여자의 눈싸움이 시작된다. 그녀들의 선택에 따라 하루는 모텔에서, 다음 날은 원룸에서 육체의 향연을 펼친다. 그러나 그건 동물들의 흘레처럼 배설의 후련함만 있을 뿐, 허전한 가슴은 채워지지 않는다. 똑같은 생활이 한동안 반복되면서, 몸도 마음도 서서히 깊은 늪으로 빠져들었다. 그렇게 여름이 가고 가을이 찾아왔다. 낙엽이 한잎 두잎 떨어지며 또다시 미향이 사무치게 그리워졌다.

슬픈 면사포

'유수 같은 세월'이라 더니 미향이가 태권의 곁을 떠난 지도 어언 삼 년이 흘러갔다. 낙엽이 지고 따뜻한 봄이 오면, 대지엔 파릇파릇 새싹이 돋아나건만, 미향에 관한 소식은 어느 곳에서도 들을 수 없었다. 오랫동안 함께 지냈지만, 이렇게 독한 면이 있는 줄은 정말 몰랐다. 마음이 정리되면 곧 돌아올 것이라고 굳게 믿었었다. 태권은 미향이가 생각이 날 때마다 그녀의 집을 찾아갔다.

"자네가 무슨 낯짝으로 여길 들어와. 당장 나가."

미향 어머니가 펄펄 뛰었다. 문전박대를 당하고 돌아서면 미향 아버지가 태권을 위로했다.

"자네가 이해하게. 술이나 한잔하세."

미향이의 부모를 만날 때마다 태권은 눈물을 흘렸다. 한 해가 지나고 또 한 해가 지나자, 미향이의 어머니는 거의 실성한 사람처럼 보였다.

"이놈아, 내 딸 찾아내."

태권을 붙잡고 악다구니하다가도, 이내 손에 매달려 애원했다.

"이 사람아, 그러지 말고 얼굴이나 한번 보게 해줘."

어머님의 애처로운 몸부림을 보면서 태권은 그저 안타까울 뿐이었다.

"이 불쌍한 것이, 어디 가서 죽은 것은 아닌지…."

어머님은 끝내 통곡했다. 눈을 뜰 때마다 태권은 미칠 것만 같았다. 어떤 때는 어머님의 넋두리처럼 정말 '죽은 것이 아닐까?' 하는 생각이 들어 몸서리가 쳐졌다.

벌써 미향이가 떠난 후 세 번째 가을을 맞이했다. 오늘따라 미향이의 생각이 간절하다. 술병을 들고 수봉공원에 올랐다. 오늘도 그때처럼 띄엄띄엄 어둠 속에 숨어, 밀어를 속삭이는 연인들의 모습이 보인다. 솔밭에 들어서자, 그녀와의 추억이 떠오르며 미향의 숨결이 느껴지는 듯했다. 술을 따랐다. 또 한 잔을 따랐다. 양손에 나눠 들고 건배했다.

"미향 씨! 미향 씨!"

태권이 미친 듯이 소리를 질러 대기 시작한다. 공허한 메아리가 공원에 울려 퍼진다. 술병을 다 비우고 비틀거리며 공원을 내려온다. 만취한 상태에서 택시를 잡아타고 비틀거리며 미향의 집을 찾았다.

"아버님, 미향 씨를 찾아 주세요. 보고 싶어 못 견디겠어요."

태권이 미향의 아버지를 붙잡고 몸부림을 쳤다. 아버님이 옷소매로 눈물을 훔쳤다.

"어머님!"

태권이 어머님을 붙잡고 통곡했다. 얼마나 지났을까? 정신을 차려보니 미향의 침대였다.

"이 사람아, 이제 됐네. 자네 할 만큼 했어. 이제 미향이를 잊어버리게. 자네도 새 출발을 해야지."

미향의 아버지가 침통한 표정으로 태권을 달랜다. 태권의 두 눈에서 뜨거운 눈물이 하염없이 흘러내렸다. 태권의 집에서도 인숙이를 통해 모든 일을 알게 됐다. 모두 미향을 좋아했지만, 그렇다고 언제까지 기다릴 수만은 없었다. 빨리 잊어버리고 새 출발을 하라고 성화다. 태권은 미향이 반드시 돌아올 것으로 믿었지만, 언제까지 미향을 기다리며 방황 속에서 세월을 허비할 수는 없었다. 무엇보다 세희가 밝은 모습을 되찾고 열심히 그림 공부를 하는 게 너무도 대견하다.

때마침 태권이 대리로 승진해서 주안지점으로 발령이 났다. 모든 걸 잊고 심기일전하는 의미에서 할머니한테 물려받은 집을 처분하고 계산동에 있는 성창아파트를 매입했다. 계양산 기슭에 있는 17평짜리의 아담한 아파트였다. 남은 돈으로 세희에게 화실을 하나 만들어 주었다. 주공아파트 정문 쪽에 세를 얻어 도우미 선생님을 하나 두고, 아이들을 지도하는 미술학원 겸 개인 화실이었다.

자동차도 한 대 샀다. 세희와 함께 출근해서 세희를 화실에 내려주고 주안지점으로 출근했다. 근무가 끝나면 세희의 화실에 들러 함께 퇴근했다. 세희는 그동안 많은 발전을 했다. 태권이 항상 곁에 있었지만, 웬만한 요리는 혼자 다 했다. 그림 실력도 몰라보게 좋아졌다. 전국 규모의 미술대회에서 입상도 했다. 세희는 주로 동식물을 그렸다. 많은 부문에서 괄목할 성장을 했지만, 지적 수준은 좀처럼 나아지지 않았다.

아침저녁으로 찬 바람이 불어오기 시작하더니 한낮인데도 옷깃을 여미도록 서늘한 날씨. 태권은 서둘러 마감하고 지하 주차장으로 내려가 차에 시동을 걸었다. 헐벗은 가로수에서 찬바람이 할퀴고 지나가는 날카로운 소리가 들렸다. 올겨울은 유난히 눈이 많을 거라는 기상대 예보가 라디오에서 흘러나왔다.

"오빠, 우리 외식하자."

퇴근길에 세희가 갑자기 외식 얘기를 꺼냈다.
"그럴까? 뭐 먹을까?"
"오빠, 나 회 먹고 싶어."
"그래? 그럼, 집에 가서 옷 갈아입고 월미도로 가자."
집에 들러 두툼한 옷으로 갈아입고 택시를 잡아탔다. 횟집이 줄지어 있는 해변 옆 광장은 차에서 내리는 사람과 그들을 상대로 호객행위를 하는 업주들이 뒤엉켜 시끌벅적했다.
"이 집이 깔끔하고 맛이 있습니다."
택시 기사가 충청도횟집 앞에 내려놓는다. 낯익은 건물이다. 인천지점에 근무할 때 여러 번 다녀간 기억이 났다. 이 층으로 되어있는 조립식 건물로 아래층에는 대형 수족관 하나와 주방이 있고, 이 층에 미닫이로 막혀 있는 널따란 방이 세 개 있었다. 수족관 앞에서 아나고 한 마리와 도다리를 시키고 이 층으로 올라갔다. 아직 이른 시간이어서인지 방이 모두 비어 있다. 바다가 바라보이는 방으로 자리를 잡았다. 창문이 통유리로 돼 있어 밤바다가 한눈에 들어왔다.
"오빠, 저 배 좀 봐."
때마침 유람선 한 척이 지나가는 것을 보고 세희가 환호성을 질렀다.
"그래, 멋지구나. 우리도 한번 타볼까?"
"응, 오빠. 우리 회 먹고 타러 가자."
"그래."
푸짐한 회가 나오고 서비스로 술 한 병이 나왔다.
"자, 많이 먹어."
태권이 회 접시를 세희 앞으로 내밀었다. 세희가 냉큼 달려들더니 아나고 한 조각을 입에 넣고 오도독거린다. 세희와 외식한 지도 참으로 오랜만이다. 그동안 미향이 생각 때문에 세희에게 많은 관심을 쏟지 못한 것이 새삼 생각났다.

"오빠도 먹어."

세희가 아나고 한 조각을 집어 초장을 듬뿍 찍더니 태권의 입에 넣어 주었다.

"맛있구나."

"오빠, 술 먹을 거지? 내가 한 잔 따라줄게."

세희가 술병을 들어 태권의 잔에 술을 따랐다.

"고맙다."

태권이 술잔을 들어 단숨에 들이켰다. 뱃속이 짜르르했다.

"세희도 한 잔 할까?"

"안 돼, 난 술 못 마셔."

세희가 손사래를 쳤다.

"괜찮아, 음료수처럼 쭉 마시면 돼."

술잔을 건네주고 반 잔을 따랐다.

"오빠, 나 술에 취하면 어떡하지?"

"어떡하긴, 오빠가 있는데…."

세희가 술 한 모금을 마시고는 얼굴을 찡그렸다.

"아유, 써."

태권이 아나고를 집어 세희의 입에 넣어 준다. 오늘따라 술맛이 그만이다.

"한 잔만 더 해."

마지막 남은 술을 모두 따랐다. 술잔이 철철 넘쳐흘렀다.
"오빠 안 돼, 어지러워."
세희가 얼굴을 찡그린다. 아닌 게 아니라 세희의 눈가가 발그레하다.
"괜찮아, 오빠가 업고 갈게."
"정말?"
세희가 단숨에 술잔을 비웠다.
"세희, 술 잘 마시는구나!"
태권이 세희의 탐스러운 볼을 톡톡 두드렸다. 매운탕과 함께 식사가 올라왔다. 얼큰한 매운탕에 밥 한 공기를 비우고 횟집을 나왔다. 해변을 따라 걸음을 옮기자 세희가 다정하게 팔짱을 낀다. 때마침 불어오는 바닷바람에 세희의 긴 머리가 태권의 얼굴을 간지럽힌다. 태권이 세희의 어깨를 감싸 안았다.
"유람선 타러 갈까?"
"다음에, 나 어지러워."
세희가 비틀거렸다.
"그래, 다음에 타자."
저만큼 손님을 내리고 돌아서는 택시가 보인다. 택시를 잡아탔다. 자리에 앉자마자 세희가 기대왔다. 양 볼이 발그레한 채 가쁜 숨을 몰아쉬었다. 부평역을 지나니 세희는 어느새 잠들어 있었다. 잠든 세희의 얼굴이 너무도 평화로웠다. 작전동을 지나 홍진아파트를 돌아서니 계양산 산자락이 두 팔을 벌린다. 골목길을 지나 아파트 앞에서 차가 멈췄다. 택시에서 내려 세희를 둘러업었다. 세희가 축 늘어졌다. 경비실을 지났다.
"오빠, 나 걸어갈래."

잠이 깨었는지 세희가 고개를 들었다.

"왜, 오빠 등에 업히는 게 싫어?"

"아니, 좋아. 오빠 등은 참 따뜻해."

"그런데 왜 걸어가려고 그래?"

"오빠 힘들잖아."

"괜찮아, 오빠도 세희를 업으니까 기분이 좋다."

1층을 오르는데 세희의 몸이 자꾸 처진다. 잠깐 멈춰서서 고쳐 업는다. 세희가 어깨를 잡은 손에 힘을 주며 등에 찰싹 달라붙었다. 5층까지 오르려니 숨이 가쁘다.

"다 왔다."

세희를 내려놓고 문을 열었다. 방안에 들어서니 뜨거운 열기가 온몸을 감싼다. 세희의 몸이 겹쳐 있던 곳이 땀에 젖어 끈적끈적하다.

"샤워해야지. 오빠가 먼저 할까? 세희가 먼저 할까?"

"어머, 이 땀 좀 봐. 오빠가 먼저 해. 내가 등 밀어줄게."

태권이 욕실에 들어갔다. 옷을 벗고 샤워기를 틀었다.

"오빠, 들어가도 돼?"

"그래. 들어와."

세희가 욕실 문을 열고 들어온다. 태권이 등을 돌렸다.

"어머, 이 등 좀 봐. 사과처럼 빨가네."

세희가 목욕 타올에 비누를 묻혀 등을 문질렀다. 태권이 움찔한다. 술기운 탓인지 세희의 손길이 느껴질 때마다 온몸이 짜릿짜릿하다. 태권이 세희의 양손을 잡고 앞으로 잡아당겼다. 세희의 몸이 태권의 등에 밀착되었다.

"오빠, 옷이 모두 젖었잖아."

세희가 비명을 지른다. 태권이 돌아섰다. 발그레 상기된 세희의 얼굴이 조명을 받아 더욱더 아름답다. 태권이 두 볼을 잡고 이마에 키스했다. 세희의 입술이 달싹거린다. 이번엔 입술에 키스했다. 세희의 입에서 달콤한 향기가 났다. 세희가 예쁜 눈을 동그랗게 뜨고 빤히 쳐다보았다.

"세희, 몇 살이지?"

"스물넷!"

"벌써 그렇게 됐구나. 오빠는 세희가 어린애인 줄만 알았는데…."

태권이 세희의 양 볼을 잡고 다시 입술에 키스한다. 세희의 가슴이 콩닥콩닥 뛰는 게 느껴졌다. 세희의 뜨거운 입김이 태권의 피부에 닿을 때마다 태권의 근육이 민감하게 반응한다. 충혈된 눈으로 집어삼킬 듯 세희를 바라보던 태권이 가느다란 세희의 손목을 잡았다.

"오빠는 세희를 무지무지 사랑하는데, 세희는?"

"나도 오빠 무지무지 사랑해!"

"정말! 사랑하는 사람끼리는 모든 걸 함께 해야 하는 거야."

태권이 세희의 코를 살짝 잡아 비틀었다. 세희의 눈이 반짝 빛난다. 태권이 세희의 얼굴을 뚫어지게 쳐다보았다. 한동안 세희의 두 눈을 응시하던 태권이 세희를 끌어안고 고개를 끄덕였다.

"오빠랑 같이 샤워하자."

태권이 세희를 일으켜 세우고 블라우스를 벗겼다. 문득 옛일이 떠올랐다. 아무도 모르는 태권과 세희의 비밀이다. 세희는 그때 일을 기억하고 있을까! 태권이 얼굴을 가까이하고 세희의 눈을 또 한 번 쳐다본다. 세희의 까만 눈동자가 뜨겁게 불타올랐다. 세희를 가만히 껴안았다. 가슴과 가슴이 맞닿은 곳에서 세희의 맥박이 느껴진다. 브래지어 호크를 풀었다. 브래지어가 떨어져 나가며 탐스러운 유방이 튕겨 나왔다. 태권은 순간 호흡을 멈췄다. '정말 멋지다!' 새삼스럽게 감탄사가 흘러나왔다. 소중한 유리잔을 받쳐 들 듯이 조심스럽게 두 손으로 유방을 받쳐 들었다. 손에 약간 힘을 가하자 세희의 가슴이 움찔한다. 태권이 무릎을 꿇고 치마를 벗겨냈다. 움푹 들어간 배꼽 아래 분홍색 슈미즈가 나타났다. 꽉 끼인 슈미즈 아래로 쭉 뻗은 두 다리가 불빛 아래서 멋진 각선미를 뽐냈다. 정말 멋진 몸매다. 태권이 양어깨를 잡고 세희를 돌려세웠다. 가냘픈 양어깨에 브래지어 자욱이 선명하다. 겨드랑이 사이로 삐죽 유방이 보인다. 어깨선이 급격히 좁아지더니 커다란 원을 그리며 탱탱한 엉덩이가 나타났다. 슈미즈를 밀어 내렸다. 태권의 몸이 떨리기 시작한다. 세희가 두 손으로 가슴을 감싼 채 다소곳이 서 있다. 세희의 멋진 뒷모습을 바라보며 팬티를 말아 내렸다. 태권이 뒤에서 가만히 세희의 나신을 껴안았다. 태권의 화난 남성이 엉덩이를 찌르자 세희가 꿈틀한다. 태권의 눈이 이글이글 불타오르기 시작했다. 세희의 알몸을 번쩍 들어 욕조에 넣었다. 어떻게 샤워가 끝났는지 태권은 정신을 차릴 수가 없었다. 마른 수건으로 세희의 몸을 구석구석 씻으면서 조각품을 감상하듯 하나하나 음미했다. 세희가 마른 수건으로 태권의 몸을 닦아나갔다. 모든 게 신기한 듯 세희의 눈이 반짝인다. 태권의 가슴을 닦으면서 까만 젖꼭지를 손가락으로 살짝 건드려본다. 벌떡 선 남성을 보자 놀란 눈으로 태권을 빤히 쳐다본다. 몸을 말리고 벌거벗은 몸으로 침대에 나란히 앉았다. 태권이 세희의 양어깨에 팔을 걸쳤다.

"세희야, 사랑해!"

"나도 오빠 사랑해!"

"세희야, 내 말 잘 들어. 사랑하는 사람끼리는 이렇게 모든 걸 함께 하는 거야."

세희가 알겠다는 듯 고개를 끄덕였다.

"먼저 입맞춤하고, 서로의 몸을 만지고, 마지막엔 꼭 끌어안고 하나가 되는 거야. 알았지?"

세희가 두 눈을 반짝였다.

"자, 그럼, 오빠가 하는 대로 해봐."

태권이 먼저 입맞춤했다. 세희가 입을 다문 채 그대로 앉아있다.

"오빠 입속으로 혀를 넣어봐."

세희의 가느다란 혀가 입술 끝에서 머뭇거린다. 태권이 세희의 혀를 빨아당겼다. 세희의 혀에서 달착지근한 맛이 느껴졌다.

"자, 이제 네 차례야."

태권이 입속으로 혀를 밀어 넣자 세희가 수줍게 빨아 당겼다.

"어때? 기분 좋아?"

세희가 고개를 끄덕였다.

"자, 이젠 서로의 몸을 만지는 거야."

태권이 세희의 몸을 애무하기 시작했다. 타원형을 그리며 가슴을 부드럽게 만지자 세희의 몸이 민감하게 반응한다. 땀방울이 솟아나기 시작했다. 태권의 손이 곡선을 따라 아래로 내려간다. 솜털이 느껴지는가 싶더니 언덕에 닿는다. 까칠한 감촉이 느껴졌다. 세희의 숨결이 거칠어졌다. 태권도 흥분하기 시작했다. 허벅지의 근육이 부르르 떨린다. 여태까지 꼼짝하지 않던 세희의 손이 움직이기 시작한다. 태권의 까만 젖꼭지를 손가락으로 꾹 눌렀다. 태권의 몸이 움찔한다. 태권의 온 힘이 하체에 쏠렸다. 한 손으로 가슴을 애무하며 또 한 손으론 세희의 늪을 어루만졌다. 뜨거운 물이 왈칵 쏟아져 나오면서 엉덩이 근육이 억센 힘으로 손가락을 조였다. 태권이 더 이상 참지 못하고 세희 몸 위로 올라갔다. 그날 그 사건 이후, 참으로 오랜만에 하나가 되었다. 세희의 우윳빛 살결이 땀으로 번들거렸다.

"자, 이만 자자."

태권이 팔을 뻗자 세희가 품속으로 파고들었다. 이튿날 세희의 표정이 하루 종일 명랑하다. 태권도 무언지 모를 행복감이 머리를 감쌌다. 오늘 하루 많은 생각을 했다. 오랜 세월 세희와 함께한 시간들이 눈에 선하다. 문득 미향이의 얼굴이 스쳐 지나갔다. 가슴 한구석이 칼로 도려내듯 쓰리다. 태권은 세차게 머리를 흔들었다.

"그래, 세희와 새 출발을 하자."

마음의 결정을 하고 나니 머리가 홀가분했다. 학원에 들러 세희를 태우고 핸들을 잡았다. 어젯밤의 일들이 스멀스멀 기어 나온다. 안전벨트를 매고 다소곳이 앉아있는 세희의 옆모습이 너무도 사랑스럽다. 태권이 세희의 얼굴에 뽀뽀한다. 세희의 해맑은 미소가 입가에 스쳤다. 부평시장에서 잠시 내려 할인점에 들렀다. 찬거리를 사고 회코너에 들러 모듬회 한 접시를 샀다. 칵테일도 한 병 샀다. 계산하고 나오는데 유모차를 밀고 젊은 부부가 들어선다. 아이가 젖꼭지를 입에 물고 방긋 웃는다. 너무도 행복한 모습이다.

"세희야, 저 아기 예쁘지?"

"응."

"우리도 아기가 하나 있으면 좋겠지?"

세희가 어리둥절한 표정으로 태권을 쳐다본다. 태권이 세희의 볼을 살짝 꼬집는다. 젊은 부부의 모습이 자꾸 떠오른다. '세희와 내가 그들이라면 얼마나 좋을까!' 집으로 돌아와 편한 옷으로 갈아입고 맛있게 회를 먹었다. 칵테일을 따르고 술잔을 부딪쳤다.

"자, 한 번에 쭉 마시는 거야. 알았지?"

세희가 고개를 끄덕였다.

"어때? 맛있지?"

"응 어제보다 맛있어."

세희와 술잔을 부디 치고 회를 먹으며, 마냥 즐거워하는 세희의 얼굴을 보고 '이것이 진정한 행복이 아닐까?' 생각했다.

"세희야, 할인점에서 나오다 유모차를 탄 아기 봤지?"

"응."

"어때 예쁘지?"

"응, 무지무지 예뻐."

"그래, 우리도 예쁜 아기가 있으면 좋겠지?"

"응, 우리도 아기를 가질 수 있어?"

"그럼, 사랑하는 사람끼리 결혼하면 아기가 생기는 거야."

세희의 눈이 반짝이기 시작했다.

"우리는 서로 사랑하는 사람이지?"

"응, 나 오빠 사랑해."

"그래, 오빠도 세희를 사랑해."

태권이 세희의 얼굴에 뽀뽀했다.

"그럼 어떻게 하면 아기가 생긴다고 했지?"
"결혼하면 아기가 생겨."
"그래, 우리 세희 똑똑하구나. 결혼이 뭔지 알아?"
"응, 텔레비전에서 봤어."
"그래, 세희랑 오빠도 결혼하는 거야. 텔레비전에서 본 것처럼 하얀 드레스를 입고 우리도 결혼하는 거야?"
"정말! 오빠랑 나랑 결혼해?"
"그럼, 어때 세희도 좋지?"
"응."
이튿날 세희 외삼촌을 찾아뵙고 결혼계획을 말씀드렸다.
"자네 정말 힘든 결정을 했네. 부모님께서도 알고 계시는가?"
"말씀드리지 않았습니다. 성당에서 간단하게 결혼식을 올릴 예정입니다."
"아무튼, 고맙네. 어머님이 아신다면 진심으로 좋아할 걸세. 결혼식엔 꼭 참석하겠네."
세희 외삼촌이 눈물을 글썽였다. 인숙이에게 전화했다.
"오빠다. 주말에 인천으로 좀 와라."
"무슨 일인데?"
"만나서 얘기하자. 토요일 날 끝나는 대로 와라."
반지를 맞추고 양복 한 벌과 세희가 입을 한복과 드레스와 면사포를 맞췄다. 성당 몇 군데를 전화한 끝에 일요일 저녁 일곱 시로 예약했다. 토요일 오후 늦게 인숙이가 찾아왔다. 내일 세희와 결혼식을 올리기로 한 사실을 차분히 얘기했다.

"너한테도 알리지 않으려 했는데 어차피 너는 알게 될 일이라 불렀다. 세희 외삼촌과 석구한테만 얘기했으니, 너만 알고 있어라. 부모님께는 내가 차차 기회를 봐서 말씀드릴게."

말을 마치고 태권이 길게 한숨을 내쉬었다.

"오빠가, 고아야? 아무한테도 연락을 안 하게. 그리고 결혼이 애들 장난이야? 감정적으로 처리할 일이 아니잖아. 누구하고 결혼하는 게 중요한 게 아니고, 최소한 부모님께는 말씀드려야지. 설사 부모님이 반대하더라도 시간을 갖고 부모님을 설득해서, 모든 사람이 축복해 주는 가운데 식을 올려야지. 이건 말도 안 돼. 오빠가 뭐 죄지은 거 있어? 왜 아무한테도 안 알려?"

인숙이 말도 안 된다는 듯 흥분해서 따발총을 쏘아댔다.

"내일이 결혼식이라구? 오빠 정신이 있는 거야 없는 거야. 나도 오빠 심정 알아. 미향이 언니 때문에 그동안 마음고생 많이 한 것도 알지만, 결혼은 평생에 한 번 있는 거야. 경솔하게 처리할 일이 아니라구. 누구하고 결혼하든 오빠가 좋다면 나는 찬성이야. 그렇지만 오빠가 뭐가 부족해서 숨어서 결혼해? 마음을 진정시키고 내 말 들어. 일단 결혼식은 취소해. 그리고 부모님께 말씀드리고 승낙받아. 오빠의 결심이 확고하다면 부모님도 끝까지 반대하진 않을 거야. 모든 사람에게 알리고 당당히 식을 올려."

"미안하다. 네 말뜻을 모르는 건 아니지만 예정대로 식을 올릴 거야."

태권이 단호하게 말했다.

"오빠, 철모르는 어린애도 아니고 왜 그렇게 답답해. 고집부릴 걸 가지고 고집을 부려야지. 만약 오빠가 아니고 내가 그런 식으로 결혼하겠다면 오빠는 찬성할 거야?"

인숙이가 태권의 아픈 데를 찔렀다.

"난 할 말 없다. 네가 무슨 얘기를 하든지 지금은 귀에 들어오지 않아."

"굳이 고집을 부리겠다면 맘대로 해. 하지만 두고두고 후회할 거야. 나도 결혼식에 참석하지 않을 거야."

인숙이가 벌떡 일어나 돌아가 버렸다. 직장에도 알리지 않았다. 석구와 만나서 술을 한잔했다.

"꼭 그렇게까지 해야겠냐? 어차피 알게 될 일인데, 고향 친구들 몇 명이라도 불러야지."

"친구들을 부르면 부모님이 알게 될 텐데, 지금은 그러고 싶지 않다. 큰 불효라는 걸 알지만 지금 내 심정이 그렇다."

예정대로 결혼식을 올렸다. 하객이라야 세희 외삼촌 내외와 석구, 눈이 통통 부은 인숙이뿐이다. 하얀 드레스를 입고 면사포를 쓴 세희의 모습은 정말 아름다웠다. 세희는 결혼식 내내 싱글벙글이다. 비록 모든 사람의 축복을 받지는 못했지만, 행복해하는 세희의 모습 하나만으로도 태권은 뿌듯했다. 결혼식이 끝나고 퇴장하는데 황급히 사라지는 세희 생모의 뒷모습이 보였다. 결혼사진을 촬영하고 외삼촌 내외에게 큰절을 올렸다.

"자네들 꼭 행복하게 잘 살아야 하네."

끝내 외삼촌이 참았던 울음을 터뜨렸다.

"이거 세희 엄마가 주고 간 거야."

외숙모가 눈물을 글썽이며 봉투 한 개를 내밀었다.

결혼식 내내 눈물을 흘리던 인숙은 온다간다 말도 없이 사라져 버렸다. 결혼식이 끝나고 곧바로 부평에 있는 할머니의 무덤을 찾았다.

"할머니, 저희 왔습니다."

오늘따라 할머니 생각이 간절하다. 할머니가 살아 계셨다면 얼마나 좋아하실까! 하기야 할머니가 계셨다면, 이런 일이 일어나지도 않았을지 모르지만…. 싱글벙글하는 세희의 모습을 보면서 태권은 뜨거운 눈물을 흘렸다. 신혼여행 대신 송도에 들러 간단하게 식사하고 주변을 한 바퀴 돌아본 다음 집으로 돌아왔다. 세희를 번쩍 안아 침대에 눕히면서 태권이 속삭였다.
"이제 우린 정식으로 부부가 된 거야."
태권이 허리를 숙여 세희의 이마에 부드럽게 키스했다.
"여보, 사랑해!"
잠깐 미향의 얼굴이 스쳐 지나갔지만, 모든 걸 운명이라 생각했다.

한밤의 혈투

신혼생활이 시작되었다. 세희를 항상 곁에서 돌보아 주어야 한다는 것 외에는, 평범한 여느 부부처럼 행복한 나날이 계속되었다.

"오빠, 사랑해!"

"또 오빠라고 그러네. 여보라고 하는 거야. 해 봐."

"여보, 사랑해!"

몇 번을 알려줬지만, 쑥스러운지 매번 오빠라고 했다.

"나도 당신 사랑해!"

세희는 정신적으로는 장애가 있지만, 육체적으로는 완벽한 여인이었다. 성숙한 여인으로 조금도 손색이 없다. 생활이 안정되어 가고 있었다. 미술계에서도 유망신인으로 주목받아, 화가로서 명함을 내밀기 시작했고, 특히 장애를 극복하고 성공적인 삶을 살아간다며 종종 기삿거리가 되었다. 그때마다 태권의 헌신적인 사랑이 미화되어 수식어처럼 따라다녔다. 점심때 장애인협회 사무국장인 김진태 씨가 은행으로 찾아왔다. 전시회 때문에 몇 번 안면이 있었다.

"안녕하세요? 바쁘실 텐데 무슨 일로 여기까지…?"

"아, 예. 상의드릴 일도 있고 해서 식사나 같이 하시죠."

지점 맞은편에 있는 한식당으로 들어갔다.

"다음 달 중순에 장애인협회 주관으로 시민회관에서 전시회를 가질 예정입니다. 수익금은 전액 불우 장애인을 돕는 일에 쓰일 겁니다. 김세희 씨의 그림을 출품해 주십사 부탁드리려 찾아뵈었습니다."

"그렇습니까? 좋은 일을 하시는데 당연히 출품해야죠. 집사람과 상의해서 출품하도록 하겠습니다."

"아, 화실에 들러 김 화백은 만나 뵙고 오는 길입니다. 부군께서 워낙 신경을 많이 쓰셔서 그런지 전보다 더 예뻐지셨습니다."

"그렇습니까? 칭찬해 주셔서 감사합니다. 꼭 출품하도록 하겠습니다."

사무국장을 보내고 태권은 흐뭇했다. 돈벌이에 큰 도움은 안 되지만 세희가 그림을 그리기를 좋아하고, 또 주위로부터 인정을 받는다는 게 여간 대견스러운 일이 아니다. 외삼촌 내외가 수시로 다녀갔다. 태권을 찾을 때면 으레 화실에 먼저 들러 세희를 만나본 후였다.

"조 서방, 고맙네. 정말 고마워."

태권과 마주할 때마다 외삼촌은 진심으로 고마워했다.

"별말씀을 다 하세요. 이제 제 아내인걸요."

"그래, 자네는 정말 착한 사람이야. 꼭 복 받을 거야."

요즘 들어 세희는 어눌한 몸짓으로 아이들의 그림지도도 곧잘 했다. 처음 세희의 행동을 보고 아이들이 수군거리기도 했지만, 미술대회 입상 이후 아이들도 '선생님, 선생님'하며 잘 따랐다. 세희도 이제 완전히 자기 생활을 찾았다. 가끔 시간이 날 때마다 아내가 보고 싶어 잠깐 화실에 들리면 '여보, 나 바빠.'하며 태권의 등을 떠밀었다. 서점에 들러 임신과 출산에 관한 책을 한 권 샀다. 저녁 식사가 끝나고 세희와 함께 책상에 앉았다. 첫 장을 펴니 남성생식기와 여성생식기가 스케치되어 있고, 부위별 명칭이 상세하게 적혀있었다. 그리고 다음 장엔 임신에 관해서 여러 페이지에 걸쳐 자세한 설명과 함께 사진이 곁들여있었다. 세희가 신기한 듯 두 눈을 반짝였다.

"시간이 있을 때마다 이 책을 보고 모르는 게 있으면 내게 물어봐. 알았지?"

"네, 여보!"

세희의 표정이 너무 귀여워 태권이 세희의 볼을 살짝 꼬집었다.

"자, 이제 침대로 갈 시간이야. 열심히 사랑해야 아기가 생기는 거야."

세희가 얼굴을 붉히며 태권의 품에 안긴다. 세희를 번쩍 들어 침대에 눕혔다. 뜨거운 입맞춤이 시작됐다. 세희의 몸은 훌륭했다. 특히 결혼하고 나서 사랑에 눈을 뜨고부터는 오히려 태권을 이끌었다.

어젯밤 폭설이 내렸다. 제설작업을 했지만, 워낙 많은 눈이 내려 출근길 교통체증이 말이 아니다. 도로 곳곳에 눈이 산처럼 쌓여 있다. 세상이 온통 하얀 물감을 쏟아놓은 듯 눈이 부시다. 세희를 학원에 내려놓고 출근했다.

요즘 들어 세희의 컨디션이 안 좋아 보인다. 피부도 거칠거칠하고 식사도 잘 안 했다. 가끔 우울한 표정으로 멍하니 앉아있는 경우도 종종 눈에 띈다. 건강 하나만큼은 자신 있는 편인데 은근히 걱정이 앞선다.

"여보, 어디 아파?"

아내가 고개를 절레절레 흔들었다.

"그럼, 왜 그래? 밥도 잘 안 먹고…."

태권이 걱정스러운 눈빛으로 아내를 바라보았다. 세희가 별일 아니라는 듯 빙그레 웃었지만 아무래도 불편해 보인다.

"안 되겠다. 점심때 병원에 한번 가보자."

출근하자마자 병원을 예약했다. 점심때, 아내와 함께 병원에 갔다. 아내를 진료실에 들여보내고 복도 의자에 앉았다. '큰 병이 아니어야 할 텐데….' 태권은 조바심이 나서 복도를 서성였다. 잠시 후 진료실 문이 열리고 의사가 나타났다.

"축하합니다. 임신 6주예요."

"예?"

세희가 간호사와 함께 진료실에서 나왔다. 태권이 세희를 끌어안고 기쁨의 눈물을 흘렸다.

"여보, 임신이래. 아기가 생겼대."

태권이 환호성을 지르며 세희의 배를 쓰다듬는다. 세상이 달라 보였다. 하늘도 축하해주는지 함박눈이 내린다. 태권의 전화를 받고 외삼촌 내외가 한걸음에 달려왔다.

"조 서방 축하하네."

"삼촌, 축하해요."

외삼촌이 몇 개인지 셀 수가 없을 정도로 많은 보따리를 차에서 내렸다.

"뭘 이렇게 많이 가져오셨어요?"

보따리를 나르면서 태권이 싱글벙글했다.

"이제 한시름 놓았네. 그동안 세희 때문에 얼마나 가슴을 졸였는지…."

외삼촌이 땀을 닦으며 태권을 바라본다. 외숙모와 함께 저녁을 지으면서 세희가 즐거운 표정이다.

"결혼하겠다는 자네의 연락을 받고부터 한시도 마음을 놓지 못했네. 변변치 못한 세희를 억지로 자네한테 떠맡긴 것 같아 그동안 너무 괴로웠어. 뭐 한 가지 제대로 하지 못하는 세희를 자네가 예쁘게 봐줘서 정말 고맙네. 이제 아기도 갖고 했으니 조금은 마음이 놓여."

외삼촌이 태권의 손을 잡고 어깨를 두드렸다. 모처럼 모두가 한자리에 모여앉아 맛있게 저녁을 먹었다. 식사가 끝나자마자 외숙모가 세희를 앉혀놓고 임산부가 주의해야 할 일을 하나하나 알려 주었다. 외숙모의 말씀을 듣는 세희의 표정이 어느 때보다 진지했다.

그날 이후로 외숙모가 수시로 아파트를 찾아왔다. 반찬을 만들어 오고, 올 때마다 임산부가 주의해야 할 점과 출산에 대비해 한 가지 한 가지 챙겨주는 등 친정엄마 역할을 톡톡히 했다.

그 지겹던 겨울도 지나가고 겨우내 얼어붙었던 시냇물이 조잘조잘 콧노래를 부르기 시작했다. 따스한 남풍이 옷자락을 스치는가 싶더니 골목골목 남아 있던 얼음덩어리가 게 눈 감추듯 사라졌다. 산자락에 개나리가 어느새 꽃망울을 터트리며 방긋 웃기 시작한다. 게으름을 피우던 버드나무가 연두색으로 봄 단장을 시작하자 산수유와 매화가 앞다투어 꽃망울을 터뜨렸다. 산그늘에 켜켜이 쌓여 있던 눈덩이가 자취를 감추자마자 오산에 연분홍 진달래가 만발했다. 임신 5개월이 되면서 아내의 배가 눈에 띄게 불러왔다. 한 달에 한 번씩 산부인과에 들러 건강을 체크했다. 산모와 아기 모두 건강했다.

"언니, 축하해."

뒤늦게 소식을 들은 인숙이가 주말을 맞아 아파트를 찾아왔다.

"오빠는 어쩜 그렇게 무정해. 5개월이 되도록 전화 한번 안 해줘. 조카가 생긴 걸 석구 오빠한테서 들어야 해?"

인숙이가 섭섭한 표정을 짓는다.

"그런 너는, 엎드리면 코 닿을 데에서 이제야 찾아오니?"

태권이 맞받아쳤다.

"얘기가 그렇게 되나?"

인숙이가 피식 웃는다.

"석구를 만났냐?"

"응, 가게로 찾아와서…."

"그 자식 무슨 바람이 불었냐? 나한테도 찾아오지 않는 놈이…."

"서울에 아는 사람도 없고, 마땅히 갈 곳도 없으니까 나를 찾아왔나 봐. 몇 번 만났어."

"몇 번씩이나?"

태권이 놀란 눈으로 인숙을 쳐다본다. 석구는 작년 가을에 김포공항으로 발령이 났다. 이사할 때 얼굴 보고, 그동안 전화 연락만 했다.

"가끔 찾아와."

둘의 관계가 심상치 않다.

"너희들 사귀냐?"

태권이 동생을 쏘아보았다.

"사귀기는 그냥 얼굴 보는 거지…."

인숙이가 말꼬리를 흐렸다.

"그나저나 언제까지 말씀 안 드릴 거야. 배가 저렇게 불러오는데…."

"글쎄, 기회 봐서 말씀드려야지."

태권이 부모님을 생각하며 한숨을 내쉬었다. 열대야가 사그라들며, 아침저녁으로 서늘한 바람이 불어온다. 모성애 덕분인지 무더위 속에서도 아내가 용케 잘 버티어 주었다. 아내의 배만 바라봐도 태권은 세상을 다 가진 양 흐뭇하다. 요즘은 시도 때도 없이 아기가 발길질하는 모습이 눈에 띈다. 푸르던 나뭇잎이 하나둘 꽃단장을 시작하더니 어느새 온산이 단풍잎으로 도배했다. 아내의 출산도 한 달여 밖에 남지 않았다. 아내가 무척 힘들어하는 표정이 역력하다. 지금은 학원도 쉬고, 집에서 출산을 준비 중이다. 외숙모가 수시로 드나들며 살다시피 했다.

문득문득 미향의 얼굴이 떠올랐다. 그럴 때마다 태권은 고개를 흔들었다. 어디에서든 미향이가 행복하기만을 진심으로 빌었다. 결혼식 이후 미향이의 집을 찾은 지도 꽤 오래됐다. 바쁘기도 했지만, 태권의 출현으로 미향이의 부모님이 더 힘들어하는 것 같아서 일부러 찾지 않았다. 미향이의 부모에게는 세희와 결혼한 것을 알리지 않았다. 미향의 아버지가 새 출발을 권유할 때마다 대충 얼버무렸다. 퇴근 후 술을 한 병 사 들고 미향의 집을 찾았다. 최근 몇 년 동안 부쩍 늙어버린 미향이의 부모님을 보자, 가슴이 미어졌다.

"죄송합니다. 자주 찾아뵙지 못해서…."

"자네도 바쁠 텐데 이젠 그만 오게."

아버님의 음성이 힘이 없다. 어머님은 태권의 시선을 외면한 채 말 한마디 없다. 아무런 말도 못 하고 한동안 앉아있다가 일어섰다.

"다시 찾아뵙겠습니다."

인사를 드리고 집으로 향했다.

"여보! 나왔어."

초인종을 누르니 세희가 문을 열었다.

"늦었네."

"응, 잠시 들릴 데가 있어서…. 아니 당신 지금 뭐 하는 거야?"

아내 세희가 저녁 식사를 준비하는지 고무장갑을 끼고 있었다.

"내가 한다고 했지? 그러다 미끄러지기라도 하면 어쩌려고…."

태권이 깜짝 놀라는 표정을 지었다.

"괜찮아, 내가 저녁 다 지어놨어. 찌개도 끓여놨고…."

"알았어. 두 번 다시 이러면 나 화낸다. 내가 옷 갈아입고 나올 테니까 당신은 꼼짝 말고 여기에 앉아있어."

아내를 식탁에 앉혀놓고 방으로 들어갔다. '쨍그랑!' 바지를 갈아입는데 그릇 깨지는 소리가 들렸다.

"여보!"

후다닥 뛰어나오니 아내가 깨진 접시를 쳐다보며, 안절부절못하고 서 있다. 다행히 다친 데는 없는 것 같았다.

"그것 봐. 그냥 앉아있으라고 했잖아."

"여보, 미안해. 내가 다 하려고 했는데…."

아내가 울상을 지었다.

"괜찮아. 이제 출산이 얼마 남지 않았어. 더욱더 조심해야 해."

아내를 진정시키고 깨진 그릇들을 치웠다. 밥을 차려 식탁에 앉았다.

"맛있는데!"

아내가 끓여놓은 두부찌개가 정말 맛이 있었다. 이제 요리도 곧잘 한다. 설거지를 끝내고 태권은 책상 앞에 앉았다.

"여보, 이것 좀 봐."

침대에 누워있던 아내가 빨리 오라고 손짓했다. 아기가 발길질하는지,

배가 톡톡 튀어 올라왔다.

"그래, 아기가 빨리 엄마 얼굴을 보고 싶은가 봐."

태권이 아내의 어깨를 다정하게 감쌌다.

"조금만 참아라. 아가야."

태권이 아내의 배를 어루만지며 가만히 속삭였다. 성치 않은 몸으로 지금까지 잘 버텨준 게 너무도 대견스럽다.

"이제 잠을 자야지."

태권이 아내의 이마에 키스하고 이불 속으로 들어갔다. 모든 일이 꿈만 같다. 이제 한 달 후면 아이 아빠가 된다. 아들일까? 딸일까? 태어날 아기의 얼굴을 그려보다 태권은 깜빡 잠이 들었다.

"띵 동 댕, 띵 동 댕…."

초인종 소리에 어렴풋이 잠이 깨었다. '누구지? 이 밤중에….' 아내는 깊이 잠들어 있었다.

"누구십니까?"

"경비실에서 나왔습니다."

"경비실에서 무슨 일로…."

태권이 눈을 비비며 문을 열었다. 순간 시퍼런 칼날이 목에 닿는다.

"꼼짝 마, 허튼짓하면 죽을 줄 알아."

험상궂은 사나이가 목에 칼을 대고 태권을 밀친다. 광대뼈가 툭 튀어나온 얼굴에 칼자국이 보인다. 뒤이어 사나이 둘이 황급히 들어서며 문을 잠갔다.

"집에 또 누가 있지?"

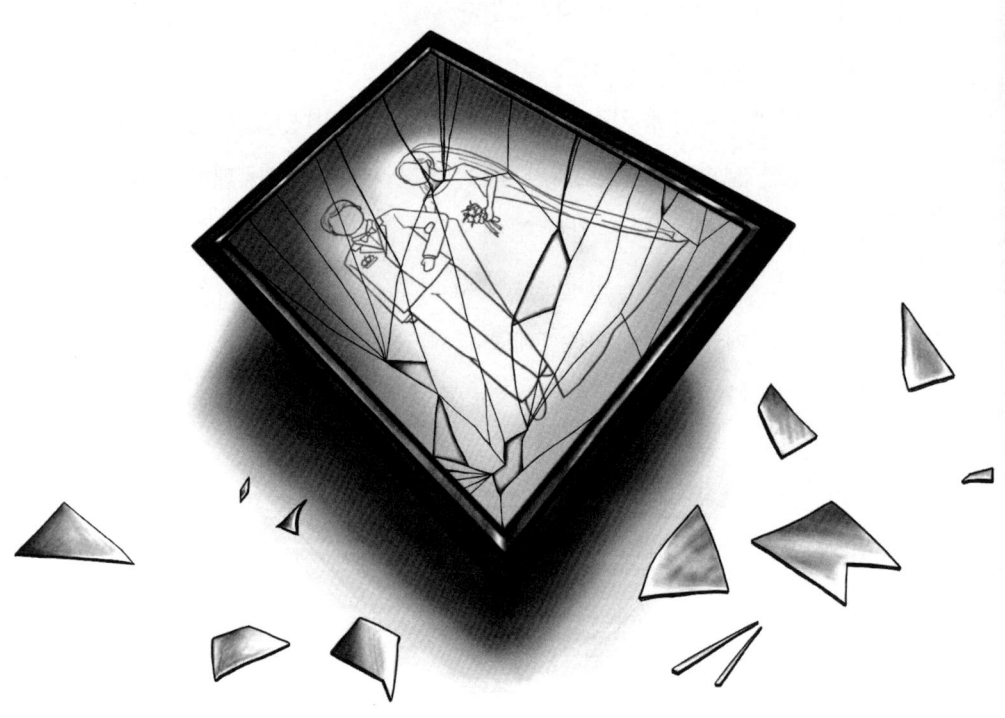

칼자국이 목에 칼을 들이댄 채 묻는다.

"아내와 둘뿐입니다."

"야, 마빡. 여자를 깨워!"

칼자국이 태권을 의자에 앉히고, 끈으로 묶으면서 나지막하게 말했다. 마빡이라 불린 사나이가 세희를 거칠게 흔들었다.

"여보세요. 아내는 지금 만삭입니다."

칼자국이 태권을 후려갈겼다. 눈에서 불이 번쩍하며 코피가 터져 나왔다.

"자식, 앞으로 내가 말하라고 할 때까지 입 다물고 있어! 찍소리라도 냈다가는 죽을 줄 알아. 멀대, 티비 좀 켜봐."

검은색 잠바를 걸친 키다리가 리모콘으로 티비를 켰다. 마감뉴스를 하고 있었다. 잠에서 깨어난 세희가 입을 틀어 막힌 채 사방을 두리번거렸다. 의자에 묶여 있는 태권과 눈이 마주치자 오들오들 떨기 시작한다. 칼자국이 세희의 목에 칼을 들이댄다. 칼날이 불빛을 받아 새파란 광채를 뿜어냈다. 그녀가 움찔하며 부들부들 몸을 떨었다.

"배고프니까 가서 먹을 것 좀 만들어 와."

칼자국이 두 눈을 부라리며 세희의 등을 떠밀었다. 그녀가 비틀거리며 일어섰다.

"야, 저기 우리 나온다."

멀대가 큰 자랑이라도 하듯 화면을 손으로 가리키며 환호성을 질렀다. 텔레비전에서 속보를 내보내고 있었다.

"교도소에서 작업 중이던 죄수 세 명이 탈옥하여…."

화면에 칼자국과 멀대, 그리고 마빡의 얼굴이 클로즈업된다. 세희의 눈이 점점 커지며 화면과 세 사나이를 번갈아 쳐다보더니, 그녀의 얼굴이 공포로 이내 일그러졌다.

"이 쌍년 뭐 하는 거야. 음식 내오라니까."

마빡이 세희를 걷어찼다. '윽' 소리와 함께 세희가 고꾸라졌다.

"여보세요. 제가 만들어 오겠…."

"이 새끼가!"

또 한 번 주먹이 날아들었다.

"내가 말하라고 할 때까지는 입 닥치고 있으라고 했지?"

칼자국이 주먹을 우두둑거리며 잡아먹을 듯이 노려봤다. 입안이 찢어졌는지 입에서 선지피가 흘러내렸다. 세희가 비틀거리며 가까스로 일어섰으나 오금이 저려 부들부들 떨기만 했다.

"제발, 제가 만들어 오겠습니다."

"이 새끼가!"

주먹을 치켜들던 칼자국이 아무래도 안 되겠는지 태권을 풀어주었다.

"서툰 짓 하면 죽을 줄 알아!"

칼자국이 또 한 번 태권을 을러대고 등을 떠밀었다. 태권이 주방으로 들어갔다.

"야, 마빡. 그년 데려와 봐."

마빡이 부들부들 떨고 서 있는 세희를 끌고 칼자국 앞에 섰다.

"고거 반반한데. 옷을 벗겨봐."

마빡이 잠옷을 잡아당겼다. 단추가 뜯어지면서 잠옷이 발아래 떨어졌다.

"몸매도 죽이는데…."

칼자국이 브래지어를 잡아당긴다. 호크가 후두두 뜯어지면서 젖가슴이 튕겨 나왔다.

"야, 이거 작품이다."

칼자국이 두 눈을 희번덕거리며, 유방을 움켜쥐었다. 마빡이 팬티를 잡아당겼다. 팬티가 찢어지면서 세희의 알몸이 드러났다. 칼자국이 벌거벗은 세희의 몸을 더듬는다.

"고거 배만 아니었다면 죽이는 건데…."

칼자국이 쩝쩝거리며 입맛을 다셨다. 마빡이 키들거리며 세희의 알몸을 훑어보았다. 공포에 질린 그녀가 온몸을 사시나무 떨듯 떨었다.

"남의 살 먹어본 지가 언제냐!"

칼자국이 침을 질질 흘리며, 철썩 세희의 엉덩이를 때린다. 음식을 준비하던 태권의 손이 부들부들 떨리기 시작했다.

"이년아, 엉덩이 돌려봐. 다 하는 수가 있지."

칼자국이 두 손으로 배를 감싼 채 떨고 있는 세희를 거칠게 돌려세운다. 칼자국이 바지를 벗고 팬티를 밀어 내렸다. 흉물스러운 페니스가 게거품을 문 채 모습을 드러냈다.

"제발, 아내는 다음 달이 출산입니다."

태권이 칼자국에게 애원했다.

"이 새끼가!"

태권을 감시하던 멀대가 옆구리를 걷어찼다.

"어이쿠!"

태권이 옆구리를 움켜쥐며 나동그라졌다.

"넌 밥이나 가져오라니까"

멀대가 핏대를 올리며 태권을 노려본다. 태권이 옆구리를 감싸며 비틀

비틀 일어섰다. 태권의 눈에서 싸늘한 광채가 번쩍였다. 이놈들은 사람이 아니라 짐승이다. 이빨을 부득 갈면서 기회를 노렸다. 침착하자. 섣불리 행동하다가는 아내와 아이가 다칠 수 있다. 정규방송이 끝나고 유선방송으로 바뀌면서 영화가 방영됐다. 마빡은 텔레비전에 바짝 붙어서 무엇이 그리 우스운지 낄낄거리고, 멀대는 태권을 감시하며 침대 쪽을 힐끔거린다. 칼자국이 배를 움켜쥔 채 얼어붙어 서 있는 세희의 몸속에 제 물건을 집어넣으려고 낑낑거렸다.

태권의 눈에서 살기가 번득였다. 태권이 그릇을 닦는 척하며 그들을 곁눈질했다. 식칼의 위치를 확인하고 심호흡했다. 하나, 둘, 셋. 멀대가 침대로 눈을 돌리는 사이, 칼을 잡자마자 번개같이 옆구리를 찔렀다. '윽' 단말마의 비명과 함께, 멀대가 꼬꾸라졌다. 칼자국이 돌아서는 모습이 시야에 들어왔다. 태권이 비호처럼 몸을 날려 돌아서는 칼자국을 사정없이 찌른다. 한 번, 두 번, 세 번…. 칼자국이 경련을 일으키며 풀썩 쓰러진다.

텔레비전에 붙어있던 마빡이 벌떡 일어나 의자로 태권을 내려친다. 태권이 비틀거린다. 마빡이 떨어진 칼을 집어 태권의 옆구리를 찔렀다. 옆구리에 예리한 통증을 느끼며 태권이 푹 쓰러졌다.

"사람 살려!"

넋을 놓고 있던 세희가 비명을 질러대기 시작했다. 마빡이 문을 박차고 도망치는 모습이 흐릿하게 보였다.

"사람 살려!"

"사람 살려!"

세희가 미친 듯이 소리친다. 아내의 비명을 들으며 태권은 정신을 잃었다.

진정한 사랑

 탈주범 사건이 벌어진 지도 벌써 한 달이 지나갔다. 두목인 칼자국은 태권의 칼에 찔려 현장에서 즉사했고, 멀대는 현장에서 잡혔으나 마빡은 아직도 수배 중이다. 세희는 외상은 없지만, 극심한 충격으로 한동안 정신과 치료를 받았다. 그나마 태아에게 별다른 문제가 없어 천만다행이었다. 출산이 임박했다. 세희는 진통이 거듭될수록 태권을 찾으며 몸부림친다.
 "조금만 참아. 오빠 곧 올 거야."
 앵무새처럼 같은 말만 되풀이해야 하는 외숙모의 가슴은 피멍이 들었다. 고통에 오만상을 찡그리며 주변을 두리번거리는 세희의 애절한 눈빛을 차마 마주할 수가 없어 외숙모는 그저 세희를 부둥켜안고 소리죽여 우는 수밖에 다른 도리가 없었다. 태권은 아직도 중환자실에서 의식을 회복하지 못하고 사경을 헤매고 있었다. 칼끝이 심장을 관통하며 너무 많은 피를 흘렸고, 의자로 머리를 맞아 머리통이 부서지는 바람에 뇌를 크게 다쳤다. 수혈하고 장시간에 걸쳐 뇌수술을 받았다. 두 번에 걸친 대수술이 무사히 끝났지만 아직은 아무것도 장담할 수가 없었다.
 연락받고 달려온 가족들은 청천벽력 같은 소식에 모두 넋을 잃었다. 특히 어머니는 태권의 상태를 보고, 충격으로 쓰러져 함께 병원 신세를 져야 했다. 지금은 어느 정도 건강을 회복해 태권의 침대 곁을 한시도 떠나지 않고 지키고 있다. 영등포에 있는 인숙과 인천에 사는 누님이 번갈아가며 어머니와 태권을 보살피고 있다. 어머니의 얼굴에 눈물이 마를 날이 없었다.

"마른하늘에, 날벼락도 유분수지 어떻게 이런 일이…."

태권의 어머니는 죽은 듯이 누워있는 아들을 바라볼 때마다 기가 막힌지 혼잣말처럼 넋두리했다. 퇴근 후 석구가 병원을 찾아왔다.

"어머니, 너무 걱정하지 마십시오. 태권인 강한 사람입니다. 반드시 깨어날 겁니다."

석구가 노모를 위로한다. 석구가 어머니 모르게, 인숙이의 손을 잡아끌었다. 휴게실에서 탁자를 가운데 두고 마주 앉았다.

"어머님께 말씀드렸니?"

"아직 말씀 못 드렸어."

"언제까지 숨길 수만은 없잖아, 출산이 임박한 것 같은데…."

"글쎄, 오늘내일 하나 봐. 오빠가 깨어나면 상의해 보려고 했는데…."

인숙이가 말끝을 흐렸다.

"어떻게 해야 좋을지 나도 모르겠다. 태권이 생각이 어떤지 알 수가 없으니…. 하지만 지금이라도 말씀드려야 하지 않겠니?"

"조금 더 기다렸다가 내가 말씀드려야지. 다행히 그동안에 오빠가 깨어나면 좋고, 그렇지 않더라도 말씀은 드려야지. 지금은 엄마가 너무 힘들어 하셔서. 또 충격받으면 엄마가 쓰러질 거야."

"그래. 네가 잘 판단해서 해라."

석구가 말을 마치고 인숙이 어깨를 두드렸다.

단풍이 만개하여 온천지가 빨갛게 물들었다. 어디서 날아왔는지 노랑나비 한 쌍이 머리 위를 나른다. 미향은 자신도 모르게 한숨이 새어 나왔다. '저처럼 작은 미물도 짝이 있거늘…' 예산군 덕산면에 있는 덕숭산 자락의 암자에서, 미향이는 불도에 정진하고 있었다. 주변이 온통 산으로 둘러싸여 있어, 큰스님 외에는 사람의 그림자도 볼 수 없었다. 큰스님을 따라 이곳에 온 지도 벌써 삼 년이 되어간다. 아이들이 소풍을 왔는지 골짜기가 온종일 왁자지껄하다. 어린 시절, 어머니가 싸주신 김밥을 들고 친구들과 함께 가는 소풍이란 왜 그리 재미가 있던지…. 갑자기 어머니의 얼굴이 스쳐 지나갔다.

"나무 관세음보살!"

미향이 염주를 굴리며 하늘을 쳐다보았다. 두 줄기 눈물이 양 볼을 타고 흘러내린다. 계곡 아래에서 가을바람이 솔솔 불어왔다. 울창한 나무들이 하나둘 옷을 벗기 시작하면서 따가운 가을 햇살이, 암자의 지붕에 수직으로 떨어졌다. 승복을 걸쳐 입고 염주를 목에 건 미향의 모습이 엄숙함을 자아냈다. 서산에 해가 기울자 아이들도 모두 돌아가고, 암자에 고요가 감돌기 시작했다. 미향은 부처님 공양을 위하여 쌀을 씻고 밥을 지었다. 본 절로 가서 대웅전에 촛불을 밝히고, 양초를 가지러 계곡을 내려왔다. 아이들이 떨어뜨린 음식 조각을 주워 먹던 다람쥐들이 인기척에 놀라, 후다닥 나무 위로 달아났다.

"나무 관세음보살!"

미향이 나무 위를 쳐다보며 합장했다. 오솔길 여기저기 아이들이 버리고 간 쓰레기가 널려 있다. 신문지 조각을 펴고 쓰레기들을 주워 담았다.

"아니?"

낯익은 사진 한 장이 눈에 띄었다. 미향이 두 눈을 화등잔만 하게 켜고 신문지 조각을 집어 들었다. 신문지 위에 놓여 있던 쓰레기들이 와르르 쏟아져 내렸다. '도주 중이던 탈주범 세 명이, 신혼부부가 거주하는 아파트에 침입해 난동을 부리다가, 남성과 격투 끝에 한 명이 죽고, 한 명은 현장에서 잡혔으며, 나머지 한 명은 도주 중이다. 남성은 탈주범들의 칼에 찔려 중상을 입고, 생명이….'

기사 끝에 몽매에도 잊지 못하던 그 사람의 얼굴이 보였다.

"관세음보살!"

미향의 가슴이 요동치기 시작했다. 온몸이 부들부들 떨리며 꼼짝할 수가 없었다. 그토록 잊으려고 애를 썼는데….

미향은 태권의 사랑을 어떤 형태로든 누구와 나눠 가져야 한다는 것을 받아들일 수 없었다. 태권은 부정했지만, 세희를 바라보는 태권의 따스한 눈빛은 사랑이었다. 세희와의 사랑과 미향과의 사랑을 서로 다른 사랑이라고 태권은 강변하지만, 미향의 눈동자엔 모두가 같은 사랑이었다. 둘 가운데 하나를 선택하라고 최후통첩을 하였지만, 미향은 태권이 세희를 떠나지 못할 것을 직감으로 알았다. 태권의 말대로 세희와 함께 사는 것도 생각해 보았지만, 작약도에서의 촬영 사건 이후 세희가 무서워졌다. 어리숙하게 보였던 세희의 그날 그 행동은 생각만 해도 몸서리가 쳐졌다. 더구나 방화 사건 이후 태권의 행동을 보며 미향은 모든 걸 접기로 결심했다. 태권을 진심으로 사랑하기에 태권이 괴로워하는 모습을 더 이상 지켜볼 수가 없었다. '차라리 내가 사라져 버린다면….'

태권의 곁을 떠난 후, 일 년 동안은 거의 미친 사람처럼 방황했다. 태권과의 추억들이 하나둘 생각날 때마다 당장이라도 달려가고픈 심정에 하루에도 수백 번씩 몸부림을 쳤다. 하지만 그때마다 세희를 대하던 태권의 눈빛을 생각하며 마음을 돌렸다. 친구를 통해 태권이 자신을 찾아 헤맨다는 사실을 알고 있었지만, 선뜻 나타날 수 없었다. 어느 땐 세희가 말없이 사라져 버리기를 은연중 기대한 적도 있었다. 누군가가 나타나 이 모든 일들을 한꺼번에 깨끗이 정리해 주기를 막연히 기대한 적도 있었다. 어느 순간 이건 누구의 잘못도 아니라는 생각이 들었다. 모든 게 운명처럼 서로 만났고, 서로 사랑했을 뿐 어느 한 사람도 서로에게 소홀했거나 욕심을 부린 일도 없다는 사실을 깨달았다.

그렇게 겨울이 가고 봄이 찾아왔다. 미향은 사랑하는 사람을 위해, 오직 그의 행복만을 빌기로 마음을 정리했다. 전국을 헤매다가 발길이 머문 곳이 수덕사였다. 큰스님을 만나 불교에 귀의했다. 하지만 세속에의 인연은 쉽게 끊어지지 않았다. 그동안 태권 때문에 부모님을 까맣게 잊었었는데, 태권에 대한 감정이 정리되자 부모님의 얼굴이 떠올랐다. 부모님에 대한 그리움이 사무치기 시작했다. 자신과 생이별하고, 눈물로 지새울 부모님을 생각하니 잠을 이룰 수가 없었다. 몰래 집을 찾은 적도 있었다. 먼발치에서 부모님의 모습을 확인하고 당장 달려가고 싶었지만, 입술을 깨물고 돌아섰다. 집으로 돌아간다면 또다시 태권과 마주치는 게 두려웠다. 미향의 흔들림을 눈치챈 큰스님이 하산을 권유했다.

"세속과의 인연이란 그렇게 쉽게 끊어지는 것이 아니다. 아무리 살펴봐도 너는 불제자가 될 운명이 아닌 것 같다."

큰스님의 질책이 있고 난 후, 미향은 모든 걸 잊으려고 미친 듯이 불법

에만 매달렸다. 이제 모든 인연을 끊어 낸 줄 알았는데, 신문지 조각의 작은 얼굴이 그동안의 노력을 한순간에 물거품으로 돌리고 말았다. 본 절에 들러 양초를 챙기고 신문사에 전화했다.

"탈주범기사를 썼었죠. 혹시 피해자의 소식을 알 수 있을까요?"

"아, 예. 아직도 생사불명으로, 세광병원 중환자실에 누워있는 것으로 알고 있습니다."

잔잔하던 미향의 가슴에 폭풍우가 몰아치고 있었다. 암자에 올라가 큰스님을 뵙고 외출을 청했다.

"잠깐 본가에 다녀오겠습니다."

큰스님이 말없이 고개를 끄덕였다. 미향은 서둘러 버스에 올랐다. 태권과의 일들이 어제인 양 생생하다. 차창 밖으로 스쳐 가는 나무들을 바라보면서 심장의 박동이 빨라지기 시작한다. 세광병원에 도착하니 시계가 자정을 향해 줄달음치고 있었다. 병실 안에 초췌한 태권의 노모가 보인다. 미향이가 태권의 노모 앞에 서서 두 손을 합장했다.

"스님이 어떻게 여길…."

"어머님, 저를 모르시겠습니까?"

찬찬히 미향을 올려다보던 태권의 노모가 덥석 손을 잡는다.

"아니, 네가… 도대체 어찌 된 일이냐?"

"죄송합니다. 어머님. 태권 씨는?"

태권은 죽은 듯이 침대에 누워있었다. 어머니의 눈에서 눈물이 펑펑 쏟아진다. 미향이 떨리는 손으로 태권의 손을 잡았다. 태권의 따스한 체온이 느껴지자 미향의 눈에서 눈물이 흐르기 시작했다. 그 모습을 바라보던 태권의 노모가 가슴을 치며 통곡했다.

"어머님, 많이 늙으셨습니다."

미향이 앙상한 노모의 손을 잡는다. 태권의 노모가 원망의 눈초리로 미향을 바라보았다.

"모든 게 부처님의 뜻이지요. 부처님의 자비가 태권 씨를 꼭 살려낼 겁니다. 어머님 잠시 눈을 붙이세요. 병상은 제가 지키겠습니다."

노모를 보조 침대에 눕히고 태권의 옆에 앉았다. 죽은 듯이 누워있는 태권은 무표정한 얼굴이다. 미향이 떨리는 손으로 태권의 얼굴을 만져 본다. 까칠한 피부가 느껴지면서 모든 추억이 하나둘 고개를 내밀기 시작했다.

"나무 관세음보살!"

미향이 두 손을 합장하고 간절히 기도를 올렸다.

"아니, 언니!"

병실로 들어서던 인숙이가 미향을 알아보고 비명을 질렀다. 미향이 일어나서 인숙의 손을 잡는다.

"여긴 어떻게…"

인숙이가 말을 잇지 못했다.

"우연히 알게 됐지요. 오빠가 행복하길 빌었는데…"

미향이 담담한 표정으로 말했다. 병실을 나와 휴게실에서 마주 앉았다.

"도대체 어떻게 된 거예요? 언니가 갑자기 사라진 후…"

인숙이가 그동안에 있었던 일을 자세히 얘기했다. 미향이 인숙의 얘기를 들으며 이따금 두 손을 합장했다.

"한동안 폐인처럼 지냈는데, 어느 날 갑자기 결혼한다는 연락이 와서…"

인숙이가 잠시 말을 멈추고 미향을 쏘아보았다.

"작년 가을에 결혼식을 올렸어요. 부모님께도 알리지 않고…."

인숙이가 그때 일이 생각나는지 입술을 질끈 깨물었다.

"세희 씨가 임신했어요. 오빠가 무척 기뻐했죠. 이제 '안정이 되었구나.' 하고 생각했는데…. 출산을 한 달 앞두고 이런 끔찍한 일이 벌어졌어요."

인숙이가 어렵게 말을 마쳤다. 미향이 말없이 고개를 끄덕였다.

"언니는 지금 어디에 있어요? 부모님하고는 연락이 되고요?"

"차차 얘기하기로 하고, 세희 씨는 지금 어디 있어요?"

인숙이가 미향이를 세희의 병실로 안내했다. 외숙모가 자리를 비켜 줬다.

"세희 씨, 나를 알아보겠어요?"

미향이 다가서며 손을 잡는다. 물끄러미 바라보던 세희의 눈이 점점 커지더니 말없이 고개를 끄덕였다.

"많이 놀랐겠어요. 이젠 괜찮아요?"

세희의 얼굴이 만감이 교차하는 듯 찌푸려지더니 눈에 눈물이 고인다. 미향이 손수건을 꺼내 눈물을 닦아주었다. 진통이 또 시작되는지 세희의 얼굴이 일그러졌다.

"몸조리 잘하세요. 또 찾아올게요."

작별 인사를 하고 병실을 나섰다. 복도로 나와 인숙과 마주 앉았다.

"언니, 난 이해가 안 돼요. 오빠랑 죽고 못 살더니 어떻게 하루아침에 사라질 수 있어요? 그리고 여태 연락 한번 안 하고…. 같은 여자지만 그런 언니가 무섭네요."

인숙이가 원망이 가득 담긴 눈으로 미향을 쏘아보았다.

"미안해요."

미향이 짤막하게 한마디하고 한숨을 내쉰다. 날이 밝아오고 있었다. 미향이 자리에서 일어섰다.

"언니, 있는 곳이라도…."

인숙이가 미향의 팔을 잡는다.

"또 찾아올게요."

미향이 두 손을 합장하고 머리를 숙였다. 미향이 다녀간 후 곧바로 세희가 출산했다. 건강한 사내아이였다. 세희가 주변을 두리번거리며 태권을 찾는다.

"언니! 오빠는…."

인숙이가 마땅한 답이 생각나지 않아 어물거리며 세희의 시선을 피했다.

"외숙모! 오빠 어디 있어요?"

세희가 침대에서 벌떡 일어나 다그쳤다.

"오빠는 일이 있어서…, 며칠만 더 기다리면 오빠가 꼭 찾아올 거야."

외숙모가 세희의 시선을 피하며 세희를 달랬다.

"아니야. 모두 거짓말이야. 나 오빠한테 갈 거야."

세희가 주사기 바늘을 모두 뽑아 던지며 몸부림을 쳤다. 외숙모가 세희를 끌어안고 눈물을 훔쳤다. 간호사가 달려와 세희를 침대에 눕히고 진정제를 놓았다.

세희가 출산한 지도 벌써 일주일이 지났다. 아기는 별 탈 없이 무럭무럭 자라고 있다. 세희가 출산 후 부쩍 태권을 찾았다. 오늘도 태권을 찾으며 몸부림치다가 진정제를 맞고 겨우 잠이 들었다. 언제까지 숨기고 있을 수만은 없었다. 세희를 다독이던 인숙이가 태권의 병실로 돌아왔다. 어머니와 눈이 마주치자 흠칫 놀란다. 이 사실을 알려야 할지 말아야 할지 판단이 잘 서지 않는다. 또 알게 될 경우, 엄마가 어떤 태도로 나올지 알 수가 없다. '충격으로 또 쓰러진다면…. 아니야, 오빠가 언제 깨어날지도 모르는데, 이대로 시간이 흐르다가는 엄마가 먼저 지쳐 쓰러질지도 몰라. 언젠가는 알게 될 일인데 차라리 지금 말씀드리면 엄마에게 힘이 될지도 몰라. 또 세희에게 숨기는 것도, 이젠 더 이상 불가능해. 차라리 지금 말씀드리자.' 마음을 굳힌 인숙이 박카스 한 병을 따서 엄마에게 드리며 눈치를 살핀다. 헛기침을 두어 번 하고 인숙이 힘겹게 입을 열었다.

"엄마, 몸은 좀 어때? 피곤하지 않아? 아픈 데는 없고?"

'얘가 갑자기 웬 뚱딴지같은 소리를 다 하느냐'는 표정으로 어머니가 물끄러미 인숙을 쳐다보았다.

"엄마, 지금부터 내가 하는 얘기 듣고 놀라면 안 돼, 알았지?"

"네 오빠가 저 지경인데, 내가 더 놀랄 일이 어디 있어?"

어머니가 퉁명스럽게 대꾸했다.

"엄마, 그래도 마음을 단단히 먹어야 해. 내 말 듣고 쓰러지면 안 돼. 오빠 이야기인데…."

인숙이 침을 꿀꺽 삼키고 '그동안 아무에게도 알리지 않고 세희 씨와 결혼식을 올린 것과 또 세희가 임신한 것' 등을 차근차근 설명했다.

엄마의 얼굴이 놀라움으로 벌겋게 달아올랐다.

"세상에…. 어떻게…."

"그러니까 새언니도 이 병원에 입원해 있어. 지난주에 아들을 낳았어!"

"아들을 낳았어?"

어머니가 벌떡 일어선다. 머리가 어지러운지 비틀거렸다.
"엄마, 괜찮아?"
인숙이 재빨리 어머니를 부축했다.
"어디냐? 새아기 있는 곳이….'
추상같은 호통에 인숙이 어머니를 모시고 산부인과로 갔다. 외숙모가 태권의 어머니를 보고 어쩔 줄을 몰라 허둥댔다.
"제가 외숙모 되는 사람이에요. 진작 인사드려야 마땅한데….'
"세상에 어떻게 이런 일이….'
어머니가 외숙모를 거들떠보지도 않고 아이한테로 간다. 아이의 손을 만지작거리던 세희가 태권의 어머니를 발견하고, 어찌할 바를 몰라 인숙을 쳐다보았다.
"그냥 누워있어요, 언니."
태권의 어머니가 아이의 손을 덥석 잡는다.
"이놈이 태권이 새끼야! 어이구 불쌍한 것!"
어머니가 놀라움에 몸을 떨더니 뜨거운 눈물을 흘리기 시작했다.
"제 아비가 사경을 헤매는데, 한시라도 빨리 아비 곁에 있어야지."
어머니가 호통을 친다. 원무과에 연락해서 당장 태권의 침실로 자리를 옮겼다. 죽은 듯이 침대에 누워있는 태권을 보고 세희가 달려갔다.
"우리 오빠, 어떻게 된 거예요?"
세희가 태권을 부둥켜안고 몸부림을 쳤다. 세희의 눈빛이 달라졌다. 잠시도 쉬지 않고 태권의 침대에 매달려 손발을 주무르고, 물수건으로 얼굴을 닦는 등 온 힘을 다해 태권을 간호했다. 하지만 태권은 멍하니 두 눈을 뜨고 천장만 바라보았다. 세희는 한순간도 태권의 곁을 떠나지 않았다. 며칠이 가지 못해 입술이 갈라지고 눈가가 짓물러 반쪽이 되었다.

"아가, 그러다 네가 먼저 쓰러진다. 출산한 몸으로 그렇게 무리하면 몸을 망쳐."

어머니가 만류했지만 막무가내다. 안쓰러운 표정으로 세희를 만류하던 어머니도 두 손을 들었다. 태권은 가까스로 생명은 건졌지만, 아직도 의식이 돌아오지 않았다. 일반실로 자리를 옮겼다. 병실은 세희와 어머니가 지켰다. 아이는 하루가 다르게 쑥쑥 자라났다. 어느새 옹알이를 하고 방긋방긋 웃는다. 비록 태권은 차도가 없지만, 아이 덕분에 병실에 생기가 돈다. 어머니는 처음 세희 모자의 존재를 확인하고 혀를 끌끌 찼지만, 태권의 병간호에 온몸을 던지는 세희를 보고 모든 걸 받아들였다. 요즈음은 아이의 재롱을 보면서 시간 가는 줄을 모른다. 인숙의 연락을 받고 형님 내외가 아버지를 모시고 올라왔다.

"아빠, 오빠를 용서하세요."

인숙이 아버지의 눈치를 살폈다. 병상에 누워있는 태권을 바라보던 아버지가 '못난 놈!' 한마디 내뱉고는 고개를 돌려 눈물을 훔쳤다.

"이 녀석 좀 봐요. 이놈이 어렸을 때 제 아비를 쏙 빼닮았어요."

어머니가 아이를 번쩍 안아 아버지 앞에 내민다. 낯선 얼굴에 어리둥절하던 아이가 할머니의 얼굴을 마주치고는 까르르 웃는다. 아버님의 얼굴에 노여움이 사라지고 어느덧 미소가 떠올랐다. 도화동에 사는 누나가 밑반찬을 만들어서 수시로 병실을 드나들었다.

탈주범 사건이 벌어진 지 넉 달이 지났다. 아들이 태어나 백일이 지난 줄도 모르고 태권은 초점 없는 눈으로 천정을 멀거니 바라보고 있었다. 세희가 찜질팩을 갈아 끼우고 다리를 주무르며 태권의 병간호에 잠시도 쉬지 않는다. 어머니가 고사리 같은 손자의 손을 잡고 아들을 안타까이 바라보았다. 아이가 아버지의 얼굴을 잡아당기며 장난을 쳤다.
"이놈아, 이제 정신 차려야지. 봐라, 이게 네 아들이다."
어머니가 무표정한 얼굴로 멍하니 누워있는 아들을 바라보며 어떻게 하든 아들의 의식이 돌아오게 하려고 애를 쓴다. 하지만 태권은 죽은 듯이 침대에 누워 멍하니 천정만 바라보았다. 어머니의 주름투성이의 얼굴에서 뜨거운 눈물이 하염없이 흘러내렸다. 세희가 보조 침대를 펴고 어머니를 눕게 했다. 아이에게 젖을 먹이고 태권의 옆에 눕힌다. 태권의 손을 잡아당겨 아이의 손 위에 올려놓았다.
"오빠, 우리 아기!"
세희가 어떻게든 아이의 존재를 태권에게 알리려고 애를 쓴다. 아기가 아버지의 심각한 상태를 모른 채, 팔다리를 마구 흔들며 까르르 웃는다. 세희는 부자가 함께 침대에 누워있는 모습을 바라보다가 침대에 기대어 깜빡 잠이 들었다. 인숙이 일을 마치고 병실로 들어섰다. 피곤한 탓인지 엄마는 보조 침대에서 잠이 들었고, 언니는 침대에 기대어 잠자고 있다. 반찬을 꺼내 냉장고에 넣고 병실을 쳐다본다. 오빠는 언제나처럼 멍하니 천장을 바라보고 있다. 아이 혼자서 한 손을 입에 문 채, 발장구를 치며 놀고 있다.
"요 녀석, 깨어 있었구나."
인숙이 조카의 볼을 톡톡 건드린다. 아이가 인숙을 보고 방긋 웃는다.
'아니?' 오빠의 한 손이 아이의 손목을 잡고 있다. 혹시 하는 생각으로 아이의 손을 잡아당긴다. 그러나 아이의 손이 꼼짝 안 한다. 오빠의 손을 잡고 당겨 보았다. 역시, 아이의 손목에서 떨어지지 않는다.

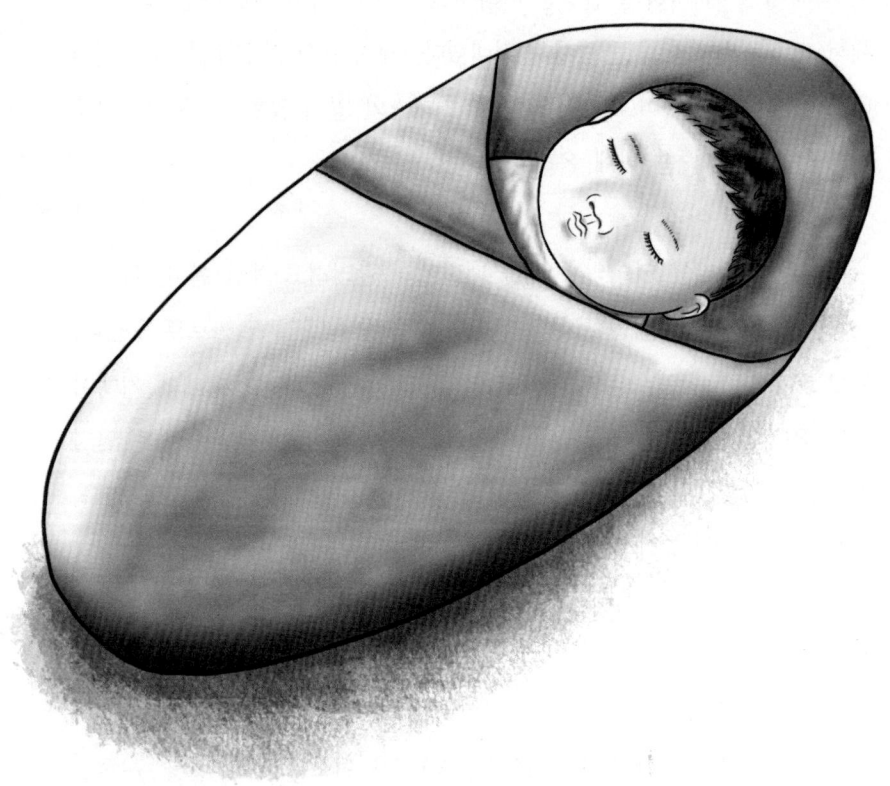

"오빠?"

인숙이 두 눈을 동그랗게 뜨고 오빠를 쳐다본다. 태권의 눈이 가볍게 떨리더니 주르륵 눈물이 흘러내렸다.

"엄마! 새언니!"

인숙이 비명을 질러 댔다. 비명 소리에 모두가 잠이 깼다.

"오빠가…."

인숙이 말을 잇지 못하고 침대를 가리킨다. 세희가 후다닥 몸을 일으켜 침대로 달려갔다. 세희가 태권의 눈물을 확인하고 끌어안는다.

"이놈이 정말 깨어난 거냐?"

어머니가 세희를 밀치고 태권의 얼굴을 천천히 들여다보았다. 태권이 눈을 깜빡거린다. 인숙이가 담당 의사를 데리고 들어왔다. 태권을 꼼꼼히 살펴보던 의사가 고개를 끄덕였다.

"의식이 돌아오기 시작했습니다. 좀 더 지켜봐야겠지만 곧 깨어날 겁니다."

의사의 확신에 찬 목소리를 들으면서 모두 눈물을 흘렸다. 태권이 시시각각으로 의식을 회복하기 시작했다. 세희의 얼굴을 알아보고 손을 움직인다. 세희가 태권의 손을 잡아 볼에 대었다.

"아이고! 이제야 정신이 돌아왔구나. 엄마를 알아보겠니?"

어머니가 아들의 어깨를 잡고 흔들어 댄다. 태권이 천천히 고개를 끄덕인다. 병실이 갑자기 바빠지기 시작했다. 태권이 깨어났다는 소식을 듣고 누님 내외가 달려왔다. 조금 있자 형님 내외가 아버지를 모시고 들이닥쳤다.

"죄송합니다. 아버지! 걱정을 끼쳐드려서…."

의식이 돌아온 태권이 아버지를 보고 눈물을 흘렸다.

"아무 걱정할 거 없다. 이제 깨어났으니 됐다."

아버지가 솥뚜껑 같은 두 손으로 태권의 손을 덥석 잡았다. 아이도 태권의 회복을 아는지 하루 종일 팔다리를 흔들며 싱글벙글 재롱을 떨었다.

"그래 이놈아, 아빠가 깨어나니 너도 좋지?"

어머니가 손자를 안고 덩실덩실 춤을 추었다.

"네 아들 이름을 지었다. 은혜로울 은(恩)자에 이룰 성(成), 은성이다."

아버지가 종이에 쓴 이름을 보여주셨다.

"시간 나는 대로 출생신고부터 하여라."

태권이 은성이의 손가락을 만지작거린다. 세희가 은성이의 기저귀를 갈고, 쓰레기를 버리러 밖으로 나갔다.

"미향 언니가 다녀갔어."

인숙이 오빠에게 미향이 다녀간 사실을 소상히 얘기했다.

"미향 씨가? 지금 어디에 있데?"

태권이 재촉했다.

"나도 몰라. 끝까지 입을 열지 않더라."

갑자기 가슴이 답답했다.

"미향 씨가 살아 있구나!"

그것만으로도 큰 짐을 벗어 버린 것 같았다. 석구가 밤늦게 찾아왔다.

"네가 회복돼서 정말 다행이다. 영영 못 깨어나면 어쩌나 걱정 많이 했다."

태권이 석구의 손을 꼭 잡았다.

"석구야, 그놈들은…?"

태권이 조심스레 묻는다. 석구가 그 사건에 대해 모든 걸 말해주었다. 달아난 마빡이 잡히면서 모든 게 마무리됐다. 태권은 정당방위로 법적인 문제는 없었지만, 자신으로 인해 한 사람이 죽었다는 사실에 깊은 충격을 받았다. 어쩔 수 없이 칼을 들었지만, 생명을 빼앗을 생각은 눈곱만큼도 없었다. 하지만 아내가 만삭의 몸으로 똑같은 상황이 또다시 벌어진다면, 똑같이 행동할 수밖에 없다고 생각했다.

태권이 하루가 다르게 건강을 되찾았다. 일어나 기대앉아있는 시간이 늘어났다. 그러나 하반신은 끝내 회복되지 않았다. 가족과 상의해서 퇴원을 결정했다.

"모든 건 환자의 의지에 달렸습니다. 정기적으로 물리치료를 받고, 시간 있을 때마다 다리를 주무르세요."

병원을 나서는 태권에게 담당 의사가 당부했다. 참으로 오랜만에 집으로 돌아왔다. 한사코 아들의 회복을 더 지켜보겠다고 고집을 부리는 어머니를 돌려보냈다. 시골에 혼자 계시는 아버지도 걱정이 됐고, 무엇보다 몇 달 동안이나 태권의 병시중을 드느라 고생하신 어머니의 건강도 염려되어서였다. 모두 돌아가고 셋만 남았다. 곱던 아내의 얼굴은 그 난리를 치고 출산하면서 반쪽이 됐다.

"여보, 수고했어."

태권이 아내와 은성이를 동시에 껴안는다. 성치 않은 몸으로, 태권도 없이 혼자서 아이를 낳고 보살피느라 고생한 아내를 생각하니 목이 메었다. 뜨거운 눈물이 두 볼을 타고 하염없이 흘러내린다. 아내가 두 번 다시 태권과 헤어지지 않겠다는 듯 태권의 목을 끌어안고 떨어질 줄을 몰랐다.

"여보, 우리 은성이 숨 막혀."

태권이 아내의 등을 두드리며 다정하게 말했다. 아내가 은성이를 안고 젖을 먹이려 가슴을 풀어헤쳤다. 이제 은성이도 제법 재롱을 떨었다. 모든 게 꿈만 같았다. 그날 밤의 악몽이 떠오를 때마다, 아내와 아이가 무사하기를 수없이 빌었는데, 이렇게 건강한 모습으로 모두 내 옆에 있다니…. 저녁을 지어 한자리에 앉았다. 세희는 지금의 상황이 믿어지지 않는지 숟가락을 들 생각조차 안 하고 태권만 쳐다보았다.

"여보, 고생했어. 그리고 고마워. 이렇게 튼튼한 우리 아들을 낳아줘서…."

태권이 세희의 손에 숟가락을 들려준다. 밥을 먹기 시작했다. 밥 한 술 뜨고 서로를 바라보고, 또 밥 한 술 뜨고 은성이를 바라보며 좀처럼 밥이 줄어들지 않는다. 반찬을 집을 생각도 안 하고, 흐르는 눈물에 밥을 말아 먹었다. 은성이를 가운데 두고 자리에 누웠다. 도저히 잠이 올 것 같지 않다. 은성이가 잠이 들었다. 쌔근쌔근 잠자는 아이를 바라보면서 둘은 뜬눈으로 밤을 새웠다.

심사숙고 끝에 은행을 퇴직했다. 장기간의 재활이 필요했고, 어쩌면 영원히 회복하지 못할 수도 있다. 휴직계를 내고 회복을 기다려보는 게 어떠냐는 인사부의 권유도 있었지만, 은행에 피해를 주는 것 같아 내키지 않았다. 그리고 아파트를 팔고 이사하기로 마음을 먹었다. 그날 밤의 악몽이 되살아나서 하루라도 빨리 이 도시를 떠나고 싶었다. 부모 형제와 상의하여 고향으로 돌아가기로 마음먹고 적당한 집을 알아보기로 했다. 얼마 후, 형님한테서 괜찮은 집이 나왔다고 연락이 왔.

청양 모덕사 근처에 있는 농가 주택으로 할머니가 혼자 사시다가 요양원으로 가시는 바람에 비어 있는 집이라 했다. 송용교를 경계로 청양과 공주로 갈라져 있어 비록 행정구역상 청양이지만, 공주생활권이나 마찬가지였다. 공주에 있는 병원도 십여 분 거리에 있어 물리치료를 받으러 다니는 것도 크게 불편하지 않았다. 삼십여 가구가 모여 사는 조용한 농촌 마을인데, 36번 도로에서 100여 미터 떨어진 산자락에 자리 잡고 있었다. 집 바로 옆에 우물이 있고, 주변이 넓은 평지로 휠체어를 타고 다니기 편한 장소였다. 평지와 산이 만나는 지점에 작은 개울이 있어 항상 물이 흘렀다. 집 뒤편으로 나지막한 야산이 있고 잣나무와 백합나무가 빽빽이 들어차 있어서, 태권이 요양하기에는 최적의 장소다. 자동차를 팔고 세희의 학원도 넘겼다.

이사하는 날, 외삼촌 내외와 형님 내외, 누님 내외와 인숙이, 석구가 와서 짐을 날라 주었다. 부모님도 고향 근처로 이사 와서 이제는 자주 얼굴을 볼 수 있다며 좋아하셨다. 이사를 마치고 목면 면사무소에 들러 전입신고를 하고 혼인신고와 함께 은성이의 출생신고도 했다. 무엇보다 건강을 회복하는 게 급선무였다. 이제는 혼자 몸이 아니다. 아내와 은성이가 있지 않은가! 집을 사고 남은 돈을 저축했다. 어떻게 하든, 돈이 떨어지기 전에 건강을 회복해야 했다. 일주일에 한 번씩 병원에 가서 물리치료를 받았다. 물리치료를 받을 때마다 형님이 차를 가져와 수고해 주었다. 어머니가 수시로 들락거리며 반찬을 해왔다.

태권은 TV를 보다가 우연히 알게 된 분재에 관심을 가졌다. 큰 힘 들이지 않고 재료를 구할 수 있고 정신을 집중할 수 있어 좋았다. 자꾸 움직여 주니 건강에도 많은 도움이 되었다. 시간 있을 때마다 아내가 은성이를 데리고 뒷산에 올라 묘목을 구하고, 시냇가에서 화분 만들기에 적합

한 돌을 찾았다. 작은 묘목을 구해 다듬고 가꾸면서 서서히 안정을 찾아 갔다. 아내 세희도 틈틈이 그림을 그리기 시작했다.

은성이 돌이다. 모처럼 부모 형제가 다 모였다. 외삼촌 내외도 범석이를 데리고 찾아왔다. 밤늦게 석구와 인숙이가 다녀갔다. 은성이가 이제는 제법 잘 걸어 다니며 재롱을 떤다. 은성이의 재롱을 보며 태권은 삶의 의욕을 불태웠다. 어서 빨리 건강을 회복해서 가족을 지켜야 한다.

또 한 해가 지나갔다. 모든 게 정상으로 돌아왔지만, 다리는 차도가 없었다. 태권의 집념과 아내의 눈물겨운 간호에도 좋아질 줄을 몰랐다. 퇴직금과 집을 정리해 남은 돈도 이제 서서히 바닥이 나기 시작했다. 아내가 그림을 그려 내다 팔기도 했지만, 푼돈에 불과하다. 무언가 돈벌이가 필요했다. 가게를 하나 운영해 볼까, 생각했지만 모든 게 쉽지 않다. 무엇보다 휠체어를 밀며 할 만한 장사가 마땅치 않았고, 아내가 도와줄 만한 입장도 아니어서 결정을 내리기가 어려웠다. 주말을 이용하여 석구와 인숙이가 찾아왔다. 태권은 분재에 물을 주고 있었고, 아내는 은성이를 돌보며 그림을 그리고 있었다.

"오빠, 이제 솜씨가 많이 늘었네. 이런 건 내다 팔아도 꽤 많이 받겠다."

인숙이가 느티나무를 이용하여 만든 분재를 집어 들었다. 냇가에서 자연석을 가져와, 홈을 파고 느티나무를 심어 가꾼 것인데, 태권도 제일 애착이 가던 작품이다.

"그냥 취미로 하는 거지, 이런 걸 누가 돈을 주고 사겠니?"

"아니야, 오빠. 요즘엔 살림살이가 넉넉해지면서 웰빙이 대세야. 요즈음 이런 분재 한두 개쯤 거실에 있는 게 부의 상징이라고. 어떤 건 몇백만

원을 넘는 것들도 있어."

"그래? 그럼, 네가 한번 판로 좀 알아봐라. 돈이 된다면야 얼마든지 만들 수 있지."

태권이 그게 그리 쉽겠냐는 투로 웃어넘겼다. 인숙이가 돌아가는 길에 분재를 자동차에 싣고 갔다. 며칠 지나지 않아 인숙이로부터 전화가 왔다.

"오빠, 내가 가져온 거 50만 원 받았어. 시내에 있는 꽃집에 가져가서 물어보았는데 얼마든지 가져오래."

인숙의 목소리가 들떠 있었다.

"그렇게 비싸. 알았다. 내가 좀 더 많이 만들어 놓을 테니까 네가 판매는 맡아줘라."

태권도 흥분을 감출 수가 없었다. 어쩌면 이게 돈벌이가 될지도 모른다는 생각이 들자, 정신이 번쩍 들었다. 본격적으로 분재에 매달리기 시작했다. 분재 가꾸기에 대한 전문 서적도 사고, 필요한 자재도 몇 가지 구매했다. 아침을 먹기가 무섭게 아내가 은성이를 데리고 뒷산에 올라갔다. 태권은 몸이 불편해서 묘목을 구하는 일은 아내와 은성이가 맡았다. 틈틈이 냇가에서 넓적한 돌을 수집하여 화분을 만들었다. 플라스틱이나 옹기로 된 화분이 작업하기는 쉬웠으나, 구매하는 데 밑천이 들었다. 돌로 직접 만든 화분은 힘이 들지만, 냇가에서 얼마든지 구할 수 있고, 또 만들어 놓으면 가격도 훨씬 비쌌다. 묘목을 구하면 화분을 골라 구상하고, 철사를 감아 모양을 만들었다. 분재는 하루아침에 만들어지지 않는다. 최소 6개월 정도는 정성을 들여야 작품이 만들어진다. 묘목의 종류는 다양했다. 주로 소나무와 느티나무를 썼고, 때때로 향나무를 쓰기도 했다. 인숙이

한 달에 한 번 정도 드나들면서 그동안 만들어 놓았던 수십 점의 분재가 동이 났다. 생각했던 것보다 훨씬 많은 돈이 됐다. 낙엽이 지고 겨울의 문턱에 들어설 무렵, 인숙이 꽃집주인을 데리고 태권을 찾아왔다.

"오빠, 인사드려. 그동안 분재를 사주신 박 사장님이셔."

머리가 벗겨진 뚱뚱한 남자가 명함을 내밀었다. 인사가 끝나고 마주 앉아 커피를 마셨다. 봄철 성수기를 대비해 좀 더 많은 작품을 만들어 달라는 부탁과 함께 고객들의 취향 등을 얘기해 주었다. 선수금으로 500만 원을 주며 '얼마든지 구매해 주겠다.'고 약속했다.

태권은 새로운 희망에 부풀어 올랐다. 어쩌면 평생을 휠체어에 의지해 살아갈지도 모르는데, 분재가 경제를 해결해 줄 수도 있겠다는 기대감이 태권을 들뜨게 했다. 형님에게 도움을 요청해 시간 있을 때마다 시냇가를 돌아다니며 몇 트럭 분의 화분 만들기에 적합한 돌을 수집했다. 다양한 작품을 만들기 위해 선수금에다 그동안 푼푼이 저축해놓은 돈을 합쳐 주물로 만든 화분을 사들이고, 모터가 달린 작업대와 도구도 장만했다.

틈틈이 형님과 인숙이가 찾아와 눈 속을 헤치며 묘목을 수집하고 마사토와 적옥토 등 화분에 넣을 흙과 퇴비 만드는 걸 도와주었다. 돌을 다듬어 화분을 만들고 기름을 발라 문지르면서 손이 쩍쩍 갈라졌다. 아내와 은성이도 아빠를 돕느라 손발이 다 터졌다. 그 추운 겨울도 가고 봄이 오기 시작했다. 새싹이 돋기 전에 뿌리를 내려야 했다. 창고를 지어 작품이 완성될 때마다 차곡차곡 정리했다. 온산에 진달래가 만발하기 시작했다. 박 사장이 트럭을 가져와 분재를 실어 날랐다. 미처 뿌리를 내리지 못한 것도 다 실어 가고, 창고가 텅텅 비었다. 지난 몇 달 동안 잠 한번 제대로 못 자고, 온 가족이 분재 만들기에 심혈을 기울이느라 시간 가는 줄도 몰랐다. 정육점에서 삼겹살 두 근을 사서 모처럼 맛있는 저녁을 먹었다.

"여보, 고생했어. 우리 은성이도 힘들었지?"

예상대로라면 꽤 많은 목돈이 만들어질 것 같았다. 돈이 들어오면 맨 먼저 봉고차를 한 대 사서, 장애인 차량으로 개조할 생각이다. 비록 하반신은 못 쓰지만, 상체는 멀쩡하기에 운전하는데 아무런 문제가 없었다. 아내와 은성이를 태우고 고향에도 다녀오고 외삼촌 댁에도 다녀올 생각이다. 태권은 온 가족이 함께 드라이브할 생각만 해도 입가에 미소가 떠나지 않는다. 인테리어업자를 불러 견적을 받았다. 작업실을 따로 짓고 한편에 화실과 은성이 공부방을 만들 계획을 세웠다. 아내가 그림을 그리고 은성이가 공부하는 모습을 보며 작업을 하는 광경이 떠오르자 슬며시 웃음이 나왔다.

여름이 시작됐다. 가만히 앉아있어도 땀이 줄줄 흐른다. 태권은 아내와 은성이를 데리고 냇가에 가서 발을 담갔다. 무럭무럭 자라나는 은성이를 바라보며 태권은 행복이 무엇인지를 비로소 깨달았다. 어느 때보다 밝은 아내의 얼굴을 대할 때마다 태권은 하느님께 감사기도를 드렸다.

서서히 더위가 자취를 감추며, 아침저녁으로 찬 바람이 불어왔다. 금방 받을 줄 알았던 돈이 차일피일 미뤄지더니 여름이 훌쩍 지나갔다. 인숙으로부터 조금만 더 기다리라는 전갈을 받았지만, 시간이 너무 지체되는 것 같아서 불안하다. 모든 돈을 쏟아부었기 때문에 이제 생활비도 바닥이 났다. 일부라도 먼저 달래볼까 생각했지만, 인숙이의 입장이 곤란할까 봐 꾹 참았다. 저녁을 먹고 일찍 잠자리에 들려는데, 인숙이가 석구와 함께 창백한 얼굴로 들이닥쳤다. 뭔가 불안한 예감이 뇌리를 스쳤다.

"오빠! 이 일을 어쩌면 좋아."

인숙이 방안에 들어서기가 무섭게 털썩 주저앉으며 통곡하기 시작했다. 아내와 은성이가 울부짖는 인숙의 얼굴을 보고 당황한 표정을 짓는다. 석구가 한숨을 푹푹 쉬며 태권의 눈치를 살폈다. 갑자기 현기증이 났다. 뭔가 큰일이 벌어진 것이 분명하다. 한참 만에야 울음을 그친 인숙이 더듬더듬 입을 열었다.

"그 나쁜 놈이 글쎄…. '내일, 내일'하고 차일피일 미루더니 어느 날 갑자기 자취를 감추었어, 오빠! 이 일을 어쩌면 좋아. 그 추운 겨울에 손발이 다 부르트도록 고생했는데…."

인숙이 말을 잇지 못하고 또다시 울음을 터뜨렸다. 하늘이 노래지는 것 같았다. 아무 소리도 들리지 않았다. '그저 인숙이 만 믿었는데….' 그렇다고 인숙을 나무랄 수도 없다. 암담했다. '쌀도 다 떨어져 가는데….' 태권이 헛소리처럼 중얼거렸다. 인숙이 눈물을 훔치고 돈 봉투를 내밀었다.

"우선 쌀이라도 팔아. 어떻게 해서든 내가 그 자식을 잡아 돈을 받아낼게."

인숙이 석구의 등을 떠밀며 도망치듯 차에 올랐다. 태권은 잘 가라는 인사도 못 하고 멀어져 가는 인숙의 차를 물끄러미 바라보았다. 세상만사가 모두 내 뜻대로 되는 건 아니지만, 태권은 신이 내게 너무 가혹하다는 생각이 들었다. 지나친 욕심을 부린 것도 아니고 아내와 아이를 굶기지 않고 소박하게 살기를 원했을 뿐인데 그것조차 허락하지 않는 것 같아 하늘이 원망스러웠다.

인숙이 큰 소리치며 떠났지만, 이미 끝난 일이라는 걸 태권은 누구보다 잘 알았다. 미향을 찾아 방방곡곡을 헤매면서 사람을 찾는 일이 얼마나 힘이 드는지, 더구나 돈을 떼먹으려 작정하고 도망을 친 사람을 용케 찾는다 해도 돈을 받는다는 것은 낙타가 바늘구멍을 지나가는 것보다 훨씬 더 어렵다는 사실을 누고보다 잘 알았다.

사람들은 흔히 '돈이 거짓말하지, 사람이 거짓말하느냐'고 변명 아닌 변명을 늘어놓지만, 말도 아닌 궤변에 불과하다. 모든 게 사람의 욕심 때문에, 벌어지는 일이지, 어떻게 종이쪽지에 불과한 돈이 거짓말을 하겠는가? 며칠 동안 식음을 전폐했다. 아무런 생각도 나지 않고 손가락 하나 까딱할 수가 없다. 그런 태권의 모습을 보며 아내가 웃음을 잃어 갔다. 은성이도 아빠의 눈치를 보며 옆에 오려고 하지 않는다. 어머니가 추수한 곡식을 싣고 형님과 함께 다녀갔다.

"세상에 그런 나쁜 놈들이…. 그렇다고 네가 이러고 있으면 어떡해. 처자식을 생각해야지."

꼴이 틀린 태권의 몰골을 보며 어머니가 혀를 끌끌 찼다. 외삼촌 내외가 다녀가면서 돈 봉투를 놓고 갔다. 누님이 반찬을 잔뜩 만들어 가지고 와서 냉장고를 가득 채웠다. 태권은 정신이 번쩍 들었다. 나 혼자가 아니다. 온 가족이 나서서 도와주려 하는데, 내가 이렇게 나약한 모습을 보이면 안 된다. 내가 이대로 주저앉으면, 성치 않은 아내와 코흘리개 은성이는 어떻게 될 것인가. 태권은 독하게 마음먹었다. 하지만 마음같이 몸이 따라주지 않는다. 생각하지 않으려 해도 눈만 뜨면 창고에 가득 차 있던 분재가 생각이 나서 가슴이 쓰리다. 의지와는 상관없이 손가락 하나 까딱할 수가 없다. 눈을 뜨면 작업실로 달려가지만, 그저 멍때리고 앉아있을 뿐이다. 그렇게 의미 없는 하루하루가 지나갔다. 또다시 찬 바람이 불어오기 시작했다.

"오빠! 그 사기꾼놈 사는 곳을 알아냈어."

인숙이가 전화기 속에서 흥분하여 소리소리 질렀다. 안양이었다. 석구와 함께 인숙의 차로 그 집을 찾아갔다. 내비게이션을 따라 시장 골목을 벗어나 하천을 끼고 올라가다가 주택가로 들어갔다. 하얀 대문 집에서 번지를 확인하고 문을 두드렸다. 머리가 부스스한 여인이 문을 열었다.

"여기가 박차관 씨 댁인가요?"

"…."

여인이 아무 말 없이 의심의 눈초리로 일행을 쳐다보았다.

"그 사기꾼 놈 어디 있어요?"

인숙이가 여인을 밀치고 안으로 들어갔다.

"무슨 일로…."

"무슨 일이고 뭐고 간에 그 나쁜 놈 어디 있어요."

인숙이가 방문을 벌컥 열었다.

"그이는 여기 없어요."

대충 상황을 파악한 그녀가 힘없이 말대꾸했다. 방 한편에는 아직도 못 다 푼 짐보따리가 쌓여 있었다. 인숙이가 그녀를 붙들고 찾아온 이유를 설명하고 박 사장의 행방을 추궁했다. 하지만 이런 일이 한두 번이 아닌 듯 그녀는 무덤덤한 표정이었다. 태권은 인숙이와 그녀의 대화를 들으며 한숨만 쉬었다. 그녀가 무표정한 얼굴로 태권의 일행을 돌아보았다. 휠체어에 앉아있는 태권과 시선이 마주치자 그녀가 두 눈을 똥그랗게 뜨고 천천히 다가왔다.

"혹시, 태권 오빠?"

그녀가 태권을 뚫어지게 쳐다보더니 덥석 태권의 손을 잡았다. 인숙이가 당황하여 그녀와 오빠를 번갈아 쳐다보며 눈알을 굴렸다.

"아니, 애리 네가…."

태권이 더 이상 말을 잇지 못하고 그녀의 손을 마주 잡았다. 부산에 있는 이모의 미장원에서 일하고 있다는 편지를 마지막으로 소식이 끊겼었는데 여기서 이렇게 애리를 다시 만날 줄이야…. 그녀가 태권의 휠체어를 잡고 흐느끼기 시작했다. 영문을 모르는 인숙이가 석구를 쳐다보며 할 말을 잃었다. 그녀의 울음이 좀처럼 끝날 줄을 몰랐다. 석구가 인숙을 데리고 차로 돌아왔다. 한참이 지난 후 태권이 돌아왔다.

"돌아가자."

태권이 자동차에 몸을 던지며 재촉했다. 인숙이 궁금해 죽겠다는 얼굴로 태권을 쳐다보았다. 뒤로 넘어져도 코가 깨질 수 있다더니…. 태권이 창밖을 바라보며 '휘유' 한숨을 내쉬었다.

"너 혹시 기억나니? 옛날에 내가 논 가운데 집 할머니와 손녀를 현구네 소로부터 구해 준 사건, 그때 너랑 할머니 따라가서 맛있는 거 많이 먹었잖아. 저 여자가 그때 그 손녀야."

태권이 남의 말처럼 내뱉으며, 그녀와의 특별한 인연을 담담하게 들려주었다.

"군대 가서 그 애를 다시 만난 것도 특이한 인연인데, 여기서 또 이렇게 원수의 아내로 만나게 될 줄이야…. 세상 참 좁다. 박 사장이 쟤 남편이란다. 지금 여러 사기 사건에 연루돼서 감옥에 들어가 있고, 서울에 있는 집도 다 압류되어 아이들 데리고 지난달에 도망치듯 이곳으로 이사 왔단다. 보증금 백만 원에 월세 이십이란다."

태권이 남의 일처럼 늘어놓았다. 혹 떼러 갔다가 혹 하나 더 달고 온 격이었다. 그녀의 처지를 생각하면 돈을 받기는커녕 한 푼이라도 더 보태

진정한 사랑·445

줘야 할 형편이었다. 인생이란 참으로 알 수가 없다. 동화 속에 나오는 날개 달린 천사처럼, 예쁘고 귀엽기만 하던 애리가 부모님의 이혼으로 하루아침에 천덕꾸러기가 되고, 남편 잘못 만나 주위로부터 손가락질받으며 밑바닥을 허우적거리는 걸 보니 남의 일 같지 않다. 한때 외로움에 몸부림치며 '오빠의 여자'가 되겠다고 맹목적으로 매달리던 철없던 시절의 그녀의 모습이 떠오르자, 가슴이 쓰리다 못해 예리한 칼로 도려낸 듯 아프기 짝이 없다.

또다시 한 해가 지나고 따뜻한 봄이 돌아왔다. 모든 걸 잊기로 했다. 어머니 말씀대로 아내와 은성이를 생각해서라도, 정신을 바짝 차려야 한다. '미친개한테 한번 물린 셈 치자.'라 마음을 다잡고, 다시 작업을 시작했다. 아내와 은성이도 태권의 일하는 모습을 보고 달려들었다. 다섯 살 된 은성이가 제법 힘을 쓴다. 엄마와 함께 묘목을 수집하고 돌을 주워 나른다. 휠체어에 앉아 아내와 은성이가 땀 흘리는 모습을 보면서 태권도 힘이 솟았다. '그래, 다시 시작하자.'

"아빠, 여기 예쁜 묘목 하나 찾았어."

앞서 산을 오르던 은성이가 환호성을 질렀다. 뒤따라 올라가던 아내가 소리 나는 쪽으로 고개를 돌렸다. 절벽 위 큰 바위 위에서 은성이가 아래를 내려다보며 손을 흔들었다.

"은성아, 거긴 위험해. 그냥 내려와."

휠체어에 앉아있던 태권이 은성이를 올려다보며 고함을 질렀다.

"은성아, 아빠가 그냥 내려 오래."

아내가 어서 내려오라고 은성이에게 손짓했다.

"괜찮아, 엄마. 내가 뽑아 가지고 갈게."

은성이가 묘목을 잡아당기며 끙끙댔다.

"안 돼, 은성아. 위험해! 어서 내려…."

말이 끝나기도 전에 묘목이 뽑히면서 은성이가 바위 아래로 굴러떨어졌다.

"엄마!"

외마디 소리가 들리는가 싶더니, 모든 게 한순간에 숨을 멈춘 듯 조용하다. 아내가 달려가서 은성이를 끌어안고 어쩔 줄을 몰라 부들부들 떤다. 태권이 휠체어에서 뛰어내렸다. 두 팔로 풀을 쥐어뜯으며 은성이에게 기어간다. 마비된 다리가 거추장스럽다. 차라리 다리가 없다면 더 빨리 기어갈 수 있을 텐데…. 은성이를 안고 있는 아내의 얼굴이 흙빛으로 변해 버렸다. 은성이가 축 늘어진 채 머리에서 피를 흘리고 있었다.

"여보, 빨리 이장님 댁으로 데리고 가."

태권이 아내에게 소리쳤다. 아내가 은성이를 안고 달려갔다. 태권이 다시 휠체어로 기어 왔다. 아내를 따라 휠체어를 힘껏 밀었다. '은성아, 제발!' 태권은 휠체어를 밀면서 은성이가 무사하기만을 빌었다. 이장님 댁에 도착하니 아내와 은성이는 이미 병원으로 출발한 후였다. 떨리는 마음을 진정시키며 집으로 돌아왔다. 형님에게 연락했다. 전화기 옆에 매달려 병원에서 연락이 오기만 기다렸다. 하반신을 못 쓴다는 사실이 오늘처럼 원망스러울 수가 없다. 아무 감각도 없는 다리를 수없이 꼬집었다. 생각 같아선 전기톱으로 두 다리를 잘라 버리고 싶다. 태권은 전화벨 소리만을 기다리며 뜨거운 눈물을 흘렸다. 트럭이 문 앞에 서더니 형님이 차에서 뛰어내렸다.

"어떻게 된 거냐?"

태권은 말 한마디 못 하고, 형님을 쳐다보고 눈물만 흘렸다.

"은성이는 괜찮아?"

"이장님이 데리고 병원에 갔는데 아직 소식이 없어."

태권이 무기력한 자신을 원망하며 힘없이 말한다. 전화벨 소리가 울렸다.

"아. 예. 예. 알겠습니다."

"이장님인데 공주의료원 응급실이래. 빨리 가보자."

형님의 차를 타고 공주의료원으로 갔다. 세희가 응급실 앞에서 서성이고 있다가 태권을 보고 울음을 터뜨렸다.

"은성이는?"

"의사 선생님이 들어갔으니까 조금만 기다리세요."

옆에 서 있던 이장님이 상황설명을 했다.

"경황 중이라 인사도 제대로 못 드렸습니다. 정말 고맙습니다."

태권이 이장을 향해 고개를 숙였다.

"그나저나 아이가 무사해야 할 텐데…. 너무 많이 피를 흘려서…."

이장님이 걱정스러운 표정을 짓는다. 한참 만에야 의사가 나왔다.

"아이는 좀 어떻습니까?"

태권이 불안한 표정으로 묻는다.

"잠깐 들어오시죠."

의사를 따라 태권과 세희가 사무실로 들어갔다.

"자세한 건 CT 촬영을 해봐야 알겠습니다만, 아무래도 뇌를 다친 것 같습니다. 급한 대로 지혈하고 응급조치했으니까, 진정하시고 조금만 더 기다려 주십시오."

형님이 은성이를 데리고 간호사의 지시에 따라 CT를 촬영했다. 잠시 후 의사와 마주 앉았다.

"이 사진에서 보시는 바와 같이, 머리가 깨지면서 피가 안으로 흘러 뇌에 고여 있습니다. 피가 응고되기 전에, 빨리 수술해서 제거해야 합니다."

"수술하면 곧, 완치되겠지요?"

태권이 조심스레 묻는다.

"일단 수술하고 상태를 지켜봐야 합니다. 상황에 따라서 재수술을 할 수도 있습니다. 워낙 예민한 부분이라 결과를 장담할 수는 없습니다."

수술동의서에 서명하고 수술이 시작됐다. 수술실 밖에서 초조한 표정으로 기다리는 태권과 세희, 그리고 형님은 말이 없었다. 태권이 오들오들 떨고 있는 아내의 손을 잡았다. 형님이 전화하려는 지 밖으로 나갔다. 수술실의 문이 열리고 의사가 나타났다.

"수술은 무사히 끝났습니다. 이제 경과를 지켜봐야 합니다."

중환자실로 자리를 옮겼다. 은성이는 머리를 온통 붕대로 감은 채 눈을 감고 있었다. 형님의 연락을 받고 부모님이 헐레벌떡 들이닥쳤다.

"이게 웬 날벼락이냐!"

침대에 누워있는 은성이의 모습을 보고 어머님이 눈시울을 적셨다.

은성이가 입원한 지 한 달이 지났다. 깨어나긴 했지만, 좌뇌에 고여 있는 피가 모두 제거되지 않아, 우측 팔과 다리를 제대로 쓰지 못했다. 건강이 회복되는 대로 재수술해야 한다. 그동안의 병원비는 세희 외삼촌과 가족들이 해결해 줬지만, 입원비도 만만치 않고, 또 병원에 입원해 있다고 해서 당장 좋아지는 것도 아니라 일단 퇴원했다.

"절대 안정을 취하고 가능한 한 빨리 재수술받아야 합니다."

병원 문을 나서는 태권에게 의사가 신신당부했다. 태권은 하늘이 노래지는 것 같았다. '모든 걸 잊고 새 출발 하려 했는데…' 하늘이 원망스럽다. 엎친 데 덮친다더니 도대체 내가 뭘 그렇게 잘못했기에 이런 잔인한 고통을 안기는 것인가! 뒤뚱거리는 은성이를 바라보고 있자니 하염없이 눈물만 흐른다. 태권은 점점 깊은 나락으로 빠져드는 느낌이었다.

한 해도 저물어 가고 있었다. 태권의 외딴집은 겨울 날씨만큼이나 침울했다. 부모 형제의 도움을 받아 은성이의 재수술은 무사히 끝마쳤지만, 은성이는 우측 팔다리를 제대로 쓰지 못했다. 가능한 한 빨리 2차, 3차 수술하고 재활에 들어가야 하는데, 수술비가 엄청났다. 가족들의 도움으로 생계는 그럭저럭 꾸려 갈 수 있었지만, 은성이의 수술은 엄두도 내지 못했다. 시간이 흐를수록 은성이의 상태는 더욱더 나빠지는데 넋을 놓고 바라만 봐야 하는 태권은 가슴이 천 갈래 만 갈래 찢어졌다.

어젯밤부터 함박눈이 내리기 시작했다. 밤새 내린 눈으로 온천지가 하얀 나라가 되었다. 은성이가 불편한 몸에도 불구하고 눈사람을 만드느라 신이 났다. 아내가 은성이와 함께 눈덩이를 굴렸다. 태권은 마루에 걸터앉아 모자가 눈사람 만드는 모습을 물끄러미 지켜보았다. 커다란 눈덩이로 몸통을 만들어 세우고, 또 다른 눈덩이를 만들어 그 위에 올리려고 은성이가 끙끙댔다. 아내가 거들어 주었지만, 쉽사리 올려지지 않았다. 다시 한번 눈덩이를 올리려고 아내와 은성이가 힘을 쓰다 은성이가 미끄러지며 시궁창으로 처박혔다. 아내가 깜짝 놀라 은성이를 부축하려다가 함께 넘어지고 말았다. 한참을 버둥거리다가 겨우겨우 시궁창을 빠져나왔다. 온몸에 흙탕물을 뒤집어쓰고 오들오들 떨고 서 있는 모자를 바라보고 있자니 가슴이 미어졌다. 어쩌면 평생을 저 모양으로 살아갈지도 모르는데, 나조차 영원히 회복하지 못한다면….

태권은 화목보일러에 장작을 잔뜩 채워 넣고 번개탄으로 불을 붙였다. 지난해 장작을 만들어 놓은 것이라 쉽게 불이 붙었다. 낮에 추위에 떤 탓인지, 아내와 은성이는 저녁을 먹자마자 잠이 들었다. 잠든 아내의 모습을 보니 만감이 교차한다. 복직 첫날 그녀를 만나 며칠을 함께 지내고 경찰서에 끌려간 일부터, 성당에서 결혼식을 올리고 신혼생활을 했던 행복했던 순간들이 주마등처럼 스치고 지나갔다. 많은 어려움이 있었지만, 은성이가 태어나며 고생 끝 행복 시작일 줄만 알았는데…. 은성이를 껴안고 잠들어 있는 세희의 얼굴이 너무도 평온하다. 은성이의 오른발이 이불 밖으로 삐죽 빠져나와 있었다. 아무런 감각이 없어 발이 시린 것도 모르고 잠들어 있는 아들의 모습을 보니, 저도 모르게 닭똥 같은 눈물이 주르륵 흘러내렸다. 아들의 발을 잡아 이불 속에 밀어 넣었다. 어쩌면 이렇게 아등바등 사는 것보다 지금 떠나는 것이 진짜 행복일 수도 있겠다는 생각이 갑자기 뇌리를 스쳐갔다.

냉장고를 뒤져 소주를 꺼냈다. 안주할만한 걸 찾다 보니 시어 터진 김치가 보인다. 김치 쪼가리를 안주 삼아 병나발을 불었다. 내 인생이 어디서부터 꼬인 걸까? 나름대로 열심히 살았다고 생각했는데 무엇이 잘못되어 신의 노여움을 사게 된 걸까? 아무리 생각해도 도무지 알 수가 없다. 밤이 깊어 가고 있었다. '부엉, 부엉' 산골짜기에서 피를 토하듯 밤새 울어대는 부엉이 울음소리가 너무도 처량하다. 저 부엉이도 나와 같이 신의 노여움을 사서 저렇게 우는 것일까? 매서운 칼바람이 날카로운 이빨을 드러내며 문틈 새로 파고들었다. 방안의 온기가 사라지며 윗도리가 서늘했다. 방문을 열고 엉금엉금 기어나가 화목보일러에 장작을 잔뜩 채웠다.

먼동이 트려는지 사방이 칠흑같이 어두웠다.
　태권은 마루 문을 닫고 문고리를 걸었다. 달력을 찢어 문 틈새를 모두 메웠다. 보일러 옆에 놓여 있던 번개탄을 들고 방으로 들어와 불을 붙였다. 매캐한 연기가 아지랑이처럼 피어오르며 콧속을 파고들었다. 아내와 은성이의 이마에 키스하고 이불 속으로 들어갔다. '여보! 미안해. 정말 행복하게 해주려고 했는데…. 다음 생에 다시 만나면 정말 행복하게 해줄게. 은성아! 정말 미안하다.' 머리가 몽롱해지며 미향의 얼굴이 떠올랐다. 손발을 휘저으며 헐레벌떡 달려오는 부모님의 모습이 희미하게 보였다.

　애리의 딱한 사정을 듣고, 형제들이 찾아왔다. 꽃집이나 제대로 운영하지, 다단계에 빠져 집을 풍비박산 만들어 놓았다고 온종일 오빠 동생을 성토했다. 애리는 방구석에 앉아 멍하니 그들을 바라보고 있었다. 애리는 모든 게 귀찮았다. 시댁 식구들이 남편을 욕하는 것도 듣기 싫고, 남편이란 작자가 살아가는 방식도 모두 싫었다. 부모에게 버림받은 년이 무슨 복이 있어 훌륭한 남자 만나 남보란 듯이 호강하며 살 수 있겠는가! 어쨌거나 내 속으로 낳은 자식만큼은 남에게 손가락질받지 않게 하려고, 지금까지 아등바등 살아왔는데 이제는 모두가 허사가 되고 말았다.
　해가 지고 있었다. 미용실이라도 계속해야 아이들과 먹고살 수 있지 않겠냐며 형제들이 돈 봉투를 놓고 갔다. 열어보니 변두리에서 미용실 한 칸은 얻을 수 있을 만큼의 적지 않은 액수였다. 피를 나눈 형제라더니 그래도 어려울 땐 남보다는 피붙이가 나왔다. 돈 봉투를 앞에 놓고 애리는 머리를 감싸 안았다. 휠체어에 앉아있던 태권 오빠의 안타까운 모습이 떠올랐다. 아이들을 생각하면 내가 먼저 살아야 하지만, 장애인의 몸으로 아들의 치료는 고사하고 당장 끼니도 잇지 못할 만큼 다급한 처지라고 인숙이 울부짖으며 하던 말이 생각났다. 어떻게 생각하면 생명의 은인이고, 부모에게 버림받고 외로움에 몸부림칠 때 유일한 안식처가 아니었던가! 비록 짝사랑이었지만 철모르던 어린 시절 모든 걸 바쳐 사랑했고, 그의 여자가 되겠다고 무작정 달려들던 자신의 전부가 아니었던가? 그날 오히려 자신을 먼저 걱정하고 말없이 돌아서던 오빠의 쓸쓸한 뒷모습이 가슴을 후벼팠다. 애리는 뜬눈으로 밤을 지새웠다. 아무리 남편의 잘못이라지만 은혜를 원수로 갚을 수는 없었다.

애리는 인숙이 적어 준 주소를 가지고 태권을 찾아 나섰다. 어제 밤새 내린 눈으로 교통이 무척 혼잡했다. 큰길을 지나 마을 어귀에 들어섰다. 밤새 내린 눈으로 천지가 온통 새하얗다. 골목길 여기저기에서 눈을 치우는 사람들이 보였다. 태권의 집을 물어가며 힘겹게 집 앞에 도착했다. 눈 치운 흔적도 없이 대문은 굳게 닫혀 있었다. 창고 한편에 태권의 휠체어가 보였다.

"계세요? 아무도 안 계세요?"

애리가 큰 소리로 안을 향해 소리쳤다. 신발과 운동화는 마루 밑에 그대로 있는데 인기척이 없다.

"계세요? 조태권 씨 집에 계세요?"

애리가 다시 한번 큰 소리로 외쳐 보았다. 그러나 방문은 요지부동이었다. 잠시 서성이던 애리가 발걸음을 돌렸다. 대문 옆에 눈사람이 미완성인 채로 눈에 반쯤 덮혀 있었다.

"혹시 저 윗집에 아무도 없나요?"

애리가 아랫집 대문 앞에서, 눈을 치우고 있는 할아버지에게 물었다.

"글쎄요, 바깥출입을 잘 안 하시는 분들인데…. 더구나 이렇게 눈이 많이 쌓여 있어서 산에 올라갔을 리도 없고…."

"누구 찾아오셨어요?"

털모자를 뒤집어쓰고 언덕을 올라오던 콧수염 아저씨가 애리를 힐끗 쳐다보며 말을 걸었다.

"저 위 조 씨네 찾아온 사람인데, 이장이 아침부터 웬일이야?"

할아버지가 기침을 콜록콜록하며 콧수염에게 말대꾸했다.

"고지서 가져왔어요. 나도 지금 조 씨네 가는 길인데 따라오세요."

콧수염이 앞장서서 걸어갔다. 애리가 서둘러 그 남자를 따라갔다. 콧수염이 대문을 밀치고 마당으로 들어섰다.

"어이, 조 씨 안에 있어?"

이장님이 방안을 향해 소리쳤다. 그러나 아무런 인기척이 없다.

"여태까지 안 일어난 거야? 해가 중천인데…."

이장님이 마루 문을 벌컥 열었다. 하지만 안에서 문고리가 걸려 있었다.

"아니 무얼 하기에 대낮에 문까지 걸어놓고…."

이장님이 마루 문을 흔들어 댔다.

"어디 외출한 것 아닐까요?"

애리가 미심쩍은 표정으로 콧수염을 쳐다보았다.

"아니, 어제도 집 앞에서 아이와 눈사람 만드는 걸 봤는데…."

이장님이 문고리를 풀고 마루로 올라섰다.

"조 씨! 문 좀 열어봐."

이장님이 방문을 잡아당겼다. 방문이 덜커덩 열리면서 메케한 연기가 쏟아져나왔다. 고약한 가스 냄새가 콧속을 파고들며 숨이 턱 막혔다.
"아니, 이 사람이…."
이장님이 구둣발로 후다닥 방 안으로 들어가 전등 스위치를 올렸다. 세 사람이 죽은 듯이 이불 속에 누워있었다.
"오빠!"
애리가 비명을 지르며 방으로 뛰어들었다. 이장님이 창문을 모두 열어 젖히고 세 사람을 마루 위로 끌어냈다.
"빨리 119에 연락하세요!"
이장님이 소리를 질렀다. 애리가 119에 전화하며 온몸을 부들부들 떨었다. 잠시 후 구급차가 도착하고 구급대원들이 세 사람을 구급차에 실었다. 애리의 전화를 받고 인숙이가 병원으로 달려왔다. 밤늦게 태권은 의식이 돌아왔지만, 세희와 은성은 좀처럼 깨어나지 않았다.
"어떻게 하든 살 생각해야지. 오빠까지 이러면 어떡해."
인숙이가 태권의 어깨를 방망이질하며 눈물을 질금거렸다.
"오빠, 정말 미안해. 내가 은혜를 원수로 갚은 나쁜 년이 되어버렸어."
애리가 태권의 손을 잡고 가슴을 쥐어뜯었다. 태권은 눈을 감은 채 아무 말도 하지 않았다. 겨울밤이 깊어 가고 있었다.
날이 밝자마자 가족들이 달려왔다. 두 눈을 감고 침통한 얼굴로 누워있는 태권을 보고 가족들도 할 말을 잃었다. 산소호흡기를 꼽고 누워있는 세희와 은성이를 바라보며 모두 혀를 끌끌 찼다. 만 사흘 밤낮을 죽은 듯이 누워있던 세희와 은성이가 깨어났다. 태권은 가족들의 만류에도 불구하고 세희와 은성이를 데리고 집으로 돌아왔다. 또다시 무슨 일을 저지를까 봐 걱정되어 집까지 따라온 가족들을 모두 돌려보냈다.

"기영이 엄마가 돈 봉투를 놓고 갔어. 벼룩도 낯짝이 있다고 글쎄···. 그래도 기영이 엄마 덕분에 목숨을 건졌어. 조금만 더 늦었더라면···."

 마지막으로 집을 나서며 인숙이가 애리가 놓고 간 돈 봉투를 내놓았다. 태권은 그저 멍하니 먼 산만 바라보았다. 혹시라도 태권이 또다시 사고를 저지를까 봐 수시로 가족들이 드나들었다. 특히 태권의 어머니는 하루가 멀다고 찾아와 살다시피 했다.

 "어머니! 죄송합니다. 이제, 그만 오세요. 더 이상 나쁜 생각 안 할 테니까 마음 놓으세요."

 태권이 어머니를 안심시켰다.

 "그래, 잘 생각했다. 일생을 살다 보면 별별 일이 다 생기는 거란다. 하지만 이 고비만 잘 넘기면 또 웃으며 사는 날도 오는 게 사람 사는 거지."

 어머니가 떨어지지 않는 발길을 돌리며 자꾸만 뒤돌아보았.

 또다시 눈이 내리기 시작했다. 올겨울은 유난히 눈이 많이 내린다. 은성이가 아빠의 눈치를 살피며 마당으로 내려섰다. 태권이 마음 놓고 놀라고 아들에게 손을 흔들어 주었다. 은성이가 불편한 다리로 눈송이를 잡으려고 이리저리 뛰어다닌다. 아내가 물끄러미 태권을 쳐다보며 손을 잡았다. 태권이 아내의 어깨를 감싸며 옅은 미소를 지었다.

 "계세요?"

 누군가의 카랑카랑한 목소리가 대문 밖에서 들려왔다. 아내가 나가서 대문을 열어주었다. 온통 흰 눈을 뒤집어쓴 방문객이 외투를 털고 모자를 벗는 순간, 태권은 제 눈을 의심했다. 지난날 부천역에서 사라진 미향이었다. 무어라 말할 수 없는 감정이 치밀어 오르며 가슴이 답답했다. 아내도 미향의 뜻밖의 출현에 놀란 듯 멍하니 바라보고 있었다. 어색한 침묵이 양어깨를 찍어 눌렀다. 아내가 초점 없는 눈으로 태권을 쳐다봤다. 태권이 일어나 벽에 기대앉았다. 미향이 아무 일 없었던 것처럼 댓돌 위에 신발을 벗어 놓고 마루로 올라선다. 아내가 미향을 따라 어색한 몸짓으로 마루로 올라왔다. 마치 미향이 주인이고 아내가 손님인 듯하다. 밖에서 놀던 은성이가 호기심이 가득한 눈빛으로 엄마를 따라 방안으로 들어섰다. 태권이 불편한 동작으로 이부자리를 걷고 자리를 내줬다. 울컥 설움이 복받치면서 눈물이 주르륵 흘러내렸다. 아내가 태권의 눈치를 살피며 옆에 앉았다. 부천역에서 갑자기 사라진 이후 7년 만의 상봉이었다.

"미안해. 이런 모습을 보여서…."

한참 만에 태권이 어렵게 입을 열었다.

"세상일이 뜻대로 안 되네."

태권이 밑도 끝도 없이 한마디 내뱉고는 휘유 한숨을 내쉰다. 미향이 가만히 태권의 손을 잡았다. 참으로 오랜만에 따스한 미향의 체온을 느꼈다.

"한번 다녀갔다는 말은 인숙이한테 들었어."

또다시 침묵이 계속되었다.

"결혼하셨다고요? 두 분이 행복하기를 진심으로 빌었는데…."

미향이 안쓰러운 표정으로 은성이의 손을 만지작거렸다.

"그렇게 됐어. 하지만…."

"건강은 좀 어떠세요?"

미향이 태권의 말을 싹둑 잘랐다.

"보다시피 하반신 마비가 됐지. 우리 집은 모두 장애인뿐이야."

태권의 자조 섞인 목소리가 한숨과 함께 새어 나왔다. 세희가 슬그머니 일어나 은성이를 데리고 옆방으로 건너갔다. 태권이 미향을 원망의 눈초리로 쏘아보았다.

"어떻게 그럴 수가 있어? 도대체 왜?"

지난 일들이 스쳐 지나가며, 태권의 감정이 격해지기 시작했다.

"미안해요."

미향이 착 가라앉은 목소리로 짤막하게 대답했다. 달라진 건 아무것도 없었다. 기름진 머리칼이 사라지고 승복을 걸친 것 말고는….

"꼭 이렇게 해야 했어? 나는 그렇다 치고 미향 씨를 바라보고 평생을 살아온 부모님은 어떡하고?"

이성을 되찾은 태권이 차분하게 따져 물었다.

"…."

"사람이 어떻게 그렇게 매정할 수가 있지? 미향 씨가 이렇게 독한 사람일 줄 정말 몰랐어."

태권의 원망이 쏟아졌다. 미향이 고개를 푹 숙인 채 염주 알을 굴렸다.

"몸조리 잘하세요."

미향의 따스한 손이 다시 한번 태권의 손을 잡았다. 미향이 일어섰다. 세희가 미향을 배웅하며 눈인사를 건넸다. 미향은 올 때처럼 홀연히 돌아갔다. 일요일이다. 태권의 부탁으로 아침 일찍 석구가 찾아왔다.

"미향 씨네 좀 들르자. 엊그제 미향이 다녀갔어."

태권이 건조한 목소리로 말했다. 참으로 오랜만에 부천에 있는 미향의 집을 찾았다. 고향으로 내려온 후 처음이었다. 미향의 부모님이 휠체어에서 내리는 태권을 보더니 끌끌 혀를 찼다.

"아니, 이 사람아. 어찌 된 일인가?"

"어머님, 아버님. 안녕하셨습니까? 좀 다쳤습니다."

석구의 부축을 받으며 방으로 들어갔다.

"그동안 자주 찾아뵙지 못해 죄송합니다. 어젯밤에 미향 씨가 다녀갔습니다."

"미향이가 다녀갔어? 그래, 어디에 산다던가! 뭘 하고 지냈대?"

어머님이 바짝 다가앉았다.

"저도 잘 모릅니다. 부모님께는 알려 드려야 도리인 것 같아서…."

태권의 설명을 들은 어머님이 방바닥을 치며 통곡했다.

"아이고, 매정한 것. 거기까지 갔으면서 어미 얼굴도 안 보고 갔어!"

"됐네. 살아 있다니 다행이네."

미향의 아버님이 안도의 한숨을 쉬었다.

"어머님, 아버님! 너무 걱정하지 마십시오. 미향 씨는 조금만 더 기다리면 곧 돌아올 겁니다."

"이 사람아, 그렇게만 된다면 얼마나 좋겠나!"

미향의 부모님이 가슴을 쥐어뜯으며 안도의 눈물을 흘렸다. 미향의 집을 나서며 태권은 가슴이 미어졌다. 저 하나 때문에 여러 사람이 불행해진 것 같아 정말 괴로웠다. 겨우내 움츠려 있던 버들강아지가 하나둘 푸른 빛을 띠기 시작했다. 언제까지 운명을 한탄하고 있을 수만은 없었다. 무언가는 해야 했다. 아내가 그림을 그려 끼니는 꾸려 가고 있지만, 불쌍한 은성이를 생각하면 한시라도 빨리 돈벌이를 시작해야 했다. 자신이야 평생 휠체어에 의지한다 해도, 저 어린 은성이를 평생 불구로 만들 수는 없지 않은가? 그런데 막상 일을 하려니까 할 수 있는 게 없었다. 분재를 다시 시작하고 싶지만, 판로가 문제였다.

따스한 봄볕이 마루를 타고 방안으로 쏟아져 들어왔다. 점심을 먹고 태권은 벽에 기대앉아 초점 잃은 눈으로 동구 밖을 내다보고 있었다. 이따금 은성이가 기우뚱거리며 뛰노는 모습이 시야에 들어왔다가 사라지고, 사라졌다가 다시 나타났다. 아내는 마루 끝에서 그림을 그리고 있었다. 어디서 날아왔는지 꿀벌 한 마리가 처마 끝에서 윙윙거리며, 무언가를 열심히 찾아 헤매고 있었다. 쯧쯧쯧 태권은 저도 모르게 혀를 찼다. 꿀을 얻으려면 꽃밭을 찾아가야지. 처마 밑에서 무슨 꿀을 찾는다고…. 하기야 꿀벌이라고 해서 꼭 꽃만 찾아다니는 것은 아닐 테지…. 어느새 울타리에 있는 개나리가 꽃망울을 터뜨리고, 텃밭에 있는 산수유가 활짝 웃고 있었다. 향긋한 풀 내음이 봄바람을 타고 콧속으로 스며들었다. 기분이 상쾌해지는 것 같았다. 갑자기 동구 밖이 어수선해지더니 은성이가 절뚝거리며 달려왔다.

"엄마, 누가 찾아왔어."

은성이 뒤를 따라 이방인 하나가 이쪽을 향해 걸어오고 있었다. 아내가 그림을 그리다 멈추고 고개를 쭉 빼서 대문 밖을 내다보았다. 점점 다가올수록 태권의 눈동자가 커졌다. 어디서 많이 본 듯한 낯익은 걸음걸이였다. 이윽고 대문 앞에서 멈칫하는 듯하더니 성큼 마당으로 들어섰다. 긴 챙이 달린 모자를 눌러 쓰고 묵직한 여행 가방을 든 모습이었다. 아내가 무언가 눈치챈 듯 벌떡 일어나 맨발로 달려 나갔다.

"언니!"

세희가 그녀의 손을 잡으며 가방을 받아 든다. 그녀가 모자를 벗었다. 비록 짧은 머리는 그대로였지만, 승복을 벗어 던지고 산뜻한 옷차림을 한 미향이었다. 태권의 가슴이 벌렁거리기 시작했다. 그녀가 돌아왔다!

태권은 한눈에 금방 알아볼 수 있었다.

"태권 씨, 여기 함께 있어도 되지?"

마치 긴 여행을 끝내고 방금 돌아온 사람처럼, 미향이 주위를 한번 둘러본 후 성큼 마루로 올라왔다.

"물론, 미향 씨 자리는 항상 비어있었어. 부모님은…."

"아직, 내가 알아서 할게."

미향이 마루에 걸터앉았다.

"세희 씨, 밥 남은 거 있어? 배고프네."

세희가 재빨리 부엌으로 달려간다. 점심을 먹고 남은 밥을 대강 차려 내왔다. 반찬이라곤 다 시어 터진 김치와 고추장뿐이다. 세희가 부끄러운 표정으로 태권을 쳐다보았다.

"사는 게 이래."

태권이 맥 빠진 목소리로 한마디 했다.

"맛있는데…."

미향이 김치와 고추장을 넣고 비벼서 게걸스럽게 먹는다. 미향의 밥 먹는 옆모습을 보자, 제주도에서 억지로 명랑한 모습을 보이려고 애를 쓰던 모습이 떠오르며 가슴이 아려왔다. 식사가 끝나고 빈방을 치워 미향의 임시거처를 마련했다. 짐을 풀자마자 미향이 옷을 갈아입고 팔을 걷어붙였다. 쓰레기를 치우고 깨끗하게 방을 청소했다. 태권은 장작을 꺼내 화목 보일러에 불을 붙였다. 어느덧 사방이 어두워지기 시작한다. 미향이 세희를 앞세워 구멍가게에 가서 찬거리를 사 왔다. 미향과 세희가 주방을 치우고 저녁 식사를 준비했다. 생선을 사 왔는지 고기 굽는 냄새가 진동했다.

모두 식탁에 둘러앉았다. 은성이가 모처럼 먹어보는 갈치튀김이 맛이 있는지, 왼손으로 어설프게 젓가락질하며 연신 숟가락을 놀렸다. 세희가 손으로 갈치를 집어 뼈를 발라내고, 은성이 숟가락에 올려주었다. 은성이가 맛있게 식사하는 모습을 보니 밥을 먹지 않아도 배가 부르다. 태권이 아들을 바라보며 흐뭇해하는 모습을 보고 미향이 갈치 한 토막을 집어 밥 위에 올려주었다. 태권이 미향을 바라보며 빙긋 웃었다. 저녁 식사를 마치고 식탁에 둘러앉아 커피를 마셨다. 세희가 은성이를 데리고 욕실로 들어갔다. 미향이 짧은 머리가 거슬렸는지 모자를 눌러쓰고 목에 스카프를 둘렀다. 태권이 미향의 손을 잡고 어깨를 감싸 안았다. 미향이 얼굴을 붉히며 태권의 가슴에 몸을 기댔다. 미향이 돌아왔다는 게 실감이 나지 않는다. 태권은 자리에 누웠지만 잠이 오지 않았다. 미향이 짐을 정리하느라, 밤새 부스럭거리는 소리가 들렸다.

　날이 새기가 무섭게 미향이 식사를 준비하고 마당을 쓸었다. 목욕물을 데워 세희와 함께 태권과 은성이를 목욕시켰다. 이부자리를 걷어 빨랫줄에 걸친다. 태권은 휠체어에 앉아 물끄러미 미향을 바라보았다. 미향은 잠시도 쉬지 않았다. 밀린 빨래하고, 그릇을 깨끗이 닦았다. 방문을 열어 젖히고 방안의 먼지를 털어냈다. 집안 분위기가 확 달라졌다. 무덤 속 같던 집이 생기가 돌기 시작했다.

　"미향 씨, 돌아와 줘서 정말 고마워!"

　태권이 다정한 얼굴로 미향을 바라보았다.

　"정말! 내 자리가 남아 있을까 걱정했는데, 그 말을 들으니 안심이네."

　미향이 옛날의 명랑했던 모습으로 돌아갔다.

　"미향 씨 자리는 항상 비어 있었어. 미향 씨! 사랑해!"

태권의 표정이 엄숙하다.

"우리 지난 일은 모두 잊고 새 출발 하자. 달라진 건 아무것도 없어."

"한때는 태권 씨를 잊어보려 했지만, 도저히 잊을 수가 없었어!"

미향이 옛일이 떠오르는지 잠시 하늘을 바라보았다.

"하지만 모든 게 달라졌어. 난 그냥 태권 씨 곁에 있는 것만으로 만족할 거야."

미향이 진지하게 말했다.

"아니야, 미향 씨와 나 사이엔 모든 게 잠시 멈춰 있었을 뿐, 달라진 건 아무것도 없어."

태권이 미향의 손을 잡고 힘주어 말했다. 미향이 돌아온 후 세희의 눈빛이 달라졌다. 그 많은 일을 겪으며 실의에 빠져있던 세희가, 날이 새기가 무섭게 일어나서 하루 내내 씻고 닦으며 분주하게 돌아다니는 미향을 보고, 삶의 의욕을 되찾았다. 그동안 여러 가지로 부족한 상태에서, 몸이 불편한 남편과 아들을 돌보느라 정신이 없던 세희가, 모든 일을 미향이 도맡아 해주니까 힘이 저절로 나는 모양이다. 미향이 세희와 함께 은성이를 데리고 병원에 다녀왔다.

"한 번 더 수술받으면, 정상으로 돌아올 수 있대."

미향이 희망 섞인 말을 했다. 태권은 미향의 얼굴을 빤히 쳐다보며 한숨을 짓는다.

"돈 걱정은 말아. 내게 돈이 좀 있어. 내가 하는 대로 태권 씨는 가만히 보고만 있어. 먼저 자동차를 살 거야. 은성이와 태권 씨 병원 다니려면 차가 필요해."

태권은 아무 말도 할 수가 없었다. 미향의 말 한마디가 그저 고마울 뿐이었다. 휠체어를 싣고 다니기 편리하게 봉고차를 한 대 샀다. 은성이가 다시 한번 뇌수술을 받았다. 뇌에 남아 있던 핏자국을 긁어내는 수술이었다. 수술 경과가 좋아 보름 만에 퇴원했다. 완전하진 않지만, 은성이가 절뚝거리지 않고 제대로 걸어 다니기 시작했다.

"아빠, 아줌마 누구야?"

점심을 먹고 커피를 마시는데, 은성이가 미향을 가리키며 묻는다. 태권이 당황한 표정으로 세희를 쳐다보았다. 세희가 다정스러운 얼굴로 미향을 쳐다보았다. 미향이 은성이를 쳐다보며 빙그레 웃는다.

"음, 아줌마가 아니고 큰엄마야. 앞으로 큰엄마라고 불러."

한참을 생각하던 태권이 미향을 쳐다보며 말했다.

"큰엄마!"

은성이 비틀거리며 미향의 무릎에 앉는다. 미향도 싫지 않은 표정이다.

"태권 씨, 세희 씨 미술학원을 하나 차려주자. 실력도 있고 경험도 있다면서? 그리고 태권 씨도 분재를 다시 시작해. 판매는 내가 맡을게."

"분재를 시작하는 건 어렵지 않지만, 학원을 하자면 돈이 많이 들 텐데…. 돈도 거의 다 써버렸잖아."

태권이 염치가 없는 표정으로 얼굴을 찡그렸다.

"아냐, 좀 남았어. 학원 얻을 만큼은 돼."

미향이 세희와 함께 돌아다니며 장소를 물색했다. 새로이 조성된 아파트 단지, 정문 쪽에 세를 얻었다. 4층 건물로 일 층은 슈퍼와 음식점이 자리 잡았고, 2, 3, 4층이 비어 있는데 아이들을 고려해 2층을 얻었다. 70평 남짓한 크기인데 입구 쪽을 칸막이하여 사무실 겸 화실로 쓰고, 나머지는 유아들의 그림지도를 하는 장소로 꾸몄다. 간판은 '세희미술학원'으로 정했다. 따로 선생님을 두지 않고 자리 잡을 때까지 미향이 돌봐주기로 했다. 아직 제대로 상가가 형성되진 않았지만, 근처에 아파트가 밀집해 있어 입주만 완료되면 그런대로 괜찮을 것 같았다.

개원식 날이다. 세희가 자기 이름으로 된 간판을 바라보며 흐뭇한 미소를 짓는다. 미향과 인숙이 주변 상가와 아파트에 광고지와 함께 떡을 돌렸다. 퇴근 후 외삼촌이 외숙모와 함께 커다란 화분을 들고 찾아왔다.

"세희야, 축하한다. 조 서방 고마워."

외삼촌이 학원을 둘러보시고 흐뭇해하셨다.

"안녕하세요?"

미향이 외삼촌에게 인사를 했다.

"외삼촌, 미향 씨 아시죠? 이번에 학원을 여는데, 미향 씨의 도움을 많이 받았습니다."

태권이 외삼촌에게 미향을 소개했다. 외삼촌이 미향을 바라보며 감사의 인사를 했다. 오후가 되자 형님이 형수와 함께 어머니를 모시고 올라왔다.

"할머니!"

은성이가 큰 소리로 할머니를 부르며 달려갔다.

"아이고, 내 새끼. 많이 컸구나!"

건강해진 은성이를 보고 어머니가 눈물을 흘렸다.

"안녕하세요? 어머님!"

세희가 어머니의 손을 반갑게 잡는다.

"그래, 그동안 얼마나 고생이 많았니?"

어머니가 세희의 얼굴을 쓰다듬는다.

진정한 사랑 · 465

"그동안 안녕하셨어요?"

옆에 서 있던 미향이가 어머니의 손을 잡았다.

"아니? 네가…."

미향을 보고 어머니가 말을 잇지 못했다.

"얘기는 천천히 하고 안으로 들어가세요."

모두 사무실로 들어갔다. 학원을 둘러보며 모두 축하해 주었다. 모처럼 활기가 넘쳤다. 퇴근 후 석구가 찾아왔다.

"축하한다. 안녕하세요? 은성 엄마. 미향 씨 고생이 많습니다."

"안녕하세요?"

미향이 쑥스러운 표정으로 인사를 했다. 개원식을 마치고 모두 태권의 집으로 돌아왔다. 집안의 달라진 모습에 모두 깜짝 놀란다. 세희와 미향이 떡과 과일을 내왔다.

"어머니, 미향 씨도 여기서 함께 지내고 있어요. 은성이 수술비와 학원을 여는데 미향 씨 도움이 컸어요."

태권이 그동안 지낸 일을 설명했다.

"참으로 고맙긴 하다만…."

어머니가 더 이상 말씀을 잇지 못하셨다.

모든 일을 미향이 도맡아 했다. 세희와 함께 출근해서 오전 동안은 학원에서 일하고, 점심때 돌아와 태권과 은성이의 밥을 챙기고 함께 분재를 만들었다. 퇴근 시간이 되면 학원에 가서 세희를 태워 오고, 매주 월요일에 태권을 태우고 병원에 가서 물리치료를 받았다.

세희가 뛸 듯이 좋아했다. '언니, 언니' 부르며 친언니처럼 미향을 따랐다.

"세희 씨는 열심히 그림만 그려. 나머지는 내가 다 할 테니까…. 은성이 공부도 시키고, 태권 씨도 돌보고…."

은성이 역시 미향을 잘 따랐다.

"미향 씨, 사랑해!"

태권이 정말 오랜만에 미향을 품에 안았다.

미향의 눈가에 이슬이 맺혔다.

"내가 너무 욕심이 지나쳤나 봐. 난 태권 씨를 독차지하려고만 했었어."

미향의 어깨가 들썩였다.

"돌아와 줘서 정말 고마워. 예상외로 많은 시간이 걸려서 걱정했지만, 난 미향 씨가 반드시 내 곁에 돌아올 줄 믿고 있었어."

태권이 미향을 으스러지도록 끌어안았다. 미향이 두 번 다시 헤어지지 않겠다는 듯 태권의 눈을 뚫어지게 바라보았다. 뜨거운 입맞춤이 시작됐다. 미향이 흥분하기 시작했다. 태권이 덩달아 후끈 달아올랐다. 실로 오랜만이었다. 미향의 익숙한 체취가 옛날을 떠올리며 태권의 오감을 되살렸다.

"사랑해, 태권 씨! 두 번 다시 헤어지지 않을 거야."

미향의 달콤한 목소리가 귓속을 파고들자 태권의 숨결이 거칠어졌다. 오랜만에 다시 하나가 되었다. 미향이 제자리로 돌아왔다.

사랑은 영원히

　사랑은 역시 아름답다. 사람과 사람 사이의 사랑은 물론, 이 세상의 모든 사랑은 참으로 아름답다. 미향이 돌아온 후 태권은 활기를 되찾았다. 마음 놓고 뛰어노는 은성이를 바라볼 때마다, 감격에 겨워 울컥 뜨거운 눈물이 치솟았다. 아내의 밝은 얼굴을 바라보면서, 모두를 위해 땀 흘리는 미향이를 바라보면서, 태권은 어느 때보다 더 삶의 의욕을 불태웠다. 부모 형제의 모습이 떠올랐다. 석구를 비롯한 모든 친구의 모습이 떠올랐다. 그렇다. 세상은 나 혼자가 아니다. 반드시 일어서서 나를 위해 아낌없이 희생한 그들을 기쁘게 해주자. 태권은 피나는 노력을 했다. 미향이 돌아와 제자리를 찾으며 조금씩 희망이 보였다.

　어느덧 여름이다. 한낮의 태양이 머리 위에서 뜨겁게 작열했다. 태권은 은성이를 데리고 냇가에서 화분 만들 돌을 찾아다녔다. 은성이가 건강을 회복해서 이제는 제법 힘을 쓴다. 은성이와 냇물에 발을 담그고 잠시 쉬고 있는데, 미향이가 학원에서 돌아왔다. 작업복으로 갈아입은 미향이가 음료수를 쟁반에 받쳐 들고 냇가로 나왔다.

　"은성아, 음료수 먹자."

　미향이가 은성이에게 음료수를 따라주었다.

"좀 쉬지 않고."

태권이 그녀를 바라보며 근심스러운 얼굴이다. 모든 걸 도맡아 하는 미향이 고맙기 그지없지만, 도시 생활만 하던 사람이 너무 무리하는 것 같아 안쓰럽기 짝이 없다. 미향은 만능이었다. 태권과 은성이를 챙기는 것은 기본이고, 시간 있을 때마다 학원에 나가 세희가 미처 하지 못하는 원생 모집이나 판촉 활동을 직접 챙기고, 태권의 작업까지 도와준다. 여름이라고는 하지만 아침저녁으로는 서늘하고 한낮에는 너무 뜨겁다. 이런 때 건강관리에 특별히 신경을 쓰지 않으면 몸을 망치기 쉽다. 미향의 고운 얼굴이 새카맣게 그을리고 입술이 군데군데 터져 피가 흘렀다.

"자기야. 이리 와 봐."

태권이 주머니에서 미리 준비한 연고를 꺼내 미향의 입술에 발라주었다.

"시골 생활은 그렇게 무리하면 안 돼. 건강관리 하면서 물 흐르듯 해야 하는 거야. 알았지?"

태권이 미향의 양 볼을 두 손으로 감싸고 터진 입술을 호호 불어주었다. 미향이 쌩끗 웃으며 고개를 끄덕였다. 오전 작업을 끝내고 점심을 먹었다. 은성이가 숟가락을 놓자마자 냇가로 나가 물놀이하며 신이 났다.

"태권 씨, 나 임신했어."

커피를 마시던 미향이 심각하게 말했다.

"정말! 미향 씨, 고마워."

태권이 감격스러운 얼굴로 미향을 끌어안았다.

"어떻게 할까?"

미향이 불안한 표정으로 태권을 빤히 쳐다보았다.

"어떻게 하긴, 우리 사랑의 결실인데…."

태권이 따스한 손으로 미향의 배를 어루만진다. 미향이 태권을 뚫어져라 쳐다보며 망설였다.

"빨리 부모님을 찾아뵙자. 미뤘던 결혼식도 올려야지."

"정말?"

"그럼, 너무 오랜 세월이 흘렀어. 하루라도 빨리 모든 걸 제자리로 돌려놓아야지."

태권이 들뜬 모습으로 미향을 으스러지도록 끌어안았다.

"하지만…."

한참 만에 미향이 입을 열었다.

"말 안 해도 다 알아. 아내와는 내가 얘기할게. 세희도 옛날의 세희가 아니야. 세희도 분명 축하해 줄 거야."

태권이 미향을 안심시켰지만, 시간이 흐를수록 미향의 초조한 표정이 역력하다. 미뤘던 결혼식을 올리자는 태권의 말을 듣는 순간, 한편으로는 기쁘고, 한편으로는 착잡한 심정을 미향은 숨길 수가 없었다. 태권은 이미 결혼했고 아이도 하나 있는 유부남이다. 아무리 그들이 결혼하기 전, 먼저 약혼한 사이이긴 하지만, 자신으로 인해 일이 이 지경으로 뒤죽박죽이 된 게 아닌가! 태권의 태도로 봐서 결혼식을 올리고 아이도 낳자고 할 게 틀림없다. 자신도 그걸 간절히 바라고 있지 않은가! 어떻게 해야 하나? 세상의 이목은 그렇다 치더라도 세희 씨와는 어떻게 되는 건가. 세희는 태권의 제의를 어떻게 받아들일까? 세희가 지난 앙금을 다 털어버리고 순순히 받아들인다 해도 식을 올리고 아이를 낳는 건 또 다른 문제다. 지난 날 태권이 함께 살자고 했을 때 둘 중에서 하나를 선택하라고 다그쳤던 미향이다. 지금은 셋만의 문제도 아니다. 아이들이 있지 않은가. 생각하면 생각할수록 머리가 뒤엉켰다. 그때처럼 내가 포기하고 물러선다고 해서 정리될 문제가 아니다. 세희를 생각하면 괜히 죄짓는 기분이다.

미향이 세희를 퇴근시키기 위해 집을 나섰다. 학원이 가까워질수록 미향은 세희의 얼굴을 마주하기가 두려워졌다. 차에서 내리며 미향은 입이 바짝바짝 타들어 갔다. 학원 문을 닫고 함께 집으로 돌아오면서 미향은 차마 세희와 눈을 마주칠 수 없었다.

"여보, 수고했어."

태권이 다정하게 아내의 손을 잡는다. 은성이가 달려 나와 엄마 품에 안겼다.

"우리 은성이, 잘 놀았어?"

세희가 은성이의 손을 잡고 머리를 쓰다듬었다. 미향이가 준비해 온 찬거리를 가지고 식사를 준비하느라 주방에서 달그락거렸다. 저녁을 먹기 위해 식탁에 빙 둘러앉았다. 무거운 분위기가 방안을 짓누른다. 식사를 끝내고 아내가 은성이를 데리고 방으로 들어갔다. 설거지하는 미향이 이따금 한숨을 쉬면서, 무언가를 골똘히 생각하는 모습이다. 은성이가 잠이 들었는지 방안이 조용하다.

"여보, 잠깐 이리 나와 봐."

태권이 아내를 부른다. 세희가 명랑한 얼굴로 태권의 옆에 사뿐히 앉았다.

"미향 씨, 커피 좀 줄래."

잠시 후 미향이 커피를 들고 거실로 나왔다. 커피잔을 든 미향의 손이 가볍게 떨린다. 세 사람이 말없이 커피를 마셨다. 커피잔을 내려놓으며 태권이 두 사람을 번갈아 바라보았다. 세희는 미소 띤 얼굴로 태권을 바라보고, 미향은 태권의 시선을 피해 고개를 숙였다. 태권이 두 여자의 손을 잡았다.

"여보, 사랑해! 미향 씨, 사랑해!"

태권이 두 여자의 손을 합쳐 잡았다.

"여보, 우리 결혼식 생각나?"

태권이 아내를 쳐다보며 미소를 지었다. 세희가 고개를 끄덕이며 방긋 웃었다.

"여보, 우리가 왜 결혼했지?"

"사랑하니까!"

"그래, 난 당신을 사랑해. 당신은?"

"나도 당신 사랑해."

태권이 시선을 돌려 미향을 쳐다보았다.

"미향 씨, 사랑해."

미향이 아무런 말도 못 하고, 고개를 떨어뜨렸다.

"미향 씨, 정말 사랑해!"

태권이 미향을 재촉했다.

"나도 태권 씨 사랑해!"

어렵게 미향의 입이 열렸다.

"여보, 들었지? 언니와 나도 사랑해. 사랑하는 사람끼리는 어떻게 해야 하지?"

세희가 무언가를 생각하는 듯 잠시 두 눈을 깜빡였다.

"생각났어. 사랑하는 사람끼리는 결혼해야 해."

세희가 신이 나서 손뼉을 쳤다.

"맞았어. 언니와 나도 사랑하니까 결혼해야지. 그렇지?"

"응."

세희가 명랑한 얼굴로 고개를 끄덕인다. 미향의 눈에서 뜨거운 눈물이 흘러내렸다. 세희가 미향의 손을 잡고 흔들었다.

"나, 언니 사랑해."

미향이 세희를 끌어안는다. 태권이 미향의 팔을 당기며 재촉했다.

"나도 세희 사랑해!"

"언니와 나도 결혼해야겠네?"

세희의 엉뚱한 말에 미향이 웃음을 터뜨렸다.

"여보, 고마워. 우리는 서로 사랑해. 그런데 여보, 결혼은 어떻게 하는 거지?"

"성당에서 하얀 드레스 입고…."

"그래, 우리 손을 잡고 결혼식을 올렸지?"

"으응."

"이제 언니와 나도 하얀 드레스 입고 결혼식을 올려야지?"

세희가 두 눈을 똥그랗게 뜨며 태권과 미향을 번갈아 쳐다보더니, 갑자기 일어서서 방안으로 달려갔다. 방안에서 덜그럭거리는 소리가 들려왔다. 태권과 미향이 의아한 눈빛으로 한동안 서로를 바라보았다. 다음 순간, 미향의 눈에서 어두운 그림자가 스쳐 지나갔다. '아무리 어린아이 같다고는 하지만, 세희도 여자인데 우리의 결혼을 찬성할 리가 없어.' 미향이 실망한 표정으로 힘없이 일어섰다.

"미향 씨, 아닐 거야."

태권이 그녀의 팔을 잡았다. 미향의 눈에서 주르륵 눈물이 흘러내렸다.
"태권 씨, 괜찮아. 난 원망 안 해."
미향이 어금니를 깨물고 자신의 방을 향해 걸어갔다. 태어날 아이를 위해서, 세희에게 매달려 보고도 싶지만, 차마 입이 떨어지지 않았다. 미향이 방문을 열었다.
"언니, 언니!"
세희가 호들갑을 떨며 달려 나왔다. 발걸음을 멈추고 세희를 돌아보던 미향이 달려가 세희를 부둥켜안고 엉엉 울었다. 미향의 울음소리가 좀처럼 멈출 줄을 몰랐다.
"세희 씨, 고마워! 세희 씨, 정말 고마워!"
한동안 부둥켜안고 어깨를 들썩이던 미향이 눈물을 닦고, 세희의 두 볼을 어루만졌다. 두 여자를 바라보던 태권의 뺨에서도 뜨거운 눈물이 흘러내렸다.
"언니, 이거 입어 봐."
세희가 들고 온 드레스를 미향에게 내밀며 재촉했다. 미향이 태권을 쳐다보며 또다시 눈물을 흘렸다. 태권이 미향을 향해 고개를 끄덕였다. 미향이 옷을 벗고 세희가 준 드레스를 입었다. 조금 조이기는 하지만 그런대로 잘 맞았다.
"언니, 정말 예뻐!"
세희가 발을 동동 구르며 손뼉을 쳤다. 미향이 흐르는 눈물을 닦을 생각도 안 하고 다시 세희를 끌어안았다. 태권이 두 여자를 흐뭇한 얼굴로 바라보았다.
"여보! 이제, 그만 자야지."

태권이 세희를 데리고 침실로 들어갔다. 미향은 세희의 드레스를 입은 채 방으로 들어왔다. 장롱 깊이 간직했던 드레스를 꺼냈다. 태권과의 결혼식을 위해서 준비했던 드레스였다. 모든 걸 다 버렸지만, 이것만은 차마 버릴 수가 없었다. 미향이 떨리는 손으로 드레스를 펼쳐 들었다. 지난날이 떠오르며 하염없이 눈물이 흘러내렸다. '똑똑' 노크 소리가 났다. 문을 여니 태권이 휠체어를 밀고 들어왔다.

"미향 씨, 지금까지 그 드레스를 가지고 있었어?"

그녀가 눈물을 글썽이며 고개를 끄덕였다.

"모든 걸 다 버렸지만, 이 드레스만큼은 버릴 수가 없었어. 하지만 결혼식엔 세희 씨가 준 드레스를 입을 거야."

태권이 고개를 끄덕이며 미향을 끌어안았다. 미향이 태권의 품에서 어깨를 들썩였다. 침대로 돌아왔지만, 태권은 두 여자 생각에 밤새 한숨도 못 자고 뜬눈으로 까만 밤을 하얗게 지새웠다.

"여보, 오늘은 은성이도 학원에 데리고 가. 언니랑 다녀올 데가 있어."

세희의 출근길에 은성이도 태워 보냈다. 학원을 다녀온 미향이 커피를 타가지고 태권과 마주 앉았다.

"잘 잤어?"

태권의 목소리가 어느 때보다 다정하다.

"응, 자기는?"

"나도 잘 잤어."

미향의 표정이 무척 밝다. 태권이 미향의 손을 잡았다.

"이제 집에 돌아가. 부모님께 용서를 빌고, 그동안 못다 한 효도도 해야지. 그리고 우리 문제를 말씀드리고 승낙받아. 쉽지 않겠지만 서두르지 말고 천천히 부모님을 설득해. 나머지는 내가 다 알아서 할게. 자신 있지?"

미향이 고개를 끄덕였다.

"오늘은 나도 같이 가. 부모님을 뵌 지도 오래되었어."

미향이 방에 들어가서 가방을 들고나왔다. 태권이 미향의 부축을 받으며 차에 올랐다. 미향이, 직접 운전대를 잡고 부천에 있는 고향 집을 향해 출발했다. 운전대를 잡은 미향이 초조한 표정으로 자꾸만 태권을 돌아본다. 태권과 함께 집을 찾는 것이 수십 년이 흐른 듯 영 어색하기만 하다. 집이 가까워질수록 미향의 얼굴이 벌겋게 달아올랐다. 세 시간여 만에 드디어 집에 도착했다. 미향이 골목길에 차를 세우고, 시동을 끄는 것도, 태권을 내려놓는 것도, 잊은 채 집 안으로 달려갔다.

"엄마!"

방 청소하던 어머니가, 미향의 목소리에 방문을 열고 밖을 두리번거렸다. 미향이 한걸음에 달려가 어머니를 끌어안았다.

"아니, 너…."

어머니가 미향을 확인하고, 그 자리에 털썩 널브러져 버렸다. 미향이 어머니 위에 엎어져 대성통곡을 했다.

"네가 정말 …, 내 딸 미향이냐?"

어머니가 도저히 믿기지 않는다는 듯, 두 손으로 미향의 얼굴을 하나하나 쓰다듬었다. 어머니의 바짝 마른 눈에서, 뜨거운 눈물이 샘솟듯 솟아나기 시작했다. 모녀의 통곡 소리가 점점 높아져 간다. 태권은 차 안에 갇힌 채, 모녀의 통곡 소리를 들으며 함께 눈물을 흘렸다. 미향의 사랑을 얻기 위해 연극을 하고, 미향을 바래다주려고 처음 이곳을 찾아왔던 그날

이 생각났다. 입대 후 탈영까지 감행하며 모든 걸 바쳐 미향에게 올인했던 지난날이 떠올랐다. 부모님의 뜨거운 사랑을 받으며 당당하게 파란 대문을 드나들었던 그 시절이 생각났다. 어쩌다 생이별하고 서로에게 아픈 상처를 줬던 일들이 떠오르며 가슴이 아려왔다. 나 때문에, 부모와 자식 간에 씻을 수 없는 생채기를 내게 했다는 죄책감이 들면서 태권은 흐르는 눈물을 멈출 수가 없었다. '이제야 돌아왔구나! 참으로 힘든 나날이었지!' 태권은 파란 대문을 바라보며 회한의 눈물을 흘렸다.

"참, 내 정신 좀 봐. 아버지한테 연락해야지!"

미향의 손을 꼭 잡은 채 전화기를 든 어머니의 손이 부들부들 떨렸다.

"여보, 미향이가 돌아왔어요."

어머니가 전화기에 한마디하고 또다시 미향을 끌어안았다.

"엄마, 태권 씨도 함께 왔어요."

그제야 생각이 난 듯 미향이 자동차로 달려갔다.

"미안해, 태권 씨."

서둘러 휠체어를 내리고 태권을 부축했다.

"어머님, 죄송합니다."

태권이 바싹 늙으신 어머님의 모습을 보고 고개를 숙였다. 어머님이 눈물을 글썽이며, 태권의 손을 덥석 잡았다.

"뭐야, 미향이가 돌아왔어?"

미향의 아버지가 숨이 턱이 차게 달려왔다.

"아빠!"

미향이 아버지의 품에 뛰어들었다.

"죄송해요. 용서해 주세요."

미향이 아버지를 끌어안고, 또다시 통곡했다.

"됐다. 됐어. 이제 돌아왔으니 됐다."

미향을 부둥켜안은 아버지의 두 뺨에서 뜨거운 눈물이 흘러내렸다.

"아버님, 저도 왔습니다."

태권이 머뭇거리며 인사를 했다.

"그래, 그래. 어서 들어가세."

모두의 부축을 받고 방으로 들어갔다.

"아버님, 어머님. 절 받으세요."

미향과 태권이 큰절을 올렸다. 아버님이 말없이 태권의 등을 두드려 주었다.

"아이고, 내 정신 좀 봐. 너희들 시장하겠다."

어머님이 쌀을 씻고, 반찬을 만드느라 정신없이 주방을 들락거렸다.

"아니에요, 금방 아침 먹었습니다."

"아니다. 그동안 밥도 제대로 못 먹었을 텐데…."

어머님의 성화로 억지로 밥을 먹었다.

"아이고 불쌍한 것. 어디서 어떻게 지냈어. 죽은 줄만 알았는데…."

어머님이 미향의 얼굴을 만지며, 연신 넋두리했다.

"여보, 그만해. 돌아왔으니 됐어. 자넨 어떻게…, 건강은 좀 나아졌고…?"

"예, 많이 좋아졌습니다."

부모님의 기뻐하시는 모습을 뵈니 태권의 어깨가 한결 가벼워졌다.

"그동안 못난 이놈이 너무 많은 불효를 저지른 것 같아 가슴이 아픕니다. 미향 씨도 돌아왔으니 두 분 부디 건강하게 오래오래 사세요. 저는 이만 돌아가겠습니다."

태권이 부모님께 작별 인사를 하고 돌아섰다. 미향이 태권을 부축하여 차에 태웠다.

"태권 씨, 데려다주고 올게요."

미향이 태권을 차에 태우고 출발했다. 부모님이 기뻐하시는 모습을 뵈니 무거웠던 가슴이 한결 가벼워진 느낌이다. 돌아오는 차 안에서 미향의 표정이 한결 밝아 보였다. 한줄기 소나기가 차창을 때리며 지나갔다. 저만큼 칠갑산 정상이 보인다. 소나기가 훑고 지나간 산등성이가 한결 더 푸르다. 마을 입구에 들어서자 사마산 중턱에 일곱 색깔 무지개가 마치 하얀 도화지에 물감으로 방금 그린 그림처럼 선명하게 떠 있다.

"임신 사실은 천천히 말씀드리는 게 좋겠어. 아이 때문에 어쩔 수 없이 하는 결혼이란 인상을 주긴 싫어. 이번만큼은 모든 사람이 축하해 주는 결혼식을 올리고 싶어."

"알았어, 내가 반드시 부모님의 승낙을 받아낼게."

"부모님의 승낙이 떨어지는 대로 연락해. 내가 한걸음에 달려올 테니까."

태권이 미향의 손을 잡고 힘주어 말했다. 미향이 고개를 끄덕이며 가벼운 마음으로 차에 시동을 걸었다.

외삼촌 내외에게 먼저 말씀드리는 게 순서 같았다. 외삼촌에게 전화를 걸어 상의할 일이 있다고 말씀드렸다. 퇴근 후 외삼촌이 태권을 찾아왔다. 미향과의 일은 외삼촌도 어느 정도 알고 계셨다. 지난번 개원 때 찾아오셔서 함께 지낸다는 사실도 알고 있었다.

"미향 씨 문제로 뵙자고 했습니다. 외삼촌이 오해 없이 들어 주셨으면 합니다."

태권이 어렵게 운을 뗐다. 외삼촌이 어느 정도 짐작은 한 듯 고개를 끄덕였다. 그동안 세희 일로 미향과의 결혼식이 뜻하지 않게 연기되고, 미향이 자취를 감춘 사연과 이제는 다시 돌아와 함께 지내게 된 사실 등을 솔직히 말씀드렸다.

"쉽진 않겠지만 양가 부모님을 설득해서, 미뤘던 결혼식을 올리려고 합니다. 외삼촌이 절 나무라신다고 해도 달게 받겠습니다. 한 가지 분명한 것은 세희는 제 아내입니다. 미향 씨와 식을 올린다 해도, 세희와의 관계는 변치 않을 것입니다"

한동안 눈을 감고 생각에 잠겼던 외삼촌이 무겁게 입을 열었다.

"자네가 솔직히 얘기해주니 정말 고맙네. 내가 무슨 할 말이 있겠나. 양가 어른들이 승낙한다면 나도 따르겠네. 다만 한 가지, 현재 우리의 법도가 이중 혼을 허락하지 않아서, 여러 가지 문제로 자네가 힘이 들 거야."

외삼촌이 말을 마치고 한숨을 쉬었다.

"이해해 주셔서 고맙습니다. 아이들 문제 등 여러 가지가 복잡할 것이라는 걸 잘 알고 있습니다. 함께 상의해서 신중하게 처리하겠습니다."

외삼촌이 돌아갔다. 이제는 부모님을 설득할 차례다. 석구에게 전화했다.

"웬일이냐? 나한테 전화를 다 하고…, 두 여자를 거느리느라고 정신이 없을 텐데."

"너 주말에 바쁘냐? 괜찮으면 고향에나 다녀오자."

"고향엔 왜?"

"부모님 얼굴이나 뵈려고…."

"잘 됐다. 그렇지 않아도 인숙이가 함께 고향에 내려가자고 했는데…."

"인숙이가? 웬일이냐? 너희들 무슨 일 있냐?"

"부모님 뵌 지도 오래되지 않았냐? 겸사겸사 찾아뵈려고."

석구가 능청을 떨었다.

"이 자식, 나한테까지 숨길 필요 없어. 어떻게 인숙일 설득했냐? 너라면 진저리를 치던 앤데, 아무튼 축하한다. 너희들 내려갈 때 나 좀 끼워줘라."

토요일 오후에 석구가 인숙이와 함께 찾아왔다.

"여보, 다녀올게. 은성아, 엄마 말씀 잘 들어야 해."

참으로 오랜만에 고향 집을 찾았다. 한 시간이면 다녀올 짧은 거리인데도, 몸이 불편해진 후 태권이 부모님을 찾기보다는, 부모님이 태권을 찾아오는 경우가 훨씬 더 많았다. 낯익은 들녘을 바라보면서 태권은 감회에 젖었다.

"이왕에 오는 걸 은성이도 데려오지 않고…."

어머니가 은성이를 데려오지 않았다고 서운해하셨다.

"다음에 올 때는 꼭 데려올게요."

태권이 인숙의 부축을 받으며 방 안으로 들어섰다.

"그래, 몸은 그만하냐?"

아버지가 태권을 걱정하셨다.

"예, 괜찮습니다."

저녁을 먹고 한자리에 모여 앉았다.

"드릴 말씀이 있어서 왔습니다."

태권이 아버지를 쳐다보며 이야기를 꺼냈다. 아버지가 물끄러미 태권을 건너다보았다. 어머니가 과일을 들고 들어오셨다.

"미향 씨가 돌아와서 함께 지내고 있습니다."

아버지가 아무 말 없이 고개만 끄덕였다. 지난번 학원 개업식 때 어머니가 다녀가셔서, 미향에 대해 대강은 알고 계신 것 같았다.

"저희들 미뤘던 결혼식을 올리기로 했습니다."

"결혼식을 올려? 은성 어멈은 어떡하고?"

어머니가 말도 안 된다는 듯 두 눈을 동그랗게 뜨고 태권을 쳐다보았다.

"당신은 가만히 좀 있어요. 그래, 그게 네 생각이냐?"

아버지가 착 가라앉은 목소리로 한마디 던지고는 태권을 쳐다보았다.

"아내와 미향 씨 그리고 저, 셋이서 상의했습니다."

아버지가 두 눈을 지그시 감고, 잠시 생각에 잠겼다.

"그쪽 어른들께도 말씀을 드렸어?"

아버지가 어렵게 입을 열고 말씀을 이어갔다.

"지금쯤 미향 씨가 말씀을 드렸을 겁니다."

태권이 미향이가 얼마 전 집으로 돌아가서 부모님과 함께 지내고 있고 차분히 말씀드렸다.

"그럼, 도대체 이 일이 어떻게 되는 거냐?"

어머니가 도저히 이해가 안 된다는 듯 태권을 쳐다보았다.

"앞으로 아이들 호적 등, 여러 가지 복잡한 문제가 있을 줄 압니다. 모든 걸 감수하고 함께 살기로 미향 씨와 마음을 맞췄습니다. 혼인신고 등은 그때그때 상황을 봐가며 대처하기로 하고 부모님이 허락하신다면, 결혼식만큼은 올렸으면 하는 게 저희들 생각입니다."

"글쎄, 참으로 어려운 문제다. 그쪽 어른들이 허락할지도 모르겠지만, 나로서도 뭐라고 말하기가 곤란하구나. 일단은 그쪽 어른들의 의사를 들어본 뒤에 다시 얘기하자."

아버지가 말을 마치고 한숨을 쉬었다. 이튿날 아침 일찍 석구가 찾아왔다.

"아버님, 어머님! 인숙이와 결혼하고 싶습니다. 허락해 주십시오."

석구가 무릎을 꿇고 진지하게 말씀드렸다.

"알았다. 너는 내 자식이나 진배없는데, 너희들의 뜻이 그렇다면 식을 올려줘야지."

아버지가 흔쾌히 승낙하셨다. 인숙이 과일을 깎아 쟁반에 담아 들고 왔다.

"축하한다."

태권이 덥석 석구의 손을 잡으며 어깨를 두드려 주었다. 어린 시절 소꿉장난하며 어지간히도 울고불고하던 사이였는데, 이렇게 좋은 인연이 되려고 그동안 그렇게 다투었나 보다.

집으로 돌아온 미향은 하루하루가 소중했다. 자나 깨나 미향이 보이지 않으면 사방을 두리번거리는 엄마의 행동을 보며 미향은 가슴이 미어졌다. 돌아온 미향이 또다시 사라질까 봐 밤중에 바람 소리만 들려도 문을 열고 미향의 방 앞을 서성이는 엄마의 발소리를 들으며 미향은 침대에 얼굴을 묻고 숨죽여 흐느꼈다. 잠결에 인기척에 놀라 문득 눈을 떠보면 아빠가 침대 곁에서 말없이 눈물을 흘리고 계시는 모습을 보며 미향은 잠든 척 가슴으로 울었다. 내가 아파할 때 나보다 몇백 배는 더 아파했다는 것을, 부모님의 눈빛만으로도 알 수 있었다. 비록 내 몸이지만 나 하나만의 몸이 아니라는 걸 비로소 깨달았다. 그때 왜 부모님께 모든 걸 말씀드리고, 좀 더 신중히 결정하지 않았던가? 뒤늦은 후회가 가슴을 쳤다.

더위가 막바지에 이르면서 온 산이 붉게 물들기 시작했다. 이제 조금씩 배가 불러오는 것이 느껴졌다. 마음을 단단히 먹고 엄마와 마주 앉아 보지만 차마 입이 떨어지지 않았다. 자신의 경솔한 행동 때문에 그 오랜 세월을 온 가족이 눈물 속에 보내지 않았던가? 또다시 되풀이할 수는 없다. 하지만 언제까지 묻어 둘 수는 없다. 아버지가 앞장서서 외식을 나갔다. 집안에만 틀어박혀 있는 다 큰 딸을 위한 세심한 배려였다. 엄마가 어떻게든 미향을 즐겁게 하려고 애를 썼다. 외식을 끝내고 지하상가에 들러 시장 구경하고, 돌아오는 길에 백화점에 들러 미향의 옷과 구두를 사주었다.

집으로 돌아와 커피잔을 들고 엄마와 마주 앉았다.
"이제 친구도 만나 보고, 남자도 만나고 즐겁게 지내야지."
엄마가 미향의 눈치를 살피며 어렵게 입을 열었다.
"걔들 모두 애 엄마 되어있을 텐데…, 이 나이에 남자는 무슨….."
미향이 빙그레 미소를 지었다.
"네가 뭐 어때서? 우리 딸 이쁘기만 하고만."
엄마가 바짝 달려들었다.
"엄마! 내 가슴에 남자는 태권 씨뿐이야. 나 결혼 안 하고 엄마랑 아빠랑 이렇게 살래."

"안 돼!"

엄마가 버럭 소리를 질렀다.

"결혼은 선택이 아니고 필수야. 지금은 어쩌니저쩌니해도 나이 먹어봐라. 늙어 혼자 궁상떠는 모습이 얼마나 추한지 주변을 한번 둘러봐라…. 그리고 한 살이라도 더 먹기 전에 아이를 낳아야지. 자식이 없는 사람들 늙어서 얼마나 외로운지 한번 살펴봐. 결혼과 출산은 사람의 의무야, 권리가 아니고. 티비에 나와 '싱글이 어떻고', '무자식이 상팔자네'하는 사람들 뒷모습 쳐다보면 하나같이 쓸쓸하기 그지없다."

엄마가 열을 올렸다. 미향이 말없이 커피만 마셔댔다.

"왜 태권이라도 다시 만나지 그러니?"

한동안 생각에 잠겨 있던 엄마가 혼자 살겠다는 미향의 말에 몸이 달았다.

"태권 씨 결혼했어요. 아이도 하나 있어요."

"태권이 결혼했어?"

엄마가 깜짝 놀란 얼굴로 미향을 쳐다보았다.

"너 없으면 당장 죽을 것처럼, 그 난리를 치더니…, 결혼해서 아이까지 낳았어?"

엄마가 혼잣말처럼 중얼거렸다. 엄마의 얼굴에 무언지 모를 쓸쓸한 미소가 스쳐 지나갔다.

"태권 씨 탓이 아니잖아. 모두가 나 때문인데…."

미향이 엄마의 눈치를 보며 넋두리했다.

"그러니까 이 기집애야. 그때 왜 그렇게 바보짓을 했어?"

엄마가 김빠진 맥주처럼 맥없이 지껄이며 원망의 눈초리로 미향을 쳐다보았다. 한동안 침묵이 이어졌다.

"엄마, 태권 씨 만나서 옛날로 돌아가자고 해볼까?"

미향이 한마디 툭 던지고 엄마의 눈치를 살폈다.

"네가 뭐가 아쉬워서 태권이한테 사정해? 더구나 다리도 못 쓰는 병신한테? 그럴수록 더 멋진 남자 만나 보란 듯이 잘 살아야지."

엄마가 돌변해서 목청을 높였다.

"태권 씨 욕하지 마. 내 가슴 속엔 영원히 태권 씨뿐이야. 그리고 장애 한 가지씩 안 가진 사람이 어디 있어? 태권 씨가 휠체어 타고 싶어서 일부러 그렇게 한 것도 아니고…."

미향이 끝까지 태권을 감쌌다.

"그러게, 옛날 일을 생각하면 모두가 아쉬워 그냥 하는 말이지."

엄마의 얼굴에서 쓸쓸함이 짙게 묻어났다.

또 한 달이 지나갔다. 미향은 불러오는 배를 감추기도 쉽지 않았다. 태권과 여러 번 통화했지만 뾰족한 묘안이 떠오르지 않는다. 저녁을 먹고 식탁에 둘러앉아 커피를 마셨다. 미향이 작심하고 부모님께 진심을 털어놓았다.

"엄마, 아빠! 정말 죄송해요. 딸 하나 있는 게 부모님 속만 썩혀서…."

미향이 심각한 얼굴로 운을 떼자 부모님이 잔뜩 긴장한 얼굴로 미향을 쳐다보았다. 미향이 커피 한 모금을 마시고 다시 얘기를 계속했다.

"엄마, 아빠! 저도 이제 어린애가 아니에요. 이런 말을 들으면 또 걱정하실 걸 뻔히 알면서도 제 진심이라 말씀드리는 거예요."

미향이 이빨을 꽉 깨물고 그동안 태권과 헤어지게 된 사연과 수덕사에서 모든 인연을 끊으려 했던 일, 태권의 사고를 알게 되고 태권의 어려움을 보고 돌아오게 된 일, 태권과 함께 지내며 태권을 도와주고 있다가 태권의 권유로 집으로 돌아오게 된 일 등을 소상하게 얘기했다.
"엄마, 아빠! 한 번만 더 저희를 믿어주세요. 난 태권 씨 아니면 누구와도 결혼하지 않을 거예요."
미향이 말을 마치고 손수건으로 눈물을 훔쳤다. 한동안 침묵이 이어졌다. 어둠이 다가오면서 가로등이 하나둘 불을 밝히기 시작했다. 말없이 서로의 시선을 외면하며 창밖을 바라보았다.
"아무리 네 마음이 그렇다고 해도 그건 안돼."
엄마가 단칼에 잘랐다. 아빠는 눈을 감고 아무 말씀이 없었다.
"그럼 결혼 안 하고 엄마랑 아빠랑 지금처럼 살게 해주세요."
미향이 배수진을 쳤다.
"그것도 안 돼."
엄마가 또다시 미향을 막아섰다. 미향이 일어나 제 방으로 들어갔다.

미향과의 문제가 쉽게 해결되지 않아 인숙이 먼저 결혼식을 올렸다. 오랜만에 반가운 고향 친구들과 은행 동기들을 만났다. 휠체어를 탄 태권을 보고 모두가 안타까워했다. 미향도 결혼식에 참석했다. 핼쑥해진 얼굴이 그동안의 괴로움을 말해주고 있었다. 결혼식이 끝나고 미향이 부모님께 인사를 드렸다.
"부모님들은 안녕하시고?"
"예."
미향이 긴장한 얼굴로 대답했다.
"태권이한테 대강 얘기는 들어 알고 있다만, 그게 참 어려운 문제다. 부모님께서 어떻게 나오실지는 불을 보듯 뻔한 이치고…."

아버지께서 심각한 얼굴로 멍하니 하늘을 바라보셨다.

"그래 부모님께서는 뭐라고 하시더냐?"

어머니가 답답해 죽겠다는 듯 미향에게 물었다.

"말씀을 드렸는데 두 분 다 펄펄 뛰십니다. 좀 더 시간이 흘러야…."

미향이 난처한 표정을 짓는다.

"그럴 게다. 암, 나래도 펄펄 뛰었을 텐데…."

아버지가 고개를 끄덕이신다. 미향과 함께 집에 돌아왔다. 세희와 은성이를 들여보내고 마주 앉았다.

"태권 씨, 부모님이 의외로 완강하셔서, 요즈음은 부모님 보기도 부담스러워."

미향이 괴로운 표정을 짓는다.

"예상했던 일이야. 잃어버렸던 자식을 이제야 다시 찾았는데, 그 자식을 또 다리도 못 쓰는 애 있는 남자에게 뺏긴다고 생각을 해봐. 부모님의 반대는 당연한 거야. 좀 더 참고 부모님을 설득해 봐."

태권이 미향의 손을 잡았다.

"부모님은 우리와 생각이 다르신가 봐. 사랑하는 사람끼리 함께 살면 되지. 혼인신고니, 호적이니 그런 게 뭘 중요하다고…. 그동안 우리 부모님이 태권 씨를 얼마나 좋아하셨어. 그런데 지금은 그렇게 반대하시니…."

미향이 한숨을 내쉰다. 미향이 어깨가 축 처진 채 돌아갔다.

미향이 돌아간 지도 3개월이 흘러갔다. 요즘은 아침저녁으로 선선한 바람이 분다. 이제 미향의 배도 눈에 띄게 불러왔다. 저녁 식사를 마치고 텔레비전을 보고 있는데, 어머님이 미향의 손목을 잡고 들이닥쳤다. 세희와 은성이를 보자 혀를 끌끌 차셨다.

"여보, 은성이 데리고 건넌방에 가 있어."

태권이 세희와 은성이를 건넌방으로 들여보냈다.

"아니, 이 사람아. 처자식이 멀쩡히 살아 있는 사람이 어쩌자고 처녀를 임신시켜. 자네 도대체 어쩌자는 심보야. 난 자네를 그렇게 안 봤는데 자네 정말 뻔뻔한 사람이군. 부모와 자식 사이에 생이별시켜 놓고도 모자라 또 이런 일을 저질러?"

어머님이 고함을 치셨다.

"엄마, 그게 왜 태권 씨 때문이야? 그건…."

"이년아, 너는 빠져있어."

어머님이 미향의 말을 싹둑 잘랐다.

"그래, 어쩔 거야. 도대체 무슨 심산으로 애를 갖게 한 거야?"

어머님의 흥분이 좀처럼 가라앉지 않는다.

"죄송합니다. 어머님! 따로 드릴 말씀이 없습니다. 저는 미향 씨의 의견에 전적으로 따르겠습니다."

태권이 어머님의 흥분을 가라앉히기 위해 한발 물러섰다.

"너도 들었지? 당장 나랑 가서 애를 지워 버리자."

어머님이 미향의 손목을 잡아끌었다.

"엄마, 이러지 마, 제발…. 난 태권 씨 사랑해. 태권 씨와 결혼할 거야."

"어이구, 이 미친년! 넌 처자식이 엄연히 있는 걸 두 눈으로 보고도 그런 말을 해. 네가 뭐가 부족해서 그런 결혼을 해."

어머님이 미향의 등을 때리며 몸부림을 쳤다.
"어머님, 고정하세요. 그동안 저희들 많이 생각하고 결정한 일입니다. 저희들은 깊이 사랑하고 있습니다. 어머님이 다시 한번 생각해 주세요."
태권이 애원했다.
"내 눈에 흙이 들어가기 전에는 그런 꼴 못 봐. 어이구, 딸자식 하나 있는 것이 부모 마음도 몰라주고…."
마침내 어머님이 대성통곡을 하고 말았다. 또 한 달이 지나갔다. 미향의 얼굴이 갈수록 초췌해진다. 더 이상 미룰 수가 없었다. 미향과 함께 부모님을 찾아뵈었다.
"아버님, 어머님. 정말 죄송합니다. 제가 좀 더 신중히 처신했더라면 이런 일은 없었을 텐데 죽을죄를 지었습니다. 하지만 저희들은 사랑하고 있습니다. 아버님, 어머님의 입장을 충분히 알고 있습니다. 지난 일만 없었다면 얼마나 좋았겠습니까? 부모님 앞에서 이런 말씀을 드려 송구하지만, 세상일이 뜻대로 되지 않는다는 것을 이제야 뼈저리게 느꼈습니다. 저희들도 이제 어린애가 아닙니다. 결혼한다 해도 앞으로 여러 가지 어려운 문제가 있다는 것을 잘 알고 있습니다. 하지만 저희들은 어떠한 난관이 닥쳐온다 해도 헤쳐 나갈 자신이 있습니다."
한동안 침묵이 흘렀다. 어머님은 눈물만 흘리고 계셨고, 아버님은 아무 말씀도 없이 묵묵히 듣고만 계셨다.
"아버님, 어머님! 결혼을 허락해 주십시오. 우리 둘 누구 못지않게 행복하게 살겠습니다."
미향과 태권이 부모님 앞에 엎드려 눈물로 호소했다.
한동안 천정만 바라보시던 아버님이 무겁게 입을 열었다.

"자네 부모님은 뭐라고 하시든가?"

"아버님, 어머님의 말씀을 들은 후에 다시 찾아뵙기로 했습니다."

"일단, 자네 부모님을 한번 만나 보세."

아버님이 말을 마치고 두 눈을 질끈 감았다. 날을 잡아 양가 부모님이 다시 만났다. 별다른 말씀은 없었다. 서로 어색한 침묵이 흘렀다.

"이거 뭐라고 드릴 말씀이 없습니다. 일이 순조롭게 진행됐더라면 양가가 좋은 인연이 됐을 텐데…. 그저 그쪽 어른들의 처분만 기다리겠습니다."

태권의 아버지가 어렵게 말을 마치고 헛기침했다.

"못난 제 여식이 태권 군에게 목을 매니 어쩌겠습니까? 어르신께서 승낙하신다면 혼사를 올리도록 하겠습니다."

미향의 아버지가 결단을 내렸다.

"고맙습니다. 정말 어려운 결정을 했습니다."

태권의 아버지가 제삼 제사 감사의 말씀을 드렸다.

미향의 배가 눈에 띄게 불러와서 서둘러 날짜를 잡고, 양가 친척과 친지들만 참석하는 간소한 결혼식을 올렸다. 태권의 부모와 미향의 부모 모두 결혼식 내내 눈물을 흘렸다. 미향은 약속대로 세희가 준 드레스를 입었다. 세희는 은성이 손을 잡고 결혼식 내내 즐거워했다. 신혼여행은 미향의 뜻에 따라 가지 않기로 했다. 그 대신 세희와 은성이를 데리고 장곡사 계곡에서 불고기를 먹고 칠갑산 장승공원을 방문했다. 기념사진을 찍으며 마냥 즐거워하는 세희와 미향이를 바라보면서 태권은 마음속으로 뜨거운 눈물을 흘렸다.

"여보, 사랑해. 먼저 자."

태권이 아내와 은성이에게 굿나잇 키스하고, 미향의 방으로 들어갔다.
"아니, 왜 이리 와요. 건너가세요."
미향이 한사코 등을 떠밀었다.
"자기야. 그래도 신혼 첫날밤인데…."
태권이 막무가내로 미향의 침대로 올라갔다.
"이러지 말아요. 그렇지 않아도 세희 씨에게 미안해 죽겠는데…."
미향의 태도가 완강하다.
"알았어, 우리 아기도 보고 잠시만 있다 갈게!"
태권이 미향을 끌어안고 배를 어루만졌다.
"드디어 우리가 하나가 되었어. 당신을 처음 본 날부터 내가 얼마나 이 날을 손꼽아 기다렸는데…."
태권이 지난날을 회상하며 혼잣말처럼 중얼거렸다. 태권의 두 눈에서 뜨거운 눈물이 흘러내렸다. 미향이 손수건을 꺼내 태권의 눈물을 닦아주었다.
"여보, 사랑해. 앞으로 두 번 다시 당신의 가슴을 아프게 하지 않을게."
태권이 미향의 얼굴을 감싸 쥐고, 양 볼을 어루만졌다.
"태권 씨, 정말 고마워요. 우리 영원히 변치 말아요."
미향이 태권의 가슴 속으로 파고들자 태권이 미향을 끌어안고 입맞춤했다.

지상 최대의 마술

날이 밝았다. 그렇지만 달라진 건 아무것도 없었다. 언제나처럼 미향은 세희와 함께 출근했다. 태권은 은성이를 데리고 분재에 물을 주고 가지를 다듬었다. 점심때가 다 되어 미향이 돌아왔다. 시장을 다녀왔는지 양손에 쇼핑백을 들고 있었다.

"큰엄마!"

은성이 달려나가 미향의 손을 잡는다.

"아이고, 우리 은성이 아빠 많이 도와주었어? 큰엄마가 고기 사 왔다. 이걸 구워서 아빠랑 밥 먹자."

미향이 식사 준비하느라고 분주하게 움직였다. 상추를 씻고 불판을 가져와 식탁 한가운데에 놓았다. 태권이 불판에 불을 붙이고 삼겹살을 올려놓았다. 불판이 가열되며 고기 굽는 냄새가 진동했다. 은성이가 고기도 익기 전에 숟가락을 쪽쪽 빨았다. 점심을 먹고 미향과 마주 앉아 커피를 마셨다. 미향의 배도 눈에 띄게 불러왔다.

"여보, 드디어 정식으로 결혼식을 올렸어."

태권이 미향의 손을 잡고, 토닥토닥 두드려 주었다.

"여보, 사랑해. 지금처럼 다 같이 행복하게 사는 거야. 나는 두 사람 다

똑같이 사랑할 거야."

"고마워, 나도 옛날처럼 욕심내지 않을게. 세희 씨와 은성이도 똑같이 사랑할게."

미향의 눈에서 뜨거운 눈물이 흘러내렸다.

이제 완연한 가을이다. 온산에 단풍이 들어 사방이 빨갛게 물들었다. 널따란 들판에 황금물결이 출렁이고, 하우스마다 빨간 고추와 구기자가 주렁주렁 달려 있다. 가을걷이를 재촉하는 가을비가 내렸다. 수확을 앞둔 농부들이 분주하게 움직이기 시작한다. 밤나무 가지마다 매달려 있는 밤송이들이 아름이 벌어, 바람이 불 때마다 후두두 알밤이 쏟아졌다. 잎사귀에 숨어있던 홍시가 더 이상 참지 못하고 빨간 얼굴을 삐죽이 드러냈다.

얽히고설켰던 모든 일이 하나둘 제자리를 찾아갔다. 고전을 면치 못하던 세희의 학원도 미향이 정성을 쏟으며 점차 자리를 잡아 갔다. 태권은 분재 가꾸기에 모든 정성을 쏟았다. 건강 때문에 시작한 분재가 그동안 많은 우여곡절도 있었지만, 이제는 완전히 자리를 잡아 사업으로 발전했다. 입소문을 타고 하나둘 알려지기 시작하더니 요즘은 하루에도 두세 명씩 작업실을 찾아왔다.

미향이 가세하면서 작업도 훨씬 수월해졌다. 태권이 하지 못하는 일들을 미향이 대신했다. 자재 구매와 재료 수집은 물론, 판촉까지 맡아 하는 미향이 눈코 뜰 사이 없이 바쁘다. 작품 출하량도 몇 배가 늘었다. 몸이 불편한 태권과 세희, 어린 은성이까지 모두 나서서 하던 것보다 미향이 혼자 하는 일이 더 많고 능률이 오를 정도로 미향의 존재는 절대적이었다.

태권은 돈 버는 재미에 시간 가는 줄 몰랐다. 경제적으로 여유가 생겼다. 자라나는 아이들을 생각해서 좀 더 넓은 곳으로 이사하기로 했다. 때마침 새뜸에 오래된 주택 한 채와 창고를 포함한 이천 평의 매물이 나와 두 아내와 상의 끝에 그곳을 매입했다. 우선 헌집을 헐어내고 새집을 짓기로 했다. 어차피 미향이 출산하면, 학원 운영과 태권의 작업도 당분간 어렵게 된다. 임신 6개월째 접어들자 미향의 거동도 눈에 띄게, 불편해졌다. 집이 완성되면 학원을 정리하고 새집으로 이사하기로 계획을 잡았다. 출산 전에 모든 걸 끝내기로 일정을 잡고 서둘러 공사를 시작했다. 거실 양쪽으로 똑같이 방 두 칸과 욕실을 따로 만들고, 이 층은 세희의 화실과 아이들 공부방을 만들었다. 냇가 쪽으로 작업실 겸 창고를 따로 지었다. 휠체어가 다닐 수 있도록 모든 턱을 낮추었다. 출산을 한 달 앞두고 이사를 했다.

아직 겨울이 끝나지 않아 쌀쌀했다. 하지만 모두가 신이 났다. 부모님과 장인 장모님, 외삼촌 내외, 누님 내외, 형님 내외, 인숙이 내외가 모두 와서 이사를 도와주었다. 이사를 마치고 불고기 파티를 시작했다. 장인어른과 아버님이 연신 술잔을 주고받으며 너털웃음을 터뜨렸다. 어머니와 장모님이 조금은 어색해하면서도 즐거운 표정이다.

이튿날 아침 식사를 끝내고 모두 집으로 돌아갔다. 미향의 출산을 돕기 위해 장모님이 머물기로 했는데, 장인어른만 혼자 계시기가 불편해서 아예 두 분이 다 남았다. 미향의 행복한 모습을 보며 흐뭇해하시는 부모님을 뵐 때마다 조금이나마 두 분께 효도한 것 같아 마음이 뿌듯했다.

개나리가 하나둘 꽃망울을 터트리기 시작했다. 찬 바람이 자취를 감추고 아지랑이가 하늘하늘 춤을 추며 여기저기 새싹들이 얼굴을 내밀었다. 까치가 감나무 가지에서 요란하게 울던 아침에 미향이 예쁜 딸을 낳았다.

장모님이 아이를 안고 시간 가는 줄 모르고 기뻐하셨다. 은성이가 동생이 생겼다고 팔짝팔짝 뛰며 좋아했다.

출산 후, 한 달이 지나고 장인 장모님도 집으로 돌아가셨다. 하루가 멀다고, 장모님한테서 은비의 안부를 묻는 전화가 왔다. 은비가 하루가 다르게 쑥쑥 자라는 모습이 눈에 보인다. 어느새 옹알이하며 방긋방긋 웃는다. 미향이 은비에게 젖을 먹이는 모습이 너무도 평화롭다. 은성이가 시간이 있을 때마다 은비와 놀아주었다.

미향이 잠시도 앉아있지 않았다. 미향이 움직이기 시작하자 집안에 다시 생기가 돌기 시작했다. 세희는 이 층에 올라가서 오직 그림 그리기에 전념했다. 가끔 화방 사람들이 세희를 찾아왔다. 집안 살림은 미향의 차지다. 태권은 작업실에서 하루를 보냈다. 은성이와 은비가 무럭무럭 자라는 모습을 보면서. 두 아내가 각자 자기 일을 하며 행복해하는 모습을 보면서, 태권은 진정한 행복이 무엇인가를 새삼 깨달았다. 태권은 요즘 날아가는 산새만 보아도 저절로 웃음이 나왔다. 단, 한가지 아쉬움이 있다면, 다리의 회복이 더딘 것이었다. 주에 한번 물리치료를 받고 시간 있을 때마다 미향과 세희가 번갈아 가며 열심히, 마사지를 해주는 데도 차도가 없었다.

평생을 휠체어에 의지해 지낼 수는 없다. 태권은 이를 악물고 재활에 매달렸다. 감각이 아주, 없는 것은 아닌데 관절과 근육에 전혀 힘이 없다. 아무래도 혈액순환이 원활하지 않은 것 같아서 구기자차를 만들어, 물을 마시듯 장복했다. 작업이 끝나면 미향과 세희의 부축을 받으며, 하루도 빠짐없이 두 시간씩 걷기운동을 했다. 날씨가 따뜻해지며 몸이 조금은 가벼워진 것 같다.

일요일 아침이다.

"여보…!"

"네."

"네."

태권이 부르는 소리에 은비의 기저귀를 갈아주던 미향과 은성이에게 옷을 입히던 세희가 동시에 대답했다. 미향과 세희가 마주 보며 웃음을 터뜨렸다. 눈짓으로 서로가 나가보라며 신경전을 폈다.

"빨리 나와 봐."

태권이 재촉했다.

"애들도 데리고…."

또다시 태권의 목소리가 들린다. 세희가 은성이의 손을 잡고, 미향이 은비를 안고 밖으로 나왔다.

"거기서 움직이지 마!"

태권이 모두를 세우고 휠체어를 고정했다. 몇 번 휠체어의 손잡이를 흔들어 보다 단단히 움켜쥐었다. 양팔에 힘을 주며 휠체어에서 벌떡 일어섰다. 태권의 몸이 휘청한다.

"여보!"

두 아내가 달려왔다.

"움직이지 말랬지!"

태권의 날카로운 목소리가 들린다. 다시 휠체어에 주저앉았다. 잠시 호흡을 가다듬던 태권이 양팔에 힘을 주고 벌떡 일어섰다. 은성이가 달려가 아빠를 끌어안았다.

"엄마, 큰엄마! 아빠가 일어섰어!"

모든 게 신기한 듯 은성이가 아빠의 다리를 만지며 소리쳤다. 태권이 두 팔을 벌렸다. 모두가 달려와 서로를 끌어안았다.

"여보!"

"여보!"

"아빠!"

모두가 한 덩어리가 되어 떨어질 줄을 몰랐다. 두 눈을 멀뚱거리던 은비가 아빠와 눈이 마주치자 방긋 웃었다. 다리 신경이 조금씩 살아나고 있었다. 비록 지금은 휠체어에서 일어선 것에 불과하지만 언젠간 다시 걸을 수 있다는 희망이 보였다. 그 오랫동안 다리 신경을 되찾으려고 피눈물 나는 노력을 했지만, 점점 더 퇴화하는 하반신 때문에 얼마나 많은 눈물을 흘렸던가! 태권은 다시 태어난 것 같았다. 시간 있을 때마다 세희와 미향이 태권의 손을 잡고 재활을 도왔다. 어느 땐 은성이 손을 잡고 걸음마를 연습했다. 다 나으면 아빠하고 축구를 하겠다고 은성이가 더 열심이었다. 연습하다 넘어져 무릎이 까지는 경우도 종종 있었지만, 가족들의 도움에 태권은 아픈 줄도 모르고 재활에 매달렸다.

은비의 백일이다. 일주일 전에 장인어른과 장모님이 오셨다. 오시는 날부터 장모님이 미향을 앞세워 시장을 봐 오고, 반찬을 준비하느라, 분주히 움직이면서 은비의 백일 준비를 했다. 하루 전날, 아침 일찍 형님 내외가 아버지와 어머니를 모시고 오셨고, 인숙이와 석구가 저녁 무렵 도착했다. 뒤이어 외삼촌 내외와 누님 내외가 도착했다. 한동안 조용하던 집안이 왁자지껄 떠드는 소리로 소란해졌다. 백일 날 아침 온 가족이 어울려 식사하고 미향과 세희가 이웃들에게 백일 떡을 돌렸다. 아버지와 어머니, 장인어른과 장모님이 이제는 조금도 어색함이 없이 잘 어울리신다. 이튿날 모두 돌아가고 장인, 장모님은 며칠 더 계시기로 했다. 세희의 처지를 이해하게 되면서 장인, 장모님도 세희를 친딸처럼 대했다.

"아버님, 어머님! 아예 이리로 내려오시지요. 두 분이 적적하실 텐데 여기 오셔서 은비 재롱이나 보면서 저희와 함께 지내세요."

태권이 진지하게 말씀을 드렸다.

"그래요. 엄마, 아빠. 이제 우리도 여유가 생겼어."

미향이 태권의 손을 잡고 행복한 미소를 지었다.

"알았네, 하여튼 고맙네. 다음에 내려올 때는 아예 보따리를 싸서 들고 오겠네."

장인, 장모님이 돌아가시면서 흡족한 표정을 지었다. 은성이가 은비를 끔찍이도 아낀다. 모든 것을 챙기고 먹을 것도 양보하며 오빠 노릇을 톡톡히 한다. 그런 은성이를 보면서 태권은 가슴이 아팠다. 은성이 백일 때는 태권이 사경을 헤매느라 제대로 챙기지도 못했는데….

요즘 들어 태권의 건강이 하루가 다르게 좋아졌다.

비록 걷지는 못하지만, 다리 신경이 조금씩 살아나는 것을 피부로 느낄 수 있었다. 목발을 짚고 걷는 연습을 시작했다. 꾸준히 물리치료를 받고, 시간이 있을 때마다 미향과 세희가 마사지했다. 은성이도 고사리 같은 손으로 다리를 주물렀다. 온 가족이 매달려 다리를 주무르는 모습을 보며, 태권은 어서 빨리 회복이 되어 그들을 기쁘게 해주고 싶었다. 은성이가 은비를 데리고 놀면서 미향이 작업에 가세하기 시작했다.

"여보, 우리 전시회 한번 열자. 작업실도 광고할 겸 한쪽엔 세희 씨 그림을 전시하고, 또 한쪽엔 분재를 전시하고…."

미향이 아이디어를 냈다.

"그거 좋은 생각인데…."

저녁 식사를 마치고 셋이 모여 전시회 문제를 상의했다. 부지런히 작품을 만들어 늦가을에 전시회를 열기로 계획을 잡았다. 세희는 하루 종일 화실에 박혀 전시회에 출품할 작품 만들기에 어느 때보다 심혈을 기울였다. 태권과 미향은 그동안 만들어 놓은 작품을 다듬고 손을 보는 한편 새로운 작품을 만들었다. 어느 때는 밥 먹는 것도 잊은 채 작업을 했다. 어젯밤 늦게 잠이든 탓인지 모두 피곤한 모양이다. 세희가 은성이를 꼭 끌어안고 잠들어 있는 모습이 평화롭다. 태권이 살그머니 침대에서 일어났다. 은성이 얼굴에 뽀뽀하고, 세희의 얼굴에도 뽀뽀했다.

"여보, 일어났어?"

세희가 부스스 눈을 뜨고 기지개를 켰다.

"쉿, 피곤한데 좀 더 자."

세희를 다독이고 휠체어를 당겨 거실로 나왔다. 미향도 피곤한 모양이다. 다른 때 같으면 벌써 일어나 아침을 준비하느라 주방에 있을 텐데, 미향의 모습이 보이지 않는다. 방문을 열었다. 은비가 네 활개를 펴고 쌔근쌔근 잠들어 있고, 미향은 침대 끝에 간신히 매달려 코를 골고 있었다. 태권이 살며시 휠체어에서 내려 미향의 곁에 누웠다.

"여보, 언제 왔어?"

미향이 돌아누우며 가슴에 파고들었다.

"피곤하지? 여보, 사랑해!"

태권이 미향을 끌어안고 입술을 찾았다.

아침 햇살이, 참으로 따스하다.

은성이가 고추잠자리를 잡아 은비에게 주고, 또 한 마리를 잡으러 울타리로 살금살금 다가간다. 이 층에서 세희가 그 모습을 지켜보며 미소를 짓는다. 태권이 세희를 바라보며 손을 흔들었다. 한참 후에 태권을 발견하고, 세희가 마주 손을 흔들었다. 미향은 분재에 물을 주느라 정신이 없었다. 호스가 빠졌는지 미향이 연결 부위를 잡고 주저앉았다. 윗도리가 당겨지면서 하얀 맨살이 드러났다. 다시 호스를 잡고 분재에 물을 주기 시작했다. 뒤편 물주기가 끝나고 태권이 쪽으로 돌아섰다. 물을 주기 위해 허리를 구부리자 풍만한 가슴이 쏟아져 내릴 듯 출렁인다. 오늘따라 미향이 섹시해보였다.

"여보!"

태권이 미향을 바라보며 엄지손가락을 치켜들었다. 태권의 시선을 의식하고 미향이 예쁜 눈을 흘겼다.

"여보, 엉큼하기는…."

"오늘 밤은 은비 일찍 재워, 알았지?"

태권이 의미심장한 미소를 짓는다. 물을 다 주고 미향이 다가왔다.

"작업하다 말고 당신은 어린애처럼…."

미향이 얼굴을 붉히며 태권의 어깨를 툭 쳤다. 그 바람에 작업대 위에 놓여 있던 조각칼이 떨어지며 태권의 발등을 찍었다.

"아야!"

태권이 큰 소리로, 비명을 질렀다. 아내를 놀래주려고 일부러 비명을 질렀을 뿐이지, 사실 발등에 감각이 둔해 통증을 모른다.

"여보, 미안해!"

발등에서 피가 솟구치는 것을 보고, 미향이 안절부절못했다.

"잠깐 기다려, 내가 연고 가져올게."

미향이 방으로 달려갔다. 태권이 휴지를 찢어 피를 닦았다. '아니!' 예전에는 전혀 감각이 느껴지지 않았는데, 오늘은 상처 부위가 쓰리다. 다시 한 번 상처를 건드려 보았다. 통증이 느껴졌다. 발등의 감각이 살아나고 있었다. 송곳으로 발가락을 살짝 찔러 보았다. '아야!' 분명 아픔이 느껴졌다. 태권은 신이 나서 종아리와 허벅지도 찔러 보았다. 따끔한 아픔이 느껴졌다.

태권은 발가락을 움직여 보았다. 발가락 끝에서 뻐근한 느낌이 전해지면서 조금씩 움직여진다. 다른 쪽의 발가락을 움직여 보았다. 역시 움직여진다. 발가락의 감각도 살아났다. 가만히 발목을 움직여 보았다. 조금 뻑뻑하긴 하지만 발목이 돌아갔다. '이제 됐어, 감각이 살아났어.' 자신도 모르게 뜨거운 눈물이 양 볼을 타고 흘러내렸다.

"여보! 여보!"

태권이 큰 소리로 아내를 불렀다.

"알았어요, 곧 가요."

미향이 연고를 들고 달려 나온다. 태권의 목소리를 듣고 이 층에서 그림을 그리던 세희도 뛰어 내려왔다.

"많이 다쳤어요?"

세희가 걱정스러운 눈빛으로 태권의 발등을 바라보았다.

"조금, 여보! 그것보다…"

태권이 말을 하려다가 갑자기 멈추었다. 미향과 세희가 두 눈을 똥그랗게 뜨고 태권을 쳐다보았다. 태권이 기쁨을 감추지 못하고 싱글벙글했다.

"왜 그래요? 당신!"

미향이 불안한 표정으로 태권을 쳐다보았다. 태권이 세희와 미향을 동시에 껴안았다.

"갑자기 좋은 마술이 떠올랐어. 전시회 때 내가 멋진 마술을 보여 줄 거야. 모두가 깜짝 놀랄만한 마술을….”

미향과 세희가 궁금해 죽겠다는 얼굴로 서로를 쳐다보았다.

“안 돼, 말할 수 없어. 절대 비밀이야.”

태권이 단호한 표정으로 입을 닫았다.

감각이 시시각각 살아나고 있었다. 태권은 모두의 시선을 피해 몰래몰래 걷는 연습을 했다. 전시회장에서 모두를 깜짝 놀라게 할 생각을 하니, 벌써 가슴이 두근거린다. 다리가 서서히 회복되어 가고 있었다. 이제는 목발을 짚지 않고도 조금씩 걸을 수 있었다. 근력운동을 시작했다. 모든 감각이 되살아났지만, 아직 근육에 힘이 없다. 겨우 걸음을 걷는 정도로는 만족할 수 없다. 아이들을 짊어지고 달릴 수 있을 때까지 결코 멈출 수 없다.

태권은 모두가 깊이 잠든 새벽에 침대를 빠져나와 본격적인 근육운동을 시작했다. 작업실 구석에 처박혀 있는 러닝머신을 옮겨놓고 코드를 연결했다. 처음엔 양팔을 걸치고 저속으로 걷기 연습하다가 이제는 조금씩 속도를 올리며 달리기했다. 한 단계씩 속도를 올릴 때마다 태권은 신이 났다. 어서 빨리 달리는 모습을 모두에게 보여주고 싶었다.

“여보, 이 시간에 뭐 해?”

작업실 문밖에서 갑자기 세희의 목소리가 들렸다. 태권이 서둘러 스위치를 내리고 휠체어에 주저앉았다. 벽시계가 새벽, 네 시를 넘어서고 있었다. 세희가 잠이 덜 깬 얼굴로 문을 열고 작업실로 들어왔다. 땀을 비 오듯 흘리며 휠체어에 앉아있는 태권을 바라보고 세희가 두 눈을 똥그랗게 떴다.

“왜 벌써 일어났어?”

“화장실에 갔다가 작업실에 불이 켜져 있어서, 어젯밤 작업 끝내고 불 끄는 걸 깜빡 잊어버렸나 해서 불 끄려고….”

세희가 하품하며 태권의 어깨에 손을 얹었다.

"마술 연습 중이었어. 미리 보면 안 되는데…, 당신한테만 맛보기를 보여 줄 테니까, 다른 사람한테는 절대 비밀이야."

태권이 검지로 입을 가렸다. 세희가 알았다는 듯 고개를 끄덕였다.

"자, 당신이 나 대신 여기 휠체어에 앉고, 나는 저 앞에서 마술을 보여 줄 테니까 잘 봐."

태권이 휠체어에서 일어나 성큼성큼 걸어갔다. 세희가 휠체어에 앉아 멍한 표정으로 태권을 바라보았다. 태권이 이번에는 작업 도구가 들어있는 공구 통을 양손으로 힘겹게 들고 세희를 향해 비틀비틀 걸어갔다. 세희는 잠이 덜 깬 눈으로 아직도 눈치를 못 채고 태권의 행동을 멍하니 바라보았다. 태권이 비틀거리며 세희 쪽으로 넘어지는 시늉을 했다.

"여보!"

세희가 비명을 지르며 벌떡 일어나 태권을 부축했다. 태권이 세희를 번쩍 들어 올렸다. 그제야 사태를 파악한 세희가 믿기지 않는 표정으로 태권을 바라보았다.

"아유 엄청 무겁네. 당신 다이어트해야겠어."

태권이 싱글벙글 웃으며 세희를 내려놓았다. 세희가 태권의 다리를 만져보며 울음을 터뜨렸다. 태권이 세희의 어깨를 잡아 일으켰다. 울먹이는 세희의 얼굴을 잡고 눈물을 닦아주었다. 태권이 다시 세희를 휠체어에 주저앉히고 검지로 입을 막았다. 세희가 태권을 따라 검지로 입을 막았다. 태권이 뒤돌아 천천히 걸어갔다. 작업실 끝까지 걸어간 태권이 돌아서서 세희를 바라보았다. 세희의 두 눈에서 뜨거운 눈물이 하염없이 흘러내렸다. 잠시 멈춰 섰던 태권이 다시 걸어오며, 마치 탭댄스를 추듯 스텝을 밟았다. 세희가 달려가 태권을 끌어안았다. 휠체어를 밀고 샤워장으로 들어갔다. 세희가 욕조에 물을 받고 태권의 옷을 벗겼다. 날이 밝아오고 있었다. 세희는 그저 모든 게 꿈만 같아 남편의 등에 비누를 칠하는 것도 잊은 채 남편의 얼굴을 어루만졌다.

"똑, 똑."

노크 소리가 났다. 태권이 세희를 바라보며 검지로 입을 가렸다. 세희가 알았다는 듯 빙그레 웃으며 고개를 끄덕였다. 세희가 문을 열었다.

"꼭두새벽부터 욕실에서 뭣들 해?"

미향이 두 눈을 똥그랗게 뜨고 욕실 안을 두리번거렸다.

"여보, 이건 사생활이야. 눈치도 없이…."

태권이 시치미를 떼고 정색했다.

"알았어. 그럼 하던 일 계속하세요."

미향이 입을 삐쭉 내밀며 세희에게 윙크했다. 태권이 세희를 욕조 안으로 잡아당겼다. 세희가 잠옷을 입은 채로 풍덩 욕조 안으로 넘어졌다.

"여보! 옷 다 젖었잖아."

세희가 비명을 질렀다. 태권이 세희를 끌어안으며 입맞춤했다. 다음 날 새벽부터 세희가 태권의 비밀 훈련에 동참했다. 다리의 감각은 완전하게 회복되었다. 단지 근력이 부족할 뿐이다. 러닝머신의 강도를 높였다. 세희는 러닝머신을 조절해주며 태권의 훈련을 지켜보았다. 훈련을 마치기 전에 세희를 업고 작업실을 한 바퀴 돌았다. 처음 며칠은 반 바퀴도 돌지 못하고 쓰러졌으나, 이제는 충분히 한 바퀴를 돌 수 있었다. 태권의 단백질 보충을 위해 세희가 매일매일 훈련 시간에 맞추어 계란을 삶아 주었다. 태권은 한 달여 남짓한 전시회가 어린아이처럼 손꼽아 기다려졌다. 어서 빨리 모든 사람 앞에서 자신의 건재를 확인시켜주고 싶었다. 특히 부모님과 장인 장모님, 아내와 아이들에게 자신의 건강함을 알려주고 싶었다.

전시회 전날, 부모님과 형님 내외, 장인어른과 장모님, 외삼촌 내외와 범석이, 누님 내외, 석구와 인숙이가 미리 도착했다.

드디어 전시회의 날이 밝았다. 태권은 휠체어를 타고 주차장에서 두 아내와 함께 손님맞이를 했다. 세희가 휠체어에 앉아 능청을 떨고 있는 태권을 바라보며 생글생글 웃었다. 태권이 검지를 치켜들고 입술을 두드렸다. 세희가 고개를 끄덕이며 검지로 입을 막았다. 은성이가 영문도 모르고 엄마를 따라 검지를 입에 댔다. 초겨울 날씨라 쌀쌀하기는 했지만, 사람들이 하나둘 모여들며 전시회장이 후끈 달아올랐다. 세희의 고객과 태권의 고객이 어우러지면서, 농장은 열 시도 되기 전에 발 디딜 틈 없이 꽉 들어찼다.

열시, 정각에 석구가 마이크를 잡고 단상으로 올라갔다. 먼저 전시회를 열게 된 배경과 일정을 소개하고, 특별히 찾아 주신 내빈들을 소개했다. 다음 순서는 태권이 주최자로서 전시회를 찾아 주신 내빈들에게 감사의 말씀을 드리는 순서였다. 석구가 '두 아내를 거느린 슈퍼맨'이라고 태권을 소개하자 우레와 같은 박수가 산골짜기를 진동했다. 태권이 휠체어를 밀고 앞으로 나갔다. 석구가 단상을 내려와서 마이크를 건네준다. 모두의 시선이 태권에게 쏠렸다.

"이렇게 먼 곳까지 찾아 주신 모든 분께 진심으로 감사를 드립니다. 그동안 저를 낳아주신 부모님, 그리고 훌륭한 따님을 제게 맡긴 장인, 장모님. 저에게 가족의 사랑을 알게 해준 외삼촌, 외숙모님. 지금은 고인이 되셨지만 피 한 방울 안 섞여도 가족이 될 수 있다는 참사랑을 알려주신 할머니, 그리고 사랑하는 형제들, 석구를 비롯한 진정한 친구들, 그 외 이

자리를 빛내 주신 모든 분께 진심으로 고맙다는 말씀을 드립니다."

태권이 잠시 말을 멈추고 장내를 한 바퀴 둘러본 후 고개를 숙였다.

"오늘은 전시회라기보다 그동안 물심양면으로 저희를 도와주시고 지켜봐 주신 여러분께 감사하는 뜻에서 조촐하나마 이런 자리를 마련했습니다. 행사가 끝나고 무대 뒤로 가시면 맛있는 음식이 준비돼 있습니다. 부족하나마 마음껏 드시고 하루를 즐겨주시면 감사하겠습니다. 마지막으로 제가 여러분에게 마술 한 가지를 보여 드리고 끝내도록 하겠습니다. 전시회에 뚱딴지같이 웬 마술이냐고 궁금해하는 분들이 계실 것 같아 조금 힌트를 드리자면, 저는 이 마술을 여러분에게 보여 드리기 위해 정말 많은 날을 피눈물 나는 노력을 했습니다. 오직 여러분을 위해 가족한테도 숨기고, 모두가 잠든 밤 혼자 열심히 연습했습니다. 조금 서툴어도 뜨거운 격려 박수 주시면 감사하겠습니다."

태권이 말을 마치고 석구에게 마이크를 건넸다. 모두의 호기심 어린 시선이 태권에게 쏠리며 장내가 조용해졌다. 태권이 휠체어를 밀고 가운데로 나가려다가 석구를 불러 다시 마이크를 잡았다.

"뒤에 계신 분은 잘 안 보이시죠. 제가 단상으로 올라가겠습니다."

석구가 부축하려고 태권에게 다가왔다. 태권이 손을 들어 제지했다.

"너무 오랫동안 앉아있었더니 다리가 아프군요."

태권이 천천히 몸을 일으켰다. 모두가 숨을 멈추고 태권을 응시했다. 휠체어 손잡이를 놓으며 태권이 휘청한다. 석구가 깜짝 놀라 태권을 부축했다. 태권이 싱긋 웃으며 석구를 뿌리쳤다. 태권이 휠체어에서 내려 한 걸음을 내디뎠다. 모두가 불안한 표정으로 지켜보았다. 태권이 비틀거리며 또 한 걸음을 내디뎠다.

"아빠!"

은성이가 환호성을 지르며 달려왔다. 미향이 불안한 표정으로 자리에서 일어나 다가왔다. 세희가 시침을 떼고 미향을 따라 걸어왔다.

"여보, 내가 마술해야 하니까, 은성이 좀 데려가."

태권이 은성이를 떼어놓았다.

태권이 다시 한 걸음을 내디뎠다. 석구가 불안한 표정으로 태권의 옆을 따라갔다. 태권이 마치 고장 난 터미네이터처럼 팔을 벌리고 부자연스러운 동작으로 한 걸음 한 걸음 걸어간다. 드디어 단상 앞에 도착했다. 계단을 한 발짝 내디디던 태권이 기우뚱했다.

"여보!"

바로 옆에 서서 태권을 주시하던 미향이 비명을 지르며 태권을 부축했다. 태권이 빙그레 웃으며 미향의 손을 뿌리치고 혼자 계단을 오르기 시작했다. 마치 줄타기를 지켜보듯 모든 사람이 손에 땀을 쥐며 태권이 한 계단 한 계단 오를 때마다 가슴을 쓸어내렸다. 태권이 단상 앞에 섰다.

"어떻습니까? 이제 잘 보이십니까?"

태권이 장내를 둘러보며 웃는다. 우레와 같은 박수가 터져 나왔다. 부모님의 눈에서 눈물이 흐르기 시작했다. 뜻하지 않은 사고로 하반신 마비가 되면서 얼마나 많은 세월을 고생하며 살았던가. 태권의 과거를 아는 모든 사람이 너나 할 것 없이 손수건을 꺼내 눈물을 훔쳤다.

"아빠, 마술 보여줘야지."

은성이가 큰 소리로 외쳤다. 태권이 만면에 미소를 띠고 아까와 같은 동작으로 단상을 내려와 성큼성큼 은성이에게 걸어갔다.

"이제 진짜 마술을 보여 드리겠습니다."

태권이 천천히 허리를 숙여 은성이를 껴안고 번쩍 들어 올렸다.

"여보!"

미향이가 깜짝 놀라 태권의 허리를 잡고 부축했다.

"빠빠!"

이제 말문이 터진 은비가 미향의 품에서 손을 내밀었다.

"아이고, 그래. 은비도 함께 안아 줘야지."

태권이 미향의 품 안에서 은비를 받아 안았다.

"여보!"

미향이 놀란 표정으로 태권을 부축하며 안절부절못했다. 태권이 두 아이를 양팔에 하나씩 감싸 안았다. 미향이 태권의 허리를 부둥켜안고 걱정스러운 표정으로 태권을 쳐다보았다. 세희가 빙그레 웃으며 태권의 팔을 잡았다.

"두 여성분. 이제 뒤로 물러서세요. 이제 마술을 끝낼 시간이에요."

태권이 두 아내에게 물러설 것을 요구했다.

"여보! 정말 괜찮은 거야? 무리할 것 없어."

미향이 울상을 지으며 태권을 쳐다보았다. 태권이 '걱정하지 말라.'는 표정을 지으며 씽긋 웃었다. 미향이 도저히 믿을 수 없다는 얼굴로 주춤주춤 물러섰다. 태권이 두 아이를 안고 계단을 오르기 시작했다. 세희와 미향이도 불안한 표정으로 태권을 따라 계단을 올라갔다. 하나둘 자리에서 일어서서 손뼉을 치기 시작했다. 드디어 태권이 두 아이를 안고 단상에 올라섰다.

"어떻습니까? 제 마술이 재미있었습니까?"

태권이 단상 위에서 장내를 둘러보았다. 우레와 같은 박수 소리가 골짜기를 울렸다.

"부모님과 제 아이들, 사랑하는 두 아내, 그리고 물심양면으로 저를 도와주신 모든 분에게 당당한 제 모습을 보여 드리기 위해 정말 열심히 노력했습니다. 때로는 좌절도 했지만, 그때마다 여기 계신 여러분들이 저를 일으켜 세웠습니다."

여기저기 흐느끼는 소리가 들렸다. 어머니는 아예 통곡하셨다.

"저는 여러분보다 항상 두 배 이상의 노력을 해야 했습니다. 두 아내를 거느리려면 건강이 최고거든요. 제가 사랑하는 여성분들을 소개하려 합니다. 제 아내들입니다."

태권이 다정한 눈으로 세희와 미향을 쳐다본다. 미향과 세희가 앞으로 나와 허리를 숙였다. 박수가 터져 나왔다.

"여보, 정말 괜찮아?"

미향이 아직도 믿기지 않는다는 표정으로 태권의 얼굴을 바라보며 말을 더듬었다. 태권이 두 아이를 양팔에 안고 두 여자와 함께 단상을 내려왔다. 장내가 울음바다가 됐다. 모두가 일어나 태권을 둘러쌌다. '아이고, 이놈아!' 어머님이 태권의 등을 두드리며 감격의 눈물을 흘렸다. 모든 사람이 태권의 회복을 내 일처럼 기뻐하며 진한 감동 속에 하루를 즐겼다. 모두가 돌아가고 아이들도 피곤한지 일찍 잠이 들었다.

"여보, 정말 괜찮아요?"

거실에서 커피를 마시며 미향이 신기한 듯 태권의 다리를 만져 보았다. 태권이 고개를 끄덕이며 사랑스러운 눈빛으로 미향을 바라보았다.

"여보, 언제부터 감각이 돌아온 거예요?"

미향이 궁금해 죽겠다는 듯 태권을 쳐다봤다.

"내가 발등을 다친 날 기억나지? 당신이 연고를 가지러 방에 들어간 사이 피를 닦으려고 상처를 건드리니까 쓰라린 느낌이 드는 거야. 그때부터 감각이 조금씩 살아나기 시작했어."

태권이 신이 나서 떠들어댔다.

"그걸 여태까지 숨긴 거예요."

미향이 태권의 허벅지를 사정없이 잡아 비틀었다.

"아야야!"

태권이 벌떡 일어나 달아났다. 세희가 그 광경을 보고 웃음을 터뜨렸다.

"아니, 세희 씨는…, 알고 있었던 거예요?"

미향이 덤덤한 세희의 태도를 보고, 의심의 눈초리로 따져 물었다.

"언니, 나도 늦게서야 알았어요. 왜 새벽에 욕실에서…."

"그럼, 세희 씨도 나를 속인 거네."

미향이 일어나 세희의 팔을 꼬집었다. 세희와 태권이 미향에게 잡히지 않으려고 방안을 뱅글뱅글 돌았다.

어느새 봄이 훌쩍 지나고 여름이 시작되었다. 화살 같이 지나가는 세월만큼 아이들도 쑥쑥 자랐다. 엊그제 은비의 돌잔치를 했다. 장인 장모님이 일찍 내려오셨다. 장모님이 미향이와 함께 시장을 보고 잔치 음식을 만들었다. 아침 일찍 형님 내외가 부모님을 모시고 들이닥쳤다. 뒤이어 석구네 가족과 누님네 가족이 도착했다. 외삼촌 내외도 범석이를 데리고 와서 축하해주었다. 은비가 제법 아장아장 걷는다. 생일상을 차려 놓고 간단하게 돌맞이 행사를 진행했다. 형님이 생일 선물로 강아지 한 쌍을 가져왔다. 흰색 털을 가진 발바리인데 지난겨울 태어나서 이제 갓 젖을 뗀 직후였다. 은성이와 은비가 하루 종일 강아지를 데리고 노느라 시간 가는 줄을 모른다.

진정한 행복

 아침부터 온 가족이 모여 분주하게 움직였다. 땅을 고르고 줄을 긋고 나이론 끈으로 네트를 만들어 기둥에 묶었다.
 "나랑 은성이랑 한편이고, 당신은 은비 엄마와 한편이야. 시합해서 지는 쪽이 상대방을 업어주기야."
 편을 갈라 배드민턴을 했다. 세 판을 했는데 2:1로 태권이 편이 졌다. 한 판 이긴 것도 은성이를 위해서 상대편이 일부러 져준 덕분이다. 은성이가 제 엄마를 업으려고 끙끙거렸다. 하지만 힘이 부족하다.
 "당신도 나를 업어줘야지?"
 미향이가 업히는 시늉을 한다. 아직은 무리인 줄 뻔히 알면서 태권이 등을 들이댄다. 미향이 업히는 척하다가 태권을 끌어안는다.
 "아빠, 아빠."
 이제 겨우 말을 시작한 은비가 샘을 낸다. 미향이 대신 은비를 업고 마당을 한 바퀴 돌았다.
 "자, 모두 손 씻고 식탁으로 가세요. 맛있는 불고기 파티를 시작할 거예요."
 미향과 세희가 불판에 고기를 구웠다. 은성이가 은비의 손을 잡고 식탁에 앉았다. 불판이 달궈지면서 맛있는 냄새가 사방을 진동한다. 세희가 잘 익은 고기를 접시에 담아 상으로 가져왔다. 은성이와 은비가 고기를 먹으며 신이 났다. 태권이 맛있게 고기를 먹는 아이들을 흐뭇한 얼굴로 바라보았다.

"은성아, 은비야. 엄마에게 맛있는 상추쌈을 싸드리자."

태권이 상추쌈을 싸서 은비에게 건넸다. 은비가 고사리 같은 손으로 상추쌈을 받아 들고 엄마에게 내밀었다. 미향이 '아'하고 입을 벌리며 맛있게 받아먹었다. 은성이가 서툰 솜씨로 상추쌈을 싸서 엄마의 입에 넣어주었다.

"아유, 짜!"

세희가 은성이가 싸준 상추쌈을 먹고 연거푸 물을 들이켰다. 한바탕 웃음바다가 펼쳐졌다. 불을 줄이고 모두가 식탁에 둘러앉아 불고기를 먹었다. 점심을 맛있게 먹고 산책도 할 겸 뒷산으로 올라갔다. 꼭대기에 올라가니 사방이 탁 트여 가슴이 시원하다. 동쪽으로 큰 솔안과 작은 솔안이, 동화 속의 난쟁이 마을처럼 아담하게 보이고, 남쪽으로는 사마장군이 놀고 갔다는 사마산이 우뚝 솟아있다. 마을과 산 사이로 공주에서 청양을 잇는 36번 도로가 시원하게 뻗어 있다. 도로에는 휴일을 즐기려는 차들이 꼬리를 물고 신나게 달린다. 서쪽으로 안심초등학교와 목면 면사무소가, 마치 아이들이 가지고 놀다가 놓고 간 예쁜 장난감처럼, 한가로이 드러누워 있는 모습이 평화롭다. 북쪽으로 고사리가 많다고 소문난 미궐산이 시원한 자태를 뽐내며 우뚝 솟아있고, 마치 모자를 쓴 듯 꼭대기에 흰 구름이 한 조각 걸려 있다. 온산의 나무들이 마치 형형색색의 물감을 들인 것처럼 오색찬란하다. 소나무와 백합나무의 은은한 향이 바람결에 실려 콧속을 파고든다. 탁 트인 주변을 바라보고 맑은 공기만 마셔도 이렇게 행복한 것을…. 휠체어에 의지해 그냥 멍때리고 있던 지난날이 떠오르며, 태권은 저도 모르게 뜨거운 눈물이 흘러내렸다. 은성이와 은비가 예쁜 단풍잎을 주어 모으면서 신이 났다. 도토리를 주워가던 다람쥐 한 마리가 아이들에 놀라 구멍 속으로, 쏙 들어갔다. 세희와 미향이가 사방을 손가락질하며 이야기꽃을 피우느라 정신이 없다.
"여보, 난 뒷동산이 이렇게 아름다운 줄 오늘 처음 알았어요. 앞으로 자주 올라와요."
세희가 주위를 돌아보며 연신 감탄했다. 미향이 맞장구를 치며 두 팔을 활짝 펼쳤다. 태권이 두 여자의 손을 잡고 연신 고개를 끄덕였다.

온 산에 낙엽이 지고 나니 나뭇가지만 앙상하다. 요즈음이 분재 묘목을 준비하기에는 최적의 시기이다. 온 가족이 함께 산에 올랐다. 세희와 어린 은성이가 캐다 주는 묘목으로 분재를 만들던 지난날이 떠오르며 가슴이 아려왔다. 온통 장애인 가족 속에 파묻혀 혼자, 고군분투하던 미향을 보자 갑자기 울컥했다.
모든 게 달라졌다. 건강을 회복한 태권이 모든 일에 앞장서서 달려간다. 이젠 두려울 게 하나도 없다. 세희와 미향이가 조금씩 양보하며 서로의 어깨를 두드려 주고, 은성이와 은비가 무럭무럭 자라고 있다. 가정이라는 톱니바퀴가 한 치의 오차도 없이 째깍째깍 잘 돌아간다. 세희도 낮 동안은 가족과 함께 묘목을 수집하고 작업을 하며 밤에만 그림을 그렸다. 어느 정도 경제적으로 여유가 생기니 옛날처럼 아등바등하지 않아도 생활엔 큰 지장이 없다. 온 가족이 오순도순 함께하는 세상은 두려울 것도, 괴로울 것도, 없다. 오직 하나 즐거움이 있을 뿐이다.

정말 오랜만에 온 가족이 함께하는 나들이를 계획했다. 그동안 하반신 마비로 마음 놓고 돌아다닐 수 없었는데, 건강을 회복하고 나니 모든 게 그립다. 저녁을 먹고 온 가족이 둘러앉아 일정을 짰다. 먼저 부모님 댁에서 하룻밤을 자고, 처가와 외삼촌 댁을 차례로 들러, 한 바퀴 돌아올 작정이다. 은성이와 은비가 신이 났다. 아침을 먹고 느긋하게 출발했다. 태권이 운전대를 잡고 세희가 옆자리에 앉았다. 미향이 운전석 뒤로 앉고, 은비와 은성이가 나란히 앉았다. 추수가 끝난 들판은 참새 떼가 이삭줍기하느라 소란스럽다. 따스한 가을 햇살이 신나게 달리는 자동차를 따라오며 유리창을 기웃거린다. 농협마트에 들러 모두에게 줄 선물을 사고 아이들 주전부리를 샀다. 새참 무렵에 부모님 댁에 도착했다.

"할머니!"

은성이가 제일 먼저 차에서 뛰어내렸다.

"우리 은성이, 많이 컸구나."

어머니가 은성이를 끌어안고 기뻐하셨다.

"안녕하셨어요?"

미향이 은비를 안고 밝은 얼굴로 인사를 했다.

"어서 오너라. 아이고, 우리 은비 그동안 예뻐졌네."

어머니가 은비를 넙죽 받아 안았다.

"은비야, 할머니한테 뽀뽀해야지."

은비가 고사리 같은 손으로 할머니 얼굴을 잡고 뽀뽀했다.

"저희 왔어요."

태권과 세희가 인사를 했다.

"그래, 그동안 고생이 많았지?"

어머니가 반갑게 세희의 손을 잡는다.

"아버지는?"

"잠깐 밭에 가셨다. 곧, 돌아오실 거다."

모두 손을 잡고 아버지가 계신 텃밭으로 나갔다. 아버지는 고춧대를 뽑고 계셨다. 아직 희나리가 많이 매달려 있었다.

"할아버지!"

은성이가 할아버지를 발견하고 뛰어간다. 아버지가 허리를 펴시고 이쪽을 바라보셨다.

"할. 아. 버. 지!"

은비가 큰 소리로 할아버지를 부르며 두 손을 마구 흔들었다.

"저희들 왔어요."

태권이 두 아내와 함께 아버지께 인사를 했다.

"그래, 어서 오너라."

아버지가 이마에 땀을 닦으시며 흐뭇해하신다. 모두 달려들어 고춧대를 뽑았다. 은성이와 은비가 노란 은행잎을 주우며 신이 났다.

"다리는 이제 괜찮은 게냐?"

태권이 일하는 모습을 보며, 아버지가 아직도 믿기지 않는 듯 다리를 쳐다보셨다.

"네, 이제 완쾌됐어요."

태권이 발로 땅을 쾅쾅 차며 어린애처럼 환하게 웃었다.

고춧대를 다 뽑고 은성이가 할아버지의 손을 잡고 앞장을 섰다. 태권이 은비를 목말 태우고 뒤따랐고 미향과 세희가 두런두런 얘기를 주고받으며 따라왔다.

"여보, 참으로 오랜만에 고향에 온 것 같아요."

지난 일이 떠오르는지 미향이 착 가라앉은 목소리로 태권을 바라보며 말했다.

"아마 7, 8년은 되었지? 그때는 들판에 곡식이 풍성했는데…. 당신은 처음이지?"

태권이 걸음을 멈추고 되돌아서며 세희를 쳐다봤다.

"네. 경치도 좋고, 공기가 너무도 상쾌해요."

세희가 가슴을 활짝 펴고 숨을 깊이 들어 마셨다.

"너희들 배고프겠다. 어서 밥 먹자."

어머니가 어느새 점심을 준비해놓으셨다. 모두 밥상에 둘러앉았다.

"너희들이 오니 사람 사는 것 같구나."

어머니가 수저를 들 생각도 하지 않으시고 손주들 밥 먹는 걸 챙기며 눈시울을 적셨다. 식사를 마치고 어머니가 식혜를 가져오셨다.

"너는 아직 둘째 소식이 없는 게냐?"

어머니가 세희를 바라보며 묻는다.

"아직…."

세희가 수줍은 표정으로 웃었다.

"우리 집안은 손이 귀한 집안이다. 서넛씩 쑥쑥 낳거라."

어머니가 두 며느리의 손을 잡고 당부한다. 미향과 세희가 서로를 쳐다보며 깔깔 웃었다. 어머니는 태권이 건강을 되찾은 게 아직도 실감이 나지 않는지 연신 태권을 쳐다보았다.

"네가 건강해야 한다. 이제 이 녀석들이 자라면 돈 들어갈 일도 많은데…."

"걱정하지 마세요, 어머니. 저희들 이제 기반 잡았어요. 은성 엄마가 그린 그림만 팔아도 먹고 사는데, 지장 없어요."

미향이 웃으며 세희를 쳐다보았다.

"그래, 천만다행이구나. 너희들이 이렇게 다투지 않고 오순도순 잘 지내니 얼마나 보기 좋으냐."

어머니가 두 며느리의 손을 잡으며 만족해하셨다. 점심을 먹고 밭으로 감을 따러 갔다. 먼저 잘 익은 홍시를 하나 따서 은성이와 은비에게 나누어 주었다. 아이들이 입술을 빨갛게 물들인 채 맛있게 감을 먹었다. 태권이 감나무로 올라갔다.

"여보, 조심하세요."

미향과 세희가 나무 밑에서 감 전지를 올려주었다. 홍시를 따기란, 쉽지 않았다. 너무 익어 조금만 가지가 흔들려도 우수수 떨어졌다. 가져간 광주리를 가득 채우고 집으로 돌아왔다.

어머니가 봉지, 봉지 추수한 곡식들을 나누어 담느라 분주하다.

"이건 처가에 드리고, 이건 외삼촌에게 드려라. 시골이라서 변변한 게 있어야지. 차를 가져왔으니까 쌀도 한 가마씩 가져가서 나누어 드려라. 올해 추수해서 처음 방아를 찧었다. 다른 건 몰라도 밥맛은 좋을 거다."

"어머님, 이러다 어렵게 농사지은 거 우리가 다 가져가는 거 아니에요?"

미향과 세희가 어머니가 담아놓은 곡식을 차에 실으며 걱정했다. 하룻밤을 고향에서 지냈다. 은성이와 은비가 군밤을 먹으며 할아버지의 옛날 이야기에 빠져들었다. 어머니가 두 며느리를 데리고 말린 고추와 구기자를 손질하며 침이 마르게 둘째 아들을 자랑했다.

"은성 아빠는 어려서부터 부모님 말씀 잘 듣고, 공부 잘하고, 건강하고 버릴 게 하나 없는 정말 착한 아이였다. 가난한 집안에 태어나 그렇지, 계속 공부했더라면 정말 큰일을 할 재목이었다. 그래도 그 어려운 은행을 떡하니 들어가 집안의 자랑거리였는데…. 그 나쁜 놈들 때문에 사고를 당하고…."

어머니가 옛날 생각이 나는지 말씀을 잇지 못하고 옷소매로 눈물을 훔쳤다. 미향과 세희가 어머니의 손을 잡으며 위로해 드렸다.

"모든 게 지난 일이다. 이제 너희들이 아들딸 쑥쑥 낳고, 우리 태권이를 알뜰살뜰 보살펴 주니 마음이 놓인다. 저 녀석이 가끔 불뚝하는 똥고집이 있어서 그렇지, 심성이 곧고 마음이 여린 아이다."

어머니가 아랫목에서 코를 골고 있는 태권을 그윽한 눈으로 바라보셨다.

이튿날 아침 서둘러 집을 나섰다.

"할머니, 할아버지. 안녕히 계세요."

은성이와 은비가 코가 땅에 닿게 인사를 했다.

"그래, 자주 놀러 오너라."

아쉬워하시는 부모님을 뒤로하고 차를 출발시켰다. 은성이와 은비가 유리창 밖으로 고사리 같은 손을 흔들었다. 저녁때가 다 되어 서울에 있는 외삼촌 댁에 도착했다. 외삼촌은 직장에서 아직 안 돌아오시고, 범석이는 학원에 갔는지 외숙모만 계셨다. 세희가 은성이 손을 잡고 차에서 내렸다.

"할머니, 안녕하세요."

은성이가 외숙모에게 인사를 했다.

"은성이가 이제 의젓해졌구나. 어서 안으로 들어가자."

"안녕하셨어요?"

미향이 은비를 안고 외숙모에게 인사를 했다.

"어서 와요. 우리 은비 많이 컸네."

외숙모가 은비 볼을 톡톡 두드렸다. 외숙모가 은성이와 세희의 손을 잡고 안으로 들어갔다. 태권은 차에서 어머니가 싸주신 곡식을 내리고, 미향과 세희가 방안으로 날랐다.

"세상에, 이 많은 것을 다…."

외숙모가 입을 다물지 못했다.

"어머니가 농사지은 건 가족끼리 나누어 먹어야 하는 거라며, 있는 대로 싸 주시는 바람에…."

태권이 쌀가마를 메고 방 안으로 옮겼다. 짐을 다 내리고 밖으로 나왔다.

"저녁이라도 먹고 가야지. 먼 길 왔는데 그냥 보냈다고 외삼촌이 아시면 난리를 칠 텐데…."

외숙모가 못내 섭섭하여 잔소리하셨다.

"다음에 날을 잡아 하루 쉬었다 갈게요. 오늘 처가도 들려야 해서…. 외삼촌한테 잘 말씀드려 주세요. 여보, 내일 오후에 올게. 은성아 안녕."

세희와 은성이를 내려놓고, 곧바로 처가로 향했다. 처가에 도착하니 아내가 전화했는지, 장모님이 문밖에서 눈 빠지게 기다리고 계셨다.

"어서 오게. 어이구, 우리 은비 몰라보게 예뻐졌구나."

장모님이 은비를 번쩍 들어 안았다.

"할.머.니, 안녕!"

은비가 예쁜 목소리로 또박또박 인사를 했다.

"우리 은비 인사도 잘하네."

"아버지는?"

미향이 어머니의 손을 잡는다.

"곧 들어오실 거다. 여태 서성이더니 잠깐 나가신 모양이다."

차에서 짐을 내리고 있는데 아버님이 돌아오셨다.

"아버님, 안녕하셨어요."

"그래, 잘 있었나? 뭘 이렇게 많이 보내주셨어. 자네 부모님도 안녕하시고?"

"네, 모두 건강하십니다."

부모님이 좌정하시기를 기다려 태권과 미향이 큰절을 올렸다.

"자네 몸은?"

장모님이 아직도 걱정되시는지, 태권을 아래위로 훑어보았다.

"엄마, 이이는 완전하게 회복했어요. 전보다 더 건강해졌어요."

미향이 밝은 얼굴로 태권의 등을 두드렸다.

"모두가 은비 엄마 덕분입니다."

태권이 정색하며 다정스럽게 미향을 쳐다보았다.

"그래, 정말 다행일세."

장모님이 사위를 바라보며 고개를 끄덕였다.

"아버님, 저녁 먹고 바둑 한 판 하시죠?"

"그럴까? 요즘은 눈이 침침해서…."

태권이 옷을 갈아입고, 차에서 내려놓은 짐들을 방안으로 옮겼다.

"세상에, 뭘 이렇게 많이 보내주셨어. 피땀 흘려 지은 곡식인데…."

장모님이 태권이 내려놓는 보따리를 보고 입을 다물지 못하셨다. 서둘러 저녁을 준비해서 모두 식탁에 둘러앉았다.
 "어서 먹게. 햅쌀로 지은 밥이라 기름이 잘잘 흐르네."
 참으로 오랜만에 미향의 집에 와서 맛있게 밥을 먹었다. 그동안 자식 때문에 걱정을 많이 하신 탓인지 장인, 장모님 모습이 훨씬 늙어 보인다. 모든 게 자신 때문이라는 생각이 들자 가슴이 아프다.
 "어머님, 아버님. 청양으로 내려오시지요. 날씨도 추워지고 적적하실 텐데…."
 커피를 들며 태권이 진지하게 말씀을 드렸다.
 "그래, 엄마. 우리 집으로 가요. 이제 저희들 아무 걱정 없어요."
 미향이 눈물을 질금거렸다.
 "글쎄, 나는 그러고 싶은데 너희 아버지가…."
 장모님이 아버님의 눈치를 보셨다.
 "아직은 움직일 만하다. 좀 더 지내다가 생각해 보마."
 아버님이 신중하게 말씀하셨다. 아마도 세희 모자 때문에 조심스러운 모양이다. 하룻밤을 처가에서 머물고 외삼촌 댁에 들려 은성이와 세희를 태우고 돌아왔다. 모처럼 장거리 운전하느라고 피곤했지만, 태권은 가슴이 뿌듯했다. 집에 도착하니 모두 곤히 잠들어 있었다.
 "집에 도착했어요. 자, 모두 내리세요."
 태권이 소리치자 모두 잠을 깼다.
 "벌써 왔어요? 당신 피곤할 텐데 나를 깨우지…. 내가 교대해주려 했는데…."
 미향이 미안한 표정을 짓는다. 은성이가 엄마의 손을 잡고 아직도 잠이 덜 깬 모습으로 비틀비틀 걸어간다. 은비는 곯아떨어졌다. 미향이 은비를 안고 들어가 침대에 눕혔다.

"어때? 집에 다녀오니까 모두 기분 좋지?"

세희와 미향이 서로를 쳐다보며 고개를 끄덕였다.

밤새 내린 눈으로 온천지가 새하얗다.

아침을 먹고 나니 또다시 눈이 내리기 시작했다. 모두 나와 마당의 눈을 치웠다. 은성이가 눈사람을 만들려는지 눈덩이를 굴렸다.

"오빠, 오빠."

은비가 토끼 귀가 달린 하얀 모자와 빨간 털 외투를 입고, 비틀거리며 달려 나왔다. 눈덩이 두 개를 포개 몸통을 만들고 헌 밀짚모자를 씌웠다. 세희가 숯검정을 들고나왔다. 은성이가 숯으로 눈과 코를 만들었다.

"오빠, 나도."

은비가 저도 하겠다며 발을 동동 굴렀다. 은성이가 은비를 번쩍 들어 올렸다. 은비가 숯으로 입을 만들었다. 입과 코가 삐뚤빼뚤했지만, 그런대로 보기가 좋았다. 미향이가 카메라를 들고 왔다. 모두 눈사람 주위에 둘러서서 가족사진을 찍었다.

물가에 버드나무가 푸른빛을 띠는가 싶더니 이내 봄이 찾아왔다. 아직 바람이 쌀쌀한데, 성급한 개나리가 꽃망울을 터뜨렸다. 어느새 따사로운 햇살이 작업실에까지 파고든다. 아침을 먹고 겨울 동안 준비해뒀던 묘목을 창고에서 꺼내 햇볕에 늘어놓았다. 작업실 창문을 활짝 열어놓고 바닥을 청소했다.

"여보, 오늘은 당신 혼자 수고 좀 하세요. 저희들은 잠시 외출 좀 하고 올게요."

미향과 세희가 산뜻한 차림으로 아이들을 데리고 차에 올랐다.

"아니, 나만 쏙 빼놓고 모두 어디를 가는 거야?"

태권이 일손을 멈추고 섭섭한 표정을 짓는다.
"다녀와서 얘기할게요."
미향이 시동을 걸며 손을 흔들었다.
미향과 세희가 오순도순 지내는 걸 볼 때마다 태권은 하느님께 감사했다. 행여나 두 사람이 옛날처럼 갈등을 일으킬까 봐 평소에도 세심한 주의를 기울였다. 하지만 한 가족이 된 후 단 한 번도 서로 얼굴 붉히는 일이 없이 다정하게 지내는 모습을 보며, 태권은 행복한 미소를 지었다. 대부분 미향이 양보하고 배려해 준 덕분이었다. 태권이 작업실을 청소하느라 구슬땀을 흘리고 있는데 자동차의 경적이 울렸다.
"아빠, 엄마가 동생을 가졌대."
은성이가 달려오면서 큰 소리를 질렀다.
"여보, 임신이래요."
미향이 흥분된 표정을 감추지 못하고, 벌겋게 상기된 얼굴로 말했다.
"누구…?"
태권이 두 아내를 쳐다본다. 세희와 미향이 마주 보고, 서로를 손가락질하며 웃음을 터뜨렸다.
"그럼…. 둘 다?"
두 여자가 고개를 끄덕였다.
"맙소사! 내가 슈퍼맨인 줄 알아?"
태권이 머리를 감싸 쥐고 엄살을 떨었다.
"당신이 좋아할 줄 알았는데…."
미향이 뾰로통한 얼굴을 하며 고개를 돌렸다.
"농담이야. 여보, 축하해."

태권이 두 여자를 끌어안았다. 세희가 6주, 미향이 5주란다. 금년 말이면 아이가 둘 더 늘어난다. 태권이 달려가 전화기를 잡았다. 외삼촌에게 전화하고, 장모님께 기쁜 소식을 알렸다. 모두 난리가 났다.

어머니께 다이얼을 돌렸다.

"어머니, 아내가 임신했어요."

"그래? 잘 됐구나. 그런데 큰애기냐? 작은애기냐?"

"둘 다요."

"뭐?"

어머니가 한동안 말을 잇지 못하셨다. 주말에 어머니가 보약 두 재를 지어서 형님을 앞세워 들이닥쳤다.

"우리 집안에 경사가 났구나! 이거 아버지가 지어주신 거다. 잘 달여 먹어라. 너희들도 알다시피 우리 집안은 손이 귀한 집안인데, 둘이나 또 손주가 생긴다니 아버지가 얼마나 좋아하시는지, 몸조리 잘하고…."

태권이 눈코 뜰 사이 없이 바빠졌다. 태어날 아이들을 생각하니 잠시도 쉴 틈이 없었다. 부지런히 돈을 모아 아이들을 남부럽지 않게 키워야 한다는 생각에 힘든 줄도 몰랐다.

"여보, 우리 과일나무 심을까?"

작업 칼이 무뎌져서 새것을 사고 나오는 길에, 다리 위에 쭉 늘어선 묘목을 보고 미향과 세희를 쳐다보았다.

"그래요. 복숭아와 사과, 배, 골고루 심어요."

"아빠, 은행나무도 심어요."

은성이가 시골에 갔을 때 은행나무 잎을 주웠던 생각이 나는지 은행나무를 가리켰다.

"은비는 어떤 게 좋을까?"

"포. 도. 나. 무."

"그래. 모두 사자. 그 대신 직접 한그루씩 자기 나무를 심고 잘 가꾸어야 한다."

나무를 모두 사서 트렁크에 실었다.

"여보, 모처럼 함께 나왔는데 식사하고 들어갈까?"

"식사는 집에 가서 먹어요, 돈이 얼만데…. 돼지고기 두 근 사가면 우리 식구 실컷 먹고도 남아요. 이제부터 저축해야 해요."

미향이 돈 걱정을 앞세웠다.

"알았어요. 그런데 두 근은 너무하다. 은성이와 은비 만해도 두 근은 먹겠다."

돼지고기 세 근을 사서 집으로 돌아왔다.

미향이 식사를 준비하는 사이 태권은 세희와 함께 텃밭에서 상추를 뜯었다. 햇살이 좋아서인지 비닐을 씌우지 않았는데도 제법 푸릇푸릇했다. 점심 식사가 끝나고 모두 나와 나무를 심고, 자기가 심은 나무에 명찰을 달았다. 나무 심기가 끝나고 작업을 시작했다. 그동안 준비해뒀던 묘목들을 꺼내 양지쪽으로 옮기고 물을 주었다. 잎이 나오기 전에 작품 수를 늘리기 위해 묘목을 찾아 나섰다. 서둘러 화분에 묘목을 앉히고 철사를 감아 모양을 만들었다.

어느새 벚꽃이 모두 지고 송홧가루가 날리기 시작했다. 여름에 접어들며 눈에 띄게 아내의 배가 불러왔다. 작업량을 대폭 줄였다. 태권은 아내의 배만 쳐다봐도 세상을 다 가진 것처럼 마음이 뿌듯했다. 어머니가 수시로 들락거리며 반찬을 챙겨왔다. 그 더웠던 여름도 서서히 지나가고 이따금 찬 바람이 불어왔다. 출산을 한 달여 앞두고 장모님이 내려오셨다. 마치 두 딸의 산간을 하듯 장모님이 신이 나서 온 집을 휘젓고 다니셨다.

"여보, 여태 잠도, 안 자고 뭐 해?"

화장실을 가려고 잠을 깬 태권이 책상에 앉아있는 세희를 보고 물었다.

"깼어요?"

세희가 뒤돌아보았다.

"응, 화장실에 가려고…."

밤공기가 서늘하다. 보일러를 틀었는데도 한기가 돈다. 태어날 아이들을 위해서 보일러를 손보고 이중창을 해야 할 것 같다. 화장실을 다녀온 태권이 책상 앞에 앉아있는 아내를 다정하게 감싸 안는다.

"앨범 보고 있었어?"

세희의 책상 위에 앨범이 두 권 놓여있었다.

한 권은 결혼사진과 은성이 사진을 모아 놓은 것이고, 또 한 권은 세희의 어릴 때 사진과 가족사진을 모아 놓은 것이다. 엄마, 아빠와 찍은 가족사진이 펼쳐져 있었다. 아내의 눈가가 벌겋게 충혈되어 있다. 아마도 부모님을 생각하며 감상에 젖어 있었던 모양이다.

"여보!"

태권이 세희의 볼을 잡고 입맞춤했다.

"왜 갑자기 부모님이 생각났어?"

"나도 엄마가 있으면 좋을 텐데…."

세희가 눈시울을 적셨다. 태권이 고개를 끄덕였다. 미향의 출산을 준비하기 위해 내려오신 장모님을 보고 엄마가 생각났던 모양이다. 장모님이 세희에게도 미향과 마찬가지로 세심하게 신경을 써 주셨지만, 아무래도 친어머니만큼은 아닌가 보다.

"어머님은 돌아가셨잖아. 아마 어머니도 하늘에서 우리 딸이 잘살고 있는지 항상 지켜보고 계실 거야."

태권이 세희를 침대에 눕히고 머리를 쓰다듬어 주었다. 며칠이 지나자 어머니가 오셨다. 장모님이 오셨다고 말씀드렸지만, 조바심이 나시는지 기어이 오셨다. 자연스럽게 미향은 장모님이, 세희는 어머니가 수발을 들었다. 세희와 미향이 사흘 간격으로 아이를 낳았다. 예정대로라면 세희가 일주일 먼저 출산해야 하는데 오히려 미향이 먼저 아들을 낳고, 사흘 뒤 세희가 딸을 낳았다.

어머니와 장모님이 만날 때마다 손주 자랑을 늘어놓는다.

"제 엄마를 닮아서 얼마나 예쁜지…."

"아빠 닮아서 듬직한 게 사내답게 생겼어요. 사위가 워낙 착한 사람이라 아이도 약속한 듯이 아들딸을 골고루 섞어서 낳고…."

장모님이 손주 자랑에 보태 사위 자랑까지 하며 싱글벙글하셨다.

이틀 후 퇴원했다. 모처럼 차가 만원이 됐다. 어머니와 장모님, 은성이와 은비, 미향이 모자, 세희 모녀, 모두 8명을 싣고 돌아가는 태권의 어깨가 뿌듯했다. 동구 밖에 이르자 복돌이와 복순이가 꼬리를 흔들며 모두를 반겼다.

은성이가 초등학교에 입학했다. 은비와 은철이, 은향이 모두 따라나서는 것을 억지로 떼어 놓고, 은성이 모자를 싣고 학교에 갔다. 교문 밖 주차장에 차를 주차하고, 세희와 함께 은성이 손을 잡고 교문에 들어섰다. 반 편성하고 담임선생님을 따라 모두 교실로 들어갔다. 선생님의 말씀을 듣고 있는 은성이를 대견한 듯 바라보는 세희를 보면서, 태권은 가슴에 울컥 치밀어 오르는 감정을 억제할 수가 없었다. 성치 않은 몸으로 그 험한 일을 겪으며 어렵게 출산하고, 하반신을 못 쓰는 남편을 간호하느라 눈물로 지새웠을 지난날을 생각하니 새삼 아내가 자랑스럽다. 은성이가 사고로 반신불수가 되었을 때, 재수술은커녕 끼니조차도 제대로 때울 수가 없이 경제적으로 어려웠던 시절, 그녀가 겪었을 고통을 생각하니 가슴이 쓰리다. 세월이 약이라 하지 않았던가. 어느새 은성이가 초등학교에 입학하여, 친구들과 함께 교실에 앉아있는 늠름한 모습을 보니, 모든 게 감개무량하다. 은성이를 바라보는 세희의 얼굴에 하염없이 뜨거운 눈물이 흘러내렸다. 손수건을 꺼내 아내의 눈물을 닦아주었다.

세희가 개인전을 열었다. 3년 전, 집에서 태권과 함께 전시회를 가진 후 두 번째다. 이번 전시회는 세희 혼자 칠갑산 호텔에서 개최했다. 중견 화가로서 인정받는 자리였다. 전시회 둘째 날 외삼촌이 세희 어머니를 모시고 찾아왔다. 태권은 세희 어머니의 뜻밖의 출현에 당황했다. 외삼촌과 세희 어머니, 태권이 셋이서 세희를 피해 휴게실서 마주 앉았다.

"참으로 오래간만에 뵙습니다."

태권이 결혼식장에서 급히 사라지던 뒷모습을 떠올리며 인사를 했다.

"정말 고마워요. 부족한 우리 세희를 이렇게 아껴줘서…."

세희 어머니가 태권의 손을 잡았다.

"조 서방, 정말 고맙네. 은성이가 학교에 들어갔다지?"

"예, 은향이도 벌써 두 살이 됐습니다."

"참. 세월이 빠른 것 같으이. 엊그제 결혼식을 올린 것 같은데…."

외삼촌이 눈시울을 적셨다.

"이제 어머님도 세희 씨를 만나 보는 게…."

"아니에요, 잘살고 있는데 괜히 혼란스럽게…. 이렇게 먼발치서나마 한 번 보고 싶었어요."

어머니가 자격지심 때문에, 세희 앞에 나서기를 꺼리는 것 같았다.

"어머님, 세희도 이제 어린애가 아닙니다. 벌써 두 아이 엄마가 되었습니다. 은향이를 가졌을 때, 어느 날 밤인가 자다 일어나 보니 세희가 어머니 사진을 보며 울고 있었습니다. 세희도 어머니가 몹시 그리운가 봅니다."

어머님이 태권의 말을 들으며, 손수건으로 눈물을 훔쳤다. 외삼촌과 함께 전시회장을 둘러보았다. 어머님이 젖가슴을 드러낸 채 아이에게 젖을 먹이는 엄마 그림을 보고 한참을 서성였다. 세희가 다가가 그림에 대해, 설명했다. 외삼촌이 안쓰러운 얼굴로 모녀를 지켜보았다.

"당신 그림을 굉장히 좋아하는 분이셔. 지난 전시회에도 다녀가셨고…, 잘 안내해 드려."

태권이 세희에게 특별한 분이라고 소개했다. 어머님이 세희와 시선을 마주치지 못하고, 그림만 쳐다보았다. 전시된 그림을 하나하나 꼼꼼히 살펴보신 어머님이 젖먹이는 엄마 그림을 포함해서 몇 점의 그림을 구매하셨다.

"전시회 축하해요."

어머님이 전시회장을 나서며 세희 손을 잡았다.

"감사합니다. 안녕히 가세요."

세희가 활짝 웃으며 허리를 숙였다.

"우리 세희, 잘 부탁해요."

어머님이 세희의 눈을 피해 태권의 손을 꼭 잡았다. 외삼촌이 세희의 등을 두드려 주며 문을 나섰다.

"누구예요?"

외삼촌을 배웅하고 돌아오니 세희가 두 눈을 동그랗게 뜨고 물었다.
"응, 세희 그림에 관심이 많은 분이야. 외삼촌하고 잘 아시는 분이래."
태권이 에둘러 변명했다.

마지막 날, 미향이 아이들을 데리고 전시회장을 찾았다. 모두 전시회장을 돌아보며 환호성을 질렀다. 전시회는 성황리에 마쳤다. 장애인협회 회원들이 전시회장을 마무리했다. 판매대금은 장애인 돕기 행사에 전액 기부하고, 남은 그림은 협회에 기부했다. 사무국장인 김진태 씨가 감사하다고 연신 허리를 숙였다. 전시회장을 나와 새뜸가든에서 불고기를 먹었다. 주차하기 편하고 한적한 산밑에 자리 잡고 있어서, 맑은 공기 마시며 맛있는 식사를 즐길 수 있는 최적의 장소다. 항상 들르는 단골집이지만 오늘따라 고기 맛이 일품이었다.

또다시 눈발이 날리기 시작한다. 이곳은 산속이라 시내보다는 조금 더 추운 편이다. 지난여름에 벌목 현장에서 가져온 나무들을 꺼내 기계톱으로 자르고 장작을 만들었다. 태권이 나무를 자르고 아내와 아이들이 모두 나와 창고로 날랐다. 장작 만들기를 끝내고 월동준비에 들어갔다. 과일나무들을 한겨울에 얼어 죽지 않도록 짚으로 둘러쌌다. 특히 단감나무와 석류나무는 추위에 약해서 특별히 신경을 써야 한다. 하우스에 있는 분재를 한 곳으로 몰아놓고 한 겹을 더 씌웠다. 강추위를 대비해서 미니 화목보일러를 하우스에 설치했다.

주말에 맞춰 은혜와 은철이의 백일잔치를 했다. 아직 쌀쌀한 날씨지만 온 가족이 다 모이니 집안이 훈훈하다. 부모님과 장인, 장모님, 외삼촌과 외숙모님이 한 자리에 둘러앉아 무엇이 그리 즐거운지 왁자지껄하다. 마당에서는 아이들이 복돌이와 복순이를 데리고 뛰어놀고 있었다. 태권이는 형님과 누님, 형수님, 매형, 석구, 인숙이와 함께 반주를 곁들였다. 미향이와 세희가 여기저기를 오가며 모두를 챙기느라 분주하다. 태권이 고생하는 미향이와 세희에게 구기주 한 잔씩 따라주고 안주를 집어 주었다.

"처남, 잘 있었어?"

오랜만에 석구로부터 전화가 왔다.

"야, 처남 소리 들으니 좀 어색하다. 그래 모두 잘 있고?"

태권이 반가운 목소리로 화답했다.

석구는 아들 둘을 두었다. 예나 지금이나 원만한 성격은 변함이 없어서 인숙이 집에 올 때마다 석구 칭찬에 입이 마른다. 지금은 과장으로 승진해서 남대문에 있는 본점에 근무하고 있다.

"그런데 은성 엄마 말이야…."

"은성 엄마? 은성 엄마가 왜…."

갑자기 석구의 입에서 은성 엄마 이야기가 튀어나오자 모든 게 궁금하다.

"전시회가 끝나고, 2, 3일 후엔가 은행으로 나를 찾아왔더라."

"세희가 너를…?"

"그래, 볼 일이 있어서 서울에 왔다가 잠깐 들렀다면서…."

"누구랑?"

"혼자 찾아왔어."

"혼자? 그럴 리가, 은성 엄마가 혼자 거기까지 찾아갔었단 말이야?"

태권은 석구의 말을 듣고도 믿어 지지가 않았다. 작품 활동 때문에 종종 외출하지만, 대부분 행선지를 밝히고, 동료들과 함께 움직이지 않으면 태권이 동행했다. 대전엔 가끔 혼자 다녀오기도 하지만 서울까지 찾아가는 건 아무래도….

"그래, 나도 놀랐어. 누구랑 같이 왔느냐고 물었더니 혼자 왔다고 하더라. 그리고 여러 가지를 캐묻는데 난 깜짝 놀랐어. 은성 엄마가 모든 기억을 되찾은 것 같았어. 정상인으로 돌아온 것 같았단 말이야."

태권은 도저히 이해할 수 없었다. 결혼 후 많은 발전이 있었지만, 그림에 관한 것 이외는, 달라진 점을 별로 느끼지 못했다. 혼자 이만큼 하는 것도 대견하게 생각했는데 석구를 찾아가다니…. 그것도 혼자 서울까지….

석구를 만날 일이 있으면 자기한테 얘기를 했을 텐데…. 그리고 세희가 혼자 서울까지 간다는 건 무리다. 태권은 갑자기 머리가 혼란스러웠다.

"누구예요?"

커피잔을 들고 오면서 세희가 물었다.

"강 서방."

"고모부가 웬일로…?"

"안부 전화야."

세희가 건네주는 커피잔을 받으며, 태권은 세희를 뚫어지게 쳐다보았다.

"여보, 나 며칠 동안 외삼촌 댁에 다녀왔으면 해요."

커피를 마시며 세희가 태권에게 동의를 구했다.

"외삼촌 댁은 갑자기 왜?"

"그냥 다녀온 지도 오래돼서…."

세희가 말꼬리를 흐렸다.

"그래? 그럼, 주말에 은성이가 학교에서 돌아오면 함께 가도록 하지."

"아니에요, 저 혼자 다녀왔으면 해서요."

태권은 물끄러미 아내를 바라봤다. 말투가 예사롭지 않다. 여태까지 살아오면서 전혀 들어보지 못한 낯선 말들이다. 더구나 은성이와 은혜를 떼어놓고 혼자 다녀오겠다니…. 갑자기 세희가 타인처럼 느껴졌다.
"내일 아침에 출발해서 2, 3일 다녀올게요. 할머니 산소도 찾아보고…."
세희가 커피를 마시며 담담하게 얘기했다. 석구의 전화가 사실이란 말인가! 정말 저 사람이 정상으로 돌아왔단 말인가! 태권은 반신반의하며 아내를 뚫어지게 쳐다보았다.
"알았어, 내일 아침에 내가 태워다 줄게."
"괜찮아요, 버스 타고 가면 돼요."
"당신 혼자서 외삼촌 댁을 찾아갈 수 있어?"
태권이 두 눈을 휘둥그레 떴다.
"제가 뭐 어린아이인가요?"
"아니, 당신…?"
"걱정하지 마세요. 나 혼자 찾아갈 수 있어요."
세희가 손가락으로 태권의 입을 막는다. 태권은 밤새 잠을 이룰 수가 없었다. 지금껏 단 한 번도 아내 혼자 어디를 다녀온 적이 없다. 아니, 다녀오겠다고 말한 적이 없다. 아내가 가는 곳엔 항상 태권이 곁에 있었다. 그것은 너무나 당연한 일이었다.
아침 일찍 아내를 버스정류장에 내려주고 돌아오며, 태권은 불안감을 떨칠 수가 없었다. 정말 괜찮을까? 이러다 길을 잃기라도 한다면…. 일손이 손에 잡히지 않았다.
"여보, 전화 왔어요."
미향의 목소리에 후다닥 달려가 전화기를 받아들었다.
"여보세요?"

"범석이 엄마예요. 은성 엄마가 혼자 여기를 왔어요. 난 도무지 믿어지지가 않아서…."

외숙모의 들뜬 목소리가 수화기를 통해 들려왔다.

"아, 예. 잘 도착했군요. 그렇지 않아도 그 사람을 혼자 보내고 불안했습니다. 제가 데려다준다고 해도 굳이 혼자 가겠다고 고집을 부려서…."

전화를 끊고 태권은 한동안 어리둥절했다. 석구의 전화를 받을 때 만해도 미덥지 않았는데, 정말로 혼자 외삼촌 댁을 찾아가다니….

"은성 엄마가 잘 도착했대요?"

세희를 혼자 보내고 돌아온 태권을 보고 오전 내내 '도대체 정신이 있느냐'고 닦달하던 미향이 놀란 눈으로 태권을 쳐다보았다.

"그래, 잘 도착했데. 아무래도 세희가 정신이 돌아왔나 봐."

태권이 흥분을 감추지 못하며 미향을 껴안았다. 어서 빨리 세희를 만나 직접 확인하고 싶었다. 당장 달려가고 싶은 마음을 꾹꾹 눌러 참았다. 이튿날 점심때 외삼촌한테서 전화가 왔다.

"조 서방인가? 세희가 방금 강남터미널에서 출발했네. 두 시 반쯤이면 공주 터미널에 도착할 걸세."

"며칠 있는다더니 벌써 출발했어요?"

"그래, 방금 출발했네. 자네도 알고 있었나? 세희가 정상으로 돌아온 것 같아. 글쎄 집사람을 통해서, 제 어머니도 한번 만나 봤다는 거야. 세상에, 세희가 정상으로 돌아오다니…. 모든 게 꿈만 같네. 자네 덕분일세. 자네가 세희를 살려낸 거야. 조 서방, 정말 고맙네. 내가 말했었지? 자네 착한 사람이라 복 받을 거라고…."

외삼촌이 격한 감정을 토해내며 울먹였다. 태권은 도저히 집에서 기다릴 수가 없었다. 어떻게 전화를 끊고, 어떻게 차를 몰고 여기까지 왔는지 기억이 나지 않는다. 미향이 함께 가자는 것을 간신히 뿌리치고 터미널로 왔다. 버스가 도착하려면 아직도 두 시간가량 남았다. 서둘러 터미널을 빠져나와 꽃집을 찾았다. 장미 꽃다발을 주문했다. 꽃다발을 만드는 주인 여자의 손이 왜 그렇게 느린지 짜증이 났다. 그사이 세희가 도착한 것이 아닐까 걱정이 돼서 꽃다발을 받자마자 터미널로 달려갔다. 혹시나 하는 마음에서 버스터미널로 들어오는 모든 버스를 살펴보며 연신 시계를 들여다보았다. 서울에서 출발한 버스가 세 대가 더 들어오고 네 번째 버스가 도착했다. 사람들이 하나둘 내리기 시작했다. 세희의 모습이 보인다. 태권이 달려갔다.

"여보!"

세희를 끌어안은 태권의 눈에서 뜨거운 눈물이 펑펑 쏟아졌다.

"여보, 왜 그래요?"

세희가 두 눈을 동그랗게 뜨고 태권을 쳐다보았다.

"여보, 축하해."

태권이 꽃다발을 내밀었다.

"혼자 서울에 갔다 온 것이 뭘 그리 대단하다고…."

세희가 시치미를 뗐다.

"당신 나한테 어떻게 그럴 수가 있어. 나도 모르게 석구도 찾아가고 어머니도 만났다면서…."

태권이 어린아이처럼 세희의 가슴을 파고들며 울음을 터뜨렸다.

"여보, 남들이 봐요."

세희가 태권을 잡아끌고 차에 올랐다.

"여보, 당신은 하늘에서 내려온 천사예요. 어떻게 나한테 그렇게 맹목적인 사랑을 퍼부을 수가 있었죠? 나 때문에 당신이 얼마나 많은 고통을 당했는지 그 말을 듣고 난…."

차에 오르자마자 세희가 참았던 감정이 폭발하는지 엉엉 소리 내어 울었다. 이대로 놔두면 영원히 울음을 그칠 것 같지 않았다. 태권이 세희를 끌어안는다. 손수건을 꺼내 세희의 눈물을 닦아주었다.

"여보, 사랑해. 나는 당신이 꼭 정상을 되찾을 줄 알았어. 이제 당신은 진짜 당신의 모습을 되찾은 거야."

집으로 돌아오면서 태권은 세희를 보고 또 보았다. 마치 거울을 바라보는 것처럼 태권의 팔을 꼭 잡고 태권의 얼굴에 시선을 고정한 채 하염없이 바라보는 세희를 보면서, 태권은 뜨거운 눈물을 흘렸다. 집에 도착했다.

"세희 씨!"

미향이 달려 나와 세희를 끌어안는다.

"언니!"

두 여자가 부둥켜안고 감격의 눈물을 흘렸다. 영문을 모르는 아이들이 엄마를 바라보며 덩달아 눈물을 훌쩍였다.

세상이 달라졌다. 마음 한구석을 짓눌렀던 그 무엇이 녹아내린 느낌이다. 요즘은 어떻게 시간이 흐르는지 모른다. 세희의 달라진 언행을 보며 태권은 모든 게 꿈만 같았다. 아이들이 모두 잠이 들었는지 조용하다. 태권이 세희를 팔베개하고 입맞춤했다.

"여보, 사랑해!"

오늘따라 아내가 더없이 사랑스럽다. 태권이 아내의 가슴을 파고들며 서둘렀다.

"여보, 잠깐만. 당신이 맨 처음 나를 만났을 때 천사 같았다고 했었죠? 사실은 내가 천사가 아니고 진짜 천사는 당신이에요."

아내가 촉촉한 입술로 태권의 눈에 키스했다.

"그것도 생각나? 아니야, 천사는 당신이야."

태권이 사랑스러운 눈빛으로 아내를 바라보았다.

"만약 내가 당신을 만나지 않았다면, 난 지금 어떻게 되었을까? 그걸 생각하면, 난 지금도 두려워져요. 당신을 만난 것은, 내 인생에 있어 최고의 마술이에요. 당신은 이 세상에서 가장 훌륭한 마술사예요."

세희가 태권의 얼굴을 쓰다듬으며 하염없이 눈물을 흘렸다.

은성이가 학교에 간 후, 은비한테 잠깐 아이들을 맡기고 세 사람이 가정법원을 찾았다. 태권과 세희는 합의이혼을 하고, 태권과 미향은 혼인신고를 했다. 달라진 건 아무것도 없었다. 몇 가지 서류에 주인의 이름이 바뀐 것 외에는….

"여보, 오늘은 당신이 요리해. 당신이 해주는 밥을 먹고 싶어…."

커피를 마시며 태권이 세희를 쳐다보았다.

"알겠습니다. 주인님! 난 이혼녀예요."

세희가 예쁜 눈을 흘긴다. 미향이 다정하게 세희 손을 잡았다.

"굳이 이렇게까지 할 필요는 없는데…."

"아니에요, 언니. 이제 모든 게 제자리로 돌아간 거예요. 언니가 그동안 나 때문에 얼마나 많은 고통을 겪어왔는지 이제야 알았어요. 언니의 희생 때문에 저이도 나도 지금 이렇게 행복하게 사는 거예요. 우리 가족의 행복을 위해서 제가 앞으로 몇백 배 더 노력할게요. 언니, 우리 영원히 변치 말고 저이랑 같이 아이들 키우며 오순도순 행복하게 살아요."

세희가 미향을 부둥켜안고 눈물을 흘렸다. 태권이 두 아내의 손을 잡고, 고개를 끄덕였다.

은성이가 돌아올 때를 맞춰 아이들 간식을 준비했다. 토스트를 만들고 김밥을 쌌다.

"학교 다녀왔습니다."

은성이가 큰 소리로 외치며 대문을 들어섰다.

"오빠!"

동생들과 소꿉놀이하던 은비가 은성이를 향해 달려갔다. 은철이와 은향이가 뒤를 따랐다.

"자, 모두 모여. 간식 먹자."

미향이와 세희가 식탁에 김밥과 토스트를 늘어놓았다. 아이들이 달려들어 간식을 맛있게 먹었다. 은성이와 은비가 김밥을 집어 엄마 입에 넣어 주었다.

"아빠는?"

태권이 서운한 얼굴로 아이들을 둘러보았다. 은성이와 은비가 하나씩 김밥을 집어 아빠 입에 넣어 주었다. 한꺼번에 두 개를 입에 넣고 겨우 삼킨 태권이 물 한 모금을 마시고 입을 열었다.

"자, 모두 잘 들으세요. 이번 주 토요일에, 봄나들이를 할 거예요. 할아버지, 할머니 모시고 천장호 출렁다리 구경하고, 장곡사 계곡에 가서 맛있는 것 많이 먹을 거예요. 모두 찬성이죠?"

"네."

온 가족이 합창하며, 신나게 손뼉을 쳤다.   - 끝 -

조민식 장편소설

안개 속의 세 사람

초판발행일 2024년 07월 12일

지은이 : 조민식
발행인 : 김순진
편집장 : 전하라
디자인 : 김초롱
펴낸곳 : 도서출판 문학공원
등 록 : 2004년 3월 9일 제6-706호
주 소 : 우편번호 03382 서울 은평구 통일로 633
　　　　녹번오피스텔 501호 스토리문학사
전 화 : 02-2234-1666
팩 스 : 02-2236-1666
홈페이지 : https://blog.naver.com/ksj5562
이메일 : 4615562@hanmail.net

2024@ 조민식